A la recherche du temps perdu

[法国]M.普鲁斯特 著

U0959611

MARCEL PROUST

追忆似水年华

第三卷

盖尔芒特那边

徐和瑾 译

凤凰出版传媒集团 译林出版社

图书在版编目（CIP）数据

追忆似水年华. 第3卷，盖尔芒特那边/（法）普鲁斯特（Proust, M.）著；徐和瑾译. —南京：译林出版社，2011.4（2023.4重印）

ISBN 978-7-5447-1686-4

Ⅰ.①追… Ⅱ.①普… ②徐… Ⅲ.①长篇小说－法国－现代 Ⅳ.①I565.45

中国版本图书馆 CIP 数据核字（2011）第 031133 号

感谢Mireille Naturel女士提供帮助，并向法国普鲁斯特之友协会致以谢意。

追忆似水年华（第三卷）：盖尔芒特那边 ［法国］马塞尔·普鲁斯特 / 著 徐和瑾 / 译

责任编辑 张媛媛
责任印制 董 虎

原文出版 Flammarion, 1987
出版发行 译林出版社
地 址 南京市湖南路 1 号 A 楼
邮 箱 yilin@yilin.com
网 址 www.yilin.com
市场热线 025-86633278
排 版 南京展望文化发展有限公司
印 刷 江苏凤凰盐城印刷有限公司
开 本 880 毫米 × 1240 毫米 1/32
印 张 25.375
插 页 12
版 次 2011 年 4 月第 1 版
印 次 2023 年 4 月第 18 次印刷
书 号 ISBN 978-7-5447-1686-4
定 价 （精装本）78.00 元

版权所有 · 侵权必究

译林版图书若有印装错误可向出版社调换。 质量热线：025-83658316

巴黎圣徒小教堂及其使徒金塑像

德·盖尔芒特夫人邀请朋友们共进晚餐，大家围坐在餐桌旁，活像圣徒小教堂圣桌前的使徒金塑像。➡第 25 页

巴黎歌剧院，亦称加尼埃宫

主人公去巴黎歌剧院看贝尔玛演出。➡第 31 页

老勃鲁盖尔的《在伯利恒找初生的耶稣》

在东锡埃尔一家旅馆里，人们因庆祝活动蜂拥而至，可跟《在伯利恒找初生的耶稣》媲美。➡第 90 页

贝尔纳·帕利西制作的盘子

鱼因被活活扔进沸水之中而扭曲变形,活像是贝尔纳·帕利西一件陶瓷器上的饰物。➡第 115 页

乔托的寓意画“贪欲”

我睡着时投射出的睡眠形象，就像斯万送给我的乔托的那些著名寓意画，其中一幅是嘴里含蛇的贪欲。➡第 143–144 页

范·许伊絮姆的《花卉和水果》

勒格朗丹看德·维尔帕里齐夫人作画，说她使范·许伊絮姆相形见拙。➡第217页

方丹–拉图尔的静物画

德国亲王问德·维尔帕里齐夫人，是否在刚举办的画展上看到方丹–拉图尔画的花卉。➡第 286 页

奥林匹亚的朱庇特塑像

奥林匹亚的朱庇特(即宙斯)塑像,据说是菲狄亚斯用纯金铸造而成。➡第297页

皮埃尔–保罗·普吕东的寓意画《正义女神与复仇之神追逐罪犯》

弗朗索瓦丝把点亮的灯高高举起，把阿尔贝蒂娜在被子上留下的印痕照得一清二楚，如同《正义女神照出罪行》。➡第 375 页

古典主义画派画家安格尔的《土耳其宫女》……

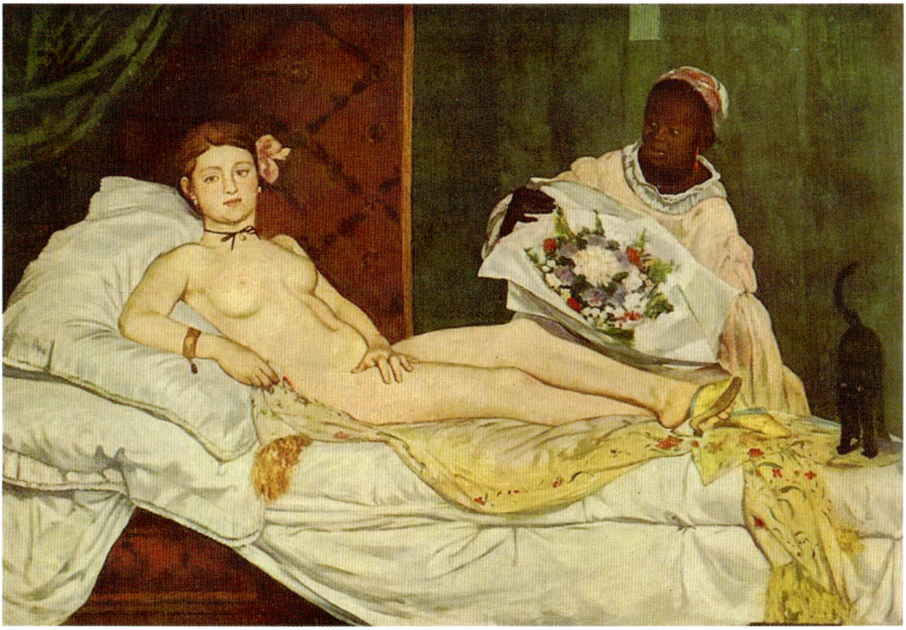

……最终跟被认为丑陋的马奈的《奥林匹亚》并排在卢浮宫展出。➡第 436 页

雷诺阿的《游船上的午餐》

画中有一位先生穿着短上衣，头戴礼帽，是画家的朋友或赞助者。➡第 437 页

马奈的《一把芦笋》

书中把这幅画归于埃尔斯蒂尔。➡第 524 页

巴伐利亚象牙雕刻的耶西树

耶西树就是耶稣的家谱树。➡第 573 页

委拉斯开兹的《长矛轻骑兵》，亦称《布雷达的受降》➡第 586 页

朗巴尔王妃

朗巴尔王妃被称为“三位高贵牺牲品”之一,在 1792 年九月屠杀时被杀。➡第 593 页

目 录

第三卷

盖尔芒特那边

献给莱昂·都德
献给《莎士比亚之旅》、
《孩子的命运》、
《黑色天体》、
《幽灵和生者》、
《形象的世界》等
众多杰作的作者。
献给举世无双的挚友，
并致以衷心的感谢和敬意①。
马·普

① 这一题献旨在感谢龚古尔奖评委莱昂·都德为使《在花季少女倩影下》于1919年12月获奖所作的努力。1920年3月30日(或31日)，普鲁斯特在给雅克·里维埃尔的信中说："我把这本书[《盖尔芒特那边》]题献给莱昂·都德。我觉得没有必要预先写出我的题献，在卷首加一张纸是轻而易举的事。"这题献想必写于1920年6月，弗拉马里翁出版社的版本并未收入，但七星丛书版收入。

一

在弗朗索瓦丝听来，鸟儿晨鸣索然寡味。那些“女佣”一开口说话，她就会心惊肉跳，她听到她们的脚步声就浑身不舒服，心想是谁在走路；这是因为我们已乔迁新居。当然，在我们旧居的“七楼”，仆人们来回走动也同样频繁，但她了解他们，觉得他们的走动亲切可爱。现在，即使万籁俱寂，她也会痛苦地侧耳倾听。我们的旧居朝着一条喧闹的大道，而新居所在的街区却十分幽静，因此只要有过路人唱歌（即使歌声轻微，在远处听来仍像管弦乐的动机那样一清二楚），被迫迁居的弗朗索瓦丝就会热泪盈眶。她伤心地离开“我们受到众人尊重”的住房，并按照贡布雷的习俗，在收拾行李时痛哭流涕，声称我们的旧居比任何住房都好，我曾因此嘲笑她，我这个人虽然容易弃旧，却又难以喜新，但是，我看到我们的老女仆在迁居新居时几乎萎靡不振，是因为门房还不认识我们，没有对她表示尊敬，使她无法得到必不可少的精神食粮，我就走到她的身旁。唯有她才能理解我；当然，这是她那年轻的跟班无法做到的；他跟贡布雷可说是毫不相干，搬家，住到新的街区，在他看来就像度假，新鲜事物使人心旷神怡，如同外出旅游一般；他觉得自己到了乡下；他患有鼻炎，就像在车厢里因窗子没关严实而吹到“穿堂风”，产生了见过这地方的美妙印象；他每打一个喷嚏，都要为找到如此称心如意的差事而兴高采烈，因为他一直想找经常外出旅游的东家。因此，我没有想到他，而是径直去找弗朗索瓦丝；而由于我对搬家毫不在乎，曾因她伤心得流泪而嘲笑她，因此，她见我愁眉不展，就显得冷若冰霜，因为她也郁郁寡欢。神经过敏的人自以为“敏感”，就更加自私；他们越来越关注自己的苦闷，却无法忍受别人流露出心中的不快。弗朗索瓦丝感到的痛苦，即使微不足道，她也不会轻易放过，但要是我感到难受，她就转过头去，使我的痛苦无法得到别人的同情，甚至不能被人发现。我一想跟她谈论我们的新居，她就立刻把头转开。过了两天，得要回到我们刚离开的旧居，去寻找几件忘了拿走的衣服，而我在搬家后还有“热度”，就像刚吞下一头牛的蟒蛇，感到自己被一只大箱子撑得难受，变得凹凸不平，而我的目光却要“忍受”这种变形。弗朗索瓦丝像所有女人一样变幻莫测，她回来后说，她走在我们过去的大道上感到气闷，说回到那里时觉得“张皇失措”，说她从未见过走起来这样不舒服的楼梯，还说“即使让她当女皇”，她也不会回到那里去住，哪怕让她当百万富翁也不回去——当然这些假设毫无根据——并说我们的新居**一切**（也就是厨房和走廊）都“装饰”得好得多。不过，现在得要告诉诸位，我们的新居是盖尔芒特府邸附属建筑中一套房间。我们搬到这里，是因为我外婆身体欠佳，需要呼吸新鲜空气，但搬家的这个原因，我们都不对她直说。

在一种年龄，名称向我们提供了我们置于名称中的不可知事物的形象，同时也给我们指出了一个真实的地点，并迫使我们把这两者等同起来，因此我们动身去某个城市寻找的一个灵魂，却不能包含在该城之中，但我们又再也无法将它从该城的名称中排除出去，在这种年龄，名称不仅像寓意画那样使城市和河流具有个性，不仅使物质世界变得五光十色、妙不可言，而且也使人类社会变得如此：每一座城堡，每一座著名公馆或宫殿，都有贵妇或仙女坐镇，如同森林中有守护神，江河中则有河神。有时，仙女在其名字中深藏不露，在我们想象力的滋养下任其变化；因此，在过去的岁月里，德·盖尔芒特夫人对我来说只是一张幻灯片或教堂里一块彩画玻璃窗的映像，现在，她在我脑中所处的环境，因被完全不同的梦幻用急流的潮湿泡沫弄湿，其色彩就开始变得暗淡。

但是，如果我们接近名称所指的真实的人，仙女就会消失，因为这名称开始将此人映照出来，这个人就失去仙女的任何特点；如果我们离开这个人，仙女就会重现；但是，如果我们待在此人身边，仙女就最终消失，随之消失的还有名称，例如吕齐尼昂家族①，在梅露茜娜②仙女消失那天就断子绝孙。名称如被接连重新勾画，我们就最终看到一个我们决不会认识的陌生女人最初的美丽肖像，这名称只是贴有照片的普通身份证，如果有人走过来，我们就会看看这身份证，以便弄清我们是否认识此人，是否应该跟这个人打招呼。但是，即使过去某一年的一种感觉，就像有录音功能的乐器那样，能保留演奏过乐器的各种艺术家的声音和风格，能使我们在记忆中听到这名称的特殊声音，即我们的耳朵在当时听到的声音，而这名称从表面上看也没有变化，我们仍然可以感到，这些相同的音节依次向我们展现的梦幻各不相同。有时，这名称在过去的某个春天发出的声音被再次听到，我们就像挤绘画颜料管那样，能从中挤出我们觉得自己回想起来的那些时日被遗忘的确切色调，即神秘而又清新的色调，而在这时，我们却像蹩脚画家那样，把我们的过去全都展现在同一块画布上，涂上有意识回忆所惯用的千篇一律的色彩。然而，恰恰相反，过去的每一时刻，是一种独特的作品，是一种独一无二的和声，使用的是当时的色彩，即我们已不了解的色彩，但这些色彩仍会突然使我感到陶醉，而由于某种偶然的机会，盖尔芒特这个姓氏在过了这么多年之后，又在一时间恢复了跟今天的声音截然不同的往日的声音，即我在佩尔斯皮埃小

---

① 吕齐尼昂家族是法国西部省份普瓦图的家族，许多成员参加过十字军东征，有的成为耶路撒冷或塞浦路斯的国王。

② 梅露茜娜参见本书第二卷第 139 页注①。据说她是吕齐尼昂家族的始祖，歌德曾据此写过童话。

姐结婚[①]那天听到的声音，这时，这姓氏又使我想起年轻的公爵夫人，只见她戴着鼓鼓的淡紫色打结丝围巾，颜色柔和，过于闪亮，又过于新颖，她两眼如同无法采撷、重新开放的长春花，在阳光中显出蓝色的微笑。当时，盖尔芒特这个姓氏也如同一只小球，其中注入了氧气或另一种气体：我最终把它戳破，将里面的气体放出，我于是呼吸到那年那天贡布雷的空气，空气中混杂着英国山楂花的香味，香味由广场角落的风吹来，而风则预示着将要下雨，并使太阳时隐时显，把阳光洒在圣器室的羊毛红地毯上，使地毯铺上一层呈现闪亮肉色、酷似玫瑰色的老鹳草，并使它在欢快中具有瓦格纳乐曲般的温馨，这种温馨使喜庆显得十分高雅。在这种罕见的时刻，我们会突然感到原来的实体在颤动，恢复了它在今天已消失的那些音节里的形状和雕镂花纹；但是，即使不是在这种罕见的时刻，即使在日常生活令人眼花缭乱的漩涡中，名称只有一种实用价值，并失去了任何色彩，如同一只棱柱形陀螺，因转动过快而变成灰色，相反，我们在遐想中思考，为回到过去而试图减慢和中止将我们席卷的永恒运动，这时，我们会看到同一个名称在我们生活中依次向我们展现的色彩逐渐再现，这些色彩并列在一起，却又完全分隔开来。

我小时候，奶妈摇晃着我，给我唱《荣光属于盖尔芒特侯爵夫人》这首古老歌曲，当时她也许像我今天一样，并不知道这首歌是为谁而写，而在几年之后，年老的德·盖尔芒特元帅使我的保姆十分自豪，因为他在香榭丽舍大街停下脚步，说"这孩子真漂亮！"，并从随身携带的糖果盒里拿出一块巧克力给我吃；在这些时刻，盖尔芒特这个名称在我眼里是什么形象，我现在显然并不知道。我孩提时的年代，已在我脑中消失，已是我身外之物，我只能通过别人的叙说来了解，如同我们出生前发生的事那样。但到后来，这名

---

① 佩尔斯皮埃小姐结婚的情景，请参见本书第一卷第173—177页。

称存留在我脑中，我就先后有了七八个不同的形象，其中早期的形象最为美好：我的梦想因现实所迫，逐渐放弃一个难以守卫的阵地，并退守到后面的阵地，直至被迫再次退却。与此同时，德·盖尔芒特夫人改变着自己的住所，她的住所也起源于这个名称，我在一年又一年的时间里听到的这句或那句话，改变着我的遐想，使这个名称变得充实；这住所的石块映照出我的遐想，这些石块已具有反射能力，如同云面或湖面那样。一座平面的城堡主塔，只是一条橙色光带，领主及其夫人高高在上，决定着他们那些附庸的生死；这主塔让位于一片土地，是在"盖尔芒特那边"的尽头，有多少风和日丽的下午，我曾在那里跟父母一起沿着维冯纳河漫步，这片土地上有湍急的河流，公爵夫人教我钓鳟鱼，并把花卉的名称告诉我，一串串花卉呈紫色和淡红色，装饰着附近围地的低矮围墙。然后成了世袭的土地，富有诗意的领地，这高傲的盖尔芒特家族，在那里站立起来，犹如经历漫长岁月、饰有花叶的苍黄塔楼，并雄踞于法兰西大地之上，当时，天空中还空空荡荡，巴黎圣母院和沙特尔圣母大教堂[①]要到以后才耸入云霄，当时，拉昂[②]山顶上大教堂的中殿尚未建起，那中殿如同停在亚拉腊山[③]顶上的挪亚方舟，墙上画的都是族长和义人，只见他们忧心忡忡地在窗口俯瞰，看看上帝的怒气是否平息，他们带的各种植物，将要在大地上繁殖，还带着许多动物，像要从塔楼里逃出，几头牛则在屋顶上安静地漫步，

---

① 沙特尔圣母大教堂为哥特式建筑。除西门廊和塔楼建于十二世纪前外，其余部分均建于十三世纪初，其彩画玻璃窗在法国教堂中最为古老和漂亮。

② 拉昂是法国埃纳省省会，俯瞰香槟平原。该市山顶的圣母大教堂是法国著名哥特式大教堂之一，建于十二世纪至十四世纪。

③ 一译"阿勒山"。土耳其东部高原上的死火山。内分两峰，大阿勒山海拔5165米，是全国最高峰，小阿勒山海拔3 925 米。据《旧约·创世记》，洪水退落后，挪亚方舟停在亚拉腊山上。（参见第八章）

俯瞰着香槟平原；旅客如在傍晚时分离开博韦①，还无法看到圣彼得大教堂在夕阳的金色帷幕上展开它那分支众多的黑色翅膀，盘旋着跟随其后。这盖尔芒特如同一部长篇小说的背景，是一种虚构的景色，我很难想象出来，却更想将其发现，这景色如同一块飞地，被真实的土地和道路团团围住，这些土地和道路在离一个火车站二法里②远的地方，突然里里外外都有纹章的特征；我想起附近那些地方的名称，它们如同在帕耳那索斯山③或赫利孔山④山脚之下，我觉得它们十分珍贵，犹如地形学中会产生一种神秘现象的物质条件。我又看到画在贡布雷的彩画玻璃窗底座上的纹章，几个世纪之后，纹章盾面的四个部分放满了这个名门望族通过联姻或购买从德意志、意大利和法兰西的各个地方获得的全部领地：北方的广阔土地和南方的强盛城市都归并其中，成为盖尔芒特家族的组成部分，并失去其物质性，只是把它们绿色的城堡主塔或银色的城堡作为寓意画画在盖尔芒特家族纹章的蔚蓝色底面上。我曾听说过著名的盖尔芒特挂毯，我这时看到这种中世纪挂毯呈蓝色，有点粗糙，像云彩般浮现在这苋红色的传奇姓氏之上，就在希尔德贝尔⑤经常打猎的那座古老森林旁边，而这些神秘而又微妙的土地，这些遥远的世纪，我觉得作一次旅行就能洞察其中的秘密，只要我跟德·盖尔芒特夫人这位女领主和湖泊仙女在巴黎有片刻的接触就行，仿佛她的脸和话语具有乔木林和湖畔的魅力，如同她档案室里那本古老的习俗汇编具有几世纪前的特点。但在那时，我认识

---

① 博韦是法国瓦兹省省会，位于泰兰河畔，在巴黎北面。哥特式圣彼得大教堂建于十三世纪至十六世纪，未完成，有文艺复兴时期漂亮的彩画玻璃窗。

② 即法国古里，约合四公里。

③ 希腊神话中太阳神阿波罗和文艺女神缪斯的灵地。

④ 希腊神话中缪斯的居住地。

⑤ 指希尔德贝尔一世（约 495—558），墨洛温王朝法兰克国王（511—558）。克洛维之子。其统治地区为巴黎。

了圣卢；他告诉我，这城堡从十七世纪起才被称为盖尔芒特，他的家族是在那时购得。在此之前，他家族住在附近地区，其封号并非来自那个地区。盖尔芒特村是因城堡而得名，是在城堡之后才建造起来，为使城堡的景观不致受到村庄的破坏，一种地役法依然有效，即规定街道的走向并限制房屋的高度。至于那些挂毯，其图案出自布歇[①]的手笔，是一位爱好艺术的盖尔芒特家族成员在十九世纪时购买，挂在墙饰为土耳其红棉布和长毛绒织物的俗不可耐的客厅里，跟他画的几幅拙劣的狩猎图并排挂着。圣卢说出了这些情况，在这座城堡里加入了与盖尔芒特这个姓毫不相干的成分，这样我就不会像以前那样，只是从构成这个姓氏的音节的声音来了解城堡的建筑。于是，城堡在其湖面上的映像在这个姓氏中消失，在我面前展现的德·盖尔芒特夫人周围的住宅，则是她在巴黎的公馆，即盖尔芒特府邸，像她的姓氏一样清澈，因为没有任何不透明物质将其遮盖。教堂不仅表示神殿，而且还表示信徒的集聚，同样，这盖尔芒特公馆也包括所有跟公爵夫人一起生活的人，可是她那些挚友我素不相识，在我眼里只是一些著名而又富有诗意的名字，对一些人只知其名不知其人，只会使公爵夫人显得更加神秘，在她周围增添硕大的光轮，这光轮最多只会逐渐暗淡。

我无法想象出应邀出席公爵夫人晚宴的宾客是哪种模样，蓄何种小胡子，穿什么靴子，用合乎人情和理性的方式说出何种平庸乃至独特的话语，因此，这些旋转着的名字所带来的信息，肯定少于在德·盖尔芒特夫人这个萨克森小瓷像周围举行的幽灵宴会或舞会所提供的信息，它们使她的玻璃公馆像橱窗一样透明。后来，圣卢又对我讲述他这位舅妈的小教堂主管神甫和几个园丁的一些

---

① 即弗朗索瓦·布歇（1703—1770），法国画家。洛可可艺术主要代表。以熟练的笔法、浮华的色调，作牧歌、神话题材的富有装饰性的绘画，反映了贵族的生活情调。作品有《维纳斯向伏尔甘请教埃涅阿斯可用何种武器》、《雷诺和阿尔米德》、《狄安娜沐浴》等。

轶事，当时，盖尔芒特公馆如同过去的卢浮宫那样[①]，变成了一座城堡，位于巴黎市中心，周围是其领地，即根据一种奇特地流传下来的古老权利而世代相传的领地，而她仍在领地上行使封建特权。但在我们搬来时，这最后的住宅已经消失，我们的新居是一个套间，跟德·维尔帕里齐夫人家近在咫尺，是在德·盖尔芒特夫人的公馆的一个侧翼里，侧翼里的那些套间就在夫人的套间隔壁。这是一幢古老的住宅，这种住宅现在也许还能见到，在这种住宅的前庭两侧，也许是因为民主的巨浪形成了冲积层，或是因为历史的遗赠，各行各业都汇聚在领主周围，常常有商店后间和工场，甚至还有鞋匠或裁缝的小店，这种小店在大教堂两旁也能看到，因为建筑工程师的审美观并未将其排除，一个兼补鞋的门房在那里养鸡、种花；院子深处，在“构成公馆”的住宅里，住着一位“伯爵夫人”，她乘坐那辆两匹马拉的破旧的敞篷四轮马车出门，帽子上插着几朵想必采自门房的小花园的旱金莲花（坐在马车夫旁的一个跟班，到这个街区的每个贵族公馆去送折角名片），她对门房的孩子们和此刻路过的中产阶级房客一视同仁，都报以微笑，挥手致意，和蔼表情中透出轻蔑，待人平等中不乏傲气。

在我们搬进的这幢房子里，住在院子深处的贵妇是一位公爵夫人，她举止高雅，还很年轻。这就是德·盖尔芒特夫人，有了弗朗索瓦丝，我很快就了解到公馆的情况。原因是盖尔芒特家的人（弗朗索瓦丝常常用“下面”、“楼下”来称呼他们），从早到晚都是她关注的对象；她早上给我妈妈梳头时，会忍不住朝院子里偷偷看上一眼，并且说：“瞧！两个嬷嬷，肯定是去下面。”或者说：“哦！厨房的窗口挂着漂亮的野鸡，不用问是从哪里来的，公爵一定打过猎了。”到了晚上，她把睡衣拿给我时，如听到钢琴声或一曲小调，

---

① 腓力二世（1180—1223 年在位）统治时，卢浮宫曾是堡垒，查理五世（1364—1380 年在位）时改建成住宅。

就会得出结论："他们楼下有客人，真快活。"这时，在她端正的脸上，在她那现已变白的头发下面，露出她青春的笑容，显得活泼而又端庄，一时间使她脸部的轮廓线条全部复原，变得矫揉造作而又美妙，如同在跳对舞前的脸部表情。

然而，弗朗索瓦丝对盖尔芒特家的生活最感兴趣的时刻，既是她心满意足的时刻，也是她痛苦万分的时刻，正是在这个时刻，车辆出入的大门敞开，公爵夫人登上敞篷四轮马车。这一般是在我家仆人们刚过完他们隆重的逾越节①之后，这节庆任何人都不能打扰，那就是他们的午餐，午餐时他们"忌讳"众多，连我父亲也不能摇铃叫唤他们，而他也知道，摇五次铃就像摇一次铃一样，决不会有一个仆人过来，另外，做出这种失礼之举毫无好处，只会使他有所损失。因为弗朗索瓦丝（她自从上了岁数之后，听到一句话就会脸色骤变）会整天给他脸色看，她脸上布满楔形文字般的红色标记，用难以捉摸的方式显示出她长期积压的怨恨和她不满的深刻原因。此外，她不知在向谁抱怨，但我们无法听清她说的话。她整天给我们"低声说话"，说这样做是在"侮辱人"，会"使人恼火"，以为我们会因此而灰心丧气。

最后的仪式结束之后，弗朗索瓦丝既像早期基督教教堂里主持弥撒的神甫，又像信徒，给自己倒了最后一杯酒，从脖子上解下餐巾，叠好后擦掉嘴唇上残存的红酒和咖啡，然后把它放进套餐巾的小环，用忧郁的目光看了看"她的"年轻跟班以示感谢，而跟班为表示殷勤，就对她说："太太，再喝点酒：味道不错。"然后，她立刻打开窗子，借口说"这该死的厨房里"太热。她转动窗子的把手，吸了口气，同时敏捷地朝院子深处漫不经心地看了一眼，这一

① 逾越节是犹太人的主要节日。犹太教历以此节为一年的开始，在尼散月（公历三、四月间）14日举行。据《圣经·出埃及记》载，摩西率领犹太人出埃及时，上帝命犹太人宰羊涂血于门楣门框，天使击杀埃及人长子时见有血记的人家知道是"上帝的子民"，即越门而过，故称"逾越"。

瞥使她暗中确信，公爵夫人尚未准备就绪，于是她就用倨傲而又热切的目光对套好的马车注视片刻，而她两眼在对地上之物注视之后，又抬头朝天空观看，但早已猜到是晴空万里，因为她感到了温暖的空气及暖和的阳光，她凝视屋顶的一角，就是我卧室壁炉上方，每年春天，鸽子都来那里做窝，这些鸽子，就像在贡布雷时她厨房里咕咕叫的鸽子。

“啊！贡布雷，贡布雷。”她大声说道。（她说出这祈求时，声音跟唱歌相差无几，加上她脸上显出阿尔勒[①]人的纯洁，会使人认为她生于南方，并认为她在苦苦祈求的偏僻故乡只是她的第二故乡。但是，也许这种看法错了，因为每个省都有“南方”，我们不是能碰到许多萨瓦[②]人和布列塔尼[③]人，他们说话像南方人那样，常常把长元音和短元音互换。）“啊！贡布雷，我什么时候能再次踏上你的土地，可怜的故乡！我什么时候能整天待在你的英国山楂花和我们可怜的丁香花下面，听着燕雀唱歌和维冯纳河低语般的声音，而不是像现在这样，听到我们小少爷的讨厌铃声，他过不了半个小时就要让我在这可恶的走廊里奔跑。他还嫌我走得不够快，得要在他摇铃前就听见铃声就好了，你要是晚到一分钟，他就会‘再次’大发雷霆。唉！可怜的贡布雷！也许我要到死后才能踏上你的土地，到那时，他们把我像石头一样扔进墓穴。那时，我就再也闻不到你那些美丽的白色山楂花的香味。但是，我觉得在死亡的长眠之中，我还会听到这三声铃声，我活着时听到这铃声，就像下地狱那样难受。”

这时，院子里那个做背心的裁缝在频频叫唤她，她就不再唠叨。我外婆有一天去看望德·维尔帕里齐夫人，对这个裁缝很感

---

① 阿尔勒是法国罗讷河口省专区首府。

② 萨瓦是法国阿尔卑斯山脉北部地区，包括萨瓦和上萨瓦二省。

③ 布列塔尼为法国西部大区，包括科达莫尔、菲尼斯泰尔、伊勒-维莱纳和莫尔比昂四省，首府雷恩。

兴趣，弗朗索瓦丝对他也颇有好感。他听到我们开窗的声音，就抬起头来，设法引起女邻居的注意，他这样做已有一段时间，以便向她问好。弗朗索瓦丝装出少女般的娇媚，我们家这个爱发牢骚的老厨娘因年龄、坏脾气和炉灶的热气而变得死气沉沉的脸，在朱皮安先生眼里顿时显得妩媚动人。她优雅地向裁缝招手致意，既含蓄、亲切，又面带羞怯，显得十分可爱，但没有跟他说话，因为她即使违反妈妈的嘱咐朝院子里张望，也不敢公然在窗口跟别人说话，因为弗朗索瓦丝认为，这样做太太会把她"臭骂一顿"。她对他指了指套好的马车，仿佛在说："马真漂亮，啊！"但嘴里却低声说道："真是老爷破车！"这样说，主要是因为她知道他马上会回答她，回答时手放在嘴前，低声说出也能被她听到：

"**你们**要，也会有，也许会比他们更多，但这些你们都不喜欢。"

弗朗索瓦丝听到后做了个手势，显得谦虚、含糊而又高兴，意思大致如下："各有所好；我们这儿喜欢简朴。"然后把窗子关好，怕妈妈会来。朱皮安说"你们会比盖尔芒特家有更多马匹"中的"你们"，当然是指我们，但他说"你们"也有道理，因为除了要满足个人自尊心而得到某些乐趣之外——例如，她不停地咳嗽时，全家人都担心会染上她的感冒，而她却面带令人难受的傻笑，声称自己没有感冒——弗朗索瓦丝如同有些植物，跟一只动物已完全融为一体，动物为它们捕捉、吞食和消化食物，并最终把食物变成可吸收的残渣，提供给植物作为养料，她就这样跟我们相依为命，一起生活：我们有自己的道德、财产、生活方式和地位，理应自己来决定如何使自尊心得到些许满足，而这种满足也是她生活中必不可少的一种满足，此外她还有不容置辩的权利，能根据传统的习惯，自由自在地享用至高无上的午餐，餐后能到窗口透透气，购物时能在街上稍加闲逛，星期天则可外出去看望她的侄女。因此我们可以理解，弗朗索瓦丝在乔迁新居后的前几天萎靡不振，心里感到十分难受，是因为那时我父亲的种种荣誉头衔尚未在新居中被人知晓，她把这种难受称之为烦恼，这种烦恼在高乃依的作品中有力地表现出来，或者在最终自杀的士兵们的笔下清楚地显示出来，因为他们思念自己的未婚妻，想念自己的村庄，感到极其“烦恼”。弗朗索瓦丝的烦恼很快消失，恰恰是因为朱皮安的缘故，因为他的话立即使她感到十分愉快，就像她听到我们决定买一辆马车那样，而且有心旷神怡之感。“真是好人，朱利安这样的人（弗朗索瓦丝乐意把这个新的名字跟她已经知道的名字等同起来），非常正直，从他们的脸上就能看出。”朱皮安确实是善解人意，他对所有的人都说，我们没有车马随从，是因为我们不想要。弗朗索瓦丝的这个朋友不大待在家里，他在一个部里谋得雇员的差事。这个做背心的裁缝，起初跟一个“顽皮女孩”住在一起，我外婆曾以为是他女儿。他干这个行当已是无利可图：那女孩几乎还像个小孩时，就已经能做出像模像样的裙子，在我外婆去拜访德·维尔帕西齐夫人时，她已改做女装，当上女裙裁缝。她先在一个女裁缝的店里做“小工”，缝几针，镶边饰，钉纽扣或揿纽，用别针固定腰围，但很快就先后升为二级和一级技工，顾客则是上流社会女士。她在顾客家干活，也就是在我们院子里干活，往往带店里的一两个小姐妹一起来，让她们干徒弟的活。从此之后，朱皮安的用处就不大了。当然啰，小姑娘已长大成人，经常要给人缝制背心。不过她有女友帮忙，就不需要其他人帮助。因此，她叔父朱皮安就申请了一份工作。起初他每天中午可以回家，后来他不再当别人的助手，而是升为正职，要到晚饭后才能回来。幸好朱皮安是在我们乔迁后过了几个星期才“升正职”的，因此他能在相当长一段时间里对弗朗索瓦丝关心倍至，使她在度过迁居新居初期的艰难时光时，并不感到过于痛苦。我并不否认朱皮安对弗朗索瓦丝起到“暂时止痛药”的作用，但我应该承认，初次接触时，我对他并不是十分喜欢。在离他有几步远时，只见他眼睛里射出怜悯、忧伤和迷惘的目光，完全消除了他丰满的面颊和红润的脸色所产生的良好印象，使人感到他已病入膏肓，或是刚经历失去双亲的巨痛。其实他并非如此，但他一旦开口说话就谈锋甚健，显得冷若冰霜，对人讽刺挖苦。他目光和话语的这种区别，产生了虚假的感觉，非但别人毫无好感，而且他自己也显得尴尬，正如一位来宾，身穿短上衣出席晚会，却看到别人都穿着燕尾服，或像某个人要回答殿下的问话，却不知从何说起，只好说些无聊话来搪塞。这纯粹是打个比方，相反，朱皮安说的话却十分迷人。我很快发现，他有一种罕见的智慧，这也许跟他那张被目光主宰的脸（跟他熟悉之后，就不会再去注意这点）相称，这种智慧，据我所知只有文学天赋出众的人才具有，所以他虽然文化程度不高，却可以依靠匆匆浏览的几本书，掌握或学会极其巧妙的语言表达方法。我所认识的天赋出众的人，都已英年早逝。我因此确信，朱皮安很快就会与世长辞。他心地善良，有同情心，感情细腻，待人宽厚。不久之后，他在弗朗索瓦丝的生活中不再扮演不可或缺的角色。她已学会取代他来扮演他的角色。

供货商或仆人给我们送来一包货时，弗朗索瓦丝会装出不理不睬的样子，只是用冷漠的神色指指一把椅子，一面继续干自己的活，她十分巧妙地利用此人在厨房等候妈妈回话的片刻时间，以致此人离开之时，脑子里留下的印象几乎是不可磨灭，那就是“我们没有，是因为我们不要”。另外，她非要别人知道我们有钱［因为她不知道圣卢所说的部分冠词的用法，所以不是说 avoir de l’argent，而是说 avoir d’argent（有钱），apporter d’eau（拿水来）］，非要别人知道我们很富，并不是因为在她看来，光有财产即只有财产没有道德就是最大的幸福，但只有道德没有财产也不是她的理想。在她看来，财产是道德的必不可少的条件，没有财产，道德就会失去其价值和魅力。她很少把这两者区分开来，并最终把财产的好处赋予道德，把道德的优点赋予财产，认为道德会使人生活舒适，财产会给人以精神上的教益。

窗子关好，而且很快关好——如果不这样，我妈妈可能“什么骂人话都会对她说出来”——弗朗索瓦丝叹着气，开始收拾厨房的桌子。

“盖尔芒特家族有些人还住在椅子街，”贴身男仆说道，“我有个朋友在那里干过活，是他们家的第二马车夫。我认识一个人，不是我的朋友，是我朋友的内弟，他跟盖尔芒特男爵的一个驯马师一起在团里服过役。”男仆补充道：“不过，别去管他，这又不是我父亲！”[1]他在谈到当年的旧闻时，总要插进新奇的玩笑。

弗朗索瓦丝年纪已老，眼睛容易疲劳，却能在朦朦胧胧的远处看到贡布雷的所有东西，她听不出这话是什么玩笑，但听出这想必是个玩笑，因为这话跟下面的话没有联系，而且说出时铿锵有力，她也知道说话的人爱开玩笑。因此，她微微一笑，显出和蔼和赞赏的神色，仿佛在说：“这个维克多，老是这样！”另外，她心里也高兴，因为她知道，听到这种俏皮话，显然是上流社会的高雅乐趣，而为了得到这种乐趣，各个阶层的人都急忙梳妆打扮，情愿受冻着凉。总之，她认为贴身男仆是她的一个朋友，因为他不断向她愤怒地揭露共和国即将对神职人员采取的严厉措施。弗朗索瓦丝还不知道，最残忍的敌人并非是跟我们看法相左并试图说服我们的人，而是另一些人，这些人对一些会使我们难受的消息添枝加叶或干脆捏造，同时又使这些消息显得并不合情合理，而如果合情合理，我们就不会这样痛苦，也许还会对他们要向我们介绍的一种事业略有敬意，他们向我们介绍，则完全是为了折磨我们，折磨得既残酷，又洋洋得意。

“公爵夫人跟这些人应该都是亲戚。”弗朗索瓦丝再次谈起住在椅子街的盖尔芒特家族成员，如同在重奏一段行板乐曲。“我

---

① 这是法国剧作家乔治·费多（1862—1921）的三幕剧作《马克西姆家的女士》（1899）中女孩虾球的著名接话。

不记得是谁跟我说过，那些人里有人把一个表妹嫁给了公爵。不管怎样，他们都是一个‘括号’里的。盖尔芒特可是个大家族！”她毕恭毕敬地补充道。她说这是个大家族，既依据其成员众多，又依据其名声响亮，正如帕斯卡[①]确信宗教真实，依据的是理性和《圣经》的权威性。既然这两者都只能用“大”字来形容，那么在她看来，它们也就融为一体，弗朗索瓦丝的词汇如同某些宝石，有些地方有瑕疵，这也在她思想上投下了阴影。

“我心里在想，他们[②]是否在离贡布雷十法里路的盖尔芒特有一座城堡，如果这样，她们就应该是阿尔及尔的表姐的亲戚。”我母亲和我想了很长时间，这阿尔及尔的表姐会是谁呢，我们最终明白，弗朗索瓦丝说的阿尔及尔（Alger），其实就是昂热（Angers）。远在天边的地方我们可能知道，却不知道近在眼前的地方。弗朗索瓦丝知道阿尔及尔这个地名，是因为元旦那天我们收到样子难看的阿尔及尔海枣，她却不知道昂热。她的语言，特别是她的地名语汇，如同法语一样，是错误百出。“我一直想跟他们的膳食总管谈谈……大家是怎么叫他的？”她停了一下，仿佛在对自己提出外交礼节问题，接着又自己作了回答：“啊，对！大家叫他安托万。”说时好像安托万是个爵位。“他本来可以跟我谈谈，但他显出大老爷的模样，又像是学识渊博，仿佛舌头被人割掉，或是忘了去学说话。你跟他说话，他甚至不加理睬。”弗朗索瓦丝补充道，说时用了 faire réponse（理睬），就像塞维尼夫人[③]那样。“但是，”她又补充道，却并非真心诚意，“只要我知道自己锅里烧的是什么菜，就不会去关心别人锅里烧的东西。不管怎样，这人不大规矩。另外，他也不勇敢。（这个评语会使人感到，弗朗索瓦丝对‘勇敢’的

---

① 参见本书第一卷第 27 页注①。

② 法国七星丛书版中，eusse（他们）用引号。

③ 参见本书第一卷第 21 页注①。

看法已经改变，过去在贡布雷时，她认为人像猛兽才算勇敢，但这时却并非如此。‘勇敢’只是表示‘勤劳’。）还有人说，他常偷东西，不过，对于流言蜚语，不能全都相信。这里所有的雇工都走了，是因为门房的缘故，门房全都嫉妒，会在公爵夫人面前挑拨离间。但有一点可以说，那就是这安托万确实是懒虫，他的安托万奈丝（Antoinesse）也跟他半斤八两。”弗朗索瓦丝补充道。她为了找出Antoine（安托万）这个名字的阴性形式，以表示膳食总管的妻子，可能在无意中想起 chanoine（议事司铎）和 chanoinesse（享有教俸的修女）这两个词，用来创造她的新词。她在这方面倒是说得不错。巴黎圣母院附近，现在还有一条街名叫 rue Chanoïnesse（夏努瓦奈丝街），这街名是过去的法国人所起（因为这条街上以前住的都是修女），而弗朗索瓦丝实际上跟这些法国人处于同一时代。另外，构成阴性名词的这种方法，我们马上就能看到一个新的例子，因为弗朗索瓦丝这时补充道："不过完全可以肯定，盖尔芒特城堡属于公爵夫人。她在当地是女镇长①。了不起。"

"我知道，是了不起。"跟班确信无疑地说道，并未听出她话里有讽刺的味道。

"孩子，你真以为这了不起？但对他们这种人来说，当镇长或女镇长，一点儿也没有意思。啊！如果盖尔芒特城堡是我的，我就不会常常待在巴黎。像我们家先生和太太这样的东家，这样有钱，脑子里得要有什么想法，才会情愿待在这难受的城市里，而不是在他们能去又无人阻止他们去的时候到贡布雷去。他们什么也不缺，却不回去，是在等什么，是要等到死了再回去？啊！我只要有干面包吃，冬天有取暖的木柴，我早就回家了，回到我兄弟在贡布雷的破屋里去。在那里，你至少觉得自己是在过日子，面前没有所

① 法语中"公爵夫人"为 duchesse，是 duc（公爵）的阴性形式，"女镇长"为 mairesse，是 maire（镇长）的阴性形式。

有这些屋子，周围静悄悄的，夜里能听到两法里开外的青蛙叫声。”

“真好，太太。”年轻的跟班高兴地大声说道，仿佛这最后一点是贡布雷的特点，如同贡多拉[①]是威尼斯生活中的特点那样。

另外，跟班来我家的时间比贴身男仆要晚，他跟弗朗索瓦丝谈的事情，并不是他自己感兴趣，而是要让弗朗索瓦丝感兴趣。弗朗索瓦丝见别人把她看成厨娘就会生气，但跟班谈起她时总是称她为“女管家”，因此她对他特别亲热，就像有些二流亲王，看到心存善意的青年称他们为殿下，也会对他们和蔼可亲。

“你至少知道自己在做什么，知道你是在哪个季节。不像在这里，无论是复活节还是圣诞节，连一朵好看的黄花毛茛都看不到，早上我这副老骨头起来时，连轻轻的奉告祈祷钟声都听不到。在贡布雷那里，每小时都能听到钟声，虽然只有一只破钟，但你心里会想：‘我兄弟现在从地里回来了’，你看到太阳落山，敲钟是为了人间幸福，你能赶在掌灯前回家。在这里，白天完了，天就黑了，你就去睡觉，这一天到底做了些什么，你不见得会比牲畜更加清楚。”

“看来梅塞格利兹也很美，太太。”年轻的跟班打断了她的话。这时谈话如他所愿，变得有点抽象，他偶然想起曾听到我们在吃饭时谈到梅塞格利兹。

“哦！梅塞格利兹。”弗朗索瓦丝笑容满面地说道，每当有人说出梅塞格利兹、贡布雷、唐松维尔这些地名，她就会这样笑容可掬。这些地名是她生活不可或缺的组成部分，她在其他地方看到这些地名，或是在谈话中听到这些地名，就会感到喜上心头，就像教师在课堂上提到一位当代名人，而学生认为这个名字决不会从教师口中说出，不由感到惊喜万分。她之所以喜悦，还因为她感到

---

① 指威尼斯平底狭长、头尾高翘的小划船。

这些地方对她来说如同只属于她一人而不属于别人的东西，是过去曾经常跟她一起玩耍的老朋友；她对它们微笑，仿佛觉得它们有思想，因为她在它们中找到她自己的许多东西。

“是的，你可以这样说，孩子，梅塞格利兹相当漂亮，”她狡黠地笑着继续说道，“但是，你是怎么听到别人谈起梅塞格利兹的？”

“我是怎么听到别人谈起梅塞格利兹的？这地方大家都知道；有人跟我谈起过，还谈过许多次。”他回答时故意模糊不清，而我们想要确切了解与我们有关的一件事对别人是否重要时，这种模糊不清的情况总是使我们无法弄清事情的真相。

“啊！我可以告诉你们，在那里的樱桃树下，要比在炉灶旁舒服。”

她甚至对他们谈起了欧拉莉，说她人好。自从欧拉莉去世之后，弗朗索瓦丝早已完全忘记，她对生前的欧拉莉并不喜欢，因为她不喜欢一种人，这种人家里一贫如洗，“饥肠辘辘”，却又一无所长，全靠有钱人的善心来“装腔作势”表演一番。她已不再像过去那样感到难受，当时欧拉莉每星期都来，想方设法让我姑妈“给她一枚硬币”。对于我姑妈，弗朗索瓦丝则不断大唱赞歌。

“您当时在贡布雷，在太太的一个姑娘家里？”年轻的跟班问道。

“是的，在奥克塔夫夫人家。啊！她是个圣女，孩子们，她家里总是有东西招待你们，而且是好东西，你们可以说这女人心肠好，她不会怜惜小山鹑和野鸡，什么都不会怜惜，你们可以五六个人一起去她家吃晚饭，肉是不会没有的，而且是上等货，还有白葡萄酒、红葡萄酒，什么都有。［弗朗索瓦丝用 plaindre（怜惜）这个动词，其含义跟拉布吕耶尔[①]使用时一样。］费用总是全都由她负担，即使是全家一起去，住上几个月、几年的时间。（这种看法丝

① 参见本书第二卷第 195 页注①。

毫不会得罪我们,因为在弗朗索瓦丝所处的时代,dépens这个词并非是表示'诉讼费'的法律用语,而只是表示'费用'。)啊!我可以对你们说,客人离开她家时都没有饿着肚子。本堂神甫先生对我们说过许多次,如果有个女人能有希望来到仁慈的上帝身旁,这女人肯定是她。可怜的太太,我现在还好像听到她细声细气地对我说:'弗朗索瓦丝,您知道,我现在吃不下饭,但我希望大家都能吃上好的饭菜,就像我能吃饭时一样好。'当然啰,这不是为她做的。你们当时要是看到她就会知道,她还没有一袋樱桃那样重;没有人像她那样。她不肯相信我,她总是不愿意去看医生。啊!在那里吃饭决不会匆匆忙忙。她希望她的仆人个个吃得好。在这儿,今天早上,我们连吃点东西的时间都没有。干什么事都是急匆匆的。"

她感到特别恼火的是我父亲吃的烤面包干。她确信,我父亲以此来摆架子,把她"差来差去"。"我可以说,"年轻的跟班表示赞同,"这种事我从未见到过!"他这样说,仿佛他见多识广,仿佛他有几千年的经历,到过世界各地,对各国的风俗习惯无所不知,却不知道什么地方有吃烤面包干的习惯。"不错,不错,"膳食总管低声说道,"不过,这一切都会改变。加拿大工人将要罢工,有一天晚上,部长对我们先生说,为这事他拿到了二十万法郎。"膳食总管并没有因此而责备部长,这不是因为他自己为人十分正直,而是因为他认为政治家个个腐败,在他看来,贪污罪还不如最轻的盗窃罪严重。他甚至没有想一下,这句有历史意义的话,他是否真的听到,另外,他也没有怀疑这件事是否真实可信,因为这话由犯罪者亲口对我父亲说出,而我父亲却没有把他赶出大门。然而,由于有贡布雷的哲学,弗朗索瓦丝无法指望加拿大的罢工会对烤面包干的习惯产生影响。她说:"只要世道还是这样,你们可以看到,总会有主人让我们东奔西跑,总会有仆人做事心血来潮。"虽说有这种让仆人东奔西跑的理论,我母亲用来衡量弗朗索瓦丝吃饭时间长短的标准，可能跟弗朗索瓦丝并不相同，一刻钟以来我母亲一直在说：

"他们会在那儿干什么呀？他们吃饭已吃了两个多小时了。"

她轻轻地摇了三四次铃。弗朗索瓦丝、她的跟班和膳食总管听到铃声，但并不认为是在叫唤他们，也不想过去，而是把铃声看作乐器调音所发出的前几个音，这时音乐会即将重新开始，听众感到幕间休息只剩下几分钟的时间。因此，听到铃声不断，而且变得更加坚决时，我们这几个仆人才开始当一回事儿，知道休息的时间已经不多，工作即将重新开始，他们听到又有铃声响起，而且声音更响，就叹了口气，并作出各自的决定，跟班下楼后在门前抽支烟，弗朗索瓦丝先对我们提出想法，如"他们肯定有多动症"，然后上她的七楼去整理衣物，膳食总管则到我房间去找信纸，然后把他的私人信件迅速寄出。

盖尔芒特府的膳食总管虽说趾高气扬，弗朗索瓦丝仍在搬来后没几天就已获悉并告诉我说，他们家住在这座公馆，并不是因为具有古老的权利，而是因为在不久前签订了租约，并说公馆的花园是在我没有去过的那边，占地不大，就像所有邻屋的花园一样；我最终得知，那公馆里既没有领主的绞架、用于防御的风车，也没有养鱼池、柱上鸽舍、公用面包烤炉、带甬道的谷仓、小城堡，没有固定桥梁或吊桥、便桥以及过桥税征收员，也看不到钟楼的尖顶、墙上的契据和用作路标的石堆。当巴尔贝克的海湾在我看来不再神秘，变成地球上海水的一个组成部分，并跟其他任何海水完全相同之时，埃尔斯蒂尔的一句话却使这海湾顿时恢复了个性，他当时对我说，这是惠斯勒"蓝色和银色和谐系列"中的《乳白色海湾》[①]；

---

① 参见本书第二卷第221页注②以及第385页。惠斯勒的作品有类似标题，如《乳白色海滩》、《乳白色大海》、《乳白色黄昏》、《蓝色和银色和谐》等。普鲁斯特曾于1905年在巴黎艺术学校大厦参观惠斯勒画展。

同样，当盖尔芒特这个姓氏眼看它最后一处住宅在弗朗索瓦丝的频频打击下即将消失时，我父亲的一位老朋友有一天对我们谈起公爵夫人时说："她在圣日耳曼区地位最高，她在圣日耳曼区住宅最好。"当然，圣日耳曼区最好的客厅、最好的住宅，我以前先后梦想过的其他住宅与其相比，如同小巫见大巫。然而，这住宅虽然将是他们家最后的住宅，不管如何简陋，却依然珍贵，因为它超越了自身物质的价值，是与众不同的一种秘密标志。

盖尔芒特这个姓氏的秘密，我必须到德·盖尔芒特夫人的"沙龙"里以及她的朋友中去寻找，因为我看到她上午步行、下午坐车出门时，无法从她身上找到这个秘密。当然，在贡布雷的教堂里，她曾在变形的刹那间出现在我的面前，她的面颊上并未显出盖尔芒特这个姓氏以及维冯纳河畔的下午的色彩，而是取代我在梦中见到、已被摧毁的形象，如同神祇变成的天鹅或仙女变成的柳树，从此任凭自然规律的摆布，在水面游弋或随风飘曳。然而，我离开她之后，这已经消失的映像却立刻重现，如同夕阳的粉红和绿色映像，在被船桨击碎之后，又会在船桨后面出现，在我独自思考之时，这姓氏迅速把回忆中的这张脸占为己有。但现在，我经常看到她，看到她在房间的窗口，在院子里，在街上；即使我不能把盖尔芒特这个姓氏跟她融为一体，无法想到她就是德·盖尔芒特夫人，我至少可以归咎于我的思想，怪它不能完成我要求它做的事；但是她，我们的邻居，似乎也在犯同样的错误，而且并未感到局促不安，不像我那样顾忌重重，甚至丝毫没有怀疑这是个错误。这样，德·盖尔芒特夫人穿着一件件连衣裙，显出对追求时尚的关心，仿佛她认为自己已变得跟其他女人一模一样，因此想要身穿优雅的时装，因为在服饰方面，有些女子可以穿得跟她一样漂亮，甚至比她更加优美；我曾在街上看到她以赞赏的目光瞧着一个衣着漂亮的女演员；而在上午，仿佛行人们的看法——她在行人中间随意展示她那无法接触的生活，突出了行人的粗俗——可能是对她的一种审判，她在即将走出家门前，我会看到她在镜子前表演，就像已答应在宫廷喜剧中扮演侍女的王后，信心十足，仿佛自己就是剧中人物，丝毫没有嘲笑的模样，显示出热情洋溢、情绪恶劣或自尊自爱，这风雅女子的角色，跟她的地位有着天壤之别。她像在神话里那样，忘记了自己的高贵出身，看看帽上的短面纱是否拉下，把袖子弄弄平，把大衣穿穿好，如同神祇变成的天鹅，做着它这类动物的种种动作，两只描了眼线的眼睛分列鹅嘴两边，但没有朝那里看上一眼，只见她突然扑上前去，抓住门的球形把手或雨伞，活像天鹅那样，而忘记自己是位神祇。但是，旅客对一座城市的初步印象感到失望时心里会想，要领略城市的魅力，也许应该参观市里的一座座博物馆，结识一下市民，光顾一个个图书馆；同样，我心里也在想，如果我曾在德·盖尔芒特夫人家做客，如果我是她的朋友，如果我深入了解她的生活，我就会知道，在其他人看来，她的姓氏在光彩夺目的橙色外壳下面，真实而又客观地包含着什么内容，因为我父亲的朋友曾经说过，盖尔芒特家的环境，在圣日耳曼区中可说是别具一格。

我想象在这种环境里所过的生活，跟通常的经历有着截然不同的渊源，在我看来应该不同凡响，因此，我无法想象，在公爵夫人的晚会上，会有我以前经常交往的那些人即真实的人露面。原因是由于他们的本性不能说变就变，他们如在那里，就会说出一些我熟悉的话语；如果这样，他们的交谈者也许就要屈尊俯就，用相同的言语来回答他们；这样的话，在这圣日耳曼区首屈一指的客厅的一次晚会上，就会出现一些时刻，跟我亲身经历过的那些时刻相同。确实，我的思想因某些困难而感到局促不安，耶稣基督的圣体存在于圣餐面饼之中，在我看来并不比这圣日耳曼区首屈一指的客厅更加神秘莫测，这客厅位于塞纳河右岸，我每天早晨都能在我卧室里听到客厅里拍打家具的声音。但是，把我跟圣日耳曼区隔开的界线，虽说纯粹是想象出来的，在我看来却十分真实；我清楚地感到，在这条赤道的那边，盖尔芒特家的门毯，就已经是圣日耳曼区了，有一天他们家的门开着，我母亲跟我一样看到了门毯，竟胆大包天地说门毯十分破旧。另外，他们的餐厅和阴暗的走廊，放有面料为红长毛绒的家具，我有时能从我们厨房的窗口看到，既然在这餐厅里做过客就是到过圣日耳曼区，就是呼吸过该区的空气，既然客人们在餐桌旁就坐之前，都坐在走廊里德·盖尔芒特夫人旁边的皮制长沙发上，都是圣日耳曼区的人，我怎么会不认为这餐厅和走廊具有圣日耳曼区的神秘魅力，是该区的主要组成部分，其地理位置处于该区之中呢？当然，在圣日耳曼区以外的地方，在某些晚会上，有时能看到一个人端坐在一群样子风雅的凡夫俗子中间，这种人只是姓氏的代表，你如要想象出他们的外貌，他们会时而显出中世纪骑士比武的模样，时而展现封建领地中森林的景象。但在这里，在圣日耳曼区首屈一指的客厅里，在阴暗的走廊里，就只有他们这种人。他们用珍贵的材料制成，是支撑圣殿的一根根支柱。即使是朋友聚会，德·盖尔芒特夫人也只是邀请他们来做客，而在十二人参加的晚餐中，大家围坐在铺有桌布、端上饭菜的餐桌旁，活像圣徒小教堂①圣桌前的使徒金塑像，即象征祝圣者的支柱。至于公馆后面高墙之间的小花园，德·盖尔芒特夫人夏天在晚饭之后，叫下人把甜烧酒和橙汁端到花园里来，我怎么会没有想到，晚上九点和十一点之间，坐在园内跟皮制长沙发一样威力巨大的铁椅上，却又呼吸不到圣日耳曼区的特殊微风，就像在菲吉格②的绿洲午睡，却并未置身于非洲一样，是不可能发生的事情。只有想象和信仰，才能把某些物和人跟其他物和人区分开来，才能

---

① 圣徒小教堂是巴黎哥特式教堂的杰作。1246 年路易九世即圣路易为收藏十字军从圣地所获的耶稣遗物，特将王宫的一部分改建为小教堂，于 1248 年完成。小教堂位于西岱岛现在的巴黎法院内，分为楼上小教堂和楼下小教堂，后者供奉圣母。

② 菲吉格是摩洛哥东方行政区的城市和省份名称。城市在上高原区与撒哈拉沙漠北部交界处，地处绿洲。

创造一种氛围。唉！圣日耳曼区的这些秀丽景观，这些天然高低不平的地面，这些当地的奇珍异宝，这些艺术作品，我也许永远无法置身其中，永远无法亲眼目睹。因此，我看到对面那张破旧的门毡，只能暗自心情激动，如同在大海之上（却又永远无法到达彼岸），眼巴巴地看着岸边耸立的清真寺尖塔、第一棵棕榈树、工厂的前端或热带植物。

在我看来，盖尔芒特公馆始于其门厅的大门，但是，公爵认为，公馆的附属建筑应该扩展到更远的地方，因为他把所有的房客都看作佃农、平民和国家财产的获得者，而这些人的意见无足轻重；每天早上，公爵身穿长睡衣在窗口剃胡子，然后下楼来到院子里，穿什么衣服根据他觉得天气是冷是热，有时穿衬衫，有时穿睡衣睡裤，有时穿颜色罕见的苏格兰长毛花呢短上衣，有时穿比短上衣还短的浅色短大衣，他让一个驯马师牵着他新近买的一匹马在他前面慢跑。这马不止一次撞坏了朱皮安铺子的门面，朱皮安要求赔偿，使公爵十分生气。“公爵夫人在这幢房子和这个教区善举众多，”德·盖尔芒特先生说道，“这家伙竟要我们赔偿，真是卑鄙无耻。”但朱皮安执意要赔，仿佛丝毫不知道公爵夫人有过什么“善举”。然而，善事她确实在做，但由于你不能对每个人都做善事，因此你想到曾对一人做过善事，就觉得可以不对另一人做善事，这样你就会使后者更加不满。除了做善事的看法，还有对其他事情的看法，如公馆所在的街区，在公爵看来只是他家院子的延伸，并一直延伸到很远的地方，只是他的马匹更为漫长的跑道。他在观看新购的一匹马独自慢跑之后，命人把马套在车上，让马车驶过附近的所有街道，驯马师则跟在马车旁边奔跑，手执缰绳，让马反复在公爵面前跑过，而公爵驻足人行道上，站在那里如巨人一般，他身穿浅色服装，嘴里叼着雪茄，脑袋高昂，戴着奇特的单片眼镜，观看片刻之后就跳上马车，亲自驾驭马匹进行测试，并驾驭这新套的马车前往香榭丽舍大街去跟情妇幽会。德·盖尔芒特先生在院子里向两对夫妇问好，他们跟他这个社会阶层关系比较密切：一对夫妇是他的表亲，他们跟工人一样，从不待在家里照管孩子，因为妻子一大早就得到“学校①”去教对位法②和赋格曲，而丈夫则去雕刻室进行木雕和做压花皮革；另一对是诺普瓦男爵和男爵夫人，他们一直身穿黑色服装，妻子像是椅子出租者，丈夫则像装殓尸体的职工，他们每天要多次出门前往教堂。他们是前大使的侄子和侄媳妇，这位前大使我们认识，我父亲曾在这屋子楼梯的拱顶下遇到过他，但不知他从何处出来，因为我父亲在想，像这样一位大人物，过去跟欧洲显贵均有交往，也许对名门贵族的虚荣无动于衷，想必不会跟这些默默无闻、拥护教权、思想狭隘的贵族经常来往。男爵及其夫人不久前才搬来；男爵正在跟德·盖尔芒特先生打招呼，这时朱皮安到院子里来跟他说句话，因不知道他确切的姓氏，称他为“诺普瓦先生”。

“啊！诺普瓦先生，啊！说得真妙！等着瞧吧！此人很快就会把您称为‘诺普瓦公民’！”德·盖尔芒特先生面朝男爵，大声说道。他总算可以对朱皮安出口恶气：后者称他为“先生”，而不是“公爵先生”。

有一天，德·盖尔芒特先生需要了解一些跟我父亲的职业有关的情况，就亲自找上门来，显出矫揉造作的样子。从此之后，公爵常常以邻居的身份请我父亲帮忙，他看到我父亲正从楼梯上下来，一面在考虑某个工作，不想遇到熟人，就立刻离开他那些管马厩的仆人，来到院子，朝我父亲走去，替他把大衣的衣领整整好，那

---

① 指巴黎圣乐学校。法国作曲家夏尔·博尔德（1863—1909）在巴黎圣热尔韦教堂创立专门演出文艺复兴时期教堂音乐的合唱团，名为圣热尔韦歌唱团，后又于1894年创建研究教堂音乐的圣乐学会，即创办于1896年的巴黎圣乐学校的前身。该校教学水平很高，曾培养出乔治·奥里克、阿尔蒂尔·奥涅洛、罗朗·马尼埃尔等作曲家。

② 对位法是用于音乐的独特写作技法，即清晰地同时述说两件事。

热心侍候的样子，仿佛是从过去的国王侍从那里遗传而来，他抓住我父亲的手，握在手里还轻轻抚摸，以便像交际花那样厚颜无耻地向我父亲证明，他虽然肉体珍贵，却心甘情愿委身于我父亲，他一直把我父亲送到车辆进出的大门外面，我父亲则感到十分厌烦，只想尽快跟他分道扬镳。有一天，他跟妻子乘车外出，跟我们正好迎面相遇，就对我们躬身施礼，他想必对妻子说出我的名字，但是，我是否会福星高照，让她记住我的名字和我的脸庞？另外，我只是被介绍为她的一个房客，这种介绍实在是无足轻重！如在德·维尔帕里齐夫人家里遇到公爵夫人时被引见，就更有价值，而德·维尔帕里齐夫人曾对我外婆说过，希望我去看望她，并在知道我想要搞文学之后又说，我会在她家里遇到一些作家。但我父亲认为我年纪太小，还不到出入社交界的年龄，而我的健康状况也一直使他感到担心，因此他不想给我提供徒劳无益的机会，让我重新外出。

德·盖尔芒特夫人的一个跟班常常跟弗朗索瓦丝聊天，我因此听到他说出夫人常去的几个沙龙，但我无法想象出这些沙龙是什么模样：既然这些沙龙是她生活的组成部分，而我又只能通过她的姓氏看到她的生活，这些沙龙不就是无法想象出来的吗？

“今天晚上，帕尔马公主府举办盛大晚会，演出皮影戏，”那跟班说道，“但我们不去，因为夫人在五点钟要乘火车去尚蒂伊[1]，到奥马尔公爵家去住两天，一起去的是贴身女仆和男仆。我留在这儿。公爵夫人不去，帕尔马公主一定会不高兴，她为这事给公爵夫人写过不止四封信。”

“那么，今年你们不去盖尔芒特城堡了？”

“这是我们第一次不去那儿，是因为公爵先生的风湿病，医生说，如果没有装好暖气设备，就不能去那儿，而在这以前，我们每年

---

① 尚蒂伊为法国瓦兹省城镇，有蒙莫朗西家族和孔代家族的城堡，其中藏有丰富的艺术品，如古代绘画作品、瓷器等。奥马尔公爵于1886年将城堡赠与法兰西研究院。

都去，要待到一月份才回来。如果暖气设备没有装好，夫人也许要去戛纳住几天，住在吉斯公爵夫人家里，但这事还没有定下来。”

“那看戏，你们常去看吗？”

“我们有时去歌剧院看戏，有时去看帕尔马公主预订的夜场戏，每星期看一次；看的戏似乎都很棒：有话剧、歌剧，什么戏都有。公爵夫人不希望预订戏票，但戏我们还是去看了，一次是在夫人的一位女友的包厢里，另一次是在另一个包厢，常常是在盖尔芒特王妃的楼下包厢，王妃是公爵先生的堂弟妇。她是巴伐利亚公爵的妹妹。那么，您就这样上楼回家了。”跟班说道。他虽说已跟盖尔芒特家的人毫无区别，却仍然把通常说的**主人**看作一种政治概念，并因此对弗朗索瓦丝十分敬重，仿佛她曾侍候过一位公爵夫人。“您身体很好，太太。”

“啊！要不是这两条该死的腿！在平原上还行（在平原上，意思是：在院子里、在街上，弗朗索瓦丝喜欢在这些地方散步，也就是说在平地上），但爬那些讨厌的楼梯就不行了。再见，先生，也许咱们今晚还能见面。”

她还想同跟班谈谈，因为跟班曾告诉她，公爵的儿子常常有亲王的爵位，并一直保留到他们父亲去世。对贵族阶级的崇拜，混杂并融合着对贵族阶级的某种反抗精神，由于世世代代从法国封建领地上吸取养料，因此在法国人民的思想中无疑是根深蒂固的。至于弗朗索瓦丝，你对她谈论拿破仑的天才或无线电报，决不会引起她的注意，也决不会使她在出壁炉的炉灰时或在摆放餐具时放慢速度，但是，她只要听到贵族的上述特点，听到盖尔芒特公爵的幼子通常称为奥莱龙亲王，就会大声说道：“这真美！”并显出着迷的样子，如同在观赏一扇彩画玻璃窗。

弗朗索瓦丝也从阿格里让特亲王的贴身男仆那里了解情况，那男仆常来公爵夫人家送信，跟弗朗索瓦丝交上了朋友，他确实经常听到社交界在谈论圣卢侯爵和德·昂布勒萨克小姐的婚姻大事，并说此事已基本决定。

德·盖尔芒特夫人在其中生活的那幢别墅和进行消遣的那间楼下包厢，在我看来跟她那些套间一样如同仙境。吉斯、帕尔马和盖尔芒特-巴伐利亚这些姓氏，使公爵夫人所去的那些度假胜地有别于其他所有度假胜地，使她每天从她公馆乘马车去参加的晚会有别于其他所有晚会。即使这些姓氏使我知道，这些度假胜地和这些晚会中相继包含着德·盖尔芒特夫人的生活，它们也不能使我对此有任何清楚的了解。这些度假胜地和这些晚会，都以不同的方式来确定公爵夫人的生活，只是使它蒙上不同的神秘色彩，却并未使它的神秘有丝毫减弱，这神秘只是有位置的移动，在众人生活的波涛中间被舱壁隔开，封闭在圣器之中。狂欢节时，公爵夫人会在地中海前吃午饭，但在德·吉斯夫人的别墅里，这位巴黎上流社会的女王身穿白色凸纹布连衣裙，在众多王妃中间只是跟其他女客相同的普通女客，但因此却使我更加激动，她则面貌焕然一新，成了舞蹈明星，以别具一格的舞步先后取代她那些跳芭蕾舞的姐妹；她能看到皮影戏，不过是在帕尔马公主的一次晚会上，能看到悲剧或歌剧，不过是在盖尔芒特王妃的楼下包厢。

由于我们在一个人的身体中置入他可能有的各种生活，置入他对自己认识的、刚刚离开的或将要重逢的那些人的回忆，因此，如果我从弗朗索瓦丝那里得知，德·盖尔芒特夫人将走到帕尔马公主府去吃午饭，我就会在将近中午十二点时看到她从家里走到楼下，身穿肉色缎子连衣裙，跟她脸色相仿，如同一片染上夕阳色彩的云，这就是我当时看到圣日耳曼区的所有乐趣，只见它们展现在我的面前，在这小小的躯体中，宛如在贝壳里，在两个壳瓣闪闪发光的珍珠层之间。

我父亲在部里有个朋友，名叫 A. J. 莫罗，他为跟其他姓莫罗的人有所区别，就总是在自己的姓氏前面加上这两个名字的起首字母，因此，大家为简便起见，索性称他为 A. J. 。我不知道这个

A. J. 如何弄到一天晚上歌剧院盛大演出的一张正厅前座的戏票；他把戏票寄给了我父亲，由于我第一次看贝尔玛演出后感到失望，后来再也没有去看她演出，而她这次要演出《淮德拉》的一幕，因此由我外婆出面，让我父亲把戏票给我。

老实说，这次能否去看贝尔玛演出，我毫不在乎，而在几年以前，她曾使我心潮澎湃。我发现自己对以前看得重于健康和休息的事情，现在竟无动于衷，不免内心怆然。这并非是因为我想要就近观赏我想象力依稀可见的珍贵现实片段的欲望不如当时强烈，而是我的想象力现在不再把这些片段置于一位著名女演员的朗诵之中；自从我对埃尔斯蒂尔进行一次次拜访之后，我以前对贝尔玛的这种演技和悲剧艺术的信仰，现已转到某些挂毯和某些现代绘画作品上；我的信仰和我的欲望，不再一如既往地崇拜贝尔玛的朗诵和姿势，因此，我心里所保存的它们的"复身"也就渐渐消亡，如同古埃及那些亡故者的"复身"，必须经常提供食物才能维持其生命[①]。这艺术已变成薄薄一层，十分脆弱，任何厚实的灵魂都不会再寄居其中。

我使用我父亲得到的戏票，登上歌剧院的大楼梯，看到前面有一男子，我起初以为是德·夏吕斯先生，因为此人的举止像他；这时他转过头来，向一个职员询问事情，我才知道自己看错了，但我毫不犹豫地把这个陌生人列入同一社会阶层，依据的不仅是他的衣着，而且还有他跟检票员和女引座员说话的方式，他们让他等待片刻。虽然每个人都有自己的特点，但在那个时代，服饰华丽而又富裕的那部分贵族和服饰华丽而又富裕的金融家以及工业巨子之间，仍然存在着十分明显的区别。一位金融家或工业巨子对下级

---

① 从公元前 3 000 年的提斯王朝起，古埃及人认为灵魂是人的"复身"，跟人一起出生、生活、死亡。这两者的命运休戚相关，如让尸体腐烂，复身也随之腐烂，因此必须经常供奉复身想要和需要的食物和物品，才能使其维持生命。

说话时语气傲慢、不容置辩，以显示自己的潇洒，而大贵族却态度温柔，面带微笑，装出谦和和耐心的样子，显得跟普通观众一模一样，并以此表明他特有的良好教育。看到他面带善意的微笑，以掩饰他所代表的狭小而又特殊的世界无法跨越的门槛，可能有不止一个富裕的银行家之子，在此刻走进剧院时，会把这位大贵族看成无名之辈，只要没有发现他跟各家画报最近刊登的一幅肖像画复制品有着惊人的相似之处，这肖像是奥地利皇帝的侄子萨克森亲王，这时正好在巴黎。我知道他是盖尔芒特家的好友。我走到检票员身旁时，听到萨克森亲王或可能是亲王的那位微笑着说："我不知道这包厢的号码，她表姐告诉我，只要问她的包厢就行了。"

他也许就是萨克森亲王；他在说出"她表姐告诉我，只要问她的包厢就行了"这句话时，他两眼在想象中看到的可能是盖尔芒特公爵夫人（如果这样，我就能看到她正在她堂弟妇的楼下包厢里，度过她那无法想象的生活的一个时刻），因此，这含笑而又特殊的目光，这些如此普通的话语，使我的心感到抚摸的舒适（比虚无缥缈的遐想还要舒服），这抚摸靠交替使用两个触角来完成：一是可能出现的幸福，二是并不可靠的声誉。他在对检票员说出这句话时，至少使我日常生活中观看的一出普通的夜场戏，可能跟一个新的世界联系在一起，这就是检票员在说出"楼下包厢"这四个字后指给他看的那条走廊，他走了进去，只见走廊潮湿，墙上有条条裂缝，仿佛通向海底洞穴，通向神话中海洋仙女的王国。我前面只有一位身穿晚礼服的先生渐渐走远，但我反复在想，他就是萨克森亲王，现在去看望盖尔芒特公爵夫人，我如同手握拙劣的反射镜，无法把这一想法恰好投射到他的身上。虽说他现在独自一人，这想法在他身外，无法触摸，奇长无比，断断续续，如同投影，仿佛在前面给他引路，犹如一位神祇，其他人无法看到，却总是待在希腊战士身旁[1]。

我来到自己的座位，一面在想《淮德拉》中我记不清楚的一个诗句。我把这句诗读了出来，其音步的数目却不合要求，但我在数出音步的数目后，感到这不符合标准的诗句跟标准的古典诗句根本就无法相比。我不会感到惊讶的是，这冗长的诗句，要去掉六个以上的音节，才能变成十二音步的诗句。这时我突然想起了这个诗句，人间并不存在的这些无法消除的凹凸不平，顿时神奇地消失得无影无踪；诗句的音节立刻符合亚历山大体十二音节诗的要求，多余的音节轻而易举地被排除在外，如同气球在浮出水面时马上破裂。诗句中这冗长的部分，我刚才反复与其较量，其实只是一个音步。

正厅前座的部分票子在售票处出售，卖给故作风雅或好奇之徒，他们想要观看无法在别处就近看到的一些人。这些人真正的社交生活，通常是秘而不宣，这时却依稀展现在公众面前，帕尔马公主为朋友们订了楼上楼下的所有包厢，这剧场如同沙龙，每个人都在换座位，有时坐这儿有时坐那儿，以便坐在一位女友身旁。

我旁边坐的是一些庸俗之徒，他们并不认识那些订票人，却非要表明他们能辨认出来，并大声说出那些人的姓名。他们还说，那些订票人来此就像来到自己的客厅，意思是说，那些人对演的戏并不注意。但实际情况恰恰相反。一个有才华的大学生，买了正厅前座的票来观看贝尔玛的演出，只是因为不想弄脏手套，不要妨碍别人，跟他有幸坐在其身边的观众和睦相处，不时微笑着追逐转瞬即逝的目光，跟一个熟人目光相遇时无礼地避开，这个熟人他是在剧场里发现的，感到不知所措，在犹豫良久之后，他决定前去跟此

---

① 指雅典娜。在荷马和维吉尔的作品中，雅典娜是古希腊居民亚加亚人的保护女神。她在战争中支持他们，为他们求得其他神祇的帮助，在他们驾船出海时平息风浪。她在出手相助时使用变形法或隐身法。

人打个招呼，但他尚未走到此人跟前，开场棍敲三下的声音却已响起，他只好像希伯来人逃到红海那样溜了回去[①]，处于男女观众翻腾的波涛中间，这波涛由他掀起，因为他撕破了女观众的裙子，踩坏了男观众的高帮皮鞋。相反，是因为上流社会人士都坐在一个个包厢里（在楼厅栏杆后面），如同在一个个悬挂的小客厅里，客厅的一面隔墙已被去除，或是像在一个个小咖啡馆里，他们到里面去吃果冻蛋糕，却又不必害怕那不勒斯风格建筑中的金边镜子和红色椅子；这是因为他们若无其事地把手放在这歌剧艺术圣殿的一根根镀金的柱身上，这是因为他们并未因欢迎过于隆重而心情激动，因为有两尊塑像，把棕榈叶和桂冠献给这些包厢，这是因为他们只要有头脑，就会在看戏时思想不受拘束。

起初只是黑暗而又模糊，在这黑暗之中，我们突然看到名人的两眼发出的磷光，犹如不可见的宝石的光芒，或是像亨利四世的像章显现在黑底之上，这是奥马尔公爵俯身的侧影，一位看不到的女士对他喊道："殿下，请允许我给您把大衣脱下"，但亲王回答道："啊，别这样，德·昂布勒萨克夫人。"她不顾亲王假意推辞，给他脱了大衣，她获此殊荣，众人见了羡慕不已。

不过，在其他楼下包厢，居住在这些阴暗住所的白衣女神，几乎到处都有，都靠在阴暗的墙壁上隐藏起来，使人无法看到。但是，随着剧情的推进，她们模糊的人影一个接着一个无精打采地从她们编织的夜幕深处钻出，朝光亮处升起，露出她们半裸的身体，垂直地停留在半明半暗的水面上，她们闪闪发光的面孔一个个从羽扇后面露出，一把把羽扇如波浪般轻轻翻滚，泡沫四溅，十分欢

---

① 据《圣经·旧约》，古代以色列人领袖摩西 80 岁时重返埃及，用上帝赋予神力的手杖给埃及降灾，迫使法老让他率全体以色列人携带财物离开埃及前往迦南。途中到达红海，他用手杖一指，海水两边分开，以色列人如走旱地般过海，埃及人追至海中，他再次用手杖一指，海水随即复原，埃及人想要逃走，被上帝推入海中淹死。参见《旧约·出埃及记》第十四章。

快，她们紫红的头发饰有珍珠，显得零乱，仿佛被起伏的波涛压弯；然后，正厅前座开始显现，这是凡人的居所，跟阴暗、透明的王国永远分开，而王国的边界是海洋女神清澈而又明亮的眼睛，处于平坦的水面上，到处可见。海岸边的折叠加座，乐池里乐谱的形状，在她们的眼睛里勾画出来，依据的是透视法仅有的那些原理，以及它们入射的角度，这就像外部世界的这两类那样，我们知道它们跟我们不同，连极其简单的灵魂也不具备，因此我们认为，对它们微微一笑或是看上一眼，都是荒谬之举：一类是矿物，一类是跟我们没有交往的人。在这里，这些容光焕发的大海女儿，会随时从王国边界回来，微笑着回到游弋在高低不平的海底的特里同[①]身边，或是回到一个水栖半神那里，半神的脑袋是光滑的卵石，上面有波涛冲来的一根平滑海藻，眼睛则是圆形水晶。她们朝他们俯下身子，给他们吃糖；有时，波涛微微分开，又来了个海中仙女，她姗姗来迟，不好意思地微笑着，她刚从黑暗深处出来，如同盛开的花朵；然后，这幕戏结束，各位姐妹不想再听到把她们吸引到水面上的人间悦耳而又嘈杂的声音，就一下子全都潜入水里，消失在黑暗之中。这些不准别人接近的好奇女神，对人类的作品略加关心，来到她们隐蔽所的门口观看，在这些隐蔽所中，最著名的是半明半暗的礁岩，被称为盖尔芒特王妃的楼下包厢。

王妃是著名女神，在远处主持下级神祇的娱乐活动，她故意待在稍微靠后的地方，坐在侧面一张长沙发上，沙发面料红色，如同珊瑚岩礁，旁边有宽阔的玻璃反光，可能是一面镜子，使人想起某种切面，光线穿过晶体般耀眼的水中，会形成这种切面，垂直、暗淡，如液体般流动。一朵硕大白花，既像羽毛又像花冠，如同某些海洋花卉，像翅膀那样毛茸茸的，从王妃的额头沿着一边面颊的曲

① 特里同是希腊神话中人身鱼尾海神，海神波塞冬和安菲特里特之子。依照波塞冬的命令吹响螺号，可使海洋波涛翻滚，也可使其风平浪静。

线垂下，柔顺而又雅致，多情而又活泼，仿佛把半个面颊遮盖，如同一只粉红色的蛋，置于柔软的翠鸟窝里。在王妃的头发上，发网一直垂到眉毛，后又在下面齐喉处再现，发网由南半球某些海中捕到的白贝壳制成，并饰有一颗颗珍珠，如同刚从波涛里露出的海洋镶嵌画，不时淹没在黑暗中，但即使在黑暗中，仍显示出一个人的存在，因为可看到王妃那两只神采奕奕的明亮眼睛。王妃的美貌，使她远胜于半明半暗中其他美妙女子，但她的美并非完全表现在她的皮肤上，而且还表现在她的颈背、肩膀、双臂和身材上。但是，她身材美丽而又并未定型的线条是确切的起点，必然伸展出一条条不可见的线条，而你的眼睛又会将其延伸，把这些美妙线条置于这女子周围，如同理想的形象在黑暗背景上投下的幻影。

“这是盖尔芒特王妃。”坐在我旁边的女子对跟她一起来的先生说，说时在Princesse(王妃)这个词前加上好多个p，以表示这称呼滑稽可笑。“她把自己的珍珠都戴了出来。我感到，我即使有这么多珍珠，也不会像她那样全都戴出；我并不认为这样就显得优雅。”

然而，想知道今天谁来看戏的人们，在认出王妃之后，都感到自己心中树立起理所当然的美的宝座。确实，对于卢森堡公爵夫人、德·莫里昂瓦尔夫人、德·圣欧韦尔特夫人以及其他许多人来说，能作为识别她们的脸部特征，是红色大鼻子加上兔唇，或是面颊皱纹外加上唇又细又浓的汗毛。另外，这些特征足以迷人，因为它们虽然像笔迹那样只有特定的价值，却能读出一个名门的姓氏，令人肃然起敬；但是，它们最终也使人产生一种想法，即丑陋是贵族阶级的一个特点，并认为一位贵妇人的脸只要高贵，是否美无关紧要。然而，某些艺术家在画作下方不是签上自己的大名，而是画上美丽的图案，如蝴蝶、蜥蜴、花卉，同样，王妃把美妙的身体和面孔的形状置于她包厢的角上，并以此表明美可以成为最高贵的签名；德·盖尔芒特夫人带到剧场里来看戏的，只是她在其他时间里的亲密朋友，因此有她在场，在喜爱贵族的人们看来，则是她楼下包厢所展示的图画并非赝品的最好证明,在某种程度上展现了王妃在慕尼黑和巴黎的宫殿里平凡而又独特的生活场景。

我们的想象力如同故障的手摇风琴,弹出的曲子总是跟指定的乐曲不同,每当我听人谈起盖尔芒特-巴伐利亚王妃,十六世纪的某些作品就像唱歌一般在我脑中出现。我现在必须消除这种回忆才能看到她,只见她正在把冰冻果糖递给一位身穿燕尾服的肥胖先生。当然,我完全不能由此得出结论,认为她和她的客人们跟其他人一模一样。我十分清楚,他们在这里的所作所为,只是逢场作戏而已,知道为拉开他们一幕幕真实生活的序幕(他们真实生活的主要部分,当然不是在这里度过),他们就相互约定,按照我不知道的礼仪来行事,他们装模作样,一个递上糖果,一个却不想吃,这些举动都没有意义,都是事先确定,就像舞蹈女演员的舞步,时而用脚尖踮起,时而围绕一条围巾旋转。有谁知道,女神在递上糖果时,也许用嘲弄的口吻在说(因为我看到她在微笑):“您要吃糖吗?”这跟我又有什么关系?我要是听到这话就会认为,女神对半神半人说的这句话故意冷淡,像是梅里美或梅拉克[①]的风格,具有妙不可言的高雅,而半神半人知道,他们二人概述的是何种崇高的思想,这无疑是为他们重新开始过他们真实的生活所作的准备,就接着玩这种游戏,也用神秘而嘲弄的语气回答说:“是的,我要颗樱桃糖。”我会如饥似渴地倾听这对话,如同在听《黄花闺女的丈夫》[②]中某一场戏的对话,这场戏中没有我十分熟悉的诗意和深

---

① 即亨利·梅拉克(1831—1897),法国剧作家。常跟法国作曲家吕多维克·阿莱维合作。为雅克·奥芬巴赫著有轻歌剧《美丽的海伦》、《巴黎生活》等剧本。另著有喜剧《衣裙窸窣》等。

② 《黄花闺女的丈夫》是梅拉克的四幕喜剧,1879 年 2 月 5 日在王宫剧院首演。剧中黄花闺女尼娜有两种选择,一是选择正直但乏味的朗贝蒂埃,他愿娶她为妻,二是选择富裕的蓝地子爵,他只想把她当作情妇看待。她曾想用一局惠斯特牌戏来决定自己的选择,最后却由当时的情况替她作了选择。

奥思想，而我觉得梅拉克完全可以把诗意和深奥思想置于其中，但光是这场戏就使我感到，它具有一种传统的优雅，并因此显得更加神秘莫测，更有启示作用。

“那胖子是加南塞侯爵。”我旁边的观众没有听清他后面的人低声说出的姓氏，就显出行家的样子说道。

那是帕朗西侯爵，他伸长脖子，侧着脸，圆圆的眼睛贴在单片眼镜镜片上，他慢慢地移动着，移动在透明的阴暗之中，显然不再看到正厅前座的观众，如同一条鱼在鱼缸里面游动，对玻璃后面一群好奇的参观者熟视无睹①。他有时停下，令人肃然起敬，只见他喘着气，身上全是青苔，而观众无法说出他是否感到吃力，是在睡觉还是在游泳，无法说出他是否正在产卵，或者只是在进行呼吸。没有人像他那样使我感到如此羡慕，是因为他看来已对这楼下包厢习以为常，是因为他显出满不在乎的模样，听任王妃把糖果递给他；她于是对他看了一眼，两眼如同用一块钻石雕琢而成，而在这种时刻，仿佛因聪明和友情变成秋波，但在静止之时，又恢复其纯粹是物质的美；这两只眼睛在因微弱的反射作用稍加移动之时，只须用矿物质的光泽，就能用非人间所有的一排光辉灿烂的火焰，把正厅后座烧成红通通的一片。然而，贝尔玛演出的《淮德拉》中的那幕即将开始，王妃就来到楼下包厢前面；这时，她仿佛是戏中出现的人物，处于她刚穿过的不同光照地带之中，我看到她的首饰不仅颜色变了，而且质料也起了变化。在已干涸的包厢里，出现的王妃不再属于海洋世界，不再是海中仙女，她出现时头裹蓝白二色缠巾，如同美妙的悲剧演员，身穿扎伊尔的服装，或者可能是奥罗斯

---

① 普鲁斯特在“斯万之恋”中用大致相同的文字描写了德·帕朗西先生的单片眼镜（参见本书第一卷第 328 页）。德·帕朗西先生的原型为路易·德·蒂雷纳伯爵（约 1843—1907）。

曼纳的服装[①];然后,她在第一排就坐,我看到柔软的翠鸟窝,含情脉脉地保护着她那珠光色的粉红面颊,那鸟窝软绵绵、毛茸茸,又光彩夺目,活像一只巨大的极乐鸟。

然而,我的目光从盖尔芒特王妃的楼下包厢移开,是因为一个矮小女子,她衣着寒碜,相貌丑陋,两眼炯炯有神,后面跟着两个年轻人,在离我有几个座位远的地方就坐。接着幕布拉开。我不无忧伤地感到,我过去对贝尔玛戏剧艺术的好感,现已荡然无存,当时,为欣赏这奇异景观,我会来到天涯海角,我在观看时全神贯注,如同天文学家前往非洲或安的列斯群岛安装摄影的玻璃底片,以准确记录一颗彗星的轨迹或一次日食[②];当时,我心惊胆战,希望不要出现丝毫阴云(如演员情绪不佳,观众中意外事件),使演出无法达到最佳水平;当时,我会觉得看戏的环境并非最好,如果我去看戏的剧院没有把她奉若神明,我在剧院里感到,其他人和物都是她在小小的红色幕布下登台演出的组成部分,都是一种道具,如她指定的佩戴白色康乃馨的检票员,在坐满衣冠不整的观众的正厅后座上方的大厅底座建筑,出售印有她照片的戏单的女引座员,剧院前广场的栗树,我当时印象中的所有这些伙伴和知心朋友,在我看来是不可分离的整体。《淮德拉》、"爱情表白这场戏"[③]以及贝尔玛,当时在我看来是一种完美的存在。这戏剧和人物,脱离常

---

① 扎伊尔和奥罗斯曼纳均为伏尔泰五幕悲剧《扎伊尔》中人物。在第七次十字军东征时,土耳其苏丹奥罗斯曼纳在耶路撒冷的后宫里爱上了俘获的女奴扎伊尔,并想娶她为妻。扎伊尔生为基督教徒,但在伊斯兰教熏陶中长大,对苏丹也心生爱意。为使被俘的父亲和哥哥获释,扎伊尔决定推迟跟苏丹的婚礼,引起了苏丹怀疑。苏丹意外发现她哥哥模棱两可的书信,十分嫉妒,一怒之下将她杀死。后弄清真相,他自杀身亡,把俘虏全部释放。

② 使用达盖尔银版法拍摄的照片来记录天文现象,自十九世纪中叶起有了发展,1855 年首次直接拍摄了太阳的照片。哈雷彗星于 1910 年春季出现,不仅引起天文学界注目,而且对世界各国的普通人也是轰动一时的新闻。

③ 指《淮德拉》第二幕第五场,忒修斯的妻子淮德拉向希波吕托斯表达爱情。

人活动的世界,依靠自身存在,我必须与其接近,我将从中深入了解我能够了解的东西,我睁大眼睛、敞开心扉,从中吸收到的东西却会少得可怜。但是,生活使我感到十分愉快:我过的生活微不足道,是无关紧要的事情,同样,穿上衣服准备出门的时刻也是如此,因为除此之外,更加牢靠的现实还以完美的方式存在,这些现实既美好又难以接近,无法完全拥有,那就是《淮德拉》,还有贝尔玛道白的方式。我思想里充满了对戏剧艺术完美的遐想,你如果在那个时候分析我的思想,不管是在白天或夜里的哪一分钟,你都可以从中得出大量遐想,我如同正在充电的电池。一时间还发生了这样的事情:我在生病时,即使以为自己会死去,也非要去看贝尔玛演出。但现在,这一切就像山丘,远看如同用蓝天做成,近看又变得平淡无奇,这一切不再属于完美的世界,只是跟其他事物相同的一种事物,我能了解它是因为我在近旁;演员们跟我熟悉的那些人本质相同,他们尽可能完美地说出《淮德拉》的这些诗句,这些诗句不再是高超、独特、与众不同,而是取得一定成就的诗句,即将纳入数目庞大的法国诗歌之中,成为其中一个组成部分。我对此感到十分失望,是因为我固执而又积极地想要的东西已不复存在,然而,我仍然喜欢进行目标固定的遐想,这种遐想一直存在,虽说年年都有变化,却会使我突然产生冲动,并且不顾其危险的后果。有一天晚上,我抱病前往一座城堡,去观看埃尔斯蒂尔的一幅画,以及一幅哥特式挂毯,这跟我得去威尼斯那天十分相像,跟我去看贝尔玛演出或是动身前往巴尔贝克的那天十分相像,因为我都预感到,我现在为其牺牲的客体,在不久之后会使我觉得无足轻重,感到那时我会对这幅画、这些挂毯视而不见,而在此时此刻,我却会因此度过这么多的不眠之夜,经受这么多的病痛。这客体的变化无常,使我感到我为其作出的努力徒劳无益,同时感到这努力无比巨大,而我却未曾想到,这就像神经衰弱患者,你指出他们累了,会使他们感到疲倦倍增。在此期间,我的梦想使与其有关的一切都变得神妙莫测。我纯粹的肉欲，目标总在某一方面，表现为相同的梦想，即使是这种肉欲，我也能看出其中的主要动力是一种想法，为了这种想法我可以献出自己的生命，而这种想法的中心思想，正如我下午在贡布雷的花园里看书时遐想的那样，是对完美的想法。

我不再像过去那样，对爱情或愤怒表现得正确与否持宽容态度，这些意向我是在阿莉茜、伊斯墨涅和希波吕托斯[①]的道白和动作中发现的。这不是因为这些演员——是同样的演员——没有坚持用同样的聪明才智，时而使声音变得温柔动听或故意含糊，时而使动作显得悲天悯人或哀婉动人。他们的语调驾驭这声音："你要温柔，像夜莺般歌唱，你要亲热。"或者相反："你要愤怒。"于是，他们的语调朝声音猛扑，以便用暴力取胜。但声音并未屈从，而是置身于他们的语调之外，仍不屈不挠地保持着他们自然的声音，并带有其体质上的缺陷或魅力，日常的粗俗或矫饰，因此展现的是一组声学或社会现象，这组现象并未因诵读的诗句所表达的感情而有所改变。

这些演员的动作是在命令他们的手臂和无袖长衣："你们要显得庄重。"但是，上肢不服从命令，仍然让肩膀和肘部之间的二头肌显得趾高气扬，而二头肌对扮演的角色一无所知：上肢继续表现出日常生活的平淡，继续阐明的不是拉辛作品中细腻的感情，而是各块肌肉之间的联系；它们所掀起的有皱褶的长衣，重又垂直落下，在落下时能跟落体定律一争高下的，就只有织物平淡无奇的柔软。这时，坐在离我不远处的矮小女士大声说道：

"别鼓掌了！她穿得实在太怪！她太老了，已经不行了，别人要是这样，就不会登台演出。"

在邻座发出的"嘘"声中，两个跟她一起来的年轻人，竭力使

---

① 均为《淮德拉》中人物。阿莉茜是雅典的一位公主，希波吕托斯爱上了她，伊斯墨涅则是阿莉茜的知心女友。

她安静下来，于是，她的愤怒只是从眼睛里表现出来。不过，这愤怒所针对的只是成功和荣誉，因为贝尔玛虽说挣到过这么多钱，现在却负债累累。她总是定好一些生意上或朋友间的约会，却无法赴约，她在所有街道上都会遇到身穿制服的服务员，让她退掉她预订后从不去住的旅馆套房，另外，给她的狗洗澡用的大量香水的钱要付，还要把违约金付给所有剧院经理。虽然她的开销不如克娄巴特拉①，虽然她在骄奢淫逸方面不如这位女王，但她花在寄气压传送信件和租市租车公司②的钱，也相当于几个省份和几个王国的开支。那矮小女士是一位演员，但运气不佳，对贝尔玛是切齿痛恨。贝尔玛刚登台演出。啊，真是奇迹，我们晚上花费九牛二虎之力去复习也未能记住的功课，在睡了一觉之后，却已牢记在心，就像那些死者的脸，我们满怀热情地拼命去想，却怎么也无法回忆出来，但我们一旦不再去想，这些脸却一张张浮现在我们眼前，就像活着时那样；同样，贝尔玛的才华过去总是躲避着我，我却一直热切地希望抓住其实质，而现在，在遗忘了这么几年之后，在这漠不关心的时刻，她的才华却显而易见地得到了我的赞赏。过去，为了能把她的才华孤立起来观察，我在听到的特点中去除了角色本身的特点，即出演《淮德拉》的所有女演员都有的特点，我事先对角色本身进行了研究，以便能将其排除在外，使剩下的只有贝尔玛夫人的才华。但是，我想要在角色之外看到这种才华，却只能跟角色融为一体。这就像一位大音乐家（看来樊特伊弹钢琴时就是如此），他的演奏出自大钢琴家之手，你甚至完全听不出这位艺术家是否是钢琴家，因为（这种指法虽说出色的效果到处可见，却并未

① 即克娄巴特拉七世（前69—前30），埃及托勒密王朝末代女王（前51—前30）。前48年罗马统帅恺撒入埃及，助其独占王位。前37年与安东尼结婚，后者宣称把罗马的东方领土赐与她的儿子，于是元老院与屋大维兴兵征讨。前31年亚克兴战役安东尼和她溃败，逃回埃及后自杀。

② 市租车公司位于泰布街59号，是当时巴黎最大的马车出租公司之一。

完全使用，这种音符的飞溅也是如此，听众虽然不知所措，却至少觉得在物质的、可感知的现实中看到了才华）这演奏变得十分透明，充满了它阐述的内容，以致演奏本身不再被人看到，而只是成为通向一部杰作的窗户。阿莉茜、伊斯墨涅和希波吕托斯的声音和手势的意图，如同庄重或精致的框架，我已能分辨出来；但是，淮德拉已将其藏在内心之中，而我的思想却不能从语调和手势中看出这些独特的想法和效果，不能透过极其简朴的外表来理解它们，因为它们一旦被吸收到内心深处，就无法从中显示出来。贝尔玛的声音，已丝毫没有与思想格格不入的惰性物质的残余，不会让人看到它周围有过多的眼泪，你看到过多的眼泪流出，是因为它们未能被阿莉茜和伊斯墨涅大理石般的声音所吸收，但贝尔玛的声音已巧妙地分散在一个个微小的细胞内而变得温和，如同一位著名小提琴家的乐器，有人说它音质好，想称赞的并非是物理性质，而是高超的灵魂；同样，在古代风景画上，在仙女消失的地方，有一潭静止的泉水，一种清晰可辨的具体意图，在此变成某种音质的特征，清澈得出奇，又恰如其分，并且寒冷。贝尔玛的双臂，仿佛由跟她从嘴里出来的声音一样传出的诗句举到胸前，如同檐板上的叶饰，因溢出的水而移动位置；她在舞台上的姿势，是逐渐形成，以后还会有所改变，这姿势的形成有赖于另一种深刻的推理，而不仅依靠可从她同事的手势中看出蛛丝马迹的那种推理，这种推理已失去其原有的固执，融入一种推理之中，让一些丰富而复杂的成分闪耀在淮德拉的周围，但心醉神迷的观众不是把这些成分看作艺术家的一种成功，而是看作生活的一种现象；那些白色纱衣，疲惫不堪而又忠心耿耿，仿佛是有生命的物质，是由痛苦织成，这痛苦既属异教徒又属冉森派，被纱衣包裹其中，如同娇弱、胆怯的蚕茧：声音、姿势、手势、纱衣，这一切在一种思想即一个诗句的躯体周围（这躯体不同于人的躯体，不是不透明的障碍，而是像一件超尘拔俗的净化衣服），只是一个个附加的外壳，这些外壳不是把心灵遮盖，而是使其更加光辉灿烂，心灵则把外壳同化，并在其中扩散，这一切只是变成半透明的各种物质的流动，这些物质叠合在一起，使穿过它们并囚禁其中的中央光束在折射时更加光亮，并使光束镶嵌其中、充满火焰的物质扩散，变得更加珍贵、艳丽。贝尔玛对作品的这种表演，是否已成为另一部作品，同样因天才而变得生气勃勃？

确实，我的印象胜过以前的印象，但并无差别。只是我不再把自己的印象跟事先已有的对戏剧天才的一种抽象而又错误的想法进行比较，并知道戏剧天才就是如此。我刚才在想，我第一次看贝尔玛演戏时并未感到愉悦，是因为就像我以前去香榭丽舍大街跟吉尔贝特见面时一样，我抱着过大的希望。在两次失望之间，也许不仅仅有这种相同之处，还有另一种相同之处，而且更加深刻。一个人或一部作品（或一种表演）特点鲜明，对我们产生的印象如同一个特殊人物。但我们随身带来的是“美”、“风格浑厚”、“哀婉动人”这些想法，我们在迫不得已时会产生幻觉，觉得司空见惯的良好才能和五官端正的面孔也符合这些特点，但我们全神贯注的思想在前面看到的却是反复出现的一种形式，而在思想里并没有另一种与此相同的形式，因此必须从中分离出未知之物。我们的思想听到一个尖尖的声音，一个奇特的疑问语调。它在想：“这是否是美？是否是我的感觉？是否是欣赏？这是否是富丽的色彩、高雅和力量？”再次回答它的是一个尖尖的声音，一个奇特的疑问语调，这是专横的印象，由你不认识的一个人留下，完全是具体的印象，在这种印象中，没有给“表演的浑厚”留下丝毫空白的空间。正因为如此，真正优美的作品，如果我们真心实意地在听，想必很可能会使我们失望，因为在我们所有的想法之中，没有一种想法能符合个人的印象。

贝尔玛的表演向我展示的正是这样。语调的高雅和聪慧正是这样。现在，我了解到一种浑厚、富有诗意和刚劲有力的表演的价值,或者不如说,正是这样,我们才同意赋予其这些优点,不过,这就像我们把马尔斯、维纳斯和萨图尔努斯①的名称赋予毫无神话色彩的星球火星、金星和土星。我们在一个世界中感觉,在另一个世界中思想、命名,我们可以使这两个世界变得协调,却无法消除它们之间的距离。这倒有点像这种距离和鸿沟,我在第一次去观看贝尔玛演出时要跨越的正是这种距离和鸿沟,我全神贯注地倾听她的道白,但要使其跟我"表演高雅"、"别具一格"的想法吻合,却感到有点困难,因此我开始热烈鼓掌,只是在脑中一片空白的瞬间之后,仿佛这掌声并非出自我本身的印象,而是如同我把这掌声跟我事先的想法和一种乐趣联系在一起,那就是我愉快地在想:"我终于看到贝尔玛演出。"个性突出的一个人和一部作品跟美的想法之间差别巨大,就像这人和作品使我们产生的感觉跟喜欢和欣赏的想法之间的差别一样。因此,我们对其并不承认。我当时观看贝尔玛演出并未感到愉悦(就像见到吉尔贝特时那样)。我那时心里在想:"因此我对她并不欣赏。"然而,我在那个时候只想深入了解这位女演员的演技,我关心的只是此事,我竭力把自己的思想开放到最大的程度,以接受她演技所包含的全部内容。我现在知道,欣赏就是这样。

这种天才,贝尔玛的表演只是将其展示而已,是否仅仅是拉辛的天才?

我起初是这样认为的。我觉得自己错了,想必是在《淮德拉》这场戏结束时,在观众立刻要求演员谢幕的掌声之后,而在鼓掌声中,那位年老的女演员气愤之极,挺起她那娇小的身躯,斜着身子,脸部肌肉紧绷,双臂交叉胸前,以表明她不跟其他人一样鼓掌,她认为会引起轰动的抗议就显得更加明显,然而却并未引人注目。

① 罗马神话中,马尔斯是战神,维纳斯是爱和美的女神,萨图尔努斯是司播种的神。

下一个剧目是一出新戏，这种新戏由于并不出名，我过去会认为显得单薄、特殊，在演出之外就没有存在的余地。但我这次没有感到失望，即看到一部永世流传的杰作，只是在脚灯后面的舞台上演出一场而已，并且像是一出应景戏。另外，每一大段台词，我觉得观众都很喜欢，有一天将会变得众所周知，即使在以前未能出名，我认为将来定能出名，只要有一种逆向思维，不要把这杰作看作初演时弱不禁风的新作，当时这些杰作的剧名尚未有人知晓，仿佛以后也不会变得光彩夺目，不会跟作者其他作品的剧名并驾齐驱。但这个角色，有朝一日将列入她最出色的角色名单，如同淮德拉的角色那样。这并不是因为这角色本身具有文学价值，而是因为贝尔玛把这个角色扮演得惟妙惟肖，如同在《淮德拉》中那样。我于是得知，作家的作品对悲剧女演员来说只是一种材料，对创作她表演的杰作几乎无足轻重，就像我在巴尔贝克认识的大画家埃尔斯蒂尔，分别把毫无特色的学校和本身就是杰作的大教堂作为题材，结果画出的两幅作品却具有同样的价值。画家用光线的某种强烈作用，使房屋、双轮运货马车和人物熔解，这些人和物因此而变得协调，同样，贝尔玛把恐惧和温情的巨大幕布铺设在熔解的词语之上，这些词语个个平淡或全都高雅，一位平庸的艺术家会使它们相互分隔开来。当然，每个人都有各自的语调，但贝尔玛的语调并不会妨碍我们对这诗句的理解。这已经是复杂的条理和美的第一个因素，这时如听到一个韵，跟前面的韵既相同又不同，由前面的韵引起，但在其中引入一种新想法的变体，我们就感到两个体系叠合在一起，一是思想体系，二是韵律体系。但是，贝尔玛却把词语乃至诗句和"大段台词"引入比它们更大的整体之中，在这些整体的边缘看到它们停下、中断，令人心醉神迷；诗人喜欢在片刻间使即将冲出的词因韵而犹豫不决，同样，音乐家喜欢把脚本中不同的话语混杂在同样的节奏之中，节奏对这些话语起到既阻碍又带动的作用。因此，在现代剧作家的句子中如同在拉辛的诗句中那样，贝尔玛善于在其中引入痛苦、高雅和激情的巨大形象，这些形象都是她的杰作，一眼就能看出，正如画家根据不同模特儿画的那些肖像画，能看出全都出自这位画家的手笔。

我不再像以前那样，希望能固定不变地保存贝尔玛的种种姿势，保存她片刻间在转瞬即逝、不再重现的灯光下所显示的优美的色彩效果，也不想让她把一个诗句重复一百次。我知道我过去的愿望要求过高，超越了诗人、悲剧女演员和伟大布景艺术家即她导演的意愿，知道凌空传到一个诗句上的魅力，永远变幻莫测的种种手势，以及接连不断的场景，是戏剧艺术要求达到的瞬间效果、短暂目的和多变的杰作，但戏迷全神贯注，想要使其固定不变，却会将这效果破坏殆尽。我甚至不想再来观看贝尔玛演出；我已对她心满意足。在我因过于欣赏而对欣赏的对象感到失望时，不管这对象是吉尔贝特还是贝尔玛，我都事先要求第二天的印象要把前一天的印象拒绝给我的愉悦给予我。我不想深入了解我刚才感到的愉悦，我也许能把它派上更好的用场，因此我心里在想，就像我初中的某些同学想的那样："我真的把贝尔玛置于首位"，同时又依稀感到，我对她偏爱的声明，以及我授予的"首位"，也许并未把贝尔玛的天才表达得十分确切，不管这声明和地位使我心里感到多么安宁。

这第二出戏开场时，我朝德·盖尔芒特夫人那边观看。这王妃所做的动作，画出了一条美妙的线条，我的思想在虚幻中将其注视，她刚朝她楼下包厢深处转过头去，那些客人全都站着，也朝包厢门口转过头去，只见有一人走了进来，走到他们这两排中间，此人身穿面料为白色平纹织物的衣裙，怀着胜利者的自信，像女神那样威严，但显出通常少见的温柔，这是因为她来得如此之晚，又在台上演出时让大家都站起身来，就装出不好意思的样子，这就是盖尔芒特公爵夫人。她朝堂弟妇走去，对坐在第一排的一个金发青年深深地行了个屈膝礼，然后转向浮动在海底岩洞里的巨大海神，像老朋友那样对赛马俱乐部的这些半神半人——此时此刻的他们，特别是德·帕朗西先生，是我最希望成为的那种人——亲热地打个招呼，言外之意是跟他们已有十五年的交情。她跟这些朋友一一握手，一面对他们微笑，目光中闪现蓝色的光芒，我感到这目光神秘莫测，却无法解开其中的谜团，而如果我能分解这目光的棱柱，分析其种种结晶，这目光也许能向我揭示此刻在其中出现的陌生生活的实质。盖尔芒特公爵跟随其后，他的单片眼镜显出愉悦的反光，他笑得合不拢嘴，他的扣眼或打褶硬胸呈白色，使人只看到一片片光芒，而看不到他的眉毛、嘴唇和燕尾服；他脑袋纹丝不动，把手往前一伸，拍拍给他让座的低级特里同的肩膀，令他们一一坐下，然后对金发青年深深地鞠了一躬。公爵夫人仿佛早已猜出，她堂弟妇——据说她总是嘲笑她堂弟妇服饰过于花哨（根据她那属于法兰西思想、十分温和的观点，日耳曼的诗意和热情很快就获得如此美名）——今晚会穿一套公爵夫人认为是“戏装”的服饰，并想用高雅的情趣来开导公爵夫人。王妃头上是优美而柔软的羽毛，一直垂到脖子，发网则用贝壳和珍珠制成，与此相反，公爵夫人的头发上只有一件普通的羽饰，俯瞰着她的鹰钩鼻和金鱼眼，像是鸟的冠毛。她的脖子和肩膀从雪浪般的平纹织物中露出，雪浪上则拍打着天鹅羽毛扇，往下是连衣裙，上身部分的唯一饰物是无数闪光片，有的用金属制成，呈条形和圆形，有的用钻石制成，连衣裙以英国人般的精确紧裹其身。然而，这两套服饰虽说截然不同，但在王妃把自己一直坐着的座位让给堂嫂之后，我们却看到它们面面相觑，相互欣赏。

到第二天，德·盖尔芒特夫人在谈起王妃有点过于花哨的服饰时，也许会面带微笑，但她一定会说，王妃仍然非常迷人，而且打扮得十分出色；王妃出于自己的爱好，虽然认为她堂嫂的服饰有点平淡、乏味，时装味重了点儿，但仍然发现这极其简朴中显出美妙的高雅。另外，她们所受的教育相同，都有预先确定的万有引力，这样就消除了她们之间的差异,不仅是打扮上的差异,而且是态度上的差异。这些无法看到却有磁性的线条,由优雅的风度在她们之间画出,王妃的外向性格,刚跟这些线条融为一体,而公爵夫人的刚直,则因被这些线条吸引过去而弯曲,变得温柔而又迷人。如同此刻正在演出的这出戏中那样,要了解贝尔玛表演中独特的诗意,只须把她扮演而且只有她能扮演的角色让其他女演员去演,观众如朝楼厅察看,就会看到两个包厢里有一种"安排",仿佛使人想起盖尔芒特王妃的安排,只是使莫里昂瓦尔男爵夫人显得古怪、自负和缺乏教养,而付出昂贵的代价去耐心模仿盖尔芒特公爵夫人的服饰和优雅,则只是使德·康布勒梅夫人活像走钢丝的外省女孩,身子挺直,长得瘦削,脑袋尖尖,一根羽毛笔直地插在头发上,如同柩车上插的羽毛。也许德·康布勒梅夫人不该出现在这剧场之中,因为在剧场的包厢里(即使是上面几层的包厢,从下面仰望,上面的包厢如同一个个箩筐,插着人形花卉,用红色缆绳即它们的天鹅绒分界线固定在剧场的拱腹之上),只坐着当年最引人注目的妇女,构成了巴黎上流社会转瞬即逝的全景,这全景很快将会改变,其原因是死亡、丑闻、疾病以及不和,但在此时此刻,这全景固定不变,是因为注视、炎热、眩晕、灰尘、优雅和厌倦,是在这种永恒而又悲伤的时刻,在无意识的等待和平静的麻木之中,这时刻回想起来,跟炸弹爆炸前和火灾发生前的感觉相仿。

德·康布勒梅夫人出现在剧场里,是因为帕尔马公主像大多数名副其实的殿下那样,没有故作风雅的习气,却对热心从事的慈善事业引以为豪,把这种爱好跟她对艺术的喜爱同等看待,就在某些剧院把几个包厢让给德·康布勒梅夫人这样的妇女,这些妇女不属于贵族上流社会,但她在从事慈善事业时跟她们有来往。德·康布勒梅夫人注视着盖尔芒特公爵夫人和盖尔芒特王妃,她也只能这样看看,她跟夫人和王妃没有交往,不能显出跟她们打招呼的样子。然而,应邀前往这两位贵妇人府上做客,是她十年来煞费苦心追求的目标。她曾做过估计，认为自己一定能在五年后达到这一目标。但她已身患不治之症，她自以为精通医学，认为自己劫数难逃，担心无法活到此时。但在那天晚上，她至少高兴地想到，所有这些妇女，虽说跟她没有交往，却会看到她身边有一男子是她们的朋友，此人是年轻的博塞让侯爵，德·阿让古尔夫人的弟弟，他跟两种社交界的人都有交往，二流社交界的妇女，非常喜欢跟他待在一起，以便在上流社交界妇女的目光下炫耀自己。他坐在德·康布勒梅夫人后面的一把椅子上，椅子斜放，以便能看到其他包厢里的人。那些包厢里的人他全都认识，他挺直漂亮的身材，清秀的脑袋上长着金发，优雅而又迷人，在打招呼时，他把身子微微抬起，蓝眼睛露出微笑，既彬彬有礼，又落落大方，因此在他所处的长方形的斜面上，恰如其分地刻上了他的一幅古老铜版画，展现了一位既高傲又殷勤的大贵族。他经常这样陪德·康布勒梅夫人去看戏；在剧场里和出口处，在门厅里，他勇敢地待在她的身边，周围都是他那些地位更高的女友，但他避免跟她们说话，以免使她们为难，仿佛他的女伴品行不端。如果盖尔芒特王妃正巧这时在旁边走过，像狄安娜那样漂亮、轻盈，身后有美妙绝伦的外套拖在地上，众人都不由自主地转过头去，眼睛盯着她看（德·康布勒梅夫人的眼睛，看得比其他所有人都要全神贯注），但德·博塞让先生却专心致志地跟女伴说话，对王妃友好而又迷人的微笑，只是迫不得已地答以勉强的微笑，就像有人矜持而有礼貌，冷淡却又宽厚，其和蔼可亲在一时间可能使人感到难堪。

德·康布勒梅夫人也许不知道这是王妃的楼下包厢，但她却能看出德·盖尔芒特夫人是客人，因为夫人对台上的演出和剧场里的情况显得更为关注，以便向女主人示好。但与此同时，除了这股离心力之外，还有一股向心力，也因示好的愿望引起，这股力把公爵夫人的注意力引向她自己的服饰、羽毛、项链和连衣裙的上衣部分，并且也引向王妃的服饰，她仿佛宣布自己是堂弟妇的臣民和奴隶,来此只是为了看望她,并准备随她前往别处,只要这包厢的女主人心血来潮,想要离开此地,而剧场中的其他观众,虽然有许多是她的朋友,她却把他们一概看作好奇的陌生人,这些朋友的包厢,她在其他时间也会去那里坐坐,并向他们表现出同样是既专一又相对的每周一次的忠诚。德·康布勒梅夫人在那天晚上看到公爵夫人,感到十分惊讶。她知道夫人很晚还在盖尔芒特,以为她此刻还在那里。但有人对她说过,有时,只要巴黎有她感兴趣的演出,德·盖尔芒特夫人在跟狩猎者一起喝完茶之后,立刻让人套上她的马车,在太阳落山时乘车疾驰,穿过黄昏时分的森林,然后驶上大路,在贡布雷乘上火车,以便在傍晚时分到达巴黎。"也许她特地从盖尔芒特赶来观看贝尔玛演出。"德·康布勒梅夫人赞赏地想道。她想起自己曾听到斯万说过,说时用模棱两可的言语,即他跟德·夏吕斯先生共同使用的言语:"公爵夫人是巴黎最高贵的那种人,是最高雅、最杰出的精英之一。"从我来说,我是从盖尔芒特、巴伐利亚和孔代这三个姓氏中得出夫人和王妃这两个堂妯娌的生活和思想的(我不能再这样去设想她们的脸,因为我已见到),我更希望了解的是她们对《淮德拉》的看法,而不是世上最伟大的批评家的看法。因为在批评家的看法中,我只能看到智慧,这智慧比我的智慧高明,但却本质相同。而盖尔芒特公爵夫人和盖尔芒特王妃的看法,会使我在了解这两位富有诗意的女子时,有一份极其珍贵的材料,我借助她们的姓氏想象出她们的看法,并设想这看法有一种不可思议的魅力,我像狂热之徒那样渴望和怀旧,我想要从她们对《淮德拉》的看法中得到的是夏日下午的魅力,那些下午我曾在盖尔芒特那边散步。

德·康布勒梅夫人试图看出,这两个堂妯娌穿的是哪种服饰。从我来说,我毫不怀疑这些服饰为她们所特有,这并非仅仅从这个角度来看,即红领或蓝翻领号衣以前只有盖尔芒特府和孔代府的仆役才穿,而是这样来看,即对一只鸟来说,羽毛不仅是一种美的装饰，而且是它身体的一种延伸。这两位妇女的服饰，在我看来是她们内心活动的物质化，衣裙或雪白一片，或五彩缤纷，而我所看到的盖尔芒特王妃的种种举止，我毫不怀疑跟一种秘而不宣的想法不谋而合，王妃额头上垂下的根根羽饰，以及她堂嫂闪光片光彩夺目的裙子上身部分，仿佛都具有一种意义，是她们每个人的一种象征，只属于其中一人，我真想知道其中的含义：我感到极乐鸟跟其中一人无法分离，如同朱诺的孔雀①，我从不相信有哪个女人会窃取其中另一人的裙子饰有闪光片的上身部分，也从不相信有人会窃取密涅瓦的边上带穗、闪闪发光的圆盾②。我把目光更多地移到这楼下包厢，而不是转向绘有平淡无奇的寓意画的剧场天顶③，这时，惯常的云雾奇迹般地分开，我仿佛看到神祇聚集在一起，他们位于红色顶篷下面，在天国两根立柱之间的光亮青天之中观看人间戏剧。我欣赏这短暂的神化景象，觉得困惑，但又因未被这些神祇认识而感到平静；公爵夫人有一次跟丈夫在一起时曾见到过我，但她肯定想不起来，而我无法容忍的是，她会偶然从包厢里的座位上朝正厅前座这群无名石珊瑚般的观众观看，而我感到自己已完全融入其中，这时，根据光的折射规律，在这两只蓝眼睛镇定的目光中，也许会出现我这个不以个体形式存在的原生动物的模糊形象，我看到她眼睛一亮：公爵夫人由女神变成女人，使我突然感到比刚才美丽千倍，她戴着白手套的手，此前靠在包厢边槛上，这时朝我举起，友好地挥了挥，我的目光感到跟王妃的眼睛无

---

① 朱诺是罗马神话中的天后，即希腊神话中的赫拉，其象征为孔雀，她把百眼巨人阿尔戈斯的眼睛移到孔雀尾巴上。

② 密涅瓦是罗马神话中的智慧女神，即希腊神话中的雅典娜，持有圆盾，用母山羊阿玛尔忒亚的皮包裹，在荷马史诗《伊利亚特》中经常提到。参见中译本第124页、428页，罗念生等译，人民文学出版社，1994年。

③ 巴黎歌剧院剧场的天顶画是朱尔·勒奈普弗的《白昼和黑夜的时间》。太阳、月亮、晨曦和黄昏表现为一个个人物，他们吹着喇叭、笛子，手拿桂冠，跳着舞，周围是云彩和小天使。1964年，这些寓意画被马克·夏加尔的画覆盖。

意中射来的火一般炽热的目光迎面相遇，王妃只是转动眼睛，看看她堂嫂在跟谁打招呼，不由使眼睛变得如燃烧一般，而公爵夫人已认出了我，对我连连微笑，如天降闪闪发光的暴雨向我袭来。[①]

现在，每天上午，在她出门之前，我在外面转了一大圈，很早就来到她通常要经过的街角，当我感到她即将走过时，我就像心不在焉那样往回走，并朝相反的方向观看，在走到她身边时才把眼睛朝她转过去，仿佛根本没有想到会遇到她。在头几天，为了更有把握能见到她，我就在屋子门口守候。每当车辆出入的大门打开之后（许多人依次经过，但并非是我等待的女士），开门的声音仍在我心中回响，久久才会消失。一位著名女演员的戏迷，虽说对女演员并不认识，却会在演员出入的门口站着久等，怒不可遏或狂热崇拜的人群聚集在监狱或宫殿门口，准备羞辱判处死刑的犯人或欢呼伟人的胜利，每当听到里面有声音传出，以为他们就要出来，这些人个个心情激动，却没有我在等待这位贵妇人出来时那样激动，只见她身穿简朴的服装，步履优雅（这步履跟她走进一个客厅或包厢时完全不同），善于把每天上午的散步——在我看来，这世上只有她一人散步——变成一首优美诗篇，变成晴朗的天气最精致的饰物和最奇妙的花卉。但在三天之后，为了不让门房识破我的阴谋诡计，我就走得更远，一直走到公爵夫人通常走的这段路的某一点上。在剧院观看那夜场戏之前，如果天气晴朗，我往往在午饭前出去走一圈；如果下雨，只要天刚放晴，我就出去走走，突然间，在仍然潮湿、被阳光漆成金色的人行道上，在被阳光照成棕褐和金黄色的雾气笼罩的神奇的十字街头，我看到一个女寄宿生走来，后面跟着她的女教师，这也许是个戴白袖套的送牛奶的姑娘，我纹丝不动地站着，一只手放在心口上，我的心已飞向一种陌生的生活；我设法记住那街道、时间和那扇门，那女孩（有几次我跟随其后）进

---

① 法国七星丛书版下面空一行。

去后没有出来。幸好这些形象转瞬即逝，虽说我决心设法再次见到，却仍然无法深深扎根在我的记忆之中。这没有关系，我已不像以前那样难受，因没有勇气着手工作、开始写一本书而感到苦恼，我觉得居住在这大地上更加舒服，觉得生活更有情趣，因为我看到巴黎的街道如同巴尔贝克的大路，常常出现鲜花般的陌生美女，这种美女，我以前经常希望能在梅塞格利兹的树林里突然出现，她们个个都会产生一种肉欲，也只有她们才能使人满足这种欲望。

从歌剧院回来时，我已为第二天作出决定，在几天以来我想再次见到的那些形象中，我加上了德·盖尔芒特夫人的形象，这形象高大，是因为她轻柔的金发梳成高高的发式，是因为她在堂弟妇的包厢里对我微笑所许诺的柔情。我将要走弗朗索瓦丝对我说的公爵夫人散步走的那条路，但为了再次见到我在前天看到的两个姑娘，尽量不要错过一节课和一次教理课下课的时间。但是，在此期间，我不时回想起德·盖尔芒特夫人光彩照人的微笑，以及这微笑所产生的温柔感觉。我不知该怎么办才好，就试图把这微笑和这种感觉跟我早已有的浪漫想法进行比较（如同一个女人想要知道，别人刚给她的一种宝石纽扣，配在一条连衣裙上是否好看），浪漫想法产生的原因是阿尔贝蒂娜的冷淡，是吉泽尔的过早离去，而在此之前，则是自愿跟吉尔贝特分手，而且时间拖得过长（譬如被一个女人所喜爱，跟她同居这种想法）；然后，是这两个姑娘中这个或那个的形象，我将其跟这些想法进行比较，而在比较之后，我立刻试图使我对公爵夫人的回忆符合这些想法。跟这些想法相比，对德·盖尔芒特夫人在歌剧院看戏的回忆显得微不足道，是燃烧的彗星长尾巴旁的一颗小星星；而且，我在认识德·盖尔芒特夫人以前，早已对这些想法一清二楚；相反，我对这回忆却记得并不清楚；我有时会把它忘记；那是在这些时候，这回忆在我脑中飘忽不定，如同其他美女的形象，然后仅仅跟我那些远远早于它出现的浪漫想法渐渐结合——这种结合排除其他任何女子的形象——并最终融为一体；在这些时候，我把这回忆记得十分清楚，应该能确切地知道是怎样的回忆；但我当时并不知道，它将会对我如何重要；这回忆只是十分温馨，如同在我想象中第一次跟德·盖尔芒特夫人约会，它是第一张素描，是写生的唯一素描，唯一根据生活画出的素描，唯一真正是德·盖尔芒特夫人的形象；在这些时候，我幸福地占有这回忆，却不必对它加以注意，这回忆想必迷人，因为总是回到它那里的是我对爱情的种种想法，这些想法在此刻还自由自在，回归时不慌不忙，毫无倦意，既没有任何必要，也没有丝毫忧虑；然后，这些想法越来越牢固地把这回忆固定下来，它就从这些想法中获得更大的力量，但自己却变得更加模糊；不久之后，我已无法再找到它；也许我是在遐想之中使它的形状完全改变，因为我每次看到德·盖尔芒特夫人，我都发现一种差别，而且每次都不相同，那就是我想象出来的夫人和我看到的夫人之间的差别。现在，我每天都能看到，当然是在德·盖尔芒特夫人走到那条街的尽头时，我仍然看到她高大的身材，她目光炯炯的脸和轻盈的秀发，看到我想在那儿看到的一切；但在几秒钟之后，我先把眼睛转向另一边，以装出并未想到会遇到她的样子，实际上却专门为见她而来，然后在走到跟她处于同一水平线时，又把眼睛转向公爵夫人，我这时看到的却是脸上的点点红斑，不知是因为外面风大还是酒糟鼻的缘故，只见她脸色阴郁，我每天跟她打个招呼，她只是十分冷淡地点点头，跟她那天晚上在看《淮德拉》时对我和蔼可亲的态度大相径庭，而我则装出意外的样子，看来她对此并不喜欢。然而，在几天的时间里，对两个姑娘的回忆虽说高下悬殊，仍为了控制我对爱情的想法，跟对德·盖尔芒特夫人的回忆进行了斗争，这几天过去之后，经常出现的最终是对夫人的回忆，而她的两个竞争对手则慢慢消失；我最终把我对爱情的所有想法转到这回忆之中，这种转移总的来说还是有意识的，仿佛是挑选出来作为消遣之用。我不再去想上教理课的两个姑娘和某个送牛奶的姑娘；但我也不想再到街上去找我想找到的东西:在剧院微笑时许诺的温情,以及远处才能见到的身影和金发下明亮的脸。现在我甚至无法说出德·盖尔芒特夫人长得怎样,我认出她是根据什么特征,因为她这个人从总体上看,脸跟连衣裙和帽子一样,每天都不相同。

有一天,我看到一个人迎面走来,头戴紫色有褶女帽,一张脸温柔而又光滑,蓝眼睛周围显出对称的魅力,鼻子的线条仿佛已在脸上消失,这时,我为何快乐而又激动地知道,我看不到德·盖尔芒特夫人决不会回家?我在一条走起来近便的街上看到一个侧影出现,头戴海蓝色无边小帽,鼻如鸟喙,面颊红润,眼睛炯炯有神,如同某个埃及女神,这时,我为何像昨天一样局促不安,为何也装出满不在乎的样子,为何也漫不经心地把眼睛转向别处?有一次,我看到的女人不仅长着鸟喙,而且活像一只鸟:德·盖尔芒特夫人的连衣裙乃至无边小帽都用毛皮制成,身上看不到任何织物,她仿佛像某些坐山雕那样,身上长着天然的毛皮,羽毛浓密、柔软,呈单一褐色,如同一种兽皮。在这天然羽毛之中,小小的脑袋上鸟喙弯曲,两只金鱼眼睛发出锐利的蓝光。

有一天,我在这条街上走来走去,走了几个小时,却没有看到德·盖尔芒特夫人,正在这时,在这个贵族和平民杂居的街区,从隐藏在两座公馆之间的一家乳品铺里,突然出现一张模糊而又陌生的面孔,那是个优雅女子,正让店里把小圆柱形鲜干酪拿给她看,我还没有把公爵夫人认出,却已被她闪电般的目光击中,这闪电到我这里所用的时间,看来少于她的形象传过来的时间;另一次,我没有遇到她,却已听到十二点钟响,我知道没有必要再待在那里等她,就伤心地踏上回家的路;我沉浸在失望之中,对一辆远去的马车视而不见,我突然想到一位女士曾从车门向我点头,想起这女士显得放松而又苍白,或者恰恰相反,显得紧张而又活跃,她头戴圆帽,上面插有高高的羽饰,长着一张我觉得自己并未认出的陌生女人的脸,这女士正是德·盖尔芒特夫人,她跟我打了招呼,我却没有还礼。有几次，我回来时看到她在门房间的角落里，我一向对门房审视的目光恨之入骨，这时可恶的门房正在对她必恭必敬地行礼，也许还在给她打“小报告”。因为盖尔芒特府的仆人，全都躲在窗帘后面，胆战心惊地窥视着他们无法听到的这次谈话，而在谈话之后，公爵夫人肯定会不准许被“嚼舌的门房”出卖的某个仆人外出。德·盖尔芒特夫人所呈现的各不相同的脸相继出现，这些脸都在她服饰的整体中占有一个相对的和变化的位置，时小时大，正因为如此，我的爱情并未依附于她肉体和衣料变化无常的各个部分的某一部分，各个部分会因日子不同而占据别的部分的位置，她也会改变和更新这些部分，而且几乎使其焕然一新，同时却使我依然局促不安，因为透过这些部分，透过新的衣领和陌生的面颊，我感到这仍然是德·盖尔芒特夫人。我喜欢的是无法看到的人，就是使这一切不断变化的人，也就是她，她的敌意使我忧伤，她的亲近使我震惊，我真想跟她生活在一起，把她的朋友通通赶走！她可以头上插一根蓝羽毛，也可以显出火红的脸色，但她的行为决不会使我感到无足轻重。

我自己并未感到，德·盖尔芒特夫人因每天遇到我而感到厌烦，但我从弗朗索瓦丝的脸上间接看出这点，她帮我做上午出门前的准备时，脸色十分冷淡，显出责备和怜悯的表情。我问她要衣物时，立即感到一股逆风从她那像挨过打的紧绷的脸上刮起。我甚至不想取得弗朗索瓦丝的信任，我感到自己决不能做到这点。她具有一种能力，会立刻知道我父母和我可能会发生什么不愉快的事情，但这种能力的性质，我一直无法得知。也许这是一种神奇的能力，可以用它那特有的收集情报的方法来解释；使用这种方法，有些野蛮部落在邮政部门把某些消息传到欧洲殖民地前好几天就已得知消息，其实，这些消息并非用心灵感应来传递，而是用烽火从一个山丘传到另一个山丘。因此，关于我散步的这个具体问题，也许是德·盖尔芒特夫人的那些仆人听到女主人说，她老是在散步的路上遇到我感到厌烦，就把这些话转告弗朗索瓦丝。确实，我父母派来服侍我的仆人，即使不是弗朗索瓦丝，而是另有其人，我也不会因此而获益。从某种意义上说，弗朗索瓦丝跟其他仆人不同，她不像是仆人。她的感觉，她的善良和怜悯，她的严厉和高傲，她的机灵和局限，以及她白皙的皮肤和红润的双手，都说明她是村子里的大家闺秀，父母"家道殷实"，但在破产之后，只好让她去当仆人。她在我们家里，如同五十年前乡下的空气和农场的社会生活，因一种非同寻常的旅行而被带到我们这里，那就是度假胜地来到旅游者家里旅游。某一地区博物馆的橱窗，陈列着稀奇古怪的工艺品，这些工艺品由农妇制作并镶以边饰，现在某些省份还能见到，我们在巴黎的套间如同这种橱窗，装饰着弗朗索瓦丝的话语，她的话语受当地传统感情的影响，遵循十分古老的习俗。她善于在自己的话语中进行描绘，仿佛用彩线编织，描绘出她童年时代的樱桃树和小鸟，还有她母亲去世的床铺，仿佛现在还呈现在她的眼前。尽管如此，她来到巴黎服侍我们之后，就立刻跟楼里其他各层的仆人持相同的看法和法律观点——更何况任何人处于她的地位都会照此办理——她不得不对我们表示尊敬，但想要因此而得到补偿，就再三把五楼的厨娘对女主人说的粗话说给我们听，并觉得做下人的也有心情爽快之时，我们不由生平第一次感到，跟五楼讨厌的女房客存在着利害一致的关系，我们心里在想，也许我们确实是主人。弗朗索瓦丝性格的这种变化，也许无法避免。有些人的生活极其反常，必然会产生某些缺点，国王在凡尔赛，在他朝臣们中间所过的生活就是这样，跟法老或督治的生活一样奇特，而比国王的生活更为奇特的则是他朝臣们的生活。仆人们的生活无疑更为奇特，我们只是因习惯而无法看到。但是，正是因为有一些更加特殊的小事，所以我即使把弗朗索瓦丝辞退，我也注定要保留同样的仆人。其他一些仆人会在其后被我雇用；他们已有仆人的一般缺点，但在我家里仍会迅速发生变化。由于打击的规律决定了反抗的规律，他们为了不受到我性格上凸起部分的伤害，就全都使自己的性格在同样的地方凹进；同时，他们利用我的空当来插进他们的凸起的部分。这些空当我并不知道，也不知道凸起部分，他们的间隙接纳了凸起部分，因为这些正是空当。但是，我那些仆人逐渐变坏，使我知道了这些空当。正是从他们总是这样养成的缺点，我才得知我自己固定不变的天生缺点，他们的性格对我提供了我性格的一种反证。我母亲和我过去常常嘲笑萨士拉夫人，这位夫人在谈到仆人时说："那种人，那类人。"但我应该说，我未曾希望用另一仆人来替换弗朗索瓦丝，原因是这另一仆人也同样会不可避免地属于通常那种仆人，并属于我雇用的那类仆人。

再来说弗朗索瓦丝，我每次在生活中受到屈辱，都会在弗朗索瓦丝的脸上看到现成的慰问；我见她同情我就会发怒，并试图认为与此相反，自己取得了成功，我的谎话毫无用处，被击得粉碎，因为她虽说尊重，却显然并不相信，同时感到自己不会看错。因为她知道事情的真相；她没有说出真相，只是嘴唇微微一动，仿佛她嘴里全是食物，正在大口吃完。她没有说出真相，至少我早就是这样想的，因为我当时仍然认为，真相是通过话语来告诉别人的。即使是别人对我说的话，也会在我敏感的思想中清楚地呈现出它们始终不变的含义，使我不相信曾对我说过爱我的人会不爱我，同样，弗朗索瓦丝如在报上看到如下消息，也决不会怀疑，那就是一位神甫或先生会不顾邮政部门的要求，给我们免费寄来一种包治百病的灵药，或是使我们的收入增加百倍的诀窍。（相反，如果我们的医生用十分普通的软膏给她医治鼻炎，她虽说能忍受巨大的疼痛，这时却不断呻吟，说她已经察觉，这样肯定会使她"鼻子脱一层皮"，让她没脸见人。）但是，弗朗索瓦丝第一次对我举出这例子（这例子我要到以后才明白，那是再次对我举出之时，而且举出时更加痛苦，这在本书最后几卷中可以看到，是由我更加心爱的一个人举出[①]），那就是真相不需要说出就能展现，我们无须等待话语说出，甚至丝毫也不必对话语在意，但也许可以用更加可靠的方法得到，那就是借助于外界的千百种迹象，甚至依据某些看不见的现象，在性格的范畴中，这些现象犹如自然界的气象变化。我也许能猜到这真相，因为我当时经常会说出一些毫不真实的话，而同时却把真相展现出来，是通过我身体和行为在无意中泄露的众多隐情（这些隐情，弗朗索瓦丝能解释得一清二楚），我也许能猜到这真相，但要做到这点，我必须知道，当时我有时会欺骗、撒谎。然而，我撒谎和欺骗跟所有人一样，是因保护一种特殊的私利而受到这种私利的支配，这种支配十分直接而又偶然，因此，我的思想扎根于美好理想，听任我的性格在暗中完成这些紧迫而又卑微的工作，并且不转过头去，以免看到它们。晚上，弗朗索瓦丝对我和蔼可亲，请求我允许她在我房间里稍坐片刻，我感到她的脸变得透明，感到我看到了她身上的善良和坦率。但是，朱皮安有时不能守口如瓶，这点我到以后才能看出，他后来告诉我，她说要绞死我还嫌浪费了绳子，并说我一直在想方设法折磨她。朱皮安的这些话，立刻用一种陌生的色彩在我面前印出一张我跟弗朗索瓦丝关系的照片，这张照片跟我经常喜欢观看的那张照片截然不同，在那张照片上，弗朗索瓦丝总是毫不犹豫地爱戴我，不错过任何机会来称颂我，我因此知道，并非只有物质世界才跟我们所看到的面貌不同；知道任何现实可能跟我们认为是直接看到的现实不同，我们构成这种现实，是借助于一些想法，这些想法并未显示出来，却会产生影响；同样，树木、太阳和天空，如果由眼睛的构造跟我们不同的人来观察，就会跟我们看到的不同，但如不用眼睛而用其他器官来观察，则会产生树木、天空和太阳的一些等同物，但并非是视觉影像。朱皮安这样

① 指《女囚》的结尾部分和《阿尔贝蒂娜失踪》的开头部分。

给我突然打开了通往真实世界的大门，使我感到心惊胆战。而且说的只是我不大在乎的弗朗索瓦丝。在社会关系中是否都是如此？如果在爱情上也是如此，那么，有一天我会因此而绝望到何种程度？这是未来的秘密。这时，说的还只是弗朗索瓦丝一人。她对朱皮安说的话，是否是她真实的想法？她说这话，是否只是为了使朱皮安跟我不和？也许是不让我跟朱皮安的女儿[1]接近，以免取代她的位置？然而，我这时明白，弗朗索瓦丝对我是喜欢还是讨厌，要直接和肯定地知道，是无法办到的事。因此，她第一个使我产生这种想法，即一个人并非像我以前认为的那样，是一清二楚而又固定不变，向我们展示其优缺点、计划以及对我们的意图（如同我们在栅栏外观看一座花园及其所有花坛），而是我们永远无法看透的一个阴影，不存在直接了解的可能，我们要对此人有众多认识，得借助于话语乃至行为，但话语和行为只能向我们提供残缺不全而且相互矛盾的情况，在这阴影之中，我们能先后想象出爱和恨的亮光，而且同样可信。

我当时真的喜欢德·盖尔芒特夫人。我能祈求上帝赐给我的最大幸福，是让各种灾难降临在她的头上，让她破产，名誉扫地，丧失使我跟她疏远的所有特权，她无家可归，无人理睬，就会来求我收留她。我想象她来求我时的模样。即使晚上的天气有些变化，或是我自己的健康状况有所改善，我的思想中也会出现被遗忘的一卷纸，上面写有过去的印象，我没有利用刚在我脑中产生的更新力量，没有用它们来解读平时被我遗忘的思想，没有最终着手工作，而是情愿大声说话，用动荡不定、对外宣布的方式进行思考，却只是说出无用的话语，做出无益的手势，想出的是一部纯粹的艳情

① 在初稿中，朱皮安名叫波尼舍，是开花店的，有个女儿。后来把“女儿”改成“侄女”，但并未全部改过来，使人有模棱两可的感觉，如同叙述者的外婆误认为朱皮安的侄女是他女儿。

小说,枯燥无味,毫无真实感,在小说中,公爵夫人穷困潦倒,前来求助于我,而我后来却完全相反,变得有钱有势。我在几小时的时间里,就这样想象出一些情景,说出我在收留公爵夫人时要说出的话,不过实际情况却依然如此;唉,我所选择的爱恋的女人,汇集的种种优点可能最多;正因为如此,我在她眼里不会有任何魅力,因为她跟最有钱的富翁一样富有,却比这富翁高贵;另外,她还有个人魅力,使她成为时尚楷模,俨然是凌驾于所有女人之上的女王。

我感到,我每天上午跟她迎面相遇,已使她觉得厌烦;但是,如果我有勇气,两三天不去见她,这对我来说也许是极大的牺牲,但德·盖尔芒特夫人却不会发现,会认为我不去并非是我不想去,而是另有原因。确实,要我不到她走的那条路上去见她,只有做出安排,使我无法到那里去,因为我不断想要遇到她,想要在片刻间受到她的注意,让她跟我打招呼,这种愿望十分强烈,压倒了因使她厌烦而感到的烦恼。我必须离开一段时间,但我却没有离开的勇气。我于是叫弗朗索瓦丝给我准备行装,但又立刻让她把衣物从旅行箱里拿出。仿作的守护神,为显示并非在重弹老调,不惜改变自己最自然、最可靠的形式,同样,弗朗索瓦丝借用她女儿词库里的词汇,说我是疯子①。她并不喜欢这样,她说我总是"摇摆不定",因为她只要不想跟现代人一比高下,就使用圣西蒙的语言②。确实,她更不喜欢我像主子那样说话。她知道这不是我真实的模样,而且这样子跟我并不相称,用她的话来说,就是"装腔作势,跟我不般配"。我要有勇气离开,只有前往一个地方,去这个地方能使我跟德·盖尔芒特夫人接近。这并非是不可能做到的事情。如果这样,我确实会跟她接近,而不是像我上午独自在街上时那样跟她疏远,而且还得忍辱负重,我心里感到我想要对她说出的种种想

① 原文为 dingo,该词出现于十九世纪末。请参见本书第五卷《女囚》。

② 原文为 balancer,意思是 hésiter(犹豫不决),但并非是圣西蒙使用的特色词。

法，永远不会被她听到，我在散步，却如同在原地踏步，这散步会漫无止境地持续下去，我的事情却毫无进展，我要前往远离德·盖尔芒特夫人的地方，去看望她认识的一个人，她知道此人择友挑剔，但此人对我欣赏，可能会对她谈起我，这样即使不能从她那里得到我想要的东西，至少能使她知道，我只是通过跟这个人接触，看他是否能把某个信息传到她那里，而我则可能使我那孤独而又无声的遐想，具有一种有声和积极的新形式，这形式在我看来将是一种进步，几乎是一种成功。她这位“盖尔芒特女士”在神秘的生活中做些什么，是我朝思暮想的事情，介入到她的生活之中，哪怕是以间接的方式介入，如同借助操纵杆来操纵，方法是利用某个人，此人能出入公爵夫人府邸，出席她的晚会，跟她进行长时间的谈话，这样的接触虽说没有我每天上午在街上观赏时那样接近，却要比街上接触更为有效。

圣卢对我的友谊和欣赏，我感到受之有愧，因此一直没有放在心上。我突然重视这种友谊和欣赏，我真想让德·盖尔芒特夫人知道，我会让他说给她听。我们恋爱时，希望能把我们拥有的微不足道而又不为人知的小小特权，全都告诉我们喜欢的女人，被剥夺继承权的人和不知趣的人都会这样去做。我们感到难受的是她不知道这些特权，我们竭力安慰自己，并在心里想，正是因为这些特权从未见到过，她也许会在对你的看法中，加上你可能有的而别人却不知道的优点。

圣卢有很长一段时间不能到巴黎来，这可能如他所说，是因为他是军人的缘故，但不如说是因为他情妇使他心情忧郁，他已有两次几乎要跟情妇一刀两断。他以前经常对我说，我要是到驻地去看他，会使他感到高兴，他离开巴尔贝克的第三天，我收到这位朋友写给我的第一封信，我在信封上看到这驻地的名称，感到十分快乐。那里是一片旷野，使人以为离巴尔贝克很远，其实并非如此，这是一座小城，住着贵族和军人，周围是广阔的平原，在天气晴朗的日子，远处经常有飘浮的水汽般断断续续的声音响起——如同一排杨柳，用弯曲的树枝勾画出一条无法看到的河流——显示出正在操练的一个团的位置变化，因此，各条街道、林荫道以及各个广场上的空气，最终产生经久不息的音乐和战争的声响，四轮运货马车和有轨电车的粗野噪声，在这声响中持续很长时间，变成模糊不清的集合号声，静止后仍像幻听那样不断在耳边回荡。这城市离巴黎并非十分遥远，我乘快车当天就能回家，就能见到母亲和外婆，并在自己床上睡觉。我得知此事，因痛苦的欲望而心神不定，我的意志又不够坚强，无法做出不回巴黎并待在这城市的决定；但同时我也不够坚决，不能阻止车站职员把我的行李一直搬到出租马车上，而是跟随其后，如同没头脑的旅客，只顾自己的行李，但没有外婆在等他，然后从容不迫地登上马车，仿佛已不再想自己想做之事，显得胸有成竹，知道自己想做什么，并把骑兵部队营房的地址告诉车夫。我心里在想，今晚圣卢会到我下榻的旅馆来过夜，这样，我刚到这陌生的城市，就不大会焦虑不安。一个警卫进去找他，我在营房门口等待，这营房如同一艘巨轮，被十一月的风刮得呼呼直响，这时是晚上六点，营房里时刻有人走出，两个一对走到街上，走路时都踉踉跄跄，仿佛在他们暂时停泊的异国港口上岸。

圣卢来了，只见他身体左右摇摆，单片眼镜在他身前飞舞；我并未让警卫通报我的姓名，我迫不及待地想看到他惊喜的样子。

“啊！真扫兴，”他突然看到了我，顿时面红耳赤，就大声说道，“我刚开始一周值勤，这星期内不能外出！”

他想到这第一夜我得独自度过，感到十分担心，因为他比任何人都了解我晚上的焦虑，在巴尔贝克时他常常发现此事，并给我排忧解难，于是他不再抱怨，朝我露出微笑，向我投来变幻不定的温柔目光，有些目光直接从他眼睛射出，有些则透过他单片眼镜射来，但全都暗示他见到我心情激动，同时又暗示一件重要的事情，这件事我一直没能理解，但现在却感到十分重要，那就是我们的友谊。

“天哪！那您在哪里睡觉？真的，我劝您别住在我们搭伙的旅馆，旅馆旁边就是展览馆，那里的庆祝会即将开始，您会看到一片人海。不，最好住在佛兰德斯旅馆，是一座十八世纪的旧宫邸，里面饰有古老的挂毯。这‘显然’是非常‘有历史意义的古宅’。”

圣卢常常会用“显然”这个词来代替“好像”，因为口语跟书面语一样，不时需要这种词义的变化和表达的精炼。记者往往不知道自己使用的“优雅词语”出自何种文学流派，同样，圣卢的词汇和措辞的形成，是模仿三位不同的美学家的结果，这三位美学家他无一认识，他们的语言模式是间接灌输到他脑中。“另外，”他得出结论，“这家旅馆对您过于灵敏的听觉相当合适。您隔壁的房间不会有人。我承认，这优点微不足道，明天可能会有别的旅客来投宿，这样就不必选择这个旅馆，因为结果如何说不清楚。不，我向您推荐是因为它的外观。房间都赏心悦目，家具都古老、舒适，使人有放心的感觉。”但是，我的艺术鉴赏力不如圣卢，在我看来，漂亮的屋子使人感到的愉悦肤浅，几乎没有意义，无法消除我正在产生的焦虑，这焦虑跟我过去在贡布雷时一样难受，那时我母亲不来跟我道晚安，或是像我到达巴尔贝克那天感到的焦虑一样，当时我觉得房间过高，并有香根草味。圣卢见我两眼发呆，知道我心中所虑。

“这漂亮的宫邸，您对它不必在意，我可怜的小宝贝，您脸色十分苍白；我可是个大老粗，我对您说起的挂毯，您甚至没有心思去看。我知道给您安排的那个房间，我个人觉得非常舒服，但您很敏感，看法就会不同。您别以为我不知道您的想法，我的感觉虽然不同，但我会设身处地为您着想。”

有个士官在院子里试骑一匹马，专心致志地让马跳跃，对士兵们行礼一概不还礼，但如果有人挡道，他就破口大骂，这时他对圣卢微微一笑，他看到圣卢跟一个朋友在一起，就打了个招呼。但他的马口吐白沫,直立起来。圣卢立刻冲到马头旁边,一把抓住缰绳,让马恢复平静,然后回到我的身边。

“是的,”他对我说,“我向您保证,我了解您的感受,并因此感到难受;我心里难受,”他补充道,并亲切地把手放在我肩上,“是因为我在想,如果我能留在您的身边,我也许夜里能跟您一起聊天,直至天亮,为您消除些许忧愁。我可以把许多书借给您看,但您如果心情这样,就无法看书。而我决不会获准让别人替我在这里值勤,我已接连两次找人替代,是因为我女友来了。”

说完后,他眉头紧皱,因为他心里烦恼,也因为他像医生那样在绞尽脑汁,看看有什么药能医治我的病痛。

“你赶快到我房间里去生火。”他对走过的一个士兵说。“喂,再快点儿,抓紧去办。”

接着,他又朝我转过身来,单片眼镜和近视的目光都暗示我们之间的深情厚意:

“啊!您来到这儿,来到我非常想念您的这所营房,我真不敢相信自己的眼睛,我觉得是在做梦。那么,您身体好点了吧?这些事您待会儿说给我听听。我们到楼上我房间里去,在院子里别待得时间太长,这里风大,我已经感觉不到,但您还不习惯,我怕您觉得冷。那工作呢,您已开始干了?没有?您真怪!我要是有您这样的才能,我相信我会从早上一直写到晚上。您无所事事,这样更加快活。真是不幸,像我这样的平庸之辈,总是想要工作,可是能做事的人却不愿意工作。我还没有向您询问您外婆大人的近况。她送给我的蒲鲁东的亲笔信①,我一直带在身边。”

这时,一位高大、英俊的军官,威风凛凛地从一个楼梯上慢慢走了下来。圣卢对他敬了礼,把手举到帽檐上,他那老是摇摆不定的身体在此时此刻纹丝不动。但他是迅速进入这种状态的,而且

---

① 参见本书第二卷第442页。

花了九牛二虎之力，挺直身子的动作又极其生硬，这敬礼完毕之后，他的手立刻突然落下，肩膀、双腿和单片眼镜的位置全都发生变化，这时刻与其说他静止不动，不如说是在紧张颤动，刚刚发生和即将开始的过度运动，在这种颤动中相互抵消。然而，这军官并未走过来，他镇静而又和蔼，威严而又高雅，总之跟圣卢截然不同，他也把手举到帽檐上，但却不慌不忙。

"我得跟上尉说几句话，"圣卢对我低声说道，"您劳驾，请到我房间里等我，是在四楼右边第二个房间，我一会儿就来。"

说完，他像冲锋那样，跟身前飞舞的单片眼镜一起，朝动作缓慢而又威严的上尉径直走去，这时有人牵来马匹，上尉在上马前下达几道命令，手势高雅而又矫揉造作，如同是在一幅历史画上，即将参加第一帝国的一次战役，而这时他刚刚回家，回到他待在东锡埃尔时所租的住宅，这住宅位于一个广场，其名称仿佛是对这位拿破仑主义者未卜先知的嘲讽，称为共和国广场！我走上楼梯，每走上一级都差点儿在钉有钉子的梯级上滑倒，看到一间间房间里墙壁光秃，摆放着两排床和背包。有人给我指出圣卢的房间。我在他关着的门外站立片刻，因为我听到里面有声音；有人在移动一件东西，有人让另一件东西掉了下来；我感到房间里并非空无一人，而是有某个人在里面。但这只是点着的火在燃烧的声音。火是无法安静的，会使木柴移动，但移动得十分笨拙。我走了进去；火让一根木柴滚动，让另一根冒烟。即使它不动，也会像粗人那样时时发出嘈杂声，我看到火焰蹿起后，这火的声音随之传到我的耳边，但是，如果我待在墙外，我就会觉得这声音是一个人发出的，此人在擤鼻涕和走路。最后，我在房间里坐了下来。墙饰使用十八世纪浅底花绸和德国深色织物，使这幢房子里其他地方的气味无法渗入，那气味腐臭难闻，如同黑面包的气味。在这迷人的房间里，我吃晚饭和睡觉会快乐而又平静。圣卢似乎就在屋里，因为桌上放有他的工作用书，旁边放着几张照片，我看到有我的照片和德·

盖尔芒特夫人的照片，另外还因为生的火终于在壁炉里感到习惯，它如同俯卧的宠物，在热切地等待，安静而又忠诚，只是时而掉下一块即将烧成碎片的木炭，或是用火焰舔舔炉壁。我听到圣卢的表发出滴答声，这表想必离我不是很远。这滴答声时刻都在变换位置，因为我没有看到表；我感到这声音来自我身后、身前、右边、左边，有时消失，仿佛十分遥远。突然，我看到表在桌上。于是，我听到这滴答声在一个固定的地点，不再变换位置。我觉得听到这声音在这个地方；我不是听到它在这个地方，而是看到它在这个地方，声音没有固定地点。至少我们认为，声音跟运动有关，因此，声音的用途在于把运动告诉我们，并显然使运动变成必然和自然的事情。当然，一个病人如耳朵被密封，有时就听不到火烧的声音，就像此刻在圣卢的壁炉里劈啪作响的声音，那火把木柴烧焦，变成灰烬，然后任其落到篓筐里，也听不到有轨电车经过的声音，电车发出的音乐声，每隔一段时间在东锡埃尔的大广场上飞扬。于是，病人看书，书页会静悄悄地翻过去，仿佛由一位神祇来翻。准备洗澡水发出的沉闷的嘈杂声渐渐减轻，慢慢远去，如同天上小鸟啁啾。噪声远离、减轻，对我们的攻击力随之消失；榔头的击打声仿佛震动着我们头顶上的天花板，刚才使我们胆战心惊，现在我们却乐意听到这种声音，因为这声音变得轻微、舒适而又遥远，如同低语的树叶，在跟微风戏耍。我们玩打通关时，没有听到纸牌的声音，以为并未把牌移动，牌是自己移过去的，纸牌为迎合我们跟它们玩耍的愿望，就开始跟我们戏耍。谈到这里，我们心里会想，如果说对于爱情（甚至可加上对生活的热爱、对荣誉的喜爱，因为有人显然有这后两种感情），我们不应该像有些人那样，不是请求噪声消失，而是捂住双耳；如模仿他们，我们的注意力和我们的防卫能力就要转到我们自己身上，要让它们排除的不是我们喜爱的外界之人，而是我们因此人而痛苦的能力。

现在再来谈声音，我们如用两个更大的棉球堵住耳道，在我们楼上弹奏铿锵有力的乐曲的姑娘，只能弹出很轻的曲调；如在其中一个棉球上涂以油脂，它的专断独行立刻会使整幢屋子臣服，它的法律在屋外也会被执行。很轻就不再适用，这棉球在顷刻间关上琴键，音乐课突然结束；在我们楼上来回走动的先生，突然停下脚步；马车和有轨电车中止行驶，仿佛在等待一位国家元首光临。这种声音的减轻，有时不是使人安然入睡，而是让人无法睡着。昨天，嘈杂声响个不停，不断向我们描绘出街上和屋里的种种运动，最终使我们入睡，就像一本枯燥无味的书，看看就会睡着；今天，我们睡眠时一片寂静，却听到一个碰撞的声音，比其他声音更响，但跟叹息一样轻微，同其他声音都没有关系，显得十分神秘；一想到这声音从何而来，我们就会醒来。如果在片刻间把塞在病人中耳里的棉球取出，这声音就突然像阳光那样重新出现，如同正午的太阳，光线耀眼，重现宇宙；大量被逐出的噪音迅速回归；我们听到各种声音如同起死回生，仿佛是音乐天使唱出的圣诗曲调。空寂的街道，一时间充满了歌唱的有轨电车的翅膀，那些翅膀在接连不断地迅速飞翔。在房间里，病人不是像普罗米修斯那样创造了火①，而是创造了火的声音。有时加大棉塞，有时将其松开，犹如附加在外部世界的乐器上的两个踏板，我们有时踩这个，有时踩那个。

只是有些声音的消除并非是暂时现象。一个人耳朵完全聋了，要让他用锅煮牛奶，就得把锅盖打开，用眼睛紧盯着极光般的白色反光，这反光如同暴风雪来临前的反光，是牛奶沸腾的预兆，明智的做法是对此深信不疑，并像天主让波涛停止不前那样，把电器插头拔掉；这时，沸腾的牛奶痉挛般升起的卵形，在几次斜向上升后已如涨潮一般，使几张倾斜的帆鼓起并呈圆形，奶油使这些帆形成波形皱褶，并让一张珠色帆冲入暴风之中，如果电的暴风被及

① 普罗米修斯不是创造了火，而是从火神赫淮斯托斯的锻铁炉中盗取天火送给人类。

时制止，切断电流就会使帆全都原地旋转，并变成玉兰花瓣随波逐流。如果这病人没有迅速采取必要的预防措施，他的书和他的表被这牛奶的怒潮淹没之后，只会在牛奶的海洋中隐约显现，他也只好叫老女仆来救助，即使他是著名政治家或大作家，女仆也会说他真不懂事，活像五岁小孩。在其他时刻，在这神奇的房间紧闭的门前，一个刚才不在的人这时出现，他是个客人，我们没听到他进来，他只是做着手势，如同在简短的木偶戏中，这种木偶戏使有些人觉得十分舒服，因为他们已对说话感到厌烦。对这个全聋的聋子来说，由于失去听力时跟他获得听力时一样，世界同样美丽，所以他现在愉快地漫步在这声音尚未创造出来的、与伊甸园相差无几的土地上。最大的瀑布，一个个只为他的眼睛而展示晶体般的水帘，他眼睛十分平静，胜过风平浪静的大海，像天堂中的瀑布一样纯洁。他认为，声音在他耳聋之前是一种运动的原因具有的可感知的形式，因此，运动而不发出声音的物体，仿佛在没有原因地运动；它们丧失发出声音的特点，展现出一种自发的活动，它们仿佛有生命；它们运动、静止、自燃。它们自己飞起，如同史前时期的有翼巨兽。在聋子的这座无邻居的孤独房屋里，在他全聋之前，开饭上菜时已经十分小心谨慎，不弄出一点声音，而现在，这事已悄悄由几个哑巴来干，如同在服侍幻梦剧中的国王。犹如在舞台上那样，这聋子在窗口看到的建筑物，如兵营、教堂、市政厅，只是布景而已。这建筑物如有朝一日倒塌，就会产生乌云般的灰尘，并能看到一片废墟；它在物质上不如做布景的宫殿，但也不是这样的薄板，它将落到神奇的世界之中，但一块块沉重的方石，却不会发出任何粗俗的声音，来玷污洁白无瑕的寂静。

这寂静是比较而言，笼罩在我已在里面待了片刻的军人小房间里，这时却被打破。门打开，圣卢让单片眼镜落到胸前，快步走了进来。

“啊！罗贝尔，在您这儿真是舒服。”我对他说道。“如果允许我在这里吃晚饭和睡觉,那有多好。”

确实,如果这样做并未被禁止,我会在这儿享受到多好的休息,而且无忧无虑,因为我受到安宁、警惕而又欢乐的气氛的保护,维持这种气氛的是千百个生活规律、胸怀坦荡、意志坚强的人,是千百个无忧无虑的人,他们在军营这个大家庭里,时间已具有行动的形式,悲伤的报时钟声被欢快的军号声所替代,对这种军号声的回忆,虽说已化为齑粉,却永远悬浮在城市的街道之上;这声音肯定能被听到,而且是音乐之声,因为它不仅是权威对服从的控制,而且是理智对幸福的控制。

“啊!您希望最好睡在这儿,在我旁边,而不是独自一人去旅馆住。”圣卢笑着对我说道。

“哦!罗贝尔,您真残酷,用这事来讥笑我,”我对他说道,“可是您知道这是办不到的,也知道我在那儿会十分难受。”

“啊!您把我说得太坏了,”他对我说道,“我刚才恰恰想到,您希望今晚最好待在这儿。我去请求上尉同意的正是此事。”

“他同意了?”我大声问道。

“毫无问题。”

“哦!我真喜欢他!”

“不,您过奖了。现在,让我把我的勤务兵叫来,请他给我们准备晚饭,”他补充道,“而我要转过头去,不让人看到我的眼泪。”

有好多次,圣卢的这个或那个战友走进房间。他把他们全都赶了出去。

“喂,出去。”

我请他把这些人留下。

“不行,他们会让您无法忍受:他们没有文化,只会谈论赛马,或者是给马洗刷。另外,他们会把我这样宝贵的时光浪费殆尽,而我又多么想望这种时光。不过您得知道,我虽然说这些战友粗俗,但并不说明军人全都智力低下。远非如此。我们有一位军官,十分出色。他教过一门课，把军事史上得像在做示威演习，像是上一种代数课。即使从美学角度来看，也具有一种归纳和演绎的美，对这种美，您决不会无动于衷。”

“是否是那位准许我留在这里的上尉？”

“不是，幸好不是，您因微不足道的小事而‘喜欢’的那位，是地球上前所未有的大笨蛋。他管理士兵的伙食和军服十分出色；他一天有好几个小时都跟中士长和裁缝师傅待在一起。这是他的优点。但他跟所有人一样，非常看不起我对您说的那位出色的军官。没有人跟这位军官交往，因为他是共济会会员，不去教堂做忏悔。博罗季诺亲王永远不会请这位小资产者到家里来做客。不过此人还是很有胆识，他曾祖父是小庄园主，要是没有拿破仑的那些战争，他可能也是庄园主。另外，他也有所觉察，自己的社会地位不伦不类。他几乎不去赛马俱乐部，因为这个所谓的亲王，在那里十分尴尬，”罗贝尔补充道，“因同样的模仿精神，最终同时接受他老师的社会理论和他父母的社交偏见，却在不知不觉中把对民主的喜爱和对帝国时期贵族阶级的蔑视融为一体。”

我看着他舅妈的照片，想到圣卢有这张照片，也许会把它送给我，使我更加喜欢他，并愿意为他效劳千百次，因为我只要能得到这张照片，犬马之劳也显得微不足道。看到这张照片，我就在一次次遇到德·盖尔芒特夫人之后，如同又跟她相遇，远胜于一次长时间的见面，仿佛我们的关系有了突飞猛进的发展，只见她停留在我身旁，头戴遮阳帽，并第一次让我从容不迫地观赏她丰满的面颊、弯弯的脖子和眉梢（在此之前我都没有看清，是因为她走过时十分迅速，我的印象模糊不清，我的记忆无法持久）；观赏这些部位，如同欣赏一个我从未看到身穿袒胸露肩连衣裙的女人的胸部和手臂，对我来说是一种令感官愉悦的发现，是一种恩惠。这些线条，我感到几乎应该禁止观看，我却可以在这上面进行研究，如同在唯一对我有价值的一部几何学专著中进行研究。后来，我看着罗贝尔时，发现他也有点像他舅妈的一张照片，这是由于一种几乎同样使我激动的秘密，因为虽说他的脸并非直接出自她的脸，他们二人却有着共同的血统。盖尔芒特公爵夫人的相貌，被固定在我在贡布雷看到的形象之中，如鹰钩鼻、炯炯有神的眼睛，这相貌——另一个相似的例子不大明显，即皮肤过于细腻——仿佛也用来勾画出罗贝尔的脸，他的脸几乎可以覆盖在他舅妈的脸上。我羡慕地看着他脸上具有的盖尔芒特家族的这些特点，这家族在世界中央的地位仍十分特殊，它依然存在于世，仍然独自处于神鸟的荣光之中，因为它仿佛源于女神和鸟结合的神话时代。

罗贝尔见我柔情似水，虽然原因不明，却也十分感动。这柔情之中又增添舒适之感，是因为炉火的热气和香槟酒下肚的缘故，这酒同时使我额头冒出汗珠，并使我眼睛流出泪水；喝酒时吃的是小山鹑；我吃着山鹑，赞不绝口，如同任何一种不信教者，在他不熟悉的某种生活中发现他曾以为会被这种生活排斥的事（譬如自由思想家在本堂神甫住宅吃到精美的晚餐）。第二天早上，我醒来后走到圣卢房间的窗前，窗子很高，俯瞰整个地区，我好奇地看了一眼，以了解我的邻居，就是我昨天无法看到的农村，因为我到达时已经太晚，它已在黑夜中睡觉。但是，不管它醒得多早，我在打开窗子看到它时，就像我们从城堡的一扇窗子朝池塘那边看到它时那样，它还穿着晨雾制成的柔软的白色便袍，使我几乎无法看到任何东西。但我知道，在院子里照料马匹的士兵们，在把马匹洗刷完毕之后，农村就会脱掉便袍。此时此刻，我只能看到一个小小的山丘，山丘背靠军营，其背部已无阴影，瘦弱而又凹凸不平。透过一片片透光的白霜，我眼睛盯着这首次看着我的陌生女子。但是，我经常来到这军营之后，立即意识到山丘的存在，因此，即使我没有看到它，也觉得它比巴尔贝克的旅馆和我们在巴黎住的屋子更加真实，我想到巴尔贝克的旅馆和我们在巴黎住的屋子，如同想到不在眼前的人，如同想到与世长辞的人，也就是说不再相信它们的存在，由于有这种意识，即使我并未觉察，它那反光的形状也总是会出现在我在东锡埃尔产生的微不足道的印象之中，如果说始于那天早上，则出现在圣卢的勤务兵在这舒适的房间里为我准备的巧克力饮料使我产生的滚烫的良好印象之中，这房间仿佛是观察这山丘的光心[①]（想做别的事而不去看它，想到那里去散步，因为有雾而无法做到）。这晨雾渗透到山丘的形状之中，又跟巧克力饮料的味道和我当时思想的整个网络融为一体，虽说丝毫也没有被我想到，却浸润了我当时的所有思想，如同经久不变的大片金色，跟我对巴尔贝克的印象结合在一起，而黑黝黝的陶土制成的屋外楼梯就在近旁，则使我对贡布雷的印象具有灰色的色调。不过，晨雾不是到很晚才散去，太阳先是向它射出几支箭，但不管用，只是给它镶上光亮的边饰，然后才将它制服。山丘把灰色的圆顶献给阳光，一小时后，我来到城市之中，阳光把树叶的红色和竞选广告上的红色和蓝色照得更加鲜艳，我也因此而心情激动，唱着歌走在街上，并克制自己，以免高兴地跳跃。

但是，从第二天起，我得到旅馆去住。我预感到自己会在那里感到忧伤。这忧伤如同令人窒息的香味，自我出生以来一直在我所有的新房间里散发，也就是在任何房间里散发：我平时住的房间，我人不在那里，我的思想留在别处，代替我思想的仅仅是习惯。但是，我在一个新的地方，不能让这个不大敏感的女仆来照管我的衣物，在这个地方，我比她先到，我必须使“自我”跟事物进行接触，而这自我，我要过几年才能找到一次，但总是相同，并未变大，从贡布雷以来是如此，我第一次到达巴尔贝克后也是如此，这个自我在哭泣，无法平静下来，待在一个东西弄乱的旅行箱的角上。

然而，我的想法错了。我没有时间忧伤，因为我没有一刻是独

① 光心指透镜主轴上的一个特殊点。通过光心的光线，其出射方向和入射方向相互平行，但可以有旁向平行位移。薄透镜的中心可以近似地当作光心。

自一人待着。这是因为过去的王宫仍留有过去的豪华，在一家现代旅馆里无法使用，这种豪华毫无实用性可言，在无所事事中却获得了一种生命力：一条条走廊蜿蜒曲折，你随时都能看到它毫无目的地来回伸展，一个个门厅长如走廊，装饰得像客厅一样漂亮，仿佛居住其中，而不是客房的组成部分，未能被纳入任何套间之中，却在我的套间周围游荡，并立即前来跟我作伴，这是一种邻居，游手好闲，但毫无声息，是过去的一种低级幽灵，旅馆准许他们默默无声地待在一个个客房门外，每当我在所走的路上遇到他们，他们都不声不响地对我十分殷勤。总之，一个住宅，如果只是我们现在生活的容器，只是给我们用来御寒，不让别人看到，那么，这样的想法完全不适用于这个住所，这里所有的房间都像一群侨民那样真实，它们的生活确实是静悄悄的，但我们回来时，不得不跟它们相遇，不得不避开它们或接待它们。我们尽量不去打扰大客厅，但看到它不能不肃然起敬，这客厅自十八世纪起就习以为常地躺在四面陈旧的金色承重墙之间，处于绘画天顶的云彩之下。我们对一个个小房间的好奇更为平常，这些房间不讲究对称，在大客厅周围奔跑，不可胜数，个个惊讶，杂乱无章地逃跑，一直逃到花园，它们走下三个布满缺口的梯级，就轻而易举地来到花园。

我外出或回来时如不想乘电梯，也不愿在大楼梯上被人看到，一个不再使用的私用小楼梯可为我提供服务，它的一个个梯级间距很近，布局十分巧妙，仿佛在渐进时极其调和，如同色彩、香味和味道中的调和，常常能使我们产生一种特殊的快感。但上下楼梯产生的快感，我是到了这里才知道的，这就像过去在阿尔卑斯山的一个冬季运动疗养地，得知呼吸这个平时不被人注意的行为，也可能成为一种持久的快感。我感到省力——只有我们长期使用的东西才能使我们有省力的感觉——是在第一次踏上这些梯级之时，这些梯级尚未认识就已显得亲切，仿佛它们具有习惯养成之前就有的温柔，这温柔也许是由梯级过去每天接待的那些主人置于其中并被融为一体，但我尚未养成这种习惯，而且一旦变成我的习惯，这种习惯甚至只会变弱。我打开一个房间的门，两扇门扉在我进去后关上，窗帘使房间里十分幽静，我感到自己如同陶醉的国王；大理石壁炉饰有铜制雕镂品，但如果认为壁炉展现的只是督政府时期的艺术，那就错了，壁炉里给我生了火，坐在一把矮脚小扶手椅上，我取暖时十分舒服，如同坐在地毯之上。四壁把房间紧抱其中，使它与世隔绝，为放置必要的家具，把书柜放在墙壁宽的一边，床则置于凹室之中，两边的柱子轻巧地支撑着凹室加高的天花板。这房间朝里面延伸为两个小间，宽度相同，后一个小间，为使来此修心养身之人如入芝兰之室，在墙上挂有用鸢尾籽①串成、给人以快感的念珠；我来到这最后的小间时让门都开着，这两扇门开着使小间的面积增加两倍，却又无损于它的和谐，不仅使我的目光在感受集中的愉悦之后又有了开阔的愉悦，而且还把自由的感觉添加于我独处的愉悦之中，我独处的状态依然不会被破坏，但不再被封闭起来。这小间朝向一个院子，院子是孤单的美女，我很高兴有此芳邻，第二天早晨，我看到她被囚禁于无采光窗孔的高墙之间，院内只有两棵树叶发黄的树，但足以把淡紫色的柔和赋予一片晴空。

睡觉前，我想要走出房间，以探察我仙境般的整个领地。我沿着一条长廊走去，只要我没有睡意，长廊就依次把想要献给我的礼物一一向我展示，其中一个角落里有一把扶手椅，一架拨弦古钢琴，在一张蜗形脚桌子上，放着一只插满瓜叶菊的蓝陶花瓶，而在古老的镜框里，则是过去一位女士的幽灵，她头发扑粉，插有几朵蓝花，手拿一束石竹花。走到长廊尽头，一堵无门的实墙对我实话实说："现在该往回走了，但您看到，您像在家里一样"，而柔软的地毯为表示自己知恩图报，就作了补充，说如果我今天夜里不睡

① 原文为 grains d' iris（鸢尾籽）。鸢尾亦称蓝蝴蝶，多年生草本。鸢尾科植物主要供观赏，有些种类的地下茎（如德国鸢尾、香根鸢尾、白花鸢尾等）可提取芳香油。

觉,我可以赤着脚走过来,而未装百叶窗的窗子对我肯定地说,它们将彻夜不眠,我什么时候想来就可以来,而不必担心会吵醒任何人。在一个门帘后面,我只看到一个小房间,对面是墙,无法从那里逃出,小房间躲在那里,十分羞怯,惊恐不安地望着我,小圆窗被月光照成蓝色。我躺下睡觉,但鸭绒压脚被、一根根小圆柱和小壁炉的存在,使我的注意力集中在一个瞄准器槽内,而我在巴黎时,注意力并非集中在那里,这样我就无法进行习以为常的梦想。注意力的这种特殊状态包含并影响睡眠,将它改变,使它跟我们某一系列的回忆处于同等的地位,因此,在这第一夜里,充满我梦中的那些形象所借鉴的回忆,跟平时借助于我的睡眠而产生的回忆截然不同。如果我在睡觉时想让自己恢复我平时的回忆,那么,我尚未习惯的床,我在翻身时不得不对我的姿势稍加注意,就足以纠正或保持我梦幻的新思路。睡眠的情况如同认识外部世界。只要我们的习惯有所改变,睡眠就会变得富有诗意,只要我们在脱衣时就困得在床上睡着,睡眠的价值就会改变,睡眠之美就会被感觉到。我们醒来时看到表上四点,这只是凌晨四点,但我们却以为整整一天已经过去,我们不由自主地睡了几分钟的时间,感到这睡眠仿佛从天而降,是根据某种神权给予我们,因此非同寻常,十分实在,如同一位皇帝的金球。第二天早上,我正在厌烦地想,我外公已准备就绪,大家都在等我,以便去梅塞格利兹这边,却被一个团的军乐声吵醒,这个团每天都在我窗子下面经过。但有两三次——我这样说,是因为我们要惟妙惟肖地描写人们的生活,就得让他们的生活沉浸在睡眠之中,这生活潜入其中,而睡眠则夜复一夜地将其环绕,如同大海环绕半岛——插在其中的睡眠,在我身上有很强的抵抗力,能顶住乐声的冲击,因此我什么声音也没有听到。在其他日子,这睡眠中止片刻;但我的意识在醒来后依然感觉柔美,只是被短笛的尖厉声轻轻触及,如同受到晨鸟模糊而清新的鸣啭抚摸,这就像那些事先被麻醉的器官,对烧灼先是毫无感觉,到最后才感觉到轻微的烫伤；这睡眠短暂中止，寂静被乐声替代，然后寂静恢复，睡眠也重新开始，接着龙骑兵全部经过，使我远离这突然出现的响亮花束中最后几簇盛开的花朵。我意识的这个区域，曾被这花束突然展现的茎干轻轻触及，这区域十分狭窄，又深受睡眠的迷惑，因此到后来，圣卢问我是否曾听到军乐声，我却无法肯定这军乐声是否是想象出来的，就像在白天，我听到城里街道上有一点声音，就以为是军乐声响起。也许我听到军乐声是在因担心而产生的一个梦中，是担心被吵醒，或者相反，担心不被吵醒而看不到龙骑兵队伍走过。往往是我还睡着时，却以为噪音已把我吵醒，在一个小时的时间里，我都以为自己已被吵醒，其实却是在沉睡之中，我是在自娱自乐，把小小的身影投射在我睡眠的屏幕上，进行各种演出，睡眠不让我参加演出，但我有一种错觉，感到自己参与其中。

在白天想做而未做之事，只要进入梦乡，有时确实只会在梦中做成，那就是在改变睡眠的方向之后，沿着一条跟醒着时不同的道路前进。同样的故事在上演，但结局不同。尽管如此，我们在睡眠时生活的世界差别巨大，因此，难以入睡的人们首先想要离开的是我们的世界。在几个小时的时间里，他们眼睛紧闭，反复考虑着他们睁开眼睛时也会有的种种想法，他们要恢复勇气，就得发现前一分钟因一种推理而变得沉重，这种推理跟逻辑的规律以及显而易见的现在存在着明显的矛盾，这种短暂的“分心”说明门已打开，他们也许马上能从这门中逃出，脱离现在的感觉，在离现在较远的地方停下休息，这样他们就会较“好”地睡上一觉。但是，一大步已经跨出，是在把背转向现在之时，是在到达前几个洞穴之时，在那里，“自我暗示”如同女巫，正在配制可怕的食物，使人身患想象的疾病[1]，或

---

① 指莎士比亚悲剧《麦克白》第四场第一幕，三女巫在山洞里用沸釜烧制有魔力的毒浆。参见《莎士比亚全集 · 悲剧卷下》，朱生豪译，译林出版社，1998 年，第 160—166 页。

导致神经官能症复发，并等待一个时刻的到来，在那里，在无意识的睡眠期间发作的疾病将会来势汹汹，以便使睡眠停止。

离那儿不远是专用的花园，花园里长着各不相同的种种睡眠如同陌生花卉，有曼陀罗、印度大麻引起的睡眠，那是乙醚的众多提取物，有颠茄、鸦片、缬草产生的睡眠，这些花一直不开，直至由灵魂注定得救的陌生人来触及花蕾让其盛开，并在长达几小时的时间里，在一个赞叹而又惊讶的人身上，释放出它们一个个特殊的梦的香味①。修道院坐落在花园深处，窗子全都开着，可听到里面在睡觉前复习功课，但要到醒来时才能熟记在心；醒来的预兆是内心的闹钟滴答响起，我们因牵挂而把这闹钟调节得十分准确，当我们的家庭主妇前来告诉我们七点钟了，却发现我们已准备起床。这房间通向梦幻，房间里不断进行着遗忘爱情忧伤的工作，这工作经常被一个充满模糊回忆的噩梦打断和扰乱，但很快又重新开始，在这房间的阴暗墙壁上，即使在我们醒来之后，仍悬挂着对梦幻的回忆，但已漆黑一片，我们往往要到下午三四点钟时才能首次看到，到那时，一个类似的想法的亮光会意外地投射其上；有些回忆在我们睡着时就已协调而又清晰，但现在却变得无法辨认，我们没有认出它们，就只好急忙把它们埋入土中，如同腐烂过快的尸体或严重损坏、置于遗骸旁的物品，最高明的修复者也无法使其复原，就派不了任何用场。——栅栏旁边是采石场，沉睡来这里寻找材料，以便在头上涂以极其坚硬的涂料，因此要使睡眠者醒来，即使在金光灿烂的早晨，他的意志也不得不抡斧猛砍，如同年轻的齐格弗里德②。再过去还是噩梦，医生们愚蠢地认为，噩梦比失眠更使人疲倦，其实恰恰相反，噩梦能转移苦思冥想者的注意力，噩梦展

① 普鲁斯特因失眠服用巴比妥类催眠药。他声称曾服用鸦片以避免听到楼内装修的噪音。他用于熏蒸的镇喘粉剂，则有颠茄和曼陀罗的成分。

② 齐格弗里德是瓦格纳的四联剧《尼伯龙根的指环》里的主人公。他把父亲齐格蒙德的碎剑熔铸成新剑，把巨龙发福纳杀死，并得到巨龙看守的尼伯龙根的指环。

现的是一本本异想天开的画册，我们故世的父母刚发生严重车祸，但可能会很快痊愈。在此期间，我们把他们置于老鼠笼内，他们比小白鼠还要小，身上长满很大的红色粉刺，每个粉刺上插有一根羽毛，向我们发表西塞罗式的演说①。这本画册旁边则是醒来的转盘，这转盘使我们一时间感到烦恼，因为我们将要返回五十年前就已毁坏的房屋，这房屋的图像随着睡眠的远去而逐渐消失，取而代之的是其他许多图像，然后我们面前出现一个图像，这图像在转盘停止转动后只出现一次，并且跟我们睁开眼睛后将看到的图像叠合。

有时，我什么也没有听见，那是在这样一个梦里，我掉了下来，如同掉在洞中，我很高兴在不久之后被从洞中救出，身体沉甸甸的，吃了太多的东西，正在消化给我们带来的一切，这一切是由灵活的植物性大能天神带来，他们如同喂养赫丘利的众仙女②，在我们睡着时活动倍增。

这睡眠称之为铅锤般沉睡，这种睡眠停止之后，我们在一段时间里仿佛成了铅人。我们不再是活人。这时，寻找自己的思想或个性，如同寻找一件失物，我们如何能最终找回自己的自我，而不是找回其他自我？我们重新开始思想时，在我们身上表现出来的，为什么不是另一种个性，而仍是以前的个性？我们看不出是什么在决定这一选择，也不知道我们可以在几百万人中任选一个，却为什么恰恰选了我们在昨天的那个。在确实有过中断时（也许睡眠

---

① 西塞罗（前106—前43），古罗马政治家、雄辩家、作家。公元前63年任执政官。发表演说反对喀提林阴谋。内战时期追随庞培反对恺撒。前48年法萨卢斯战役后转而追随恺撒。恺撒遇刺后发表反安东尼的演说。后三头同盟结成后，被杀。著有《论演说术》、《论共和国》、《论法律》等。

② 赫丘利是罗马神话中英雄，即希腊神话中赫拉克勒斯。他是主神宙斯与阿尔克墨涅之子，不断受天后赫拉迫害。据一传说，他出生后曾吃赫拉的奶，但从未被众仙女喂养。普鲁斯特想到的也许是希腊神话中酒神狄奥尼索斯，是宙斯与塞墨勒之子，也受到赫拉迫害，据传曾由尼萨山众仙女扶养。

并未中断，或者梦中看到的跟我们平时所见完全不同），到底是什么在引导我们？确实有过死亡，如同心脏停止跳动时，舌节律性牵引法会使我们起死回生那样。这个房间，即使我们只看到过一次，也可能会唤起一些回忆，而更加久远的回忆则悬挂其上。或者说有些人曾睡在我们脑海之中，我们现在才意识到？醒来时的复活——在经历这种有益健康的精神错乱即睡眠之后——实际上应该跟我们重新记起已遗忘的一个名称、一首诗、一个副歌时的情况相像。也许死亡后灵魂的复活可以想象为一种记忆现象。

我睡眠结束后，因天空阳光明媚想要起来，但因感到清凉而仍然躺着，那是初冬的最后几个早晨，天气晴朗而又阴冷，我想看看树木，就抬起头来，只见树上的叶子只剩下一两块金色或粉红色色块，悬在空中，仿佛是在一块看不见的画布上，我伸长脖子，下半身仍藏在被子里；我如同正在羽化的被蛹[①]，是兼有两种形态的生物，身体的不同部分不能适应同一种环境；我的目光只要颜色不要温度，而我的胸脯则相反，需要温度不要颜色。我起来只是在炉火点燃之后，我看着透明而又温柔的早晨这幅画，展现淡紫和金黄的色彩，我把炉火拨旺，人为地在其中添加它所缺少的各种温度，炉火燃烧时冒烟，犹如烧旺的烟斗，这火使我产生快感，就像抽烟斗时那样，这快感粗俗，因为它的基础是肉体的舒适，同时又高雅，因为它后面模糊地显出纯洁的幻象。我盥洗室里糊着底色鲜红的墙纸，上面布满黑花和白花，对这些花，我仿佛有点难以适应。但它们只是使我感到新鲜，不是迫使我跟它们冲突，而只是让我跟它们接触，并且只是改变我起床的欢快和歌声，它们只是非要我置身于一种虞美人中间来观察世界，我在这里看到的世界跟在巴黎完全不同，是欢快的屏风，就是这新的房屋，其朝向跟我父母的房屋不

① 昆虫由蛹经过蜕皮变化为成虫的过程，称为羽化。蝶、蛾等的蛹，附肢和翅都被包在一层膜里，称为被蛹。

同，房屋里有新鲜空气涌入。有几天，我心神不安，想要见到我外婆，或是担心她会生病；或是把一件正在做的工作留在了巴黎，目前毫无进展；有时是某种困难，即使在这里，我也有办法为自己设置困难。这种或那种忧虑使我无法入睡，而我又无力消除自己的忧愁，只觉得这忧愁在一时间充满了整个生活。于是，我在旅馆派人去军营给圣卢捎个口信：我告诉他，他如果真有可能——我知道这非常困难——就请他行行好，到这里来一会儿。一小时后他来了；听到他按铃的声音，我感到自己摆脱了忧虑。我知道，我的忧虑比我更强，他则比我的忧虑更强，我的注意力在摆脱忧虑之后转到他的身上，由他来作出决定。他刚进来，就已把室外的空气置于我的周围，他从早晨起一直在这种空气中进行众多活动，这充满生机的环境，跟我的房间完全不同，他作出适当的反应，我就立即适应了这种环境。

“我希望您别怨我打扰了您，有件事使我十分苦恼，您想必已经猜到。”

“没猜到，我只是在想，您想要见我，我觉得您这样真好。我很高兴您派人来叫我。是什么事？是身体不舒服？我能为您做些什么？”

他听着我的解释，确切地回答我的问题；但在开口说话之前，他已把我变得跟他一样；他工作重要，因此总是来去匆忙，又身手敏捷、心满意足，而我却心里烦恼，刚才时时刻刻都感到难受，但跟他相比，我觉得这烦恼微不足道，就像他感觉的那样；我如同几天都无法睁开眼睛，就把医生请来，医生十分灵巧，轻轻地把我眼皮翻开，从中取出一粒沙子，并拿给我看；病人康复，也就放心。我的一切烦恼变成一份电报，由圣卢负责发出。我感到生活已截然不同，变得十分美好，我浑身是劲，想要行动。

“您现在干什么？”我对圣卢问道。

“我马上就要离开您，因为部队在三刻钟后要去演习，他们需要我参加。”

“那么，来这儿给您添了许多麻烦啰？”

“没有，没什么麻烦，上尉非常照顾，他说既然是您要我去，我就得去，不过，我不想使人有滥用照顾的感觉。”

“如果我迅速起床，自己前往您即将去演习的地方，我会感到兴致勃勃，我也许可以在您休息时跟您说说话。”

“我不希望您这样做；您彻夜未眠，为了一件事忧心忡忡，我可以肯定地对您说，这件事毫不重要，但现在您已不再为此烦恼，那就请您重新躺下，睡上一觉，这是使您的神经细胞不过多排出无机盐的良好办法；您不要过快睡着，因为我们讨厌的军乐队即将在您窗下经过；但过去之后，我想您就会感到安静，我们今天吃晚饭时再见面。”

但在不久之后，我经常去观看骑兵团演习，那时我开始对圣卢的朋友们在吃晚饭时阐述的军事理论感到兴趣，另外，在近处看到他们的各位长官，已成为我每天的愿望，我如同音乐爱好者，把音乐作为自己的主要研究对象，并出席各种音乐会，因此就喜欢经常光顾乐队的音乐家们出入的那些咖啡馆。要去演习的地方，我得走许多路。吃完晚饭我就想睡觉，不时耷拉着脑袋，就像头晕一样。到第二天，我发现没有听到军乐声，如同在巴尔贝克，圣卢带我去里弗贝尔吃晚饭的第二天，我也没有听到海滩上举办的音乐会。我想要起床时，感到无法动弹，却十分舒服；我觉得自己被关节用肌肉的和滋养管的侧根拴在看不见而又深奥的土地上，关节因疲劳而变得敏感。我感到劲头十足，生活在我面前展现得更加广阔；这是因为我又像在贡布雷度过的童年时代那样，感到十分疲倦，那是在我们去盖尔芒特那边散步的第二天。诗人们认为，我们在回到年轻时生活过的一幢房屋、一座花园时，会在一时间变成我们过去的那个人。故地重游时出现的这种现象，在很大程度上事出偶然，失望和成功的机会均等。固定的地方，在同一时代去过，但去的年份不同，这些地方最好在我们身上寻找。酣睡一夜之后感到十分疲倦，可以在某种程度上帮我们做的就是这件事。但是，在睡眠最深的地道里，前一天的任何反光和记忆的任何微光都无法再把内心独白照得一清二楚，哪怕这独白仍在其中继续，而为了使我们降落到这些地道里，疲倦不断把我们身体这块土地和这块凝灰岩翻来翻去，我们因此在我们肌肉深入、弯曲其分支以及吸取新生命的地方，见到我们孩提时玩耍过的花园。不需要旅行就能见到这花园，只须降落到地道中就能见到。曾经覆盖土地的东西已不在土地之上，而在土地之下，徒步旅行无法参观到消亡的城市，还必须进行发掘。但我们将会看到，与身体的这种疲劳相比，某些转瞬即逝的偶然印象是返回过去的更好办法，而且更加确切，飞越得更加轻快，更加虚幻，更加迅速，更加可靠，更加令人难忘。

有时，我更加疲倦：我连续几天观看演习，不能睡觉。这时，回到旅馆，是多么庆幸之事！躺到床上，我感到终于摆脱魔法师和巫师，这种人在我们十七世纪受人喜爱的“小说”中比比皆是[①]。我的睡眠和第二天早上的懒觉，只是一则迷人的童话。是迷人，也许还有益健康。我心里在想，最大的痛苦也有其避难之处，我们即使找不到最佳避难所，也总是可以得到休息。这些想法使我获益匪浅。

有些休息日圣卢不能外出，我就常常到军营去看他。军营很远；要走到城外，穿过旱桥，旱桥两边，我视野开阔。在这高地上，几乎总是刮着大风，吹到院子三面的所有房屋之中，不断发出雷鸣般的声音，房屋就像是风神的洞穴。如果罗贝尔忙于差事，我就在

---

① 十七世纪时法国欣赏的“小说”往往是史诗，即意大利和西班牙自中世纪起创作的作品，如西班牙骑士小说《高卢的阿马迪斯》（1508），意大利诗人阿里奥斯托的长篇传奇叙事诗《疯狂的罗兰》（1516），意大利诗人塔索的叙事诗《被解放的耶路撒冷》（1581）等。塞维尼夫人曾在书信中多次引述这些作者及其法国模仿者，如奥诺雷·德·于尔菲（1567—1625）。

他房间门外或食堂里等他，跟他的几个朋友聊天，他曾把这些朋友给我做过介绍（他不在军营时，我有时会去看望他们），我在窗口看到百米外的原野，光秃秃的一片，但新的苗床到处可见，上面往往还有雨水，在阳光下闪闪发光，呈现出几条绿带，光亮而又半透明，如同珐琅制品，我不时听到有人谈起他；我很快看出，他深受喜爱，人缘极好。有几个军人属于别的骑兵连，他们出身于富裕的资产阶级家庭，只是从外部观察贵族上流社会，而未能进入其中，他们对圣卢产生好感，是因为对他的性格有所了解，还因为这个年轻人是他们眼中的楷模，因为他们休假时来到巴黎，曾看到他在和平咖啡馆①跟于泽斯公爵②和奥尔良亲王③一起吃夜宵。正因为如此，他漂亮的面孔，他走路和跟人打招呼时笨拙的样子，他那不断地往前冲的单片眼镜，他过高的军帽以及面料过薄、颜色过于粉红的长裤“别具一格”，都被他们看作“高雅”的标志，而且他们肯定地说，团里最优雅的军官也缺乏这种高雅，甚至威武的上尉也是如此，我因上尉准许才得以在军营过夜，相比之下，上尉显得过于庄重，因此可以说是平庸之辈。

圣卢的一个朋友说，上尉新买了匹马。他可以把他看中的马都买下来。另一个朋友以行家的口吻回答说：我星期天上午在刺槐小道遇到圣卢，他骑的那匹马漂亮！这些年轻人属于一个阶级，虽然不跟同样的上流社会人士经常来往，却因有金钱和空闲时间，在享受能用钱买到的种种优雅乐趣方面跟贵族并无区别。他们的优雅，譬如在衣着方面，最多显得更加实用和完美，而不像圣卢的优雅那样自由而又随意，不过我外婆十分喜欢的却是圣卢的优雅。这些大银行家或证券经纪人的儿子，看完戏后正吃着牡蛎，却看到

---

① 和平咖啡馆位于巴黎嘉布遣会修女大道12号。

② 即雅克·德·克律索尔（1868—1893）。

③ 即亨利·菲力浦·马里（1867—1901），沙特尔公爵（1840—1910）之子，路易-菲力浦的曾孙。

邻桌旁坐着士官圣卢，不免有点激动。他们中有一人隶属圣卢所在的骑兵队，据说圣卢“十分亲热地”跟他打过招呼，他星期一休假回来后，在军营里把此事大肆宣扬，另一人不属于圣卢那个骑兵队，但认为圣卢仍然认出了他，因为圣卢有两三次用单片眼镜朝他那边观看，这时也把此事大讲特讲。

“是的，我的兄弟在和平咖啡馆看到了他，”另一人说道，此人在情妇家里待了一天，“他看上去衣服过于宽大，长短也不合适。”

“他穿什么样的背心？”

“他穿的背心不是白色，而是淡紫色，带有各种棕榈叶饰，真怪！”

在那些老兵（是平民百姓，不知道赛马俱乐部，只是把圣卢列为十分富裕的士官，被他们列为这类人的，是所有那些不管是否破产却都过着某种奢华生活的人，这些人有相当高的收入或债务，对士兵慷慨大方）看来，圣卢的步履、单片眼镜、长裤和军帽，即使看不出其中有任何贵族的味道，也仍然使人兴致勃勃，觉得意义非同寻常。他们从这些特点中看出一种性格和类别，并始终认为这是团里最受欢迎的下级军官的性格和类别，即举止跟大家相同，对首长的想法持蔑视态度，他们觉得对士兵善良就必然会有这种性格。早上在寝室里喝咖啡时，下午在床上休息时，如果有个老兵对贪吃而又懒惰的骑兵班讲述圣卢一顶军帽的有趣细节，那就更加开心。

“像我的背包一样高。”

“啊，老兄，你想糊弄我们，他帽子不可能像你背包那样高，”一个年轻的文学学士打断了他的话，这学士使用“糊弄”这个方言，是不想显出自己是个新兵，而敢于跟老兵作对，则是想证实一个使他喜出望外的事实。

“啊！他帽子不是跟我背包一样高。你可能量过。我告诉你，中校的眼睛盯着他看，像要把他关禁闭。别以为我这个出了名的圣卢感到非常惊讶，他走来走去，低着头，然后又抬起头，单片眼镜老是这样跳来跳去。得看上尉会怎么说。啊！他可能什么也不会说，但这样他肯定不会喜欢。不过，这军帽嘛，没什么了不起的。看来，他在城里的家中，有三十多顶，对吗?”

“你怎么知道，老兄？是从我们该死的下士那里听到的?”年轻的学士问道，他学究气十足，炫耀自己刚学到的语法形式①，并自豪地用来点缀自己的谈话。

“我怎么知道？当然是从他勤务兵那里听到的。”

“当然啰，这个人应该有好日子过！”

“我知道！他的钱肯定比我多！他还把自己的衣服都送给勤务兵，什么都给。勤务兵在食堂里吃不饱。我的德·圣卢就去了，炊事员听到他说：‘我要他吃饱，要多少钱就给多少。’”

老兵用铿锵有力的语调来弥补话语的微不足道，他模仿得平庸无奇，却深受欢迎。

离开军营时，我转了一圈，然后等待每天跟圣卢共进晚餐的时刻到来，那是在他和朋友们搭伙的旅馆里，太阳落山以后，我立刻朝我下榻的旅馆走去，我有两个小时的时间可以休息和看书。在广场上，苍茫暮色把粉红色的小片云彩置于城堡那火药盒般的屋顶上，跟砖块的颜色相互调和，又用反光使砖块显得柔软，使二者最终融为一体。一股生命的洪流涌入我的神经，我的任何动作都无法使其消失；我每走一步，脚踩到广场上一块铺路石后重又跳了起来，我感到脚后跟仿佛长着墨丘利的翅膀②。一个喷水池充满微弱红光，而在另一个水池，月光已把池水照成乳白色。在两个水池之间，一些孩子在玩耍，发出阵阵叫声，勾画出一个个圆圈，是因

---

① 指 Comment que(怎么)，用于大众法语，即巴黎郊区工人使用的语言，标准法语中不加 que。

② 墨丘利是罗马神话中的商业神，即希腊神话中赫尔墨斯，是众神的使者，亡灵的接引神。他手拿上绕双蛇、顶有两翼的节杖，头戴宽边帽，脚穿有翼便鞋，能行走如飞。

为在这时只能这样玩，如同雨燕或蝙蝠那样。旅馆旁边有路易十六以前的几座王宫和橘园，现在则是储蓄银行和兵团所在地，里面的煤气灯已经点亮，灯罩发出苍白的金光，在依然清晰的暮色中，跟十八世纪的高大窗子十分相称，落日的余晖仍残留窗上，如同金黄的玳瑁首饰，插在色彩鲜艳的红发之上，这煤气灯火也使我确信无疑，觉得应该去观看我的炉火和我的灯，这灯在我下榻的旅馆的大门口，独自在跟黄昏争斗，为了这灯我要在天黑前赶回去，心情愉快，如同去吃美味佳肴。我在住所中仍然感觉完美，就像刚才在外面那样。这感觉如此完美，因此，炉火的黄色火焰，天蓝色大墙纸，上面有黄昏像初中生那样起草的文稿，粉红色铅笔般的开瓶塞钻，图案奇特的圆桌毯，桌毯上放有正等我使用的一叠学生用纸、一瓶墨水和贝戈特的一本小说，这些东西，我们往往感到外表平淡无奇，这时却变得异乎寻常，并使我感到其中包含一种特殊的生活，我觉得能从中将其取出，只要我能见到这些东西。我愉快地想念着我刚离开的军营，那里的风标随风旋转。我如同潜水员，呼吸靠一根露出水面的管子，感到自己的联络点是军营，是高高的瞭望台，就觉得如同投入有益健康的生活和自由的空气，这军营俯瞰绿珐琅般沟渠纵横的原野，但在库房之下、楼房之中；我希望对这军营拥有时间长久的宝贵特权，那就是能在想去时去，并肯定能得到热情接待。

七点钟，我穿好衣服，走出门外，去跟圣卢共进晚餐，是在他搭伙的旅馆。我喜欢步行前往。外面一片漆黑，从第三天起，天黑后立刻刮起刺骨寒风，仿佛说明将要下雪。我走着，仿佛应该时刻想念德·盖尔芒特夫人：我来到圣卢的驻地，只是想跟她接近。但回忆和忧虑会发生变化。在几天前，它们走到遥远的地方，我们几乎无法看到，并认为它们已经离开。于是，我们注意其他事物。这座城市的街道，还不像我们平常生活的城市那样，只是用来从一个地方走到另一个地方。这陌生世界的居民所过的生活，我感到应该十分美妙,一处住宅的玻璃窗亮着灯光,往往使我在黑暗中驻足观看良久,看到的是真实而又神秘的生活场景,即我无法进入的场景。在此,火神在一幅染成紫红的画中,向我展示栗子商人的小酒店,店里有两个士官,把腰带放在椅子上,正在玩纸牌,却没有想到一个魔法师让他们从黑夜中突然现身,如同剧中人物登台,并把他们展现为他们在此时此刻的模样,就像停下的过路人看到的那样,而他们却无法看到这过路人。在一个小旧货店里,一支蜡烛已烧剩半截,把暗淡的红光投射到一幅版画上,将其照成红粉笔画,与此同时,大油灯的光芒在跟黑暗斗争,把一块皮革染成棕色,在一把匕首上镶嵌发亮的乌银闪光片,而在一些临摹拙劣的画上,则涂上一层珍贵的金色,如同年久而生的铜绿或一位大师涂的清漆,最后使这间只有赝品和粗劣绘画的陋室,变成一幅伦勃朗的希世珍品。有时,我抬起眼睛,看到一个古色古香的大套间,套间的百叶窗均未关上,里面有水陆两栖的男男女女,每天晚上都在适应跟白天不同的生活环境,在油腻的液体中慢慢游动,天黑之后,这液体会不断从一盏盏油灯的油罐中流出,流到一个个房间里,一直升到房间的石墙和玻璃窗上方,这些男男女女在液体中游动,扩散着油腻的金色漩涡。我继续走我的路,在大教堂前的黑暗小街上,如同过去走在梅塞格利兹的小路上那样,我的欲望常常使我停下脚步;我感到一个女人即将出现,来满足我的欲望;如果我在黑暗中突然感到一条裙子在我身边擦过,我产生的强烈愉悦感会使我认为裙子擦过并非偶然,就想把惊恐万状的过路女人抱在怀里。这条哥特式小街在我看来十分真实,如果我能在街上诱惑并占有一个女人,我就会认为是古代的肉欲使我们结合,即使这女人只是每天晚上站在那里拉客的妓女,但冬天、离乡背井、黑暗和中世纪,会使这妓女跟它们一样神秘。我在想未来:试图忘记德·盖尔芒特夫人,在我看来非常可怕而又冷酷无情,但却十分理智,并首次觉得可能做到,也许不难做到。在这万籁俱寂的街区,我听到前面有说话声和笑声，想必是喝得半醉的散步者回家时发出的。我停下脚步想看到他们，并朝声音传来的那边观看。但我得等待良久，因为周围是一片寂静，清晰而有力的声音虽已传来，却仍在远处。这些散步者最终来了，但不是在我前面，就像我刚才认为的那样，而是在后面很远的地方。这可能是因为街道交叉，街道间又有房屋，因声音折射而造成这听觉错误，也可能是因为我们对声音发出的地方并不熟悉，很难确定其位置，另外，我对声音的距离和方向也估计错误。

风越来越大。这风使人汗毛竖起，身上仿佛长出鸡皮疙瘩，看来就要下雪；我走到大街，跳上一辆小型无轨电车，电车外的平台上站着一位军官，在给粗鲁的士兵答礼，却仿佛没有看到他们，那些士兵在人行道上经过，脸冻得通红；他们的脸使人感到，从秋天突然进入初冬，这座城市仿佛北移，并使人想起勃鲁盖尔①笔下快活、贪吃的农民冻得发红的脸。

我跟圣卢及其朋友约好在旅馆见面，即将开始的庆祝活动把附近和外地的许多人吸引到这家旅馆来，我直接穿过旅馆的院子，院子通向反射出淡红色光线的一间间厨房，有的厨房里在烤鸡，有的在烤猪，有的把还没有死的螯虾扔进旅馆老板所说的“不灭之火②”，正是在这家旅馆，人们蜂拥而至（可跟《在伯利恒查找初生的耶稣》③ 媲美，如同那些古老的佛兰德斯大师所画的那样），一群群人聚集在院子里，向老板或老板的一个助手询问（这些助手如果看到有些人相貌不够端庄，就情愿向他们

---

① 指彼得·勃鲁盖尔，即老勃鲁盖尔（约1525—1569），尼德兰画家。主要作品有《谚语》、《乐土》、《雪中猎人》、《在伯利恒查找初生的耶稣》、《屠杀婴儿》等。

② 1908年左右，普鲁斯特在卡堡附近迪弗的征服者威廉旅馆吃晚饭，看到菜单上有一种菜名叫“不灭之火的瑟堡小姐”，十分赞赏。

③ 《在伯利恒查找初生的耶稣》是老勃鲁盖尔1566年的作品，现藏于布鲁塞尔王家美术博物馆。但画上画的并非是伯利恒，而是佛兰德斯村庄的雪景。

推荐市里的旅馆)，是否能在旅馆就餐和住宿，一个侍者则在那里走过，手里抓着正在拼命挣扎的家禽的脖子。我走到我朋友等我的那个小间之前，在我第一天曾穿过的大餐厅里不由想起以古代的朴实和佛兰德斯的夸张画出的圣餐的情景，是因为看到一个个走得气喘吁吁的侍者端来许多鱼、小母鸡、大松鸡、丘鹬和鸽子，他们为走得更快，就在镶木地板上滑行，然后把这些菜肴放在巨大的蜗形脚桌子上，并立刻切好，但——我来时，许多人快要吃完饭——原封不动地堆放在那里；菜肴丰盛又急忙端来，仿佛不是为满足就餐者的需要，而是为了尊重《圣经》的经文，经文被一丝不苟却又朴实无华地描绘出来，展现的是借鉴当地生活的真实细节，同时也出于美学和宗教上的考虑，想要用丰盛的食品和殷勤的侍者使大家看到节庆的欢快气氛。一个侍者在餐厅一端遐想，站在餐具柜旁纹丝不动；唯有这个侍者在回答我问题时显得沉着，我想问他，我们的餐桌安排在哪个房间，我就在点燃的炉子之间走上前去，炉子点燃是为了不让晚到的顾客的菜肴冷掉（而在餐厅中央，餐后点心却由一巨人用双手拿着，这巨人有时用水晶鸭——实际上用冰块制成——的两个翅膀支撑，鸭子每天由雕刻厨师用烙铁刻成，具有十足的佛兰德斯风味)，我冒着被别人撞倒的风险，径直朝这侍者走去，我觉得他很像传统宗教画中的一个人物，惟妙惟肖地再现了此人塌鼻、纯朴、丑陋的容貌和沉思的表情，这表情说明他已隐约预感到神祇降临的奇迹将要出现，而其他人却尚未有此发现。还需要说明，也许是因为庆祝活动即将开始，除了这个人物之外，又来了一位天神，这天神活脱儿是从二品天使和上品天神的队伍中招聘而来。一个年轻的金发音乐天使，展现十四岁少年的形象，其实不在演奏任何乐器，而是在一面锣或一叠盘子前幻想，但其他天使不是这样幼稚，他们急忙在餐厅的巨大空间里走来走去，挂在身上的毛巾不断在空中轻轻摆动，毛巾下垂，像文艺复兴前期艺术家作品中的翅膀那样有尖角。我避开用饰有棕榈树的门帘遮住的界线不清的区域，天使般的侍者从里面出来，远看如同来自九霄云外，我给自己开辟一条道路，一直走到圣卢的餐桌所在的小间。我在里面看到他的几位朋友，他们一直跟他共进晚餐，除一两个平民外都是贵族，但从初中时起，贵族就已觉得这一两个平民可以成为朋友，并很高兴跟他们结交，这说明贵族在原则上并不敌视资产者，即使资产者拥护共和政体，只要他们手脚干净并去望弥撒就行。第一次来吃饭时，在大家就坐之前，我就把圣卢拉到餐厅的一个角落，虽在众人面前，却不会被他们听到，我对他说：

“罗贝尔，说这话，时间和地点都选错了，但这话只用片刻时间。我在军营里总是忘记问您；您桌上那张照片是否是德·盖尔芒特夫人？”

“是的，是我的好舅妈。”

“啊，不错，我真是疯了，这事我以前就已知道，我一直没有想到；天哪，您那些朋友想必等不及了，咱们赶紧说，他们看着我们，或者下次再说，这事毫不重要。”

“不，您讲下去，让他们在那儿等着。”

“不行，我得讲礼貌；他们这样客气；另外您知道，我也不是非说不可。”

“这正直的奥丽娅娜，您认识她？”

这“正直的奥丽娅娜”，如同他会说这“善良的奥丽娅娜”一样，并不说明圣卢认为德·盖尔芒特夫人特别善良。在这种情况下，善良、出色、正直只是加强“这”的语气，表示谈话双方都认识此人，但因对方不是跟你关系十分密切，所以不知道该如何形容此人。善良的作用如同冷盆，可让人等待片刻，以想出要说的话：“您是否常常见到她？”或者是：“我已经有几个月没有见到她了。”或者是：“她想必不再青春年少。”

“我无法对您说清，知道这照片上是她，我是多么高兴，因为我们现在住在她那幢房子里，我听到一些关于她的奇闻（要我说出是哪些，我会感到十分为难），因此我对她很感兴趣，是从文学的角度来看，这您知道，我该怎么说呢，是从巴尔扎克的角度来看，您这样聪明，这事不必细说您就会知道，咱们抓紧说完，不然，您那些朋友对我的教养会有看法！”

“他们不会有任何看法；我对他们说过，您为人高尚，他们比您还要胆小。”

“您真是太好了。确切地说，是这样的：德·盖尔芒特夫人不知道我认识您，是吗？”

“我对此一无所知；从夏天起我还没有见到过她，因为自从她回去之后，我休假时还没有去过巴黎。”

“是因为我要告诉您，有人对我肯定地说，她认为我是十足的傻瓜。”

“这话我不相信：奥丽娅娜不是才智出众，但也并不愚蠢。”

“您知道，我通常不希望您公开宣扬您对我的良好感情，因为我没有虚荣心。因此我感到遗憾的是，您对朋友们说了我的好话（我们将在片刻之后跟这些朋友相聚）。但对于德·盖尔芒特夫人，如果您能让她知道您对我的看法，即使有点夸张也不要紧，我会感到高兴。”

“非常愿意效劳，如果您要我做的仅此而已，这不算太难，不过，她对您会有的看法，到底有何等重要？我认为您对此不会在乎；不管怎样，如果只是此事，我们可以当着众人的面来谈，或者我们单独在一起时谈，因为我怕您站着谈，谈话时又这么不舒服，您会感到疲劳，而我们又有这么多机会可以单独相处。”

但正是因为这么不舒服，我才有了跟罗贝尔谈的勇气；其他人在场对我来说是个借口，能使我的话说得简短而又缺乏条理，这样说又能使我更加轻而易举地掩盖我说的谎话，即我对朋友说我忘了他跟公爵夫人有亲戚关系,同时也使他没有时间来询问我的动机,即我为什么想让德·盖尔芒特夫人知道我是他这个聪明人的朋友,这样的问题会使我感到难堪,是因为我无法回答。

“罗贝尔,您这样聪明,但我感到惊讶的是,我竟不知道对朋友会喜欢的事不必讨论,而要去做。我嘛,如果您要我做任何事情,我甚至会非常希望您要我做一件事情,我可以向您保证,我决不会要您作出解释。我要说的不只是我的希望;我不是非要认识德·盖尔芒特夫人;但为了考验您,我本应对您说,我想跟德·盖尔芒特夫人共进晚餐,但我知道这事您做不到。”

“您要是提出,我不仅能做到,而且一定做到。”

“什么时候?”

“我回到巴黎后立刻去办,可能是在三个星期之后。”

“那就等着瞧,但她不会同意。我不知道该如何感谢您。”

“不用谢,小事一桩。”

“您别这样说,这可是大事,因为现在我看出您是怎样的朋友;不管我要您做的事是否重要,是好是坏,不管我对此事真的看重或者只是为了考验您,这些都无关紧要,您说这事您一定办到,您因此表明您的智慧和心灵的高雅。一个愚蠢的朋友准会提出异议。”

他刚才正是这样做的;但也许我想这样对待他是出于自尊心;也许我也是出于真心,而是否有价值的唯一试金石,我认为是在我唯一看重的事情即爱情方面是否会对我有用。然后,也许是因为口是心非,也许是因为感激、兴趣以及罗贝尔因血缘关系而跟舅妈的相貌有许多相像之处,我流露出过多的真情,就补充道:

“现在得回到他们那儿,这两件事,我只要您做其中一件,而且是次要的那件,另一件对我来说更加重要,但我怕您会拒绝;我们以‘你’相称,您会觉得不舒服?”

“我怎么会不舒服?那就这样!**高兴!高兴得哭!从未有过**

的至福[①]**！**”

“我非常感谢您……是感谢你。您要开始用‘你’来称呼，多好！我真是高兴，德·盖尔芒特夫人的事，您可以不做，只要用‘你’来称呼，我就够了。”

“这两件事一定做到。”

“啊！罗贝尔！您听着，”我在吃饭时对圣卢又说，“哦！那断断续续的谈话，真是滑稽可笑，另外我也不知道是为了什么。您知道我刚才跟您说的那位女士？”

“是的。”

“您清楚地知道我想说的是谁。”

“啊！您竟把我看作瓦莱的傻瓜[②]，看作**头脑迟钝者**。”

“您不愿意把她的照片给我？”

我只是想请他把她的照片借给我。但在说的时候，我感到胆怯，觉得这要求冒失，为了不让他看出这点，我就把要求提得更加直截了当，更加得寸进尺，仿佛这要求十分自然。

“不行，我先要得到她的同意。”他对我回答道。

他立刻脸红耳赤。我知道他心里有想法，也知道他觉得我心里有打算，知道他给我的爱情帮忙只会帮上一半，他有保留是因为要遵守某些道德准则，因此我感到他可恶。

然而，我心里感动，是因为他不再跟我单独相处时，他那些朋友如同是第三者，我看到他对我的态度是多么不同。他对我更加

---

① 1654 年 11 月 23 日夜，即所谓激情之夜，帕斯卡心血来潮，若有所悟，撰祷文《追思》，书于羊皮纸上，藏于贴身衣衬，身后为仆人发现。祷文中有：“高兴，高兴，高兴得哭。”参见帕斯卡《思想录》附录“帕斯卡生平和著作年表”，何兆武译，商务印书馆，1985 年，第 502—503 页。

② 瓦莱是瑞士的州，位于罗讷河谷，1810 年曾并入法国，1815 年加入瑞士联邦。crétin（傻瓜）一词源于十八世纪瓦莱的方言，是 chrétien（基督教徒）的变体，表示因虔诚而变得愚蠢。

亲热，我也许会无动于衷，只要我认为这是在装模作样；但我感到这种热情并非故作姿态，只是表明我不在时他会说我什么话，在跟我单独相处时他又不会说什么话。我们促膝谈心时，我当然猜到他喜欢跟我交谈，但这种愉悦几乎一直没有表达出来。我说的话，他通常十分欣赏，但并不表露出来，但现在我说话时，他就悄悄地观察，看看我的话是否对他那些朋友产生了他预期的效果，这效果也应该符合他跟他们说过的话。初次登台的女演员的母亲，对女儿的对白和观众的反应，其关注程度不会超过圣卢。我说了一句话，如果他跟我单独相处，他只会对此微微一笑，但如有其他人在，他怕别人没有听懂，就会对我说："怎么，怎么？"要我再说一遍，以引起别人的注意，并立刻转向其他人，笑容满面地看着他们，不由自主地带头让他们笑，他第一次向我表示他对我的看法，这种看法他想必经常向他们表达。因此，我突然发现自己展现的外貌，就像有人在报上看到自己的名字，或是在镜子里看到自己的相貌。

有一天晚上，我想要讲述关于布朗代夫人的一个十分有趣的故事，但我立刻停了下来，因为我想起圣卢已知道此人，想起我在到达的第二天要对他讲这个故事，他却打断了我的话，并对我说："这故事您在巴尔贝克对我讲过。"这时我感到意外的是，他鼓励我讲下去，并对我肯定地说他不知道这个故事，说这个故事他会听得兴致勃勃。我对他说："您一时忘记了，但您很快就会想起这个故事。"——"不，我向你保证，你搞错了。这故事你从未对我讲过。讲吧。"在讲故事的过程中，他目光始终热情而又喜悦，时而看着我，时而看着他的战友。我在众人的笑声中讲完之后，才悟出了一点，那就是他希望这故事能使他的战友们高度评价我的才智，正因为如此，他才装出不知道这故事的样子。这就是友情。

第三天晚上，他的一个朋友跟我谈了很长时间，因为前两天晚上我没有机会跟此人交谈；我听到他低声对圣卢说，他对谈话感到愉快。确实,我们几乎谈了整整一个晚上,面前放着索泰尔纳[1]白葡萄酒,但没有喝完,男人之间的一种好感编织成神奇的帷幕,把我们跟其他人隔开并不受他们干扰,这种好感如果不是以肉体上的吸引作为基础,那就是唯一神秘的感情。圣卢对我的感情,我在巴尔贝克时就觉得属于这种神秘的感情,这种感情不能跟我们谈话的趣味混为一谈,跟物质利益也毫无关系,是看不见、摸不着的,但圣卢却感到这种感情像一种燃素[2]、煤气那样存在于他身上,因此会面带微笑地谈论这种感情。在这唯一的晚上在此产生的这种好感,也许还包含着更令人惊讶的东西,如同在这温暖的小房间里,一朵花会在几分钟内盛开。罗贝尔跟我谈起巴尔贝克时,我无法克制自己,问他是否真的决定娶德·昂布勒萨克小姐为妻。他对我说,这事不仅没有决定,而且从未谈起过,说他从未见到过她,也不知道她是什么样的人。如果我在此刻看到几位曾谈起过这门婚事的社交界人士,他们就会告诉我,德·昂布勒萨克小姐要嫁的不是圣卢,圣卢要娶的也不是德·昂布勒萨克小姐。我要是跟他们提起他们在不久前做出的与此相反的预言,他们准会大吃一惊。为使这小小的游戏能继续下去,并依次对每个人制造和积累尽可能多的假新闻,大自然就使这类游戏者十分健忘,因为他们极其轻信。

圣卢跟我谈起当时也在场的另一位战友,说他们俩特别投机,

---

① 索泰尔纳是法国吉伦特省市镇,产白葡萄酒。

② 十八世纪时认为,可燃物质中存在着燃素,燃烧时燃素以光和热的形式逸出,但物质的质量在燃烧后一般却增加了。十八世纪末叶,科学的燃烧氧化说取代了错误的燃素说。

因为在这部队里只有他们俩赞成重审德雷福斯案件[1]。

“哦，他嘛，他可不像圣卢，他是个狂热分子。”我的新朋友对我说。“他甚至不诚实。起初他说：‘只能等待，有一个人我熟悉，非常精明、善良，是德·布瓦代弗尔将军[2]；他的意见，我们可以毫不犹豫地接受。’但是，他获悉布瓦代弗尔宣布德雷福斯有罪之后，布瓦代弗尔在他眼里就变得一钱不值；教权主义和总参谋部的偏见，使他无法做出由衷的评价，虽说没有人比我们这位朋友更崇拜教权，至少在过去即在德雷福斯案件之前是这样。于是，他对我们说，不管怎样，真相会大白于天下，因为这案件即将交到索西埃[3]手中，并说此人是共和派老兵（我们的朋友出身于极端保王派家庭），冷酷无情，思想坚强不屈。但在索西埃宣布埃斯特哈齐无

---

① 德雷福斯案件是法兰西第三共和国最大的政治危机。1894 年 9 月底，受雇于法国情报局、在德国驻法使馆当女佣的巴斯蒂安女士，在军事专员的字纸篓里发现有关法军武器装备和组织情况的秘密文件。不久之后，陆军部长指责犹太上尉阿尔弗雷德·德雷福斯（1859—1935）为泄密人。在核对笔迹之后，德雷福斯于同年 10 月 15 日被捕，12 月被军事法庭判决有罪，被褫革军阶并终身流放。但德雷福斯始终认为自己无罪。在真相逐渐揭开之后，一些知识分子为他辩护，并要求重审此案，主要代表有贝尔纳·拉扎尔、约瑟夫·雷纳克、埃米尔·左拉、阿纳托尔·法朗士、乔治·克莱芒索、马塞尔·普鲁斯特。另一派反对重审，发动反犹和排外运动，受到军队、教会和政府的支持，主要代表有爱德华·德吕蒙、莫里斯·巴雷斯、莱昂·都德。

② 即拉乌尔·勒穆通·德·布瓦代弗尔（1839—1919），法国军官、外交家。1858 年进高等军事学校学习。1883 年任德·曼贝尔将军的副总参谋长。1893 年，德·曼贝尔将军突然去世后，任军队总参谋长，跟俄国签订秘密军事条约，结成法俄联盟。1893 年出任驻俄国特命全权大使，安排俄国沙皇夫妇于同年 10 月访法。德雷福斯案件中任检方证人，曾警告丑闻将会削弱法国，并引起和德国开战的危险。1898 年 8 月 31 日，情报局局长、伪造用于陷害德雷福斯的“秘密档案”文件的亨利上校在狱中自杀，德·布瓦代弗尔辞职，并从此退出政界。

③ 即费利克斯·居斯塔夫·索西埃将军（1828—1905），1884—1898 年任巴黎军区司令，曾劝陆军部长不要起诉德雷福斯。但他于 1894 年 12 月 3 日被迫下令对此案进行调查。

罪之后[①],他就给这一判决找到新的解释,这种解释不是对德雷福斯不利,而是对索西埃将军不利。据说是军国主义思想使索西埃无法正确判断(请您注意,他既是军国主义者又是教权主义者,或者至少是前者,因为我已不知该对他持何种看法)。他家里见他有这些想法,感到十分遗憾。”

“您要看到,”我说时悄悄转向圣卢,使自己不显得孤立无援,也朝着他的战友,让此人也参加谈话,“这是因为我们认为环境具有的影响,其实主要是思想环境的影响。我们是有想法的人;想法比人的数目要少得多,因此,有同样想法的人也都相同。由于一种想法毫无具体存在可言,因此,在一个有想法的人周围仅仅是具体存在的人们,丝毫也不会改变这种想法。”

圣卢觉得这种比较还不能令人满意。他也许是因为要使他那些朋友对我刮目相看而感到分外高兴,像对最早到达终点标杆的赛马那样对我抚摸,并反复对我滔滔不绝地说:“你是我认识的最聪明的人,你知道。”他接着补充道:“跟埃尔斯蒂尔一样。你不会因此而生气,对吗?你明白,这是认真的。做个比较:我跟你说这话,就像有人对巴尔扎克说,您是本世纪最伟大的小说家,跟司汤达一样。过于认真,你明白,其实是非常欣赏。不对?对司汤达你不同意?”他补充道,对我的看法怀有天真的信任,表现为他那双微笑的绿眼睛几乎是孩提般的迷人疑问。“啊!好,我看出你同意我的看法,布洛克讨厌司汤达,我认为他的看法愚蠢。《帕尔马

---

① 乔治·皮卡尔中校(1854—1914)于1895年7月被任命为法国情报局统计处处长。1896年3月,他发现指控德雷福斯犯叛国罪的真正罪犯可能是法国步兵团少校费迪南·瓦尔森·埃斯特哈齐(1847—1923)。总参谋部企图掩盖真相,但没有成功。1897年11月17日,索西埃要求进行调查,并于12月4日进行预审。1898年1月10日至11日,埃斯特哈齐在军事法庭受审,但被判无罪。皮卡尔于1896年11月被调到法国东部,后又调往突尼斯。1898年1月被捕入狱,并被革职,翌年6月获释。1906年复职,7月升为准将,三个月后被任命为陆军部长。

修道院》，仍不愧为一部巨作，对吗？我感到高兴的是你同意我的看法。《帕尔马修道院》里，你最喜欢的是什么？请回答。”他以年轻人的激情非要我回答。他浑身是劲，咄咄逼人，他的问题几乎使人感到害怕。“是莫斯卡？是法布利斯[①]？”我羞怯地回答说，莫斯卡跟德·诺普瓦先生有几分相像。对此，年轻的齐格弗里德[②]-圣卢发出一阵狂笑。我补充道：“但莫斯卡要比他聪明得多，也不像他那样卖弄学问。”这话还没有说完，我就听到圣卢大声叫好，还拍起了手，笑得喘不过气来，并大声说道：“完全正确！太好了！你真神。”[③]

这时，我的话被圣卢打断，因为一个年轻军人面带微笑地指着我对他说：[④]

“迪罗克，完全像迪罗克[⑤]。”我不知道这话是什么意思，但我觉得这张羞怯的脸上的表情还是十分友好的。我说话时，其他人的赞赏在圣卢看来是多余的，他要求大家默不作声。如同乐队指挥见有人发出噪音，就用琴弓敲敲，让乐师停止演奏，他则训斥扰乱分子：

“吉贝格，”他说，“别人说话时，您得闭上嘴。您待会儿再说。继续说吧。”他对我说。

---

① 莫斯卡伯爵是《帕尔马修道院》中帕尔马亲王的首相，一度信奉自由、民主的思想，但在反动统治的黑暗时代里无法实现自己的理想，只能用自己的政治才能为暴君效力。法布利斯·台尔·唐戈是在欧歇纳亲王的宫廷里长大的米兰贵族子弟，参加过滑铁卢战役，是拿破仑的崇拜者。

② 参见本卷第 79 页注②。

③ 在法国七星丛书版中，“圣卢觉得这种比较还不能令人满意……”（第 99 页）直至“……并大声说道：‘完全正确！太好了！你真神。’”这一段插在下面“我说话时，其他人的赞赏在圣卢看来是多余的……”（第 100 页）之前。

④ 法国七星丛书版后面接排，不另起一行。

⑤ 热罗-克里斯托夫·德·米歇尔·迪罗克（1772—1813），法国将军，雾月十八日政变的参与者，参加过奥斯特利茨、阿斯佩恩、瓦格拉姆等战役，在包岑战役中阵亡。曾多次为拿破仑执行外交使命。普鲁斯特在此把他的姓赋予了少校。

我不由松了口气，因为我担心他叫我从头说起。

“由于一种观念，”我接着说道，“不可能隶属于人类的物质利益，也不能得益于物质利益，因此，有一种观念的人就不会受到物质利益的驱使。”

“喂！弟兄们，这话让你们目瞪口呆了吧。”圣卢见我说完，就立刻欢呼起来，他两眼盯着我看，既关心备至又忧心忡忡，仿佛我在走钢丝一般。“吉贝格，您刚才想说什么？”

“我想说，这位先生使我觉得很像迪罗克少校。我以为听到少校在说话。”

“我也常常这样想过，”圣卢回答道，“是有很多相像之处，但您将看到，这一位还有迪罗克没有的许多东西。”

圣卢的这位朋友有个弟弟，在巴黎圣乐学校①学习，对任何一部新的音乐作品的看法，都跟他父母、堂兄弟和俱乐部的朋友不同，而跟圣乐学校的其他同学完全相同，同样，这位贵族士官（我跟布洛克谈起此人后，布洛克对此人产生了一种非同寻常的看法，因为他得知此人跟他属于同一政党后深受感动，但因此人出身贵族，受过宗教和军事教育，就把此人想象得跟其他人完全不同，具有出生在遥远地区的那种魅力）有一种“心理状态”，按照当时刚流行的那种说法，跟所有德雷福斯派的特别是布洛克的心理状态相像，而他家庭的传统和职业生涯上的利害关系，都不会对这种心理状态产生任何影响。因此，圣卢的一个表兄娶了年轻的东方公主为妻，据说公主作的诗可跟维克多·雨果或阿尔弗雷德·德·维尼媲美，尽管如此，有人认为她的思想跟我们能想象出的思想完全不同，是幽居于《一千零一夜》中一座宫殿里的东方公主的思想。有幸接近这位公主的那些作家，感到的是失望，或者不如说是

---

① 参见本卷第27页注①。

高兴，因为他们听到她谈话之后，觉得她不像山鲁佐德[1]，而是像阿尔弗雷德·德·维尼或维克多·雨果那样的天才[2]。

我特别喜欢跟这个年轻人谈话，就像跟罗贝尔的其他朋友以及罗贝尔本人谈话一样，谈的是军营、驻地军官以及军队的一般情况。在这个被无限放大的阶层上，我们看到的种种事物尽管微不足道，却因其价值大增，我们就可以在其中吃饭、谈话并过着我们真正的生活，世界上不在这里的其他事物无法与其抗衡，相比之下如梦幻般虚幻，由于这个阶层的存在，我开始对军营的各种人物和军官感到兴趣，这些军官，我去看望圣卢时在院子里见到，或是我醒来时骑兵团在我窗下经过时看到。我很想了解圣卢十分欣赏的那位少校的详细情况，并了解"即使在美学上"也会使我陶醉的军史课的详情。我知道罗贝尔拘泥于文字的某种癖好，往往内容贫乏，但有时却说明他吸收了一些深刻的想法，并且很有可能理解。可惜的是，从军队方面来说，罗贝尔这时主要关心德雷福斯案件。他很少谈论此案，是因为在餐桌上唯有他是德雷福斯派；其他人都激烈反对重审此案，除了我的邻座即我的新朋友，但这位新朋友的观点显得摇摆不定。上校被认为是出色的军官，曾下达各种命令谴责军队骚乱，因此被认为是反德雷福斯派，我的邻座对这位上校的欣赏确信无疑，他获悉自己的长官曾透露出一些说法，使人认为

---

① 山鲁佐德是《一千零一夜》中宰相的大女儿。国王沙赫里亚尔因妻子经常对他不忠，就憎恨所有女性，每天娶一新娘，然后将其杀死。山鲁佐德为拯救自己和其他女子，坚决要求父亲把她嫁给国王。她每天夜里给国王讲一个故事，但不讲完，因故事有趣，国王要听到故事的结尾，就一次次把处死她的期限推迟，最后放弃了这残酷的决定。

② 这位东方公主，显然是指安娜·德·诺阿耶伯爵夫人（1876—1933），即本名安娜·德·比贝斯库-布兰科万的法国女诗人。她父亲是罗马尼亚亲王，母亲是希腊钢琴家。1897 年她嫁给马蒂厄·德·诺阿耶伯爵。著有《诉不尽的衷情》、《时日的阴影》、《赞叹》等多部诗集，歌颂世界之美，表达对生活的热爱。她是普鲁斯特的好友，深受普鲁斯特的赞赏。

他对德雷福斯有罪感到怀疑，并仍然尊重皮卡尔。不管怎样，从后面这点来看，认为上校是德雷福斯派的传言根据不足，就像不知从何而来的各种传言一样，对任何大案都会有此类传言。因为不久之后，上校负责审问这位情报局前处长，以前所未有的粗暴和蔑视来对待他。不管情况如何，我的邻座虽然不敢直接向上校打听情况，但为了对圣卢表示礼貌，仍然对他说——其语调就像一位女天主教徒对一位犹太女士说，她的本堂神甫谴责俄国对犹太人的屠杀[①]，并欣赏某些犹太人的慷慨大方——上校并不像人们想象的那样，是德雷福斯派——至少是某种德雷福斯派——狂热而又心胸狭隘的敌人。

"这并不使我感到惊讶，"圣卢说道，"因为他是聪明人。但尽管如此，家族的偏见，特别是教权主义，使他丧失了判断力。啊！"他对我说，"迪罗克少校，就是我跟你说起过的军史教师，是这样一种人，这种人看起来完全同意我们的想法。另外，反之我会感到惊讶，因为他不仅聪明过人，而且是激进社会党人和共济会会员。"

出于对圣卢那些朋友的礼貌——他们对圣卢公开发表德雷福斯派的主张感到难受——同时也因为我对其他事情更感兴趣，我就问我的邻座，少校是否确实是在军史课上展示一种真正的美。"确实如此。"

"您这话是什么意思？"

"啊！譬如说，一个军事叙述者的叙事，你读到的一切，如极其细小的事实，微不足道的事件，只是一种想法的征兆，这种想法必须明确指出，它往往掩盖着其他想法，就像隐迹纸本[②]那样。这

---

① 1881 年，俄国沙皇亚历山大二世（1818—1881）遇刺身亡，虽说只有一个犹太人与凶手有牵连，还是引起俄国二百多个城镇的暴徒袭击犹太人并毁坏他们的财产。这种屠杀后来又在 1903 年至 1906 年以及 1917 年至 1921 年发生。屠杀使大量犹太人离开俄国。

② 指擦掉旧字写上新字的羊皮纸稿本，用化学方法可使原迹复现。

样，你就有了一个智力的集合体，像任何科学或艺术一样，这种集合体能够满足思想的需要。”

“如果我的要求可以满足，请再举些例子。”

“这样很难跟你说清。”圣卢打断了我们的谈话。“譬如说，你读到某个兵团试图……在读下去以前，兵团的名称，兵团的组成，并非是毫无意义的事。如果军事行动不是初次尝试，如果我们看到另一兵团为同一行动而出现，这可能说明前面几个兵团因上述行动已被歼灭或损失惨重，说明这些兵团已无法完成这次行动。这时，必须弄清今天被歼灭的是哪个兵团；如果是突击部队，即预备用于猛攻的部队，那么，在这些部队失败的地方，一个战斗力差的新兵团不大可能取得成功。另外，如果不是在一次战役的初始阶段，这新兵团可能是拼凑而成，这样就能知道参战的兵团还拥有多少兵力，以及这兵团的兵力在什么时候即将弱于敌人的兵力，这些情况将使这兵团即将进行的军事行动具有不同的意义，因为如果兵团无法弥补其损失，行动即使成功，也只能最终使它合乎逻辑地全军覆灭。另外，与其对抗的兵团的番号有着同样重要的意义。譬如说，如果这支部队要弱得多，并且已消耗敌人好几支重要部队的兵力，那么，军事行动本身的性质改变，因为即使军事行动以防守部队失去占据的阵地而宣告结束，在一段时间里占据阵地可能是极大的成功，因为只使用极少兵力，这样就足以摧毁敌人的大量兵力。你可以理解，如果在分析双方投入的兵团时发现一些重要情况，那么，对阵地本身的研究，对阵地居高临下地控制的公路和铁路的研究，以及对阵地所保护的军需供应的研究，就显得更为重要。必须研究我称之为整个地理背景的情况。”他笑着补充道。（确实，他对这一名称十分满意，以后每当他使用这一名称，即使在几个月之后，他仍然露出同样的笑容。）“军事行动在由其中一个参战兵团准备期间，如果你读到它的一支巡逻队在阵地附近被另一参战兵团歼灭，你可以得出的一个结论是，一个兵团想要了解敌军的防御工事,而另一个兵团则想用防御工事来挫败敌军的进攻。对一个据点进行特别激烈的行动,可以说明想要将其占领,但也是想要在此牵制敌人,不希望在敌人进攻的地方还击,或者甚至只是装模作样,以更加激烈的进攻来掩盖在此处撤出一些部队。(这是拿破仑在战争中惯用的手法。)另一方面,要了解一次军事行动的意义,它可能要达到什么目的,以及跟它同时进行或在其后进行的有哪些其他行动,就不必过于看重指挥部发布的消息,因为这可能用来迷惑敌人或掩盖可能遭到的失败,而要重视国家的军事条例。我们总是可以认为,一支军队试图进行的行动,是现行条例规定在类似情况下应该采取的行动。如果条例规定正面进攻时要以侧面进攻配合,如果侧面进攻失败后指挥部认为它跟正面进攻无关,只是一次牵制攻击,这时,真相就应该在条例中寻找,而不是在指挥部的公报中寻找。每支军队并非只有其条例,而且还有条例的传统、习惯和学说。对外交行动的研究,始终对军事行动产生影响或作出反应,也不应该被忽视。一些表面上无关紧要的事件,在当时未被深刻理解,却会在以后使你知道,敌人曾指望得到援助,但这些事件揭示敌人并未得到,实际上敌人只是完成了部分战略计划。因此,如果你善于阅读军事史,对普通读者来说是含糊不清的叙述,在你看来却是连贯而又合理,如同一幅画,绘画爱好者能看出画中人身上带着、手里拿着什么东西,而博物馆的参观者看到画上一块块模糊的色彩,却看得目瞪口呆、头晕目眩,犹如偏头痛发作。对于某些绘画,看到人物拿着圣餐杯还不够,还必须知道为什么画家要让他拿着圣餐杯,这圣餐杯象征着什么,同样,这些军事行动,除了直接的目的之外,通常在指挥战役的将军的思想之中,是对古代一些战役的模仿,而这些战役,你可以看作过去、图书馆、渊博知识、词源学,看作新战役的杰出代表。你要注意,我此刻说的不是战役的地方特点,怎么说呢,就说是空间特点吧。这种特点也存在。一个战场在几百年的时间里,过去不曾是或者将来不会是一次战役的战场。它曾是战场，是因为它汇集了某些地形和地质条件，甚至还汇集了某些缺点，能约束敌人（如一条江河，把敌人一分为二），才成为良好的战场。因此，它曾是战场，它将是战场。不是任何房间都能用作画室，不是任何地方都能用作战场。有些地方是由老天确定的。但我再说一遍，我说的不是这种，而是模仿的战役类型，你可以说是战略上的一种印花，战术上的一种仿作：乌尔姆战役、洛迪战役、莱比锡战役①、坎尼战役②。我不知道以后是否还会有战争，也不知道将在哪些民族之间进行；但如果有战争，肯定会有（而且是统帅有意促成）另一次坎尼战役，另一次奥斯特利茨战役，另一次罗斯巴赫战役，另一次滑铁卢战役③，还会有其他类似的战役，有些人会毫不拘束地这样说。冯·

---

① 乌尔姆战役于1805年9月至10月在德国巴登-符腾堡州城市乌尔姆附近进行。奥地利统帅卡尔·马克将军的主力被拿破仑的军队围困在乌尔姆城内，于10月20日投降。洛迪战役于1796年5月10日发生在意大利伦巴第区横跨阿达河的洛迪桥畔，拿破仑击败奥地利军队，从而控制伦巴第。莱比锡战役于1813年10月16日至19日发生在德意志萨克森的莱比锡市，是第六次反法同盟联军同拿破仑进行的大会战，双方投入兵力总数达五十多万，结果法国败北，损失65 000人，盟军损失60 000人，拿破仑从此丧失军事优势。

② 坎尼战役是第二次布匿战争的重要战役。公元前216年夏，迦太基统帅汉尼拔率4万步兵和1万骑兵，罗马执政官包鲁斯和瓦罗率8万步兵和6千骑兵，双方在意大利东南部阿普里亚境内（今普利亚区）奥菲杜河（今奥凡托河）下游的坎尼展开会战。汉尼拔将步兵排列成突出的半月形，弱兵在中间，精锐配于两侧，骑兵分置两翼。罗马步兵猛冲迦太基中军，后者弱兵退却，同时两侧包抄前进，形成严密包围圈。结果罗马军大部分阵亡，被俘万余人，汉尼拔损失约6千人。

③ 奥斯特利茨战役是1805年拿破仑击败俄奥联军的战役，因法皇拿破仑一世、俄皇亚历山大一世和奥皇弗朗茨二世参加，故称三皇之役。拿破仑于10月20日在乌尔姆击败奥军，11月13日占领维也纳，12月2日在奥斯特利茨村（今捷克摩拉维亚境内）同俄奥联军展开会战，并将其彻底击溃。罗斯巴赫是萨克森的村庄，1757年11月5日，在七年战争中，普鲁士国王腓特烈二世在此使苏比兹亲王统帅的法军遭到惨败。滑铁卢战役是拿破仑同第七次反法同盟进行的最后一次会战，于1815年6月18日在布鲁塞尔以南的滑铁卢村被击溃。6月22日拿破仑决定退位，法兰西第一帝国告终。

史里芬元帅①和冯·法肯豪森将军②为对法国作战预先制订了一个类似汉尼拔的坎尼战役计划，把敌军全部吸引到中间，同时在两翼推进，特别是在比利时的右翼，而贝恩哈迪③则更喜欢腓特烈大帝④的斜向序列⑤，情愿打洛伊滕⑥而不愿打坎尼。其他人不会这样直截了当地阐述自己的观点，但我向你保证，老弟，我向你介绍过的博孔塞伊少校，是一位前途远大的军官，他曾仔细研究过普拉岑高地的小规模攻击⑦，对这种攻击了如指掌，并留作以后使用，

---

① 即阿尔弗雷德·冯·史里芬伯爵（1833—1913），德国元帅、军事理论家。1863年在德军参谋总部任职。曾参加过普奥战争和普法战争。1891年至1905年任参谋总长，继承和发展了老毛奇的作战方法，为德军参谋总部培训了一批军官。1905年制定史里芬计划，是第一次世界大战德国战略计划的蓝本。其战略理论是速决战。假定德国在东西两线同时对俄、法作战，把战略重点放在西线，在东线采取守势。首先在西线集中大部分兵力，以先发制人的手段，于四周至六周内击败法国，然后再全力回击俄国，在三个月至四个月内赢得整个战争的胜利。1914年9月初，德军在马恩河战役中失败，战场形成对峙局面，史里芬计划亦告破产。

② 即路德维希·冯·法肯豪森男爵（1844—1936），德国将军。在第一次世界大战时，于1916年至1917年任第六军军长，1917年至1918年任比利时总督。著有多部军事著作，其战术思想跟冯·史里芬相近。

③ 即弗里德里希·冯·贝恩哈迪（1849—1930），德国将军，泛日耳曼主义的军事理论家。著有《今天的战争》，认为战争是一种“义务”。在《德意志和临近的战争》中，把腓特烈二世视为楷模。

④ 即腓特烈二世（1712—1786），普鲁士国王（1740—1786）。在位时曾推行所谓“开明专制”，以掩饰其军事官僚专制的统治。曾多次发动侵略战争，扩大疆土。在奥地利王位继承战争（1740—1748）中，击败奥地利，夺取了西里西亚；后又参加七年战争（1756—1763）和巴伐利亚王位继承战争（1778—1779），加强了普鲁士在欧洲的地位；1772年同俄、奥第一次瓜分波兰。

⑤ 斜向序列是一种战斗序列，即将一侧翼迎向敌军，而隐藏另一侧翼。

⑥ 洛伊滕位于波兰西里西亚地区，现名卢蒂尼亚。1757年12月5日，即在罗斯巴赫击败法军之后一个月，腓特烈二世在此击败奥地利军队。

⑦ 普鲁斯特也许想起亨利·比杜于1916年4月7日发表在《辩论报》上的一篇论述防御战的文章：“在利塔瓦后面有一起伏不平的高地，名叫普拉岑，是出色的防御阵地，任何将军都会把主要防御线设在那里。但拿破仑放弃了这个高地，而是躲在西面背坡下面。于是法军右翼受到猛烈攻击，而拿破仑却毫无反应：‘自上午8点起，苏

我保证,如果他有机会付诸实施,他决不会错过机会,并会完整无缺地展现在我们面前。如果还会有战争,里沃利的中间突破法将会再次使用[①]。这办法并不比《伊利亚特》更加陈旧。我要补充一点,那就是他们几乎被迫进行正面进攻,因为他们不想重犯七〇年时的错误,而是要进攻,只是进攻[②]。我唯一感到困惑的是,我只看到一些思想落后的人反对这种卓越的见解,但有一位天才而又年轻的大师,名叫芒让[③],却希望大家把他的地位——自然是暂时的地位——置于防御。大家感到为难,不知如何对他回答,因为他以奥斯特利茨为例,而在那里,防御只是进攻和胜利的前奏[④]。"

尔特的两个师在普拉岑坡下等待。但皇上的守护神在等待自己的时刻即反击的时刻到来,统帅的艺术在于选择。9 点钟,这时刻到了。拿破仑举起白色小手,法国军人像雪崩般朝敌军扑去。'"

① 里沃利在意大利城市维罗纳附近,位于阿迪杰河畔。1797 年 1 月 14 日,拿破仑在此击败奥地利军队。圣卢的预言已成事实。普鲁斯特在此参考亨利·比杜于1917 年 2 月 1 日所作的关于马恩河战役的讲座,《辩论报》于第二天作了报道:"在霞飞将军从此具有历史性的命令下达之后,伟大的战役在整个战线展开:与其后退,不如在原地战死。比杜先生以其惯常的确切对战役进行了描述。德军先是感到不知所措,后见威胁他们的行动变得明显,重又恢复镇静;他们用通常的反击进行激烈抵抗,以打垮进攻的法军中路。对坎尼的战术,他们用里沃利的抵御进行回击。"

② 1870 年普法战争时,法军遭到一系列失败,是因为一味退却,才被包围或被封锁。8 月 16 日在摩泽尔省的勒宗维尔,巴赞元帅虽然兵力超过德军,却情愿退至梅斯,结果在被围困两个月后投降。

③ 即夏尔·芒让(1866—1925),法国将军,在第一次世界大战中,特别是在凡尔登战役中起了重要作用。1916 年 10 月,他接收杜奥蒙的部队,任第六军军长,指挥1917 年 4 月的进攻。他先后统率第九军和第十军,于 1918 年 7 月和 8 月将德军逐出马恩河和瓦兹河流域。普鲁斯特读过他关于战争的文章,文章分六次刊登在 1920 年 4 月1 日至 7 月 1 日的《两世界评论》上。另外,芒让是普鲁斯特的弟弟罗贝尔的朋友。

④ 芒让在 1920 年 4 月 1 日的《两世界评论》上发表文章,引用"打仗就要进攻"这一格言,然后又补充道:"在各个时代,都曾有这种情况,那就是在战场的某些部分,进攻者也会采取守势,至少暂时如此,并等待军事行动的结果。另外,防御几乎总是伴随

圣卢的这些理论使我感到满意。这些理论使我产生希望，认为我在东锡埃尔小住，听到大家边喝酒边谈论这些军官，喝的索泰尔纳白葡萄酒把迷人的光彩投射到他们身上，使他们的形象变得高大，但我觉得自己并未受骗上当，我在巴尔贝克时有过这种感觉，觉得形象高大的是大洋洲的国王和王后，四位美食家的小圈子，年轻的赌徒，勒格朗丹的姐夫，但现在他们在我眼里已变得渺小，甚至不复存在。今天我喜欢的东西，明天也许不会变得可有可无，而在此之前却总是这样，我现在仍是如此，也许不会在将来进行摧毁，因为这几天晚上我怀有炽烈而又短暂的热情，又谈到有关军事生活的种种问题，另外，圣卢通过他刚才跟我说的有关战争艺术的话，增加了一种持久不变的基础知识，能使我十分喜爱，不用欺骗自己就会相信，我离开这里之后，仍会对东锡埃尔这些朋友的工作感到兴趣，并会毫不犹豫地回到他们中间。为了更加确信这种战争艺术从艺术这个词的抽象意义上说是一种艺术，我就对圣卢说道：

"您使我感到兴趣，请原谅，你使我很感兴趣，但是，有一点使我感到不安。我感到我可能会迷上军事艺术，但要做到这点，就得使我认为军事艺术跟其他艺术在这方面没有区别，那就是学到规则不等于万事大吉。你对我说一些战役被人模仿。我认为正如你刚才所说，在现代战役中看到古代战役的影子，这确实具有美感，我无法对你诉说，我是多么喜欢这种想法。但是，统帅的才能是否毫无用处？他是否真的只是执行规则？换句话说，在才能相同的情况下，是否存在伟大的将军，就像伟大的外科医生，在两个病例

着预期的反击，而反击的结果可能是防御者向前推进，向前推进可能目的有限，也可能是真正进攻的开始，而进攻将以巨大的胜利结束，如同在奥斯特利茨那样。放弃任何进攻，就是放弃任何军事行动，并被迫正面攻击，而且总是同样的攻击，这样就轻而易举地成为对此作好准备的敌人行动的猎物。战场越大，防御区也就越大。**在什么地方、什么时候，怎样进攻？这就是战争的全部。**"

提供的具体情况相同时，却感到有一点细微的差别，这也许是凭他们的经验看出，却能对此作出解释，那就是在这种情况下他们应该这样做，在那种情况下他们应该那样做，在这种情况下应该开刀，在那种情况下不应该开刀。”

“我也这样看！你会看到，所有的规则都要求拿破仑进攻，他却不会进攻，不过是一种模糊不清的预见劝他不要进攻。譬如说，你看在奥斯特利茨，或是一八〇六年给拉纳的指示[①]。但你会看到，有些将军学究式地模仿拿破仑的某次军事行动，得到的却是截然相反的结果。在一八七〇年，这样的例子就有十个[②]。但即使为了解释敌人**可能**做的事，敌人正在做的事也只是一种征兆，可以表示许多不同的意图。如果进行推理并以科学为依据，这些意图都可能是真实的，同样，对某些复杂的病例，用世界上全部医学知识还无法确定，看不见的肿瘤是否是纤维性的，是否要动手术。是德·泰布夫人[③]的直觉和预见（你理解我的意思）使伟大的将军以及伟大的医生作出决定。因此，为了举例说明，我已经对你说过，在一次战役开始时侦察可能具有何种意义。但是，侦察还可能具

---

① 让·拉纳（1769—1809），法国元帅（1804）、蒙特贝洛公爵（1808）。曾参加1806年10月14日的耶拿战役。10月12日，拿破仑在信中对他说：“今天的方法是攻击我们遇到的所有敌军，以击败正在集结的零星敌人。我说要攻击我们遇到的所有敌军，意思是说攻击正在行进的所有敌军，而不是在一个阵地上的敌军，敌军有了阵地就极其强大。”

② 亨利·比杜在1916年4月9日的《辩论报》上撰文写道：“我们已经看到，在前沿战线进行初期消耗战以及主要战线发生冲突之后，防御性战役发生变化，是在角色转换之时，即防御一方开始进攻之时。这一时刻的选择是统帅的作用最微妙、最具艺术性的表现，是由他的性格和才能所决定。在奥斯特利茨，反击应该由中央的法军进行，这部分法军攻击俄、奥纵队，是在这些纵队试图绕过我们右翼而展现自己侧翼之时。我们已经看到，拿破仑把反攻推迟了一个小时。为更好地理解准确选择反攻时间的重要性，可研究一次失败的奥斯特利茨战役，我指的是1870年的沃埃特战役。”

③ 德·泰布夫人（1865—1916），著名手相术士，住在巴黎瓦格拉姆大街29号。普鲁斯特曾于1894年请她看手相，她说他“在健康方面情况不佳”。

有其他十种意义，例如，使敌人相信，我军即将在一个点进攻，而实际上我军想在另一个点进攻，或是拉上帷幕，使敌人无法看到真正的军事行动的准备工作，迫使敌人把部队调到并设置在不是必须设置的地方，或是了解敌人的兵力，摸清敌人的情况，迫使敌人暴露自己的活动。有的时候，即使在一次行动中投入大量部队，也不能证明这次行动是真实的行动，因为行动有可能确实在执行，实际上却是弄虚作假，以便具有更大的欺骗性。如果我有时间从这一角度来给你讲述拿破仑的那些战争，我可以肯定地对你说，我们现在研究的这些普通而又经典的行军，你只要喜欢散步，就可以看到我们进行的实地演习，年轻人；不，我知道你身体欠佳，请原谅！啊，在一场战争中，人们感到自己后面有着最高指挥部的警惕、推理和深入研究，就会十分激动，仿佛前面有一座灯塔发出普通的灯光，灯光有物质性，却是思想的流溢，灯塔搜索空间，为船只指出危险之处。我只给你讲战争的书本知识，这样做也许不妥。实际上，如同土壤的成分、风向和光照的方向说明一棵树朝哪一边生长，一场战役进行的条件以及部队调动的地区的特点，在某种程度上决定并限制了将军可能选择的作战计划。因此，在一系列山谷中，在某些平原上，部队沿山行进的情景，你可以预见，就像雪崩那样势不可挡，雄伟壮丽。”

“你现在对我否定指挥官有选择自由，否定想要看出其作战计划的敌人有预见，而这些却是你刚才对我说的看法。”

“并非如此！你想想我们在巴尔贝克一起看的那本哲学书，想想可能的世界要比真实的世界丰富多彩①。啊！在军事艺术上也是如此。在某种形势下必定会有四种计划可供将军选择，如同一种疾病可以有各种不同的变化，医生应该对此有思想准备。在

① 指德国自然科学家、数学家、哲学家莱布尼茨（1646—1716）的《单子论》（1714）。

这里，人的强弱是变幻莫测的新的原因。因为在这四种计划中，我们假设一些偶然的原因（例如要达到的次要目的，或是时间紧迫，或是部队兵力稀少、供应不良）使将军偏向于第一个计划，这个计划并不完美，但执行起来花费少，能迅速完成，战场是富裕地区，能解决部队的给养。他先是执行这第一个计划，敌人在开始时举棋不定，但很快就看出他的意图，他这时可能不会成功，因为阻力过大，这就是我称之为因人弱而产生的偶然事件，他可能放弃第一个计划，并试行第二个计划、第三个计划或第四个计划。但是，也有可能他试用第一个计划——这就是我所说的人强——是弄虚作假，以便牵制敌人，在敌人认为安全的地方对其突然袭击。在乌尔姆就是如此，马克①以为敌军会来自西部，却在他认为平安无事的北部被包围。不过，我举的例子也不是十分恰当。乌尔姆在包围战中是良好的范例，将来一定会再次出现，因为这不仅是将军们会借鉴的经典战例，而且可以说是一种必不可少的形式（在其他形式中必不可少，这样就任凭选择，形式多样），如同一种结晶。但这些都无关紧要，因为这些框架仍然是仿制品。我再来谈我们那本哲学书，这就像理性原理或科学定律，现实与其基本相符，但请你想想伟大的数学家普恩加来②。他不能肯定数学是绝对严密的科学。至于我刚才对你说的规则，其实并非十分重要，而且经常会有变动。对我们这些骑兵来说，我们依据的是一八九五年的《作战条例》③，这条例可以说已经过时，因为它的理论基础陈旧，认为骑兵投入战斗只有精神上的威慑作用，因为骑兵冲锋使敌人胆战心惊。然而，我们最聪明的那些教官，特别是我曾对你说起的少

① 指奥地利将军卡尔·马克（1752—1828）。参见本卷第106页注①。

② 即亨利·普恩加来（1854—1912），法国数学家，对几乎所有的数学领域及其在物理学上的应用作出重大贡献，所著《科学和假设》（1902）曾对好几代科学家和哲学家影响巨大。

③ 应为《1895年5月28日法令：作战条例规定》。

校，却有着完全不同的看法，认为有决定意义的是一场真正的混战，双方用马刀和长矛进行战斗，坚强不屈的一方不但在精神上取得胜利，使敌人胆战心惊，而且在物质上取得胜利。”

“圣卢说得对，以后的《作战条例》，有可能带有这种演变的痕迹。”我的邻座说道。

“我对你的赞同感到高兴，因为跟我的看法相比，你的看法似乎使我的朋友印象更为深刻。”圣卢笑着说道，可能是因为他的战友和我之间开始产生好感使他有点不快，也可能因为他觉得认可这种好感是友好的表示，因此就正式确认此事。“另外，我也许贬低了规则的重要性。规则在不断改变，这是确定无疑的。但现在它们主宰着军事形势以及作战和部队集结的计划。如果它们反映了一种错误的战略观念，它们就可能是战败的主要原因。所有这些对你来说有点过于专业，”他对我说，“其实，你仔细想想，对战争艺术的演变，推动作用最大的是战争本身。一次战役，如果持续时间较长，我们就会看到，交战一方会在战役中利用敌方的成功和错误所提供的经验教训，而敌方也在改进自己的方法并加以提高。但这是过去的事了。随着炮兵部队的迅猛发展，未来的战争——如果还会有战争——将会十分短暂，在你想要吸取教训之前，和约已经签订。”

“你别这样敏感。”我对圣卢说，以回答他在这最后几句话之前所说的话。“我听着你的话可说是如饥似渴！”

“如果你不再生气并且允许，”圣卢的朋友接着说道，“我对你说的话作个补充，那就是战役相互模仿并且相同，不仅仅是因为指挥官的思想。可能会有这种情况，即指挥官的一个错误（譬如对敌人的英勇善战估计不足），导致他要求自己的部队作出过多的牺牲，这牺牲由某些军事单位作出，而且它们的忘我精神十分崇高，因此它们的作用就跟另一军事单位在另一次战役中的作用相仿，这些军事单位就被载入史册，成为可以替代的范例：对我们来说，可举出一八七〇年的例子，如普鲁士卫队在圣普里瓦[①]，阿尔及利亚步兵在弗勒什维莱尔和维桑堡[②]。”

“啊！可以替代，十分准确！说得好！你真聪明。”圣卢说道。

我对后面这些例子并非无动于衷，如同每当有人用特殊例子来向我说明普通道理时那样。然而，我感兴趣的却是指挥官的才能，我很想知道这才能到底是指什么，在某种情况下，没有才能的指挥官为何无法抵挡敌人，有才能的指挥官为何能使战局转危为安，据圣卢所说，这很有可能做到，也是拿破仑曾多次做到的事。为了理解什么是军事才能，我要求我这些新朋友对我知道名字的那些将军进行比较，并说出哪位将军更具有指挥官的气质和战术家的才能，即使他们感到厌烦也要说，不过他们并未露出厌烦的样子，而是不知疲倦地对我作了回答，态度十分亲切。

我感到自己被隔开（不仅跟寒冷的黑夜隔开，这黑夜延伸到远处，我们不时听到黑夜中响起火车的汽笛声，汽笛声只是使我觉得待在这里更加愉快，或是听到报时的钟声，这些年轻人拿起马刀回营房的时间幸好远未到来），但也跟对外界的所有挂虑隔开，几乎跟对德·盖尔芒特夫人的回忆隔开，被隔开是因为圣卢亲切，再加上他那些朋友亲切，他的亲切就显得更加实在，也因为这间小餐厅温暖如春，端来的精美菜肴味道鲜美。美味菜肴既使我愉快地想象，又使我愉快地进食；有时，菜肴中取出的一小块天然之物，如几滴咸水残留其中的凹凸不平的牡蛎壳，或是一串葡萄发黄的多

---

① 1870 年 8 月 18 日，在法国摩泽尔省的圣普里瓦，普鲁士第一军和第二军（共 20 万人）击败巴赞率领的法军（4 万人）。后在此树碑纪念在那天阵亡的普鲁士卫队士兵。

② 阿尔及利亚士兵曾参加 1870 年普法战争的两次战役，结果阿尔萨斯落到普鲁士人手中。8 月 4 日，在法国下莱茵省的维桑堡，杜埃将军率领的师被兵力为其十倍的普鲁士军队击溃。阿尔及利亚士兵表现得极其勇敢，三次在白刃战中击退巴伐利亚士兵的进攻。第二天，在附近的弗勒什维莱尔，前来增援的麦克-马洪的军队和兵力为其三倍的普鲁士军队作战。法军被迫向西南部的雷什奥芬退却。

结蔓藤，还环绕在葡萄周围，不能食用，却富有诗意，像风景那样遥远，在晚餐期间使人浮想联翩，想起在葡萄架下午睡，或是在海上游览；在其他几天晚上，菜肴的这种别具一格的特色，只是由厨师烘托出来，他把菜肴展现在自然的框架之中，如同展现一件艺术珍品；用葡萄酒奶油汤汁烧的鱼，放在长长的陶土盘里端来，鱼在盘里的大片草上显得突出，带有青色，仿佛坚不可摧，但因被活活扔进沸水之中而扭曲变形，围着一圈贝壳、寄生动物、蟹、虾和淡菜，活像是贝尔纳·帕利西[1]一件陶瓷器上的饰物。

“我嫉妒，我生气。”圣卢半开玩笑半认真地对我说，暗指我跟他的朋友在一边没完没了地说话。“你是否认为他比我聪明？你是否更喜欢他而不大喜欢我？那么，像这样，心里就只有他一个人啰？”那些男人极其喜欢一个女人，又生活在能讨女人喜欢的那种男人的圈子里，可以相互开些别人会觉得有伤大雅而不敢开的玩笑。

一旦谈话转入普通话题，大家怕惹圣卢生气，就避免谈论德雷福斯。然而，一星期之后，他的两位战友指出，他生活在军队的环境里，却是坚定的德雷福斯派，而且几乎反对军国主义，实在是件怪事。“这是因为，”我说道，但不想详细谈论，“环境的影响并不像人们认为的那样大……”当然，我只想谈到这里为止，不想重述我在几天前对圣卢谈的看法。尽管如此，由于这句话我曾对他几乎是一字不差地说过，我要对此感到歉意，就补充道：“这正是那一天……”但我没有考虑到罗贝尔因客气而对我和其他几位的欣赏还有另外一面。在这样欣赏时，他还把这些人的想法完全吸收，以致在四十八小时之后，他竟忘记这些想法并非是他的想法。因此，圣卢在涉及我那个微不足道的论点时，觉得这论点一直存在于

---

① 帕利西（约1510—1589/1590），法国制陶师。他制作的陶器多为圆形和椭圆形碟子、水罐以及船形调味壶，饰以模压成形的动物、植物和花卉，称之为“简朴古陶器”。

他脑中,我只是在他的领地上捕获到这个猎物,因此感到一定要热情地对我表示欢迎,并赞同我的看法。

“不错!环境并不重要。”

他仿佛怕我打断他的话,或是怕我没听懂他的意思,就仍然有力地说道:

“真正的影响是思想环境的影响!我们是有观念的人!”

他沉默片刻,面带微笑,仿佛消化良好,并摘下单片眼镜,目光如钻孔器一般朝我注视:

“持有同一观念的人全都相像。”他对我说,显出挑战的样子。他想必丝毫也不记得,他现在清楚地想起的这些话,就是我在几天前对他说的话。

我每天晚上来到圣卢的这个餐厅,心情并非相同。虽说我们的回忆或忧伤可能会离开我们,使我们不再看到,但它们也会回来,有时会长时间伴随我们。有几天晚上,我在穿过城市朝餐厅走去时,非常怀念德·盖尔芒特夫人,以致感到呼吸困难,这就像我的一叶肺被高明的解剖医生切除,换上大小相同、并非是物质的痛苦,换上等量的怀念和爱情。虽说缝合良好,但在对某人的怀念取代内脏时,我们会感到十分难受,这怀念占有的位置仿佛比内脏更大,我们时刻感到这怀念,另外,不得不去**想**自己身体的一个部分,却说不清是怎么回事。只是我们仿佛更加娇贵。只要微风吹拂,我们就会因气闷而叹息,但也会因无精打采而叹气。我望着天空。如果天空无云,我就会想:“也许她在乡下,也在看这些星星。”但谁知道在到达餐厅后,罗贝尔是否会对我说:“好消息,我舅妈刚来信,她想见你,将要来这里。”我对德·盖尔芒特夫人的想念,并非仅仅置于苍穹之上。略带暖气的微风吹过,仿佛给我带来她的信息,犹如过去把吉尔贝特的信息带到梅塞格利兹的麦田:我们没有变化,我们只是在对一个人的感情中加入了一些被我们唤醒的成分,但这些成分与此人毫无关系。另外,这些特殊的感情,总是被我们身上的某种力量竭力变得更加真实,也就是变成一种更加普遍、全人类共有的感情,而个人以及这些感情给我们带来的痛苦,在我们看来只是跟普遍感情沟通的一次机会。我的痛苦带有几分愉悦,是因为我知道这痛苦是普遍爱情的一个微小的部分。也许我觉得自己看出,我过去因吉尔贝特而感到的悲伤,或是在贡布雷的晚上,每当妈妈不待在我房间里时感到的忧伤,以及对贝戈特的几页文字的回忆,跟我当时感到的痛苦相仿,这种痛苦跟德·盖尔芒特夫人以及她的冷淡和不在这里,并不像学者脑中的因果关系那样有明确的联系,但我并未由此得出结论,认为德·盖尔芒特夫人不是痛苦的原因。不是有一种扩散性肉体疼痛,通过辐射扩散到病灶以外的一些部位?而如果医生正好触及产生疼痛的那个点,疼痛就会离开这些区部并完全消失。但在此之前,疼痛的扩散使我们认为它的特点既模糊不清又必然产生,我们无法对它作出解释,甚至无法确定它的位置,因此就认为无法将其消除。我朝餐厅走去,心里在想:"我已经有十四天没有看到德·盖尔芒特夫人了。"十四天,只有我才觉得奇长无比,因为涉及德·盖尔芒特夫人,我是以分钟来计算时间。对我来说,具有某种痛苦的诗意的,不再仅仅是星星和微风,而且还有对时间的数学划分。现在,每天如同模糊不清的山丘上变化无常的顶峰:一方面我感到能在下山时遗忘,另一方面又觉得必须上山见到公爵夫人。我有时倾向于前者,有时倾向于后者,无法达到稳定的平衡。有一天我心里在想:"也许今晚会有一封来信。"去吃晚饭时,我鼓足勇气问圣卢:

"你是否有巴黎的消息?"

"有的,"他对我回答道,脸色阴沉,"消息不佳。"

我得知忧伤的只是他一人,消息则来自他的情妇,不由松了口气。但我很快看到,这些消息的后果之一,是罗贝尔在很长一段时间里都不会带我去他舅妈家。

我得知他和情妇发生争吵,可能是通过书信来往,也可能她一天上午在两班火车之间来看他。而他们以前的争吵,即使吵得不大厉害,也仿佛总是无法和解。因为她情绪不佳,既跺脚又哭泣,为的是一些不可思议的原因,就像把自己关在没有窗户的黑屋里的孩子,不来吃晚饭,也不作任何解释,父母在劝说无效后打了孩子耳光,孩子就哭得越发厉害。圣卢因这次闹翻而感到极其痛苦,但要说对这痛苦应该这样看,那就未免过于简单,因而是错误的。他独自一人时,就只有去想他的情妇,想到她见他如此精力充沛,对他十分敬重,并怀着敬意离去,于是,他在前几个小时所感到的种种忧虑,在无法挽回的情况下消失殆尽,而一种忧虑的消失是十分甜蜜的事情,闹翻一旦确定无疑,在他看来有一种魅力,就像重归于好那样。他在不久之后开始感到的痛苦,是一种次要的痛苦和意外,其不断出现的原因在于他自己,是因为想到她可能想重归于好,可能是她在等他的一句话,而这时为了报复,她可能会在某一天晚上在某个地方做出某种事情,而只有给她发电报说他要来,才能使此事不致发生,其他人可能会利用他白白浪费的时间,他要是过几天再去找她就已为时过晚,因为到那时她已落到别人手中。对所有这些可能性,他这时一无所知,他的情妇保持沉默,这沉默最终使他痛苦加剧,他甚至心里在想,她是否躲在东锡埃尔,或是已前往印度。

有人说沉默是一种力量;从另一种意义上说,沉默是被爱之人拥有的一种可怕力量。这力量会使等待之人忧虑加重。最能使你跟一个人接近之事,无疑也是使你跟此人分离之事,而又有什么障碍比沉默更难逾越?有人还说沉默是一种酷刑,能使关在监狱被迫沉默之人发疯。而比保持沉默更难受的酷刑,则是忍受自己心爱之人的沉默!罗贝尔心里在想:“她到底在干什么,才会如此沉默?也许她对我不忠,跟其他人搞上了?”他又在想:“我到底干了什么,她才会如此沉默?她也许在恨,并会永远恨我。”于是他责备自己。因此,沉默确实使他发疯,这是因为嫉妒和悔恨。另外,这种沉默比监狱里的沉默还要残酷，本身就是监狱。也许是一堵非物质的围墙，但无法穿越，这是隔在中间的一片空气，但被抛弃者的视线却无法穿过。是否还有比沉默更可怕的光线？它向我们展示的不是一个不在场的女人，而是千百个女人，每个女人都在做其他不忠之事。有时精神突然放松，罗贝尔认为这种沉默会立刻结束，认为期待的书信即将寄来。他看到这信来了，他注意每个声音，他的渴望已经满足，就低声说道："书信！书信！"在隐约看到想象中的爱情绿洲之后，他又回到真实的沙漠之中，在毫无止境的沉默中停滞不前。

他预先感到痛苦，断绝关系后的痛苦，他一个也没有忘记，而在其他时候，他觉得可以避免关系破裂，这就像有些人，把所有的事务处理完毕，为的是移居国外，却又无法成行，他们虽说不知道第二天会想些什么，但出国的想法却在一时间烦躁不安，脱窍而出，如同从病人体内摘出的心脏，离开身体的其他部分后仍在跳动。不管怎样，让情妇回到他身边的希望，使他产生执意断绝关系的勇气，如同能从战斗中生还的信念，能助人跟死神对抗。在人类的所有植物中，习惯是不需要土壤滋润就能存活的植物，并会首先在看来是一片荒芜的岩石上长出，同样，他断绝关系也许起初是装模作样，最后有可能真的对此感到习已为常。但是，犹豫不决使他保持一种状态，这种状态跟对这个女人的回忆有联系，因此跟爱情相似。但是，他迫使自己不给她写信，也许心里在想，在某些条件下，没有情妇时受到的折磨要比有情妇时受到的折磨来得小，或是在想，他们这样分手之后，等待她来道歉是必须的，这样她就会保存他认为她会对他有的感情，这种感情如果不是爱情，至少是器重和尊敬。他只是去打刚在东锡埃尔安装好的电话，向他安置在他女友身边的一个女仆打听消息或作出指示。这些电话联系还很复杂，占用他更多的时间，由于她在文学界的那些朋友认为首都丑陋，但主要考虑到她那些动物、那些狗、那只猴子、那些金丝雀和那只鹦鹉,因为她的巴黎房东已无法忍受这些动物不停的叫声,罗贝尔的情妇刚在凡尔赛附近租了一幢小别墅。然而,他在东锡埃尔,夜里却一刻也无法睡着。有一次,他在我这儿打了个盹。但他突然开始说话,他想要奔跑,阻止某件事发生,他说:

"我听到她的声音,您别……您别……"他醒了。他对我说,他刚才做了个梦,梦见他在乡下,在上士家里。上士竭力不让他到屋子的某个部分去。圣卢猜出,上士家里待着一个既有钱又放荡的上尉,他知道这上尉很想把他女友占为己有。突然,他在梦中清楚地听到断断续续的有规律的叫声,就是他情妇在达到性欲高潮时发出的叫声。他想要迫使上士把他带到房间里去。但上士把他一把拦住,不让他去,还因他如此冒失而显得生气,罗贝尔说,这情景他永远不会忘记。

"我的梦真蠢。"他气喘吁吁地补充道。

但是,我清楚地看到,在其后一小时中,他曾好几次想给情妇打电话,要求跟她言归于好。我父亲在不久前安装了电话,但我不知道这是否能给圣卢帮上大忙。另外,让我父母在圣卢和他情妇之间充当中间人的角色,即使是通过家里的电话,我觉得也不大妥当,不管他情妇如何杰出,情操如何高尚。圣卢刚才做的噩梦,已部分从他脑中消失。在这些严峻的日子里,他每天都来看我,目光漫不经心、呆滞无神,这些日子一天天过去,在我看来仿佛勾画出锻造得坚硬的栏杆的美妙曲线,罗贝尔凭栏寻思,他女友将会作出何种决定。

最后,她问他是否愿意原谅她。他知道关系已不会破裂,但立刻看到言归于好的种种弊端。另外,他的痛苦已经减轻,并几乎已接受一种痛苦,即他们重归于好之后,他也许会在几个月后再次受到折磨的那种痛苦。他并未犹豫良久。他犹豫不决,也许是因为他最终确信能够重新占有他的情妇,既然能够做到,那就要去做。只是她请求他不要在元旦那天回巴黎,以让她恢复平静。然而,见不到她，他就没有勇气去巴黎。另外，她同意跟他一起去旅行，但要去旅行，他就得请长假，而德·博罗季诺上尉是不会准假的。

"我感到不安，我们去看望我舅妈的事要推迟了。我复活节肯定回巴黎。"

"那时我们不能到德·盖尔芒特夫人家去，因为我那时已在巴尔贝克。不过，这没有关系。"

"在巴尔贝克？可你们以前要到八月份才去。"

"是的，但今年是因为我的健康状况，家里会要我早点去。"

他担心的是，他在对我说了这些事后，我会对他的情妇看法不佳。"她只是脾气暴躁，因为她过于直爽，感情过于专一。但她心灵高尚。你无法想象她诗意般的细腻。她每年都要在万圣节那天去布鲁日[1]。这'很好'，对吗？如果你有朝一日认识她，你就会看到，她有一种高尚……"他的话里充满着一种词语，即在文学界谈论这女子时说的话："她具有恒星的光辉，甚至有神奇[2]的味道，你知道我说的意思，是诗人，而诗人几乎就是神甫。"

在整个晚餐时间，我都在寻找借口，让圣卢能请他舅妈在他来到巴黎之前就接待我。然而，这借口却由我想再次观看埃尔斯蒂尔的画作的愿望提供，圣卢和我是在巴尔贝克认识这位画家的。不过，这借口也有几分真实，因为我拜访埃尔斯蒂尔时，想通过观看他的绘画来理解和喜爱比他绘画更美好的事物，如真实的河流解冻，真正是外省的广场，海滩上有血有肉的女子（我最多请他描绘我未能深入理解的种种现实，如英国山楂树小道，不是让他为我保存它们的美，而是让他向我揭示它们的美），现在恰恰相反，是

---

① 布鲁日是比利时城市，西佛兰德斯省省会。圣卢的情妇每年去布鲁日朝圣，是因为比利时法语作家乔治·罗当巴克（1855—1898）的长篇小说《死亡的布鲁日》（1892）。

② 原文为 vatique，是圣卢创造的新词，源于拉丁词 vates，表示诗人和先知，而这两者都受到神的启示。

这些绘画的别具一格和诱惑力激发起了我的欲望,我特别想看到的是埃尔斯蒂尔的其他作品。

我还感到,他那些平淡无奇的作品,跟一些更加伟大的画家的杰作相比,有点别具匠心。他的作品如同封闭的王国,其边界无法逾越,其材料举世无双。发表对他研究的文章的杂志寥若晨星,我如饥似渴地加以收集,并从中得知,他只是在不久前才开始画风景和静物,但他始于神话题材的绘画(我曾在他画室里看到其中两幅的照片),后来曾长期受日本艺术的影响。

他的各种风格中最具特色的一些画作现在外省。在莱昂德利[①]的一幢房子里,藏着他最美的一幅风景画,我觉得这房屋十分珍贵,使我产生旅行的强烈欲望,其珍贵如同沙特尔[②]的一个村庄,该村庄的磨石粗砂岩,镶嵌在一个展现享天福者的彩画玻璃窗上;这幅杰作的拥有者,住在大街的简陋房屋里,如同星相学家那样深居简出,正在察看世界的一面镜子,即埃尔斯蒂尔的一幅画,这幅画他也许花了好几千法郎才买到,我感到自己因好感而喜爱此人,这种好感能使一些人心灵相通,意气相投,这些人对一个重要问题的看法跟我们相同。然而,我最喜爱的这位画家的三幅重要作品,按照一种杂志的说法属于德·盖尔芒特夫人。因此,在圣卢对我宣布他女友将去布鲁日旅行的那天晚上,在吃晚饭时,我在他那些朋友面前对他说出的话像是出乎意外,却基本上是我的心里话:

"你听着,可以说吗?最后一次谈论我们谈过的那位夫人。你是否记得埃尔斯蒂尔,就是我在巴尔贝克认识的画家?"

"当然记得。"

"你记得我对他十分钦佩?"

"记得很清楚,还有我们请人转交给他的信。"

---

① 莱昂德利是法国厄尔省专区首府。

② 参见本书第一卷第41页注①。

“不错，我想要认识这位夫人的一个原因，但不是最主要的原因，而是次要的原因，至于是哪位夫人，你始终清楚地知道。”

“当然啰！题外话真多。”

“是因为她家里至少藏有埃尔斯蒂尔的一幅非常好看的画。”

“啊，我可不知道。”

“埃尔斯蒂尔在复活节时一定会在巴尔贝克，您知道，他现在几乎全年都在这海边度过。我很想在动身之前看到这幅画。我不知道您跟舅妈的关系是否很好：您是否能用十分巧妙的办法在她眼里抬高我的身价，使她不至于拒绝，并请求她让我在没有您陪伴的情况下去看这幅画，因为您那时不在那儿。”

“一言为定，我为她担保，我会把事情办妥。”

“罗贝尔，我真喜欢您。”

“您喜欢我很好，但您还应该友好，用‘你’来称呼我，就像您答应的那样，就像你已经开始做的那样。”

“我希望您密谋策划的事，不是您要动身离去。”罗贝尔的一个朋友对我说。“您知道，即使圣卢去休假，情况也不会有丝毫改变，有我们在这儿嘛。对您来说也许没有现在这样有趣，但我们会竭尽全力，使您忘记他不在这儿。”

确实，正当大家以为罗贝尔的女友会独自一人前往布鲁日时，大家刚好听说此前持不同意见的德·博罗季诺上尉，已准许士官圣卢请长假前往布鲁日。事情是这样的。这位亲王对自己的浓密头发十分自豪，他是城里最著名的理发师的老顾客，而这理发师以前是拿破仑三世的理发师的学徒。德·博罗季诺上尉跟理发师关系良好，因为他虽说威风凛凛，却对小人物态度随和。但是，亲王在理发师那里至少欠有五年的账，“葡萄牙”香水、“国王之水”香水、烫发钳、剃刀、磨剃刀的皮带，以及洗发露、剪发等等使欠的账越来越多，而圣卢理发后当场付清，还拥有好几辆马车和好几匹骑用马，因此理发师更看重圣卢。他得知圣卢因不能陪情妇去布鲁日而感到烦恼，就热情洋溢地把此事说给亲王听，当时亲王被一件白大褂束缚住手脚，理发师又按住他仰着的头，并有可能在他脖子上划一刀。上尉兼亲王听了年轻人的风流故事，不由宽容地露出拿破仑式的微笑。他不大可能想到他所欠之账，但理发师的劝说可以使他心情愉快，也可以使他情绪不佳，就像一位公爵那样。当时他下巴上全是肥皂，心中已答应准假，并在当晚签署。这理发师平时吹得天花乱坠，把凭空捏造的好事归于自己，这次他虽然对圣卢帮了个引人注目的大忙，却不仅没有吹嘘自己的功劳，而且从未跟罗贝尔重提此事，仿佛要虚荣就得撒谎，但在没必要撒谎时，虚荣就被谦虚取而代之。

罗贝尔的朋友个个对我说，不管我待在东锡埃尔的时间有多长，不管我在什么时候故地重游，如果罗贝尔不在，他们的马车、坐骑、房屋和空余时间都将由我支配，我感到这些年轻人是心甘情愿地把自己的奢侈品和青春活力用来帮助我克服自己的缺点。

“另外，”圣卢的朋友们在执意要我留下后继续说道，“您为什么不能每年都来这儿？您很清楚，这种小城市的生活，您喜欢！您甚至对团里的所有事情都感兴趣，就像一个老兵。”

这是因为我仍然兴致勃勃地请他们对我知道姓名的各种军官进行分类，依据的是这些军官应该受到赞赏的程度，这就像过去在初中时那样，我让同学对法兰西剧院的演员进行分类。如果谈到一位将军的位置，我总是听到别人把他置于其他所有将军前面，如加利费[①]或内格里耶[②]，但圣卢的一个朋友却说“内格里耶是最平

---

① 即加斯东·德·加利费侯爵(1830—1909)，法国将军。在墨西哥战争中表现出色。曾残酷镇压巴黎公社。1880年任巴黎军区司令。德雷福斯案件后任陆军部长(1899—1900)。

② 即弗朗索瓦·奥斯卡·德·内格里耶(1839—1913)，法国将军。曾参加1870年普法战争。1881年至1883年在阿尔及利亚进行镇压。1884年任越南东京远征军旅长，翌年在谅山的战斗中败于清军，并受重伤，费里内阁因此倒台。

庸的一位将军”，并说出一个新的名字，既无可指摘又妙趣横生，如波[1]或热兰·德·勃艮第[2]，我听了感到惊喜，这就像以前，蒂龙或费弗尔[3]的名字已精疲力竭，因阿莫里[4]这个罕见的名字突然变得光辉灿烂而被踩在脚下。“甚至超过内格里耶？在什么地方？请给我举个例子。”我希望即使在团里的下级军官之间，也要作出明确的区分，并希望从这些区别的原因中看出军人高明的实质所在。我最有兴趣听到别人谈论一位军官，是因为我看到他的次数最多，此人就是博罗季诺亲王。但是，圣卢及其朋友，虽说对这位漂亮的军官评价公正，认为他使骑兵队拥有无与伦比的服装，却全都不喜欢他。他们在谈论他时，跟谈论有些军官时的口气显然不同，那些军官出身行伍，又是共济会会员，仍像军士那样显得粗野，虽然如此，他们似乎并不认为德·博罗季诺先生跟其他贵族军官是同一类人，其实，即使在对圣卢的态度上，他跟这些贵族军官相比也有很大区别。他们看到罗贝尔只是士官，知道他那有权有势的家族虽然看不起他们这些军官，却会因他们邀请他去家里做客而感到高兴，每当有一位对年轻中士有用的大人物来他们家做客，他们就一定会请他来赴宴。唯有德·博罗季诺上尉跟罗贝尔仅仅保持工作关系，不过关系良好。这是因为虽然亲王的祖父被皇帝晋升为元帅并封为亲王-公爵，后又通过其婚姻跟皇帝的家族结成

① 即保罗·马里·塞扎尔·热拉尔·波（1848—1932），法国将军。1870 年普法战争中在下莱茵省市镇弗勒施维莱尔的战斗中失去右手。1909 年任最高军事委员会委员，后于 1914 年统率阿尔萨斯军。

② 即伊夫-马里·热兰·德·勃艮第（1847—1910），法国将军。1898 年和 1900 年先后统率第二军的骑兵旅和步兵旅。著有《骑兵团操练和军事演习的渐进式教程》（1885），曾多次再版。

③ 参见本书第一卷第 75 页注①。

④ 即欧内斯特-费利克斯·索凯（1849—1910），人称阿莫里，1880 年至 1900 年为巴黎奥德翁剧院演员。

姻亲,虽然亲王的父亲娶了拿破仑三世的表妹为妻,在政变[1]后曾两次出任大臣,但亲王还是感到,尽管如此,他在圣卢以及盖尔芒特家族的社交界看来仍然微不足道,而由于他跟他们看法不同,所以他觉得这些人也不足挂齿。他感到,他虽然跟霍亨索伦家族[2]有亲戚关系,在圣卢看来并非是真正的贵族,只是一个庄园主的孙子,但他认为圣卢的父亲的伯爵领地是由皇帝确认——这在圣日耳曼区称之为重新册封的伯爵——又请求皇上任命他为省长,后又要了另一官职,在国务大臣博罗季诺亲王殿下的手下地位十分低下,写信时称亲王为"阁下",而亲王则是皇帝的外甥。

也许比外甥更亲。第一位博罗季诺公主曾跟随拿破仑一世流放厄尔巴岛,被认为对皇上关心备至,第二位博罗季诺公主则对拿破仑三世十分关心。在上尉平静的脸上,即使看不到拿破仑一世的天然真容,至少可看到这位皇上面具般装模作样的威严,这位军官目光忧郁而又和蔼,小胡子下垂,跟拿破仑三世十分相像,而且像得令人惊讶,因此在色当战役之后,他要求跟皇上关在一起,被带到俾斯麦那里,俾斯麦偶然朝这个准备离去的青年观看,突然发现这种相似之处,就改变了主意,把他叫了回来,并同意他的要求,而刚才俾斯麦曾拒绝他的要求,就像拒绝其他人的要求那样。

博罗季诺亲王不想去结交圣卢以及团里的圣日耳曼区社交界人士(而他却经常邀请两个平民出身但受人喜爱的中尉),是因为他以皇亲的身份对这些人一概傲视,把这些部下分为两类,一类部

---

① 1848 年二月革命后,路易·波拿巴·拿破仑回国,于12 月 10 日总统竞选中获胜,当选第二共和国总统。1851 年 12 月 2 日发动政变,次年 1 月通过新宪法,授予总统以独裁权力。同年 12 月 2 日恢复帝制,自称皇帝,即拿破仑三世。

② 霍亨索伦家族为欧洲历史上著名家族,是勃兰登堡-普鲁士(1415—1918)及德意志帝国的主要统治家族。

下自知地位低下，他就乐于与其交往，虽说表面威严，内心却随和、开朗，另一类部下自以为高贵，他对此无法容忍。因此，虽然团里的军官都热情邀请圣卢去做客，某位元帅也要亲王对圣卢关照，亲王却只是在工作上对圣卢照顾，而圣卢的工作也十分出色，但他从未邀请圣卢到他家做客，只有一次情况特殊，他在某种程度上是迫不得已才邀请圣卢，但由于当时我在那里逗留，就请圣卢把我也带去。那天晚上，我看到圣卢坐在他上尉的餐桌旁，能轻而易举地看出他们俩在举止和优雅方面的区别，即旧贵族和帝国时期新贵族这两种贵族之间的区别。圣卢出身于一个阶层，这个阶层的缺点，即使他用自己的全部聪明才智加以清除，仍留在他的血液之中，这个阶层不再行使真正的权力，至少已有一个世纪，这种贵族认为，他们因所受的教育而像恩主般显出和蔼可亲的样子，只是一种锻炼，如同骑马或击剑那样，并没有重要的目的，只是为了消遣而已，并且跟资产者完全不同，这种贵族看不起资产者，认为亲密无间会使他们得意忘形，不拘礼节则会使他们感到光彩，因此，圣卢对别人给他介绍的任何一位资产者，虽说也许从未听到过此人的姓名，却会友好地握住此人伸出的手，并在跟此人交谈时（不断跷起并放下二郎腿，身子后仰，手抓住脚，一副放浪形骸的样子），称对方为"亲爱的"。相反，另一种贵族的爵位名副其实，十分富有，仍然是长子世袭财产，以报答他们辉煌的功绩，并使人想起他们曾身居要职，指挥过千军万马，而这也是识别人才的标志，因此，博罗季诺亲王——即使没有明显地表现出来，在他思想上也不是十分清楚，但至少在他身体的姿态和举止中流露出来——认为他的地位是一种有效的特权；对那些平民，圣卢会拍拍他们的肩膀，挽着他们的手臂，而亲王在跟他们说话时，态度和蔼而不失庄重，傲慢矜持则使他那面带微笑的天生和善不无逊色，语气中既有真实的善意，又有装出的高傲。这也许是因为他离那些重要使馆和宫廷的距离更近，他父亲曾在宫廷担任高官，而圣卢的举止，如把胳膊肘支在桌上，把脚握在手中，会在宫廷里不受欢迎，但主要是因为对于这种资产阶级，他并不是非常蔑视，因为资产阶级是巨大的人才库，第一位皇帝曾从中获取他那些元帅和贵族，第二位皇帝则找到了富尔德[①]和鲁埃[②]。

也许是皇家儿孙只有一个骑兵队可供指挥，又由于没有努力的目标，他父亲和祖父对事务的操心，就无法在德·博罗季诺先生的思想中真正遗传下来。但正如艺术家的思想，在黯然失色多年之后，仍在塑造他已完成的塑像，这种操心已在他身上成形，并体现出来，反映在他的脸上。他用怒气冲冲的声音责备一个下士，酷似第一位皇帝，他用沉思般的忧郁神情口吐烟雾，则像第二位皇帝。他身穿便服在东锡埃尔的街上走过时，圆顶礼帽下的眼睛发出一种闪光，使这位上尉像隐姓埋名的君主那样光彩照人；他走进上士的办公室，后面跟着军士长和司务长，就像跟着贝蒂埃[③]和马塞纳[④]，使人不寒而栗。他在为骑兵队选择军裤面料时，眼睛盯着

---

① 即阿希尔·富尔德（1800—1867），法国银行家、政治家。1849—1852 年在路易·拿破仑·波拿巴总统治下任财政部长。路易·拿破仑·波拿巴称帝后，于 1861—1867 年任财政大臣，主张自由贸易。信仰圣西门主义，1852 年与佩雷尔兄弟一起成立动产信贷银行。

② 即欧仁·鲁埃（1814—1884），法国政治家，资产阶级出身。1849 年任司法部长。第二帝国时期为行政法院成员（1852—1855），先后任商业、农业和公共工程大臣（1855—1863）、国务大臣（1863）、参议院议长（1870）。1872—1881 年为波拿巴主义者的实际领袖。

③ 即路易·亚历山大·贝蒂埃（1753—1815），法国元帅。1800—1807 年任陆军大臣，1805—1814 年任法军总参谋长。因对拿破仑忠心耿耿，1806 年和 1809 年先后被封为纳沙泰尔亲王和瓦格拉姆亲王。拿破仑退位后，给路易十八当侍卫长。

④ 即安德烈·马塞纳（1758—1817），法国元帅。在里沃利战役（1797）、苏黎世战役（1799）、埃斯林和瓦格拉姆战役（1809）中战功显赫，拿破仑称他为“胜利女神的宠儿”。1808 年和 1810 年先后被封为里沃利公爵和埃斯林亲王。

下士服装师看，那目光能挫败塔列朗[①]并骗过亚历山大[②]；有时，他正在检查内务，会停下脚步，让他那美妙的蓝眼睛遐想，一面捻捻小胡子，像是要创立新的普鲁士和意大利[③]。但他从拿破仑三世变为拿破仑一世之后，立刻指出背包没有擦亮，并想尝尝士兵的伙食。在他的家庭生活中，为招待资产阶级军官的妻子（以不是共济会会员为条件），他不仅摆出大使才配用的群青色塞夫勒瓷器餐具[④]（餐具是拿破仑送给他父亲的礼物，如摆放在他那位于马伊大街的外省房屋里，则显得更加珍贵，因为这些罕见的瓷器，旅游者更乐意在古老城堡中有乡村风味的壁橱里看到，城堡现已改建为商品丰富、兴旺发达的农场），而且还展现出皇上的其他赠品：这种高雅而又美妙的举止，如用在某个外交人员身上，就会产生奇效，只要像某些人认为的那样，其"出身"不应使他终生受到极不公正的排挤，那就是亲切的手势，和蔼而又优雅的表情，以及也是用群青色珐琅覆盖着光荣图像的神秘圣物，即目光中照亮和幸存的珍品。谈到亲王在东锡埃尔跟资产阶级子弟的关系，必须说出下面这件事。中校钢琴弹得相当出色，军医主任的妻子歌唱得动

---

① 即塔列朗-佩里戈尔公爵（1754—1838），法国外交家。曾进神学院，1788 年升为奥顿主教。同年 10 月建议僧侣放弃教会财产，是拥护"教士公民组织法"的四主教之一。法国大革命期间因分裂教会罪受教皇谴责。1792 年任驻英大使助理，8 月 10 日起义后流亡美国，1796 年 9 月回国。1797 年起历任督政府、执政府外交部长、第一帝国和复辟王朝初期的外交大臣。1804 年任拿破仑皇帝侍从长。拿破仑垮台后，于 1814 年 4 月 1 日至 3 日任临时政府首脑，支持波旁王朝复辟。1830 年七月革命后任驻英大使，1834 年辞职。著有《回忆录》，于 1891 年发表。

② 即亚历山大一世（1777—1825），俄国沙皇（1801—1825）。保罗一世之子，参与宫廷阴谋，杀父夺权。即位初期采取措施缓和国内矛盾，加强中央集权，后期实行暴政。对外与奥、普、英联合，进行反法战争，败拿破仑。1814—1815 年出席维也纳会议，成为神圣同盟的组织者之一。

③ 拿破仑三世在德国和意大利的统一中曾起到决定性作用。

④ 塞夫勒是法国上塞纳省城市，位于塞纳河左岸。1756 年在圣克卢公园旁设立王家瓷器厂，现为国家瓷器厂，厂内有瓷器博物馆。

听，好像曾在巴黎音乐学院得过一等奖。军医主任夫妇以及中校夫妇每星期一次在德·博罗季诺先生家吃晚饭。他们当然是受宠若惊，因为他们知道，亲王去巴黎休假，是在德·普塔莱斯夫人[①]、米拉夫妇[②]等人家里吃晚饭。但他们心里在想：他是个朴实的上尉，他非常高兴我们到他家里做客。另外，他对我们还真够朋友。[③] 但是，德·博罗季诺先生早就在走门路，设法调到离巴黎更近的地方，他调到博韦[④]工作之后搬了家，把这两对爱好音乐的夫妇完全置之脑后，如同把东锡埃尔剧院和他经常让人送午餐的小饭馆忘得一干二净，中校和军医主任感到十分气愤的是，他们虽说以前经常在他家吃晚饭，但他走后，却从此音信全无。

有一天上午，圣卢对我承认，说他曾给我外婆写信，向她转告我的情况，并因东锡埃尔和巴黎之间已开通电话，建议她跟我在电话里交谈。在那天，我外婆要给我打电话，圣卢叫我四点差一刻左右要到邮局。当时，电话还不像今天那样普及[⑤]。然而，我们通话所使用的神奇力量，很快就因习惯而变得不再神秘莫测，我未能立刻进行通话，唯一的想法是等待时间过长，很不方便，差点儿想要去投诉。就像我们大家现在这样，我也无法随心所欲地迅速得到变幻莫测的美妙魔法，而使用这魔法，只要片刻时间，我们想要谈话之人就会出现在我们身边，无法看到但确实存在，此人仍在自己的桌前，待在自己居住的城市（我外婆则在巴黎），处于跟我们这

---

① 即埃德蒙·德·普塔莱斯伯爵夫人，本名梅拉妮·德·比西耶尔（约 1832—1914），是拿破仑三世的妻子欧仁妮皇后的宫廷女官。

② 十九世纪末，有好多人姓米拉。过去出名的有若阿香·米拉（1767—1815），第一帝国的法国元帅、那不勒斯国王（1808—1815）。普鲁斯特认识本名为玛丽·德·罗昂-夏博的吕西安·米拉王妃，王妃一直对他"和蔼可亲"。但作者在这里想到的也许是其他"米拉"，他只是"在举办两千人晚会时"才去这些人家里。

③ 他们心里想的话，法国七星丛书版加引号。

④ 参见本卷第 8 页注①。

⑤ 1889 年，巴黎及郊区有七千电话用户。

里不同的天空之下，天气也不一定跟我们这里一样，此人的处境和操心的事情，我们一无所知，但他会告诉我们，他（他及其所处的氛围）突然被送到几百法里之外的地方，来到我们耳边，是在我们心血来潮将其召来之时。我们如同童话中人物，巫婆根据他的意愿，让他外婆或未婚妻出现在清晰的奇境之中，而他外婆或未婚妻却正在看书、流泪、采花，这时跟观者近在咫尺，却又远在天边，即在她真正所在之处。我们要使这奇迹出现，只须把嘴唇置于一块有魔力的金属片前，并叫唤——有几次叫的时间有点太长，但我可以容忍——警觉的处女，我们每天都听到她们的声音，却从未看到过她们的脸，她们是我们的守护天神，处于令人眩晕的黑暗之中，小心翼翼地监视着黑暗的大门；她们是万能的女神，能使不在眼前的人们突然出现在我们身旁，却不让我们看到他们；她们是隐身王国中的达那伊得斯姐妹①，不断倒空、注满和传递音罐；她们是嘲笑戏弄的复仇女神②，我们在对一位女友低声诉说知心话，并希望任何人都听不到我们的谈话，她却残忍地对我们叫道："我在听。"神秘王国中易怒的女仆，隐身王国中多疑的女祭司，这就是电话小姐！

我们的呼叫声在充满幽灵的黑暗中响起，唯有我们的耳朵朝这黑暗开启，这时，响起一个微弱的声音——一个奥妙的声音——距离消除的声音——亲人的声音立刻跟我们说话。

是我们的亲人，是亲人的声音在跟我们说话，这声音就在身边。但又多么遥远！有多少次，我听到这声音就感到焦虑，仿佛在长时间旅行之前无法看到这女子，而她的声音却在我耳边响起，对

---

① 希腊神话中阿尔戈斯国王达那俄斯的50个女儿，其中除许珀尔涅斯特拉一人外，另外49人都遵父命，在新婚之夜将新郎杀死，被罚永在冥府用筛取水。

② 即厄里尼厄斯，希腊神话中三位复仇女神的总称。她们身材高大，眼中流血，头发由许多毒蛇盘结而成，一手执火把，一手执由蝮蛇扭成的鞭子，专管惩罚人类的罪行。

这种显得温情脉脉的接触，我感到更加失望，这时，我们跟所爱之人的距离会有多远，而我们却感到，把他们留住只是举手之劳。这声音近在咫尺，是真实的存在，而实际上却是两地分离！但也是永远分离的预演！往往是这样听着，却看不到在如此遥远的地方跟我说话的女子，我感到这声音是从无法走出的深渊里响起，我知道了一种忧伤，这种忧伤将会在有朝一日使我难受，到那时，一种声音又会这样响起（孤独的声音，不再出自我再也见不到的身体），在我耳边低声说出话语，我真想亲吻正从嘴唇间出来的话语，可嘴唇却已永远化为尘土。

那一天，唉，奇迹并未在东锡埃尔出现。我来到邮局时，我外婆已经给我打来过电话；我进入电话间，电话占线，有人在说话，却也许不知道没有人会回答他，因为我拿起听筒，这块木头就开始说话，如同木偶剧中的鸡胸驼背人；我把听筒挂好，让它住口，就像叫布袋木偶住口，但我重新拿起听筒后，它立刻又像驼背人那样啰啰唆唆地说了起来。我毫无办法，只好挂上听筒，最终消除了这块直到最后一刻还在喋喋不休的有声木头的痉挛，我去找邮局职员，他请我等待片刻；然后，我开始说话，在对方沉默片刻之后，我突然听到一个声音，这声音我误以为十分熟悉，因为在此之前，每当我外婆开始跟我说话，我在听时总是看着她那张像打开的乐谱那样的脸，眼睛在脸上占据很大的位置，但只有她说话的声音，我今天才第一次听到。这声音一旦自成一体，在我听来其强弱就已改变，它独自传到我这里，没有脸部容貌相伴，因此，我发现它是何等温柔；也许这声音从未像现在这样温柔，因为我外婆觉得我离家遥远，非常不幸，认为可以对我抒发柔情，而她根据教育家的“原则”，通常在克制和隐瞒这种感情。这声音温柔，但也十分忧伤，首先是因为它的温柔几乎排除了生硬、对他人的抗拒和自私，人的声音如此温柔是极其罕见的现象；它因体贴入微而脆弱，仿佛随时都会破碎，变成泉涌之泪，后又独自在我身边，被看到时没有脸上的面具，我第一次发现这声音带有忧伤,并在生活过程中因忧伤而产生裂痕。

另外,是否由于声音单独传来,因此只有声音才使我产生这种新的印象,就是使我心碎的印象?并非如此;主要是因为声音的这种孤独是另一种孤独的一种象征、展示和直接结果,那就是第一次跟我分开的外婆的孤独。她在平常的生活中,随时对我指手画脚,或者不准我做某些事情,使我对服从感到厌烦,或者想要反抗,使我对她感情全无,但在此时此刻,这些事荡然无存,甚至将来也会如此(因为我外婆不再要求我待在她身边听她发号施令,而是在对我说,希望我一直待在东锡埃尔,或者至少要尽量延长我逗留的时间,我的身体和工作都会获益);因此,我在耳边这小小的钟形罩下所感到的,是相互的温柔感情,这种感情摆脱了以前每天与其抗衡的相反压力,从此变成不可抗拒的洪流,使我十分振作。我外婆叫我留下,却使我焦虑不安,迫不及待地想要回去。她从此让我自由,我以前丝毫没有想到过她会让我这样自由,这种自由突然使我感到忧伤,如同我在她去世之后会有的自由(到那时我仍然爱她,但她却永远离我而去)。我叫着“外婆,外婆”,我真想抱吻她;但我身边却只有这幽灵般的声音,无法触摸,如同我外婆去世之后也许会回来看我的幽灵。“跟我说话。”但这时,我突然听不到这声音,感到更加孤独。我外婆不再听到我的话,她不再跟我通话,我们不再面对面待着,不再能听到对方的话,我仍然叫唤她,在黑暗中摸索,感到她的叫唤想必也迷失了方向。我感到焦虑不安,如同我在遥远的过去曾有过的感觉,当时我年纪很小,有一天在人群中找不到我外婆,我焦虑不安主要不是因为找不到她,而是因为感到她在找我,感到她心里在想我在找她;这种焦虑不安很像我将来有朝一日会有的那种感觉,到那一天,我们对那些无法再回答我们的人说话,我们至少想让人听到我们没有对他们说过的有关他们的话,以及我们确实没有受到病痛的折磨。我感到她已是亲爱的幽灵,我刚才让她迷失在那些幽灵中间,我独自在电话机前,仍然徒劳地反复叫着“外婆，外婆”，如同俄尔甫斯①独自一人时，仍在反复叫唤亡妻的名字。我决定离开邮局，到餐厅去找罗贝尔，并告诉他，我也许会收到电报，要我回去，为以防万一，想要知道火车时刻表。然而，在下此决心之前，我很想最后一次祈求黑夜的女儿，即传话的使者、不露脸的女神；但这些任性的守卫女神，不愿再打开神奇的大门，或是她们也许无法打开；她们根据自己的习惯，不断徒劳地祈求德高望重的印刷术发明者以及喜欢印象派绘画和开汽车的亲王（此人是德·博罗季诺上尉的侄子），但谷登堡和瓦格拉姆②对她们的祈求置之不理，我于是走了，感到这看不见的世界对恳求仍将会充耳不闻。

我来到罗贝尔及其朋友们身边，并未向他们承认我的心已不再跟他们在一起，也没有承认我的离去已是无法改变的决定。圣卢看来相信我的话，但我看出，他从一开始就知道我的犹豫不决是装出来的，知道第二天他就会看不到我。他那些朋友听任身边的菜肴一个个冷掉，跟他一起在火车时刻表上寻找我返回巴黎能乘的那班列车，这时，在天空布满星星的寒夜里，能听到列车的阵阵汽笛声，我当然不再感到平静，那就是在这么多天晚上，朋友们的友谊和一列列火车从远处经过这里给我带来的平静。然而在那天晚上，他们还以另一种形式给我帮同样的忙。动身并未使我感到

---

① 俄尔甫斯是希腊神话中诗人和歌手，善弹竖琴。曾随伊阿宋觅取金羊毛，借助音乐战胜困难。妻子欧律狄克死后，他追到阴间，冥后普西芬尼为其音乐感动，答应让他把妻子带回人间，条件是他在路上不得回顾。将近地面时，他回看妻子是否跟随其后，致使欧律狄克重坠阴间。

② 谷登堡（1397/1400—1468），德国人，铅活字印刷的发明者。本名约翰内斯·根斯弗莱施。1440 年前后在斯特拉斯堡发明金属活字版印刷技术。1450 年排版印刷了《四十二行圣经》等书，为现代金属活字印刷术奠定了基础。瓦格拉姆（1883—1918），即最后一位瓦格拉姆亲王，本名路易·马里·菲利普·亚历山大·贝蒂埃，以喜爱汽车和收藏现代绘画著称。但谷登堡和瓦格拉姆在书中为电话呼号，也是巴黎两大电话局的名称。瓦格拉姆电话局开设于 1892 年，有三千用户；谷登堡电话局有六千用户，于 1893 年投入使用。

十分难受，是因为这不再是我必须独自考虑的问题，是因为我感到，为了办理此事，我那些精力充沛的朋友即罗贝尔的战友，以及其他身强力壮的人，进行了更加正规和合理的活动，现在回想起来，那一列列火车，在早上和晚上来往于巴黎和东锡埃尔，把我长期跟外婆分离的这种无法忍受的坚固事实击得粉碎，变为每天返回的可能。

“我并不怀疑你说的是真话，我相信你还不打算走，”圣卢笑着对我说，“但你还是做好要走的准备，明天早晨一大早来跟我告别，否则我就会见不到你；我正好要在城里吃午饭，我已获得上尉批准；我必须在下午两点回到军营，因为整天都要操练。请我吃饭的那位爵爷住在离这儿三公里远的地方，他也许会准时送我回来，我就能在两点钟返回军营。”

他刚说完这些话，就有人从我住的旅馆前来找我，说邮局叫我去听电话。我跑到邮局，因为邮局即将关门。那些职员在回答我时，不断说出“长途”二字。我极其焦虑不安，因为是我外婆打电话给我。邮局即将关门。最后，电话接通。“你是外婆?”回答我的是一个女人的声音，带有浓重的英国口音：“是的，但我听不出是您的声音。”我也听不出跟我说话的是谁的声音，再说，我外婆不用“您”来称呼我。最后，事情都弄清楚了。有个年轻人住在我那家旅馆的一座附属建筑里，姓氏跟我相差无几，他外婆是要叫人找她的外孙来听电话。那天我曾想给我外婆打电话，所以听到有人来叫我，就没有片刻的怀疑，认为是外婆打电话给我。然而，这虽然纯属巧合，可邮局和旅馆却全都出了差错。

第二天上午，我去得晚了，没能见到圣卢，他已前往邻近的城堡去吃午饭。大约在一点半时，我准备去军营看看，在那里等他回来，但我在穿过一条通往军营的大街时，看到一辆轻便双轮马车跟我朝同一方向驶去，马车在我身边驶过，我只好退到一边让路；马车的驾驶者是一位士官，戴着单片眼镜，此人正是圣卢。他旁边坐着请他到家里吃午饭的朋友，那位朋友我已在罗贝尔吃晚饭的旅馆里遇到过一次。我不敢叫唤罗贝尔，因为他并非独自一人，但我希望他把车停下，带我同往，为引起他的注意，就给他行了个大礼，别人以为是因为有陌生人在场我才行此大礼。我知道罗贝尔眼睛近视，但却认为他只要看到我就会把我认出；然而，他清楚地看到我行了礼，并还了礼，却没有把车停下；他疾驰远去，脸上毫无笑容，脸部肌肉纹丝不动，只是举手行军礼达两分钟之久，仿佛是在给不认识的士兵答礼。我朝军营跑去，但还有很长一段路；我到达时，骑兵团已在院子里列队，他们不让我待在院子里，我因没能跟圣卢告别而感到遗憾，我上楼来到他的房间，他已不在那里；我向一群病号打听他的消息，那是几个免去操练的新兵，还有那年轻的中学毕业生以及一个老兵，他们在观看骑兵团列队。

“你们有没有看到圣卢中士？”我问道。

“先生，他已下楼。”那老兵说。

“我没有看到他。”中学毕业生说。

“你没有看到他，”那老兵说，把我撂在一边，“你没有看到我们那了不起的圣卢，他穿了条新的长裤，真漂亮！要是上尉看到，那可是用军官呢做的。”

“啊！你开什么玩笑，军官呢。”年轻的中学毕业生患病待在寝室，没有去参加操练，想要跟老兵顶撞，虽说不免带有几分不安。“这军官呢，就是这样的呢料嘛。”

“先生？”谈到长裤的那位“老兵”气愤地问道。

他感到气愤的是，年轻的中学毕业生竟然怀疑那长裤不是用军官呢做的，但他是布列塔尼人，出生于名叫庞盖伦-斯泰勒当的村庄里，学法语就像学英语或德语那样困难，他激动时就把“先生”这两个字说上两三遍，以找到要说的话，在做好这种准备之后，他开始高谈阔论，其间只是重复几个他比别人更熟悉的词语，但并不着急，而是小心谨慎，避免他因不习惯而会产生的发音错误。

“啊！是这种呢。”他气愤地接着说道，而且越说起气愤，越说越缓慢。“啊！是这种呢，可我对你说是军官呢，可——我——对——你——这样——说，既然——我——对——你——这样——说，是因为我觉得我知道。胡说八道的话，可不能对我们这些人说。”

“啊！行。”中学毕业生在这种论据前败下阵来，就说道。

“瞧，上尉正好经过。不，你得看一下圣卢，是他那小腿的动作，还有他的脑袋。别人会说是士官？还有单片眼镜，啊！到处晃来晃去。”

我待在那里，并未妨碍这些士兵说话，我问他们，我是否也能朝窗外观看。他们并未对我加以阻止，但也没有挪动位置。我看到德·博罗季诺上尉让马慢跑，威风凛凛地经过，他仿佛产生幻觉，觉得自己是在奥斯特利茨战役之中。几个过路人聚集在军营的栅栏前，以观看骑兵团出来。亲王骑在马上，身体笔挺，面孔有点肥胖，脸颊如帝王般饱满，眼睛明亮，想必产生了某种幻觉，就像我每次在有轨电车驶过后那样，觉得车轮滚动声消失后的寂静，被颤动的模糊乐声划破。我感到遗憾，没能跟圣卢道别，但我还是走了，因为我唯一想做的事是回到外婆身边：在此之前，在这座小城里，我在想外婆独自一人在做什么事，就会想起她跟我在一起时的样子，但在把我的形象消除时，却并未考虑到这种消除会对她产生什么影响；现在，我要在她的怀抱里尽快摆脱此前一直未曾想到、被她的声音突然召来的幽灵，这声音由真正跟我分离、听天由命的外婆发出，她有着我还从未知晓的高龄，她刚在空荡荡的套间里收到我的一封信，当我动身前往巴尔贝克之后，我曾想象待在这种套间里的妈妈。

唉，我走进客厅时，看到的就是这幽灵，当时我外婆并不知道我会回来，我看到她正在看书。我在那儿，或者不如说我还不在那儿，因为她还不知道我在那儿，她就像别人无意中发现正在做针线活的妇女，要是知道有人进来，她就会把针线活藏好，她在进行思考，这些想法她从未在我面前说出。而我——由于这种并不长久的特权，我们在归来的短暂时刻，会因此而突然见到我们不在时的情景——在这里就只是证人和观察者，头戴旅行的帽子，身穿旅行的外套，是外人，而并非家庭成员，是摄影师，来拍张照片，因为这个地方以后再也见不到了。我看到外婆时，我眼睛在无意中所做之事，正是拍了一张照片。我们见到的亲人，总是处于我们持续不断的温柔感情这一生气勃勃的体系和永恒的运动之中，这种感情在让亲人的脸向我们展现的形象传到我们脑中之前，把这些形象置于感情的漩涡之中，投在我们对他们的一贯看法上，并让两者融为一体，相互重叠。既然我认为外婆的前额和脸颊表明她思想中最细腻、最持久的感情，既然平时的任何目光都像在招魂卜卦，我们所爱的每张脸都是过去的明镜，那么，我怎么会发现她已变得迟钝、老迈，而即使是生活中微不足道的场景，我们的眼睛负责思考，也会像古典悲剧那样，对跟情节无关的所有形象忽略不计，而只是记住能阐明情节目的的那些形象。但是，如果用来观察的不是我们的眼睛，而是一个纯物质的镜头，是一张玻璃底片，那么，我们如果在法兰西研究院的院子里，我们将看到的就不是一位想叫出租马车的院士出来，而是他走路摇摇晃晃，是他小心翼翼不让自己仰面跌倒，是他跌倒时画出的抛物线，仿佛他喝醉了，仿佛地上结有薄冰。同样，如果有人偶然恶作剧，我们聪明而又虔诚的温情没能及时赶到，无法隐藏我们的目光永远不应观赏的事物，而是被首先到达现场的目光抢先一步，于是，目光就自行其事，机械地工作，如同照相底片，但向我们展现的不是我们喜爱之人——此人早已不在，但这种温情却一直不想让我们知道此事——而是另一个人，这种温情每天上百次使这个人跟我们喜爱之人相像，具有这种珍贵而又虚假的形象。一个病人，很久没有照过镜子，却时刻在想象那张没有看到的脸，所依据的是他思想中保存的他自己的理想形象，而一旦看到镜子里显出瘦骨嶙峋的身影，长着高大、歪斜的粉红色鼻子，活像埃及金字塔，就不禁会倒退几步，我也是这样，对我来说，我外婆就是我自己，我只是在自己的思想中见到她，而且总是在过去的同一位置上，是通过种种平行和重叠的清晰回忆，突然，在我们客厅这个新世界的组成部分中，即时间的世界和"老当益壮"的陌生人生活的世界中，我首次在片刻中看到——因为她很快消失——一位我不认识的老妪，只见她疲惫不堪地坐在长沙发上，处于笨重而粗俗的红色灯下，身患疾病，遐想联翩，有点古怪的眼睛在一本书的上方来回移动。

我要求去观看德·盖尔芒特夫人收藏的埃尔斯蒂尔的画作时，圣卢曾对我说："我担保她会同意。"但不幸的是，担保她会同意的其实只有他一人。我们轻而易举地为别人担保，这时我们思想里有着这些人种种无关紧要的形象，我们就随意摆弄这些形象。也许即使在这个时候，我们也考虑到种种困难，有这些困难是因为每个人的性格跟我们不同，我们就会采取某种有效的办法去影响他们的性格，如利诱、说服或感动，以消除不同的看法。但是，跟我们性格的这些差别，仍然由我们的性格想象出来，这些困难就得由我们来排除，这些有效的动机，得由我们来确定。有些行动，我们在思想中让另一人做过多次，此人因此而根据我们的意愿行动，我们就想让他在生活中做出这些行动，这时，一切都起了变化，我们遇到意外的阻力，这种阻力可能无法克服。最大的一个阻力也许会由一个女人对爱她的男人的厌恶而引起，因为她不爱这男人，所以这种厌恶难以消除、令人难受：在好几个星期时间里，圣卢仍未到巴黎来，虽说我并不怀疑他曾写信给舅妈，请她同意我去拜访，但她一次也没有请我去她家观看埃尔斯蒂尔的画作。

我发现这幢房子里另一人对我冷淡。此人是朱皮安。他是否认为，我从东锡埃尔回来之后，先要到他那里向他问好，然后才能上楼回家？我母亲对我说不是这样，并说不必感到惊讶。弗朗索瓦丝跟她说过，说他就是这个样子，会突然情绪不佳，而且毫无道理，但不久之后就会愁云消散。

然而，冬天即将结束。在夹雪的暴风雨下了几个星期之后，一天早上，我听到壁炉里传来的不是强弱不定的灵活而又凄惨的风声，使我想要前往海边，而是在墙上搭窝的鸽子的咕咕叫声：这叫声呈彩虹色，来得出乎意料，如同第一朵风信子，慢慢裂开滋养花心，以开出缎子般的淡紫色有声花朵，就像一扇打开的窗户，让第一个天气晴朗的日子的温馨、强光和疲乏进入我那关闭着的黑暗房间。那天早上，我突然发现自己在哼一个歌舞咖啡馆的歌曲，这歌曲我在那年去了佛罗伦萨和威尼斯之后就已忘记。周围的气氛会因当天的偶然情况而对我们机体产生深刻影响，从我们已把这歌曲忘掉的模糊不清的储存物中，取出我们的记忆未能解读的登记入册的曲调。一个更为清醒的做梦者很快就为这音乐家伴奏，我在脑中听着这音乐家演奏，却未能立刻听出他在演奏什么乐曲。

我清楚地感到，这些原因并非是巴尔贝克所特有，由于这些原因，我到了那里之后，不再像我在看到巴尔贝克的教堂以前那样，觉得这教堂妩媚动人；我感到在佛罗伦萨、帕尔马或威尼斯，我的想象也不会代替我眼睛去观看。我这时已感到这点。元旦那天，在傍晚时分，我在一个海报柱前产生幻觉，认为某些节日跟其他节日有着本质上的区别。然而，我虽然进行阻止，但对我认为是在佛罗伦萨度过圣周[1]的那段时间的回忆，却仍然使圣周具有花都的气氛，既使复活节那天具有佛罗伦萨的色彩，又使佛罗伦萨具有复活节的色彩。复活节那一周还很遥远；但在我面前展现的一排日子里，圣周的这几天更清楚地在中间那些日子后面展现出来。这些日子被一道阳光照亮，如同村庄里有些房屋，因阴暗和明亮的反

---

① 参见本书第一卷第189页注①。

差，在远处就能看到，因为它们留住了所有阳光。

天气转暖。我父母建议我出去散散步，为我上午继续外出提供了借口。我曾想停止外出，因为我出去会遇到德·盖尔芒特夫人。但恰恰是由于这个原因，我一直想要出去走走，因此我时刻要找到出去的新的理由，这种理由跟德·盖尔芒特夫人毫无关系，并轻而易举地使我相信，即使她并不存在，我也会在这同样的时间出去散步。

唉！对我来说，遇到除她之外的其他任何人就会觉得兴味索然，我感到对她来说，遇到除我之外的任何人都可以忍受。她上午散步时，有时会有许多傻瓜或她眼里的傻瓜向她行礼。她对他们的出现，即使不是看作愉悦的许诺，至少看作偶然的结果。她有时让他们停下脚步，因为在有些时刻，我们需要走出自我，受到他人的心灵款待，这心灵不管如何低微、丑陋，只要是陌生的心灵就行，而在我心中，她恼怒地感到，她在其中找到的仍是她自己。因此，即使我为了走同一条路，有了不是要看到她的另一条理由，我在她经过时也浑身颤抖，如同犯了罪那样；有时，我为使自己不显得过于殷勤，就对她略加还礼，或者只是盯着她看而并不施礼，但这样做只会使她更加生气，她开始认为我蛮横无礼、缺乏教养。

她现在穿的连衣裙面料更加轻薄，或者至少是颜色更浅，她沿街下行，街上仿佛已是春天，门面狭窄的店铺，镶嵌在宽阔的古老贵族公馆之间，在这些店铺前面，在出售黄油、水果、蔬菜的女商贩的挡雨披檐下，撑起了遮阳的篷帘。我心里在想，我从远处看到的那个女人正在行走，撑开阳伞，穿过街道，她完成这些动作时技巧优美，在行家看来无疑是当代最伟大的艺术家。然而，她往前走着，并不知道有这种零星的称赞，她身体纤弱而又倔强，并未从称赞中吸取任何养料，披着紫色斜纹软绸披肩，把胸脯挺起；她眼睛阴郁而又明亮，心不在焉地朝前面观看，也许已经看到了我；她咬着唇角；我看到她又抬起手笼，向一个穷人施舍，在一个女商贩那里买一束紫罗兰，显出好奇的样子，就像我观看一位大画家作画时那样。她走到我身边，跟我打了个招呼，有时还微微一笑，仿佛她为我画好一幅水彩画，又在这杰作上题了词。她每条连衣裙在我看来都是一种必不可少的自然氛围，都是她心灵的一种特殊面貌的投影。在大斋期[①]的一天上午，她到外面吃午饭，我遇到她时，她穿的是淡红色丝绒连衣裙，领口开得有点低。德·盖尔芒特夫人的脸，在金发下显出沉思的样子。我没有像平时那样忧伤，因为她忧郁的表情，以及她因裙子的鲜艳色彩而与世隔绝，使她显得可怜和孤独，却使我感到放心。我感到这裙子是一颗心发出的鲜红光线在她身体周围化成的物质，我对这颗心还不了解，但我也许能安慰它；她躲藏在泛起微波的衣料发出的神秘光芒之中，使我想起早期基督教的某个女圣徒。于是，我感到羞耻，认为自己不应该用目光来折磨这位殉教者。“但不管怎样，街道是属于大家的。”

“街道是属于大家的。”我又说了一遍，但赋予这句话不同的含义，并表示赞赏，这条熙熙攘攘的街道常被雨水淋湿，变得十分珍贵，意大利那些古城中的街道有时就是这样，在这条街上，盖尔芒特公爵夫人把她秘密生活的某些时刻跟民众的生活混杂在一起，就这样展现在每个人面前，既神秘莫测，又跟大家摩肩接踵，犹如光彩夺目的伟大杰作在免费供人观赏。由于我上午出去前曾是彻夜不眠，因此到了下午，我父母就叫我躺一会儿，并设法睡着。要睡着，不需要进行很多思考，但养成习惯十分重要，甚至不思考也能睡着。然而，在这种时候，这两点我都没有做到。在睡着前，我想了很长时间，觉得无法睡着，因此即使睡着了，脑子里仍然在想。这只是漆黑一片中的熹微亮光，却足以反射到我的睡眠之中，

---

① 大斋期亦称封斋节、四旬斋期或四旬节。据《新约》记载，耶稣于开始传教前曾在旷野守斋祈祷四十昼夜。据此，教会规定复活节前的四十天为斋戒期，即从行圣灰礼仪的星期三至复活节前的星期四。

起先是觉得我无法睡着，接着是作为这次反射的反射，感到我是在睡着时想到我无法睡着，然后通过一次新的反射，我醒来了……又重新睡着，并想对进入我房间的一些朋友说，刚才我在睡着时以为我没有睡着。这些人影几乎无法辨认，必须有十分敏锐的视觉才能看清，但视觉敏锐似乎徒劳无益。后来在威尼斯也是这样，当时夕阳早已西下，天色漆黑一片，但阳光仍滞留在条条运河之上，仿佛是因为光线的某种效应，如同最后的音符具有无法看到的回音，正是借助于这种回音，我才看到一座座宫殿像颜色更黑的丝绒那样，永远映照在黄昏的灰色水面上。我的一个梦是合成我在醒着时经常想象的东西，如把某个海景跟它在中世纪的情景合在一起。我睡着时，看到一座哥特式城市在波涛不动的大海之中，如同在彩画玻璃窗上。一个海峡把城市一分为二；绿色的海水在我脚下伸展，环绕对岸的一座东正教教堂，然后环绕一些十四世纪还存在的房屋，因此，朝这些房屋走去，就是追溯到过去的年代。在这个梦中，大自然学到了艺术，大海变成了哥特式，在这个梦中，我想要做到并以为做到了无法做到的事情，我感到自己已经常做过这种事情。但是，我们在睡着时想象的事物能够出现在过去，虽然新奇却显得熟悉，因此我觉得自己看错了。恰恰相反，我发现自己确实经常做这种梦。

人在睡着时总会感到无能为力，这在我睡着时也有反映，不过是象征性的：我不能在黑暗中看清在这儿的朋友的脸，因为睡觉时眼睛闭着；我在做梦时不断给自己讲道理，我一旦想跟这些朋友说话，就立刻感到声音卡在喉咙里无法说出，因为睡着时不能清楚地说话；我想走到他们跟前，但两腿却无法移动，因为睡着时不能走路；突然，我出现在他们面前感到羞耻，因为睡觉时脱掉衣服。这样，眼睛如失明，嘴巴被封住，两腿不能动，身体又赤裸，我睡着时投射出的睡眠形象，就像斯万送给我的那些乔托的著名寓意画，其中一幅是嘴里含蛇的贪欲①。

圣卢来到巴黎,但只待几个小时。他对我肯定地说,他没有机会跟他舅妈谈起我。"这奥丽娅娜毫不客气,"他对我说时露出了真实的想法,"她不再是我过去的奥丽娅娜,有人使她变了。我可以肯定地对你说,她不值得你去关心她。你对她太抬举了。你是否愿意让我把你介绍给我表嫂普瓦克蒂埃?"他补充道,并未想到这不会给我带来丝毫乐趣。"她是个聪明的少妇,会使你感到高兴。她嫁给我表哥普瓦克蒂埃公爵,他是个很好的小伙子,但对她来说有点头脑简单。我对她谈起过你。她要我带你去见她。她比奥丽娅娜漂亮,也更年轻。她是个可爱的女人,你知道,是个善良的女人。"这是罗贝尔最近采用的——也是热情采用的——说法,意思是有一种高尚的本性:"我没有对你说她是德雷福斯派,得要考虑她生活的环境,但最终她说:'如果他是无辜的,把他关在魔鬼岛又是多么可怕②。'你听懂了,对吗?另外,她还为以前的小学女教师做了很多事,她不准下人让这些教师从便梯上楼。我肯定地对你说,她这个人很好。其实奥丽娅娜不喜欢她,是因为感到她更加聪明。"

弗朗索瓦丝正一心一意地在同情盖尔芒特府的一个仆人——这个仆人不能去看望未婚妻,即使在公爵夫人出去时也不行,因为门房立刻会去汇报——虽然如此,她感到难受的是,圣卢来访时她未能在场,但这是因为她现在也出门拜访。她在我需要她的那几天必定出门。这总是为了去看她弟弟和侄女,特别是去看她那不久前来到巴黎的女儿。我没有弗朗索瓦丝服侍已感到恼火,而她去看望的都是她家的亲戚,就使我更加恼火,因为我有预见,知道

---

① 参见本书第一卷第 82 页注①。

② 魔鬼岛是法属圭亚那沿海萨吕群岛中一个岛屿。德雷福斯于 1895 年 3 月 17 日至 1899 年 6 月 9 日在该岛服刑。

她会把每次出访说成是非做不可的事，依据的是田园圣安德烈教堂所教的法规。因此，我听到她辩解，会极不公正地感到生气，而听到她说话的方式，就更是怒形于色，因为她不是说："我去看弟弟，我去看侄女"，而是说："我去看弟弟，我'跑着'进去向侄女（或是卖肉的侄女）问好。"至于她女儿，弗朗索瓦丝希望看到她返回贡布雷。但这个新巴黎女人，像优雅女子一样使用缩写，却很粗俗，她说，她要去贡布雷的那个星期，她觉得时间太长，那里连《不妥协》[1]也没有。她更不愿意到弗朗索瓦丝的妹妹家里去，那里是外省的山区，"山区嘛，"弗朗索瓦丝的女儿说，她赋予"有趣"这两个字一种可怕的新含义，"不大有趣。"她无法作出决定，不知是否要回到梅塞格利兹，那里"人都十分愚蠢"，在市场里，那些长舌妇和"乡下女人"会发现她是自己的表姊妹，就会说："啊，这不是已经去世的巴齐罗的女儿？"她情愿去死，也不愿回到那里去定居，"现在她已尝到在巴黎生活的滋味"，弗朗索瓦丝虽然墨守成规，但还是对新"巴黎女人"所代表的新思想讨好地微微一笑，因为听到女儿说："喂，母亲，如果不是你出去的日子，你只要给我发一封气压[2]。"

天气再次变转。"出去？干吗？是要感冒。"弗朗索瓦丝说。这星期她情愿待在家里，因为她女儿、弟弟和卖肉的侄女都去贡布雷了。另外，她是我莱奥妮姑妈的最后一个信徒，我姑妈的教理还隐约留在她的脑中，她在谈到这倒春寒时说："这是上帝的余怒！"但我只是用无精打采的微笑来回答她的抱怨，我对这种预言无动于衷，是因为不管怎样，晴朗的天气都会为我出现；我已看到晨曦

① 指《不妥协人报》，1880 年由亨利·罗什福尔创办。这家报纸曾为鼓吹沙文主义的布朗热将军宣传，后采取反对德雷福斯的立场。

② 即气压传送信件。

在菲耶索莱[1]的山丘上发出光芒，我沐浴在阳光中感到暖和；强烈的阳光迫使我睁开并半闭着眼睛，露出微笑，这眼皮如同大理石做的长明灯，充满着粉红的光线。并非只有钟声来自意大利，意大利也随同这光线而来。但我这双忠实的手，一定会拿着鲜花，以庆贺我过去所作的旅行周年，因为自从巴黎的天气又转冷之后，就像有一年我们在大斋期将要结束时在做动身的准备那样，林荫大道上的栗树和梧桐树，以及我们屋前院子里的那棵树，都处于湿冷的空气之中，但已半吐嫩叶，就像老桥[2]上种在净水杯里的水仙花、黄水仙和银莲花。

我父亲曾对我们说，他这时才从 A. J. [3]那里得知，他在这幢屋子里遇到德·诺普瓦先生时，诺普瓦是要到哪里去。

"是到德·维尔帕里齐夫人家里去，他跟她十分熟悉，我以前对此一无所知。看来她很有趣，是个高超的女人。你应该去看望她。"他对我说。"另外，我当时非常惊讶。他跟我谈起德·盖尔芒特先生，说此人十分杰出，而我一直以为这是个粗俗之徒。看来他十分博学，趣味高雅，只是对自己的姓氏和姻亲非常自豪。但另据诺普瓦说，他地位很高，不仅在这里，而且在欧洲各地也是如此。看来奥地利皇帝和俄国沙皇把他看作真正的朋友。诺普瓦老头对我说，德·维尔帕里齐夫人非常喜欢你，还说你会在她的沙龙里认识一些有用的人物。他在我面前对你大加夸奖，你会在她家里见到他，他会给你提出有益的建议，即使你要从事写作。这是因为我看到，你不会去做别的事情。别人会认为这是一种美好的职业，可我不是很喜欢你去做此事，但你很快就长大成人，我们不能总是待在你的身边，因此我们不应该阻止你从事你喜欢的职业。"

---

① 菲耶索莱是意大利托斯卡纳区城镇，位于俯瞰佛罗伦萨的山丘上。现存有部分伊特鲁里亚城墙，以及古罗马剧院、大教堂、圣方济各教堂和隐修院等古建筑。

② 指佛罗伦萨的老桥。参见本书第一卷第 390 页注①。

③ 即 A. J. 莫罗，叙述者的父亲的朋友和部里的同事。参见本卷第 30 页。

要是我至少能开始写作,那有多好!但是,不管我是在什么条件下开始执行这个计划(唉!以及不再喝酒,早早躺下睡觉并睡着,保持身体健康),尽管我带着激动和愉快的心情并井然有序地开始写作,尽管我取消或推迟散步,把散步留作奖赏,尽管我利用身体健康时的一个小时,利用生病时无法活动的一天,我种种努力的最终结果,却注定只是白纸一张,上面没有任何文字,这就像在某些纸牌戏法中,不管你预先如何洗牌,最后抽出的却必定是这张牌。我只是种种习惯的工具,即不工作的习惯,不躺下睡觉的习惯,不睡着的习惯,这些习惯无论如何得要变成现实;如果我对这些习惯不加抗拒,如果我满足于它们从这一天为它们提供的最初的情况中获取的借口,让它们随心所欲地行事,我度过这一天就不会有过多的损失,我在天亮前能够休息几个小时,看一会儿书,不会做过多无节制的事,但如果我想违抗这些习惯,如果我想早早上床睡觉,只喝水,并且工作,那么习惯就会感到不快,就会采取断然措施,使我真的病倒,于是,我只好加倍喝酒,两天不上床睡觉,我甚至不能看书,我决定下一次要更加理智,也就是不要这样自作聪明,我就像受害者,因怕被杀死而任凭盗贼抢劫。

我父亲在这段时间里有一两次遇到过德·盖尔芒特先生,现在德·诺普瓦先生对他说公爵是个杰出人物,他对公爵的话就更加注意。他们恰恰是在德·维尔帕里齐夫人的院子里说话。

“他对我说,她是他婶母;他把她的姓说成‘维帕里齐’。他对我说,她极其聪明。他甚至还说,她有一个**思想办公室**[①]。”我父亲补充道。他对这个模糊不清的词语印象深刻,这个词语他曾在一些回忆录中看到过一两次,但并未赋予确切的含义。我母亲对他十分尊重,见他对德·维尔帕里齐夫人有思想办公室这件事有点兴趣,就认为此事重要。虽然她早已从我外婆那里知道侯爵夫人

① 这里的“思想办公室”是指以谈论艺术、文学、政治或科学而自鸣得意的沙龙。

的确切价值，她仍然立刻对夫人产生更为有利的看法。我外婆身体有点不舒服，起初不同意去拜访，但后来就不再发表意见。自从我们住到新居以来，德·维尔帕里齐夫人曾多次请我外婆去看望她。而我外婆在一封信中仍然回答说，她这时不出门，这些信件，她因一种我们并不理解的新习惯而不再亲自盖上封印，而是让弗朗索瓦丝去封口。至于我，我不能完全想象出这"思想办公室"是什么模样，但要是看到巴尔贝克的那位老妪处于"办公室"前——这事也已发生——我决不会感到惊讶。

我父亲还想知道，大使的支持是否会使他在竞选院士时在法兰西研究院赢得许多选票，他想要当选自由院士①。说句实话，他虽说不敢怀疑德·诺普瓦先生的支持，却并非确信无疑。他认为是一些人在讲坏话，因为部里有人对他说，德·诺普瓦先生想要成为部里在法兰西学院的唯一院士，因此会设置一切可能的障碍来阻止一位候选人当选，另外，这位候选人会使他感到特别尴尬，因为他目前正在支持另一位候选人。然而，勒鲁瓦-博利厄先生建议他参加竞选，并估计他有当选的希望，这时，他感到震惊的是，在他为此事可以依靠的同事中，这位著名经济学家并未列举德·诺普瓦先生。我父亲不敢直接对这位前任大使提出问题，但希望我从德·维尔帕里齐夫人家回来时，他的当选已成定局。这次拜访也就迫在眉睫。德·诺普瓦先生的宣传，确实能使我父亲得到法兰西学院三分之二的选票，他也觉得大使很可能会帮他宣传，因为大使的助人为乐是有口皆碑，连最不喜欢他的人们也承认，没有人像他那样喜欢为别人效劳。另外，在部里，他对我父亲的保护，比对其他任何公务员的保护都要明显得多。

---

① 叙述者的父亲想竞选法兰西伦理学和政治学学院院士。该学院成立于1795年，在二十世纪初有四十位正式院士、十位自由院士、五位非长驻院士、八位外国合作院士和六十位通讯院士。该学院有五个分部：哲学、伦理学、法律学、政治经济学和历史学。普鲁斯特的父亲于1879年6月17日当选为医学学院院士。

我父亲遇到另一个人，但此人使他感到极其惊讶，后又极为气愤。他在街上走到萨士拉夫人身边，萨士拉夫人因家境比较贫困，很少到巴黎来小住，而且是住在一位女友家里。没有人像萨士拉夫人那样使我父亲感到厌烦，我母亲每年都要对他说一次，而且不得不用温柔和恳求的声音对他说："我的朋友，我得邀请萨士拉夫人来一次，她不会待到很晚才走。你知道我不喜欢让你感到厌烦，但你要是去说，那就太好了。"他笑得有点勉强，但还是去进行这种拜访。因此，他虽然对萨士拉夫人不感兴趣，但既然遇到了她，他就朝她走去，并脱帽行礼，然而他感到十分意外的是，萨士拉夫人只是出于礼貌而被迫冷冷地还礼，仿佛他做了什么坏事，或是被判处要到另一半球生活。我父亲气愤而又惊讶地回到家里。第二天，我母亲在一个沙龙里遇到萨士拉夫人。萨士拉夫人没有把手伸给我母亲，只是神色茫然而忧郁地对她微微一笑，仿佛对方曾在小时候跟她一起玩耍，但后来她跟女友断绝一切来往，因为这女友开始生活放荡，嫁给了苦役犯，或者情况更糟，嫁给了离婚的男人。然而，我父母一直对萨士拉夫人刮目相看，萨士拉夫人也对我父母另眼看待。但是，（我母亲并不知道）萨士拉夫人在贡布雷她这类人中，是唯一的德雷福斯派。我父亲是梅利纳先生[①]的朋友，对德雷福斯有罪确信无疑。他曾生气地把一些同事打发走，他们要他在请愿书上签名请求重审此案。他一个星期没有跟我说话，因为他得知我采取了不同的做法。他的看法众所周知。别人即将把他看作民族主义者。至于我外婆，家里只有她一人觉得应该持一种宽容的怀疑态度，只要有人跟她说起德雷福斯可能无辜，她总是摇摇头，但我们不知道这是什么意思，就像一个人在考虑重要问题时

---

① 即朱尔·梅利纳（1838—1925），法国政治家。曾任农业部长（1883—1885，1915—1916），实行贸易保护政策。1896年至1898年出任总理。因反对重审德雷福斯案件而被迫辞职。

被人打扰那样。我母亲一方面深爱我父亲，另一方面希望我聪明，因此犹豫不决，其表现则是沉默。最后，我外公热爱军队（虽说他在国民自卫军①中服役的经历是他成年时的一个噩梦），在贡布雷看到一个团在栅栏前经过，他都要向上校和军旗脱帽行礼。正因为如此，萨士拉夫人虽然清楚地知道我父亲和外公在生活中无私而又体面，仍把他们看作不公正的帮凶。个人犯罪可以原谅，但参与集体犯罪却不能原谅。她得知我父亲是反德雷福斯派之后，立刻跟他划清界线，两人之间如同相隔几个大陆和几个世纪。这样就能理解，既然在时间和空间中相距如此遥远，她行礼我父亲就无法察觉，她也就不会想到要握手和说话，他们之间相隔几个大陆，对方就无法握住她的手和听到她的话。

圣卢即将来到巴黎，他答应带我去德·维尔帕里齐夫人府，我虽然没有跟他说出口，却希望我们能在那里遇到德·盖尔芒特夫人。他请我到饭馆跟他情妇共进午餐，然后送她去参加排练。我们得在上午到她居住的巴黎郊区去接她。

我对圣卢说，我们吃午餐的饭馆（在会花钱的年轻贵族的生活中，饭馆所起的作用，如同阿拉伯故事中的织物箱一样重要），最好是埃梅当侍应部主任的那家饭馆，埃梅对我说过，他在巴尔贝克旅游季节到来之前要在那家饭馆担任该职。这对我来说是十分愉快的事情，因为我想到处旅游，却又很少出去，所以很高兴能再次见到这样的人，此人不仅是我对巴尔贝克的回忆的组成部分，而且是巴尔贝克的组成部分，他每年都去那里，当我因疲倦或要上课而被迫待在巴黎时，他在七月份的漫长傍晚，在等待顾客来吃晚饭时，仍然透过大餐厅的玻璃窗观看日落大海的景象，而在窗子后

① 国民自卫军是法国民兵组织，成立于 1789 年，用于维持社会秩序，但有时也参加暴动或起义，于 1871 年解散。服役的年龄在十九世纪曾有变化，1812 年至 1852 年为二十岁至六十岁男子，1852 年至第二帝国为二十五岁至六十岁。

面，在太阳逐渐消失之时，远处一艘艘青色船只不动的翅膀，宛如橱窗里一只只夜间异国蝴蝶。这位侍应部主任，在跟巴尔贝克这个吸力强大的磁铁接触后被磁化，变成吸引我的磁铁。我希望跟他谈话就是跟巴尔贝克进行交流，身在原处却已体会到旅游的些许乐趣。

我一早就离开屋子，走的时候见弗朗索瓦丝在怨天尤人，因为那个已订婚的仆人，在前一天晚上还是不能去看他的未婚妻。弗朗索瓦丝看到他在哭泣，他差一点要去打门房的耳光，但还是克制住自己，因为他很在乎这份工作。

圣卢在他家门口等我，我在到他家之前遇到了勒格朗丹，我们离开贡布雷后一直没有见到过他，他现已满头华发，但看上去仍然年轻、天真。他停下脚步。

"啊！是您，"他对我说，"已经是优雅的男士，还穿着礼服！这礼服就像家丁的号衣，我这个人自由自在，是穿不惯的。不错，您想必出入社交界，要去进行拜访！而去梦想，就像我在一座部分毁坏的坟墓前所做的那样①，我去时戴大花结领结，身穿短上衣，却是十分合适。您知道我器重您心灵愉悦的优点：这是为了告诉您，我多么遗憾地看到您在异教徒②中抛弃这一优点。沙龙的气氛会使我呼吸困难，您却可以在一时间待在这令人恶心的氛围之中，您是在让自己的未来受到先知的谴责，将其打入地狱。这点我从这里就能看到，您经常来往的是'轻浮之徒'和城堡的社交界；这是当代资产阶级的恶习。啊！对那些贵族，恐怖时期③犯了个

---

① 勒格朗丹的做法跟福楼拜在《固有概念词典》(1911)中嘲讽的浪漫派诗人的态度相仿："废墟，使人梦想，并使景色具有诗意。"

② 即犹太人和初期基督教徒所说的异教徒。

③ 指法国大革命时的恐怖时期。第一次为1792年8月10日至9月20日，起因是普鲁士军队入侵法国，结果路易十六被捕，民众冲入巴黎和外省的监狱，杀死贵族和反抗的教士。第二次为1793年9月5日至1794年7月28日，发生在山岳派清除吉伦特派之后，其高潮为1794年6月至7月，被称为大恐怖时期，结果罗伯斯比尔在热月政变中倒台并被送上断头台。

大错，没有把他们斩草除根。他们不是十足的白痴，就是阴险的恶棍。不过，可怜的孩子，您只要这样会快乐就行！您去参加某个五点钟茶会时，您的老朋友会比您更加幸福，因为他将独自在一个郊区，观赏粉红的月亮在紫色的天空中升起。事实是我不属于这个地球，在地球上我感到如同远居异乡：万有引力得要用全部力量才能使我留在地球上，才能使我无法逃到另一天体。我属于另一行星。再见，请不要曲解维冯纳河的农民自古就有的坦率，他也仍然是多瑙河的农民[①]。为证明我对您的器重，我会把我的最后一部小说寄给您。但您可能不会喜欢；这小说对您来说情调还不够没落，还称不上世纪末，而是过于坦率、过于正直；您需要的是贝戈特的作品，这点您已承认，您需要的是为宫殿里感觉麻木、寻欢作乐的高雅人士而写的腐朽的东西。您那帮人想必会把我看成老丘八；我错了，不该把自己的真情写入作品，这一套已不再时兴；另外，人民的生活也不是十分出色，不能引起你们那些赶时髦的女子的兴趣。好吧，请有时想想基督的话：'你这样行，就必得永生[②]。'再见，朋友。"

我离开勒格朗丹时，对他并不十分生气。有些回忆如同共同的朋友，善于进行调解：小木桥架设在布满黄花毛茛、堆积着封建时代废墟的田野中间，把勒格朗丹和我连结在一起，如同连接维冯纳河两岸。

虽说巴黎已是开春天气，林荫大道的树木初绽新芽，但圣卢和

---

① 指拉封丹寓言诗《多瑙河的农民》。多瑙河畔的一个农民来到罗马，在元老院发表讲话，谴责罗马道德败坏。他的雄辩受人欣赏，并因此得到奖赏。参见《拉封丹寓言诗》，远方译，人民文学出版社，1982 年，第 452—456 页。

② 参见《新约・路加福音》第十章第二十八节。罗斯金在解释亚眠大教堂的塑像时写道："现在你回到中央的基督塑像前，听他的口信并理解它。他左手拿着戒律板，右手为你赐福，但赐福的条件是：'你这样行，就必得永生。'或者不如说得更加确切：'**你要成为**这样，就必得永生。'表现出同情并不重要，在行动上纯洁并不重要，你还应该在心中纯洁。"

我离开巴黎，乘环城火车到达圣卢的情妇所居住的郊区村庄之后，却看到每个小花园里果树都已鲜花盛开，如同挂着一个个巨大的白色祭坛，感到赞叹不已。这仿佛是当地一种特殊的节庆，富有诗意，转瞬即逝，人们在固定的日子从十分遥远的地方前来观赏，但这节庆却由大自然来举办。樱桃树的花紧贴枝条，如同白色紧身女服，从远处观看，只见它们在那些几乎无花无叶的树木中间，在这阳光照耀却仍然寒冷的日子，犹如白雪已在别处融化，却依然留在小灌木上，但一棵棵高大的梨树用白花覆盖每幢房屋和每个小院，其面积更大，颜色更加单一、晶莹，仿佛村里的所有房屋和所有院落正在同一天初领圣体。

巴黎郊区的这些村庄，仍在家门口保留着十二世纪和十三世纪时的花园，即管家和宠姬的“游乐场”。一位园艺家利用其中一个花园比公路路面低的特点来种植果树（或者只是保留那个时代大果园的布局）。这些梨树按梅花形种植，比我看到过的梨树间距更大，但没有那样突出，一棵棵树被矮墙隔开，其白花形成一个个硕大的四边形，每一边都显出不同的光线，因此，这些没有屋顶的露天房间，就像以前能在克里特岛上找到的太阳宫①的房间，也使人想起水库或海洋的某些部分为捕鱼或养殖牡蛎而分隔成一块块水域，因为我们在这时看到，阳光透过树枝间不同的空当，来到果树旁的墙上戏耍，如同在春天的水面上戏耍，到处泛起白色的泡沫，宛如一朵朵带有绒毛的明亮花卉，在透光而又充满蔚蓝色的格子框架中闪闪发光。

这是个古老的市镇，其市镇厅也同样古老，用焙烧过的金黄色砖块砌成，门前的夺彩竿和方形王旗，则由三棵高大梨树替代，梨

---

① 英国考古学家阿瑟·约翰·伊文思（1851—1941）于二十世纪初在希腊克里特岛发掘出文化古都克诺索斯的王宫遗址，王宫结构复杂，令人联想到弥诺斯的迷宫。弥诺斯是希腊神话中克里特国王，主神宙斯和欧罗巴之子，娶太阳神赫利俄斯之女帕西淮为妻，因此普鲁斯特误以为该王宫为太阳宫。

树优雅地挂满白缎,仿佛在庆祝当地的民间节日。

罗贝尔从未像路上这样温情脉脉地对我谈论他的女友。我感到只有她一人在他心里扎下了根;他在军队中的前途,他在社交界的地位,以及他的家庭,对他来说当然并非无足轻重,但跟他情妇鸡毛蒜皮的小事相比,却又显得微不足道。只有她才对他有吸引力,而且比盖尔芒特家族以及世界上所有国王更有吸引力。我不知道他当时是否认为,她天生比任何人都要高明,但我知道,他重视和关心的只是跟她有关的事情。由于她,他会痛苦,也会高兴,也许会去杀人。对他来说,真正有趣和激动人心的事,只是他情妇想要做和将要做的事,只是在她脸部的狭窄空间中和她那有天赋的额头里发生的事,这种事最多只能从她转瞬即逝的表情中猜出。他在别人眼里极为挑剔,但他要把婚事办得体面,只是为了能够继续包养和保留自己的情妇。如果有人在想,他到底认为她有多大价值,我认为此人决不会把她的价值想得很高。他不想娶她为妻,是因为他凭实用的本能感到,她一旦对他无所期待,就会立刻离他而去,或者至少是过着我行我素的生活,因此感到他必须用明天的期待来把她留住。这是因为他认为她也许爱他。显然,称之为全身性疾病的爱情会迫使他——如同这疾病对所有男人所做的那样——有时认为她爱他。但实际上他感到,她对他虽然有这种爱情,却仍然只是为得到他的钱而跟他待在一起,感到她对他无所期望的那天,她会迫不及待地(她是文学界那些朋友的理论的牺牲品,但同时又爱他,他心里这样想)离他而去。

"如果她和蔼可亲,我今天就送给她一件礼物,"他对我说,"她一定会喜欢。是一条项链,她在布舍龙珠宝店[①]里看到过。三万法郎,现在对我来说是有点贵。但是,这可怜的宝贝儿在生活中乐趣不多。她会非常高兴。这项链她对我说起过,她说她认识一

---

① 布舍龙珠宝店开设于1858年,位于巴黎旺多姆广场26号。

个人，这个人也许会把项链送给她。我不相信这是真的，但不管怎样，我还是跟布舍龙珠宝店谈妥，让他们给我保留项链，这家店是我们家的供货商。我高兴地想到你即将看到她；她的相貌并没有过人之处，你知道（我清楚地看出他心里想的恰好相反，他没有说出口，是为了使我对她更加赞赏），她尤其是有出色的判断力；在你面前，她也许不敢多说话，但我预先感到高兴的是，她在事后会对我谈到你，你知道，她说的一些话，我可以进行无限深入的发挥，她确实有点像皮提亚①。”

要走到她居住的房屋，我们得沿着一个个小花园走，我不由停下脚步，是因为这些花园里樱桃树和梨树鲜花盛开，使人眼花缭乱；这些花园，昨天也许还空无一人，屋里无人居住，如同未被租下的花园住宅，现在却突然住满了昨天新来的女子，并因此而变得漂亮，透过一个个栅栏，只见她们美丽的白裙出现在一条条小路的拐角。

“你听着，我看你既然想观赏这美景，发一发诗兴，”罗贝尔对我说，“那就待在这儿；我的女友就住在附近，我去找她。”

我等他回来，在附近走走，在一些小花园前走过。我抬起头来，有时会看到窗边的少女，但即使是在露天，在低矮的一层楼上，一簇簇新开出的丁香花，身穿淡紫色的凉爽服饰，柔软而又轻盈地悬挂在枝叶之中，随着微风摇晃，对抬头观看她们青葱的中层楼的过路人不屑一顾。我一眼看出，这就是斯万先生的花园门口那一簇簇紫色花卉，那是在春天暖和的下午，它们伸出低矮的白色栅栏，织成一幅迷人的外省挂毯。那里寒风吹拂，如同在贡布雷那样，但在肥沃、湿润的乡村土地中间，就像在维冯纳河畔的土地上那样，仍然长出一棵高大的白色梨树，跟它的同伴一样准时前来赴约，微笑着摇来晃去，用寒风中抽搐的花朵来对抗太阳，如同筑起

① 皮提亚是古希腊特尔斐城阿波罗神庙中宣示阿波罗神谕的女祭司。

变成物质的具体光屏，但这些花被阳光照得光滑，并照成冰冷的银色。

突然，圣卢在情妇陪同下出现，对这个女人，他倾注了全部爱情，以及一生中可能有的所有温情，她的人格被神秘地封闭在身体里，如同封闭在一个圣体龛中，仍然是我的朋友不断用想象来研究的对象，他感到自己对她永远也无法了解，因此总是在思忖，她心里到底在想什么，她在目光和肉体的外衣后面到底隐藏着什么，这个女人，我立刻认出就是“拉结主托[1]”，她在几年前——在这个世上，女人的境况只要是在改变，就会变得极其迅速——曾对鸨母说：

“那么，明天晚上，您如果要我陪什么客人，您就派人来叫我[2]。”

确实，有人“来找她”时，她独自跟此人待在房间里，清楚地知道要求她做什么事，在像谨慎的女人那样小心翼翼地把门锁上之后，或是用习惯的动作开始敏捷地脱掉所有衣服，就像是在即将给你听诊的医生面前那样，她中途停下，只是因为“此人”不喜欢赤身裸体，对她说可以穿着内衣，就像有些医生那样，听觉十分灵敏，又怕病人着凉，就只是隔着内衣去听病人的呼吸和心脏跳动。这个女人的全部生活，她的所有想法和过去的全部经历，以及跟她发生过关系的所有男人，在我看来都是无关紧要的事情，如果她讲给我听，我只是出于礼貌才听她叙说，而且是一个耳朵进另一个耳朵出，我感到圣卢的不安，他所受的折磨以及他的爱情，甚至使她——在我看来只是机动玩具——成为无限痛苦的根源，成为生活的价值。看到这两种毫不相干的女人（因为我是在一个打炮屋认识“拉结主托”的），我这才知道，有许多女人，男人为她们活着、痛苦、自杀，这些女人本身就是或者在其他人看来就是我眼中的拉

①② 参见本书第二卷第151页。

结。想到有人竟对她的生活产生一种痛苦的好奇，我感到十分惊讶。我原本可以把她跟许多人睡觉的事告诉罗贝尔，但我感到这些事是世界上微不足道的事情，却会使他极其痛苦。而他为了解这些事，曾付出过巨大的代价，却并未如愿以偿。

我这时知道，如果女人首先由男人的想象来认识，那么，男人就会在女人的小脸后面想象出什么东西；反过来说，这梦寐以求的目的，如果以粗俗不堪的方式来加以认识，可以分解为哪些毫无价值的物质成分。我这时知道，一个女人在我看来不值二十法郎，是因为打炮屋给我开价二十法郎，我觉得这女人只是想赚二十法郎，但她的价值可能超过一百万，甚至比家庭的种种温情和各种令人羡慕的地位价值更高，只要有人从一开始就把她想象成神秘莫测的女人，有兴趣了解她，并觉得很难把她弄到手，也很难把她留住。罗贝尔和我看到的无疑是同一张瘦长的脸。但我们看到这张脸是通过两条不同的、永不相通的道路，因此，我们决不会看到这张脸有相同的外表。这张脸以及她的目光、微笑和嘴唇的种种动作，我是从外部了解到，如同了解某个女人的脸那样，这女人为得到二十法郎，可以去做我要她做的任何事情。因此，这目光、微笑和嘴唇的种种动作，在我看来是人的普遍特征，没有任何个性可言，看到这些表情和动作，我不会有兴趣去了解这是哪个人的表情和动作。但是，这张脸是心甘情愿，可以说从一开始就推荐给我，但对罗贝尔来说却是终点，他通过多少次希望、怀疑、猜疑和梦想才达到这个终点。是的，他曾花费一百多万，以拥有这个女人，并使她不委身于其他男人，而她曾被推荐给我，就像推荐给任何人那样，开价为二十法郎。他花了这么大的代价却未能拥有她，到底是为了什么原因？这可能是因为一时的偶然原因，当时她仿佛准备委身于他，却在一时间避开，可能是因为有个约会，也可能她在那天由于某种原因变得十分任性。如果她交往的是个多愁善感的男人，即使她并未觉察，尤其在她已经察觉时，就会开始一场可怕的游戏。

这男人无法消除自己的失望，又不能失去这个女人，就再次开始追她，她就避开他，结果是他不敢再企望博得的一丝微笑，使他花费的代价竟比女人最后委身于他索取的代价高出千倍。在这种时候，有时会出现这样的情况：男人既判断幼稚，又因痛苦而变得软弱，竟做出把妓女当作无法接近的偶像这样的傻事，这时，最后委身于他乃至初吻的乐趣，他都决不会得到，他甚至不敢再要求得到这些乐趣，以便能确信无疑地保持柏拉图式的恋爱。离开人世之时，连最喜爱的女人的亲吻也从未品尝过，确实是十分巨大的痛苦。不过，拉结的种种温存，圣卢全都有幸领略。当然，如果他现在知道，这种温存曾献给众人，以得到一个金路易[①]，他一定会极其痛苦，但还是会付出这一百万以保留这种温存，因为他即使获悉这种事，也不会离开——这种对男人来说重要的事情，不会受其意志左右，而只会在某种重要的自然规律作用下发生——他这时所走的道路，在这条道路上，她这张脸只会通过他的种种梦想向他展现出来。这瘦削的脸纹丝不动，如同一张纸，受到两个大气压的巨大压力，我感到它一动不动，是两种无穷大的力量平衡的结果，这两种力量传到她身上，却并未直接相遇，是因为被她分开。罗贝尔和我都看着她，但我们看到她的并不是相同的神秘一面。

我并没有感到“拉结主托”无关紧要，而是觉得人的想象力以及作为爱情痛苦的根源的幻觉十分重要。罗贝尔看到我神情激动。我转过眼睛去看对面花园里的梨树和樱桃树，使他认为我是因这美景而感动。这美景确实同样使我有点感动，因为这景色在我身边展现的东西，不是光用眼睛就能看到，而是要在心中感到。

---

① 金路易是执政府时期至第一次世界大战前法国使用的二十法郎金币，因铸有拿破仑头像，亦称拿破仑金币。

我看到花园里的这些小灌木,把它们看作笑容可掬的陌生女人[①],我这样就看错,如同抹大拉的马利亚,在另一个花园里,在耶稣即将复活的那天,她看到一个人站在那里,“以为是看园的[②]”。这些高大的白衣女子,保存着黄金时代的种种回忆,她们为许诺作保,宣称现实并非如我们想象的那样,认为诗歌的辉煌,纯洁的奇光异彩,也会在现实中显现,并会成为我们经过努力而得到的报偿,这些白衣女子俯身于适合午睡、垂钓和阅读的阴凉之处,难道不就是一个个下凡的天使?我跟圣卢的情妇交谈片刻。我们穿过村庄。村里的房屋全都肮脏不堪。但那些最为破旧的房屋,像是被大量火药烧坏,旁边有个神秘的旅客,要在这被诅咒的住宅区里停留一天,一个闪闪发光的天使站在那里[③],展开纯洁的翅膀保护这住宅区,令人眼花缭乱:原来是一棵鲜花盛开的梨树。圣卢跟我一起往前走了几步:

“我原来希望你和我二人能在一起等待,甚至更愿意独自跟你共进午餐,我们俩单独待在一起,然后到我舅妈家去。但这可怜的女孩,我来接她,她是多么的高兴,她又对我这样好,我无法拒绝她的要求。另外,她会使你高兴,她有文学才能,又热情洋溢,再说,跟她在饭馆共进午餐,又是多么愉快的事情,她讨人喜欢,为人朴实,总是对什么都感到满意。”

但我认为,正是在那天上午,也许只有这次,罗贝尔在一时间逃离了这个女人,即他用连续不断的温情构成的女人,并突然发现在离他稍远的地方站着另一个拉结,即她的分身,却又截然不同,

---

① 原文为 rieuses étrangères,但法国七星丛书版中为 dieux étrangers(陌生的神祇)。普鲁斯特曾在打字稿中亲笔写上 rieuses étrangères,而从未写过 dieux étrangers。这一错误源于格拉塞出版社的版本,先印成 dieux étrangères,后又改成 dieux étrangers。另外,从下文的“抹大拉的马利亚”来看,“笑容可掬的陌生女人”更加恰当。

② 参见《新约·约翰福音》第二十章第十五节。

③ 暗指所多玛的天使。参见《旧约·创世记》第十九章。

像是普通的娼妓。我们离开漂亮的果园,即将乘火车回到巴黎,但在火车站,拉结走在前面,离我们有几步路远,她被几个像她那样的粗俗"野鸡"认出,她们起初以为她单身一人,就叫唤她,并对她喊道:"喂,拉结,你跟我们一起上车吧,吕西安娜和热尔梅娜在车厢里,正好还有空位子,来吧,咱们一起去溜冰[①]。"她们准备给她介绍两个时新百货商店的职员,即陪伴她们的情夫,却发现拉结的神色有点尴尬,就好奇地朝她后面观看,在看到我们后表示道歉,并跟她告别,她也跟她们道别,虽说有点尴尬,却也十分友好。这是两个可怜的妓女,大翻领用人造水獭皮制成,那模样跟圣卢初次遇到的拉结相差无几。他不认识她们,也不知道她们的名字,但看到她们跟他女友十分熟悉,不由想到他女友也许曾有过他意想不到的那种生活,可能现在还过着那种生活,那种生活跟他和她一起过的这种生活有天壤之别,在那种生活中,花一个金路易就能搞到女人,而他每年给拉结的钱却超过十万法郎。他不仅依稀看到那种生活,而且还看到其中有个拉结,跟他认识的拉结截然不同,却跟那两个妓女相像,是花二十法郎就能搞到的拉结。总之,他在一时间看到拉结一分为二,他看到在离他的拉结不远的地方,站着当妓女的拉结,即真实的拉结,如果当妓女的拉结比另一个拉结更为真实。罗贝尔当时也许想到,如果他必须用贵族的身份作为交换,娶有钱人家的女儿为妻,以便每年能继续花十万法郎来包养拉结,那么,他现在所过的这种地狱般的生活,他也许能轻而易举地摆脱,并且花费不多就能得到情妇的种种温存,就像那两个时新百货商店职员,不也得到两个妓女的青睐。但是,应该怎么做呢?她并未犯过任何过错。给的钱少,她就会对他不好,跟他说话和写信时,就不会有激动人心的话,而这种话,他总是不无得意地说给战友们听,并设法使他们感到她是多么温柔,却从不说出他是花大钱

---

① 指穿滚轴溜冰鞋溜冰,法国在1875年左右开始流行。

包养她的，即使他给她的是微不足道的东西，如一张照片上的题词，或是电报末尾的客套用语，都是十万法郎变成的最简单而又最珍贵的形式。即使他没有说出拉结那罕见的温柔是他花钱买来的，也不能说——但因一种简单化的推理，这种说法被荒谬地用于所有花钱包养情妇的男人以及许多丈夫——他这样做是出于自尊心和虚荣心。圣卢十分聪明，知道满足虚荣心的种种乐趣，他可以凭他高贵的姓氏和漂亮的面孔，轻而易举、分文不花地在上流社会得到，知道他跟拉结的爱情关系恰好相反，使他跟上流社会有点疏远，并在那里声誉下降。不，这自尊心是想要显示，他不花分文就博得他所喜爱的女人明显的青睐，这只是爱情的一种衍生物，是需要向他自己和其他人表明，他被自己深爱的女人所喜爱。拉结走到我们旁边，让那两个妓女登上车厢；但是，除了她们衣服上的人造水獭皮和时新百货商店职员故作高傲的神色之外，吕西安娜和热尔梅娜这两个名字，也使这新的拉结继续存在片刻。他在一时间想象出在皮加尔广场[1]过的一种生活，跟陌生的朋友在一起，发来路不明的财，下午寻求自然的乐趣，散散步或是做开心的事情，在巴黎的这个街区，从克利希大道伸展出的条条街道上的阳光，他感到跟他和情妇一起散步时的明媚阳光不同，想必是另一种阳光，因为爱情和跟爱情融为一体的痛苦，能像喝醉时那样，使我们感到事物变得截然不同。这几乎是巴黎市内的一个陌生的巴黎，即使他有过猜疑，但他的爱情关系仍使他感到如同在探索一种奇特的生活，因为如果说跟他在一起时拉结有点像他，然后这恰恰是拉结跟他一起过的她的真实生活的一个部分，甚至因他给她巨款而成为最珍贵的部分，这个部分使一些女友对她十分羡慕，并使她能在攒足钱后，有朝一日退隐乡间，或到大剧院崭露头角。罗贝尔本想问他女友，吕西安娜和热尔梅娜是什么人，如果她登上她们的车

① 皮加尔广场位于巴黎第九区，东西向的克利希大道穿过该广场。

厢，她们又会对她说些什么，她会怎样跟她们一起度过这一天，如果罗贝尔和我不在那里，她们这一天也许最后会去溜冰取乐，并在奥林匹亚酒店[1]消遣。奥林匹亚酒店附近的街区，以前他一直感到讨厌，此刻却在一时间使他感到好奇和痛苦，这春日的阳光照在科马丹街上，使他有一种模糊的怀旧之感，而如果拉结没有认识罗贝尔，她就会在下午来到这条街上，去挣一个金路易。但是，对拉结提出问题毫无用处，因为他预先知道，对方的回答会是沉默或是谎言，或是他十分难受的话，但同时却什么也没有告诉他。列车员即将关上车门，我们迅速登上一节头等车厢，拉结佩戴美妙的珍珠，罗贝尔再次觉得这女人十分珍贵，就抚摸她，让她回到他的心里，并在内心中对她观赏，这是他以前的一贯做法——除了这短暂的时间之外，当时他看到她在印象派画家画的皮加尔广场上[2]——而火车也在这时启动。

不过，她确实有“文学才能”。她对我谈论书籍、新艺术和托尔斯泰主义，只是时而停下，以责备圣卢饮酒过多。

“啊！你要是能跟我一起生活一年，你等着瞧，我会让你喝水，你身体就会比现在好得多。”

“一言为定，咱们一起远走高飞。”

“但你清楚地知道，我有许多事情要做（因为她当时把戏剧艺术看得十分重要）。另外，你家里又会怎么说呢？”

于是，她开始对我责备他的家庭，我觉得责备得十分正确，圣卢虽说在喝香槟酒的问题上没有对拉结唯命是从，对她的责备却是完全赞同。我也对圣卢这样喝酒十分担心，并感到他情妇对他影响良好，就准备劝他对家里的看法置之不理。这时，泪水涌上少

---

① 奥林匹亚酒店跟1893年开放的奥林匹亚剧场一样，位于嘉布遣会修女大道28号，夜里顾客盈门。

② 法国画家奥古斯特·雷诺阿（1841—1919）曾于1880年画过皮加尔广场。

妇的眼睛，因为我不慎谈起德雷福斯。

“这可怜人受苦受难，”她说时克制住抽噎，“他们一定会让他死在那里。”

“你放心，泽泽特[1]，他一定会回来，一定会被宣告无罪，错误一定会得到确认。”

“但他会在被宣告无罪之前死去！不过，至少他的孩子们会有洁白无瑕的姓氏。但想到他要受的痛苦，我真像死一样难受！罗贝尔的母亲是个虔诚的女人，她却说，即使他没有罪，也必须让他待在魔鬼岛上，真是可怕，你们是否相信？”

“是的，确实如此，这是她说的。”罗贝尔肯定地说。“她是我母亲，我不能对她有任何异议，但确定无疑的是，她没有泽泽特那样的同情心。”

实际上，这种“十分愉快的”午餐，总是吃得很不开心。因为圣卢一旦跟情妇一起待在公共场所，就立刻想到她在观看所有在场的男人，脸色随之变得阴沉，她发现他情绪不佳，也许会去逗他，结果却是火上加油，但更有可能的是，她听到他语气生硬，愚蠢的自尊心受到伤害，就不想装出给他消闲解闷的样子；她假装两眼盯某个男子观看，而且也并非总是在真正演戏。确实，如果一位生在剧院或咖啡馆正好坐在他们旁边，有点讨人喜欢，哪怕此人是他们刚乘坐的出租马车的车夫，罗贝尔也会马上因嫉妒而警起来，并比他情妇发现得更早；他立刻把这个男子看成卑鄙下流之徒，这种人他曾在巴尔贝克跟我说起过，会让妇女腐化堕落、名誉扫地，并以此为乐，他恳求情妇不要去看此人，以此来提请她的注意。然而，她有时候觉得罗贝尔过于喜欢猜疑，最终就不再去逗弄

---

① 据《普鲁斯特书信集》编者菲利普·科尔布说，圣卢的情妇的这个绰号，取自路易·德·阿尔比费拉的情妇路易莎·德·莫尔南的绰号。路易莎是年轻女演员，1905 年曾在杜·凯纳和安德烈·巴尔德的剧作《中奖号码》中扮演泽泽特这个角色。

他，让他放心，同意去买东西，这样她就有时间跟那陌生人交谈，往往订个约会，有时甚至去短暂幽会。我们刚进饭馆，我就看出罗贝尔神色忧虑。这是因为罗贝尔立刻发现，而我们在巴尔贝克时却并未注意，埃梅在那些粗俗的同事中间，显得光彩而又朴实，不由使人感到浪漫，这浪漫在几年时间里出自轻盈的头发和希腊人那样直鼻梁的鼻子，他因此在一群侍者中间如同鹤立鸡群。那些侍者几乎都年龄偏大，极其丑陋，活像是虚伪的本堂神甫和假装虔诚的听神工神甫，更多的时候像以前的喜剧演员，这种演员圆椎状糖块般的前额，现在只有在陈旧的小剧院简陋而又古老的休息室里陈列的一组肖像画上才能看到，他们在画上扮演的是贴身男仆或古罗马大祭司长的角色，而这家饭馆由于雇用的职工经过挑选，也许还使用世袭的任命方法，因此保存了演员的这种庄重类型，组成一种未卜先知的团体。不幸的是，埃梅认出了我们，因此由他来接待我们点菜，而轻歌剧中大祭司的行列，则向其他餐桌走去。埃梅询问我外婆的健康状况，我问他妻子和孩子的情况。他向我动情地介绍家里的情况，因为他是有家室的男人。他显得聪明而又精力充沛，却又对顾客必恭必敬。罗贝尔的情妇开始对他注视，而且注视得奇特。但是，埃梅两眼凹陷，又因浅度近视显得高深莫测，但在他纹丝不动的脸上，并未显示出对此有任何察觉。在外省的旅馆里，他曾工作多年，然后来到巴尔贝克，在那家旅馆时，他的脸是一幅漂亮的画，现在却已发黄，显得疲劳，在这么多年的时间里，这张脸如同一幅表现欧仁亲王①的版画，总是出现在同一个地方，在几乎总是没有顾客的餐厅深处，但想必并未吸引十分好奇的目光。因此，他在很长一段时间里，也许因没有被行家看中，一直不

① 欧仁亲王有两位：一位是欧仁·德·萨瓦-卡里尼昂（1663—1736），马萨林的侄女之子，曾任奥地利陆军元帅，跟奥地利皇帝一起反对路易十四；另一位是欧仁·德·博阿尔内（1781—1824），曾跟随拿破仑远征埃及和意大利。书中指的为后者。

知道自己这张脸的艺术价值，而且也不准备让人看出这一价值，因为他性格冷静。最多有某个巴黎女子路过此地，在市里逗留，抬起眼睛朝他观看，也许会在乘火车离开前叫他到房间里来侍候她，因此，当好丈夫和外省仆人的这种生活，虽说空虚得单调、深沉却并非一清二楚，仍然隐藏着逢场作戏的风流韵事，但永远不会有人来揭穿这种秘密。然而，埃梅想必发现，年轻的女艺术家目不转睛地注视着他。不管怎样，这种注视并未逃过罗贝尔的眼睛，我看到他脸上泛出红晕，但不像他突然激动时那样脸色通红，而是呈现一块块淡红色。

"这侍应部主任非常有趣，对吗，泽泽特？"他相当粗暴地把埃梅打发走后，对他情妇问道。"你好像想对他进行研究。"

"你要来了，我敢肯定！"

"要来什么，我的小宝贝？我错了？我可什么也没说，好吧。不过，我毕竟有权提请你注意，让你防备我在巴尔贝克认识的这个仆人（否则我就不会在乎他），他是世界上出现过的最坏的坏蛋之一。"

她仿佛想听从罗贝尔的劝告，就开始跟我谈论文学，他也参加谈话。我跟她交谈并不感到乏味，因为她对我欣赏的作品都了如指掌，在看法上也几乎跟我完全一致；但我曾听到德·维尔帕里齐夫人说她没有才能，因此对这种文化修养并未十分看重。她妙趣横生地对许多事情嬉笑怒骂，原本会真正讨人喜欢，但她却偏爱文艺社团和画室里的行话，使人感到刺耳。而且她谈论所有事情都用这种行话，譬如说，她已养成习惯，谈到一幅画时，如果是印象派作品，谈到一出歌剧时，如果是瓦格纳的作品，她就会说："啊！这**很好**。"有一天，一个小伙子在她耳朵上吻了一下，她就装出哆嗦的样子，小伙子感动得假装谨慎，她却说："别这样，这种感觉，我觉得**很好**。"但我尤其感到惊讶的是，罗贝尔特有的那些话（也许是出自她认识的那些文人墨客），她在他面前使用，他也在她面前使用，仿佛这是一种不可或缺的言语，而他们并未想到，一种新颖的说法，一旦被众人使用，这种新颖就顿时化为乌有。

她吃饭时，双手极不灵活，使人不由想到，她在舞台上必定显得笨拙。她变得灵活，只有在做爱之时，靠的是女人的这种动人的未卜先知，这种女人喜爱男人的身体，一眼就能看出怎样才能使这身体得到最大的乐趣，虽说这身体跟她们的身体截然不同。

开始谈论戏剧之后，我就不再参与谈话，因为在这方面，拉结心怀恶意过于明显。不错，她是用一种怜悯的口气——是在驳斥圣卢，这证明她经常在他面前抨击贝尔玛——在为贝尔玛辩护，她说："哦！不，她是个出色的女人。显然，她做的事已不再使我们感动，这已经不能完全符合我们所寻求的东西，但必须把她放在她初出茅庐的那个时候来看，许多事情我们应该归功于她。她做了些有益的事，你知道。另外，她是个非常正直的女人，她心灵十分高尚，当然啰，她不喜欢我们感兴趣的一切事物，但她有过相当动人的面孔，又有非常聪明的优点。"（她手指的动作，在做各种美学评论时并不相同。在评论绘画时，为表明画得漂亮，色彩饱和，就只是翘起大拇指。但"出色的思想优点"要求更高。她必须伸出两个手指，或者不如说两个指甲，仿佛是为了弹掉灰尘。）但是——除了这个例外——圣卢的情妇在谈论最著名的艺术家时，都是用讽刺和高傲的口气，使我觉得刺耳，因为我认为——在这点上看错了——她比不过那些艺术家。她十分清楚地感到，我想必把她看作平庸的艺术家，却十分看重她所蔑视的那些艺术家。但她并未因此而感到生气，因为尚未得到承认的伟大才能，如她的才能，无论怎样自信，都还带有某种自卑，还因为我们要求得到的尊重，并不是跟我们隐蔽的才能成正比，而是跟我们已得到的地位成正比。（我在一小时之后，将要在剧院里看到，圣卢的情妇对一些艺术家显得必恭必敬，而她此刻严厉批评的正是这些艺术家。）因此，即使我的沉默使她对我的看法几乎毫无怀疑，她仍然坚持要求我们共进晚餐，并且肯定地说，从未有人的谈话像我的谈话那样使她感到高兴。我们将在午餐后去剧院，虽说我们还没有去那里，但我们如同置身于剧院的“休息室”，里面都是剧团老演员的肖像，因为侍应部主任都跟这些演员的脸极其相像，这种脸型看来随着王宫剧院整整一代出类拔萃的艺术家的消失而消失；侍应部主任也都像法兰西研究院院士，其中一位在一个餐具橱前停了下来，仔细观看几只梨，脸上带有不偏不倚的好奇，德·朱西厄先生①也会有这种表情。其他几位在他旁边，朝餐厅投以好奇而又冷漠的目光，几位已经到达的法兰西研究院院士，也会对公众投以这种目光，同时相互说几句话，但别人无法听到。这是常客中几张熟悉的脸。但是，大家在对一张陌生的脸指指点点，只见鼻子上布满皱纹，嘴上露出假装的虔诚，用拉结的方言来说，是“假装的信徒”，人人都在兴致勃勃地观看这个新的幸运儿。但在不久之后，也许是为了让罗贝尔离开，以便跟埃梅单独待在一起，拉结开始对一个年轻的交易所职员暗送秋波，该职员跟一位朋友在邻桌吃饭。

“泽泽特，我求你别这样看着那个小伙子。”圣卢说道。在他脸上，刚才游移不定的淡红色，变成了一片血红，使我朋友松弛的面容扩张开来并颜色加深，“如果你要让我们当众出丑，我情愿在一边吃饭，然后到剧院等你。”

这时，有人来告诉埃梅，说是有一位先生请他到车门前跟他说话。圣卢仍感到不安，担心是来给他情妇转达情人约会的，就朝窗外观看，只见在四轮双座马车里，两只手上戴着黑色条纹白手套，一朵花插在上衣翻领饰孔上，来人是德·夏吕斯先生。

“你看，”他低声对我说，“我家里派人来盯我的梢，竟一直盯到这儿。我请你去说，我自己不能去，你跟侍应部主任很熟，他肯

---

① 朱西厄家族出了好几位植物学家，其中最著名的是贝尔纳·德·朱西厄（1699—1777），曾创建特里亚农的植物园。

定会出卖我们，你请他别到马车那里去。至少叫一个不认识我的侍者去。如果侍者对我舅舅说不认识我，我知道舅舅是怎样的人，他就决不会到咖啡馆里来察看，他讨厌这种地方。他这个玩弄女性的老色鬼，仍然在寻欢作乐，却时刻教训我，还要来监视我，真叫人厌烦！”

埃梅接到我的指示之后，就把一个伙计派去，此人想必说埃梅走不开，如果对方要找圣卢侯爵，就说不认识侯爵。马车很快就离开了。但圣卢的情妇没有听到我们说的悄悄话，以为在说那小伙子，即罗贝尔刚才责备她暗送秋波的那个，就开始破口大骂。

“好啊！现在轮到那个小伙子了？你提醒我，干得真好；哦！在这种条件下吃饭，真是有趣！你说什么，您别去管他，他神经有点毛病，特别是，”她把脸转向我补充道，“他这样说，是因为他觉得装出嫉妒的样子，就显得优雅，就像大贵族。”

她开始挥手顿足，显得烦躁不安。

“但是，泽泽特，不开心的是我。你在那位先生面前让我们出丑，他会毫不怀疑地认为你在勾引他，而我觉得他相貌奇丑无比。”

“我恰恰相反，对他非常喜欢；首先，他眼睛迷人，看女人时特别神采奕奕，使人感到他想必喜欢女人。”

“住口，至少等我走后再说，你疯了。”罗贝尔大声说道。“堂倌，把我的衣服拿来。”

我不知是否要跟他一起走。

“不，我需要独自待一会儿。”他对我说，那口气就像刚才跟他情妇说话时一模一样，仿佛他对我十分生气。他的气愤犹如同一个乐句，在歌剧中可唱成多种尾白，这些尾白在剧本中完全不同，意思和性质都不相同，却因这乐句而表达同一种感情。罗贝尔走了之后，他的情妇把埃梅叫来，向他打听各种情况。然后，她想知道我对他的看法。

“他的目光有趣，对吗？您知道什么会使我感到有趣，那就是想要知道，我常常让他侍候，让他一起去旅游，他会有什么想法。就是这个。如果你必须去爱你喜欢的所有人，那其实是相当可怕的事情。罗贝尔错了，他不该胡思乱想。这些事我在脑子里想想也就完事儿了，罗贝尔应该十分放心。”她一直看着埃梅。“瞧，您看看他的黑眼睛，我真想知道那里面有什么东西。”

过了一会儿，有人来对她说，罗贝尔请她到包房里去，他是从另一扇门进去的，没有再次穿过餐厅，并在那里吃完午饭。我独自在那里，后来罗贝尔也派人来叫我去。我看到他情妇躺在长沙发上笑逐颜开，罗贝尔则不断亲吻她、抚摸她。他们喝着香槟酒。“您，好！”她不时对他这样说，因为她在不久前学会了这种说法，觉得是温情和风趣的最新词语。我午饭吃得不好，又感到不自在，虽说跟勒格朗丹的那些话没什么关系，却仍然感到遗憾，心里在想，这春天的第一个下午，我先是在餐厅的包房度过，最后在剧院的后台度过。拉结看了看表，以便知道她是否会迟到，然后给我喝香槟酒，递给我一支东方香烟，并把胸衣上的一朵玫瑰花取下给我。我于是就想：今天我没有太多的遗憾；在这少妇身边度过这几个小时，对我来说并非是浪费时间，因为她给了我一朵玫瑰、一支芬芳的香烟和一杯香槟酒，这种雅趣，是花大钱也买不到的[1]。我心里这样想，是因为我感到，这百无聊赖的几个小时，因此具有美学价值，也就过得值得，没有被白白浪费。也许我应该想到，我觉得需要有一种理由，使我在无聊之时感到安慰，这种需要就足以证明，我并未有任何美的感觉。而罗贝尔及其情妇，仿佛完全忘记刚才的争吵，也不记得我曾亲眼目睹。他们对这场争吵只字不提，既不想对此表示道歉，也不准备因他们现在的举止跟刚才的争吵截

① 从“今天我没有太多的遗憾……”直至“……是花大钱也买不到的”这句话，法国七星丛书版用引号。

然不同而表示歉意。我不断跟他们一起喝香槟酒，开始感到有点喝醉，就像在里弗贝尔时那样，也许并不完全相同。陶醉有各种各样，有因阳光或旅游感到，也有因疲劳或喝酒引起，陶醉的程度也会像海洋的深度那样具有一种“标度”；不仅是每一种陶醉，而且还有每一种陶醉程度，都会准确无误地揭示出一个个人所处的深度。圣卢所在的包房很小，只饰有一面镜子，因影像无限延伸，照得像有三十多个包房；电灯泡置于镜框顶上，晚上点亮之后，照出一串三十多个相同的灯泡，即使是孤独的饮酒者也会感到，他周围的空间会跟喝醉所产生的欣快感觉同时大量增加，即使他独自关在这小屋之中，也因其光亮的曲线无限延伸，而仍然主宰着比“巴黎公园①”的小径大得多的空间。然而，我在此时此刻是这个饮酒者，在照镜子时突然看到了他，只见他丑陋、陌生，正盯着我看。喝醉时的快乐比厌恶更为强烈；不知是因为开心还是想冒充好汉，我朝他微微一笑，同时他也朝我微笑。我于是感到自己处于这一分钟短暂而又有力的控制之下，在这短暂的时间里，感觉极为强烈，以致我不知道我唯一的忧虑是否就是这种想法，即认为我刚才看到的面目丑陋的我，也许是他的末日，并认为我再也不会在我生活的历程中遇到这陌生人。

罗贝尔感到生气，只是因为我不愿在他情妇眼里显得更加光彩夺目。

“喂，你今天上午遇到的那位先生，把故作风雅和天文学结合在一起，你把这事说给她听听，我记不大清楚。”他说时偷眼看着她。

“不过，亲爱的，除了你刚才说的之外，我没什么可说的。”

---

① 巴黎公园于1881年至1896年位于工业宫和塞纳河之间，即今日的富兰克林·罗斯福大街和王后大街的拐角处，举办露天音乐会，每星期五晚上有乐队演奏和舞会，以及各种娱乐活动，如水上环滑车等。现已名存实亡。

“你真是煞风景。那就说说弗朗索瓦丝在香榭丽舍大街的事,她一定很喜欢听。”

“啊,是的! 博贝[1]经常跟我说起弗朗索瓦丝。”她托起圣卢的下巴,让它照到灯光,因想不出新的词语,就再次说:“您,好!”

我认为演员不仅仅在朗诵和表演上保存着艺术的真实,并一直对演员本身产生兴趣,我感到有趣,觉得我面前出现的是滑稽旧小说中的人物,一个刚走进剧场的青年贵族那张陌生的脸,仿佛使我看到天真少女心不在焉地听着剧中男主角对她表白爱情,而男主角在说出滚滚火焰般的大段爱情独白的同时,却仍然热情洋溢地朝坐在邻近包厢里的一位老夫人送出秋波,老夫人佩戴的漂亮珍珠使他赞叹不已;正因为如此,特别是因为圣卢把演员们的私生活告诉了我,我就在有声的戏剧后面,看到在演出另一种生动的无声戏剧,这无声戏剧虽说平庸无奇,仍使我感到兴趣;这是因为在一小时的时间里,在舞台上一排脚灯的光线下,戏中一位演员的脸上黏附着另一张涂脂抹粉、戴有纸面具的脸,而在他个人的心灵上则黏附着一个角色所说的话,我感到人物的一个个短暂而又生动的个性,因这种黏合而产生并得到充分发展,如同植物发芽直至鲜花盛开那样,这是一出同样迷人的戏里的个性,我们会喜欢、欣赏、同情,在离开剧院之后,还希望能再次见到,但它们已分崩离析,变成不再具有戏中身份的演员,变成不再展现演员面孔的剧本,变成被手帕擦去的彩色脂粉,一句话,它们已变成跟这些个性完全不同的成分,原因是它们的解体在演出结束后立刻完成,如同心上人变了,就会怀疑自己是否真的存在,并思考死亡的神秘。

节目单上有个节目使我感到极其难受。一个少妇使拉结及其好几位女友感到讨厌,她初次登台演出,要唱几首老歌,并把她对未来的全部希望和她家人的希望都寄托在这次演出上。这少妇臀

---

① 博贝是罗贝尔·德·圣卢的爱称。

部过肥，肥得有点滑稽可笑，声音悦耳，却又太轻，并因激动变得更轻，这声音跟肥臀形成鲜明对照。拉结已在剧场内安置好若干男女朋友，他们的作用是讽刺挖苦，把这个大家知道胆小的新歌手弄得狼狈不堪、不知所措，让她的演出完全失败，这样经理就不会跟她签订合同。这不幸的女演员刚唱出头几个音，几个请来干此事的男观众就开始背朝舞台大笑，几个搞这一阴谋的女人也大声笑了起来，每个笛子般的尖声，都会使这种故意发出的笑声更响，剧场里因此闹哄哄的。这不幸的女人十分痛苦，涂有脂粉的脸上渗出汗水，坚持了片刻时间，然后朝周围的观众投去痛苦而又愤怒的目光，引来的却只有更多的起哄声。模仿的本能，想显得聪明和勇敢的欲望，使一些漂亮女演员参与其中，她们事先并不知道此事，但也向其他人使出同谋的恶毒眼色，笑得前仰后合，纵声大笑，因此在第二首歌唱完之后，虽然据节目单还要唱五首歌，但舞台监督却叫人落幕。我竭力不去想这个意外事件，如同以前尽量不去想我外婆的痛苦，当时我的姑公①为了逗弄我外婆，就给我外公喝白兰地，想到恶意戏弄，对我来说是极其痛苦的事情。然而，同情不幸也许并非十分正确，因为我们通过想象使痛苦重现，不幸者必须跟痛苦作斗争，就不会想到要同情痛苦，同样，恶意戏弄在戏弄者的思想里，也许并非像我们十分痛苦地想象的那样，是纯粹为取乐而做出的残忍行为。恶意戏弄因仇恨引起，在愤怒中干得起劲、积极，却并未有很大乐趣：必须有虐待狂才能从中得到乐趣，恶意戏弄者认为，他让此人痛苦，是因为此人是恶人。拉结心里肯定在想，因她而痛苦的女演员远非演技出众，不管怎样，让人对她起哄，是在为维护高雅情趣而伸张正义，并给拙劣的同行一个教训。不过，我情愿不谈这意外事件，因为我没有勇气也没有力量去加以阻止，另外，我在为受害的女演员说好话时，也很难把折磨这个初次

---

① 系姑婆之误。参见本书第一卷第12页。

登台的女演员的人们，说成是在满足他们的残暴本性。

但是，这次演出的开篇，使我感兴趣还有另一种原因。我因此悟出圣卢对拉结产生错觉的部分原因，由于这个原因，今天上午罗贝尔和我在鲜花盛开的梨树下看到拉结时，她在我们眼中的形象有着云泥之别。拉结在一出小戏中扮演的角色，与龙套相差无几。但如此一看，她已是另一个女人。拉结有一张这样的脸，远看——不一定非得是从剧场看舞台，因为在看人方面，世界只是一座更大的剧场——像一幅画，近看却再次布满灰尘。站在她身边，看到的只有一个个雀斑和粉刺，如同一片星云、一条银河。从离她稍远的地方看，脸上的雀斑和粉刺全都消失得无影无踪，脸上如同升起弯弯新月，隆起秀丽、洁净的鼻子，如果你从未在近处看到她，你就会希望自己受到她的注意，希望在想念她时就能见到她，并把她留在身边！我不是这样想的，但圣卢却是这样想的，那是在他第一次看到她演出之后。当时，他心里在想，如何能接近她，如何能认识她，他心里出现了一个奇妙的世界，即她生活的世界，这世界放射出美妙的光线，但他却无法深入其中。那是好几年以前的事了，他从那个外省的剧院出来时，心里在想，他要是给她写信未免愚蠢，她决不会给他回信，虽说他准备把自己的财产和姓氏都赠送给她，因为在他的思想之中，她生活在一个世界里，这个世界大大胜过他十分熟悉的现实世界，并因欲望和梦想而变得美妙，正在这时，他看到演员们从剧院这座本身就像布景的小型古建筑里出来，从一扇门里突然走出剧团的演员，即刚才演出的演员，他们戴着漂亮的帽子，显得非常快活。一些小伙子认识这些演员，在门口等候。象棋里小卒的数目，没有它们可能形成的组合那样多，同样，在剧场里，你熟悉的人可能一个也没有，却会碰巧有人出现，这个人你认为决不会再次见到，却正好来到此地，看来是上天安排的巧合，但也许会有另一巧合取而代之，只要我们不在这里而在别处，在那里会产生其他欲望，会遇到另一个老相识来出手相助。圣卢在看到拉结走出剧院之前，金色大门已把她关在梦幻世界之中，因此，雀斑和粉刺就变得无关紧要。不过，他对雀斑和粉刺并不喜欢，但现在他已不再是独自一人，不能像在看戏时那样遐想联翩，而她虽说不能再被他看到，却仍然支配着他的行为，如同那些天体，即使在不能被我们肉眼看到的几个小时里，仍然用引力来驾驭我们。因此，女演员的清秀面貌即使不留在罗贝尔的记忆之中，他仍因对她的欲望，在冲到偶然来此的老同学面前时，请同学把自己介绍给这个相貌平平、脸有雀斑的女人，也就是上面这位女演员，而他心里在想，到以后再设法弄清，这两个女人中到底哪个才是这个女人。她有急事，那次甚至没跟圣卢说一句话，要到好几天之后，他才最终使她答应离开自己的同伴，跟他回到住处。他已经爱上了她。梦想的需要，因梦想到的女人而得到幸福的希望，使我们不需要很长时间，就把自己的幸福全都寄托在一个女人身上，而在几天以前，这个女人还是在舞台上偶然看到的无足轻重的陌生女演员。

落幕之后，我们走到台上，我在台上走路时局促不安，想要跟圣卢进行活跃的谈话；这样一来，虽说我在这尚未来过的地方不知该摆出何种姿势，我的姿势仍会完全受到我们谈话的制约，别人就会认为我沉浸在谈话之中，显得漫不经心，并认为我没有在这个地方显出我应有的面部表情，是十分自然的事情，因为根据我所说的话，我几乎不知道自己是在这个地方；为使事情进展迅速，我抓住首先想到的话题。

"你知道，"我对罗贝尔说，"我在动身那天去跟你告别，我们一直没有机会谈论此事。我在街上跟你打了招呼①。"

"这事你别提了，"他对我回答道，"我对此感到遗憾；我们是在军营附近相遇的，但我不能停下来，因为我已迟到很多时间。我

---

① 参见本卷第 136 页。

可以肯定地对你说,我当时感到十分抱歉。”

这样说,他当时认出了我!我仿佛再次看到他举手至帽檐对我行的军礼,毫无感情色彩,既没有表明他认识我的目光,也没有做出他因不能停车而感到遗憾的手势。显然,他当时装出没认出我的样子,想必是不希望使事情变得过于复杂。但我感到惊讶的是,他的思考在得出初步印象之前,竟如此迅速地作出这一决定。我在巴尔贝克时就已发现,虽说他脸上显出真诚、朴实的表情,脸上的皮肤使人清楚地看出某些突然出现的激动,他的身体却因所受的教育,能在某些场合出色地把彬彬有礼的习惯深藏不露,我发现他如同完美无缺的演员,能在军队和社交界的生活中,一个接着一个地扮演各种不同的角色。他在扮演其中一个角色时,对我十分喜爱,几乎像兄长那样对待我;他曾经是我的兄长,现在又成了我的兄长,但在片刻之中,他却变成另一个人,此人不认识我,只见他左手拿着缰绳,戴着单片眼镜,既不看我也不对我微笑,只是把右手举到帽檐,行了个标准的军礼!

布景还摆在那里,我在布景之间走过,在近处观看,这些布景已没有远看和有灯光照明时的效果,即大画家在绘制时曾考虑到的那种效果,而是显得微不足道,我在走到拉结近前时,觉得她的面貌也同样受到损害。她那迷人的鼻翼,在前景中仍处于剧场和舞台之间,如同立体布景。她已判若两人,我认出她全靠她的眼睛,因为眼睛里隐藏着她的身份。这颗新星刚才还如此明亮,现在其光彩的外貌已消失殆尽。相反,如同我们来到月亮近旁,它就不再显出粉红和金黄,在这张刚才还十分光洁的脸上,我看到的却只有隆凸、雀斑和坑洼。虽说从近处观看,无论是女人的脸还是绘制的布景,都变得十分难看,我仍然高兴地待在那里,穿梭于布景之间,我以前喜欢大自然,看到这种背景会感到乏味和虚假,但歌德为《威廉·迈斯特》[1]画的插图，使我觉得这种背景不乏美感；我已十分高兴地看到，一些记者或社交界人士，即那些女演员的朋友，像在城里那样施礼、聊天和抽烟，在这些人中间有个小伙子，头戴黑丝绒窄边软帽，身穿绣球花色裙子，脸上用红笔画过，如同华托[2]的画册中的红粉笔画，脸上露出微笑，眼睛天蓝色，他正在用手掌勾画出优美的符号，一面轻快地跳跃，仿佛跟身穿短上衣和礼服的束身自好的人们有着天壤之别，他在这些人中间像疯子那样做着他那欣喜若狂的梦，他的梦跟这些人生活中操心的事截然不同，大大落后于他们的文明习惯，不受到自然规律的任何约束，因此使人感到舒适和清新，如同看到一只蝴蝶迷失在人群之中，看着它随心所欲地扑动着涂有脂粉的翅膀，在舞台顶部的横栏之间勾画出一幅幅自然的阿拉伯装饰图案。但圣卢在此刻想到，他情妇会注视这个舞蹈演员，这个男演员正在最后一次做一个幕间歌舞节目的舞蹈动作，并即将登台演出，想到这里，圣卢的脸顿时沉了下来。

"你可以朝另一边看。"他沉着脸对她说。"你知道，这些舞蹈演员还没有一根钢丝值钱，他们最好去走钢丝，干脆自毁前程，他们这种人，过后会对别人吹嘘，说你曾注视过他们。另外，你已听到有人叫你到演员化装室去换装。再不去你又要迟到了。"

三位先生，是三个记者，看到圣卢怒容满面，觉得好玩，就走到近前，想听听他们在说些什么。这时，另一边在安置一个布景，我们给挤到他们身上。

"哦！我可认出了他，他是我朋友。"圣卢的情妇看着舞蹈演员大声说道。"他身材匀称，你看看那双小手，跟身体的其他部分

---

① 指歌德的小说《威廉·迈斯特的学习年代》(1796)，即歌德写于1777—1785年的小说《威廉·迈斯特的学习年代和漫游年代》的第一部分，主要描写主人公参加一个巡回剧团的经历，以及发现莎士比亚特别是哈姆雷特的经过。

② 参见本书第一卷第239页注①。

一样也在舞蹈!”

舞蹈演员朝她转过头去,只见他装扮成空气中的精灵,此刻正在练习,使自己酷似这一人物,他两眼如同狭长的灰色肉冻,在画过的笔直睫毛之间颤动并闪闪发光,脸上涂有红粉,嘴巴因微笑而向两边延伸;然后,为了让少妇高兴,他又把手掌的动作重做一遍,而且像高超的模仿者那样,跟刚才做的动作一模一样,做时像孩子那样心情愉快,这就像一个女歌手,因我们曾对她说我们欣赏她唱的一首歌,就讨好地把这首歌哼给我们听。

“哦!这自我模仿,真是妙极了。”她拍着手大声说道。

“我求你了,我的宝贝,”圣卢用伤心的语调对她说,“你别再这样丢人现眼,你气死我了,我对你发誓,你要是再说一句,我就不陪你去演员化装室,我就走了;啊,别再淘气了。”

“你别这样待在雪茄的烟雾里,这样会不舒服的。”圣卢关心地对我说,他自从在巴尔贝克逗留时起,就一直对我这样关心。

“哦!你要走,真高兴。”

“我预先告诉你,我决不会再来了。”

“我不敢抱这种奢望。”

“你听着,你知道,我答应过你,如果你对我好,就送给你项链,但既然你这样对待我……”

“啊!你这样做,我才不会感到奇怪。你给我作出许诺,我应该想到你决不会遵守诺言。你想要吹嘘自己有钱,我可不是你这样的财迷。我对你的项链毫不在乎。项链嘛,有人会送给我的。”

“这条项链,除了我之外,没有人会送给你的,因为我已在布舍龙珠宝店订好,老板已答应只卖给我一人。”

“正是这样,你是想要挟我,你预防措施是做得滴水不漏。正如大家所说,Marsantes(马桑特)就是闪米特人的母亲①,有着那个

① 原文为 Mater Semita,表示“主要的羊肠小道”。

种族的味道。”拉结回答道。她借用了一个词源，却把意思完全弄错，因为Semita表示sente（羊肠小道），而不是Sémite（闪米特人），但那些民族主义者把这个词源用在圣卢身上，是因为他持德雷福斯派的观点，而这种观点却来自这位女演员。其他人把德·马桑特夫人说成犹太人还情有可原，可她这样说却毫无道理，因为说夫人有犹太血统，社会人种志学者只发现她跟莱维-米勒普瓦家族[①]有亲戚关系[②]。“不过，事情还没有完全结束，这点请你相信。在这种情况下答应的事毫无价值。你这样做是对我背信弃义。布舍龙会知道此事，有人会出双倍的价钱买下他的项链。你很快就会有我的消息，请放心。”

罗贝尔一百次有理。但是，情况总是极其错综复杂，因此，哪怕一百次有理，也会有一次出错。德比勋爵[③]自己也承认，英国对爱尔兰的做法，看来并非总是有理[④]。我不由想起，他曾在巴尔贝克说过一句听起来不舒服却又毫无恶意的话：“这样，我就把她打败。”

“你没有正确理解我对你说的关于项链的话。我没有明确答应送项链给你。你现在千方百计要我离开你，我不把项链送给你也就十分自然，我真不明白，你怎么把这件事看作是我背信弃义，我怎么是财迷。你不能说我吹嘘自己有钱，我一直对你说我是身

---

① 指英国的德比家族。

② 从“其他人把德·马桑特夫人说成犹太人……”直至“……发现她跟莱维-米勒普瓦家族有亲戚关系。”这句话，法国七星丛书版置于括号内，因为是普鲁斯特在1920年的长条校样中亲笔所加。

③ 可能是指德比家族第十四位伯爵爱德华·斯坦利（1799—1869），英国政治家、保守党领袖。1830年至1833年任爱尔兰事务首席大臣。曾三次出任首相（1852，1858—1859，1866—1868）。亦可能指第十七位德比伯爵爱德华·斯坦利（1865—1948），1918年至1920年任英国驻巴黎大使。普鲁斯特曾遇到这位外交家，并给他留下“不可磨灭的印象”，因为这是他“看到的唯一穿着毛皮大衣吃晚饭”的人。

④ 法国七星丛书版正文中没有这句话，而是置于注释之中。

无分文的穷光蛋。你把我看成这样是你的错,我的宝贝。我迷上了什么?你心里清楚,我唯一迷上的是你。”

“不错,不错,你可以继续说下去。”她挖苦地对他说,同时做出对他感到厌烦的手势。然后,她朝舞蹈演员观看:

“啊!真的,他两只手真棒。我是女人,却做不出他这样的动作。”她转身面对舞蹈演员,把罗贝尔脸上抽搐的表情指给他看。“你瞧,他难受。”她对他低声说道。她一时冲动,变得像施虐狂那样残忍,但这绝对不是她喜爱圣卢的真实感情。

“你听着,我最后一次对你发誓,你以后做什么也是白费力气,一星期后你会后悔莫及,我不会再来,是一刀两断,请注意,是无法挽回,你会有后悔的一天,到那时就为时过晚。”

也许他说的是真心话,在他看来,跟情妇分手,并不像在某些情况下待在她身边那样痛苦。

“但是,亲爱的,”他对我说,“你别待在这儿,我对你说,你会咳嗽的。”

我对他指了指布景,这布景使我无法走动。他轻轻地摸了摸自己的帽子,对记者说:

“先生,您是否能把雪茄扔掉,我朋友闻到烟味不舒服。”

他情妇没有等他就朝化装室走去,并转过头来说:

“跟女人在一起时,这两只小手是否也会做出这种动作?”她从剧院里面对舞蹈演员说,说时装出悦耳的声音,如同天真烂漫的少女。“你样子像是女人,我觉得我会跟你情投意合,就像跟我的女友那样。”

“据我所知,这里不禁止吸烟;要是有病,那就只好待在家里。”那个记者说。

舞蹈演员神秘兮兮地朝女演员微微一笑。

“哦!别说话,你让我疯狂,”她对他叫道,“咱们以后相聚!”

“不管怎样,先生,您不大客气。”圣卢对记者说,语气仍然温柔、有礼，像是对一次已经结束的事故进行回顾并做出判断。

这时，我看到圣卢把手臂举到头顶上面，仿佛给我看不到的某个人打了个招呼，或者如同乐队指挥那样，在一首交响乐或芭蕾舞曲中没有任何过渡，只是用一个琴弓的动作，就使强烈的节奏突然出现在一个优美的行板后面，他刚说完这些彬彬有礼的话，就把手一挥，打了个响亮的耳光，打在那记者的脸上。

现在，在两位外交家有节奏的谈话之后，在和平时期的微笑艺术之后，是战争时期的愤怒冲动，是相互拳打脚踢，我要是看到双方浴血奋战，并不会感到过于惊讶。但是，我无法理解（就像人们认为，有些事情并不正常，如两国之间只是为了边界问题而突然爆发战争，或者病人只是因为肝脏肿瘤而死亡），圣卢怎么会在说了这些听起来还算客气的话之后，做出这些话里无法听出的毫不客气的动作，这举手打人的动作，不仅蔑视人权，而且无视因果律，但在生来就愤怒的一代，这动作会 ex nihilo（无缘无故地）产生。那记者在遭到这猛击之后，走路踉踉跄跄，脸色发白并犹疑片刻，但幸好没有还手。至于他的朋友，一个立刻转过头去，全神贯注地朝后台那边看着一个人，但此人显然不在那里，第二个假装灰尘掉进眼里，并紧闭眼睛，做出种种痛苦的鬼脸；至于第三个[①]，则往台下冲去，并大声说道：

"天哪，我觉得快开场了，要是不去，我们就没有座位了。"

我想跟圣卢谈谈，但他对舞蹈演员非常气愤，气得两眼冒烟；这怒气如同内部骨架，使面部肌肉绷紧，因此他内心的烦躁不安，完全在外部表现出来，他甚至没有松懈之时，即没有必不可少的"间隙"，也就不会听我一句话，也不会对此作出回答。记者的那几个朋友，看到事情已经结束，又回到了他的身边，却仍然胆战心惊。但是，他们虽然因把他抛下不管而感到羞愧，却非要使他相信

---

① 普鲁斯特显然忘记，前面曾说记者为三个，而不是这里说的四个。

他们对刚才的事一无所知。因此,一个朋友说是灰尘掉到眼里,另一个说是以为即将开场,受了一场虚惊,第三个则说走过的那个人长得活脱儿是他兄弟。他们甚至对他有点不大高兴,认为他并未理解他们当时的心情。

“怎么,你对此事不感到惊讶?你眼睛难道没看清楚?”

“就是说,你们都是胆小鬼。”脸上挨打的记者低声抱怨道。

他们跟自己杜撰的那套相互矛盾,因为他们本应——但并未想到这样做——装出听不懂他的话是什么意思,因此,他们情愿说出在这种情况下大家通常会说的一句话:“你是在发火,别生气,你好像怒气冲天!”

那天上午,我在鲜花盛开的梨树前看出,他对“拉结主托”的爱情建立在幻想的基础之上,同时也看出这种爱情确实会产生种种痛苦。一小时以来他不断感到的痛苦渐渐减少,回到了他的心中,他眼睛随之变得温顺。圣卢和我离开剧院,先是步行一会儿。我在加布里埃尔大街的一个街角滞留片刻,以前我经常看到吉尔贝特从那里过来。我试图在几秒钟的时间里回忆起那些遥远的印象,我正要用“小跑步”的步伐赶上圣卢,却看到一位衣敝履穿的先生,像是在他近旁跟他说话。我由此得出结论,认为这是罗贝尔的朋友;然而,他们仿佛仍在相互靠近;突然,如同天体出现异象,我看到一些卵形物体,以迅雷不及掩耳的速度占据所有的位置,在圣卢面前形成变幻不定的星座。这些物体仿佛由投石器投出,我觉得至少有七个。然而,这只是圣卢的双拳,因移动速度飞快,在做出这套看起来完美而又悦目的动作时,仿佛数目成倍增加。但是,这种引起冲突的起爆剂,只是圣卢的一顿痛打,它缺乏美感,只有好斗性,我首先从那位衣敝履穿的先生的模样上看出,他不但张皇失措,而且被打坏下颌,流血颇多。一些人走上前来,向他了解情况,他的解释却是谎话连篇,他转过头去,看到圣卢最终离开,朝我走来,就待在那里看着圣卢,显出怨恨而又沮丧的神色,但毫不气愤。相反,圣卢十分生气,虽说并未挨打,他走到我身边时,眼睛里仍然怒火闪烁。这件事正如我认为的那样,跟剧院里打耳光的事毫无关系。这是个多情的散步者,看到圣卢是个漂亮军人,就对他提出干这种事的要求。我的朋友见这帮人竟然不等天黑就想干这种事,对他们的胆大妄为极其惊讶,这时尚未平静下来,他谈论此人对他提出的要求时怒不可遏,如同报上谈论巴黎市中心一个街区,在光天化日之下发生持械抢劫。但是,那位挨打的先生也并非不可原谅,一种有倾向性的计划,迅速产生寻欢作乐的欲望,以为只要对方长得漂亮就会欣然同意。然而,圣卢漂亮是无可置疑的事。他一阵拳打,对刚才跟他搭讪的那种人有一种好处,那就是使他们在短时间内进行认真思考,以便改正错误,并免受到司法机关的惩罚。因此,虽然圣卢在出拳前并未想得很多,这样打人即使能对司法机关助一臂之力,也无法起到纯洁社会风气的作用。

这两件事,也许是罗贝尔想得最多的那件事,使他想要单独待一会儿。过了一会儿,他对我提出我们俩分开走,我自己去德·维尔帕里齐夫人府,他则到那里跟我会合,他希望我们不要一起进去,以便使人觉得他刚到巴黎,而不要让人认为我们已一起度过这天下午的部分时间。

我在巴尔贝克认识德·维尔帕里齐夫人前就已想到,她生活的环境跟德·盖尔芒特夫人的生活环境区别很大。德·维尔帕里齐夫人属于一种女人,她们出身名门,嫁到另一门当户对却在上流社会地位不高的望族,她们沙龙的客人,只有几位公爵夫人,都是她们的侄女、外甥女或妯娌,还有一两位王妃,是她们家的老朋友,其余都属于三流人物,即资产者、外省贵族或名声不佳的贵族,见这些人在场,优雅人士和故作风雅之士早已纷纷离去,他们不是她的亲朋好友,不必非来光顾她的沙龙。我自然在片刻之后不费吹灰之力就心里明白,德·维尔帕里齐夫人在巴尔贝克时为何对我父亲跟德·诺普瓦先生西班牙之行的细枝末节了如指掌,而且比我们了解得更加清楚。但是,即使如此,我仍然无法确定,德·维尔帕里齐夫人跟这位大使长达二十余年的恋情,是侯爵夫人在社交界地位低下的原因,因为社交界出类拔萃的女士,炫耀的情人都不如这位大使体面,而大使也许早已只是侯爵夫人的一位老友。德·维尔帕里齐夫人是否有过其他风流韵事?她过去热情洋溢,但现已年老,变得平静和虔诚,却依然引人注目,也许跟过去激动人心、寻欢作乐的年代不无关系,她要是以前长期生活在外省,不就能避免某些丑闻发生?这些丑闻,后辈们并不知道,他们只是从她的沙龙鱼龙混杂、档次低下才看出丑闻的后果,而如果没有丑闻,这沙龙就会纯洁无瑕,决不会搀杂任何平庸之徒。她侄子说她“爱讲别人坏话”,她是否会在那个年代因此而树敌众多?她是否会因受到男人的青睐,而对一些女人进行报复?这些事都有可能发生;德·维尔帕里齐夫人在谈论廉耻和仁慈时,既优雅又动情,不仅用词贴切,而且语调中肯,但她说话的方式并不能排除这种假设,因为有些人不仅精辟地谈论某些美德,还能感到这些美德的魅力,并对它们有出色的理解(能在回忆录中恰如其分地描绘这些美德),这些人往往出自默默无闻、缺乏教养和艺术修养的一代人,但并不属于曾实施这些美德的这一代人。这一代人在他们身上反映出来,但并未延续下去。我们看到的不是这一代人的性格,而是敏感和才智,但对行动毫无用处。不管德·维尔帕里齐夫人的生活中是否有过消失在她姓氏的光彩中的丑闻,她在上流社会中地位下降的原因,肯定是这种才智,即相当于二流作家的才智,而不是社交界女士的才智。

德·维尔帕里齐夫人特别赞赏的品质,也许并不能振奋人心,如稳健和节制;但是,如果把节制说得恰如其分,那么节制就显得不够,还必须有作家的某些优点,即要有不受约束的激情;我在巴尔贝克时发现,某些大艺术家的天才,德·维尔帕里齐夫人并不理解，还发现她只会对他们进行巧妙的嘲讽，使她的不理解显得既风趣又优雅。但是，这种风趣和优雅，在达到她那种完美的程度之后，就——在另一方面，即使被用来否定杰作——变成真正的艺术品质。然而，这种品质对社交界地位产生的影响，正如医生所说，是一种病态的精挑细拣，其影响具有强大的瓦解力，即使是极其牢固的基础，也很难抵挡几年而不被瓦解。艺术家所说的才智，在上流社会看来纯属奢望，因为上流社会人士无法像艺术家那样只从一个角度来评论一切事物，永远无法理解艺术家对选择词语或进行对比的特殊嗜好，因此在他们身边感到疲倦和恼火，并很快产生反感。然而，在谈话中，以及在其后发表的回忆录中，德·维尔帕里齐夫人只是显出一种纯属社交界的优雅。她目睹一些重大事件，却并未深入研究，有时甚至对这些事件不加区分，她对自己度过的岁月，只提到其中无聊的琐事，但对过去岁月的描写，却极其确切，又妩媚动人。但一部著作，即使涉及的题材不属于智力范畴，仍然是智力的产物，而要在一本书或一次跟书相差无几的谈话中给人以极其轻浮的印象，就必须有一定分量的庄重，而十分轻浮的人就无法做到这点。在妇女撰写的被认为是杰作的某些回忆录中，某个句子被人作为轻浮而高雅的典范引用，我一直因此而认为，要做到这样的轻浮，作者想必在过去掌握一门有点繁琐的学问，一种艰涩的文化知识，并认为她少女时代在女友眼里也许是让人无法忍受的女才子。某些文学品质和社交界的失意，存在着一种必然的联系，因此，今天在阅读德·维尔帕里齐夫人的回忆录时，某个确切的修饰语以及某些连续的隐喻，就足以在读者眼前再现勒鲁瓦夫人那样故作风雅的女人，在一个大使馆的楼梯上对年老的侯爵夫人冷若冰霜地深深施礼的情景，勒鲁瓦夫人在前往盖尔芒特府时，也许会顺便给侯爵夫人留一张折角名片，但不会踏进侯爵夫人的大厅，因为她怕在医生或公证人的妻子中间自降身价。德·维尔帕里齐夫人在少女时也许是女才子，痴迷于自己的知识，可能曾对不如她聪明、博学的社交界人士讽刺挖苦，而受伤害者则会终身难忘。

另外，才华并非是一种附件，可以人为地添加到不同的品质之中，这些品质能使人在社交界受到欢迎，以便跟其他优点一起，造就社交界人士所说的“完美女子”。才华是某种气质充满活力的产物，通常缺乏众多品质，主要特点是敏感，而敏感的其他表现，我们不会在一本书中看到，却可能在生活中清楚地被感觉到，譬如某些好奇心、某些奇特想法，想去这里或那里是为了取乐，而不是为了扩大和维持社交关系，或者只是为了社交关系能发挥作用。我在巴尔贝克看到，德·维尔帕里齐夫人把自己封闭在仆人中间，对坐在旅馆大厅里的人视而不见。但是我预感到，这种视而不见不是冷漠的表现，另外，她显然并非一直如此。某个人没有任何头衔，无法受到她的接待，但她却想认识此人，有时是因为她觉得此人漂亮，或者只是因为有人对她说此人讨人喜欢，或是她感到此人跟她认识的那些人截然不同，在那个时代，她对那些人还不欣赏，因为她认为他们决不会把她甩掉，而那些人全都是圣日耳曼区纯粹的贵族。对她看中的这个放荡不羁的人或小资产者，她发出邀请，而此人却看不出这种邀请的价值，她只好再三邀请，这样她的身价就在故作风雅之徒眼里渐渐降低，因为这些人对一个沙龙的评价，往往是根据女主人不接待哪些人，而不是根据她接待哪些人。当然，如果说德·维尔帕里齐夫人在青年时代的某个时期对自己是贵族精华感到厌烦，故意冒犯她生活圈子里的人，并自降身价，以此为乐，那么她开始重视自己的地位，则是在失去地位之后。她当时想要向公爵夫人们表明，她比她们强：她们不敢说的话她敢说，她们不敢做的事她敢做。但现在，她们中除了她的近亲，都已不再对她登门拜访，她感到自己变得渺小，但仍想主宰社交界，不过是用另一种方法，而不是用才华。她想要把以前曾千方百计排斥的女士全都吸引过来。有多少女人的生活鲜为人知（因为每个人在不同的年龄如同具有不同的世界，而老人讳莫如深，则使年轻人对过去一无所知，无法了解人生的全过程），却曾被分割为各不相同的阶段，在最后一个阶段要重新征服的东西，在第二阶段却愉快地将其丢弃。以何种方式丢弃？年轻人实在难以想象，因为他们看到的是维尔帕里齐侯爵夫人这位可敬的老人，而决不会想到今天这位端庄的回忆录作者，头戴白色假发，令人肃然起敬，在过去却是经常吃夜宵的快乐女子，也许在当时寻欢作乐，也许曾挥霍众多男子的财产，现在这些男子都已与世长辞；她坚持不懈而又任其自然地设法贬低她因出身高贵而具有的地位，不过这丝毫也不说明，即使在那遥远的年代，德·维尔帕里齐夫人也并非十分看重自己的地位。神经衰弱患者生活在孤独和闲散之中，可能会从早到晚来规划这种孤独而又闲散的生活，却感到这种生活无法忍受，而当他急忙在囚禁他的网上新开一个网眼之后，他可能会一心想要参加舞会、打猎和旅游。我们时刻工作，使我们有自己的生活方式，但会不由自主地像画画那样临摹我们现在的形象，而不是我们喜欢的形象。勒鲁瓦夫人倨傲地施礼，在某种程度上反映出德·维尔帕里齐夫人的真实性格，但完全不符合她的愿望。

也许在勒鲁瓦夫人像斯万夫人爱说的那样跟侯爵夫人“一刀两断”之时，侯爵夫人要安慰自己，可以想想玛丽-阿梅莉王后[①]有一天对她说的话：“我像爱女儿那样爱您。”但是，王后的这种宠爱秘而不宣、无人知晓，只存在于侯爵夫人心中，并像巴黎音乐学院过去颁发的一等奖证书那样，已是布满灰尘。社交界的真正好处，只是能造就生气勃勃，但这种好处消失之时，得益者决不会竭力将其挽留，也不会设法透露出来，因为在同一天里，会有上百种好处

① 即玛丽-阿梅莉·德·波旁（1782—1866），斐迪南第一·德·波旁（1751—1825）即两西西里国王斐迪南四世（1816—1825）之女，1809年嫁给奥尔良公爵（1773—1850），即未来的法王路易-菲力浦（1830—1848），两人生有八个子女。

相继出现。在想起王后的某些话时，德·维尔帕里齐夫人情愿用这些话去换取勒鲁瓦夫人拥有的经常受到邀请的能力，如同在一家饭馆，一位默默无闻的大艺术家，其才能并未显示在腼腆的脸上，也没有在老式的旧上衣上反映出来，他情愿成为邻桌那个年轻的场外证券经纪人，此人虽说社会地位极其低下，却跟两位女演员共进午餐，不断卑躬屈膝地跑来侍候的有饭馆老板、侍应部主任、众多侍者和穿制服的服务员，甚至还有厨师的学徒，他们络绎不绝地走出厨房，来向经纪人请安，如同在幻梦剧中那样，而酒务总管则往前走着，身上布满灰尘，就像他拿着的酒瓶，只见他瘸腿、眼花，仿佛从酒窖出来时扭伤了脚，然后才走到光亮之处。

不过，我们应该说，在德·维尔帕里齐夫人的沙龙里，勒鲁瓦夫人的缺席虽说使女主人感到不快，却并未被大多数客人察觉。他们对勒鲁瓦夫人的特殊地位一无所知，因为她只是在高雅的社交界有知名度，而这些客人毫不怀疑，德·维尔帕里齐夫人举办的招待会在巴黎最为出色，就像今天阅读她回忆录的读者确信无疑的那样。

我离开圣卢之后，首次去拜访德·维尔帕里齐夫人，是根据德·诺普瓦先生对我父亲的提议，我在她客厅里看到她，客厅的墙饰为黄色绸缎，长沙发和美妙的扶手椅以博韦[1]绒绣为面料，颜色粉红，跟成熟的紫色覆盆子相近，在黄墙的背景上显得十分突出。除了盖尔芒特家族成员和维尔帕里齐家族成员的肖像画外，还可看到——均为本人赠送——玛丽-阿梅莉王后、比利时王后[2]、茹

① 参见本书第一卷第206页注①。

② 即路易丝-玛丽·德·奥尔良(1812—1850)，法王路易-菲力浦和王后玛丽-阿梅莉的长女，1832年嫁给比利时国王利奥波德一世(1790—1865)。

安维尔亲王[①]和奥地利皇后[②]的肖像画。德·维尔帕里齐夫人头戴黑色花边状老式软帽(她保存这软帽,是因为具有对地方色彩或历史色彩了如指掌的本能,如同布列塔尼的旅馆老板,即使顾客是巴黎人,也仍然觉得应该让女服务员戴上帽子并穿宽袖外衣),坐在小书桌前,桌上除了画笔、调色板和一幅刚开始画的花卉水彩画外,还有放在一些玻璃杯、茶碟和茶杯里的苔蔷薇、百日草和铁线蕨,她见客人在这时接踵而至,就停止作画,这些花卉如同十八世纪一幅铜版画上在卖花女的柜台上展示的那样。这个客厅稍加取暖升温,是因为侯爵夫人从城堡回来后得了感冒,我来到客厅时,在场的客人中有一位档案保管员,德·维尔帕里齐夫人上午跟他一起整理一些历史人物写给她的亲笔信,信件复制后准备置于她正在撰写的回忆录中,用作证明材料,还有一位历史学家,样子一本正经,却又畏首畏尾,他获悉她继承的遗产中有一幅蒙莫朗西公爵夫人[③]的肖像画,就前来请求她的同意,以便把画像的复制品用于他论述投石党运动[④]的著作的插图。我的老同学布洛克也来做客,他现在是青年剧作家,女主人希望他帮忙物色义务演员,在她不久后举办的下午聚会时演出。确实,社会的万花筒正在转动,德雷福斯案件即将把犹太人打入社会底层。但在一个方面,德雷

---

① 即弗朗索瓦·费迪南·菲力浦·德·奥尔良(1818—1900),法王路易-菲力浦和王后玛丽-阿梅莉的第三个儿子。

② 即维特尔斯巴赫的伊丽莎白(1837—1898),巴伐利亚的马克西米连-约瑟夫公爵的长女,1854 年嫁给奥地利皇帝弗朗茨-约瑟夫(1830—1916),在日内瓦被一无政府主义者刺杀身亡。

③ 即玛丽-费莉丝·奥尔西尼(1601—1666),亨利第二即蒙莫朗西公爵(1595—1632)的妻子。其丈夫因反对黎塞留而在图卢兹被斩首。丈夫死后,她于 1634 年退隐她在穆兰创办的圣母往见会修道院,1657 年当修女,成为修道院院长。圣西蒙在《回忆录》中说她在“圣洁的气味中”仙逝。

④ 投石党运动亦称福隆德运动,是 1648—1653 年间法国反对专制王权的政治运动。可分两个时期。前期称为高等法院福隆德(1648—1649),后期称为亲王福隆德(1650—1653)。

福斯案件掀起狂风是徒劳之举,波涛最为凶猛,并非是在暴风雨开始之时。另外,德·维尔帕里齐夫人听任她家族的一部分人抨击犹太人,而自己则完全置身于这一案件之外,对案件漠不关心。总之,像布洛克那样的青年,无人认识,不会引人注目,而他们一派的著名犹太人已经受到威胁。他现在下巴上长着"山羊胡子",戴着夹鼻眼镜,身穿长礼服,拿着的手套如同一卷纸莎草纸。罗马尼亚人、埃及人和土耳其人可能会讨厌犹太人。但在法国的一个沙龙里,这些民族的区别并非一目了然,一个犹太人走了进来,就像从沙漠里走出来那样,身体如鬣狗般前倾,脖子歪斜,再三用阿拉伯语说"你好",有东方情趣的人会因此而心满意足。只是这个犹太人不能属于"上流社会",否则他就会轻而易举地具有勋爵的外貌,而他的举止已跟法国人十分相像,只见他鼻子桀骜不驯,像旱金莲那样朝出乎意料的方向生长,使人想到玛斯加里尔[①]的鼻子,而不会想到所罗门的鼻子。但是,布洛克并未因在"圣日耳曼区"的锻炼而变得灵活,也没有因为跟英国或西班牙的接触而变得高雅,他身穿欧洲服装,但在异国风情爱好者看来仍显得奇特、有趣,只是德康[②]作品中的犹太人。这个民族有着奇妙的力量,在许多世纪之后完全染指现代巴黎,一直渗透到我们剧院的走廊和我们办事处的窗口后面,深入到葬礼中和街道上,使现代的帽子具有他们的风格,对礼服则消化吸收,让人忘记原来的式样,并确定新的式样,总之,这民族仍然跟亚述的古犹太律法家的民族十分相像,

① 玛斯加里尔是莫里哀塑造的喜剧人物,是厚颜无耻的仆人典型,出现在《冒失鬼》(1653)、《情仇》(1654)和《可笑的女才子》(1659)中。

② 即亚历山大·加布里埃尔·德康(1803—1860),法国画家、水彩画家和版画家,是浪漫主义东方风情画的杰出代表。主要作品有《土耳其小学放学》、《喷水池旁的土耳其孩子》等。

这些律法家身穿礼服，被画在苏萨市大流士[①]王宫大门前一座建筑物的中楣上。（一小时之后，布洛克将会认为，德·夏吕斯先生想知道布洛克是否是犹太人的名字，是出于反犹主义的恶意，而实际上只是因为美学上的好奇和对地方色彩的喜爱。）不过，谈论民族的延续，并不能确切地表达我们对犹太人、希腊人和波斯人的印象，对这些民族，最好让他们具有不同的特点。我们从古画中得知古希腊人的相貌，我们在苏萨城一座王宫的中楣上看到亚述人的模样。然而，我们在社交界遇到属于某一群体的东方人时，却感到眼前是用招魂术才会出现的幽灵。我们看到的只是表象；现在这表象有了深度，在三维空间中扩展，并且在活动。年轻的希腊女士[②]，富裕的银行家之女，此刻十分时髦，仿佛是一个配角，在一出优美的芭蕾舞历史剧中，是古希腊艺术有血有肉的象征；而在戏剧中，这些形象因导演而变得平淡无奇；相反，一位土耳其女士和一位犹太男士进入客厅时，我们看到的景象是人物生气勃勃，却显得更为奇特，仿佛确实是灵媒招来的幽灵。这是灵魂（或者确切地说，是灵魂在这种显形时变成的微小物体，至少在以前是如此），是我们以前仅仅在博物馆里依稀看到的灵魂，是古希腊人、古犹太人的灵魂，被带到微不足道而又超验的生活之中，仿佛在我们面前做出令人困惑的手势。对那位躲开的年轻希腊女士，我们徒劳地想要抓住的是一种过去在花瓶上受到赞赏的形象。我感到，如果我在德·维尔帕里齐夫人的客厅的光线下给布洛克拍几张照片，这些照片所展现的以色列形象会令人十分困惑，因为这形象显然并非出自人类，还会叫人十分失望，因为这形象仍然跟人类极其相

---

① 即大流士一世，参见本书第二卷第 81 页注①。苏萨市建筑物的中楣用上釉的砖块砌成，画有弓箭手，身穿黄色或绿色长袍（现藏卢浮宫），他们不是亚述人，亚述帝国在建造苏萨的宫殿一百多年前就已灭亡，而是阿契美尼德族战士。

② “年轻的希腊女士”可能指苏佐王妃。她婚前为海伦·克里索维罗尼（1879—1975），后嫁给保罗·莫朗。普鲁斯特曾于 1917 年 3 月 4 日与苏佐王妃共进晚餐。

像，并如同亡灵的照片展现的形象。更加笼统地说，在我们每天生活的可怜的世界里，连我们周围的人们所说的毫无价值的话，也使人感到有着超自然的神奇，而在这世界之中，即使我们如同聚集在招魂术使用的灵动桌周围，等待一位才华出众的男子说出上帝的奥秘，他说的话也只会跟布洛克刚才说的话相仿："请注意我这顶大礼帽。"

"天哪，那些部长，亲爱的先生，"德·维尔帕里齐夫人正在说，主要是对我老同学说，我进来时打断了谈话，但她接着说道，"没有人想要见到他们。尽管我当时年纪很小，我现在仍然记得，国王曾请我祖父邀请德卡兹先生①参加一个舞会，我父亲将在舞会上跟贝里公爵夫人②跳舞。'您将会使我高兴，弗洛里蒙。'国王说道。我祖父有点耳背，听成是德·卡斯特里先生③，觉得国王提出这要求十分自然。当他得知要邀请德卡兹先生，一时间心里反感，但仍然表示顺从，并在当晚给德卡兹先生写信，请他参加下个星期举办的舞会，表示十分荣幸地期待他大驾光临。因为在那个时候，先生，大家都讲礼貌，女主人决不会只是在请帖上亲笔加上'茶会'、'跳舞茶会'或'音乐茶会'。不过，虽说大家都讲礼貌，但也并非不会有失礼的表现。德卡兹先生接受了邀请，但在舞会前一天，他得知我祖父感到身体欠佳，取消了舞会。我祖父对国王言听计从，但也并未让德卡兹先生参加他的舞会……是的，先生，莫莱先生④我记得十分清楚，他很风趣，他在欢迎德·维尼先生进

---

① 即埃利·德卡兹公爵（1780—1860），路易十八的顾问，曾任总警务大臣和内务大臣，不久后出任总理大臣，但因贝里公爵即路易十八的侄子于1820年2月在巴黎歌剧院遇刺身亡而被迫辞职。

② 即玛丽-卡萝琳·德·波旁，两西西里公主（1798—1870），1816年嫁给查理十世的次子贝里公爵（1778—1820）。1832年曾试图煽动旺代省反对路易-菲力浦，未遂。

③ 即阿尔芒·夏尔·奥古斯坦·德·卡斯特里（1756—1842），他依靠贝里公爵的帮助，于1814年当上贵族院议员和世袭公爵。

④ 参见本书第一卷第22页注①。

入法兰西语文学院的演说中证明了这点①,但他又一本正经,他在家里拿着大礼帽下楼来吃晚饭的情景仿佛仍在眼前。"

"啊!这使人清楚地想起腓力斯人②影响恶劣的时期,因为在家里拿着帽子,无疑是世界上普遍的习惯。"布洛克说道。他想利用这个极其罕见的机会,向亲眼目睹的见证了解过去贵族生活的各种特点,而那位档案保管员有时兼任侯爵夫人的秘书,这时用温柔的目光看着她,仿佛在对我们说:"她真棒,她无所不知,什么人都认识,你们可以问她任何问题,她真是非同寻常。"

"不对,"德·维尔帕里齐夫人回答道,一面把里面浸着铁线蕨的玻璃杯挪到近前,她过一会儿要继续画这种花,"这只是莫莱先生的一种习惯。我从未看到我父亲在家里拿着帽子,当然在国王大驾光临时除外,因为国王所到之处如同是在自己家里,而屋子的主人在自己客厅里仅仅是客人而已。"

"亚里士多德在第二章里对我们说③……"研究投石党运动的历史学家皮埃尔先生大胆地说,但说时仍然十分害怕,因此没有引起任何人的注意。他患神经性失眠症已有几个星期,任何治疗方法都不见效,他已无法入睡,弄得疲惫不堪,只是因工作必须外出时才出门。别人出去是易如反掌,而他却往往举步维艰,就像从月球上下来那样,要花费九牛二虎之力,他感到惊讶的是,往往看到每个人的生活并非总是做好安排,使他生活中勃发的冲动能取得

---

① 参见本书第二卷第 297 页注④。

② 腓力斯人是地中海东南部的古代居民,可能是从克里特岛或小亚细亚西南部渡海而来。约公元前十三世纪至前十二世纪间侵入巴勒斯坦沿海地区,希腊语"巴勒斯坦"一词意为"腓力斯人之地"。前十一世纪以后,腓力斯人曾与以色列和犹太部落长期作战,给后者以很大打击。前十世纪初,犹太王大卫终于打败腓力斯人。泛指没有文艺修养的粗俗之徒。

③ 参见本卷第 215 页注②。

最大的效益。他去图书馆时老是故意挺起胸膛，身穿威尔斯[①]笔下人物的礼服，但有时却看到大门紧闭。他有幸来德·维尔帕里齐夫人家登门拜访，并即将看到那幅肖像。

布洛克打断了他的话。

“确实，”他开口说话，以回答德·维尔帕里齐夫人刚才所说的有关国王来访时的礼节的话，“我对此一无所知。”仿佛他不知道此事十分奇怪[②]。

“关于这种来访，昨天上午，我侄子巴赞对我开了个愚蠢的玩笑，您是否知道？”德·维尔帕里齐夫人对档案保管员问道。“他不是自己来说，而是请人跟我说，瑞典王后[③]想要见我。”

“啊！这事他是请别人跟您说的，真是不当一回事儿！他是在开玩笑！”布洛克大声说道，一面哈哈大笑，而历史学家则微微一笑，显得腼腆而又庄重。

“我当时觉得十分奇怪，因为我从乡下回来才几天；我希望清静，就请大家不要把我回到巴黎的消息告诉任何人，因此心里在想，瑞典王后怎么会得知这一消息。”德·维尔帕里齐夫人接着说道，而她的客人们则惊讶地看到，在女主人看来，瑞典王后的来访是天经地义的事情。

确实，德·维尔帕里齐夫人上午是在跟档案保管员查阅她撰写回忆录的材料，但此时此刻，她却在不知不觉中企图用回忆录的内容和魔力来影响这些普通听众，因为他们在她未来的读者群中有代表性。德·维尔帕里齐夫人的沙龙可能跟真正高雅的沙龙有

---

① 即赫伯特·乔治·威尔斯（1866—1946），英国作家，早期著有科学幻想小说《时间机器》、《莫洛博士岛》、《隐身人》等。在 1897 年出版、1901 年译成法文的《隐身人》中，主人公格里芬身穿礼服，以便混迹于其他男人之中。

② 在法国七星丛书版，后面这句话置于括号之中。

③ 即索菲娅·德·拿骚公主（1836—1913），1857 年嫁给瑞典的奥斯卡（1829—1907），后者于 1872 年当上瑞典和挪威国王，称为奥斯卡二世。

区别，后者不会接纳她所接待的许多资产阶级女士，但却最终青睐勒鲁瓦夫人这样的杰出女士，但是，这种细微的差别在她的回忆录中无法看出，作者接待的平庸朋友在其中销声匿迹，因为回忆录提供的空间必定有限，能容纳的人数不多，而如果这些人都是皇亲国戚、历史人物，回忆录就会使读者产生极为高雅的印象。勒鲁瓦夫人认为，德·维尔帕里齐夫人的沙龙是三流沙龙，德·维尔帕里齐夫人因勒鲁瓦夫人的评价而感到难受。但今天无人知道，勒鲁瓦夫人是何许人，她的评价也就成为过眼烟云，而德·维尔帕里齐夫人的沙龙，现在有瑞典王后来访，过去的常客则是奥马尔公爵、布罗伊公爵①、梯也尔②、蒙塔朗贝尔③、迪庞卢大人④，被后世认为是十九世纪最出色的沙龙之一，而后世自荷马和品达罗斯⑤的时代起并未有过变化，在各个时代的后世看来，令人羡慕的地位是高贵的出身，即出身皇亲国戚，或是跟国王、民众领袖和杰出人物的友谊。

而这些优越条件，德·维尔帕里齐夫人在现在的沙龙里和回

---

① 参见本书第一卷第22页注①。

② 即路易-阿道夫·梯也尔（1797—1877），法国政治家、记者、历史学家。著有《法国大革命史》（1823—1827），创办《国民报》（1830），鼓吹英国式的议会制君主政体。七月革命后当选议员，历任财政大臣（1830—1831）、内务大臣（1832—1836），两次出任首相兼外交大臣（1836，1840）。此后撰写《执政府和第一帝国史》（1845—1862）。1851年雾月政变时被捕，一度逃亡英国。1852年大赦后回国。1863年当选为议员，批评拿破仑三世的外交政策。1871年2月16日被国民议会选为法兰西共和国最高行政长官。同普鲁士缔结《凡尔赛初步和约》，镇压巴黎公社。同年8月30日当选法兰西第三共和国首任总统，主张实行保守的共和制度，因保皇党反对于1873年5月24日辞职。

③ 即夏尔·福尔布·德·特里翁，蒙塔朗贝尔伯爵（1810—1870），法国记者、政治家。

④ 即费利克斯·迪庞卢（1802—1878），奥尔良主教。1871年当选国民议会议员，1876年当选参议员。著有大量宗教著作。跟前面四位一样，也是法兰西语文学院院士。

⑤ 品达罗斯（前518—约前438），古希腊诗人。出身贵族，以写合唱颂歌著称。作品词藻华丽，格律谨严。传世作品40余首，分为《奥林匹亚竞技胜利者颂》、《皮托竞技胜利者颂》、《涅墨亚竞技胜利者颂》、《伊斯特摩斯竞技胜利者颂》四卷。

忆中都略为具备,有时稍作修改,而依靠回忆,她使沙龙延伸到过去。另外,德·诺普瓦先生无法恢复女友在社交界的真正地位,就把外国或法国政治家带到她家里,这些人需要他的帮助,知道巴结他的唯一有效办法是经常拜访德·维尔帕里齐夫人。勒鲁瓦夫人可能也认识这些欧洲名流。但她是和蔼可亲的女人,避免显出女才子的腔调,不跟那些总理谈论东方问题①,也不对小说家和哲学家谈论爱情的实质。有一次,一位自命不凡的女士问她:“您对爱情有何看法?”她回答道:“爱情?爱情嘛,我经常实干,却从不空谈。”这些文学界和政界的名流在她家做客时,她只是像盖尔芒特公爵夫人那样,让他们打扑克。他们往往情愿去打扑克,而不愿在德·维尔帕里齐夫人的约束下漫无边际地高谈阔论。不过,这种谈话在社交界也许滑稽可笑,却给德·维尔帕里齐夫人的“回忆”提供了极好的材料和政论文章,这些材料和政论文章不仅适用于回忆录,而且能用于高乃依的悲剧。另外,只有德·维尔帕里齐夫人这类女士的沙龙能流传后世,因为勒鲁瓦夫人这样的女人不会写作,即使会写,也没有时间去写。如果说德·维尔帕里齐夫人这类女士的文学才能,是使勒鲁瓦夫人这样的女人瞧不起的原因,那么反过来说,勒鲁瓦夫人这样的女人的蔑视,却特别有助于德·维尔帕里齐夫人这类女士文学才能的发挥,使那些女才子有了从事文学的空闲时间。上帝希望有人写出几本好书,就煽风点火,使勒鲁瓦夫人这种女人心中蔑视,因为上帝知道,如果勒鲁瓦夫人这样的女人邀请德·维尔帕里齐夫人这类女士共进晚餐,后者就立刻会把笔放下,叫人套好马车,准备在八点钟去赴宴。

---

① 十九世纪初,东方问题表述如下:欧洲应该维护奥斯曼帝国的领土完整,还是应该让其解体?希腊独立战争,埃及总督穆罕默德·阿里帕夏起来反抗,克里米亚战争,俄土战争,都企图解决这一问题。在俄国、奥地利和土耳其之间建立缓冲国之后,这一问题不再显得矛盾尖锐。但到1908年,因奥地利并吞波斯尼亚和黑塞哥维那,保加利亚宣布独立,这一问题再次出现。第一次世界大战使这个问题变得毫无价值。

片刻之后，一位老夫人走了进来，步履缓慢而又庄重，只见她身材高大，卷边草帽下露出玛丽-安托瓦内特[①]发式的浓密白发。我当时并不知道，她是在巴黎社交界还能见到的三位女士之一，她们跟德·维尔帕里齐夫人一样，出身名门，但因逐渐消失在时间的黑夜之中——只有那个时代的一个老色鬼才能把其中原因告诉我们——现在只能接待其他沙龙拒之门外的下九流。这三位夫人都有自己的"盖尔芒特夫人"，即地位显赫的侄女，后者来登门拜访只是尽到小辈的义务，无法把另两位老夫人的"盖尔芒特夫人"吸引到婶婶的家里来。德·维尔帕里齐夫人跟这三位老夫人经常来往，但并不喜欢她们。也许她们的处境跟她相仿，她们的景象也使她感到不快。另外，这些女才子个个尖酸刻薄，想要用她们组织演出的众多短剧，使自己产生拥有沙龙的幻觉，她们之间也有竞争，而她们的财产又在动荡不定的生活中花费殆尽，就只好利用一位艺术家的无私帮助，竞争也就变成一种生存斗争。再说，发式如同玛丽-安托瓦内特的那位夫人，每次见到德·维尔帕里齐夫人，都会不由自主地想起，盖尔芒特公爵夫人从未出席她举办的星期五聚会。她感到安慰的是，她的好亲戚普瓦王妃[②]从不缺席星期五聚会，普瓦王妃是她的盖尔芒特公爵夫人，王妃从未对德·维尔帕里齐夫人登门拜访，虽说她是盖尔芒特公爵夫人的好友。

尽管如此，从马拉凯滨河街的公馆到图农街、椅子街和圣奥诺雷区的这三个沙龙十分密切而又相互厌恶的关系，把这三位谪居的女神[③]联系在一起，关于她们的情况，我很想查阅社会神话学词典，以了解她们受到惩罚，是因为哪件风流韵事，是因为何种亵渎神圣的傲慢行为。同样出身高贵，现在又同遭贬谪，也许是她们必

---

① 参见本书第二卷第341页注①。

② 即普瓦王妃和公爵夫人，原名马德莱娜·德·布瓦德库瓦尔（1870—1944）。

③ 在拉丁神话中，命运女神为三姐妹，克罗托纺织生命之线，拉刻西斯决定生命之线的长短，阿特洛波斯负责切断生命之线。

须相互憎恨同时又经常来往的主要原因。另外，她们每个人都在其他二人那里获悉取悦于客人的合适办法。她们把客人们介绍给一位爵位很高的贵妇，而这位夫人的姐妹又是一位萨冈公爵或一位利涅亲王[①]的夫人，这时，这些客人就以为自己真的进入了最为封闭的贵族街区。更何况报上不厌其烦地谈论的是这些所谓的沙龙，而不是真正的沙龙。即使是“社会上层”的侄子外甥，听到有同学要求把他们带到上流社会，也会说（圣卢首先会说）：“我带你们去叔婆维尔帕里齐家，或是去某某姑婆家，她的沙龙很有趣。”他们清楚地知道，这样他们就不用花费很大的力气，而要把上述朋友带到这些夫人优雅的侄女或妯娌家里，就会更加困难。年近古稀的老头和年轻妇女，从他们那里得知这一情况，就告诉我，说这些老夫人未被上流社会接纳，是因为她们曾放荡不羁，我提出不同的意见，认为这样仍可做到优雅，他们就对我指出，她们的行为比今天所知道的放浪形骸是有过之而无不及。这些庄重的夫人正襟危坐，她们的不端行为在被别人谈论时，就带有我无法想象的某种色彩，如同史前时期和猛犸的时代。总之，这三位命运女神，头发为白色、蓝色或粉红，曾为不可胜数的男士纺织过拙劣的生命线。我心里在想，今天的男人夸大传说中那些时代的放荡生活，如同古希腊人创造了伊卡洛斯[②]、忒修斯[③]和赫丘利[④]这样的人物，其原型

① 可能指夏尔·约瑟夫·德·利涅（1735—1814），比利时陆军元帅、外交家、作家。曾参加七年战争，后参加俄土战争。是巴黎各个沙龙的常客。被认为是十八世纪三位最伟大的回忆录作家之一。

② 伊卡洛斯是希腊神话中建筑师和雕刻家代达罗斯之子。他和父亲一起被关在克里特的迷宫里。父子二人身粘蜡翼双双飞离克里特岛，他因忘记父嘱飞近太阳，蜡翼被阳光熔化，坠爱琴海而死。

③ 参见本书第二卷第 21 页注①。

④ 罗马神话中人物，即希腊神话中最伟大的英雄。主神宙斯与阿尔克墨涅之子，神勇无敌，完成十二项英雄事迹，如擒狮斩龙，驱妖牛，除海怪，到世界尽头夺取金苹果，解救普罗米修斯，下地狱战胜死神等。后因误穿染有毒血的衣服，火焚而死。死后成神，与青春女神赫柏结为夫妇。

跟很久之后把这些人物奉若神明的后代相差无几。但是,我们要清算一个人的恶行,只有在他无法作恶之时,这时社会开始严厉惩罚,我们就能独自确认、衡量、想象和夸大所犯恶行的大小。在“社交界”这个象征性形象的画廊里,真正水性杨花的女子,完全像梅萨利娜①那样的荡妇,总是显出年已古稀而又高傲的老夫人的端庄外貌,老夫人对客人可说是来者不拒,却无法做到随心所欲,而行为几乎无可指责的妇女,决不会对她登门拜访,她经常得到教皇赠送的“金玫瑰②”,有时撰写一部描写拉马丁青年时代的著作,得到法兰西语文学院授予的文学奖。“您好,阿莉克丝。”德·维尔帕里齐夫人对发型如同玛丽-安托瓦内特的白发夫人说道,而那位夫人则目光锐利,注视在场的客人,想看看这客厅里是否有对她的沙龙有用的人物,如果确实存在,她就应该亲自去发现,因为她毫不怀疑,德·维尔帕里齐夫人十分机灵,会设法不让她发现。确实,德·维尔帕里齐夫人处心积虑,没有把布洛克介绍给这位老夫人,因为她担心他会把她家里演出的短剧拿到马拉凯滨河街的公馆里去演。不过,这也是一报还一报。因为在前一天,这位老夫人请里斯托里夫人③来朗诵诗歌,她虽说是从德·维尔帕里齐夫人那里把这位意大利艺术家挖来,却设法在朗诵前不让德·维尔帕里齐夫人知道。她不想让德·维尔帕里齐夫人从报上得知此事,也不愿使夫人因此而生气,就亲自前来告知此事,仿佛她并不感到自己做错了事。德·维尔帕里齐夫人认为,把我介绍

---

① 参见本书第二卷第519页注①。

② 金玫瑰是玫瑰状首饰,教皇在大斋期的第四个星期天降福于金玫瑰,在仪式行列行进时佩戴,然后送给一位王妃。

③ 即阿黛拉伊德·里斯托里(1822—1906),意大利悲剧女演员。1855年世博会时来到巴黎,在法兰西喜剧院演出,很受欢迎。翌年演出法国作家勒古韦(1807—1903)的《美狄亚》,一举成名。从此定期在巴黎演出,直至1866年。1885年回罗马,很少再登台演出。

给她并无大碍，不像把布洛克介绍给她那样有害，就向马拉凯滨河街的玛丽-安托瓦内特说出我的姓名。这位夫人的身体尽量不动，却想在她这种高龄保持夸瑟沃①雕刻的女神的优美曲线，而在很多年以前，她曾使优雅的青年男子恋恋不舍，现在有些冒牌作家，则撰写押韵的短诗对她进行颂扬，她也已养成习惯，显得庄重而又高傲，人如特别失宠，就总是要主动接近别人，并摆出这种样子作为补偿，这时，她微微点头，神情庄重而又冷漠，然后把头转到另一边，对我不再理睬，好像我已从人间蒸发。她的态度有双重目的，仿佛在对德·维尔帕里齐夫人说："您瞧，认识一个人，我并不在乎，小青年嘛，不管怎么说，都爱讲别人坏话，我不感兴趣。"但在一刻钟之后，她离开时乘乱在我耳边说了句话，叫我下星期五到她包厢去看戏，同去的还有这三位夫人中的一位，那位夫人的姓氏光彩夺目，她娘家姓舒瓦瑟尔②，这给我留下奇妙的印象。

"先生，我觉得您是想写有关蒙莫朗西公爵夫人的事。"德·维尔帕里齐夫人对研究投石党运动的历史学家说，说时像在低声抱怨，她和蔼可亲的样子，则在不知不觉中变成双眉紧皱，原因是赌气时脸部会收缩，年老后自然显得恼怒，还因为她像过去的贵族那样，装得跟农民说话的语调相仿。"我给您看她的肖像画，是原件，复制品现藏卢浮宫。"

她站起身来，把画笔放在花卉旁边，只见她围着小围裙，她是怕颜料弄脏衣服才围上的，使人觉得她更像农妇，她的无边软帽和巨大眼镜已使人产生这种印象，却跟她仆人的华丽服装形成鲜明对照，如端来茶水和糕点的膳食总管，她摇铃叫来给蒙莫朗西公爵夫人的肖像画照明的身穿制服的跟班，蒙莫朗西公爵夫人在东部

---

① 即安托万·夸瑟沃（1640—1720），法国雕塑家，其作品装饰凡尔赛城堡的花园、杜伊勒里宫和卢浮宫。普鲁斯特想到的也许是《蹲着的维纳斯》（凡尔赛城堡），或是《萨瓦的玛丽-阿黛拉伊德仿狄安娜胸像》（卢浮宫）。

② 参见本书第二卷第301页注①。

一座最著名的修道院里当院长①。大家都站了起来。“十分有趣的是，”她说，“在这些修道院里，院长往往是我们姑婆、叔婆那样的人，但法国国王的女儿却不会被接纳。这些修道院十分封闭。”——“国王的女儿不会被接纳，为什么这样？”布洛克十分惊讶地问道。——“因为法国王室跟门第低下的家族联姻之后，就不再有很多领地。”布洛克听了更加惊讶。“法国王室跟门第低下的家族联姻？是跟哪个家族联姻？”——“是跟美第奇家族②啰。”德·维尔帕里齐夫人用十分自然的语调回答道。“这幅肖像画漂亮，对吗？而且保存得完美无缺。”她补充道。

“亲爱的朋友，”发型跟玛丽-安托瓦内特相同的夫人说道，“我把李斯特带到您这儿来时，他对您说，这幅画是复制品，您是否记得？”

“对李斯特在音乐方面的见解，我甘拜下风，但不是在绘画方面！另外，他当时已经老眼昏花，而我也不记得他说过这种话。不过，不是您把他带到我这儿来的。我在此之前已跟他在赛恩-维特根斯坦王妃③府共进晚餐，而且有二十次之多。”

---

① 不是在法国东部，而是在法国中部阿列省省会穆兰市的修道院里。

② 美第奇家族是曾经统治佛罗伦萨和托斯卡纳的意大利家族，其成员为银行家和商人。该家族曾两次跟法国王室联姻：1533 年，卡特琳·德·美第奇嫁给未来的法王亨利二世；1600 年，玛丽·德·美第奇嫁给法王亨利四世。巴尔扎克在《论卡特琳·德·美第奇》中提到，在宣布卡特琳的婚姻时，法国贵族认为这是“与门第低下的人缔结婚姻”，因为她只是“佛罗伦萨食品杂货店老板的女儿”。

③ 即约翰娜·伊丽莎白·卡萝琳·德·赛恩-维特根斯坦，原姓伊万诺夫斯卡（1819—1887），波兰王妃，是弗朗茨·李斯特的“第二位心上人”。他们相识于 1847 年，在魏玛一起生活了 12 年。李斯特准备在 1861 年娶她为妻，但她已结婚，而教皇又不愿让她离婚。于是，她退隐罗马，撰写神学著作。李斯特的第一位情人是玛丽·德·弗拉维尼，即阿古伯爵夫人（1805—1876），为他生有两个女儿，一个女儿名叫科齐玛，后嫁给瓦格纳。她主持文学沙龙，圣伯夫称她为“马拉凯滨河街的柯丽娜”（柯丽娜为斯塔尔夫人同名小说中的女主人公）。她跟德尔菲娜·盖和格拉蒙公爵夫人组成“金发美惠三女神”。

阿莉克丝这一招以失败告终，就不再说话，纹丝不动地站着。她的脸扑有一层层香粉，像是用石头雕成，她侧面显得典雅，仿佛是公园里一座已被风化的女神塑像，竖立在布满青苔的三角形底座上，而短斗篷则将底座遮盖。

"啊！又是一幅漂亮的肖像。"历史学家说道。

这时房门打开，盖尔芒特公爵夫人走了进来。

"啊！你好。"德·维尔帕里齐夫人对她说道，说时没点一下头，而是把一只手从围裙口袋里伸出，朝新来的女客伸去；她立刻不跟公爵夫人说话，并转向历史学家："这是拉罗什富科公爵夫人的肖像……"

一个年轻男仆，神色果断，相貌迷人（为显得完美无缺，修饰得恰到好处：鼻子微红，皮肤稍有红润，仿佛留有刚经过精雕细刻的痕迹），进来时拿着放有一张名片的托盘。

"是那位已来过多次的先生，想见侯爵夫人。"

"您是否对他说我有客人？"

"他听到了谈话的声音。"

"好吧！那就请他进来。那位先生是别人给我介绍的。"德·维尔帕里齐夫人说道。"他对我说，他非常希望能在这里受到接待。我从未准许他来。但现在他已是第五次来了，可不能让人生气。先生，"她对我说，"还有您，先生，"她指着研究投石党运动的历史学家补充道，"我给你们介绍我的侄女盖尔芒特公爵夫人。"

历史学家跟我一样，深深地鞠了一躬，以为在这样施礼之后，对方会有某种真诚的反应，眼睛不由发亮，但在准备张开嘴巴之时，却看到德·盖尔芒特夫人的模样，心里不禁凉了半截，只见夫人乘上半身不受拘束之时，往前倾斜，显得彬彬有礼，然后灵活地挺直身子，但她的脸和目光，却仿佛并未发现前面有人；她微微叹了口气，只是表明虽说看到历史学家和我，却并未留下任何印象，同时鼻翼动了几下，动得准确无误，说明她的注意力因无所事事而完全处于停滞状态。

不速之客走了进来，径直向德·维尔帕里齐夫人走去，神态天真而又热忱，来者是勒格朗丹。

“我十分感谢您接见我，夫人。”他说时强调“十分”二字。“您使一个孤寡老人感到的愉悦，是十分罕见而又妙不可言，我向您保证，其影响……”

他看到了我，突然不作声了。

“我刚才正要给先生看拉罗什富科公爵夫人的美丽肖像，她是《箴言集》作者之妻，这肖像是家传的藏品。”

德·盖尔芒特夫人对阿莉克丝施了礼，并对今年跟往年一样未能去看望她而表示歉意。“我从马德莱娜[1]那里得知您的消息。”她补充道。

“她今天在我家吃午饭。”马拉凯滨河街的侯爵夫人说道。她洋洋得意地想，德·维尔帕里齐夫人决不会这样说。

这时，我在跟布洛克说话，我听说他父亲对他改变了态度，我怕他羡慕我的生活，就对他说，他的生活想必更加幸福。这些话从我来说只是善意的表示。但自尊心很强的人，会因此而轻而易举地相信自己洪福齐天，或者想让别人相信这点。“是的，我确实生活愉快。”布洛克心满意足地对我说。“我有三位知交，就已足够，还有一位可爱的情妇，我极其幸福。宙斯老爹把如此多的幸福赐予凡人，是十分罕见的事。”我觉得他主要是想自吹自擂，使我感到嫉妒。在他的乐观主义中，也许还有追求别具一格的愿望。显然，他当时不愿意跟大家一样，作出平淡无奇的回答：“哦！没什么，等等。”有一次，他在家里举办下午舞会，我未能参加，就问他：“有趣吗？”他对我回答时神色平淡而又冷漠，仿佛在谈别人的事：“是的，十分有趣，而且极其成功。真是令人陶醉。”

---

① 即普瓦王妃。

“您告诉我们的事，我听得兴致勃勃，”勒格朗丹对德·维尔帕里齐夫人说道，“因为我有一天恰好在想，您的风格跟他十分相像，措辞清楚、灵活，具有某种特点，我用两个意义相反的词来表达，既敏捷而又简练，瞬息而又永恒。我真想在今晚把您说的话都记录下来，但我会把这些话铭刻在脑中。您这番话可说是记忆之友，我想这话是儒贝尔[①]所说。啊！您从未读过儒贝尔的书。哦！您要是读，他一定会非常高兴！我冒昧今晚就把他的作品寄给您，并因能向您介绍他的思想而引以为豪。他没有您那样的能力。但他同样文笔优雅。”

我曾想立刻去向勒格朗丹问好，但他总是尽量跟我保持距离，也许是不希望我听到他的恭维话，他不断使用高雅的言辞，在各个方面对德·维尔帕里齐夫人阿谀奉承。

她微笑着耸耸肩，仿佛他在讽刺挖苦，并转向历史学家。

“这是著名的玛丽·德·罗昂[②]，即谢弗勒兹公爵夫人，她第一个丈夫是德·吕伊纳先生。”

“亲爱的，德·吕伊纳夫人使我想起约朗德[③]；她昨天到我家

---

① 即约瑟夫·儒贝尔（1754—1824），法国伦理学家。夏多布里昂的朋友，著有《思想、随笔和箴言集》（1842），圣伯夫曾在《文学家画像》中引述：“有一些话是记忆之友；这些话应该使用。”

② 即玛丽·德·罗昂-蒙巴宗，谢弗勒兹公爵夫人（1600—1679），蒙巴宗公爵之女，1617 年嫁给夏尔·德·阿尔贝，即王室大总管、路易十三的宠臣吕伊纳公爵。1618 年被路易十三任命为王后的宫女长。丈夫死后于 1622 年嫁给克洛德·德·洛林即谢弗勒兹公爵。曾多次被逐出王宫，但每次都得以返回。一生有众多阴谋和风流韵事。1626 年策动情人夏莱伯爵阴谋反对黎塞留，结果阴谋败露，夏莱被处决。1637 年帮助奥地利的安娜与西班牙私通书信。1641 年帮助苏瓦松伯爵起兵反对黎塞留。1643 年路易十三去世后，奥地利的安娜摄政，马萨林被任命为首相，谢弗勒兹公爵夫人在宫中失去权力，就先后参加反对马萨林的显贵集团的阴谋和投石党运动。1679 年退隐加尼修道院。

③ 即约朗德·弗朗索瓦丝·玛丽·朱利安娜·德·拉罗什富科（1849—1905），巴伐利亚王国公主。1867 年嫁给夏尔·奥诺雷·埃马纽埃尔·德·阿尔贝（1845—1870），成为吕伊纳和谢弗勒兹公爵夫人。

来，如果我知道您晚上没有客人，我一定会派人来请您，里斯托里夫人不期而至，她在作者面前朗诵了王后卡尔曼·西尔瓦[1]的诗，真是妙不可言！”

“真是阴险毒辣！”德·维尔帕里齐夫人想道。“那天她跟德·博兰古夫人和德·夏波奈夫人[2]在说悄悄话，说的肯定是这件事。”她回答道：“我昨晚有空，但我是不会去的。我在里斯托里夫人登峰造极的时代看过她的演出，但现在她已是日落西下。另外，我不喜欢卡尔曼·西尔瓦的诗。里斯托里到我这里来过一次，是奥斯特夫人[3]带她来的，她朗诵了但丁《地狱》的一个歌[4]，简直是无与伦比。”

阿莉克丝受到这一打击，并未气馁。她仍然毫无表情。她目光锐利而又茫然，鹰钩鼻高贵地挺起。但面颊如鳞片剥落一般。下巴上长满细小、古怪的赘生物，有绿色和粉红色。也许再过一个冬天，她就会一病不起。

“瞧，先生，如果您喜欢绘画，就请观赏德·蒙莫朗西夫人的肖像。”德·维尔帕里齐夫人对勒格朗丹说道，以不让他再次阿谀奉承。

德·盖尔芒特夫人见他已走开，就用讽刺的目光看看他，以询问她的婶婶。

---

① 卡尔曼·西尔瓦是罗马尼亚王后伊丽莎白·波莉娜·奥蒂莉·路易丝·德·维德(1843—1916)的笔名。她用德语撰写诗歌和短篇小说，如《佩莱克短篇小说集》(1883)，用法语发表《王后思想录》(1882)。

② 即博兰古-马尔勒伯爵夫人，本名索菲·德·卡斯泰拉纳(1818—1904)，以及夏波奈-莫朗塞侯爵夫人，本名亚历山大·德·布瓦德库瓦尔(？—1897)。这两位夫人出身高贵，沙龙却并不引人注目，与书中德·维尔帕里齐夫人相仿。

③ 即法兰西的海伦·路易丝·昂莉埃特，奥尔良公主(1871—1951)，奥尔良公爵之女，1895 年嫁给意大利国王维克托·伊曼纽尔二世之孙奥斯特公爵(1869—1931)。

④ 《地狱》为但丁的长诗《神曲》的第一部，有 33 个歌，其他两部为《炼狱》和《天堂》。

“这是勒格朗丹先生，”德·维尔帕里齐夫人压低声音说道，“他有个姐姐，名叫德·康布勒梅夫人，你也许跟我一样，对她并无更多的了解。”

“怎么不了解？我对她了如指掌。”德·盖尔芒特夫人用手捂着嘴大声说道。“或者不如说我对她并不了解，但我不知道巴赞是怎么回事，他不知在哪儿遇到她的丈夫，就叫这个肥婆来看我。对她的来访，我简直无法跟您说。她对我说她去过伦敦，她把不列颠博物馆[1]的藏画一一说给我听。我现在这个样子，在走出您家大门之后，还要去这个怪物家留一张名片。您别以为这是举手之劳，因为她借口她已命在旦夕，总是待在家里，不管你晚上七点去还是上午九点去，她都会给你吃草莓塔。”

“当然啰，不错，她是个怪物。”德·盖尔芒特夫人看到婶婶询问的目光，就这样说道。“这个人叫人难以忍受：她说什么‘笔杆子’，总之是诸如此类的话。”——“‘笔杆子’是什么意思？”德·维尔帕里齐夫人对侄女问道。——“我一无所知！”德·盖尔芒特夫人大声说道，并装出气愤的样子。“我也不想知道。我不会说这种法语。”但她看到婶婶确实不知道“笔杆子”是什么意思，为了显示她不仅知识渊博，而且法语纯正，并在讽刺德·康布勒梅夫人之后对婶婶进行嘲讽，就说道：“我知道，”她说时微微露出笑容，但因假装生气的表情而无法看出，“这人人都知道，笔杆子就是作家，就是拿笔的人。不过这是个丑陋的词。这会让你的智牙全都掉光。即使别人要我说，我也决不会这样说。怎么？这是她弟弟！我还是不明白。不过，实际上这也并非不可理解。她卑贱如床前小地毯，博学如旋转书橱。她跟弟弟一样会拍马屁，也同样令人厌烦。我对这种亲戚关系，开始有了清楚的了解。”

“你坐下，来喝点茶，”德·维尔帕里齐夫人对德·盖尔芒特

① 伦敦的不列颠博物馆创建于1753年，是世界上藏品最丰富的博物馆之一。

夫人说道,"你自己倒茶,那是你曾祖母、外曾祖母的肖像,你不用去看,你跟我一样熟悉。"

德·维尔帕里齐夫人很快就回到原处坐下,并开始画画。大家都走到近前,我乘此机会走到勒格朗丹跟前,我并不觉得他来拜访德·维尔帕里齐夫人有任何过错,也没有想到我的话会伤害他或使他认为我想伤害他,就对他说:"啊,先生,我来到这个沙龙,几乎是情有可原,因为我看到您也在这儿。"勒格朗丹从这句话得出结论(这至少是他几天后对我的评价),认为我这个孩子坏透了,而且只爱干坏事。

"您要是有礼貌,应该先向我问好。"他对我回答道,说时没有把手伸给我,说话的声音气愤而又粗俗,我听到后感到这不是他的声音,觉得这跟他平时所说的话没有必然的联系,而是跟他这时的感受有着直接而又密切的联系。这是因为如果我们决定始终掩饰自己的感觉,我们就总是不去想以什么方式将其表达出来。而在突然间,我们心中有一头陌生而又凶恶的野兽大吼一声,其叫声有时会使听者心惊肉跳,虽说我们几乎是无可抑制地在无意中简要地暴露出自己的缺点或恶习;同样,你并不知道一个罪犯有罪,他却忍不住对自己杀人进行忏悔,他情愿用这种间接而又奇特的方式突然招供,也会使你不寒而栗。当然,我清楚地知道,理想主义,即使是主观的理想主义,并不能使一些大哲学家放弃对美食的爱好,也不能使他们放弃为当选法兰西语文学院院士所作的坚持不懈的努力。但是,勒格朗丹确实不需要不厌其烦地让别人知道他属于另一星球,因为他气愤或亲热时做出的种种举动,都表明一个愿望,那就是要在那个星球上占有舒适的地位。

"当然啰,如果有人一而再、再而三地逼我,要我到某处去,"他继续低声说道,"虽说我有充分的自由,但我不能像粗人那样行事。"

这时,德·盖尔芒特夫人已经坐下。她的姓氏以及爵位,使她的躯体如同处于向四周扩展的公爵领地中央,而在客厅中央,她坐着的墩状软座周围,则仿佛笼罩在盖尔芒特树林金色的凉爽树荫之下。我感到惊讶的只是,跟盖尔芒特树林的相似,在公爵夫人的脸上并非十分明显,她脸上毫无植物的特征,最多只有脸上的红色斑点,仿佛是盖尔芒特这个姓氏绘出的纹章,是野外长时间骑马的结果,而不是这种活动的写照。后来,我对公爵夫人不再感到兴趣,却了解到她的许多特点,主要是(我只是谈当时已感到其魅力却无法看出的东西)她的眼睛,如同画中法国下午的蓝天被禁锢其中,这蓝天万里无云,即使没有红日高照,也是一片光亮;而她声音沙哑,刚听到时几乎以为是下人在说话,这声音单调而又缓慢,宛如贡布雷教堂的台阶上,或是广场糕点铺的屋子上,外省那懒散而又黏糊的金色阳光。但在这第一天,我却是一无所见,我热情洋溢的注意力,立刻使我本应有的少量发现化为乌有,我也就无法因这些发现而识破盖尔芒特这个姓氏的些许秘密。不管怎样,我心里在想,她正是大家所说的盖尔芒特公爵夫人:这名字所表示的不可思议的生活,包含在这身体之中;这身体刚把她的生活引入客厅里各种不同的人物中间,这客厅将她的生活团团围住,她的生活则对客厅作出强烈的反应,我觉得在她生活不再往外扩展的地方,看到有一条欢腾的流苏围着:面料为北京宽条子绸的气球般鼓起的裙子,在地毯上画出一个圆形,在这个圆形中,在公爵夫人明亮的眼睛里,交织着种种忧虑和回忆,其中充满了轻蔑、愉快、好奇和无法理解的想法,一个个陌生的形象从中反映出来。也许我不会如此激动,只要我在德·维尔帕里齐夫人家遇到她时是在举办晚会,而不是像此刻那样,见到她是在侯爵夫人的一个“接待日”、一个下午茶会上,因为这种聚会,对女士们来说只是外出时一次短暂停留,她们戴着刚才购物时戴的帽子,把外面的新鲜空气带到一个个沙龙里,使巴黎在黄昏时分比打开所有高大窗户后还要明亮,而从这些打开的窗户,可听到一辆辆四轮敞篷马车行驶的声音:德·盖尔芒特夫人头戴饰有蓝芙蓉的扁平狭边草帽；这些花使我想起的，并非是在久远的年代里，在我经常采摘蓝芙蓉的贡布雷的犁沟里，以及在唐松维尔的树篱附近的斜坡上的阳光，而是黄昏时的气味和灰尘，刚才德·盖尔芒特夫人穿过和平街时，就有那种气味和灰尘。她面露微笑，神色傲慢而又茫然，一面抿紧嘴唇撅着嘴，她那小阳伞的顶端如同她神秘生活伸出的触角，在地毯上画出一个个圆圈，然后又心不在焉地进行注视，先是跟别人注视的目光脱离接触，依次凝视我们每一个人，然后察看一张张长沙发和一把把扶手椅，但目光变得温和，一件熟悉的物品虽说微不足道，却唤起了她那人类的同情心，因为这样一件物品，跟一个人相差无几；这些家具和我们不同，依稀属于她的世界，跟她婶婶的生活联系在一起；然后，这目光从博韦的家具回到上面坐着的人身上，并显出平时那种敏锐和不满，德·盖尔芒特夫人因对婶婶尊重，无法表现出这种不满，但如果她看到扶手椅上不是我们坐着，而是有一块油迹或一层灰尘，她就会最终感到不满。

杰出的作家 G 走了进来；他来拜访德·维尔帕里齐夫人，把这拜访看成一件苦差。公爵夫人很高兴见到他，但并未跟他打招呼，不过他十分自然地走到她的身边，她妩媚动人，又有分寸，为人爽直，他因此把她看作聪明的女人。再说，出于礼貌，他也应该来到她的身边，因为他讨人喜欢又有名气，德·盖尔芒特夫人经常请他来吃晚饭，有时跟她和她丈夫单独共进晚餐，或者秋天在盖尔芒特，因为关系密切，就在有几天晚上把他请来，同时邀请几位有兴趣跟他见面的亲王。这是因为公爵夫人喜欢接待某些杰出人士，条件是他们必须是单身一人，即使他们已婚，去做客时也总是符合她提出的条件，因为他们的妻子多少有点庸俗，会给这只有巴黎最优雅、漂亮的人士光顾的沙龙留下污点，因此他们单独受到邀请时，他们的妻子总是未被邀请；而公爵为避免客人感到不快，就对这些只好充当单身汉的人解释说，公爵夫人不接待女士，无法忍受跟女人交往，这几乎是在遵照医嘱办事，他仿佛在说，她不能待在气味重的房间里，不能吃太咸的食物，旅行时不能背朝车子行进的方向，或是不能穿紧身胸衣。确实，这些名人在盖尔芒特府看到了帕尔马公主、萨冈王妃（弗朗索瓦丝常常听到别人谈起萨冈王妃，以为按语法应该用阴性，所以最终说成萨冈特）和许多别的公主、王妃，但主人在解释她们的来访时，总是说她们是家里的亲戚，或是儿时的朋友，无法拒之门外。这些名人不管是否相信盖尔芒特公爵对他们所作的解释，即公爵夫人患有无法跟女人交往的怪病，他们仍然把这一解释转告自己的妻子。有几位妻子认为，这毛病只是一种借口，目的是掩盖她的嫉妒，因为公爵夫人想要独自驾驭一批崇拜者。还有一些比较天真，认为公爵夫人可能为人怪僻，甚至过去有丑闻，所以女人都不愿到她家去，而她则把自己行为古怪说成是一种需要。那些贤惠的妻子，听到丈夫把公爵夫人的聪明才智说得超尘拔俗，就真的以为她技压群芳，跟女人交往会兴味索然，因为她们不知道该说什么。确实，公爵夫人跟女人在一起时感到无聊，除非她们是王族，特别引人注目。但是，被拒之门外的妻子全都弄错，她们以为她只愿接待男士，是想谈论文学、科学和哲学，而她却从不谈论这些学科，至少跟知识界著名人士在一起时不谈。鉴于家庭的传统，大军事家的女儿最为关心而又引以为豪的事总是军队的事务，同样，她祖母一辈的女性跟梯也尔①、梅里美②和奥吉埃③关系密切，因此她认为，她的沙龙首先应该为才华横溢的名士留有一席之地，但同时也因这些名士曾在盖尔芒特受到主人屈尊俯就和亲密无间的接待，她就继承了这一习惯，把这些才华出众的人看作家里的好友，对他们的才华并不感到惊讶，也不跟他

① 参见本卷第194页注②。
② 参见本书第一卷第334页注①。
③ 参见本书第二卷第356页注③。

们谈论他们的作品，况且他们也对此兴致索然。另外，梅里美、梅拉克和阿莱维[1]的思想，跟她的思想相仿，她因此跟上一代人多愁善感的言词形成鲜明对照，谈话时不使用华丽辞藻，不表达高雅情感，她还表现出一种优雅风度，在跟诗人或音乐家待在一起时，只谈论当时吃的菜肴或即将玩的纸牌游戏。说话的这种节制，不了解内情的第三者会感到困惑，甚至觉得神秘莫测。如果德·盖尔芒特夫人问他，是否愿意跟某位著名诗人一起接受邀请，他心里感到好奇，会准时出席。公爵夫人跟诗人谈论那天的天气。大家依次入席。“您喜欢这样烹饪鸡蛋？”她问诗人。他表示赞同，她也看法相同，因为她家里的食品，他都觉得美味可口，连她派人从盖尔芒特运来的难喝的苹果酒也是如此。“再给先生来一份鸡蛋。”她对膳食总管吩咐道。而那位焦虑不安的第三者仍在耐心等待，既然他们克服重重困难，在诗人动身前安排了这次会见，诗人和公爵夫人必定要谈些什么。但是，午餐继续进行，上的菜一批接着一批被撤下，德·盖尔芒特夫人并非没有机会开些风趣的玩笑或说些优美的故事。然而，诗人总是在吃，而公爵或公爵夫人仿佛并未想起他是诗人。午餐很快结束，大家相互道别，却没有说一句有关诗歌的话，虽说大家都爱听，但由于稳重，即斯万已让我初步品尝到的那种稳重，谁都没有谈起。这样稳重只是因为要合乎礼仪。但对这第三者来说，只要他稍加思考，就会看出其中包含着十分忧郁的成分，而在盖尔芒特的圈子里吃饭的情景，会使人想起腼腆的恋人共同度过的几小时时间，他们谈的是鸡毛蒜皮的事情，直至两人离别，不管是因为腼腆、害羞或是笨拙，他们并未把心中的巨大秘密说出，虽说他们揭示出这一秘密会更加高兴。另外，还须补充一点，那就是深邃的事物，我们总是徒劳地等待别人去涉及，对这种事物避而不谈，即使可以认为是公爵夫人的特点，也并非是她一

① 参见本书第一卷第 334 页注②和③。

成不变的特点。德·盖尔芒特夫人的青年时代，生活的环境有所不同，虽说也是贵族，却不如现在光彩夺目，尤其是不像她现在生活的环境那样百无聊赖，而是有浓厚的文化气息。这种环境，在她现在的无聊之中，留下一种更加坚固、在无形中提供营养的基础，公爵夫人甚至在其中寻找（这种情况极为罕见，因为她讨厌卖弄学问）维克多·雨果或拉马丁的某条语录，引用得恰到好处，说出时可看到她漂亮的眼睛露出真挚的目光，目睹者一定会感到惊讶和陶醉。有时，她并非自命不凡，而是中肯又爽直地向一位当选法兰西语文学院院士的剧作家提出很有见地的意见，建议他把某个场景写得更加婉转，或是改变某个结局。

在德·维尔帕里齐夫人的沙龙里，如同在贡布雷的教堂里，以及在佩尔斯皮埃小姐的婚礼上，我很难在德·盖尔芒特夫人人情味十足的漂亮脸蛋上看出她那陌生姓氏的痕迹，但我至少认为，她一旦开口说话，她深邃而又神秘的谈话会像中世纪挂毯和哥特式彩画玻璃窗那样奇妙。一个名叫德·盖尔芒特夫人的人，即使我并不爱她，但要我在听到她说话时不感到失望，她说的话巧妙、漂亮而又深刻还不够，而且必须反映出她姓氏最后一个音节的苋红色彩，这种色彩，我从第一天起就因没有在她身上看到而感到惊讶，并将其藏在她思想之中。当然，我已听到德·维尔帕里齐夫人、圣卢以及一些并非特别聪明的人在无意中说出盖尔芒特这个姓氏，如同说出一个即将来访或跟他们共进晚餐的人的姓氏，说时仿佛没有感到这个姓氏具有正在变黄的树林和外省某个神秘角落的外貌。但是，这想必是他们在装模作样，如同古典诗人，虽说意图深刻，却并不告诉我们，这种装模作样，我也竭力加以模仿，用极其自然的语调说出盖尔芒特公爵夫人，仿佛这个姓氏跟其他姓氏相像。另外，大家都肯定地说她十分聪明，谈话风趣，生活在一个妙趣横生的小圈子里：这些话使我遐想联翩。他们说聪明的小圈子和风趣的谈话，但我想象出的这种聪明，并非是我所知道的那种聪明，也不是才华横溢的人的聪明，我决不会把贝戈特这样的人归入她这个小圈子。不，我所理解的聪明，是一种不可言喻、金光闪闪的能力，充满着森林的清新。德·盖尔芒特夫人即使说出聪慧绝伦的话（我说的聪明，是指一位哲学家或评论家的聪明），也许仍会使我感到失望，因为我期待的是一种异乎寻常的能力，而如果她只是谈论烹饪法或城堡家具，列举女邻居或亲戚的名字，使我了解她的生活，我反倒不会感到如此失望。

"我以为能在这儿看到巴赞，他打算来看您。"德·盖尔芒特夫人对婶婶说道。

"你的丈夫，我已有好几天没有看到。"德·维尔帕里齐夫人用生气的语调回答道。"我没有看到他，也许看到过一次，是在那次让人高兴的玩笑之后，当时他让仆人通报，说是瑞典王后大驾光临。"

德·盖尔芒特夫人微笑时，只是抿一下嘴角，仿佛在咬短面纱。

"我们昨天在布朗舍·勒鲁瓦家跟王后共进晚餐，您不会认出她的，她变得十分肥胖，我觉得她肯定有病。"

"我正在跟这些先生说，你觉得她样子像青蛙。"

德·盖尔芒特夫人发出沙哑的声音，说明她因问心无愧而在冷笑。

"我不知道自己曾作过这种有趣的比喻，但如果真是这样，那么，现在青蛙已长得和牛一样大①。或者不如说并非完全如此，因为她胖就胖在肚子上，确切地说她是怀孕的青蛙。"

"啊！我觉得你的比喻奇特。"德·维尔帕里齐夫人说道，她见客人们听到她侄女的风趣话，心里感到十分自豪。

---

① 指拉封丹的寓言"青蛙想长得和牛一样大"。参见《拉封丹寓言诗》，远方译，人民文学出版社，1982 年，第 7 页。

“这比喻过于**随心所欲**，”德·盖尔芒特夫人回答道，说时就像斯万那样嘲讽般地强调自己选择的这一修饰语，“因为我承认，我从未见到过怀孕的青蛙。不管怎样，这青蛙并没有请立国王①，我从未看到她像她丈夫去世后那样淘气，她下星期有一天要到我家来吃晚饭。我说过，不管怎样都会通知您的。”

德·维尔帕里齐夫人发出难以察觉的咕哝声。

“我知道，她前天在德·梅克伦堡夫人家吃晚饭。”她补充道。“阿尼巴尔·德·布雷奥泰也在那里。他来对我说了此事，应该说十分有趣。”

“那天吃晚饭时，有个人比巴巴尔还要风趣得多。”德·盖尔芒特夫人说道。她跟德·布雷奥泰-孔萨尔维先生关系密切，喜欢用昵称来称呼他。“那人是贝戈特先生。”

我没有想到，贝戈特竟会被别人认为风趣；况且，他在我看来，如同混迹于聪明人中，就是跟神秘的王国相距甚远，我曾在一个楼下包厢的红色帷幔后面看到这神秘王国，当时德·布雷奥泰先生在那里逗得公爵夫人发笑，他用神祇的语言跟她进行不可思议的谈话，即圣日耳曼区居民之间的谈话。我伤心地看到心理平衡已被打破，看到贝戈特竟被认为要比德·布雷奥泰先生高超。但我感到特别失望的是，我在观看《淮德拉》的那天晚上曾避开贝戈特，没有去看他，这时我听到德·盖尔芒特夫人对德·维尔帕里齐夫人说：

“我唯一想认识的就是此人。”公爵夫人补充道。她思想上有潮涨潮落，她对著名文人墨客的好奇心涨潮时，她那贵族的故作风雅就会随之落潮。“我会很高兴跟他认识！”

贝戈特在我身边，我要做到这点易如反掌，而我却认为德·盖

---

① 指拉封丹的另一则寓言：“青蛙请立国王”。参见《拉封丹寓言诗》，远方译，人民文学出版社，1982年，第85—87页。

尔芒特夫人会因此对我印象不佳，但现在看来也许其结果恰恰相反，她会因此叫我到她的包厢里去，请我在某一天把这位大作家带到她家里吃午饭。

“听说此人不大讨人喜欢，有人把他介绍给德·科堡先生，可他对那位先生却一句话也不说。”德·盖尔芒特夫人补充道，并指出这一奇怪的特点，仿佛在说中国人用纸擤鼻涕那样奇特。“他一次也没有用‘阁下’来称呼那位先生。”她补充道，说时显出兴致勃勃的神色，因为这细节在她看来至关重要，如同新教徒在觐见教皇时，拒绝向教皇陛下下跪。

她对贝戈特的这些特点感到兴趣，但仿佛并不认为应该加以指责，而应将其视为优点，只是并不知道属于哪种优点。虽然她对贝戈特的特点理解的方式奇特，但我到后来却认为，德·盖尔芒特夫人的看法并非完全没有道理，那就是她使许多人感到十分惊讶，因为她认为贝戈特比德·布雷奥泰先生更加风趣。这些看法与众不同而又独特，却十分正确，由少数超尘拔俗之士传入社交界。它们勾画出社交界价值等级的雏形，这种价值等级将由下一代来确定，他们不会永远遵循老的价值等级。

阿让古尔伯爵任比利时代办，他是德·维尔帕里齐夫人的表弟，这时脚步蹒跚地走了进来，后面很快进来两个年轻人，即盖尔芒特男爵和沙泰勒罗公爵殿下，德·盖尔芒特夫人对后者说：“你好，小沙泰勒罗。”说时样子漫不经心，也没有从墩状软座上站起来，因为她跟年轻公爵的母亲是密友，公爵从小就对她极为尊敬。这两个青年身材修长，皮肤和头发金黄，完全是盖尔芒特家族的类型，仿佛把沐浴着大厅的春光暮色凝聚在自己身上。根据当时流行的一种习俗，他们把大礼帽放在自己脚边。研究投石党运动的历史学家以为他们感到拘束，如同农民走进市政厅，不知该把帽子放在何处。他出于好心，觉得应该前去帮忙，使他以为笨拙和腼腆的年轻人摆脱困境。

“不，不，”他对他们说，“别放在地上，帽子会给你们弄坏的。”

盖尔芒特男爵眼睛斜视，突然射出生硬而又锐利的蓝色目光，好心的历史学家吓得不寒而栗。

“那位先生如何称呼？”男爵问我，德·维尔帕里齐夫人刚把我介绍给他。

“皮埃尔先生。”我低声回答道。

“他贵姓？”

“皮埃尔是他的姓，他是著名历史学家。”

“哦！……原来如此。”

“不，这两位先生把帽子放在地上，是一种新的习俗，”德·维尔帕里齐夫人解释道，“我也跟您一样，对这种做法并不习惯。但我喜欢这种习俗，而不是我侄孙罗贝尔的做法，他总是把帽子留在候见室[①]。我看到他进来就对他说，他样子像钟表匠，并问他是否来给座钟上发条。”

“侯爵夫人，您刚才说到莫莱先生的帽子，我们很快就能像亚里士多德那样来谈论帽子[②]。”研究投石党运动的历史学家说道。他因德·维尔帕里齐夫人的插话而放下心来，但说话时仍然细声细气，因此除我之外无人听到。

“可爱的公爵夫人，确实令人惊讶。”德·阿让古尔先生指着

---

① 奥特朗在《习俗和礼仪面面观》(1896)中指出：“把帽子留在候见室，只是在举办舞会或晚会之时。”斯塔夫男爵夫人在《现代社会礼仪规范》(1896)中说得十分明确：“在对一沙龙进行拜访时，男士应始终把帽子拿在手里，一刻也不能将其丢弃。他决不能把帽子以及手杖放在桌上或家具上。他应该时刻让别人看到帽子的外面。让人看到帽子的夹里，会显得滑稽可笑。”

② 亚里士多德在《范畴篇》“论性质”中写道：“帽子既然是无灵之物，所以应该说一顶帽子的样子，而决不能说形式。”莫里哀在《强迫的婚姻》(1664)第六场中借庞克拉斯之口引述了这句话(参见《莫里哀喜剧选》上册，乐歌译，人民文学出版社，1981年，第413页)。在《屈打成医》(1666)中，冒充医生的斯卡纳赖尔戴着尖尖的帽子对瑞隆特说：“我们俩都应该戴着帽子。”但误认为这话是古希腊名医希波克拉底所说。(出处同上，中册，赵少侯译，第180页)

德·盖尔芒特夫人说道，这时她正在跟G说话。“只要沙龙里有一位名人雅士，此人总是在她身旁。显然，只有权威人士才能待在那里。不可能每天都有博雷利[1]、施伦贝格尔[2]或德·阿弗内尔[3]。但那时会有皮埃尔·洛蒂先生[4]或埃德蒙·罗斯唐先生[5]。昨天晚上，在杜多维纳夫妇[6]家，她头戴冠冕状绿宝石发饰，身穿带拖裾的粉红色长裙，显得光彩夺目，她右边是德夏内尔先生[7]，左边是德国大使[8]：她在跟他们争论中国问题；大多数客人都不敢待在近前，因此并未听到他们的谈话，就心里在想，是否即将爆发战争。真像是一位王后在跟宠臣说话。”

这时，大家都已走到德·维尔帕里齐夫人身边看她作画。

“这些花粉红色，真像是天空的颜色，”勒格朗丹说道，“我的意思是说粉红色天空的颜色。因为有粉红色天空，就像有蓝色天

---

① 参见本书第一卷第239页注④。

② 即莱昂-居斯塔夫·施伦贝格尔(1844—1929)，法国历史学家，主要研究拜占庭和十字军东征考古学。曾经常光顾斯特劳斯夫人的沙龙，但在德雷福斯案件开始后不再前去拜访。普鲁斯特在书信中说他是“坏蛋”、“史前时代的水牛”，是“十足的蠢货”。施伦贝格尔在谈到“古怪的马塞尔·普鲁斯特”时则说：“他写的书有些人欣赏，有些人则觉得无法理解，我属于后面这些人。”

③ 即乔治·德·阿弗内尔子爵(1855—1939)，法国历史学家、经济学家。著有《1200—1800年财产、工资、食品和各种价格的经济史》(1894—1898)、《黎塞留和法国君主政体》(1884—1890)、《现代生活机制》(1898—1900)等。

④ 洛蒂(1850—1923)，法国小说家。本名朱利安·维奥。1867年进入海军学校，毕业后长期在海军工作，到过亚洲、非洲等地。代表作中篇小说《冰岛渔夫》(1886)，小说《洛蒂的婚姻》(1882)、《菊子夫人》(1887)等。

⑤ 罗斯唐(1868—1918)，法国诗人、剧作家。代表作五幕诗剧《西哈诺·德·贝热拉克》(一译《大鼻子情圣》)(1897)，剧作《雏鹰》(1900)等。这两出戏均由法国女演员萨拉·贝恩哈特主演。

⑥ 即马里-夏尔·加布里埃尔·索斯泰纳，杜多维纳公爵(1825—1908)及其夫人玛丽即利涅公主(1843—1898)。公爵曾任法国驻英国大使，并长期担任赛马俱乐部主席。

⑦ 参见本书第二卷第9页注②。

⑧ 可能指拉多林亲王(1841—1917)，1901—1914年任德国大使。

空那样。不过，”他压低声音说道，以便只让侯爵夫人一人听到，“我觉得我还是喜欢您画中丝绸般亮丽的颜色和栩栩如生的肉红色。啊！您使皮萨内洛[1]和范·许伊絮姆[2]相形见绌，他们画的植物精致，但死气沉沉。”

一位艺术家，不管如何谦虚，只要有人说更喜欢他的作品而不是他竞争对手的作品，总会欣然同意，只是尽量给竞争对手说几句恰如其分的好话。

“您有这种印象，是因为他们画的是那个时代的花卉，我们现在并不了解，但他们的技巧十分高超。”

“啊！那个时代的花卉，说得真妙。”勒格朗丹大声说道。

“您是在画美丽的樱桃花……还是在画五月的玫瑰。”研究投石党运动的历史学家说道。他对所画的花卉还吃不大准，但说话的声音十分自信，因为他已开始忘记帽子的插曲。

“不，这是苹果花。”德·盖尔芒特夫人对婶婶说道。

“啊！我看你跟我一样，是名副其实的乡巴佬；你会识别花卉。”

“啊！对，不错！而我却以为苹果树花期已过。”研究投石党运动的历史学家脱口而出，以进行解释。

“不，恰恰相反，苹果树花期未到，在两周内不会开花，也许要过三个星期才会开花。”档案保管员兼管德·维尔帕里齐夫人的一些田产事务，对农村的情况比较熟悉。

“不错，连花期很早的巴黎郊区也尚未开花。譬如在诺曼底，在他父亲的庄园里，”她指着沙泰勒罗公爵说道，“漂亮的苹果树长在海边，如同日本屏风上画的那样，要到五月二十日之后才会开

---

① 参见本书第二卷第382页注①。

② 即扬·范·许伊絮姆（1682—1749），荷兰风景画家、静物画家，擅长画花卉、水果。许多作品现藏卢浮宫，如《花卉和水果》、《花盆》、《花篮》等。

出粉红色花朵。”

“那些苹果树我永远不想看到，”年轻的公爵说道，“因为看到后我就会发枯草热，真是糟糕。”

“枯草热，我可从未听说过。”历史学家说道。

“这是流行病。”档案保管员说。

“这倒说不定，哪一年如果苹果树开花结果，您也许什么病也不会有。您想必知道诺曼底说的话。只要哪一年结出苹果。”德·阿让古尔先生不是纯粹的法国人，却竭力装得像巴黎人那样。

“你说得对，”德·维尔帕里齐夫人对侄女回答道，“这是南方的苹果树。这些树枝是一个花店老板娘给我送来的，要我收下。您感到惊讶，瓦尔梅尔先生①，”她转向档案保管员说道，“一个花店老板娘竟会给我送来苹果树枝。我虽然年纪已老，却认识不少人，还有几个朋友。”她微笑着补充道。人们一般认为这是因为她纯朴，但在我看来，她是出于虚荣，觉得自己既有如此高贵的朋友，又有一个花店老板娘的友谊，真是妙趣横生。

这时布洛克站起身来，也来观赏德·维尔帕里齐夫人画的花卉。

“没关系，侯爵夫人，”历史学家重新坐下后说道，“即使再次爆发一场革命，即往往用鲜血染红法国历史的那种革命，天哪，在我们生活的这种时代，”他补充道，并用审慎的目光环顾四周，仿佛想知道客厅里是否有“心怀邪念之人”，虽说他确信不会有，“您有这种才华，又精通五国文字，肯定能安然无恙。”

研究投石党运动的历史学家暂时品尝休息的乐趣，因为他已忘记自己失眠。但是，他突然想起他已有六天彻夜未眠，思想里感到疲惫不堪，顿时两腿无力，肩膀萎缩，脑袋耷拉，显出愁眉苦脸的

---

① 原文为 monsieur Valmère，法国七星丛书版中为 monsieur Vallenères（瓦勒内尔先生）。

样子，那张脸如同老人一般。

布洛克想做出手势，以表达他的赞赏，岂料胳膊肘一动，竟把插树枝的花瓶碰翻，瓶里的水全都流到地毯上。

“您的手指真像仙女般灵巧。”历史学家对侯爵夫人说道。他这时背朝着我，没有看到布洛克干的蠢事。

但布洛克却以为这话是针对他说的，就显出傲慢的样子，以掩饰他因笨拙而感到的羞愧：

“这没有关系，”他说道，“我身上没有弄湿。”

德·维尔帕里齐夫人摇了铃，一个跟班进来把地毯擦干，把玻璃碎片捡起。她邀请这两位年轻人来参加她的下午聚会，同时还邀请了盖尔芒特公爵夫人，这时对公爵夫人叮嘱道：

“别忘了告诉吉泽尔和贝尔特（奥贝戎公爵夫人和波特凡公爵夫人），叫她们在将近两点时来帮忙。”她仿佛在对临时雇来的膳食总管说话，让他们提前来做高脚盘果酱。

她对待她那些皇亲国戚，甚至对待德·诺普瓦先生，丝毫都不像对待历史学家、科塔尔、布洛克以及我那样和蔼可亲，这些人对她来说仿佛只有一种用处，那就是为我们的好奇心提供精神食粮。这是因为她知道，她不用跟这些人客气，虽说在他们看来她并非十分出色，但她是他们父亲或叔叔伯伯的姐妹，有点脾气，连他们的长辈也要让她三分。她在他们面前炫耀自己毫无用处，他们决不会因此而相信她地位的高低，他们对她的经历比谁都清楚，并且对她所出身的名门必恭必敬。但他们在她眼里首先是枯枝一根，不会再结出硕果，他们不会把自己的新朋友介绍给她，也不会让她分享他们的乐趣。她能让他们来参加的只是她下午五点的茶会，或是能在茶会上谈论他们，如同她后来在回忆录中谈到的那样，而茶会只是回忆录的一种排练，是在小范围里对回忆录初次进行高声朗读。所有这些贵族亲戚陪伴着她，使她能吸引、迷惑并拴住科塔尔、布洛克、著名剧作家、研究投石党运动的历史学家这样一类客人，而对德·维尔帕里齐夫人来说，由于社交界的优雅之士不对她登门拜访，因此这类客人才使她激动，感到有新意，才是她的消遣和生活；她依靠这些人在社会上获取种种优惠（因此她有时觉得完全应该把他们介绍给盖尔芒特公爵夫人，虽说他们永远不会成为公爵夫人的朋友），跟一些著作使她感兴趣的知名人士共进晚餐，让一位剧作家在她家里排演一出喜歌剧或哑剧，在包厢观看有趣的演出。这时，布洛克站起身来告辞。他大声说，撞翻花瓶无关紧要，但他低声说的话却并不相同，跟他心里想的更是大相径庭，只见他嘀咕道："要是家里没有训练有素的仆人，不知道应该把花瓶放在不会让客人身上弄湿也不会使他们受伤的地方，那就干脆别用这些奢侈的摆设。"他这种人火气大又"神经过敏"，无法忍受自己所做的蠢事，又不想承认蠢事是自己所做，因此做了蠢事就会整天感到没劲。他怒气冲冲，感到自己思想郁闷，不想再回社交界。在这种时候，就必须散散心。幸好德·维尔帕里齐夫人随即请他留下。这也许是因为他了解朋友们的看法，知道反犹主义的浪潮正在开始掀起，也许是因为她有所疏忽，没有把他介绍给在场的各位客人。然而，他对社交界的习俗了解不多，认为出于礼貌，在离开时应该跟大家打个招呼，但不必过于客气；他多次点头，把蓄须的下巴伸到衬衫上活硬领里，透过夹鼻眼镜的镜片依次观看每个人，神色冷淡而又不满。但是，德·维尔帕里齐夫人让他停住脚步；她还要跟他商谈将在她家演出的独幕短剧，另外，她也不想让他走，而是想让他心满意足地认识德·诺普瓦先生（她感到惊讶的是，还没有看到德·诺普瓦先生进来），虽说这种介绍纯属多此一举，因为布洛克已决定跟他谈到的两位艺术家说，让他们在侯爵夫人府举办的招待会上免费演唱是他们的光荣，因为经常有欧洲精英出席这种招待会。他甚至还推荐一位悲剧女演员，说她

“眼睛湖蓝，美如赫拉[①]”，朗诵抒情散文时有一种造型美。但一听到她的名字，德·维尔帕里齐夫人当即回绝，因为这是圣卢的女友。

“我有好消息，”她在我耳边说道，“我觉得此事已困难重重，他们很快就将分手，虽然有个军官在这件事上起到十分恶劣的作用。”她补充道。“因为罗贝尔家里开始对德·博罗季诺先生恨之入骨，此人在理发师的恳求下，准许罗贝尔去布鲁日度假，罗贝尔家里责备此人为一种可耻的男女关系开了绿灯。此人坏得出奇。”德·维尔帕里齐夫人对我说，说时使用盖尔芒特家族成员正气凛然的语调，不过，即使是道德败坏的成员也会用这种语调。“坏得出奇，出奇。”她接着说道，把“出”字拖长两倍。可以感到，她毫不怀疑博罗季诺跟罗贝尔生活放荡有关。她用双眉紧皱的严肃表情来对待恶劣的上尉，讽刺而又夸张地用姓氏称他为博罗季诺亲王，而在她这个女人看来，第一帝国不值一提，然而，侯爵夫人常常与人为善，因此她最终对我显出温柔的微笑，同时在无意中眨了眨眼睛，仿佛隐约跟我串通一气。

“我很喜欢德·圣卢-昂布雷，”布洛克说道，“他尽管脾气暴躁，却很有教养。我非常喜欢的不止他一人，而是一切有教养的人，这种人十分罕见。”他继续说道，并未想到由于他自己缺乏教养，他的话使人感到厌烦。“我来给你们举个例子，我觉得能清楚地说明他受过良好的教育。有一次我遇到他，只见他跟一个年轻人在一起，他即将登上轮辋漂亮的马车，上去前亲自把光彩夺目的皮带套在两匹马上，喂它们吃燕麦和大麦，不需要用闪闪发光的鞭子抽打，马匹就会疾驰而去。他给我们作了介绍，但我没有听清那年轻人的名字，别人给你介绍一个人时，你总是听不清此人的名

---

① 赫拉是希腊神话中主神宙斯的姐妹和妻子。通常说眼睛湖蓝的是雅典娜，赫拉在《伊利亚特》中被说成“手臂白皙的女神”。

字。"他笑着补充道，因为这是他父亲说的一句笑话。"德·圣卢-昂布雷依然纯朴，并未对那年轻人过于亲热，也丝毫没有显得拘束。几天之后，我才偶然得知，那年轻人是鲁弗斯·伊斯拉埃尔斯爵士之子。"

这个故事的结尾，看来没有像开头那样令人反感，因为在场的人全都无法理解。确实，鲁弗斯·伊斯拉埃尔斯爵士在布洛克及其父亲看来跟国王相差无几，圣卢见了想必会胆战心惊，但盖尔芒特圈子的人完全不同，认为他是个外国暴发户，社交界对他持宽容态度，但对他的友谊决不会感到骄傲，而是恰恰相反。

"我得知此事，"布洛克说道，"是通过鲁弗斯·伊斯拉埃尔斯爵士的代理人，这位代理人是我父亲的朋友，是个异乎寻常的人。啊！是个极其好奇的人。"他补充道，说时铿锵有力而又肯定无疑，这种热情的语调，只用来肯定并非自己形成的信念。

布洛克想到将要认识德·诺普瓦先生，显得十分高兴。

"他很想，"他说道，"请德·诺普瓦先生谈论德雷福斯案件。有一种心态，我知之甚少，因此采访这位重要的外交家，将会是妙趣横生的事。"他说时带有讽刺的语调，仿佛觉得自己跟外交家相比毫不逊色[①]。

"你告诉我，"他接着低声对我说，"圣卢可能有多少财产。你清楚地知道，我虽然问你此事，却对此并不在乎，而是用巴尔扎克的观点来问，你知道。如果他有法国股票、外国股票、地产，你甚至不知道是怎样投资的？"

我无法向他提供这方面的任何情况。于是，布洛克不再低声说话，而是大声要求准许开窗，不等回答就径自朝窗子走去。德·维尔帕里齐夫人说她得了感冒不能开窗。"啊！要是您会不舒

---

① 在法国七星丛书版中，这一段和前面一段置于"我无法向他提供这方面的任何情况。……正因为如此，您才会感冒。"这一段之后。

服，那就算了！”布洛克扫兴地回答道。“可以说里面很热！”他笑了起来，用目光扫视在场的人，想在其中寻找反对德·维尔帕里齐夫人的支持者。但这些人都有教养，他并未找到这种支持。他两只发亮的眼睛没能诱惑任何人，只好逆来顺受，恢复严肃的表情；他虽说失败，却依然宣称：“现在至少有二十二度。二十五度？我并不感到惊讶。我几乎是浑身湿透。我不像河神阿尔费奥斯之子安特诺尔[①]那样，可以在父亲的河水里浸湿，以止住汗水，然后坐到光滑的浴缸里，在身上涂以香油。”他仿佛觉得必须向别人叙说一些医学理论，而这些理论的运用也有益于我们自身的健康：“既然您觉得这样好，那就算了！我的看法恰恰相反。正因为如此，您才会感冒。”

德·维尔帕里齐夫人见他如此大声地说出这话，心里感到不快，但并未十分在意，因为她的档案保管员虽说持民族主义观点，使她受到约束，但她见他坐在远处，无法听到这话。她感到更加反感的是听到布洛克说出下面这番话，布洛克没有受过良好的教育，如同魔鬼缠身一般，无法预料到别人的反应，就笑着用他父亲开玩笑的口吻对她问道：“我读过他写的一本博大精深的专著，他在书中以无可辩驳的理由进行阐述，认为日俄战争[②]将以俄国胜利和日本失败告终。他是否有点老糊涂？我觉得他仿佛先看准座位，然后像溜冰那样滑过去坐下。”

“决不会这样！让我想想，”侯爵夫人补充道，“我可不知道他

---

① 阿尔费奥斯是希腊伯罗奔尼撒半岛河流，流经奥林匹亚附近，古希腊将其奉若神明。安特诺尔是荷马史诗《伊利亚特》中特洛亚年老的智者，主张把海伦交还给希腊人。（该书第七卷第345—354诗句，参见罗念生、王焕生译本，人民文学出版社，1994年，第163页）但河神阿尔费奥斯之子为奥尔西洛科斯（该书第五卷第546—547诗句，上述译本第117页），显然是布洛克弄错了。

② 1904—1905年的日俄战争，是日俄为争夺中国东北和朝鲜的权益而进行的帝国主义侵略战争，以俄国的失败告终。俄国被迫将南满铁路、旅顺和大连的租借权转让给日本，并承认日本对朝鲜的特权，割让库页岛南部。

会在干什么。”

她摇了铃，仆人进来后，由于她毫不隐瞒并喜欢让人知道，她的老朋友的大部分时间是在她家里度过的，就说道：

“请把德·诺普瓦先生叫来，他正在我书房里整理文件，他说过二十分钟就来，但我等了一小时三刻钟他还没来。他会跟您谈论德雷福斯案件，以及您想知道的所有事情，”她用赌气般的声音对布洛克说道，“他对现在发生的事不是十分赞成。”

这是因为德·诺普瓦先生跟现在部里关系不好，他虽说不能把政府官员带到德·维尔帕里齐夫人家里（她仍然保持着大贵族妇女的那种傲慢，并且跟她不得不维持关系的那些人若即若离，置身于他们之上），却随时把发生的事情告诉她。同样，政府的那些政治家也不敢要求德·诺普瓦先生把他们引见给德·维尔帕里齐夫人。但是，他们中有好多人曾到她的乡间别墅去找他，当时形势严峻，他们需要他的帮助。他们就去城堡，并未看到城堡女主人。但她在吃晚饭时说：

“先生，我知道有人来打扰您。事情是否有好转？”

“您没有急事要办吧？”德·维尔帕里齐夫人对布洛克问道。

“没有，没有，我是想离开，因为我身体不是很舒服，我可能需要到维希去疗养，是为了治胆囊的毛病。”他说道，像魔鬼般嘲讽地说出这几个字。

“啊，正好我外孙沙泰勒罗也要去那儿，你们可以结伴同行。他是否还在这儿？他人好，您知道。”德·维尔帕里齐夫人说道，说时也许出于真心，因为她心里在想，这两个人她都认识，没有任何理由不成为朋友。

“哦？我不知道他是否喜欢这样，我跟他……才刚刚认识，他在那儿，离这里较远。”布洛克说道，既觉得不好意思，又感到欣喜若狂。

膳食总管想必没有百分之百地完成把德·诺普瓦先生叫来的

任务。原因是德·诺普瓦先生要让别人以为他是从外面进来,尚未见到女主人,就在候见室随手拿了顶帽子,来到德·维尔帕里齐夫人跟前行吻手礼,并关切地询问她的情况,仿佛已有很久没有见到她。他并不知道,侯爵夫人已事先揭穿这出喜剧,这时让喜剧骤然停演,把德·诺普瓦先生和布洛克带到隔壁一个厅里。布洛克看到大家对来客十分客气,却还不知道此人就是德·诺普瓦先生,只见大使用恰当、优雅、深深的鞠躬一一还礼,布洛克在这种礼节面前觉得自卑,心里感到恼火,认为此人决不会跟他打招呼,他为了显出自在的样子,就对我说:"这个傻瓜是谁?"也许德·诺普瓦先生的频频施礼,跟布洛克身上的优点以及新的社会阶层更加坦率的特点相抵触,因此他感到这样施礼滑稽可笑,也是一种不乏真诚的想法。尽管如此,他随即改变自己的看法,甚至觉得这样施礼妩媚动人,因为此时此刻,此人在对他布洛克施礼。

"大使先生,"德·维尔帕里齐夫人说道,"我想给您介绍这位先生。布洛克先生,这位是诺普瓦侯爵先生。"她虽然对德·诺普瓦先生态度粗暴,仍对他说"大使先生"是出于礼貌,因为她对大使的地位极其尊重,这种尊重是侯爵对她不断教导的结果,总之,如果对某个男人态度并不亲热,而是彬彬有礼,在一位贵妇的沙龙里,这种态度跟她对其他常客不拘礼节的态度形成鲜明的对照,立即表明此人是她情夫。

德·诺普瓦先生让蓝色的目光消失在白胡子中,把高高的身躯低低弯下,仿佛在对布洛克这个姓所表示的名声和威严鞠躬,并低声说出"非常荣幸"这四个字,而他年轻的对话者虽说心情激动,却认为著名的外交家过于客气,就急忙纠正道:"并非如此,恰恰相反,非常荣幸的是在下!"德·诺普瓦先生跟德·维尔帕里齐夫人的关系友好,对老女友给他介绍的每个陌生人都使用同样的礼节,但夫人感到这种礼节对布洛克还嫌不够,就对布洛克说:

"您想知道什么,都可以问他,您可以把他带到一边,如果这样更加方便;他跟您谈话会感到高兴,我觉得您想跟他谈德雷福斯案件。”她补充道。她没有考虑到德·诺普瓦先生是否喜欢谈这个问题,如同她刚才为了历史学家而把蒙莫朗西公爵夫人的肖像照亮之前,并没有征得大家的同意,在请客人喝茶之前也是如此。

“您跟他说话时声音要响,”她对布洛克说道,“他有点耳背,但他会把您想知道的事都告诉您,他跟俾斯麦、加富尔①都十分熟悉。是不是,先生,”她声音响亮地说道,“您跟俾斯麦很熟?”

“您是否在写些什么?”德·诺普瓦先生问我,显出心照不宣的神色,并跟我亲切握手。我乘此机会,客气地把他觉得为表示礼貌而应该拿着的帽子接过来,因为我发现他随手拿的是我的帽子。“您以前给我看的一个短篇,有点修饰过分,写得过于繁琐。我曾坦率地对您提出自己的意见:您当时做的事,不配写在纸上。您是否准备写些什么给我们看?您非常喜欢贝戈特,要是我没有记错的话。”——“啊!您别说贝戈特的坏话。”公爵夫人大声说道。——“我并不否认他有描绘的才能,这点人人都能一眼看出,公爵夫人。他能用刀或硝镪水精雕细刻,却不能像谢比利埃先生②那样写出宏伟的作品。但是,我感到我们的时代把各种体裁混为一谈,并感到小说家的特点是构思情节和描写高尚心灵,而不是用干枯的笔画出卷首插图或章尾装饰画。星期天我将在正直的A. J. 家里见到您父亲。”他把脸转向我并补充道。

我看到他在跟德·盖尔芒特夫人说话,一时间有过一种希望,

---

① 即加富尔伯爵,本名卡米洛·班索(1810—1861),意大利政治家。1847年创办《复兴报》,主张自上而下统一意大利。1852年被撒丁国王阿马戴乌斯二世任命为首相,直至1859年辞职。1860年1月再次出任首相。翌年3月14日意大利王国宣告成立,他任首相。

② 即维克多·谢比利埃(1829—1899),法国作家。原籍瑞士。作品描写世界各国的社会,如《拉迪斯拉斯·博尔斯基的奇遇》(1870),特别擅长撰写画面宏伟的长篇小说,把历史和人物的奇遇融为一体,如《一匹马的故事》(1860)、《生气勃勃的亲王》(1864)等。

希望他也许能给我提供帮助，让我踏进公爵夫人的家门，而他以前曾拒绝为我打开斯万先生[①]家的大门。“我还十分欣赏一个人，”我对他说，“那就是埃尔斯蒂尔。据说盖尔芒特公爵夫人藏有他的几幅十分出色的画，尤其是那把美妙的红皮白萝卜[②]，我是在世博会上看到的，我很想能再次欣赏；那幅画，真是妙不可言的杰作！确实，如果我有点名气，别人要是问我最喜欢哪幅画，我就说那把红皮白萝卜。”——“是杰作？”德·诺普瓦先生大声说道，显出惊讶和责备的神色。“这甚至算不了一幅画，而只是一张素描（他说得不错）。您把一张速写称之为杰作，那么，埃贝尔[③]或达尼昂-布弗雷[④]的《圣母像》又该叫什么呢？”

“我听说您不让罗贝尔的女友来演出，”德·盖尔芒特夫人见布洛克把大使拉到一边，就对婶婶说道，“我觉得您没什么可遗憾的，您知道那女人讨厌，她毫无才能，而且还滑稽可笑。”

“您是怎么认识她的，公爵夫人？”德·阿让古尔先生问道。

“您怎么不知道她曾在我家演出，而且是在其他人邀请她之前，但我并未因此而感到自豪。”德·盖尔芒特夫人笑着说道。既然谈到这位女演员，她乐于让别人知道，她尝了新，首先知道这女演员滑稽可笑。“好吧，我该走了。”她补充道，却依然不动。

她看到丈夫刚刚进来，听到她说的话，你会觉得是喜事，仿佛

---

① 法国七星丛书版为：斯万夫人。

② 爱德华·马奈（1832—1883）画过一幅题为《一把芦笋》（1880）的画，由夏尔·埃弗吕西（1849—1905）收藏，普鲁斯特曾看到这幅画，他改动标题后把画作归于埃尔斯蒂尔。

③ 即欧内斯特·埃贝尔（1817—1908），法国画家。司汤达的表弟。1839 年因《狱中杯子》获巴黎美术展览会大奖，后获罗马大奖，并移居罗马，用亮丽的色彩描绘罗马农村。回法国后成为第二帝国宫廷画师。巴黎先贤祠半圆形后殿的镶嵌画出自他的手笔。画作《拯救的圣母》现藏法国格勒诺布尔博物馆。

④ 即帕斯卡·阿道夫·让·达尼昂-布弗雷（1852—1929），法国画家。是巴黎贵族青睐的肖像画家。他的《圣母像》于 1885 年在巴黎美术展览会上展出。

她和丈夫要一起去参加婚礼，而决不会想到她和丈夫往往难以相处，她丈夫身材高大、健壮，却已老态渐露，但仍像年轻人那样生活。他扫视围坐在桌旁喝茶的大多数人，目光和蔼、狡黠，两只圆圆的小眼睛被落日的光线照得有点目眩，眼珠坐落在眼睛里如同"靶心黑点"，他是优秀射手，会轻而易举地瞄准并射中靶心；公爵慢慢地往前走着，惊讶而又谨慎，仿佛被这批光彩夺目的客人吓住，仿佛担心踩到一条条裙子，并妨碍这些人交谈。他始终笑容可掬，如同和善的伊沃托国王[①]，但像是略带醉意，一只手微微握拳，如鲨鱼鳍一般在旁边摆动，对他的老朋友和介绍给他的陌生人一视同仁，都让他们握握手，这样他就无须做出一个动作，也不用中止像国王般面带微笑、悠闲自在的巡视，就能满足众人殷切的愿望，只要低声说："晚安，亲爱的；晚安，亲爱的朋友；十分荣幸，布洛克先生；晚安，阿让古尔。"他走到我跟前，听到我这个最幸运的客人的名字，就说道："晚安，小邻居，您父亲好吗？您知道，我和他非常要好。"他补充道，以让我高兴。"真是个好人！"他只是对德·维尔帕里齐夫人才恭恭敬敬地施礼，夫人点头向他问好，并从小围裙里伸出一只手。

他在财产越来越少的社会阶层里极其富裕，总是把巨大财产跟他本人等同起来，他身上兼有大贵族和富翁的自命不凡，而大贵族的良好教养恰好使富翁的自负得以克制。另外，我们可以看出，他受到女人青睐——也造成了他自己的女人的不幸——并非只是因为他的贵族身份和他的财产，因为他依然十分漂亮，从侧面看有着某个希腊神祇完美而刚健的外形。

"她真的在您家里演出过？"德·阿让古尔先生问公爵夫

---

① 伊沃托是法国滨海塞纳省城市。《伊沃托国王》是法国歌谣诗人皮埃尔·让·德·贝朗瑞(1780—1857)的著名歌曲，写于1813年，当时法国人民对拿破仑的征战感到厌倦，并渴望和平。从十四世纪至十六世纪，伊沃托这个诺曼底城市"自由地"的拥有者，称之为"伊沃托国王"。

人道。

“不错，她是来朗诵的，手里拿着一束百合花，还有百合花‘在[1]’她裙子上。（德·盖尔芒特夫人像德·维尔帕里齐夫人一样，故意用农民的地道发音说出某些词，虽说她不像婶婶那样把 r 发成舌尖颤音。）”

德·诺普瓦先生在迫不得已把布洛克带到小窗口单独交谈之前，我走到老外交家身边，悄悄地跟他说了句话，说是想跟他谈我父亲竞选院士[2]之事。他先是想把此事推迟到以后再谈，但我没有同意，说我立即要动身去巴尔贝克。“怎么！您又要去巴尔贝克。您真成了环球旅行家！”然后，他听我说话。他听到勒鲁瓦-博利厄[3]的名字，显出怀疑的神色看了看我。我心想他也许在勒鲁瓦-博利厄面前说过得罪我父亲的话，因此担心这位经济学家已把这些话说给我父亲听。他立刻显出对我父亲有真情实意。他放慢说话节奏，突然迸出一句话来，仿佛是不由自主地说出，因为说话者不可遏止的的信念，最终战胜他想沉默不语而结结巴巴地作出的努力，然后他激动地对我说：“不，不，您父亲**不应该**参加竞选。他不应该参加竞选，这对他本人有好处，是为了尊重他的卓越才华，他冒这种险会名誉受损。他要比院士高明。他要是当选，会失去一切、一无所获。幸亏他不是演说家。而这却是我在学院的亲爱同事们唯一看重的事，虽说大家说的都是老一套。您父亲在一生中有个重大目标；他应该朝这个目标笔直走去，而不应该在荆

---

① 原文为 su，应为 sur（在……上）。法语中 r 为小舌颤音。

② 指法兰西伦理学和政治学学院院士。

③ 即皮埃尔·保罗·勒鲁瓦-博利厄（1843—1916），法国经济学家。1873 年创办刊物《法国经济学家》。1878 年任法兰西公学政治经济学教授，并当选为法兰西伦理学和政治学学院院士。曾任彭纳鲁瓦亚煤炭冶金公司董事。

棘丛中走弯路，即使是在阿卡泽莫斯[①]的花园里刺多花少的荆棘丛中。另外，他只能得到少数几票。学院喜欢让申请人在门外久等，然后才将其接纳。目前没有任何办法。以后的事情我说不清楚。但必须由学院自己去找他。学院实行我们在阿尔卑斯山另一边的邻居所说的 Farà da sé（事情要由自己来做），是盲目多于幸运。勒鲁瓦-博利厄把这些事都跟我说了，但说话的方式我并不喜欢。另外，我大致看出他跟您父亲是一伙的，对吗？我也许曾使他比较清楚地感到，他经常办理棉花和金属的事务，不大知道难以估量的因素的作用，就像俾斯麦所说的那样。现在首先要避免的事，是您父亲参加竞选：Principiis obsta（邪恶刚出现就要与其斗争[②]）。他那些朋友会处境微妙，只要他使他们认为这已是既成事实。啊，"他突然用蓝眼睛盯着我看，神情恳切地说，"我要跟您说一件事，您会感到惊讶，那就是我非常喜欢您的父亲。啊，正因为我喜欢他，正是[我们是两个形影不离的 Arcades ambo（两个人都是阿卡狄亚人[③]）]因为我知道他能为国效力，能让国家避开暗礁，只要他仍在掌舵，因此，由于深厚的感情和高度的评价，并出于爱国主义，我不会投他一票。另外，我觉得我曾对他透露此事。（我仿佛在他眼睛里看到勒鲁瓦-博利厄像亚述人那样的严肃侧影。）因此，把我的票投给他，从我来说无疑是出尔反尔。"德·诺普瓦先生曾多次把自己的同事看成头脑僵化。除了其他原因之外，任何俱乐部成员或学院院士都喜欢认为同事的性格跟他截然不同，这

---

① 阿卡泽莫斯是希腊阿提卡的英雄，其坟墓周围有哲学家常去的树林。柏拉图把学院设在此处。

② 这是古罗马诗人奥维德（前 43—约后 17）的诗作《爱的医疗》的首句，下面为："……否则要挽救已为时过晚，/因为时间一长，邪恶就变得坚不可摧。"

③ 出自古罗马诗人维吉尔（前 70—前 19）的诗体作品《牧歌集》。蒂尔西斯和科里东是两个牧羊人，正在赛诗："两个人都是年轻力壮，两个人都是阿卡狄亚人，两个人唱歌势均力敌，准备对歌比赛。"阿卡狄亚是希腊伯罗奔尼撒半岛中部山区。

并非是因为实用而想说出:“啊！如果这事取决于我一人多好!”而是因为虚荣而想显示,他获得这头衔是何等困难,又是何等得意。“我要对您说,”他得出结论,“为了你们大家的利益,我情愿让您父亲在十年或十五年后竞选成功。”这些话在我看来如同命令,即使不是出于嫉妒,至少是因为完全缺乏助人为乐的精神,但到后来却从这件事中获得不同的含义。

“您不想在法兰西研究院谈论投石党运动期间的面包价格?”研究投石党运动的历史学家胆怯地对德·诺普瓦先生问道。“您会因此而取得巨大的成功(意思是说一种巨型广告)。”他对大使微笑着补充道,说时十分害怕,却又柔情似水,使他抬起眼皮,让人看到他的眼睛,只见眼睛大如天空。我感到这目光似曾见过,但今天只知道唯有历史学家拥有。我突然想起,这目光我曾在一位巴西医生的眼睛里看到,这位医生认为能用吸入植物浓汁的非常规方法来治好我患有的呼吸困难的毛病。为博得他对我更多的关心,我对他说我认识科塔尔教授,他仿佛是为了科塔尔的利益才这样回答我说:“这是一种疗法,您要是跟他说起,也许会给他提供材料,使他能在医学科学院宣读一篇引起轰动的论文!”他不敢坚持己见,但用询问的目光看了看我,目光羞怯,怀有私心,像在恳求,如同我刚才欣赏到的研究投石党运动的历史学家的目光。当然,这两个人互不相识,也没有相像之处,但心理学规律犹如物理学规律,具有某种概括性。如果必需的条件相同,同样的目光能阐明具有人性的不同动物,就像同样的早晨天空能阐明地球上相距遥远、从未相互见到的不同地方。我没有听到大使的回答,因为在轻微的嘈杂声中,大家已走到德·维尔帕里齐夫人身边看她作画①。

---

① 这一段系作者所加,原来加在前面,因当时德·诺普瓦先生尚未来到客厅,故移到此处,因此“大家已走到德·维尔帕里齐夫人身边看她作画”跟前面重复(见本卷第217页)。

“您知道我们在谈什么人,巴赞?”公爵夫人对丈夫问道。

“当然啰,我猜到了。”公爵说道。①

“啊!不就是我们所说的门户兴旺的那一派女演员。”

“您决不会想到,”德·盖尔芒特夫人接着对德·阿让古尔先生说道,“会有这样可笑的事。”②“这甚至滑稽得别具一格。”德·盖尔芒特先生打断了她的话。他用词奇特,社交界人士会说他不傻,但文学界人士却会认为他是最傻的傻瓜。③“我无法理解,”公爵夫人接着说道,“罗贝尔怎么会爱上她。哦!我十分清楚,这种事决不能讨论。”她补充道,潇洒地撅了撅嘴,如同哲人和幻想破灭的感伤女人。“我知道,任何事物都会有人喜欢。另外,”她又说道,即使她仍然瞧不起新文学,这种文学也许已通过报纸的普及或某些谈话,在一定程度上渗透到她的思想之中,“这甚至是爱情中的优美之处,因为正是这点才使爱情变得‘神秘’。”

“神秘!啊!我承认,这在我看来有点难以置信,我的表姐。”阿让古尔伯爵说道。

“不错,爱情十分神秘,”公爵夫人接着说道,面带讨人喜欢的社交界女士的温柔微笑,但也显出瓦格纳崇拜者坚定不移的信念,她会对小圈子里的一位男士声称,《女武神》③里没有噪声④。“另外,我们实际上无法知道,一个人为什么会爱上另一个人,这也许完全不像我们所认为的那样。”她微笑着补充道,突然否定她刚才解释时提出的看法。“另外,我们实际上永远一无所知。”她得出结论,显出怀疑和疲惫的神色。“因此,您可以看到,这样更加‘聪明’;⑤决不能对情人们的选择提出异议。”

---

① 法国七星丛书版后面接排,不另起一行。

② 法国七星丛书版后面另起一行。

③ 参见本书第一卷第188页注②。

④ 法国七星丛书版为:《女武神》里并非只有噪声。

⑤ 法国七星丛书版用冒号,而不是分号。

但在提出这一原则之后，她却立刻不去遵守，因为她批评圣卢的选择。

“您仍然可以看到，我感到惊讶的是，有人竟会觉得一个滑稽可笑的人有魅力。”

布洛克听到我们在说圣卢，知道他现在巴黎，就开始说他坏话，而且说得骇人听闻，大家都十分反感。他开始怀恨在心，并使人感到，他为了报仇雪恨，决不会后退半步。他确定的原则，是要有高尚的道德，经常光顾布里俱乐部（在他看来是[1]高雅的体育俱乐部）的人都应该去服苦役，他可能对他们进行的任何打击，在他看来都理所当然。有一次，他甚至声称想要起诉他在布里俱乐部的一位朋友。他想在起诉中提出伪证，但被告却无法证明他弄虚作假。布洛克并未实施这一计划，但他想用这种方法使此人更加灰心丧气、惶恐不安。既然他打击的对象只想显得潇洒，是布里俱乐部成员，既然他布洛克这样的圣人要对付那种人可以无所不用其极，那么，这样做又有什么不好？

“然而，您看看斯万。”德·阿让古尔先生反驳道。他最终理解他表姐说的话的含义，并对这些话说得如此正确而感到惊讶，就竭力在记忆中寻找实例，说明他对一些人喜欢过的女人并不喜欢。

“啊！斯万的情况完全不同。”公爵夫人表示反对。“但这事仍然使人十分惊讶，因为她是个善良的傻瓜，但并不滑稽可笑，她过去漂亮。”

“呸，呸。”德·维尔帕里齐夫人低声抱怨。

“啊！您觉得她不漂亮？不，她有迷人之处，长着非常漂亮的眼睛，漂亮的头发，她当时的穿着令人赞叹，如今仍然如此。现在，我承认她放荡下流，但她以前是令人心醉神迷的女人。夏尔娶她为妻，我同样感到难受，因为他完全没有必要这样做。”公爵夫人

---

① 法国七星丛书版为：他认为是。

并不觉得自己说了什么引人注目的话，但由于德·阿让古尔先生笑了起来，她又把这句话说了一遍，也许是因为她觉得这话滑稽，或者只是因为她觉得笑的人可爱，就用温存的目光看着他，以在思想的魅力中增添情感的魅力。她继续说道："不错，对吗？这没有必要，但她也并非没有魅力，因此我现在完全理解他为什么爱她，但罗贝尔的那位小姐，我可以肯定地对您说，她会让人捧腹大笑。我十分清楚，别人会用奥吉埃[①]那种老生常谈来驳斥我：'只求酒醉人，莫管何瓶装[②]！'啊，罗贝尔也许喝醉，但他在选择酒瓶时，确实显得缺乏鉴赏力！首先，您想想，她当时想让我在大厅中央架一座楼梯。这倒没什么，是吗？但她还对我宣称，说她要俯伏在楼梯的梯级上。另外，您要是听到她说的话，而我只看了一场戏，但我并不认为有人竟能想象出这种戏：这戏名叫《七位公主》[③]。"

"《七位公主》，哦！哟哟，真是故作风雅！"德·阿让古尔先生大声说道。"啊！等一下，这出戏我全都知道。作者把剧本寄给国王，国王一点儿也看不懂，就要我给他解释。"

---

① 参见本书第二卷第356页注③。

② 这诗句出自阿尔弗雷德·德·缪塞《酒杯和嘴唇》的题献。普鲁斯特误认为出自奥吉埃的手笔，可能因为后者也有关于酒瓶的著名诗句："酒瓶灰尘密布，酒却十分浓烈。"（载《女冒险家》第一场第一幕）

③ 《七位公主》(1891)是比利时剧作家莫里斯·梅特林克(1862—1949)的独幕剧。作者在卷首介绍中写道："一个大理石大厅，里面放着种有月桂树、薰衣草和白百合花的瓷器花盆。有七个梯级的白色大理石楼梯在纵向把整个大厅一分为二，七位公主身穿白色连衣裙，手臂裸露，已在放有白色真丝面料软垫的梯级上睡着。"这出戏剧情十分简单：一位老国王、一位老王后和一位亲王在观察七位睡着的公主，而且重复众多，因此德·盖尔芒特夫人并不喜欢。但她记忆有误，因为圣卢的情妇出演其中一个公主，是个哑角。七位公主要到第59页(剧本共有64页)才醒来，而且一句话也没说。另外，这位公主名叫乌尔苏拉，"观众看得并不清楚"(第21页)，而亲王马塞卢斯看来爱上了她，她"仍然仰卧着"(第61页)。

“这是否是祭司佩拉丹①的作品?”研究投石党运动的历史学家问道,以表明他感觉敏锐,了解现时的情况,但说话声音太轻,所以他的问题未被大家听到。

“啊!您知道《七位公主》?”公爵夫人对德·阿让古尔先生回答道。“我对您表示由衷的祝贺!我可只知道一位,但我因此而兴趣全无,不想去认识另外六位。我看那六位跟我看到的一位是一模一样!”

“多么愚蠢!”我心里在想,并因她对我冷淡而感到生气。我看到她对梅特林克毫不理解,有一种心满意足的感觉。“每天上午,我走了这么多公里的路,竟是为了这样的女人,我真是心地善良。现在,是我不想要她。”这是我心里说出的话,但跟我的想法截然不同,纯粹是谈话时说的话,就像我们在这种时候对自己所说,因为我们过于激动,又要自己待着,不能对别人诉说,就跟自己交谈,但并非出自真心,如同跟陌生人交谈一般。

“我无法让您有个概念,”公爵夫人继续说道,“这真叫人笑得前仰后合。大家都乘机大笑,而且笑得过分,因为那姑娘不喜欢这样,因此罗贝尔一直对我怀恨在心。不过,我并不感到后悔,因为如果演出十分顺利,那位小姐也许还会来演,我心里在想,这样会让玛丽-埃纳尔多么高兴。”

在家里大家都这样称呼罗贝尔的母亲德·马桑特夫人,即埃纳尔·德·圣卢的遗孀,为了把她跟她的堂弟媳盖尔芒特-巴伐利亚王妃即另一个玛丽区分开来,她的侄子侄女、堂兄堂弟、姐夫妹夫等人就在她名字后加上她丈夫的名字,或是她的另一个名字,由

① 即约瑟夫·佩拉丹(1858—1918),法国作家。作品中既有基督教的神秘主义又有神秘术。著有《拉丁民族的衰落》(共19卷)等。他跟其他“七人”一起创建艺术玫瑰十字会,1892—1897年在迪朗-吕埃尔画廊多次举办画展。其中一次画展的海报可能曾用作《七位公主》的插图:海报上画有撒满百合花的楼梯。佩拉丹声称,“祭司”的称号是迦勒底以前的祭司赋予他的。

此产生玛丽-希尔贝或玛丽-黑尔维格这样的名字。

“先是在前一天晚上排演了一次，真是妙不可言！”德·盖尔芒特夫人嘲讽地说道。“您想想，她说一句话，还没有说出四分之一就停下不说了，而且不再说话，我并未夸大其词，足足停了五分钟之久。”

“哟，哟，哟！”德·阿让古尔先生大声说道。[1] ——“我彬彬有礼地对她婉转地说，这样观众会感到有点摸不着头脑。她对我是这样回答的：‘说出台词始终应该像自己正在编出来的那样。’您仔细想想，这种回答真叫人吃惊！”

“但我觉得她诗朗诵得不错。”两个年轻人中另一人说道。

“她对此一无所知。”德·盖尔芒特夫人回答道。“另外，我也不需要听她朗诵。我只要看到她来时手拿百合花就已足够！看到百合花，我立刻明白，她没有才能！”

大家都笑了起来。

“婶婶，我就瑞典王后的事跟您开了个玩笑，您没有怨我吧？我现在请求您饶恕。”

“不用，我不怨你；要是饿了，你还可以吃我的点心。”

“来吧，瓦尔梅尔先生，您来当年轻女招待。”德·维尔帕里齐夫人对档案保管员这样说，是在开当时常开的一种玩笑。

德·盖尔芒特先生在扶手椅上直起身子，满意地看了看给他端来的几只放有花式糕点的盘子，他的帽子已放在他身边的地毯上。

“很好，现在我开始跟在座的各位高雅之士熟悉，我来吃一块松软蛋糕，蛋糕看上去很好吃。”

“这位先生扮演年轻女招待的角色，是惟妙惟肖。”德·阿让古尔先生善于模仿，就继续开德·维尔帕里齐夫人的玩笑。

---

① 法国七星丛书版后面另起一行。

档案保管员把放有花式糕点的盘子端到研究投石党运动的历史学家面前。

“您完成这一工作十分出色。”历史学家羞怯地说道，想要博得大家的好感。

因此，他对已跟他一样说过这种话的那些人，偷偷地投以心照不宣的目光。

“请您告诉我，亲爱的婶婶，”德·盖尔芒特先生对德·维尔帕里齐夫人问道，“刚才有一位先生风度翩翩，我进来时他刚好出去，那位先生是谁？我应该认识他，因为他对我深深鞠了一躬，但我没有认出他，您知道我老是搞错别人的名字，真是麻烦。”他说时显出得意的样子。

“勒格朗丹先生。”

“啊！奥丽娅娜有个表妹，如果我没有弄错，她母亲的娘家姓格朗丹。我记得十分清楚，是莱普格勒维埃的格朗丹。”

“不，”德·维尔帕里齐夫人回答道，“这两者毫无关系。他们仅仅是格朗丹，是一无所有的格朗丹。但他们巴不得你给这个姓加些什么，加什么都要。那人的姐姐是德·康布勒梅夫人。”

“您瞧，巴赞，您十分清楚，我婶婶说的是谁，”公爵夫人气愤地大声说道，“就是那个肥胖的食草动物的弟弟，您那天别出心裁，竟叫她来看我。她待了一个小时，我心里在想，我准会发疯。但我起先以为她是疯子，因为我看到走进我家的女人我并不认识，她样子活像一头母牛。”

“您听着，奥丽娅娜，她问我哪天是您的接待日；但我又不能对她无礼地拒绝，您瞧，您太夸张了，她不像一头母牛。”他补充道，显出埋怨的样子，同时却偷偷地向众人投以微笑的目光。

他知道要让妻子情绪亢奋，需要用反驳来加以刺激，当然是合理的反驳，譬如不能把一个女人看作一头母牛。（这样一来，德·盖尔芒特夫人往往会超越她第一个比喻，说出妙语连珠的话来。）

而公爵则显出天真的样子,以助她一臂之力,却又不像在帮她旗开得胜,如同火车车厢里的同伙在暗中帮助用三张纸牌猜牌赌博的赌徒。

“我承认她不像一头母牛,因为她像一群母牛。”德·盖尔芒特夫人大声说道。“我可以对您发誓,我看到这群母牛戴着帽子走进我的客厅向我问好,就感到不知所措。一方面,我想对她回答说:‘你这群母牛,你搞错了,你不能跟我来往,因为你是一群母牛。’另一方面,我在脑子里想了一下,终于想出你们的康布勒梅是多萝茜公主,公主曾说过要来看我一次,她也很像**牛亚科动物**,因此,我差一点说出公主殿下,用第三人称来跟一群母牛说话。她也有鸟的那种砂囊,就像瑞典王后那样。另外,这种有力的攻击,是用远距离射击做好准备,并且符合艺术的各种规定。从此之后,我不知被她投来的名片骚扰了多少时间,她的名片我到处可见,所有家具上都有,就像广告一样。我不知道这样做广告有什么目的。我家里只看到‘康布勒梅侯爵及侯爵夫人’,还有他们的地址,这地址我想不起来,而且决定永不使用。”

“不过,跟一位王后相像,那可是令人高兴的事情。”研究投石党运动的历史学家说道。

“哦! 天哪,先生,在我们这个时代,国王和王后没什么了不起!”德·盖尔芒特先生这样说,是想显示自己思想自由、新派,使人以为他并不重视跟王室成员的关系,实际上他非常看重这种关系。

这时,布洛克和德·诺普瓦先生已站起身来,走到我们身边。

“先生,”德·维尔帕里齐夫人问他,“您是否跟他谈了德雷福斯案件?”

德·诺普瓦先生微笑着抬头仰望,仿佛想要证明,他的杜尔西妮娅[1]心血来潮非要他做的事，实在是闻所未闻。尽管如此，他仍然和蔼可亲地对布洛克谈论法国正在经历的也许是难以忍受的可怕年月。这也许表明，德·诺普瓦先生（布洛克对这位先生说，他认为德雷福斯是无辜的）是热情的反德雷福斯派，因此，大使和颜悦色，其神色仿佛认为对方说得有理，毫不怀疑二人意见相同，并秘而不宣地跟对方站在一起，以便对政府施加压力，这使布洛克的虚荣心得到满足，并使他更加好奇。德·诺普瓦先生以他并未明确表明的重要观点为根据，仿佛在暗示布洛克和他意见一致，那么，他这些重要观点是什么？他们在此案上意见一致的到底是何种看法？布洛克对他和德·诺普瓦先生之间仿佛存在的这种神秘的意见一致特别感到惊讶，是因为这种意见一致并不限于政治问题，德·维尔帕里齐夫人已跟德·诺普瓦先生详细谈论布洛克的文学作品。

"您并未与时俱进，"前大使对布洛克说道，"我因此对您表示祝贺，您并不属于这个时代，在这个时代，不谋私利的研究已不复存在，卖给公众的只有淫秽或荒谬的货色。您作出的这种努力理应受到鼓励，只要我们有好的政府。"

布洛克感到高兴的是，在众人海上遇难之时，只有他一人飘浮水面。但即使如此，他仍想了解确切的情况，想知道什么是德·诺普瓦先生所说的荒谬货色。布洛克感到自己的创作道路跟许多人相同，并不认为自己与众不同。他重提德雷福斯案件，但未能弄清德·诺普瓦先生的观点。他竭力让他谈论这时名字经常见报的那些军官；那些军官比卷入此案的政治家更使人感到好奇，因为他们不像政治家那样已经出名，而是身穿制服，过着不同的生活，又守口如瓶，现在突然出现并开口说话，如同罗恩格林，站在天鹅拖着

① 杜尔西妮娅是塞万提斯的长篇小说《堂吉诃德》中托博索的农妇，堂吉诃德把她想象成梦中情人。

的小船上下来[①]。布洛克在他认识的一位民族主义律师的帮助下，得以多次旁听对左拉的审判[②]。他早上去旁听，到晚上才离开，带着三明治和一瓶咖啡，如同去参加中学优等生会考或中学毕业会考，习惯的改变使他精神兴奋，而咖啡和审判时的激动则使他兴奋到了极点，他在离开时对审判中发生的一切恋恋不舍，因此晚上回到家里，他想重温白天的美梦，就跑到一家两派都经常光顾的饭馆，去找一些志同道合的人，跟他们没完没了地谈论白天发生的事情，并用命令的口吻点了一份夜宵，使自己产生大权在握的幻觉，这一天一大早就赶过去，连午饭也没吃，这时以此来补偿一整天的饥饿和疲劳。人总是戏耍于经验和想象这两个层面之间，想要深入了解他认识的人们所过的完美生活，并结识他通过想象才了解其生活的人们。对于布洛克提出的问题，德·诺普瓦先生回答道：

"有两名军官卷入正在审理的此案，我以前曾听到一人说起过他们，我十分相信此人的看法，他对这两个军官非常看重，（是德·米里贝尔先生[③]），他们是亨利中校[④]和皮卡尔中校。"

---

① 在瓦格纳三幕歌剧《罗恩格林》第一幕的结尾，主人公罗恩格林身穿银色胄甲，头盔和盾牌上均饰有银色天鹅，站在天鹅拖着的小船上下来。他来为爱尔莎辩护，并跟当地掌权的弗烈德利比武。而爱尔莎被诬告谋害神秘失踪的胞兄，并企图夺取政权。

② 1898 年 1 月 13 日，左拉在《曙光报》上发表致共和国总统的公开信，题为《我控诉！》，认为德雷福斯无罪，指责军界和政界领导在撒谎，并伪造文件，违背法律。陆军部以诽谤罪在塞纳省法院对左拉提出起诉。审判于 1898 年 2 月 7 日至 23 日在巴黎法院进行，左拉被判犯有诽谤罪。

③ 即马里-弗朗索瓦·约瑟夫将军，米里贝尔男爵（1831—1893），曾参加克里米亚战争、意大利战役、墨西哥远征、普法战争并镇压巴黎公社。1875 年和 1880 年先后晋升准将和少将。1878—1881 年任陆军部参谋长。1890 年出任法军总参谋长。在阿尔卑斯山区视察回来后患中风病故。

④ 即于贝尔·约瑟夫·亨利（1846—1898），法国军官。1870 年普法战争中两次被俘但均脱逃。1872 年晋升中尉，但被认为"除靠资历外不会有任何前途"。1875 年

“但是，”布洛克大声说道，“宙斯之女雅典娜女神，在每个人脑中置入与另一人不同的想法。于是他们相互斗争，如同两头狮子。皮卡尔中校在军中地位显赫，但他的摩伊拉[①]把他带到并非是他待的那边。民族主义者的利剑一定会把他娇弱的身躯斩断，他将成为食肉动物和专吃尸体的飞禽的食物。”

德·诺普瓦先生没有回答。

“他们在那个角落争论些什么?”德·盖尔芒特先生指着德·诺普瓦先生和布洛克问德·维尔帕里齐夫人道。

“德雷福斯案件。”

“啊，见鬼！对了，您是否知道，谁在热情支持德雷福斯？我给您猜一千次也猜不着。我外甥罗贝尔！我还可以告诉您，在赛马俱乐部，大家得知他的这种壮举，就立刻群起而攻之，把他臭骂了一顿。一星期之后，他要去……”

“显然，”公爵夫人打断了他的话，“如果他们都像吉尔贝那样，一贯主张把所有犹太人都遣返耶路撒冷……”

“啊！那就是说，盖尔芒特亲王跟我的想法如出一辙。”德·阿让古尔先生插嘴道。

公爵用妻子来炫耀自己，但并不爱她。他非常“自命不凡”，讨厌别人打断他的话，另外，他在家里一直对她态度粗暴。他是个

被德·米里贝尔将军看中，任命为他的副官，从此仕途顺利。1879 年在陆军部统计处工作，跟埃斯特哈齐交往甚密，后来揭示后者才是德雷福斯案件中真正的德国间谍。1886 年起在突尼斯、阿尔及利亚等地工作。1893 年回陆军部统计处工作，不久升为副处长。1894 年 9 月，在德国驻法使馆当女仆的玛丽·巴斯蒂安将一份涉及法国国防秘密的文件交给他，他在几星期后将文件交给上级。10 月份经内部调查，确定文件系由阿尔弗雷德·德雷福斯上尉撰写，后者于 15 日被捕。亨利向以反犹主义著名的《自由言论报》提供情况，该报于 11 月 1 日发表文章，题为《叛国罪：犹太军官阿·德雷福斯被捕》。

① 摩伊拉是希腊神话中命运三女神的合称，罗马神话中称为帕尔卡。

坏丈夫，见妻子对他说三道四，已经心头火起，他又能说会道，见有人不愿听他说话，不由火冒三丈，浑身颤抖，就突然停了下来，对公爵夫人怒目而视，使众人感到局促不安。

“您干吗要跟我们说吉尔贝和耶路撒冷？”他最终开口说道。“问题不在这里。不过，”他用温柔的口吻补充道，“您一定会对我承认，如果我们家有人被逐出赛马俱乐部，特别是罗贝尔，他父亲曾在俱乐部当过十年主席，那就会让人无法容忍。您叫我怎么办呢，亲爱的？那些人因此而满脸不高兴，他们睁大了眼睛看着。我不能认为他们错了；从我个人来说，这您知道，我没有任何种族偏见，我认为这跟我们的时代格格不入，我希望与时俱进，不过，真是见鬼！只要称为圣卢侯爵，他就不应该是德雷福斯派，您要我对您怎么说呢？”

德·盖尔芒特先生说出“只要称为圣卢侯爵”时语气夸张。然而他十分清楚，称为“盖尔芒特公爵”就更加显赫。但是，即使他的自尊心想要夸大盖尔芒特公爵爵位的优越性，也许并非是高雅情趣的规范和想象的规律促使他贬低这爵位的价值。人人都觉得美在远处，美在别人家中。因为在想象中观察的普遍规律，既适用于公爵，也适用于其他人。不仅想象的规律如此，言语的规律也是如此。然而，言语的两条规律在这里全都适用，其中一条规律要求别人说话跟他思想所属的阶级的成员一样，而不是像他出身的阶级的成员。因此，德·盖尔芒特先生在说话时即使谈论贵族，也可能像普通的小资产者那样，说出“只要称为盖尔芒特公爵”这样的话，而斯万或勒格朗丹那样的文人却不会这样说。一位公爵会写出小市民的小说，即使题材为上流社会风俗，贵族头衔在此用处全无，而“贵族的”修饰语完全可以赋予一个平民的作品。以当时的情况为例，德·盖尔芒特先生到底是听到哪位资产者说过“只要称为……”，他对此肯定一无所知。但是，言语的另一条规律是，如同有些疾病，出现后迅速消失，因此后来不再有人提起，同样，就像法国长出美洲的一种野草，是因为野草的种子附着在一条旅行毯的绒毛上，后来落到法国铁路的斜坡上，不知是怎么回事，也许是因为自发产生，可能是因为事出偶然，时常会出现一些表达方式，可以在十天里听到，由一些人不约而同地说出。然而，有一年，我听到布洛克在谈到自己时说："最可爱、最出色、地位最高、最挑剔的人们发现，他们认为讨人喜欢、不可或缺的聪明人只有一个，那就是布洛克。"许多年轻人不知道这句话是谁说的，却把这句话挂在嘴上，只是把布洛克的名字换成他们自己的名字，同样，我想必经常听到"只要称为……"

"您要我怎么办呢？"公爵继续说道。"既然这种思想盛行，这也就很容易理解。"

"这尤其滑稽可笑，"公爵夫人回答道，"是因为他母亲的想法不同，她从早到晚都跟我们唠叨**法兰西祖国联盟**[①]，真是烦死人了。"

"是的，但不止他母亲这样，别跟我们吹嘘了。有个轻佻女子，生活极其放荡，对他影响更大，而这女人恰恰是德雷福斯的同胞。她把自己的思想状况传给了罗贝尔。"

"您也许不知道，公爵先生，有一个新词可以表示这个意思。"档案保管员说道，他是反重审委员会的秘书。"有人说 mentalité[②]。这跟您说的 état d' esprit（思想状况）的意思完全相同，但至少还没有人知道它的意思。这是精华中的精华，正如大家所说，'最为时髦'。"然而，他听到布洛克这个名字，看到他在对

---

① 法兰西祖国联盟在审判左拉之后于 1898 年 12 月 31 日由反对德雷福斯的作家费迪南·布吕纳介、弗朗索瓦·科佩、朱尔·勒梅特尔和莫里斯·巴雷斯发起成立，以反抗同年 6 月 4 日成立的支持德雷福斯的人权联盟。不久后，许多大学教授和法兰西公学的部分教授加入该联盟，如朱尔·凡尔纳、弗雷德里克·米斯特拉尔、皮埃尔·路易等。成员最多时超过四万，但在德雷福斯案件结束后于 1902 年解散。

② 据法国《利特雷词典补遗》，该词出现于 1877 年。

德·诺普瓦先生提出问题，就面露不安的神色，这使侯爵夫人感到十分不安，但原因并不相同。她在档案保管员面前心惊胆战，装出像他那样的反德雷福斯派的模样，是担心他会责备她，而他现在并不知道，她接待了一位跟“工会[1]”有点瓜葛的犹太人。

“啊！mentalité，我记下了，我一定使用。”公爵说道。（这并非是说说而已，公爵有个小本子，记了许多“语录”，他在重大晚宴前会把语录读一遍。）“这个词我喜欢。有人首创了这样的新词，但寿命都不长。最近我读到这种词，说一位作家 talentueux（有才华）。但后来就再也没有见到。”

“但 mentalité 比 talentueux 使用得更多。”研究投石党运动的历史学家为参加谈话而说道。“我是国民教育部一个委员会的委员，我在那里多次听到有人使用这个词，在我的俱乐部即沃尔内俱乐部[2]里也是如此，甚至在埃米尔·奥利维埃[3]先生家吃晚饭时也有人使用。”

“我可没有这种福气，能在国民教育部任职，”公爵回答道，装出谦恭的样子，但心里却十分自负，嘴上不禁露出微笑，眼睛向在场的人射出愉悦的目光，如同嘲讽一般，可怜的历史学家见了不由脸红，“我可没有这种福气，能在国民教育部任职，”他自鸣得意地重复道，“我也不是沃尔内俱乐部会员（我只是联盟俱乐部[4]和赛马俱乐部会员），先生，您不是赛马俱乐部会员？”他对历史学家问

---

① 在德雷福斯案件期间，法国反犹主义者认为，一个强大而又秘密的“犹太人工会”在阴谋策划反对他们的国家。

② 即文艺俱乐部，位于巴黎第二区沃尔内街 7 号，成立于 1874 年，有两名会员推荐即可参加。

③ 埃米尔·奥利维埃（1825—1913），法国政治家。1870 年 1 月初受命组建新政府。同年 7 月通过对普鲁士宣战，用他的话说是“以轻松的心情”通过。同年 8 月辞职后移居意大利，1873 年回国，撰写历史著作。1870 年接替拉马丁入选法兰西语文学院。

④ 联盟俱乐部位于巴黎马德莱娜大道 11 号，跟赛马俱乐部一样，也是十分封闭的俱乐部。

道，后者的脸红得更加厉害，听出这话口气傲慢，但又没有完全听懂，手脚不由颤抖起来。“我甚至不能在埃米尔·奥利维埃先生家吃晚饭，我承认自己不知道 mentalité。我可以肯定，您的情况跟我一样，阿让古尔。[1]

“您知道为什么不能出示德雷福斯叛国的证据。据说他是陆军部长夫人的情夫，大家暗地里都这么说。”

“啊！我还以为是总理夫人的情夫。”德·阿让古尔先生说道。

“我觉得你们谈这个案件都十分无聊。”盖尔芒特公爵夫人说道。她顺从社交界的看法，总想使人看到她不会让任何人牵着鼻子走。“这案件在犹太人方面不会对我产生影响，原因是我朋友中没有犹太人，我也希望总是处于这种幸运的无知状态。但从另一方面来说，我觉得无法忍受的是，她们以自己思想正统为借口，不在犹太人商店买任何物品，或是在自己的阳伞上写下‘杀死犹太人’，而许多姓迪朗或杜布瓦的女士，我们决不会认识，现在玛丽-埃纳尔或维克蒂尼安娜[2]却非要我们跟她们交往。我前天去了玛丽-埃纳尔家。以前在那里让人高兴。可现在，那里有许多人是我们终生都想回避的，说是为反对德雷福斯才来的，还有些人则让人说不出到底是什么人。”

“不，是陆军部长夫人。至少在贵妇的内室沙龙里这样在传。”公爵接着说道。他在谈话中使用某些他认为是旧制度使用的词语。“总之，不管怎样，我个人认为，大家知道我的看法跟我堂弟吉尔贝截然不同。我不像他那样是封建领主，我可以跟一个黑人一起散步，只要他是我的朋友，我决不会在乎别人的看法，但不管怎样，您还得对我承认，只要一个人称为圣卢，他就不能以此

---

① 法国七星丛书版后面接排，不另起一行。

② 维克蒂尼安娜是埃皮内公主的名字。

取乐，跟众人意见相左，而众人比伏尔泰更有头脑[1]，也比我外甥有头脑。尤其是不能演出我所说的那种感情上的惊险杂技，一星期后，他可要参加俱乐部的选举！她脾气有点倔！不，也许他的小荡妇在给他煽风点火。她也许把他说服，让他站到'知识分子'一边。知识分子是这些先生的'滥套子'。另外，这也是相当漂亮的文字游戏，但也非常恶毒。"

于是，公爵低声告诉公爵夫人和德·阿让古尔先生："犹太人的母亲"确实已在赛马俱乐部流传，因为在能够传播的所有种子中，因附着在最为结实的翅膀上而传播到离结出种子的地方更远的种子，依然是玩笑。

"我们可以请那位先生进行解释，他样子像女博士。"他指着历史学家说道。"不过，最好还是免谈此事，因为这事纯属杜撰。我不像我表妹米勒普瓦那样雄心勃勃，她认为她的家系可追溯到公元前利未的部落[2]，但我可以确信无疑地证明，我们家族中从未有过一滴犹太人的血。不管怎样，我们还是不应该受骗上当，可以完全肯定，我外甥先生的迷人看法会在朗德尔诺引起巨大反响[3]。况且弗藏萨克现在患病，将由杜拉斯掌管一切事务，而您知道，他

① 引自塔列朗(1754—1838)于1821年7月24日在法国贵族院的讲话，当时在讨论关于报刊的法律草案：塔列朗反对书刊审查，主张新闻自由："有个人比伏尔泰更有头脑，比波拿巴更有头脑，比所有督政都有头脑，比过去、现在和将来的所有大臣都有头脑，此人就是众人。开始斗争或至少坚持斗争，使众人觉得与己有关，是个错误，而在今天，所有的政治错误都很危险。"(载1821年7月25日《辩论报》)

② 在《圣经》中，利未(Lévi)是雅各和利亚的第三个儿子(《创世记》第二十九章)，他的部落成员和后代从事司铎的职务(《民数记》第三章及《申命记》第十章)。但列维(Lévis)家族有很多支族，其中最重要的是米勒普瓦支族，这个家族跟犹太人族长没有任何亲子关系。它源于法国伊夫林省谢夫勒斯附近的圣名列维，自十二世纪起才为人所知。

③ 朗德尔诺为法国菲尼斯泰尔省城市。这句话出自法国剧作家亚历山大·杜瓦尔(1767—1842)的独幕喜剧《海难，或遗产继承人》(1796)，意思是：雄心壮志可能会受到挫折。普鲁斯特不会忘记，盖尔芒特公爵的书房里藏有《杜瓦尔戏剧全集》。

这个人喜欢 faire des embarras(装腔作势)。”公爵说道,他对某些词语的确切意思一直弄不清楚,这时以为 faire des embarras 的意思不是 faire de l' esbroufe(装得煞有介事),而是 faire des complications(制造麻烦)。

“不管怎样,即使那个德雷福斯无罪,”公爵夫人插话道,“他也无法证明。他在岛上写的那些信件是多么愚蠢而又夸张。我不知道埃斯特哈齐先生是否比他更好,但这位先生在遣词造句方面别具优雅和风格①。德雷福斯先生的支持者想必不会对此感到喜欢。但不幸的是他们无法更换无辜者②。”大家听了哈哈大笑。“您是否听到奥丽娅娜的话?”盖尔芒特公爵急切地问德·维尔帕里齐夫人道。“是的,我觉得这话滑稽。”但公爵觉得还不过瘾:“可我并不觉得这话滑稽;或者不如说,这话是否滑稽,我丝毫不感兴趣。我对风趣话毫不看重。”德·阿让古尔先生提出异议。“他说话不动脑筋。”公爵夫人低声说道。“这也许是因为我当过两院议员,听到过一些讲话,虽然十分出色,却毫无意义。我学会欣赏的主要是其中的逻辑。也许正因为如此,我并未再次当选。滑稽的话,我不感兴趣。”——“巴赞,您别装出约瑟夫·普律多姆③的模样,亲爱的,您清楚地知道,没有人比您更喜欢风趣话。”——“您让我把话说完。正因为我对某种玩笑并不敏感,所

① 阿尔弗雷德·德雷福斯的书信于 1898 年由斯托克出版社出版,名为《一个无辜者的书信》。埃斯特哈齐的书信,众所周知的主要是一封称为“乌兰信”的书信,发表在 1897 年 11 月 28 日的《费加罗报》上。这封信是他在十三年前写给情妇德·布朗西夫人的,因受到他的诈骗,夫人为报复而发表此信。他在信中声称:“今晚若有人对我说,我能以乌兰队长[手持长矛的中欧骑兵]的身份持矛刺死法国人而获罪致死,我真是高兴极了……”

② 普鲁斯特于 1907 年在信中对斯特劳斯夫人重提她说过而他喜欢引用的一些话,其中有“如果我们能更换无辜者”。德雷福斯曾使他的支持者十分失望,因为他声称自己不是德雷福斯派。

③ 参见本书第一卷第 203 页注①。

以我往往欣赏我妻子的风趣。因为她的风趣通常出自正确的观察。她推理如同男子，表达如同作家。”

布洛克竭力想请德·诺普瓦先生谈论皮卡尔中校。

“不容置疑，”德·诺普瓦先生回答道，“他作证是必要的。我知道我因为支持这种观点，曾使不止一位同事发出可怕的尖叫声，在我看来，政府应该让中校说话。要走出这样的死胡同，不能一味原地踏步，否则就有陷入泥坑的危险。对军官本人来说，这次作证在第一次庭讯时产生了极为有利的印象。大家见他身穿骑兵的漂亮军装，用十分朴实和坦率的口吻前来叙说他的所见和所想，说出‘我以军人的荣誉发誓（说到这里，德·诺普瓦先生的声音中带有轻微的爱国主义震音），这就是我的信念，’无法否认，大家印象深刻[①]。”

“瞧，他是德雷福斯派，不再有丝毫怀疑。”布洛克想道。

“但是，他完全失去了他最初所赢得的种种同情，则是因为他跟档案保管员格里布兰[②]的对质，这时大家听到这个老仆人，这个说一不二的人（德·诺普瓦先生因信念真挚而有力地强调下面的话），这时大家听到他说话，看到他目不转睛地看着自己的上司，不怕跟上司顶撞，并以不容反驳的语调谈论自己：‘哦，我的中校，您十分清楚，我从未撒过谎，您十分清楚，此时此刻就像往常一样，我说的是实话。’风向转了，皮卡尔先生在以后几次庭讯中虽然竭尽全力，却仍然遭到彻底的失败。”

“不，他肯定是反德雷福斯派，这是意料之中的事。”布洛克心里在想。“但是，如果他认为皮卡尔是撒谎的叛徒，他怎么会重视皮卡尔的揭发并加以转述，仿佛觉得这揭发有吸引力并且是出自

① 皮卡尔在庭讯中向法官解释，他为什么认为埃斯特哈齐有罪，而德雷福斯无辜。

② 陆军部统计处档案保管员费利克斯·格里布兰曾作为原告的证人，认为德雷福斯有罪。他在审判左拉时于 1898 年 2 月 11 日出庭作证，并对皮卡尔说：“我以军人的荣誉发誓，这是真的，您知道我从不撒谎！”

真心？而如果恰恰相反，他把皮卡尔看成袒露心灵的义士，他又怎么会认为皮卡尔在跟格里布兰对质时撒谎？”

德·诺普瓦先生这样跟布洛克说话，仿佛两人意见一致，也许是因为他是坚定的反德雷福斯派，认为政府反对德雷福斯不力，就跟政府为敌，如同跟德雷福斯派为敌一样。也许他想在政治上达到的目的更为深邃，而且是在另一方面，因此，主张重审德雷福斯一案，显然是一种并不重要的手段，关心重大国外问题的爱国者不值得为此操心。也许主要是因为反映他政治智慧的格言，只能用于涉及形式、方法和时机的问题，而无法解决实质性问题，就像哲学上纯粹逻辑无法解决存在的问题，或是因为这种智慧使他觉得论述这些主题有危险性，因此为谨慎起见，他只想谈论次要的情况。但是，布洛克的错误在于，他认为即使德·诺普瓦先生的性格并非如此谨慎，思想并非十分明确，只要他提出希望，就仍然会把真相告诉他，即亨利、皮卡尔、帕蒂德克朗[①]所起的作用，以及涉及此案的种种问题。确实，德·诺普瓦先生知道这些事情的真相，布洛克不可能对此有所怀疑。既然他跟那些部长全都熟悉，他又怎么会不知道呢？当然，布洛克心里在想，政治上的真相可以由极其清醒的头脑大致复原，但他跟大部分公众一样，认为这真相一直无可置疑、确确实实地存在于共和国总统和内阁总理的秘密档案之中，并由他们两位转告各位部长。然而，即使政治上的真相包含在一些文件里，这些文件的价值往往不会超过一张X光片，而凡夫俗子认为，患者的病情一清二楚地记录在这张片子上，但在实际上，这张片子只是为诊断提供一种资料，这种资料跟其他许多资料汇集在一起，由医生进行推理并作出诊断。因此，我们在跟知情人

① 即阿尔芒·奥古斯特·夏尔·费迪南-马里·梅西埃，帕蒂德克朗侯爵(约1853—1916)，1894年为法军参谋部三处上校，受命首次调查德雷福斯，后在审讯左拉时出庭作证。

接触时，以为会了解政治上的真相，这真相却避而远之。即使到了后来，在德雷福斯案件上，发生了亨利承认作假然后自杀这件爆炸性事件[①]，这件事立即被人作出完全不同的解释，其中有一些德雷福斯派的部长，以及卡韦尼亚克和居伊涅，他们俩发现了伪造的文件，并主持了审讯[②]；另外，支持德雷福斯的那些部长，政治色彩相同，作出判断时不仅依据相同的文件，而且本着相同的精神，但对亨利的作用所作的解释却完全不同，有些部长把他看作埃斯特哈齐的同谋，另一些却把同谋的角色赋予杜·帕蒂德克朗，这样就跟他们的反对者居伊涅的看法不谋而合，但跟他们的支持者雷纳克[③]的观点却截然不同。布洛克能从德·诺普瓦先生那里获悉的最多是以下信息：如果总参谋长德·布瓦代弗尔先生确实曾派人给罗什福尔先生传递秘密消息，那么，这显然是特别令人遗憾的事情[④]。

---

① 亨利宣称曾在1896年发现意大利大使馆武官亚历山德罗·帕尼扎尔迪写给德国大使馆武官马克西米利安·冯·施瓦茨科彭的一封信，证明德雷福斯叛国。这封信实际上已被修改作假。在审讯左拉时，德·佩利厄将军谈到这一文件，陆军部长则当场宣读。但在1898年8月30日，亨利承认自己作假，他当天被捕后囚禁在瓦莱里安山监狱，第二天自杀身亡。

② 1898年8月13日，陆军部部长办公厅随员路易·居伊涅上尉在检查帕尼扎尔迪的信件时发现该信由多份文件拼贴而成，就立即报告6月29日任职的陆军部长戈德弗鲁瓦·卡韦尼亚克(1853—1905)。陆军部长反对重审德雷福斯案件。他讯问了亨利，亨利承认伪造文件，但他仍认为德雷福斯有罪，并拒绝重审此案，这跟内阁总理布里松的意见相左。他于9月4日辞职。居伊涅仍持反德雷福斯的观点，并指责杜·帕蒂德克朗促使亨利伪造文件。

③ 即约瑟夫·雷纳克(1856—1921)，在德雷福斯案件期间为国民议会议员，是重审此案最热情的支持者之一。著有《德雷福斯案件史》(共七卷)。

④ 1897年11月，《不妥协人报》社长维克托·亨利·德·罗什福尔-吕塞侯爵(人称亨利·罗什福尔，1831—1913)在报上抨击德·布瓦代弗尔将军和比约将军。为制止这种抨击，总参谋长办公厅主任波凡·德·圣莫雷尔(而并非德·布瓦代弗尔将军本人)拜访罗什福尔，对他说总参谋部有证据证明德雷福斯有罪，并向他出示公众或法官尚未知晓的重要文件：加有评注的备忘录以及德国皇帝的几封信。罗什福尔在1897年12月13日的《不妥协人报》上谈到此次来访。约瑟夫·雷纳克声称，布瓦代弗尔后来承认曾派办公厅主任拜访罗什福尔，(载《德雷福斯案件史》第三卷第2—3页)。

“请您放心，陆军部长至少已 in petto（在心里）把总参谋长交给了冥王。在我看来，公开否认并非是多此一举。但陆军部长 inter pocula（在朋友中间）直截了当地谈出了自己的看法。另外，因谈论有些问题而引起骚动，其后又无法控制，是十分轻率的举动。”

“但这些文件显然是伪造的。”布洛克说道。

德·诺普瓦先生没有回答，但表示并不赞成亨利·德·奥尔良亲王[①]的做法：

“另外，他这种做法只会破坏法庭的清静，并鼓励骚动，而骚动无论从哪个角度来看都会令人遗憾。当然，必须制止反对军国主义的阴谋，但我们也不能让右翼分子鼓动民众大吵大闹，他们不是为爱国主义思想效力，而是想加以利用。谢天谢地，法国不是南美的共和国，还不需要有一位发动军事政变的将军。”

布洛克无法让他谈论德雷福斯有罪的问题，也不能让他对目前正在审理的民事案件的判决作出预测。但是，德·诺普瓦先生显然乐于详细谈论这个判决的种种后果。

“如果定罪，”他说道，“则可能会被撤销，因为在证人作证如此众多的诉讼案中，律师无法指出有形式瑕疵的情况极为罕见。[②]

“至于亨利·德·奥尔良亲王破口大骂，我对他父亲有这种喜好十分怀疑[③]。”

“您认为沙特尔是德雷福斯派？”公爵夫人微笑着问道，只见

---

① 1898 年 2 月 18 日，判处德雷福斯有罪的备忘录的真正作者埃斯特哈齐出庭，并受到众人欢呼。路易-菲力浦的曾孙亨利·菲力浦·马里·德·奥尔良亲王（1867—1901）前来向他表示祝贺。《曙光报》在报导此事时说亲王曾“拥抱”埃斯特哈齐。但奥尔良亲王在 2 月 25 日的信中加以否认，并说他只想“对法国军装和法军的判断致敬”，（载《德雷福斯案件史》第三卷，第 462—463 页）。

② 法国七星丛书版后面接排，不另起一行。

③ 亨利·德·奥尔良亲王的父亲是罗贝尔·菲力浦·路易·欧仁·费迪南，即沙特尔公爵（1840—1910）。

她双目圆瞪,面颊粉红,鼻子低垂在放花色糕点的盘子上,显出气愤的样子。

"完全不是,我只是想说,从这方面看,在整个家庭里有一种政治嗅觉,我们已经看到,这种嗅觉在克莱芒蒂娜王妃[1]身上达到 nec plus ultra(登峰造极)的地步,她的儿子费迪南亲王[2]则继承了这笔珍贵遗产。保加利亚大公不会把埃斯特哈齐少校抱在怀里。"

"他情愿把普通士兵抱在怀里。"德·盖尔芒特夫人低声说道。她经常在茹安维尔亲王府跟这个保加利亚人共进晚餐,有一次保加利亚人问她是否嫉妒,她回答道:"是的,殿下,对您的手链。"

"您今晚不去参加德·萨冈夫人的舞会?"德·诺普瓦先生向德·维尔帕里齐夫人问道,以中止跟布洛克的谈话。对于布洛克,大使并不觉得讨厌,他后来对我们谈起布洛克,仍带有纯朴的感情,这无疑是因为布洛克的言语中保留了他已弃用的仿荷马风格的某些痕迹:"他相当有趣,说话有点像老古董,有那么点一本正经的样子。他动不动就说'文艺九女神[3]',就像拉马丁或让-巴蒂斯特·卢梭[4]。在当今的青年中这已是凤毛麟角,即使在上一代

① 即克莱芒蒂娜·德·奥尔良(1817—1907),路易-菲力浦之女,婚后为萨克森-科堡-哥达王妃,是保加利亚的费迪南的母亲。

② 即费迪南一世,萨克森-科堡-哥达亲王(1861—1948),1887 年起为保加利亚大公,1908 年登基为保加利亚沙皇,宣布保加利亚独立。奉行亲同盟国政策,卷入第一次世界大战,1918 年保加利亚投降后退位。

③ 即希腊神话中的缪斯,均为宙斯和记忆女神摩涅莫绪涅之女。其中克里俄管历史,欧忒尔珀管音乐和诗歌,塔利亚管喜剧,墨尔波墨涅管悲剧,忒尔西科瑞管舞蹈,埃拉托管抒情诗,波吕许尼亚管颂歌,乌拉尼亚管天文,卡利俄珀管史诗。

④ 拉马丁的作品中没有提到"文艺九女神",只是在《沉思集》的第一篇序言中提到"缪斯"。法国诗人让-巴蒂斯特·卢梭(1671—1741)则在《吕克伯爵先生颂歌》中提到:"才思敏捷之士的出众天赋,我并未拥有,/文艺九女神温柔而又听话,为他们打开自己的所有宝库;/但他们在平静而又温柔的诗兴中,/在弹奏里拉竖琴之时,从未受到/听众的喜爱,也没有感受到激情澎湃。"

青年中也十分罕见。我们这些人过去有点浪漫。”但是，即使德·诺普瓦先生觉得谈话的对方别具一格，他也认为谈话的时间实在太长。

“不，先生，我不再去参加舞会。”她回答道，面带老年妇女的亲切微笑。“你们都去，是吗？这是你们这种年龄的事。”她补充道，用同样的目光看着她的朋友德·沙泰勒罗先生和布洛克。“我也受到了邀请。”她像开玩笑那样说道，并装出炫耀的样子。“主人甚至登门来邀请我。”（“主人”是指萨冈王妃。）

“我没有请柬。”布洛克说道。他以为德·维尔帕里齐夫人会立刻给他一张，并认为德·萨冈夫人也会高兴地接待她曾登门邀请的一位女士的朋友。

侯爵夫人没有回答，布洛克也就不再开口，因为他有一件更重要的事情要跟她谈，为此他提出想在两天后跟她见面。他听到那两个年轻人说他们已退出王家街的俱乐部，因为他们觉得那家俱乐部如同磨坊那样可以自由出入，他想请德·维尔帕里齐夫人帮他加入那家俱乐部。

“萨冈家里的人，是否是冒充高雅、故作风雅？”他如同讽刺般说道。

“完全相反，这是我们在高雅方面超群绝伦的典范。”德·阿让古尔先生回答道，巴黎的各种玩笑他全都采用。

“那么，”布洛克有点像挖苦般说道，“这可以称之为这个季节的一次**盛会**，一次重要的**社交界聚会**！”

德·维尔帕里齐夫人高兴地对德·盖尔芒特夫人说：

“你看，德·萨冈夫人的舞会是否是一次社交界盛会①？”

---

① 萨冈王妃本名让娜-玛格丽特·塞耶尔（1839—1905），是第二帝国一位男爵的女儿。她举办的舞会确实是巴黎的“社交界盛会”。法国画家欧仁·拉米（1800—1890）有用水粉画颜料润色的一幅水彩画，表现她于1883年举办的化装舞会。

“这事不该来问我，”公爵夫人以嘲弄的口吻对她回答道，“我还没有弄清社交界盛会是指什么。另外，社交界的事不是我的强项。”

“啊！我的看法恰恰相反。”布洛克说道。他以为德·盖尔芒特夫人说的是真心话。

他继续对德·诺普瓦先生提出有关德雷福斯案件的大量问题，使对方十分失望，德·诺普瓦先生说，从“大致上看”，他感到杜·帕蒂德克朗上校脑子有点糊涂，被指定来经管这件棘手的事，也许不是十分恰当，因为处理这件事需要头脑冷静，并要有高超的辨别能力和渊博的知识①。

“我知道社会党竭力要求将他处死，并要求立即释放魔鬼岛的囚徒。但我认为，我们还没有沦落到这种地步，会甘心受热罗-里夏尔先生②之流的胯下之辱。至今为止，这案件仍像雾里看花。我不是说双方都有卑鄙无耻的行为需要掩盖。甚至你们委托人的某些私心较少的保护人也会有好心，这点我并不否认，但您要知道，好心也会做坏事。”他目光狡黠地补充道。“重要的是，政府必须给人以这种印象，即它不受左派集团的控制，也不需要束手束脚，听从某支禁军的警告，请相信我，这禁军不是军队。不言而喻，如果再发生什么事情，重审就会启动。其后果显而易见。提出这种要求，无疑想撞开已打开的门。到那天，政府就可以大声地把话

---

① 有趣的是，德·诺普瓦先生对杜·帕蒂德克朗上校的看法，跟左拉在《我控诉》中的看法相同：“他思想模糊不清，又十分复杂，满脑子浪漫的诡计，喜欢用连载小说中的方法，如窃取文件，写匿名信，在空无一人的地方约人见面，还有在夜里贩卖确凿证据的神秘女人。”（载 1898 年 1 月 13 日《曙光报》）

② 即阿尔弗雷德·莱昂·热罗-里夏尔（1860—1911），巴黎国民议会代表，社会党报纸《小共和国报》的总编。1898 年 9 月，普鲁斯特想要参加热罗-里夏尔主持的一个关于德雷福斯案件的报告会，由社会党议员让·饶勒斯（1859—1914）作报告。实际上，社会党人长期置身于德雷福斯案件之外，认为这是资产阶级两个派别的斗争，直至 1898 年底才在饶勒斯领导下介入此案。

说得一清二楚，不然的话，它就要让自己大权旁落。光是东拉西扯不再能使人满意。应该让法官去审判德雷福斯。这事十分简单，因为我们这个温顺的法国，喜欢自我诽谤，虽说在我们国家已养成习惯，大家认为或让人认为，要使人听到真实和正义的声音，必须穿越拉芒什海峡，这往往只是到达施普雷河①的间接方法，并非只有在柏林才有法官②。但是，政府一旦开始行动，您是否会听它的？当政府要您履行公民义务，您是否会听它的？您是否会站在政府一边？对政府发出的爱国主义召唤，您是否不会装聋作哑，而是回答'到！'？"

德·诺普瓦先生对布洛克提出这些问题时激情澎湃，我的同学听了又怕又喜；因为大使对他说话，如同在对一个党的所有党员说话，他询问布洛克，仿佛已获悉这个党的机密，可以对将要作出的决定负责。"如果您不愿缴械投降，"德·诺普瓦先生不等布洛克代表的集体作出回答就继续说道，"如果您在签署决定重审的法令墨迹未干之时，听从某个居心叵测的口号，不愿缴械投降，而是仍然持成效甚微的反对态度，即某些人所认为的政治上的 ultima ratio(最后方法③)，如果您一气之下撒手不管，破釜沉舟，您就会损失惨重。您是否是混乱制造者的俘虏？你是否向他们作过保证？"布洛克十分为难，不知该如何回答。德·诺普瓦先生也不让他有回答的时间。"如果您确实否定，就像我希望看到的那样，如果您还有一点政治头脑，即您的有些首领和朋友不幸缺少的东西，

---

① 施普雷河是穿越柏林的河流。

② 诺普瓦在此暗指弗朗索瓦·安德里厄(1759—1833)的诗体童话《无忧磨坊主》。童话取材于普鲁士十分流行的一则传说。国王腓特烈二世想把一座磨坊占为己有，因为磨坊破坏了他在波茨坦的无忧宫的景色。磨坊主不同意，就告知柏林法院。法官判国王败诉，以证明司法独立。磨坊主最后得出结论："幸好我们有柏林的法官。"

③ Ultima ratio regum(国王的最后方法)是路易十三的首相黎塞留(1585—1642)令人刻在王家海军大炮上的格言。

在刑事法庭将要开庭之日，如果您不让混水摸鱼之徒把您拉到他们一伙之中，您就会赢得市民的尊重。我不能保证整个参谋部都能全身而退，但至少有一部分人能挽回面子，没有把火药点燃，就已经相当不错了。[①]

"另外，不言而喻，应该由政府定出法规，使未受惩罚的罪行的过长清单不再加长，当然不是对社会党人或某种丘八的挑唆言听计从。"他正眼看着布洛克补充道，也许还像所有保守派那样有一种本能，想在敌对阵营中寻求支持。"政府在行动时不必去关心不管来自何方的竞相许诺。谢天谢地，政府既不听命于德里昂上校[②]，也不听从另一派的克列孟梭先生[③]的指挥。必须制服职业闹事者，让他们不得翻身。绝大多数法国人希望在安定的社会秩序中工作！这是我一心追求的目标。但不必害怕对公众舆论进行开导；如果有几只羊，就是我们的拉伯雷司空见惯的那种羊[④]，冒冒失失地跳入水中，就应该对它们指出这水是浑的，是被并非出自我们中间的败类故意搅浑，以掩盖水底的危险。政府在将要行使基本上属于它本身的职权时，不应该使人觉得是在勉强摆脱被动状态，我是说要让正义女神付诸行动。政府将会接受你们的所有建议。如果政府能证明确实有司法错误，绝大多数人肯定会让政府自由行事。"

"您，先生，"布洛克转向德·阿让古尔先生说，他和其他人同时被介绍给这位先生，"您肯定是德雷福斯派：外国人都是德雷福

---

① 法国七星丛书版后面接排，不另起一行。

② 即埃米尔·奥古斯特·西普里安·德里昂（1855—1916），法国军官、军事作家，笔名当里上尉，跟鼓吹沙文主义的布朗热将军如出一辙。1910年当选为南锡议员。

③ 即乔治·克列孟梭（1841—1929），法国政治家。两度出任总理（1906—1909，1917—1920）。力主对德进行复仇战争，有"老虎"之称。

④ 指"巴奴日的羊"，载拉伯雷小说《巨人传》第四部。生意人丹德诺骂巴奴日是乌龟，巴奴日为了报复，买了他的一只羊，然后把羊扔到海里，他的其他羊全都跟着跳进海里淹死。参见成钰亭译本下册，上海译文出版社，1981年，第697—704页。

斯派。”

“这个案件只是法国人之间的事情,是吗?”德·阿让古尔先生说道,口气特别傲慢,即把一种看法赋予谈话对方,而大家显然知道他不同意这种看法,因为他刚说出截然不同的看法。

布洛克面红耳赤;德·阿让古尔先生微微一笑,并朝周围观看,这微笑即使是为其他客人准备,对布洛克也是不怀好意的表现,但他后来因真诚而变得温柔,并最终对我朋友微笑,使布洛克没有借口再为刚才听到的话而生气,但这些话仍显得冷酷无情。德·盖尔芒特夫人在德·阿让古尔先生耳边说了些话,我没有听到,但想必跟布洛克的宗教信仰有关,因为此时此刻,公爵夫人的脸上出现犹豫不决、装腔作势的表情,这是因为她在议论别人,却又怕被此人发现,这种表情里掺杂着出于好奇和不怀好意的愉悦,而愉悦则由我们感到跟我们截然不同的一群人所引起。为挽回面子,布洛克转向沙泰勒罗公爵:“您,先生,您是法国人,您一定知道外国人都是德雷福斯派,虽说大家认为在法国决不会知道外国发生的事。另外,我知道可以跟您谈得拢,这是圣卢跟我说的。”但年轻的公爵感到,大家都在反对布洛克,就表现出社交界人士经常会有的胆小怕事,另外采用一种矫揉造作而又尖酸刻薄的智慧,即显然是德·夏吕斯先生的祖先隔代传给他的智慧,并回答道:“请您原谅,先生,我不能跟您讨论德雷福斯,这个案件,我一般只在雅弗的后代[1]中间谈论。”大家都微微一笑,只有布洛克除外,这不是因为他没有这种习惯,不会对他的犹太血统以及跟西奈半岛有关的其他事情说几句嘲笑挖苦的话。但是,这种话也许尚未准备就绪,布洛克身体里的机械一松扣,他嘴里蹦出的不是这样一句话,而是另外一句。大家只能听到下面的话:“您是怎么知道的?

① 雅弗是《圣经》中挪亚的第三个儿子,是小亚细亚和西徐亚各民族即白种人的祖先。

谁跟您说的?"仿佛他父亲是苦役犯一般。另一方面,他的名字听起来不大像基督教徒的名字,他那张脸也是如此,因此他的惊讶就显得有点幼稚。

德·诺普瓦先生对他说的话,并未使他感到十分满意,于是他就走到档案保管员身边询问,是否有时能在德·维尔帕里齐夫人家里看到杜·帕蒂德克朗先生或约瑟夫·雷纳克先生。档案保管员没有作任何回答;他是民族主义者,不断对侯爵夫人宣传,说很快就会在社会上爆发一场战争,她在择友时应该更加谨慎。他心里在想,布洛克是否是工会派来打探消息的密使,就立刻把布洛克刚才对他提出的问题转告德·维尔帕里齐夫人。夫人认为,他至少是缺乏教养,也许会对德·诺普瓦先生的地位构成威胁。最后,她想使档案保管员感到满意,因为唯有他使她感到有点害怕,他也是向她灌输思想的人,虽说并不十分成功。(每天上午,他给她念朱代先生在《小报》[①]上发表的文章。)因此她想对布洛克表示,他不需要再来拜访,并十分自然地在她的社交保留节目单上找到一场戏,一位贵妇演出这场戏,就可以把某个人赶出家门,但这场戏并不像大家想象的那样,需要攘臂瞋目。布洛克走到近前跟她告辞,而她则半躺在巨大的扶手椅上,显出似醒非醒的样子。她目光呆滞,只有珍珠般微弱而又迷人的光芒。布洛克告辞时,侯爵夫人的脸上依稀露出无精打采的微笑,连一句话也不跟他说,也没有把手伸给他。这场戏使布洛克惊讶到了极点,但由于周围有一圈人围着观看,他认为这样拖下去不会对他有好处,为逼迫侯爵夫人,既然她不把手伸过来,他就自己把手伸了过去。德·维尔帕里齐夫人感到不快。但她虽说想让档案保管员和反德雷福斯的小圈子

---

① 《小报》为法国日报,创办于1863年,每份一个苏,标志着大量发行报刊的开始,到1890年发行量达一百万份。欧内斯特·朱代使该报执行民族主义路线。朱代后任《闪电报》主编。

立刻感到满意，却同时在为将来着想，因此只是把眼皮垂下并半闭眼睛。

"我看她睡着了。"布洛克对档案保管员说，后者感到自己有侯爵夫人撑腰，就露出气愤的神色。"再见，夫人。"他说时如同喊叫。

侯爵夫人嘴唇微微一动，如同奄奄一息之人，想要张嘴说话，但目光已无法辨认。然而，她仿佛九死一生，把脸朝阿让古尔侯爵转去，而布洛克则渐渐远去，确信她患有"智力衰退"。他好奇心切，一心想弄清这如此奇特的事件，就在几天后再次登门拜访。她给予他十分亲切的接待，因为她是善良的女人，而档案保管员那天又不在，她希望布洛克组织演员在她家演出独幕剧，另外，她曾在一出戏中扮演她所希望的贵妇角色，当晚就在各个沙龙受到赞赏并得到广泛评论，但评论所依据的情况却跟实际情况大相径庭。

"您刚才谈起《七位公主》，公爵夫人，您要知道(我并未因此而感到更加自豪)，写这部……我怎么说呢？写这部有争议的作品的作者，是我的一位同胞。"德·阿让古尔先生揶揄地说道，但同时又感到得意，因为对刚才谈论的作品的作者，他比其他人更加了解！"是的，他是比利时人①，他的身份如此。"他补充道。

"真的？不，我们没有责备您要对《七位公主》负任何责任。可喜的是，您和您的同胞，跟这部愚蠢的作品的作者没有相像之处。我认识的一些比利时人非常和蔼可亲，譬如您，你们的国王，虽说有点腼腆，但十分风趣，还有我那些利涅家的表兄弟，以及其他许多人，但可喜的是，你们说的言语跟《七位公主》的作者不同。另外，如果您非要我说，说这些也是多此一举，因为这实在是微不足道。这种人竭力显得晦涩难懂，必要时装得滑稽可笑，以掩盖他们思想匮乏。如果后面隐藏着什么，我就会对您说，我担心是某些

① 莫里斯·梅特林克于1862年生于比利时根特市。

大胆的行为，”她一本正经地补充道，“只要有了想法。我不知道您是否看过博雷利[①]的剧作。有些人看了之后觉得不舒服；我嘛，我可能会被别人抨击，”她补充道，并未想到她不会冒巨大风险，“但我承认，我觉得这剧作要有趣得多[②]。而《七位公主》，哼！其中一位对我外甥好，没用，我可不能把家里的感情……”

公爵夫人突然闭口不说，因为这时有一位夫人进来，那就是罗贝尔的母亲马桑特子爵夫人。德·马桑特夫人被认为是圣日耳曼区一位优秀女士，如天使般善良和温顺。这点有人对我说过，我也没有特殊的理由对此感到惊讶，但此时此刻，我还不知道她是盖尔芒特公爵的妹妹。后来，每当我在这种社交界里得知，一些忧郁、纯洁、作出牺牲和受人尊敬的女子，如同彩画玻璃窗上完美的女圣徒，却跟粗鲁、放荡和卑劣的兄弟一样，是在同一棵家谱树上开出的花朵。兄弟和姐妹的相貌完全相同，就像盖尔芒特公爵和马桑特子爵夫人那样，在我看来他们应该有相同的智慧和情趣，就像一个人可能有顺利或艰难的时刻，但如果此人思想狭隘，就不会视野开阔，如果他心肠冷酷，就不会有崇高的牺牲精神。

---

① 参见本书第一卷第 239 页注④。

② 博雷利著有独幕剧《阿兰·夏蒂埃》，1889 年 5 月 20 日在法兰西剧院首演，并不十分成功。该剧取材于让·布歇在《阿基坦编年史》中记载的法国作家阿兰·夏蒂埃（约 1385—约 1433）的一段生活经历。王太子即未来的路易十一的第一位妻子苏格兰的玛格丽特看到诗人在椅子上睡着了，就走到近前亲吻了他。夏蒂埃长得很丑，公主对在场的人作出解释：她吻的不是这个人，而是说出“许多甜言蜜语”的这张嘴。在博雷利的剧中，夏蒂埃由穆奈-苏利扮演，玛格丽特由巴尔泰小姐扮演。亲吻的理由十分简单：玛格丽特要求诗人写一首诗歌颂王太子，但诗人只给她寄了一首十四行诗，题为《百合花下》：“百合花下，百合花硕大，命运决定，/公主睡着，睡眠漫长而又神奇。”他说自己已失去灵感，只有未来王后的亲吻才能使他灵感恢复。玛格丽特犹豫不决，但看到诗人睡着在长凳上，就按他的要求给了他这个“爱国主义的吻”。其实夏蒂埃并未睡着，对公主吻他一清二楚。这种交易是这部剧作中最为大胆的地方。我们可以看到，德·盖尔芒特夫人确实机灵：她抨击一部剧作，剧中几位公主睡在布满百合花的楼梯上，同时赞赏另一部剧作，剧中诗人撰写十四行诗，谈论一位在百合花下睡着的公主，自己则在长凳上打盹。

德·马桑特夫人正在听布吕纳介[①]的课。她使圣日耳曼区为之倾倒,并用女圣徒般的生活来感化该区。然而,因外貌相同,都有漂亮的鼻子和锐利的目光,使人认为德·马桑特夫人跟她哥哥公爵在智力和道德上如出一辙。我无法相信,只因为她是女人,也许过去曾经不幸,而现在得到众口一词的赞扬,却会跟自己的家人如此不同,就像在武功歌中所说,兄弟粗野凶狠,姐妹集美德和妩媚于一身。我感到,大自然虽然不像古代诗人那样自由,但应该能以几乎是独占的方式来使用家庭共有的成分,因此我无法相信它的创新能力如此之大,竟能用塑造蠢人和粗人的材料,制造出毫不愚蠢的大才子和毫不粗暴的女圣徒。德·马桑特夫人身穿斜纹软绸面料的白色连衣裙,印有大棕榈叶图案,饰有几朵黑布做的花。这是因为她的表兄德·蒙莫朗西先生在三星期前与世长辞,她仍然出门拜访,参加小型晚餐,但戴孝出席。她是一位贵妇。因隔代相传的缘故,她心里充满宫廷生活的轻浮,并带有这种生活的肤浅和严格。德·马桑特夫人没能长时间沉痛怀念自己的父母,但在表兄去世后的一个月里,她决不会穿上花花绿绿的衣服。她对我极其和蔼可亲,因为我是罗贝尔的朋友,因为我跟罗贝尔并非同属一个阶层。除了这种和蔼可亲,还有假装的羞怯,她说话的声音、目光和思想仿佛在不时退缩,要把它们统统收回,如同把张开的裙子拉回来,以便不占据过多的地方,并保持平整,即使裙子柔软也是如此,这是良好教养的要求。不过,良好的教养,也不应该死抠字眼儿,这些女士中有许多人很快就过起放荡的生活,但一直保持着几乎像孩子那样的端庄举止。德·马桑特夫人谈话时,别人听

---

① 即费迪南·布吕纳介(1849—1906),法国文学批评家、文学史家。1886 年起在巴黎高等师范学校任教。1893 年起任《两世界评论》杂志社社长。拥护和发展泰纳的实证主义文学批评原则,并用达尔文的生物论解释一切文学流派的发展。强烈反对左拉的自然主义文学观。对近代西方文艺批评有一定影响。著有《法国文学史批判研究》(共六卷)、《当代文学批评和新批评》、《论自然主义小说》等。

起来有点不舒服，因为每次跟平民说话，如贝戈特、埃尔斯蒂尔，她就强调一个词，把它说得十分清楚，并像朗诵那样，在盖尔芒特家族特有的一种抑扬中用两种声调说出："我**荣幸**地，十分**荣**——幸地遇到了贝戈特先生，认识了埃尔斯蒂尔先生。"这也许是为了让别人赞赏她的谦恭，也许是出于跟德·盖尔芒特先生相同的嗜好，喜欢用古旧的词语，以反抗教养不良之辈当前的习惯用语，即很少使用"荣幸"一词的这种恶习。不管其中哪个原因正确，我们都可以感到，德·马桑特夫人在说"我**荣幸**地，十分**荣**——幸地"时，认为自己在扮演重要角色，并表明她欣然接受那些名人的名字，就像她会在自己的城堡里接待他们本人那样，只要他们来到附近的地方。另一方面，她家族人数众多，她也十分喜爱，而她说话又慢条斯理，喜欢进行解释，希望让人了解她家的亲属关系，因此，她可以（丝毫没有令人惊讶的欲望，只是从心底里喜欢谈论使人感动的农民和品德高尚的猎场看守人）随时列举出在神圣罗马帝国时期降为附属国所属的欧洲各个家族的名称，她这样做，那些并非这样显赫的人是不会原谅她的，而如果那些人还算聪明，则会嘲笑她愚蠢。

在乡下，德·马桑特夫人因乐善好施而受人喜爱，但主要是因为亲属的血统纯粹，好几代人都是法国历史上最著名的人物，这使她举止中丝毫没有老百姓所说的"装腔作势"，而是完全做到朴实无华。她不怕拥抱一个可怜的贫困女子，并叫这女子到城堡去把一车木柴拉回家。据说她是完美无缺的基督教徒。她想让罗贝尔娶巨富之女为妻。是贵妇，就得摆出贵妇的样子，那就是在一方面要装得朴实无华。这样装扮得花费九牛二虎之力，因为朴实无华要使别人钦佩，只有在别人知道你不必朴实无华之时，就是说你要腰缠万贯。后来，我对别人说曾见到过她，此人就对我说："您想必觉得她十分迷人。"但是，真正的美是极其特殊而又新颖的，以致你不承认它美。我那天只是在想，她鼻子小巧，眼睛碧蓝，脖子细长，神色忧郁。

“你听着，”德·维尔帕里齐夫人对盖尔芒特公爵夫人说道，“我觉得待一会儿有一位女士要来访，你是不想认识的，我想还是先跟你打个招呼为好，免得你感到烦恼。另外，你可以放心，我以后决不会让她再来，但她今天必须来一次。那是斯万的妻子。”

斯万夫人看到德雷福斯案件发展到如此程度，担心她丈夫的血统会对她产生不利影响，就求他千万别说那囚犯无罪。他不在她身边时，她就更加放肆，鼓吹极其狂热的民族主义；不过，她在这方面只是步维尔迪兰夫人的后尘而已，在维尔迪兰夫人身上，潜在的资产阶级反犹主义意识已被唤醒，真可说达到狂热的程度。斯万夫人因持这种立场而得以加入几个刚刚成立的反犹主义妇女联盟，并跟好几位贵族妇女有了联系。大家可能会觉得奇怪，盖尔芒特公爵夫人没有去仿效这些妇女，又是斯万的好友，却总是违背斯万并未对她隐瞒的愿望，不愿让他把妻子介绍给她。但是，我们将会在以后看到，这是公爵夫人性格特殊的一种表现，她认为她“不需要”去做这件或那件事，而是专横地迫使别人去做她那上流社会的“自由意志”所决定的事，这种自由意志极其武断。

“我感谢您跟我打这个招呼。”公爵夫人回答道。“我确实会感到很不舒服。但我知道她的模样，我会及时离开。”

“我可以肯定地对你说，奥丽娅娜，她非常讨人喜欢，她是个出色的女子。”德·马桑特夫人说道。

“我对此毫不怀疑，但我觉得没有必要去亲自加以证实。”

“你是否接到伊斯拉埃尔夫人的邀请？”德·维尔帕里齐夫人为改变话题而问公爵夫人道。

“啊，谢天谢地，我跟她不认识。”德·盖尔芒特夫人回答道。“这事得问玛丽-埃纳尔。她认识她，我一直在想她怎么会认识。”

“我确实认识她，”德·马桑特夫人回答道，“我承认自己的错误，但我决定不再跟她来往。据说这女人极其卑劣，并且她对此毫不掩盖。另外,我们以前都过于轻信,过于好客。我不再跟这个民族的任何人交往。我们跟外省年老的表亲有同一血统,却把他们拒之门外,而对犹太人打开家门。我们现在看到他们是如何感谢的。唉!我无话可说,我有个可爱的儿子,但他却像疯子那样,什么样的胡言乱语都说了出来。"她听到德·阿让古尔在暗指罗贝尔,就这样补充道。"但是,说到罗贝尔,您是否见到他了?"她问德·维尔帕里齐夫人。"今天是星期六,我想他会在巴黎待一天,要是这样,他肯定会来看您。"

实际上,德·马桑特夫人认为她儿子不会有休假;但不管怎样,她知道他即使有休假,也不会来看望德·维尔帕里齐夫人,但她希望,她要是假装认为会在这里见到他,她那敏感的婶婶就会原谅他以前一直没来看她。

"罗贝尔来这儿!我连他的信也没有收到过一封;我觉得从巴尔贝克回来后还没有见到过他。"

"他很忙,有许多事要办。"德·马桑特夫人说道。

难以察觉的微笑使德·盖尔芒特夫人的睫毛微微波动,她看着自己用阳伞尖顶在地毯上画的圆圈。每当公爵对妻子冷落得过于明显时,德·马桑特夫人就公开站在嫂子一边责备哥哥。德·盖尔芒特夫人想起她的保护,心里是既感激又怨恨,而她对罗贝尔干的荒唐事,也只是有点生气。这时,门再次打开,罗贝尔走了进来。

"瞧,说到圣卢,圣卢就到。"德·盖尔芒特夫人说道。

德·马桑特夫人背朝着门,没有看到儿子进来。她看到他时,高兴得真像直拍翅膀的母鸡,身体微微挺直,脸上的肉在抽动,并用惊喜的目光盯着罗贝尔看:

"怎么,你来了!真是高兴!真让人惊喜!"

“啊！**说到圣卢**[1]，我懂了。”比利时外交官说道，并哈哈大笑。

“非常有趣。”德·盖尔芒特夫人冷淡地回答道。她不喜欢这种用同音异义词做的文字游戏，刚才偶尔一试，像是在嘲笑自己。

“你好，罗贝尔。”她说道。“怎么！竟然把舅妈也忘了。”

他们俩交谈片刻，也许在谈我，因为圣卢朝母亲身边走去时，德·盖尔芒特夫人朝我转过身来。

“您好，身体好吗？”她对我说道。

她让蓝色的目光像雨点般朝我身上投来，犹豫片刻，把茎一般的手臂伸直并伸出，身体前倾，但很快又往后挺直，如同一棵被你按倒的灌木，你的手一放开，它随即恢复原状。她身体就这样在圣卢炯炯有神的目光下活动，而圣卢对她进行观察，在远处作出绝望的努力，想让舅妈表现得更加热情。他怕我们谈不下去，就提供材料，并代我回答：

“他身体不是很好，他感到有点疲劳；另外，他身体也许会有好转，如果他能经常看到你，我不瞒你说，他非常喜欢见到你。”

“啊！真是太客气了。”德·盖尔芒特夫人说道，语气故意显得平淡无奇，仿佛我把她的大衣给她拿来。“我感到十分荣幸。”

“啊，我要到母亲身边待一会儿，我把我的椅子让给你坐。”圣卢对我说，非要我坐在他舅妈旁边。

我们俩都默不作声。

“我有时在上午看到您。”她对我说，仿佛告诉我一个新闻，仿佛我当时并未看到她。“您像我一样，喜欢上午散步[2]。这对身体很有好处。”

“奥丽娅娜，”德·马桑特夫人低声说道，“您刚才说，您待一

---

① 原文为 quand on parle du Saint - Loup，跟法谚 Quand on parle du loup，on en voit la queue（说到狼，就看到狼尾，意为：说到曹操，曹操就到）相近。

② 这句话，法国七星丛书版中没有。据弗拉马里翁版校勘者说，存在于手写稿 44 号练习簿第 38 张正面以及打字稿第 278 张，系出版时遗漏。

会儿要去看望德·圣费雷奥尔夫人,您是否能帮个忙,叫她别等我吃晚饭了,我要待在家里,因为罗贝尔来了。如果可以劳驾您,您就顺便让他们立刻去买些罗贝尔喜欢的雪茄,是'科罗纳'牌的,家里已经没有了。"

罗贝尔走到近前;他只听到德·圣费雷奥尔夫人的名字。

"这德·圣费雷奥尔夫人又是哪位?"他问道,语气既惊讶又果断,因为他装得对社交界的事一无所知。

"得啦,亲爱的,你十分清楚,"他母亲说,"是韦芒杜瓦的妹妹;你非常喜欢的一套台球器材,就是她送给你的。"

"怎么,是韦芒杜瓦的妹妹,我可丝毫也没有想到。啊!我家的人真棒,"他说时稍稍朝我转过身来,在无意中使用了布洛克说话的语调,仿佛在借用布洛克的想法,"认识的人稀奇古怪,名字多少有点像圣费雷奥尔(说时强调每个词的最后一个辅音),我家的人去参加舞会,乘坐四轮敞篷马车出去兜风,过着神仙般的生活。真是不可思议。"

德·盖尔芒特夫人从喉咙里发出轻微、短促而又十分夸张的声音,仿佛在强忍微笑,而微笑的目的在于表明,因为是她外甥,她只好赞赏他的风趣。这时仆人前来通报:法芬海姆-蒙斯特堡-魏尼根亲王转告德·诺普瓦先生,他已到了。

"您去接他,先生。"德·维尔帕里齐夫人对前大使说道,后者随即前去迎接德国首相。

但侯爵夫人又把他叫了回来:

"请等一下,先生;是否要给他看夏洛特皇后①的细密画像?"

---

① 即夏洛特·德·萨克森-科堡(1840—1927),1857年嫁给奥地利皇帝弗兰茨·约瑟夫(1830—1916)的弟弟马克西米连大公(1832—1867)。1863年,拿破仑三世请马克西米连去墨西哥当皇帝。他和妻子于翌年到达该国并加冕称帝,但遭到墨西哥总统胡亚雷斯领导的人民的反对。后被拿破仑三世抛弃,于1867年被捕并被枪决。这时皇后已回到欧洲,听到丈夫被杀的消息后不久即精神错乱。

“啊！我觉得他会十分高兴。”大使用确信无疑的口吻说道，仿佛在羡慕这位幸运的首相即将受到的优待。

“啊！我知道他**思想**十分**正统**，”德·马桑特夫人说道，“这在外国人中十分罕见。但我消息灵通。他是反犹主义的化身。”

亲王的姓氏，前几个音节说出来明快有力，宛如音乐中的起拍，如用断断续续的语气强调说出，则保存着日耳曼民族矫揉造作的冲动和朴实，以及粗疏的“高雅”，如同把淡绿色枝叶置于深蓝色珐琅的 Heim[①] 上，而“海姆”则展现出莱茵河沿岸一扇神秘的彩画玻璃窗，窗前是德国十八世纪精心雕镂的平淡无奇的镀金饰物。这姓氏由几个地名构成，其中之一是德国温泉小城，我小时候跟外婆一起去过[②]，位于一座山[③]的山麓，这座山因歌德常去散步以及种植葡萄树而著名，我们在库尔霍夫客栈喝山上的葡萄酿制的当地名酒，酒名为声音响亮的复合词，如同荷马赋予他那些英雄的修饰语。因此，我想起在那温泉疗养地前听到有人说出亲王的姓氏，就立刻感到这姓氏缩小并充满人情味，在我的记忆中找到一个足以容身的小地方附着其中，亲切而又平凡，显得秀丽、有趣和轻盈，有点像已得到允许和经过批准。更有甚者，德·盖尔芒特先生在介绍亲王时列举了他的众多称号，我听出其中有一个村庄的地名，村里有一条河流穿过，每天晚上，在温泉疗法结束之后，我就乘船穿过飞舞的蚊子；还有一座森林的名称，因相当遥远，医生决不会允许我去那里散步。确实，不难理解，领主的宗主权可扩展到周围地区，并在列举他的称号时，可加上地图上看到的那些相互毗邻的

---

① 即 Faffenheim（法芬海姆）的最后一个音节，德语中意为：家，住宅。

② 1895 年 7 月和 1897 年 8 月，马塞尔·普鲁斯特和母亲前往德国莱茵兰-普法尔茨州克罗伊茨纳赫温泉市，下榻库尔豪斯旅馆。

③ 这座山名为考岑贝格山，亦称施洛斯贝格山，位于克罗伊茨纳赫温泉市西北部。山坡上种有葡萄树。

地名。因此，在神圣罗马帝国亲王和法兰克尼亚[1]年轻贵族的头盔脸甲下面，是一块心爱的土地的面貌，傍晚六点的阳光常常为我而照到那里，我看到这种阳光，至少是在这位兼任莱茵河地区伯爵和选帝侯的亲王进来之前。因为我在片刻中得知，他从土地神和河神居住的森林和河流以及神奇的山上——山上有座古堡，保存着路德[2]和日耳曼路易[3]的回忆——获益，用得到的收入购买五辆夏龙牌汽车[4]，在巴黎和伦敦各购置一座公馆，每星期一在巴黎歌剧院订一个包厢，每星期二在“法兰西剧院”订有包厢。我并不认为，他自己也不认为，财产和年龄跟他相同但出身没有那么富于诗意的人会跟他有差别。他的文化和理想跟他们相同，但对自己的地位感到高兴，只是因为可以从中获利，他一生中只有一个雄心壮志，那就是当选为法兰西伦理学和政治学学院通讯院士，这就是他来拜访德·维尔帕里齐夫人的原因。亲王的王妃是柏林最封闭的小集团的首脑，亲王要求被引见给侯爵夫人，并非是因为他首先有这种愿望。他多年来因想当选为法兰西研究院[5]院士的雄心壮志而煞费苦心，但遗憾的是，从未能看到准备投他赞成票的院士数超

---

① 法兰克尼亚是德国巴伐利亚州西北区。公元七世纪被法兰克人占领，成为东法兰克王国的中心。十世纪为神圣罗马帝国早期公国之一，十六世纪为帝国十大行政区之一。

② 指马丁·路德(1483—1546)，十六世纪欧洲宗教改革运动的发起者，基督教新教路德宗的创始人。1517 年发表抨击教皇出售赎罪券的《九十五条论纲》，揭开宗教改革的序幕。后又多次发表论说，否定教皇权威，强调因信称义，认为人要得到上帝的拯救，不在乎遵行教会规条，而在于个人对上帝的笃信。提倡在宗教仪式中用民族语言代替拉丁语，并将《圣经》译成德语。他得到萨克森选帝侯腓特烈第三(明智者)(1463—1525)的支持，并在瓦尔特堡的城堡受到接待，写下他的重要著作。

③ 参见本书第一卷第 61 页注⑤。

④ 夏龙汽车公司为法国以前的汽车公司，由费迪南·夏龙(1866—1928)、莱昂斯·吉拉多和埃米尔·瓦三人于 1901 年共同创建，用三人姓氏的起首字母名为 C. G. V. 公司。1906 年吉拉多退出，改名夏龙公司。第一次世界大战时因军队大量订货，公司业务兴旺，1919 年车型多达七种，但不久后公司衰退，至 1925 年仅存一种车型。

⑤ 法兰西伦理学和政治学学院是法兰西研究院下属五个学院之一。

过五名。他知道，德·诺普瓦先生一人至少能掌握十票，如交易巧妙，票数还会增加。亲王跟他因都在俄国当过大使而认识，因此曾去看望他，并做出一切可能的努力，以博得他的支持。然而，亲王不断对他大献殷勤，促使侯爵获得俄国勋章，在谈论外交政策的文章中提到他的名字，全都是白费力气，亲王面对的是个忘恩负义之徒，仿佛觉得为他做的这些事都毫无价值，因此没有使亲王当选的事有丝毫进展，甚至没有答应他会投亲王一票！当然啰，德·诺普瓦先生在接待亲王时礼貌周全，甚至不想让亲王过来，不想“劳驾亲王大驾光临”，而是自己前往亲王府，但听到条顿骑士[①]说出：“我很想成为您的同事”，就用深信不疑的口吻回答道：“我将会十分高兴。”像科塔尔大夫这样幼稚的人也许心里会想：“瞧，他在我家里，是他自己要来的，因为他认为我比他更加重要，他对我说他会高兴地看到我当上院士，这话还是有点意义，见鬼，他没有提出要投我的票，也许是因为他没有想到这点。他过多地谈论我大权在握，他应该认为我会坐享其成，认为我想得到多少票就会有多少票，正因为如此，他就不把自己的一票投给我，但我只要把他逼得走投无路，我们二人单独在一起时，就可以对他说：[②]

“好吧！请您投我一票，于是，他被迫照此办理。”

然而，法芬海姆亲王并不幼稚；他这种人，科塔尔大夫会称为“精明的外交家”，而他也知道，德·诺普瓦先生同样精明，不会不知道投一位候选人的票会取悦于这位候选人。亲王在他任职的各个大使馆，以及在出任外交大臣之时，为了自己的国家，而不是像

---

① 条顿骑士团是德意志的宗教性医疗组织，十字军东征期间于1190年建于巴勒斯坦，1198年改为军事组织。十三世纪初转入欧洲活动，征服普鲁士，建骑士团国家。随后占据波罗的海东岸和南岸广大地区。1410年为波兰、立陶宛、俄罗斯联军所败。后臣服于波兰。1525年，其团长、霍亨索伦家族的阿尔布列赫特将骑士团国家改为世俗的普鲁士公国，逐渐失去地位。

② 法国七星丛书版后面接排，不另起一行。

现在那样为他自己,进行过这种谈话,在谈话中预料到对方要走到哪一步,不会让你说什么话。他并非不知道,在外交语汇中交谈意味着赠送。正因为如此,他让德·诺普瓦先生荣获圣安德烈勋章①。但是,即使他必须向政府汇报他在此后跟德·诺普瓦先生的谈话,他也可以在电报中说:“我发现自己搞错了。”因为他再次谈起法兰西研究院,德·诺普瓦先生立刻跟他老调重弹:

“我非常、非常希望我的同事们能看到这点。我想他们应该真正感到荣幸,因为您想到了他们。您参加竞选使人兴致勃勃,跟我们惯常见到的有所不同。您知道,法兰西学院因循守旧,对发出稍有新奇声音的事物都会感到惊恐万状。我个人指责它的这种做法。有多少次我让同事们听到我的看法。我真不知道是怎么回事。但愿上帝饶恕我,‘老顽固’这个词,有一次竟从我嘴里脱口而出。”他补充道,面带表示丢脸的微笑,说时声音很轻,近于 a parte(旁白),如同要达到某种戏剧效果,并用蓝眼睛迅速朝亲王瞟了一眼,就像老演员想要看看演出的效果如何。“您知道,亲王,我不想让您这样出类拔萃的人物去参加一场不用比就已失败的比赛。只要我那些同事的思想仍然如此落后,我认为明智的做法就是放弃。另外,您得相信,在这个有可能变成坟墓的学院里,如果我看到有点新颖和活跃的思想出现其中,我会首先让您知道。”

“让他获得圣安德烈勋章是个错误。”亲王想道。“谈判没有丝毫进展;他想要的不是这个。我没有找到合适的钥匙。”

这是一种推理,德·诺普瓦先生深造的学校跟亲王相同,也会作出这种推理。我们可以嘲笑诺普瓦这样的外交官像学究般愚蠢幼稚,竟会对一句几乎是毫无意义的打官腔的话心醉神迷。但他

---

① 圣安德烈勋位由俄国彼得大帝于 1698 年设立,是俄国最高级勋位,只设骑士一级,绶带为天蓝色,勋章由沙皇个人决定授予皇室成员、高级官员以及外国君主和政府首脑。但普鲁斯特似乎忘记,亲王在 39 号练习簿中不再是俄国人,而是德国人。

们的幼稚会得到补偿:外交官们知道,在确保欧洲或其他地区的平衡即称之为和平的天平上,善良的感情、漂亮的演说和恳切的哀求只有微不足道的分量;知道真正起决定作用的分量是别的事物,在于对方强大则有可能或没有可能用交换的办法来满足一种愿望。这类真实情况,一个像我外婆那样毫无私心的人是不会理解的,但德·诺普瓦先生和冯·某亲王却曾经常遇到。德·诺普瓦先生曾在一些国家处理事务,而我们当时跟这些国家几乎要爆发战争,他因此对事态即将发生的变化忧虑重重,清楚地知道事态的意义不是用和平或战争这两个词向他显示,而是用另一个词来显示,这个词表面上平淡无奇,时而可怕时而可喜,但外交家用自己的密码就立刻能进行解读,他为维护法国的尊严,用另一个词来加以回答,这个词同样平淡无奇,但敌对国的大臣立刻能看出这意味着战争。根据一个古代习俗,如同已经允婚的一对男女,初次见面安排为在体育场剧院①看戏时偶然相遇,命运将在战争或和平这两个词中取出选择的谈话,一般不是在大臣的办公厅里进行,而是在一个Kurgarten(温泉疗养院的花园)的长凳上进行,在那里,大臣和德·诺普瓦先生都到温泉去喝有疗效的小杯矿泉水。通过一种心照不宣的约定,他们在治疗时相遇,首先一起稍作散步,散步看起来太平无事,但两位谈话者知道,这如同动员令一样动荡不安。然而,在竞选法兰西研究院这样的私事中,亲王使用了他曾在外交生涯中使用的归纳法,即透过重叠的符号来解读的方法。

当然,我们不能认为,只有我外婆以及跟她相似的少数人不知道这种心计。世界上有一半人从事预先确定的职业,他们缺乏直觉,也有某种程度的无知,就像我外婆因十分无私而无知那样。有时必须深入到被包养的男人或女人中间,才能看出他们的行动或话语虽说从表面上看无可指责,其动机却是为了获利和生活的需

---

① 体育场剧院位于巴黎佳音大道38号,建于1820年,一直专演喜剧。

要。有哪个男人不知道，他要付钱给一个女人，但她会说："咱们别谈钱"，这话在音乐上相当于"无用的小节"，而她如果在以后对他说："你让我太难受了，你常常对我隐瞒真相，我已无法忍受"，他就应该理解为："另一个情夫答应给她更多的钱。"这还是跟社交界女士相当接近的一位交际花的言语。地痞流氓说的话更令人惊讶。但是，德·诺普瓦先生和德国亲王对地痞流氓并不了解，但常常在生活中跟国家处于同一地位，国家虽然伟大，却也自私而又狡黠，只有用武力和利益才能将其征服，而利益能促使国家屠杀，但屠杀也往往是象征性的，在交战和拒绝交战之间稍有犹疑，对一个国家就可能意味着"死亡"。但由于这一切并未在黄皮书①和其他书中提到，人民都希望和平；如果人民想要战争，那是出于本能的仇恨和怨恨，跟国家元首在得到诺普瓦之流的警告后而作出参战决定的原因并不相同。

第二年冬天，亲王身患重病，病虽治愈，但他的心脏却留下无法医治的病根。

"见鬼，"他心里在想，"法兰西研究院的事不能再浪费时间了，因为我要是过于拖拉，生前就无法当选。这样就真的十分难受。"

他对最近二十年的政治作了总结，在《两世界评论》②上发表文章，文中多次对德·诺普瓦先生阿谀奉承。后者去看望亲王，并对亲王表示感谢。亲王如同刚刚试用另一把钥匙来开锁，心里在想："这钥匙仍然不对"，在送德·诺普瓦先生出门时感到自己有点气喘吁吁，并想道："见鬼，这些家伙决不会让我在生前当选。咱们得抓紧时间。"

---

① 据1852年作出的规定，黄皮书为文件、报告等的汇编，封面黄色，由法国政府交给议会，让其了解政府的对外政策。

② 参见本书第二卷第13页注①。

当天晚上，他在巴黎歌剧院遇到德·诺普瓦先生。

“亲爱的大使，”亲王对他说，“您今天上午对我说，您不知该如何向我证明您的感谢；这实在过于夸张，因为您不用对我有任何感谢，不过，我倒要冒昧要求您兑现自己的话。”

德·诺普瓦先生十分欣赏亲王对说话分寸的掌握，亲王也对他同样赞赏。他立即听出，法芬海姆亲王不会对他提出要求，而是向他提供好处，因此，他面带和蔼可亲的微笑，准备洗耳恭听。

“这样，您会认为我十分冒昧。有两个女人我非常喜欢，但喜欢的方式完全不同，这点您将会知道，她们在不久前来巴黎居住，并打算在此定居，那就是我妻子和约翰大公夫人。她们将要举办几次晚宴，主要是接待英国国王和王后[1]，她们希望能找到一个人来陪伴这两位贵宾，她们虽说跟此人素昧平生，却都对此人十分欣赏。我承认，我当时不知该如何使她们如愿以偿，但我刚才十分偶然地得知您认识此人；我知道她现在深居简出，只愿跟少数人见面，即只跟 happy few[2]（幸运的少数人）交往；但如果您支持我，就像您对我表示好意那样，我可以肯定，她会同意让您把我带到她府上，我也就能向她转达大公夫人和王妃的意愿。也许她会同意跟英国王后共进晚餐，而如果我们没有使她感到过于厌倦，她可能会同意在复活节时前往博利厄[3]，跟我们一起在约翰大公夫人那里过节。这个人名叫维尔帕里齐侯爵夫人。我承认自己希望成为这样一个妙趣横生的沙龙的常客，并因此而感到欣慰，还会毫不遗憾

---

① 维多利亚女王的丈夫于 1861 年去世。普鲁斯特这里指的是亚历山特拉-卡洛琳-玛丽-路易莎-朱莉娅（1844—1925），丹麦国王克里斯蒂安九世之女，以及威尔士亲王阿尔贝-爱德华（1841—1910）。他们于 1863 年结婚。但爱德华七世加冕为英国国王，是在他母亲维多利亚女王于 1901 年驾崩之后。

② 司汤达在小说《红与黑》和《帕尔马修道院》的结尾均写有 To the happy few（献给幸运的少数人）。

③ 指滨海博利厄，位于法国滨海阿尔卑斯省，是温泉疗养地。

地考虑放弃法兰西研究院院士的竞选。在她府上,也可以进行智慧的交流和优雅的谈话。”

亲王感到不可言喻的乐趣,觉得锁并未拒绝,钥匙终于插入锁内。

“这种选择毫无必要,亲爱的亲王。”德·诺普瓦先生回答道。“您所说的沙龙,跟法兰西研究院最为意气相投,是院士的真正摇篮。我一定把您的要求向维尔帕里齐侯爵夫人转告:她肯定会感到高兴。至于参加你们的晚宴,由于她很少出门,也许就比较困难。但我会介绍你们认识,您可以自己去进行申辩。尤其是不要放弃竞选法兰西学院院士;过两个星期,我正好要到勒鲁瓦-博利厄家吃午饭,然后跟他一起去参加一个重要会议,没有他的支持,竞选就不会成功;我已经在他面前提到过您的名字,他当然久仰您的大名。但他提出了一些异议。不过,他需要我这帮人的支持,以确保下次当选,因此,我想再次对他游说;我要对他开诚布公地说出我们之间的真挚友情,我决不对他隐瞒,如果您参加竞选,我会请我所有的朋友都来投您的票(这时亲王因宽慰而深深地叹了口气),他也知道我有一些朋友。我认为,如果我能得到他的帮助,您当选就是稳操胜券的事了。请您今晚六点到德·维尔帕里齐夫人家里去,我来给您引见,还可以把我上午谈话的情况告诉您。”

就这样,法芬海姆亲王请人引见,前来拜访德·维尔帕里齐夫人。听到他开口说话,我感到十分失望。我没有想到,如果说一个时代的特点和共性比一个民族更加明显,以致在一本印有密涅瓦真实肖像的插图词典中,戴假发和皱领的莱布尼茨①,样子跟马里

① 莱布尼茨(1646—1716),德国自然科学家、数学家、哲学家。1700 年创办柏林科学院并任第一任院长。在数学上,同牛顿并称为微积分创始人。又是数理逻辑的前驱者。曾提出二进制,影响到后代计算技术的发展。在哲学上,提出客观唯心主义的单子论和神正论,并成为唯心主义唯理论的主要代表之一。

沃[1]和萨米埃尔·贝尔纳[2]大同小异，那么，一个民族的特点比一个社会阶层更加明显。然而，这些特点在我面前表现出来，并非通过我事先就知道会在其中听到精灵爱尔菲轻轻掠过和山怪土神翩翩起舞的演说，而是通过一种仍能清楚地表明这种富有诗意的血统的发音变化：莱茵河地区的矮小亲王红光满面、大腹便便，在对德·维尔帕里齐夫人施礼时说道："令(您)好，侯爵妇(夫)人"，口音跟阿尔萨斯的门房一模一样。

"您要不要我给您倒一杯茶，吃点水果馅饼，馅饼很好吃。"德·盖尔芒特夫人对我说，并尽量显得和蔼可亲。"我是代尽主人之谊，就像在我家一样。"她用嘲笑的口吻补充道，她说的话因此带有喉音，如同在忍住沙哑的笑声。

"先生，"德·维尔帕里齐夫人对德·诺普瓦先生说道，"您要跟亲王谈法兰西研究院的事，您待会儿是否考虑一下？"

德·盖尔芒特夫人目光低垂，微微转动手腕，以观看时间。

"哦！天哪，我该跟婶婶说再见了，我还得去德·圣费雷奥尔夫人家，并在勒鲁瓦夫人家吃晚饭。"

她站起身来走了，没有跟我告辞。她刚才看到斯万夫人进来，斯万夫人看到我也在这儿，显得十分尴尬。她也许想起，她首先跟我说她相信德雷福斯无罪。

"我不希望让我母亲把我介绍给斯万夫人。"圣卢对我说。"她过去是妓女。她丈夫是犹太人，但她总是对我们说他是民族主义者。瞧，我舅舅帕拉梅德来了。"

斯万夫人在场，使我感到特别有趣，是由于几天前发生一件事情，这件事有必要在此叙述，是因为它将在很久以后产生影响，而

---

① 参见本书第一卷第190页注①。

② 萨米埃尔·贝尔纳(1651—1739)，法国金融家。他把大笔款子借给法王路易十四和路易十五，后被封为库贝尔伯爵。在普鲁斯特的时代出版的拉鲁斯插图词典中，这些人物的画像确实十分相像。

到那时,我们自会知道这影响的详细情况。事情是这样的,在这次来访的几天前,我接待了一个意想不到的来访者,来者是夏尔·莫雷尔,我不认识,他是我外叔公以前的贴身男仆之子。我外叔公(我曾在他家见到粉裙女子[①])已在前一年去世。他的贴身男仆曾多次表示要来看我;我不知道他来访的目的,但我很想见他,因为我从弗朗索瓦丝那里得知,他确实十分崇拜我外叔公,一有机会就去朝拜他的坟墓。但他必须到家乡去治病,并要在那里待很长时间,就派他儿子来见我。我感到意外的是,看到来者是个漂亮的小伙子,年方十八,穿着华丽,并不高雅,但看上去什么人都像,就是不像贴身男仆。另外,他从一开始就想跟他出身的仆役一刀两断,并面带得意的微笑告诉我,他曾获得巴黎音乐学院一等奖。他来访的目的如下:他父亲在整理我外叔公阿道夫的遗物时,把有些遗物放在一边,他认为这些遗物不宜寄给我父母,但觉得像我这种年龄的青年会感到兴趣。那是我外叔公认识的著名女演员和时髦交际花的照片,是他这种老风流的生活的最后一批形象,他用密不透风的隔板,把这种生活和他的家庭生活隔开。小莫雷尔把照片拿给我看,我发现他装出用平起平坐的口吻在跟我说话。他喜欢用"您"来称呼,尽量少说"先生"二字,而他父亲在对我父母说话时,一直只用"第三人称"。几乎所有的照片都有题词,如"送给我最好的朋友"。有个女演员更加忘恩负义,却也更加深思熟虑,在照片上写有"送给我朋友中最好的一位",据说这样她就可以说,我外叔公决不是也远不是她最好的朋友,而只是一位朋友,帮她办的小事最多,她经常加以利用,是个大好人,几乎是老傻瓜。小莫雷尔想要摆脱自己的出身是白费力气,我们可以感到,我外叔公阿道夫在年老的贴身男仆眼里是令人敬仰、形象高大,他那几乎是神圣的身影,曾不断影响着老仆之子的少年和青年时代。我观看照片

① 即这时的斯万夫人。参见本书第一卷第76—80页。

时，夏尔·莫雷尔仔细察看我的房间。我正在想可以把这些照片放在何处时，他对我说（其责备不需要在语气中表达出来，而是十分明显地包含在话语之中）："是怎么回事？我在您房间里怎么连您外叔公的一张照片都看不到？"我感到脸上泛起红晕，就含糊不清地说道："我觉得没有他的照片。"——"怎么？您外叔公阿道夫这么喜欢您，您竟连他的一张照片也没有！我一定寄一张给您，我可以从我爸爸保存的大量照片中拿一张给您，我希望您把照片放在注目的地方，就在五斗橱上方，这五斗橱正是您外叔公给您的。"确实，我房间里没有我父亲或母亲的一张照片，因此，找不到我外叔公阿道夫的照片，丝毫也不会使人介意。但是不难猜到，老莫雷尔把这种看法教给了儿子，在这位老人看来，我外叔公是家里的重要人物，我父母只是因他而具有微弱的光彩。我更加受到宠爱，是因为我外叔公每天都说我将成为拉辛、沃拉贝尔[①]那样的人物，老莫雷尔几乎把我看成我外叔公的养子和宠儿。我很快得知，小莫雷尔"野心"勃勃。他稍有作曲才能，能给一些诗谱曲，因此在那天问我，是否认识在"贵族"社会地位显赫的诗人。我给他列举一位。他不知道这位诗人的作品，从未听到此人的名字，就记了下来。然而我得知，他在不久之后给这位诗人写了封信，并对诗人说，他热情赞赏诗人的作品，给诗人的一首十四行诗谱了曲，如果诗的作者能让人在某伯爵夫人府试演这首谱曲的诗，他将会十分荣幸。他有点操之过急，并把自己的计划暴露无遗。诗人感到不快，没有回答。

另外，除了野心之外，夏尔·莫雷尔看来非常喜欢具体的事物。他发现朱皮安的侄女正在院子里做背心，虽然只是对我说他正好需要一件"别具一格"的背心，我仍然感到那姑娘给他留下深刻印象。他毫不犹豫地要我下楼，请我给他做介绍，"但不要说跟

① 参见本书第一卷第80页注①。

你们家有关系，您得理解我的意思，我希望您不要说出我父亲的情况，您只要说我是您朋友认识的一位大艺术家，您要知道，必须给商人留下良好印象”。他对我暗示，我跟他还不大熟悉，不能称他为——这点他理解——亲爱的朋友，但可以在姑娘面前对他有个称呼，“当然不能叫亲爱的大师……虽然，但如果您觉得可以，就叫：亲爱的大艺术家”，虽然如此，我还是不愿在这店里像圣西蒙会说的那样对他“赋予称号”，而只是用“您”来回答他的“您”。他在几匹丝绒面料中看中一匹颜色鲜红、十分刺眼的面料，他虽说情趣低俗，也决不会在以后穿出这种面料的背心。姑娘和两个“女学徒”重新开始干活，但我觉得他们俩都给对方留下深刻印象，她以为夏尔·莫雷尔“属于我那个阶层”（只是更加优雅、富裕），我觉得她对他特别喜欢。我感到十分惊讶的是，在他父亲让他带给我的照片中，发现埃尔斯蒂尔画的萨克里庞小姐（也就是奥黛特）肖像的照片，我把夏尔·莫雷尔一直送到大门口，并对他说：“我怕您不能把这事告诉我。我外叔公跟这位女士是否十分熟悉？我不知道她出现在我外叔公生活的哪个时期；我对这事感兴趣，是因为斯万先生……”——“我恰恰忘了告诉您，我父亲叮嘱我要让您对这位女士加以注意。不错，这位半上流社会女子在您最后一次看到外叔公的那天在他家吃午饭。那天我父亲不知道是否能让您进去。看来那个轻浮的女子非常喜欢您，她希望能再次见到您。但就在那时，你们家里闹翻了，这是我父亲告诉我的，您就再也没有跟您外叔公见过面。”他这时对朱皮安的侄女微微一笑，在远处跟她告别。她注视着他，也许在欣赏他那瘦削而端正的面孔、轻盈的头发和欢快的眼睛。我在跟他握手时想到斯万夫人，并惊讶地想道，她们在我记忆中是两个不同的女人，但我从此会把斯万夫人和“粉裙女子”看成同一个人。

德·夏吕斯先生很快就在斯万夫人旁边坐下。他不管参加哪个聚会，都对男士傲慢，受到女士欢迎，迅速跟最为优雅的女士谈得火热，感到这位女士的服饰成了他自己的装饰品。男爵穿礼服或燕尾服时，活像是色彩大师画的男士肖像，男士身穿黑衣，但旁边的一把椅子上放有一件色彩鲜艳的大衣，他将在参加化装舞会时穿上。这种促膝谈心，一般是跟一位王妃进行，使德·夏吕斯先生像他喜爱的那样独占鳌头。结果是在晚会上，女主人让男爵坐的椅子独自放在女士坐的一排椅子前面，而其他男士全都挤在后面。另外，德·夏吕斯先生看来是在全神贯注地对听得入迷的女士讲有趣的故事，他就不必去跟其他人打招呼，即不必去履行这种义务。他选中的这排美女给他设置了一道芬芳馥郁的屏障，他躲在后面，不管是在客厅之中还是在剧场的包厢里面，如有人前来向他问好，中间隔着跟他做伴的美女，他就可以情有可原地只作简短的回答，同时也不必中断跟一位女士的谈话。当然，斯万夫人跟他喜欢用来炫耀的女人不是属于同一档次。但他常常对她表示欣赏，对斯万表示友情，他知道她会对他的殷勤感到高兴，他虽然会因这里最漂亮的女人而名誉受损，却也以此为荣。

不过，德·维尔帕里齐夫人对德·夏吕斯先生的来访只是略感高兴。他虽然认为婶婶有很大缺点，却仍然十分喜欢她。但有时在一怒之下，想到气恼之处，他会无法克制自己的冲动，给她写出言词极其粗暴的书信，说一些他以前没有发现的微不足道的事情。我可以举出其中一例，因为我在巴尔贝克逗留时听说过：德·维尔帕里齐夫人怕带去的钱不够，无法在巴尔贝克长期度假，又因她吝啬，怕多付费用，不想让巴黎把钱寄来，就向德·夏吕斯先生借了三千法郎。但过了一个月，他因一件小事对婶婶不满，就要她把借的钱电汇给他。他收到二千九百九十几个法郎。几天后他在巴黎见到婶婶，跟她进行亲切交谈，并柔声柔气地向她指出负责汇款的银行所犯的错误。“这没有错误，”德·维尔帕里齐夫人回答道，“电汇费为六法郎七十五生丁。”——“啊！既然是故意的，那就算了。”德·夏吕斯先生回答道。“我给您说这件事，是以为您不知道，因为在这种情况下，如果银行对跟您关系疏远的人也照此办理，您就会遇到麻烦。”——“不会，不会，没有错误。”——“其实，您做得完全正确。”德·夏吕斯先生愉快地总结道，并温情地吻了吻婶婶的手。确实，他丝毫也没有恨她，对她的斤斤计较只是付之一笑。但是，过了一段时间之后，他认为家里的一件事情他婶婶想欺骗他，并“策划一整套阴谋来搞他”，由于她十分愚蠢地用一些企业家作为掩护，而他恰恰怀疑她跟这些企业家联合起来反对他，于是他就给她写了一封信，言词极其气愤而又傲慢。“我不仅仅将要报仇雪恨，”他在附言中补充道，“我要让您显得滑稽可笑。我明天就把电汇的事说给所有的人听，说我借给您三千法郎，您却少还我六法郎七十五生丁，我要让您丢人现眼。”但到了第二天，他并没有这样做，而是去请求婶婶维尔帕里齐的原谅，因为他后悔写了这封信，信里的言词确实骇人听闻。另外，这电汇的事，他能说给谁听呢？他不想报仇雪恨，而是真心想要言归于好，电汇的事，他现在会闭口不谈。但以前他到处去讲，虽说当时跟婶婶关系良好，他讲这件事并无恶意，是为了引人发笑，因为他这个人口无遮拦。他说过此事，但德·维尔帕里齐夫人并不知道。她从他的信中得知，他想让她丢人现眼，办法是向别人透露一件事，而他曾亲口对她说过，说她在这件事上没有做错，因此她心里在想，他当时欺骗了她，他装出爱她的样子是在撒谎。事情都已解决，但两个人都不知道对方对自己的确切看法。当然，这在断断续续地发生的争吵中有点特殊。类型不同的是布洛克及其朋友们的争吵。还有一种类型则是德·夏吕斯先生的争吵，我们将会在以后看到，那是跟与德·维尔帕里齐夫人截然不同的一些人争吵。尽管如此，我们必须记住，我们相互间的看法，以及友好的关系和家里的关系，只是表面上固定不变，实际上却像大海一样时刻都在变化。正因为如此，许多对夫妇看上去是完美的结合，却传出离婚的消息，但在不久之后，他们在谈论对方时仍含情脉脉；还有许多污言秽语，是一个朋友说另一个朋友的坏话，可我们却以为他们俩如影随形，但在我们还感到出乎意外之时，却又会看到他们重归于好；在各民族之间，在极短的时间里解除联盟的事也司空见惯。

"天哪，我舅舅和斯万夫人越来越热乎了。"圣卢对我说。"我妈妈天真无邪，竟来找他们说话。在洁净的人，凡物都洁净[①]！"

我看着德·夏吕斯先生。他头发花白，微笑的眼睛和因单片眼镜而显得高耸的眉毛，以及插有红花的上衣翻领饰孔，如同令人惊讶的抽搐的三角形中三个活动的角。我不敢对他施礼，因为他没有对我做任何手势。然而，他虽说没有朝我转过头来，我仍然可以确信他已经看到我：他在跟斯万夫人说一件事，而斯万夫人的深紫色华丽大衣，有时一直飘拂到男爵的一个膝盖上，这时，德·夏吕斯先生目光游移不定，如同在街上叫卖又怕警察来抓的商贩，肯定已把客厅的各个角落搜索一遍，客厅里的人也已全部看到。德·沙泰勒罗先生前来向他问好，但他脸上却毫无迹象表明，他在年轻的公爵来到他面前之前已看到这位公爵。在这种客人较多的聚会中，德·夏吕斯先生就这样几乎总是面带微笑，但微笑没有明确的方向和特定的目标，在客人们对他施礼前就已显露出来，而当客人来到他面前时，这微笑并不表示对他们和蔼可亲。尽管如此，我还是得去向斯万夫人问好。但她不知道我是否认识德·马桑特夫人和德·夏吕斯先生，因此显得相当冷淡，也许是怕我请她把我介绍给他们。我于是朝德·夏吕斯先生走去，但立刻感到后悔不已，因为他想必清楚地看到了我，却没有任何表示。我对他躬身施礼时，觉得无法接近他的身体，因为他伸出笔直的手臂，不让我靠近，只见他那鳏夫的手指，仿佛戴有主教戒指，像是要我去吻其中的神圣之处，仿佛男爵是在不知不觉中撬锁入门，但他把责任推到我身上，是因为我的缘故，他才有这种不针对任何人的茫然而又永

① 引自《新约·提多书》第一章第十五节。

恒的微笑。他这样冷淡，对斯万夫人就没有鼓励作用，她也仍然如此冷淡。

“你显得疲劳而又烦恼。”德·马桑特夫人对儿子说道，后者来向德·夏吕斯先生问好。

确实，罗贝尔的目光有时十分深邃，仿佛潜水员触底后立即浮起。这底部，罗贝尔在触到时感到十分难受，就立刻浮起，以便在片刻之后重返，这底部就是他想跟情妇一刀两断。

“没关系，”他母亲抚摸着他的脸补充道，“没关系，看到自己可爱的儿子，真好。”

但这种爱抚，显然使罗贝尔感到不快，德·马桑特夫人把儿子带到客厅里面，在一个挂有黄色真丝窗帘的窗口前面，放着几把扶手椅，面料为淡紫色博韦绒绣，如同黄花毛茛田里开出几朵紫红色鸢尾花。斯万夫人独自待着，她得知我是圣卢的朋友，就招手让我来到她的身边。我已有很久没有见到她，不知该对她说些什么。我看着自己的帽子，只见它在地毯上放着的那些帽子中间，心里好奇地在想，有一顶帽子不知是谁的，那帽子不是盖尔芒特公爵的，却在公爵冠饰上有个突出的字母 G。我知道所有客人的名字，却想不出其中会有这帽子的主人。

“德·诺普瓦先生讨人喜欢。”我指着他对斯万夫人说。“不错，罗贝尔·德·圣卢对我说他令人讨厌，但是……”

“他说得对。”她回答道。

我看到她的目光说明她对我隐瞒了什么事情，就不厌其烦地对她询问。她在这个沙龙里几乎没有熟人，因此乐意让人看到她跟一个人谈得津津有味，就把我带到一个角落。

“这肯定是德·圣卢先生想跟您谈的事，”她对我回答道，“但您别把这事转告他，因为他会怪我嘴巴不严，可我十分看重他的好评，我是非常‘正直的男子’，这您知道。最近，夏吕斯在盖尔芒特王妃府吃晚饭；我不知道他们是怎么谈起您的。德·诺普瓦先生可能对他们说——这话荒唐，您别因此而忧心忡忡，谁也没有对此话十分重视，大家非常清楚这话是哪个人嘴里说出来的——说您拍马屁有点歇斯底里。”

我前面已经说过，我父亲的朋友德·诺普瓦先生据说曾这样说我，使我感到十分惊讶。我这时更加惊讶地得知，我在以前激动地谈起斯万夫人和吉尔贝特这件事，竟然连盖尔芒特王妃也知道了，而我觉得王妃并不认识我。我们的种种言行和态度，都跟“社交界”以及对我们的言行和态度没有直接感知的人们分隔开来，这两者之间是一个阶层，其渗透性会有无穷无尽的变化，对我们来说是不可知的；我们根据经验得知，一句重要的话，我们迫切希望能得到传播（例如我过去在各种场合对众人说出赞赏斯万夫人的热情洋溢的话，心想散播出的良好种子如此之多，一定会有一颗种子长出植株），却往往因为我们的愿望而立即被人隐瞒，我们尤其难以相信的是，我们的一句话微不足道，已被我们自己遗忘，甚至我们从未说过，而是由另一句话部分反射出的影像，但这句话却被不停地传了出去，传到无限远的地方，一直传到盖尔芒特王妃府里，并成为诸神在宴会上嘲笑我们的话题。我们想起自己过去的举止，我们的近邻却对此一无所知；我们已忘记自己说过的话，或者这种话我们从未说过，但这话却会在另一星球上引起哈哈大笑，而其他人对我们的所作所为的看法，跟我们自己的看法不同，这就像一张印坏的画，该印黑线的地方却是空白，该是空白的地方却出现无法解释的边线。另外，也可能出现这种情况，那就是没有印出的线并不存在，只是我们想要看到，而我们以为是被人添加的部分，却是我们自己所画，但因为是主要部分，所以我们未加注意。因此，这奇特的印稿，在我们看来几乎已面目全非，有时却是真实的写照，当然并不好看，但却确切、实用，如同一张 X 光照片。这并不是我们弄清此事的一个原因。有人常常对着镜中自己的漂亮脸蛋和身材微笑，如有人把他的脸和身体的 X 光照片给他看，他看到这骨架被说成是他的一种形象，就怀疑别人弄错，如同画展的参观者，看到一幅少妇的肖像画，却在说明书上看到“卧倒的单峰驼”这样的解释，也会产生同样的怀疑。后来，我们的形象因由我们自己画出和别人画出而产生的这种差别，我也在其他人身上发现，这些人心满意足地生活在他们给自己拍摄的一组照片中间，而在他们周围则存在着鬼脸般令人讨厌的相片，这些相片他们自己一般无法看到，但要是有人偶然把相片拿出来给他们看，并说：“这就是你们”，他们准会目瞪口呆。

如果在几年前，我一定会十分高兴地对斯万夫人说，是因为“什么话题”我当时才对德·诺普瓦先生如此温柔，因为这“话题”就是跟她认识的愿望。但是，我已不再有这种愿望，也不再喜欢吉尔贝特。另一方面，我无法把斯万夫人和我童年时代看到的粉裙女士等同起来。因此，我就谈起我此刻挂念的女人。

“您刚才是否看到盖尔芒特公爵夫人?”我问斯万夫人道。

由于公爵夫人没有跟斯万夫人打招呼，斯万夫人就装出一副样子，仿佛她对公爵夫人毫无兴趣，并认为公爵夫人在场，其他人甚至不会察觉。

“我不知道，我没有**弄清楚**是谁。”她对我回答时脸色难看，并使用一个英语借词①。

然而，我想要了解的不仅是德·盖尔芒特夫人的情况，而且还有所有跟她经常来往的人的情况，我就像布洛克那样缺乏分寸，在谈话中不是竭力取悦于对方，而是带有自私的目的，想要弄清自己感兴趣的问题，以便确切地想象出德·盖尔芒特夫人的生活，因此，我向德·维尔帕里齐夫人询问勒鲁瓦夫人的情况。

“是的，我知道，”她装出不屑一顾的样子回答道，“是经销木柴的大商人的女儿。我知道她现在社交甚广，但我可以对您说，我

① 即用英语借词 réaliser 来表示“弄清楚”。

年纪已老，不想再结交新朋友。我以前认识的一些人十分有趣，讨人喜欢，我确实认为，勒鲁瓦夫人不会给我带来新的乐趣。”

德·马桑特夫人充当侯爵夫人的伴妇，把我介绍给亲王，她还没有介绍完，德·诺普瓦先生也来对我介绍，使用的言词极为热情。也许他认为可以对我示好，却又丝毫不会损害他的名誉，因为有人已在对我介绍，也许是因为他心里在想，一个外国人即使名声显赫，也并不了解法国沙龙的情况，会认为介绍给他的是个上流社会青年，也许是为了发挥他的一技之长，他以大使的身份引见可增加分量，或者是因为喜爱古风，让亲王再次体验殿下喜闻乐见的习俗，即如有人想要被引见给亲王，必须有两人介绍。

德·维尔帕里齐夫人叫唤德·诺普瓦先生，因为她觉得需要让他告诉我，她决不会因不认识勒鲁瓦夫人而感到遗憾。

“大使先生，勒鲁瓦夫人毫无意思，比经常来这儿的女士都要逊色，我不请她来是对的，您说是不是这样？”

或者是想保持独立见解，或者是因为疲倦，德·诺普瓦先生没有回答，只是行了个礼，虽说必恭必敬，却毫无意义可言。

“先生，”德·维尔帕里齐夫人笑着对他说，“有些人滑稽可笑。今天有一位先生来访，他想让我相信，他更喜欢吻我的手，而不喜欢吻一位少妇的手，您是否相信？”

我立刻听出是指勒格朗丹。德·诺普瓦先生微微一笑，稍稍眯起眼睛，仿佛这是十分自然的欲望，不必对有此欲望之人加以责备，这跟小说的开场相差无几，他准备予以宽容甚至加以鼓励，如同瓦兹农①或小克雷比荣②那种反常的纵容。

---

① 即克洛德-亨利·菲泽·德·瓦兹农（1708—1775），法国作家、修道院院长。受舒瓦瑟尔公爵保护，是伏尔泰的好友。他出入上流社会社交界，生活放荡。著有色情小说、诗歌，另著有喜剧，于1738—1756年上演。

② 即克洛德·普罗斯佩·约利奥·德·克雷比荣，人称小克雷比荣（1707—1777），法国作家。因撰写《背德索法》等淫秽小说而被囚禁或流放。著有《心灵和思想

“我在这里看到的画，许多少妇的手都无法画出。”亲王指着德·维尔帕里齐夫人开始画的水彩画说道。

他还问她，是否在刚举办的画展上看到方丹-拉图尔[1]画的花卉。

“他画的花卉属于一流，今天就是这样谈论一位美妙的画家和绘画大师的，”德·诺普瓦先生说道，“但我认为，他的花卉画无法跟德·维尔帕里齐夫人画的花卉媲美，我觉得夫人画的花卉色彩更美。”

即使知道前大使说出这种话，是因为老情夫有偏心，经常喜欢恭维，并采取小圈子里接受的看法，这种话仍然证明，社交界人士的艺术评价，缺乏真正的鉴赏力，因此十分随心所欲，会对微不足道的作品做出荒谬绝伦的评论，而且不会有真正感受到的任何印象来中止这种评论。

“我对花卉的了解毫无长处，我一直生活在农村。”德·维尔帕里齐夫人谦虚地说道。“但是，”她对亲王亲切地补充道，“如果说我小时候对花卉的确切了解略胜于农村的其他孩子，那就应该归功于你们国家的杰出人物冯·施莱格尔先生[2]。我在布罗伊[3]遇到过他，是我姑妈科德莉娅（卡斯泰拉纳元帅夫人[4]）带我去那儿

的迷茫，或德·梅尔古先生回忆录》（1736），注重心理描写，确切地展现十八世纪的法国社会。虽说作品常遭查禁，却在1759年被任命为王家审查官。

① 即亨利·方丹-拉图尔（1836—1904），法国画家、石版画家。作品有个人或集体肖像画、静物画、花卉画或受音乐启示的作品。自1864年起，他参加巴黎所有画展。

② 即奥古斯特·威廉·冯·施莱格尔（1767—1845），德国文学评论家、语言学家、翻译家。1798年跟其弟弗·施莱格尔合办德国早期浪漫派刊物《雅典娜神殿》，宣扬浪漫派理论。1819年起任波恩大学教授与波恩博物馆馆长，并从事文学和语言的理论研究。曾任法国女作家斯塔尔夫人的孩子的家庭教师，并使她了解德国文学。

③ 布罗伊城堡位于法国厄尔省，1716年起为布罗伊公爵领地。

④ 即科德莉娅·路易莎·厄夏里·格雷菲尔（1796—1847），博尼法斯·德·卡斯泰拉纳伯爵（1788—1862）之妻。她丈夫到1852年才当上元帅，因此她从未当过元帅夫人。1823年，她曾是夏多布里昂热恋的对象。她女儿德·博兰古尔夫人是德·维尔帕里齐夫人的原型之一。

的。我清楚地记得，勒布伦先生[①]、德·萨尔旺迪先生[②]和杜当先生[③]当时请他谈论花卉。我那时是小女孩，我对他说的话听不大懂。但是，他喜欢带我玩耍，他回到你们国家之后，给我寄来一本漂亮的植物图集，以纪念我们乘坐四轮敞篷马车在里歇谷[④]进行的漫游，我当时在他腿上睡着了。我一直保存着那本植物图集，它使我学会识别花卉的许多特点，不然的话，我不会对这些特点如此敏感。德·巴朗特夫人发表了德·布罗伊夫人[⑤]的几封书信，这些信写得跟她一样漂亮而又矫揉造作，我当时希望能在其中找到冯·施莱格尔先生这些谈话中的几次谈话。但这个女人只想在大自然中为宗教寻找论据。”

罗贝尔在客厅里面，跟他母亲在一起，他叫我过去。

“你对我真好，”我对他说，“怎么来感谢你呢？明天我们能一起吃晚饭吗？”

“明天，只要你愿意，不过得跟布洛克一起吃；我在门口遇到了他；一开始气氛有点冷淡，因为我不知怎么没有回复他写来的两封信（他没有对我说他因此事而生气，但我看出了这点），他对我亲密无间，因此我不能对这样的朋友忘恩负义。我们之间，至少从

---

① 参见本书第二卷第283页注⑥。

② 参见本书第二卷第284页注①。

③ 参见本书第二卷第302页注④。

④ 里歇峡谷以前的隐修院位于法国卡尔瓦多斯省松林圣特万，在利雪和康布勒梅之间。法国政治家和历史学家基佐在里歇谷有地产，长期居住在那里，并于1874年在那里去世。

⑤ 布罗伊公爵的妻子为阿尔贝蒂娜·伊达·古斯塔维娜·德·斯塔尔-荷尔斯泰因（1797—1838），是斯塔尔夫人之女。她著有多部宗教著作，如《各种宗教和道德话题的片言只语》（1840）。她的信件并非由玛丽·约瑟芬·塞扎莉娜·德·乌德托即巴朗特男爵夫人发表，后者也撰写过宗教著作，如《<圣经>中提到的上帝的存在》（1868），而是由她的儿子布罗伊公爵发表：《布罗伊公爵夫人书信集（1814—1838年）》（1896）。但有些信件曾出现在《法兰西语文学院院士巴朗特男爵回忆录（1782—1866年）》中，该书由她孙子克洛德·德·巴朗特（1851—1925）发表。

他这方面来看，是生死之交。”

我并不认为罗贝尔完全看错了。布洛克对别人恶语中伤，往往是因为他觉得自己对别人满腔热忱，而别人却并未对他投桃报李。但由于他很少去设想别人的生活，没想到别人可能会生病或外出旅行以及有其他事情，所以他一星期没接到回信，就认为对方故意对他冷落。因此，我从未认为他作为朋友以及后来作为作家的那种粗暴无礼，是出于他的内心深处。对他的粗暴，你如果用冷淡的自尊加以回答，或者用卑躬屈膝进行鼓励，那粗暴就会变本加厉，但你如对他热情友好，他的粗暴往往会随之消失。“至于说对你好，我其实一点儿也不好，我舅妈说是你在躲避她，说你对她一句话也不说。她心里在想，你是否对她有所不满。”

对我来说可喜的是，即使我受骗上当，对这些话信以为真，但由于我觉得很快就要前往巴尔贝克，我就无法试图跟德·盖尔芒特夫人再次见面，这样我就不能肯定地对她说我对她毫无不满之处，也不能因此要她向我承认，是她对我有所不满。但是，我只须回想一下，她甚至没有请我去她家观赏埃尔斯蒂尔的画。不过，这算不了一种失望；我丝毫没有指望她会跟我谈论此事；我知道我并不讨她喜欢，知道我没有希望得到她的喜爱；既然我在离开巴黎前不会再见到她，我能够有的最大希望，就是我因她善良而对她拥有十分温柔的印象，并把这种印象完整无缺地带到巴尔贝克，使其永远存在，而不要把一种忧郁而又伤心的回忆带到那里。

德·马桑特夫人不时中止跟罗贝尔的谈话，以便跟我说，他经常跟她谈起，他对我是多么喜爱；她对我十分热情，我几乎因此而感到难受，因为我感到她这样热情，是因为她担心她会由于我而跟儿子闹翻，她现在刚见到儿子，急着要跟儿子单独待在一起，她认为她对儿子的影响力无法跟我相比，应该对我谨慎相待。德·马桑特夫人刚才听到我向布洛克打听他外叔公尼西姆·贝尔纳的情况，就询问此人是否曾在尼斯住过。

“如果这样，他在那里认识德·马桑特先生，是在我结婚以前。”德·马桑特夫人回答道。“我丈夫经常跟我谈起此人，说他十分出色，对人体贴、慷慨。”

“真想不到他这次没有撒谎，实在难以相信。”布洛克听到后准会这样想。

我一直想告诉德·马桑特夫人，罗贝尔对她的感情要比对我的感情深千百倍，即使她对我怀有敌意，我也决不会让他对母亲产生反感，也不会让他跟母亲疏远。但是，德·盖尔芒特夫人离开之后，我就有更多的时间来观察罗贝尔，不过我当时只是发现，他心里似乎再次感到气愤，脸上则显出严厉而又阴沉的神色。我怕他想起下午的景象，他情妇对他如此冷酷无情，他却并未予以还击，他会因此而在我面前感到丢脸。

他突然挣脱他母亲搂着他脖子的一个手臂，走到我的面前，把我带到德·维尔帕里齐夫人重新在前面坐下的那个摆着花卉的小柜台后面，示意我跟他一起去小客厅。我迅速朝那里走去，德·夏吕斯先生以为我要出去，就突然离开正在跟他谈话的冯·法芬海姆先生，迅速转了一圈，来到我的面前。我忐忑不安地看到，他从地上拿起的那顶帽子上有字母 G 和公爵冠冕。在小客厅门口，他对我说话时没有看着我：

“既然我看到您现在已出入社交界，那就请您来看我。不过此事相当复杂。”他补充道，像是毫不在意，却又像在算计，仿佛这是一种乐趣，他想设法跟我一起使其变为现实，他怕一旦错失这良机，就无法再得到这一乐趣。“我很少在家，您要来得给我写信。但我希望有更加安静的环境，能跟您把此事解释得更加清楚。我过一会儿就要走了。您是否愿意跟我一起走走？我只占用您片刻时间。”

“您还是多加注意为好，先生。”我对他说。“您错拿了一位客人的帽子。”

“您在说什么？不让我拿自己的帽子？”

我认为这就像我在不久前遇到的情况一样，有人拿走了他的帽子，他就随手拿了一顶，以便回家时有帽子戴，而我戳穿了他的花招，使他显得十分尴尬。因此，我并未坚持己见。我对他说，我首先得跟圣卢说几句话。“他正在跟盖尔芒特公爵这个傻瓜说话。”我补充道。——“您说的话真妙，我一定转告我哥哥。”——“啊！您以为这会使德·夏吕斯先生感到兴趣？”（我心里在想，他要是有哥哥，他哥哥一定也姓夏吕斯。圣卢在巴尔贝克时，在这方面对我做过一些解释，但我全都忘记了。）“谁跟您说是德·夏吕斯先生？”男爵神色傲慢地对我说。“您到罗贝尔身边去吧。我知道，今天中午他跟一个让他身败名裂的女人在一起大吃大喝，您当时也在一起吃喝。您本应利用您对他的影响，让他看清他给可怜的母亲以及我们全家人带来的忧伤，因为他使我们的姓氏名誉扫地。”

我真想回答说，在这次辱没他们家门的午餐时，我们只是谈论爱默生[①]、易卜生[②]和托尔斯泰[③]，那少妇还劝罗贝尔只喝水不喝酒。我竭力使罗贝尔感到些许安慰，就尽可能原谅他的情妇，但我觉得他的自尊心受到了伤害。我并不知道，他此时此刻虽说对她

① 即拉尔夫·沃尔多·爱默生（1803—1882），美国散文家、诗人。1832年脱离教会，遍游意大利、英国和法国，接受康德哲学，回国后成为超验主义运动的核心人物。1836年发表《自然》一书，被称为超验主义宣言。1840年创办并主编评论季刊《日晷》，1842年起在杂志上陆续刊登总标题为“各族《圣经》”的东方哲学语录，其中四十多条摘自中国儒家经典。主要作品有论著《代表人物》、《英国人的性格》以及《诗选》、《随笔》等。

② 即亨利克·约翰·易卜生（1828—1906），挪威剧作家。共创作剧本26部。早期剧作以挪威民间传说、英雄传奇和中世纪历史为题材，表现追求民族统一的爱国思想和民主意识，主要作品有《英格夫人》、《觊觎王位的人》等。1852年后倡导挪威民族戏剧，先后发表批判小市民庸俗愚昧的诗剧《布朗德》和《培尔·金特》。1877年后发表社会问题剧《社会支柱》、《玩偶之家》、《群鬼》和《国民公敌》。其作品对现代戏剧的发展具有广泛而深刻的影响。

③ 指列夫·托尔斯泰（1828—1910），俄国作家。著有《战争与和平》、《安娜·卡列尼娜》、《复活》等长篇小说。这三位作家都有一种以宗教和奥义为基础的伦理哲学，普鲁斯特把他们以及尼采和罗斯金都看作他的心灵导师。

感到气愤，但却在自责。即使好男子和恶女子吵架，即使男方完全有理，也总会有一件芝麻绿豆的小事，使恶女子显得在某一问题上没错。而对其他所有问题，她都忽略不计，只要这好男子还需要她，会因两人分手而灰心丧气，他的这个弱点会使他小心谨慎，回想起对他所作的荒谬指责，并在心里想，这些指责是否有点道理。

"我觉得我在项链这件事上做错了。"罗贝尔对我说。"当然啰，我这样做并无恶意，但我十分清楚，其他人不会跟我们看法相同。她小时候很苦。在她眼里，我毕竟是富翁，认为有钱能使鬼推磨，而对这样的富翁，穷人是斗不过的，不管是要对布舍龙施加影响或是要打赢一场官司。当然，她表现得冷酷无情，而我一直是为了她好。不过，我看得很清楚，她认为我是想让她感到，可以用金钱把她占有，其实并非如此。她非常爱我，她又会怎样想呢？可怜的宝贝，你要是知道她对人如此体贴入微，我无法用言词告诉你，她常常为我做出讨人喜欢的事情。此时此刻，她想必十分难受！不管怎样，无论发生什么事，我都不希望她把我看成毫无教养的粗人，我现在就赶到布舍龙的店里去买那条项链。她看到我这样做，也许会承认自己的错误，这又有谁会知道？你看，我无法忍受，是因为想到她此刻正在难受！自己难受，我们自己知道，这倒没什么。但是她，想到她在难受，却又无法想象出来，我觉得这样我会发疯，我情愿不要再见到她，也不愿让她难受。让她幸福，但跟我分手，如果非要这样她才幸福，这就是我的唯一要求。你听着，这你知道，对我来说，跟她有关的事都是大事，简直是世界大事，我现在就赶到首饰店去，然后再请求她原谅。我在去那里之前，她会对我有什么看法？只要她知道我会去找她，那就好了！不管怎样，你可以到她家里去看看；谁知道呢？也许到时候事情都已摆平。也许，"他说时脸上挂着一丝微笑，仿佛不敢相信这种梦想竟会成真，"我们三个会一起到乡下去共进晚餐。但现在还无法知道，我对付她的办法实在太少；可怜的姑娘，我也许还会伤害她。另外，她的决定也许无法改变。”

罗贝尔突然把我带到他母亲跟前。

“再见，”他对母亲说，“我有急事要走了。我不知道什么时候还能休假回来，也许在一个月之后。我知道后会立刻写信告诉您。”

当然啰，罗贝尔不是这样的儿子，会在跟母亲一起出现在社交界时，认为对母亲态度生硬，是对陌生人微笑和彬彬有礼的一种平衡。这种恶劣的报复极为流行，进行报复的那些人似乎认为，对家人粗暴是彬彬有礼的自然补充。不管可怜的母亲说些什么，她儿子仿佛是不由自主地被带到那里，要让带他来的人付出高昂的代价，就立即用讽刺、明确、冷酷无情的反对意见来驳斥母亲胆怯地提出的看法；母亲立即对儿子的高见表示赞同，却并未使儿子息怒，儿子不在身边时，她继续对每个人吹捧她儿子本性高雅，但她儿子对她讽刺挖苦的话却一句也不少。圣卢跟这种人完全不同，但他因拉结不在身边而焦虑不安，并跟那些儿子一样，对自己的母亲态度生硬，但原因并不相同。听到他说的话，我看到德·马桑特夫人不由像鸟儿振翅一般，就像她看到他进来时那样，完全站了起来；但现在她脸色忧虑，忧郁的眼睛盯着他看。

“怎么，罗贝尔，你要走了，是真的？我亲爱的孩子，这可是我能见到你的唯一一天！”

接着，她低声说话，语调十分自然，声音尽量不显得忧伤，以免使儿子产生怜悯，而怜悯也许会使儿子感到难受，或者是毫无用处，只会使儿子感到不快，她如同说出道理简单的论据，补充道：

“你知道，你这样做不好。”

但在说出这道理简单的话时，她是多么胆怯，以向他表明，她并未干涉他的自由，又是多么温柔，使他无法责备她在约束他的娱乐活动，圣卢听到这话，心里不可能不感到怜悯，这样他就无法跟女友共度良宵。他因此怒不可遏：

“十分遗憾，但不管好不好，也只能这样了。”

他于是责备母亲，但他也许感到应该自责；自私者总是这样在争论中获胜；他们首先确定自己的决心不可动摇，对方越是使他们心里感动，让他们放弃，他们就越是认为应该谴责的不是他们这些拒不放弃的人，而是迫使他们放弃的人，因此，他们的冷酷无情会变得极其残忍，而他们却只会认为，对方难受是因为不知趣，却还觉得自己有理，而且卑鄙地要他们痛苦地放弃同情，真是罪孽深重。不过，德·马桑特夫人不再坚持己见，因为她感到已无法让他留下。

“我走了，”他对我说，“但是妈妈，您别让他在这里待很长时间，因为他待一会儿要进行一次拜访。”

我清楚地感到，我待在这儿不会给德·马桑特夫人带来任何乐趣，但我情愿不跟罗贝尔一起离开，这样她就不会认为我参与了这种寻欢作乐，使她无法留住儿子。我真想能为她儿子的行为找到某种辩解的理由，但不是因为我对他有感情，而是因为对她同情。但首先开口说话的却是她：

“可怜的孩子，”她对我说，“我可以肯定，我让他难受。您看，先生，母亲都很自私，但他并没有很多乐趣，他来巴黎的时间又这样少。天哪，他要是还没有走远，我就要去追上他，当然不是要他留下，而是要对他说，我没有怨恨他，我认为他这样是对的。我到楼梯口去看看，您不会觉得厌烦吧？”

于是，我们一直走到那里。

“罗贝尔，罗贝尔！”她叫喊道。“不，他走远了，太晚了。”[1]现在，我非常愿意接受一项任务，劝罗贝尔跟他情妇分手，而在几个小时之前，却希望他跟情妇同居。在前一种情况下，圣卢会认为我背叛朋友，在后一种情况下，他的家人会把我称为缠着他的恶魔。

---

① 法国七星丛书版后面另起一行。

但我在这几个小时之前和之后却一点儿也没变。

我们回到客厅。德·维尔帕里齐夫人看到圣卢没有回来，就跟德·诺普瓦先生相互对视，两人的目光都显出疑惑、嘲笑的神色，但并不十分同情，这种同情我们会在展示过于嫉妒的妻子或过于温柔的母亲时具有，意思是："瞧，想必是大闹了一场。"

罗贝尔前往情妇的住所，给她带去光彩夺目的首饰，而根据他们的约定，他不该把这首饰送给她。不过，送不送全都一样，因为她不想要，即使到后来，他也一直没能让她接受这件礼物。罗贝尔的有些朋友认为，她做出这种不为利益所动的表示，是一种心计，是想把他拴住。然而，她对钱并不看重，除非花钱能随心所欲。我看到她曾对一些她认为穷苦的人大肆施舍，仿佛失去理智一般。"在这时，"这些朋友对罗贝尔说，以便用他们的恶言恶语来抵消拉结的不爱钱财，"在这时，她想必在牧羊女游乐场的过道里。这拉结是个谜，是名副其实的斯芬克斯。"另外，我们看到过许多喜爱钱财的女人，由于被人包养，在这种生活中养成对人体贴入微的习惯，对情夫的慷慨大方设置了众多微不足道的障碍！

罗贝尔对情妇种种不忠实的行为几乎一无所知，脑子里想出的只是拉结在实际生活中一些无关紧要的小事，而她每天的生活，只是在跟他离开后才真正开始。他对她那些不忠实的行为几乎一无所知。我们即使把这些事都告诉他，他对拉结仍会深信不疑。因为令人心醉神迷的自然法则，会在各种极其复杂的社会中展现，那就是我们在生活中对自己喜爱的人一无所知。在镜子的一边，情夫在想："她是天使，决不会委身于我，我只好去死，但她爱我；她非常爱我，也许……不，这决不可能。"他欲火中烧，苦苦期待，他把多少首饰放在这女人面前，他跑去借钱，为她解愁；然而，在镜子的另一边，谈话就像玻璃水族缸前漫步者之间的谈话，不会传到玻璃的另一边，只听到观众在说："您不认识她？我向您祝贺，被她诈骗钱财、因她而破产的男人是不计其数，这婊子坏透了。她是十足的女骗子。而且诡计多端!”这最后一个修饰语,观众也许并未完全用错,因为男人即使疑虑重重,对这个女人并非真正爱恋,只是喜欢而已,也会对朋友们说:“不,亲爱的,她完全不是轻佻女子;我并不是说她在生活中没有过两三次反复无常的行为,但这不是一个花钱能得到的女人,或者她价值连城。得到她要花五万法郎,或者是分文不花。”①

他曾为她花费五万法郎,占有她一次,而她却在他身上找到同谋,那就是他的自尊心,她得以使他相信,他属于一种人,可以不花分文将她占有。社会就是这样,在这种社会里,每个人都是两面派,厚颜无耻或声名狼藉的人被别人看到的,只是蚕茧般悦目的外表,或是自然界的奇珍异宝。在巴黎有两位正人君子,圣卢见到时已不再打招呼,只要谈到他们,他声音就会发抖,并把他们称为妇女的剥削者:他们被拉结弄得破产。

“我只有一件事要责备自己,”德·马桑特夫人对我低声说道,“那就是对他说他这样做不好。他是我心爱的儿子,又是独子,因为没生别的儿子,我只看到他一次,就对他说他这样做不好,我情愿给人打一棍,因为我可以肯定,他今晚有什么快乐的事情,而他快乐的事不是很多,听了我这句不公正的话,他的快乐会打折扣。但是,先生,我不留您了,因为您有急事。”

德·马桑特夫人心情忧郁地跟我道别。这种感情涉及罗贝尔,她是真诚的。但这时她不再真诚,而是恢复贵妇的模样:

“我很**感兴趣,十分高兴**跟您交谈片刻。谢谢! 谢谢!”

她神色谦恭,用感激而又陶醉的目光注视着我,仿佛跟我谈话是她一生中最大的乐趣之一。这目光迷人,跟带有花枝图案的白裙上的黑花配合得珠联璧合;这目光由一位深悉自己身份的贵妇发出。

“我的事不着急,夫人。”我回答道。“我在等德·夏吕斯先生

① 法国七星丛书版后面接排,不另起一行。

一起走。”

德·维尔帕里齐夫人听到这最后一句话，她因此显出不快的神色。如果不是涉及一件跟此类感情无关的事情，我就会感到，我觉得德·维尔帕里齐夫人此刻感到焦虑不安，是因为羞耻。但这种假设我甚至没有想到。我对德·盖尔芒特夫人、圣卢、德·马桑特夫人、德·夏吕斯先生和德·维尔帕里齐夫人都感到满意，我没有多加考虑就高兴地乱说一气。

“您要跟我侄子帕拉梅德一起走？”她问我道。

我心里在想，我跟德·维尔帕里齐夫人十分欣赏的侄子有交往，可能会给她留下良好印象。“他要我跟他一起回去。”我愉快地回答道。“我很高兴。另外，我们的朋友关系比您认为的要好，夫人，我决定竭尽全力，使我们的关系更加友好。”

德·维尔帕里齐夫人的不快，似乎已变成担忧。“您别等他了，”她忧心忡忡地对我说，“他正在跟冯·法芬海姆先生说话。他已经忘记跟您说过的话。好吧，您走吧，他现在正好背朝着您。”

德·维尔帕里齐夫人刚开始显得激动，如果不是在当时这种情况下，则像是因为羞耻，而如果我们只看她的脸色，她的坚决要求以及她的反对，会使我们觉得她是因为有美德才这样做。从我来说，我并不急于去找罗贝尔及其情妇。但德·维尔帕里齐夫人看来是非要我走不可，她也许感到有重要的事要跟侄子谈，我于是跟她道别。她旁边坐着沉甸甸的德·盖尔芒特先生，傲慢而又威严。他的巨大财产仿佛在他四肢里到处可见，他身体的密度也因此特别高，如同这些财产在坩埚里融化成一块人形金锭，制成这个价值连城的人。我对他告别时，他彬彬有礼地站起身来，我感到汇集了三千万法郎的迟钝而又巨大的身体，因受过法国古老的教育而抬了起来，这时站在我的面前。我仿佛看到奥林匹亚的朱庇特塑像，据说是菲狄亚斯用纯金铸造而成[1]。这就是良好的教育[2]对德·盖尔芒特先生或者至少是对德·盖尔芒特先生的身体产生的巨大影响，因为这种教育并未对德·盖尔芒特先生的思想起到决定性的影响。德·盖尔芒特先生会对他自己说的风趣话发笑，却不会因别人说风趣话而露出笑容。

走到楼梯上时，我听到后面有人叫我：

"您就是这样等我的，先生。"

此人是德·夏吕斯先生。

"跟我一起走走，您不会在乎吧?"他在我们走到院子里后冷冷地对我说。"我们一直走到我找到一辆合适的出租马车为止。"

"您想跟我说些事，先生?"

"啊！是这样，我确实有些事要跟您说，但我不知道是否会跟您说出。当然啰，我觉得这些事可能是您得到不可估量的好处的开端。但由于我在这个年龄已开始喜欢平静的生活，因此我也依稀看到，这些事会使您在生活中浪费很多时间，受到很多打扰。我心里在想，您是否值得我为您如此操心，但我又不想在对您有足够了解之后再来决定此事。另外，您也许对我可以为您做的事不是十分喜欢，我也就不必自找许多麻烦，因为我可以十分坦率地对您再说一遍，这对我来说只能是麻烦事。"

我回答说，那就不必考虑此事。谈判就此中止，看来非他所好。

"这样客气毫无意义。"他口气生硬地对我说。"最大的快乐莫过于为一个值得操心的人自找麻烦。对于我们中的精英来说，研究艺术、爱好古董、收藏和园艺，只不过是代用品、替代物和借

---

① 菲狄亚斯(约前490—约前430)，古希腊雕塑家。擅长神像雕塑。奥林匹亚的朱庇特(即宙斯)像用象牙嵌金雕塑而成，高18米50厘米，被称为世界七大奇迹之一。

② 法国七星丛书版为:耶稣会会士的教育。

口。我们在木桶里，就像第欧根尼那样，我们在找一个人[①]。我们种植秋海棠，修剪紫杉，是权宜之计，因为紫杉和秋海棠任人摆布。但是，我们更喜欢把时间花在人这种灌木上，只要我们确信这样做值得。问题就在这儿；您想必有点自知之明。您是否值得别人这样去做？"

"先生，我决不愿意让您为我操心，"我对他说，"不过，说到我的乐趣，请您相信，您为我做的任何事情，都将使我感到乐趣无穷。我深受感动的是，您愿意对我如此关心，并想方设法予以帮助。"

我感到十分惊讶的是，他对我的话几乎是感激涕零。他挽起我的手，时而十分亲热，这种亲热在巴尔贝克时就已使我印象深刻，但跟他生硬的语气形成鲜明的对照。

"有您这种年纪的莽撞，"他对我说，"您有时说出的话，会在我们之间挖出一道无法逾越的鸿沟。您刚才说的话恰恰相反，正好使我心里感动，并愿意为您效犬马之劳。"

德·夏吕斯先生跟我手挽着手走着，说出的这些话虽然不乏傲慢，却是情意深切，他有时全神贯注地凝视着我，这种冷淡而又敏锐的目光，曾给我留下深刻印象，那是在巴尔贝克娱乐场前面，我第一次看到他的那天上午，即使在好几年前也是如此，我当时看到他在唐松维尔的花园里，站在花色粉红的灌木丛旁，待在斯万夫人身边，我以为斯万夫人是他的情妇，他的目光有时在他周围游荡，仔细察看路过的出租马车，这时是交接时间，出租马车很多，由于他目光坚决，好几辆车停了下来，马车夫以为他要叫车。但德·夏吕斯先生立刻把停下的车全都打发走。

"一辆都不合适，"他对我说，"都是车灯问题，属于它们要返

---

① 指锡诺帕的第欧根尼（约前410—约前323），古希腊哲学家，犬儒派主要代表之一。他主张返归自然，认为除了自然的需要必须满足外，其他任何东西都无足轻重。据说他因蔑视财产和多余之物而生活在木桶里。另据传说，他大白天点着灯笼走在雅典的街上，有人问他为何如此，他回答说："我在找一个人。"

回的那个街区。我希望,先生,”他对我说,“您不要误解,我要给您提出的建议,完全是无私的,并且出于好心。”

我感到惊讶的是,他的话跟斯万多么相像,甚至比在巴尔贝克时还要像。

“您相当聪明,我觉得您不会认为我是因为‘缺少朋友’、怕孤独和无聊才找您说话的。[①] 我不大喜欢谈论我自己,先生,但您也许已经知道,有一篇文章耸人听闻,《泰晤士报》[②]在该文中提到,奥地利皇帝对我一直关心照顾,想跟我保持亲戚关系,皇上于不久前在一次公开发表的谈话中宣称,如果尚博尔伯爵先生身边有人跟我一样洞悉欧洲政治内幕,那他现在准会成为法国国王[③]。我常常在想,先生,我经验丰富,并非由于具有微不足道的才能,而是全靠有利的时机,这点您有朝一日也许会知道,我经验的宝库,是价值不可估量的秘密档案,我并不觉得应该只为自己所用,这对一

---

① 法国七星丛书版后面有下面这段话,依据的是伽里玛出版社版本的初校样,后经作者修改:“……关于我的家庭,我无须跟您多说,因为我认为,您这样年龄的青年,又属于小资产阶级(他得意地强调这个词),应该知道法国历史。我这个阶层的人都是什么书也不读,像仆人一样无知。从前,国王的侍从是从大贵族中招聘而来,现在,大贵族只是跟仆从相差无几。但您这样的资产阶级青年都读书,肯定知道米什莱(注)所写的关于我家族成员的优美文字:‘我看到他们身材魁伟,这些有权有势的盖尔芒特家族成员。而跟他们相比,可怜而又矮小的法国国王,关在巴黎的宫殿之中,又算得了什么?’至于我个人的事,先生,是我不想多谈的话题,但您也许已经知道,……”

(注)即朱尔·米什莱(1798—1874),法国历史学家、作家。主要著作有《法国史》、《法国革命史》等。但上述引语系普鲁斯特据米什莱的风格杜撰。

② 《泰晤士报》为英国报纸,1785 年 1 月 1 日创刊,原名《每日天下纪闻》,1788 年 1 月 1 日改今名。1923 年法国《拉鲁斯百科词典》认为,该报是“对世界上发生的事情消息最为灵通的报纸”。

③ 亨利·德·波旁(1820—1883),亦称波尔多公爵、尚博尔伯爵,是波旁家族长房的最后代表。查理十世于 1830 年退位后,他是最后一位觊觎王位的正统派。1873 年,奥尔良派和正统派举行谈判,前者准备承认尚博尔伯爵并让他登基。恢复君主制的条件仿佛完全具备,但波旁家族的后裔拒绝弃用王室的白旗,王朝复辟因此而失败。尚博尔伯爵自 1830 年起客居奥地利弗罗斯多尔夫城堡,去世前无后裔。

个青年来说会是无价之宝，我会在几个月的时间里，把我三十多年来积累的经验全都告诉他，而这种经验，也许唯有我才拥有。我不谈智力上的愉悦，您将会愉悦地得知某些秘密，当代的米什莱[①]要耗时数年才会了解这些秘密，而对这些秘密了解之后，他对某些事件的看法会截然不同。我说的不仅是已经发生的事件，而是各个情况之间的连贯。（这是德·夏吕斯先生喜欢的一种说法，他在说时往往双手合十，如同想要祈祷，但手指伸得笔直，仿佛想用这动作使人理解他没有详细说明的这些情况及其连贯。）我想对您做出一种解释，不仅过去无人知道，而且将来也不会有人知道。”[②]德·夏吕斯先生中止谈话，并向我提出有关布洛克的问题，大家曾在德·维尔帕里齐夫人家谈论布洛克，但德·夏吕斯先生似乎并未听到。他善于使用一种语调，仿佛他说话时心不在焉，心里在想别的事情，他说话不由自主，纯粹是出于礼貌，他问我，我的同学是否年轻、漂亮，以及诸如此类的问题。布洛克如果听到他的话，就会比了解德·诺普瓦先生更加迫切，想要知道德·夏吕斯先生是拥护还是反对德雷福斯，但原因却完全不同。德·夏吕斯先生在提出这些有关布洛克的问题之后对我说：“您想要学习，结交几位外国朋友，这并没有错。”我回答说，布洛克是法国人。“啊！”德·夏吕斯先生说，“我还以为他是犹太人。”这种跟犹太人水火不相容的表示使我得知，德·夏吕斯先生在反对德雷福斯的态度上，比我遇到过的任何人都要坚决。但他却反对指控德雷福斯叛国。不过反对的形式如下：“我觉得报纸都说德雷福斯犯有叛国罪，我觉得他们是这样说的，我对报纸不大注意，我看报就像洗手一样，并不认为这值得我感到兴趣。不管怎样，这种罪并不存在，您朋友的

① 在打字稿中，普鲁斯特删去“巴朗特和梯也尔”，加上“亨利·马丹”。但在伽里玛出版社的旧版本中改为“基佐”，七星丛书版旧版本也是如此，但新版本改为“米什莱”，即跟1920年的原版本相同。

② 法国七星丛书版后面另起一行。

同胞如果背叛犹太王国[①]，那就犯有叛国罪，但这跟法国又有什么关系？”我表示反对，说一旦战争爆发，犹太人也会跟其他人一样应征入伍。“也许如此，但无法肯定这是否是轻率行为。不过，如果把塞内加尔人和马达加斯加人也招进来，我不认为他们会一心一意保卫法国，这是理所当然的事。你们的德雷福斯很可能会因违反接待国法律而被判罪。咱们别谈这事了。也许您可以请您的朋友带我去参加圣殿举办的赏心悦目的活动，参加割礼，听犹太歌曲演唱。他也许可以租个剧场，给我演出一个取材于《圣经》的小节目，就像圣西尔教养院的少女为路易十四演出拉辛写的《诗篇》[②]。您也许可以组织滑稽节目演出。譬如说，让您的朋友跟他父亲搏斗，把他父亲打伤，就像大卫击伤歌利亚那样[③]。这可以编一出有趣的闹剧。他甚至可以在剧中拼命打那个泼妇，或者像我的老女仆会说的那样，打那个泼妇老妈。要是这样，那就太好了，我们准会高兴，唉，亲爱的朋友，既然我们喜欢看异国情调的戏剧，那么，痛打这个不是欧洲人的女人，如同是给老泼妇应有的惩罚。”德·夏吕斯先生说着这些难听而又古怪的话，紧紧挽着我的胳膊，使我感到难受。我不由想起德·夏吕斯先生的家人，常举出男爵对老女仆关怀备至的种种事例，而男爵刚才提到老女仆时使

---

① 犹太王国为巴勒斯坦南部古国。公元前二千年代中叶，游牧部落希伯来人进入巴勒斯坦，在南方犹太地区有两个部落，北方以色列地区有十个部落。公元前十一世纪至前十世纪间，以色列王扫罗、犹太王大卫先后领导各部落抗击腓力斯人，建立并统治南北统一的以色列-犹太王国。约前 935 年王国分裂，北部为以色列王国，南部为犹太王国。前 722 年亚述帝国灭以色列王国。犹太王国则于前 586 年被新巴比伦王尼布甲尼撒二世所灭。

② 圣西尔教养院位于凡尔赛附近，由德·曼特农夫人于 1686 年创办，旨在教育贵族出身的贫苦少女。教养院有时组织戏剧演出。拉辛的悲剧《以斯帖》和《亚他利雅》曾在该院为路易十四演出。另参见本书第一卷第 309 页注①。

③ 犹太王大卫迎战前来挑战的非利士巨人歌利亚，用投石器射出的石块击中歌利亚前额并将其杀死。参见《圣经·撒母耳记上》第十七章。

用莫里哀用过的方言[①],我于是心里在想,同一个人心里善与恶之间的关系,我觉得以前很少有人研究,尽管五花八门,但要是确定却会十分有趣。

我告诉他,不管怎样,布洛克夫人已经与世长辞,至于布洛克先生,我觉得他对这种完全有可能弄瞎他眼睛的游戏不会有什么兴趣。德·夏吕斯先生似乎感到生气。"唉,"他说道,"这女人真不该死。至于弄瞎眼睛,犹太教恰恰是瞎子,看不到福音书里的真理[②]。不管怎样,您想想,在此时此刻,那些不幸的犹太人都在基督教徒愚蠢的狂怒面前发抖,看到我这样有身份的人竟然屈尊俯就,对他们的演出有兴趣,会感到万分荣幸。"这时,我看见老布洛克先生走过,他也许去接儿子。他没有看到我们,但我对德·夏吕斯先生表示,愿意把此人介绍给他。我预料到我这位同伴会勃然大怒:"把他介绍给我!您的价值观实在差劲!要认识我没这么容易!现在这样介绍,有两点不合适:一是介绍人年纪太轻,二是被介绍人不够资格。即使像我设想的那样,在某一天给我演出亚洲剧目,我最多也只会和颜悦色地给这个讨厌鬼说几句话。但条件是他要让儿子痛打一顿。我甚至可以表示满意。"不过,老布洛克先生对我们毫不注意。他正在对萨士拉夫人深深鞠躬,夫人则欣然受礼。我对此感到意外,因为过去在贡布雷时,她对我父母接待小布洛克感到气愤,因为她是激烈的反犹主义者。但支持德雷

---

① 指上面"泼妇老妈"中的"泼妇",原文为 carogne,莫里哀曾在《斯卡纳赖尔》(第六场)和《乔治·唐丹》(第三幕第七场)中使用。该词为 charogne(死尸;下流胚)的诺曼底或皮卡第方言。

② 埃米尔·马勒在《法国十三世纪宗教艺术》一书中写道:"蒙住眼睛的犹太教以及基督教这两大形象,可在巴黎圣母院正面看到,清楚地告诉犹太人,《圣经》对犹太教来说已不再有意义,并告诉基督教徒,《圣经》对基督教来说不再神秘。[……]兰斯大教堂在两处向我们展示基督教和犹太教,一处是在南门(在大圆花窗旁边),另一处是在西门,在两个小钟楼下面,在耶稣基督的十字架旁。[……]在波尔多的圣瑟兰教堂,犹太教被蒙住眼睛,不是用布条,而是用龙头后面的龙尾。在巴黎也是如此。"

福斯的运动如同一股狂风，在几天前把老布洛克先生一直刮到她那里。我朋友的父亲觉得萨士拉夫人迷人，特别喜欢这位夫人的反犹主义，并认为这证明她信仰真诚，她支持德雷福斯的观点真实可信，她准许他去拜访她也就具有价值。他甚至没有因她在他面前所说的冒失话而感到不快，她当时说："德律蒙先生[1]想对重审派跟新教徒和犹太人一视同仁。这种胡乱的归类真是来劲！"——"贝尔纳，"他回去后自豪地对尼西姆·贝尔纳说，"你知道，她有偏见！"但尼西姆·贝尔纳先生却一声不吭，而是用天使般的目光仰望天空。他对犹太人的不幸感到难受，回想起他跟基督教徒的友谊，随着岁月的流逝而渐渐变得装腔作势、矫揉造作，其原因大家以后自会知晓，他现在活像拉斐尔前派画家笔下的恶鬼，长着肮脏的毛发，如同浸在乳白色液体中的头发。[2]"整个德雷福斯案件，"男爵接着说道，仍挽着我的手臂，"只有一个弊害，那就是毁坏社交界（我不是指优秀的社交界，社交界早已没有资格使用这种赞美的修饰语），因为社交界进来一大批像骆驼、骆驼帮和牵骆驼的人那样蛮横的先生和女士，还有一些陌生人，我甚至在表姐妹家里看到，因为他们是反犹主义的法兰西祖国联盟的成员，我也不知道是怎么回事，仿佛一种政治观点能使人有权进入社交界。"[3]德·夏吕斯先生的看法如此浅薄，使他跟德·盖尔芒特公爵夫人更为相像。我对他指出这种相像之处。他似乎认为我并不了解她，我就对他提起在歌剧院看戏的那天晚上，他当时仿佛想避开我。他对我极其肯定地说，他根本没有看到我，我最终也许会信以为真，但一件小事却使我认为，德·夏吕斯先生也许过于骄

---

① 爱德华·德律蒙（1844—1917）于1886年发表抨击文章《犹太人的法国》，深受读者欢迎。他在法国中产阶级中宣传排外思想。他于1892年创办《自由言论报》，宗旨为"反犹和独立"，座右铭为："法国属于法国人。"他在反德雷福斯阵营中立场极为坚决。

②③ 法国七星丛书版后面另起一行。

傲，不喜欢被人看到跟我待在一起。

“咱们还是谈您，”他对我说，“以及谈谈我关于您的计划。有些男人之间，先生，存在着一种共济会，我不能对您谈论，但这个组织的会员中目前有四位欧洲君主。然而，其中一位君主①周围的人想要治好他异想天开的毛病②。此事十分严重，会给我们带来战争。是的，先生，完全如此。您知道此人的事，他以为自己已把中国公主装在一只瓶子里。这是精神错乱。他们正在给他治这种病。但他一旦不再发疯，就立刻变成傻子③。有些病不应该去医治，因为只有它们才能使我们不会得更加严重的疾病。我的一个表兄得了一种胃病，吃什么都无法消化。最高明的胃病专家都无法治好他的病。我带他去看一位医生（顺便说一下，此人也很怪，他的事有许多可说）。这位医生立刻猜出这病属于神经官能症，就说服病人，叫他不必害怕，只管吃自己想吃的饭菜，他的胃都能忍受。但我的表兄还有肾炎。吃下去的食物，胃消化良好，可最后肾脏却无法排泄，结果他不是身患凭空臆造的胃病，被迫遵循一种饮食制度，却活到年老，而是胃病治好但损坏肾脏，最后四十岁就命赴黄泉。您要是大大超越自己的生活，又有谁知道，您也许将会是过去的杰出人物可能成为的那种人，只要有好心的神仙下凡把涉及蒸汽和电的定律告诉他，而此时人类对这些定律还一无所知。您别做傻事，不要因谨小慎微而加以拒绝。您要知道，我帮您大忙，是因为觉得您也同样会帮我大忙。社交界人士早已使我兴味

---

① 法国七星丛书版后面有：就是德国皇帝。

② 普鲁斯特无疑是指奥伊伦堡事件。德皇威廉二世（1859—1941）跟年轻军官往来密切，他的好友均为同性恋。他的密友菲力浦·冯·奥伊伦堡亲王于1907年被指控为同性恋。从此他的顾问均为军国主义者和泛日耳曼主义者。

③ 这故事出自梅里美于1855年7月29日写给塞尼尔夫人的信：“从前有个疯子，以为自己把中国皇后（您知道她是世上最美的公主）关在一只瓶子里。他很高兴能有这瓶子，就不断走动，使瓶子和瓶中人对他无可抱怨。有一天，他打碎了瓶子，却再也找不到中国公主，他则从疯子变为傻子。”

索然，我只有一种喜好，那就是对我一生中所犯的种种错误进行补偿，让一个思想依然纯洁、热情能被美德唤起的人共享我的知识。我曾有过巨大伤痛，先生，我也许会在有朝一日告诉您，我失去了我的妻子，她是您想象中最漂亮、最高雅、最完美的人。我有几位年轻的亲戚，要继承我跟您说的精神遗产，我不是说他们不配，而是说他们没有这个能力。谁知道呢，也许这遗产可以传到您的手里，我可以指导您的生活，使其上升到极其高超的境界。而我的生活也会因此而得到改善。我在把重要的外交事件告诉您时，也许会恢复生活的情趣，最终开始做一些有意义的事，而您将跟我并驾齐驱。但在此之前，我必须经常见到您，是常常见到，每天见面。”

我见德·夏吕斯先生的心情好得出乎意料，就想乘此机会问他，是否能安排我跟他嫂子见一面，但在这时，我感到手臂被突然振开，如同触电一般。那是德·夏吕斯先生急忙把挽着我手臂的手抽出。虽然他在说话时环顾四周，他也只是刚刚看到德·阿让古尔先生从一条横马路过来。德·阿让古尔先生看到我们，显出不高兴的样子，用怀疑的目光看了我一眼，几乎像在观看另一人种，就像德·盖尔芒特夫人观看布洛克那样，然后，他想避开我们。但是，德·夏吕斯先生仿佛非要向他表明自己并非不想让他看到，就叫唤了他，但只是跟他讲一件鸡毛蒜皮的小事。德·夏吕斯先生也许担心德·阿让古尔先生没有认出我，就跟他说我是德·维尔帕里齐夫人、盖尔芒特公爵夫人、罗贝尔·德·圣卢的好朋友，而他夏吕斯则是我外婆的老朋友，因此很高兴把他对她的好感部分转移到她外孙身上。我在德·维尔帕里齐夫人家里只是由别人向他介绍了我的名字，刚才德·夏吕斯先生则向他详细介绍了我的家庭，但我发现，德·阿让古尔先生对我的态度比一小时前还要冷淡，而且在以后很长一段时间里，他每次遇到我都是如此。他对我观察时十分好奇，但没有丝毫好感，仿佛要克服一种障碍，在离开我们时，他在犹豫片刻后向我伸出了手，但立即缩了回去。

"我很遗憾遇到此人。"德·夏吕斯先生对我说。"这个阿让古尔出身名门,但缺乏教养,当外交官平庸无奇,是玩弄女性的恶丈夫,像戏里那样诡计多端,是个理解力极差、往往会坏大事的人。我希望我们的友谊将会深厚,只要它在有朝一日得以建立,并希望您能像我一样加以维护,使其免受蠢驴脚踢,那些蠢货无事生非,既笨拙又恶毒,想要毁坏看来能持久的事物。不幸的是,社交界人士大多出自这种模子。"

"盖尔芒特公爵夫人似乎十分聪明。我们刚才谈到可能爆发战争。她在这方面看来见解独特。"

"她毫无独特见解。"德·夏吕斯先生冷淡地对我回答道。"那些女人,还有许多男人,对我刚才想跟您说的事毫不理解。我的嫂子是个可爱的女人,以为自己仍处于巴尔扎克小说中的时代,女人可以影响政治。跟她交往,目前只会对您产生不利影响,就像出入社交界那样。而这正是我刚才首先想对您说的一件事,但那个蠢人打断了我的话。您必须对我作出的第一个牺牲——我给您赠送多少礼物,就要求您作出多少牺牲——就是不出入社交界。我刚才在那可笑的聚会上看到您,感到十分难受。您会对我说,您在那里感到舒服,但对我来说,这不是社交界聚会,而是看望亲戚。到以后,等您功成名就之后,您如果想到社交界消磨片刻时间,也许就不会有害处。那么,我就不需要对您说,我会对您有何用处。打开盖尔芒特公馆大门的'芝麻[1]',以及打开所有值得打开的公馆大门的'芝麻',掌握在我的手中。我来当仲裁,并想继续成为时间的主人。[2]"

我见德·夏吕斯先生谈到对德·维尔帕里齐夫人的这次拜

---

① 即《一千零一夜》中开门咒"芝麻开门"。

② 法国七星丛书版后面还有三句话:"……现在您初入社交界大门。您在那里出现会引起别人议论。千万别显得失礼。"

访，就想借此机会了解这位夫人到底是怎样的人[①]，但问题从我口中提出时，却并非是我想要提出的那样，我问的是维尔帕里齐家的情况。

“这就像您在问我‘子虚乌有’家的情况。”德·夏吕斯先生对我回答道。“我的婶婶因恋爱而嫁给蒂里翁先生，不过此人巨富，他的姐妹也都嫁到很好的人家，他从那时起称为维尔帕里齐侯爵。这对双方都没有损害，最多对他有所损害，但微不足道！至于这样称呼的原因，我并不知道，但我认为，他确实是德·维尔帕里齐先生，即生于维尔帕里齐的一位先生，您知道，这是巴黎附近的一个小地方。我婶婶认为家里有侯爵爵位，她想把事情做得合法，我不知道是出于什么原因。你一旦使用你无权使用的姓氏，最好不要去模仿合法的程式。”[②]

---

① 法国七星丛书版为：由于德·夏吕斯先生谈到对德·维尔帕里齐夫人的这次拜访，我就想问他，他跟侯爵夫人到底是什么亲戚关系，夫人的出身又是如何，……

② 法国七星丛书版这一段如下：“天哪，要回答这个问题并非易如反掌。”德·夏吕斯先生对我回答道，其声音仿佛在一个个词上滑过。“这就像您在问我‘子虚乌有’是什么意思。我婶婶什么事情都敢做，她再婚时心血来潮，嫁给了地位低微的蒂里翁先生，使法国最著名的姓氏的地位一落千丈。这个蒂里翁认为，他可以像小说里所做的那样，使用一个断后的贵族家族的姓氏，而不会有麻烦。历史并未告诉我们，他是否曾想用奥弗涅堡这个姓，他是否曾在图卢兹和蒙莫朗西之间犹豫不决。不管怎样，他作出另一种选择，成为德·维尔帕里齐先生。由于这个姓氏在一七〇二年后消失，我认为他是想谦虚地表明，他只是巴黎附近的小地方维尔帕里齐（注1）的一位先生，他在维尔帕里齐开了一家诉讼代理人事务所或一家理发店。但我婶婶却对此不以为然：她已到了听不进任何意见的年龄。她认为家里有这个侯爵爵位，就给我们每个人写信，想把事情做得合法，我不知道是出于什么原因。你一旦使用你无权使用的姓氏，最好不要这样惹事，就像我们的好友、所谓的M伯爵夫人，不听阿尔丰斯·罗特希尔德夫人（注2）的劝告，拒绝用捐出圣彼得献金（注3）的办法来获得依然虚假的爵位。可笑的是从那时起，我婶婶把表现真正的维尔帕里齐即跟已故的蒂里翁毫无亲属关系的维尔帕里齐的绘画全都控制起来。我婶婶的城堡就成了囤积维尔帕里齐家族成员真假肖像的仓库，由于这种肖像大量涌入，盖尔芒特家族和孔代家族某些成员的肖像虽说并非微不足道，却也因此而销声匿迹。画商每年都给她制作这种肖像。她在乡下的餐厅里甚至挂有圣西蒙的肖像，据说他侄女的第一个丈夫是德·维尔帕里齐先生，不过，

德·维尔帕里齐夫人只是蒂里翁夫人，她因此在我思想中的地位最终一落千丈，而我看到她沙龙的客人鱼龙混杂，她的地位就开始在我心目中下降。我觉得不合理的是，一个女人的爵位和姓氏只是新近获取，却能依赖跟王族的友情，使同时代人并将使后代产生绚丽的错觉。她在我眼里又恢复我童年时看到的模样，变得毫无贵族气派，而她周围的高贵亲戚，在我看来对她视同陌路。她后来对我们仍有魅力。我有时去看望她，她也不时给我寄来一件纪念品。但我在印象中丝毫不认为她属于圣日耳曼区，如果我想了解该区的情况，我一定会到最后才去请教她。

“目前，”德·夏吕斯先生继续说道，“您出入社交界，只会使您处境不利，败坏您的智慧和性格。另外，还得特别注意您交往的朋友。您可以有情妇，只要您家里不觉得有什么坏处，这跟我没有关系，我只会鼓励您这样做，小色鬼，您这个很快就需要有人来缠着您的小色鬼。”他对我说时摸了摸我的下巴。“但对男性朋友的选择更为重要。在十个小伙子中，有八个是小流氓、小坏蛋，会给您带来损害，您永远无法弥补。啊，我外甥圣卢在必要时倒是您的好伙伴。对您的未来，他不会对您有任何帮助，但在这方面，有我就绰绰有余。总之，您在对我感到厌烦时，跟他一起出去玩玩，我觉得不会有很大坏处，这是我的看法。他至少是个男子汉，而不是现在到处可见的那种娘娘腔的男人，样子像面首，明天也许会把他们清白的牺牲品送上断头台。我以前不知道 truqueur（面首）这个

《回忆录》的作者使客人感到兴趣，也许有其他原因，而并非因为他是蒂里翁先生的祖辈。”

（注1）维尔帕里齐是塞纳—马恩省市镇。

（注2）莱奥诺拉·德·罗特希尔德（1837—1911），是法兰西银行董事阿尔丰斯·罗特希尔德（1827—1905）的妻子。

（注3）圣彼得献金是教徒给教皇的捐款。夏吕斯认为犹太人给基督教会捐款有失体面，所谓的M伯爵夫人也是犹太人，因此不会做此事。

切口的意思[1]。谁要是知道了，就会像我一样感到惊讶。社交界人士很喜欢使用切口，你会指责一些人做了某些事，但这些人却喜欢表明，他们并不怕谈论这些事。在他们看来这是无辜的证明。但他们失去了尺度，弄不清应该把握什么分寸，不知道某种玩笑开过了头之后，会变得过于奇特、令人反感，并成为伤风败俗的证明，而不是天真无邪的证明。"[2]

"他跟其他人不同，非常客气，又非常严肃。"

我听到"严肃"这个修饰语，不禁微微一笑，而德·夏吕斯先生说出这二字的语调，仿佛使其具有"道德高尚"、"品行端正"的含义，就像有人说小女工"严肃"那样。这时，一辆出租马车从横向经过，年轻的车夫不是坐在自己的座位上，而是坐在车厢内软垫座位上驾车，像是喝得半醉。德·夏吕斯先生立刻叫车停下。车夫讨价还价，有片刻时间。

"您往哪边去？"

"朝您那边去。"（这使我感到惊讶，因为德·夏吕斯先生已经回绝好几辆车灯颜色相同的车。）

"我不想坐到我的座位上去。我坐在车里，您不会介意？"

"不会，只是把车篷放下。总之，请您考虑我的建议，"德·夏吕斯先生在跟我分手前对我说道，"我给您几天时间考虑，请给我写信。我再跟您说一遍，我必须每天见到您，我必须从您那里得到诚实、谨慎的保证，不过，我应该说，您似乎已向我作出这种保证。但是，我一生中常常受到表象的欺骗，所以不再愿意相信表象。唉，在我放弃一座宝库之前，至少得让我知道把它交到谁的手里。总之，别忘了我对您的建议，您如同赫丘利，但可惜的是，我觉得您

① 指给男客卖淫的男妓。

② 法国七星丛书版为："……明天也许会把他们清白的牺牲品送上断头台。"[我以前不知道 truqueur（面首）这个切口的意思。谁要是知道了……而不是天真无邪的证明。]另外，后面接排，不另起一行。

走在两条道路的十字路口，却不像他那样肌肉发达[1]。您不要因没有选择通向美德之路而遗憾终身。怎么，"他对车夫说，"您还没有把车篷放下？那我就自己来放下。另外，您这种身体状况，我看得让我来驾车。"

于是，他一跃而上，坐在车厢里马车夫旁边，马车疾驰而去。

我刚回到家，就听到一次谈话，是刚才布洛克跟德·诺普瓦先生谈话的翻版，但简短、倒错而又严厉，那是我们的膳食总管和盖尔芒特府的膳食总管的争论，前者是德雷福斯派，后者是反德雷福斯派。真理和谎言的对抗，在上层是在法兰西祖国联盟和人权联盟的知识分子之间进行，实际上一直扩展到下层民众之中。雷纳克先生的策略是利用从未跟他谋面的人们的情感，而在他看来，德雷福斯案件摆在他的理智前面，如同无可辩驳的定理，他也确实用理性政治最令人惊讶的成功（有些人说这种成功是在反对法国）加以证明，这种成功是前所未有的。在两年时间里，他把比约[2]的部替换成克列孟梭[3]的部，彻底改变了公众舆论，让皮卡尔出狱，并徒劳无益地让他出任陆军部长[4]。这位操纵群众的唯理主义者，也许自己也受到直系亲属的操纵[5]。既然真理最多的哲学体系，归根结底是因一种情理而被其创始人发现，那么，怎么能认为，

① 《十字路口的赫丘利》是古希腊诡辩家凯阿的普罗季科斯（约前 460—约前 399）的一则寓言，讲赫丘利走到十字路口，一条路陡峭，通往山丘，另一条路平坦，通往平原，他选择了第一条路，即通向美德之路。古希腊哲学家色诺芬（约前 430—约前 355）在《回忆苏格拉底》中对这一论题加以阐述。

② 即让-巴蒂斯特·比约（1828—1907），法国将军、政治家。1896—1898 年曾任陆军部长。

③ 克列孟梭于 1906 年 3 月 14 日至 10 月 25 日任萨里安内阁的内政部长，后任内阁总理，直至 1909 年。德雷福斯案件使他重返政治舞台。另参见本卷第 256 页注③。

④ 皮卡尔于 1898 年 1 月 13 日被捕入狱，1899 年 6 月 9 日获释。1903 年晋升准将，后在克列孟梭内阁中任陆军部长。

⑤ 约瑟夫·雷纳克是犹太人。普鲁斯特无疑夸大了他对当时政界的影响。他是最激烈的德雷福斯派之一，但从未起到过这种扭转局面的作用。

在像德雷福斯案件这样简单的政治事件中,这种情理会在推理者不知道的情况下主宰他的理智?布洛克认为,他站在德雷福斯一边合乎逻辑,但也知道,他的鼻子、皮肤和头发是他的种族赋予他的。也许理智更为自由,但它服从于某些并非由它自身确定的规律。盖尔芒特府膳食总管和我们的膳食总管的情况特殊。支持德雷福斯和反对德雷福斯这两股潮流,从上到下把法国一分为二,其波浪声音不大,但发出的稀少回声却十分真诚。你听到有人在谈话中故意避开德雷福斯案件这个话题,并悄悄告知一个往往虚假却总是受人欢迎的新政策,就可以从此人预言的事来推断出他的愿望。这样就会在某些问题上发生冲突,一方面是羞怯的卫道,另一方面是虔诚的愤怒。我回家时听到的两个膳食总管的争论,是这一规则的例外。我们的膳食总管认为德雷福斯有罪,盖尔芒特府的那位则认为无罪。门房看着他们。我感到在盖尔芒特府的仆人中挑拨离间的并非是他。他们争吵不是为了隐瞒自己的信念,而是因为心怀恶意和这场搏斗的激烈。我们的膳食总管无法肯定案件是否会重审,他即使失败,也不想让盖尔芒特府的膳食总管因认为一种正义事业已经失败而预先快乐起来。盖尔芒特府的膳食总管则在心里想,即使重审遭到拒绝,我们的膳食总管也会因魔鬼岛上关着一个无辜者而烦恼倍增。①

我走到楼上,看到外婆病情加重。一段时间以来,她老是说身体不舒服,但我们不知道她得了什么病。我们在生病时才知道,我们并非独自生活,而是跟一个属于不同领域的存在物拴在一起,它跟我们之间有深渊相隔,不了解我们,我们也无法让它理解,那就是我们的身体。我们在路上不管遇到哪个强盗,都不会对我们的不幸感到同情,却可能对他们晓之以利。但是,要求我们的身体有

① 法国七星丛书版中,“门房看着他们。我感到在盖尔芒特府的仆人中挑拨离间的并非是他。”这两句置于此处。

怜悯之心，无疑是徒费口舌，我们说什么都毫无意义，跟流水声一样，我们如非要跟它一起生活，则会感到诚惶诚恐。我外婆身体不适，却常常未加注意，她总是把注意力转到我们身上。她感到十分难受时，为将其治愈，就要设法了解病因，但总是无法知道。她身体中出现的病理现象，在她思想上仍然模糊不清、无法理解，但这些现象对于跟它们属于同一物理领域的存在物来说，却是清清楚楚、明明白白的事情，人的思想最终求助于这些存在物，以便弄清他的身体对他说的话，这就像要知道一个外国人的回答，我们就去找此人的同胞来当翻译。这些存在物能跟我们的身体交谈，并告诉我们，我们的身体在怒气冲天，还是很快就会息怒。科塔尔被请来给我外婆看病，他来后我们立刻跟他说她病了，但他对我们说的话使我们感到不快，只见他面带狡黠的微笑问我们："病了？至少不是外交病吧？"科塔尔为消除病人的烦躁，试用牛奶饮料疗法。但每次吃牛奶浓汤并无疗效，因为我外婆在汤里放了许多盐[①]（肥达[②]在当时尚未作出自己的发现，因此大家还不知道盐的害处）。[③]因为医学是每个医生接连犯的相互矛盾的错误的概要，我们把医生中的精英请来看病，很有可能求得一个真理，却在几年后被公认为谬误。因此，相信医学会十分荒唐，而不相信医学却并非如此荒唐：久而久之，从错误的这种积累中，也产生出某些真理。科塔尔要我们给外婆量体温。我们去找了支体温计。体温计的小玻璃管里，几乎没有水银。在小槽底部，勉强能看到银色蝾螈蜷缩其中。

① 1889年12月，普鲁斯特的外婆在去世前几天采用牛奶饮料疗法。

② 即费迪南·肥达（1862—1929），法国医生、细菌学家。师从乔治·迪约拉富瓦教授，1911年接替老师任内科病理学教授。主要研究成果为制成预防伤寒及副伤寒的疫苗。1903年发现氯化钠在体内潴留是肾性及心性水肿的一个症状，因此建议在治疗这两种疾病时禁用食盐。

③ 法国七星丛书版为：……因为我外婆在汤里放了许多盐，而当时大家还不知道盐的害处（肥达尚未作出自己的发现）。

这蝾螈如同死去一般。我们把这玻璃管置于我外婆口中。我们无须让其放置良久；这小巫婆不用很长时间就完成占星算命。我们见她纹丝不动，停留在管子中央，不再动弹，准确地向我们显示我们请她展示的数字，而我外婆对自己所作的种种思考，却无法向她提供这个数字，即 38°3。我们首次感到些许不安。我们用力摇动体温计，以消除这命中注定的标记，仿佛我们能在降低标出的温度的同时使病人退烧。唉！事情十分清楚，丧失理智的小巫婆作出这一回答并非随心所欲，因为到第二天，体温计刚插到我外婆嘴里，小预言家因相信并用直觉感到我们无法看到的一个事实，就立刻一跃而上，在同样的地方停了下来，而且坚定不移、岿然不动，仍然用闪闪发亮的魔杖向我们显示 38°3。她没有再说什么，对我们的愿望和请求，她是装聋作哑，仿佛这是她最后一句话，以表示警告和威胁。我们要迫使她改变回答，就求助于另一创造物，这跟她属于同一领域，但能力更大，不仅能询问身体的情况，而且能对它进行控制，是一种解热药，跟当时尚未使用的阿司匹林①属于同一类型。我们没有把体温计降到 37°5 以下，是希望它不要再次上升。我们给我外婆吃了解热药，并再次给她量体温。这警觉的联络修女如同公正无私的卫兵，我们得到他上司撑腰，向他出示上司的命令，他见命令符合手续，就回答道：好吧，我无话可说，既然如此，就请过去，这次修女没有动弹。但她愁眉不展，仿佛在说：这对你们又有何用？你们知道奎宁，它会命令我别动，一次、十次、二十次都会如此。但它会感到厌倦，我了解它，你们走着瞧。② 于是，我外婆感到体内存在一种创造物，比她更了解人体，跟已经灭绝的生物处于同一时代，存在的这第一个赘生物，比有思维能力的人类

---

① 阿司匹林是一种解热镇痛药。1897 年 8 月 10 日，德国化学家费利克斯·霍夫曼（1868—1946）首次合成乙酰水杨酸，为父亲治疗风湿关节炎，疗效甚佳。1899 年由德莱塞介绍到临床，并改现名。

② 上面两段引语，法国七星丛书版均用引号。

出现的时间要早得多；她感到这千年盟友在触摸她，摸得有点难受，摸她头部、心脏和肘部，这盟友认出了这些部位，把组织工作全都做好，以进行这场史前的战斗，而战斗立即在其后展开。在片刻之间，巨蛇皮松被杀死[①]，热度被强大的化学物战胜，我外婆穿过大自然各界，在各种动物和植物上面越过，想要对化学物表示感谢。她仍然因这种晤面而心情激动，她刚才穿越许多世纪，晤见了植物产生之前就已存在的一种古物。而体温计如同暂时被古老神祇战胜的命运女神，一动不动地握着银色纺锤。唉！人类还驯服其他一些低等创造物，用来猎取人类无法在自己体内追捕的神秘猎物，这些低等创造物残酷无情，每天给我们带来数量很少但相当固定的蛋白，以便符合我们无法感到的某种持续不变的身体状况。我审慎的本能使我的智力对我言听计从，贝戈特曾使我本能地感到不快，当时他跟我谈起杜·布尔邦大夫，说这个医生不会使我讨厌，还说他会想出一些疗法，看起来希奇古怪，却跟我别具一格的智慧气味相投[②]。但是，我们的想法在不断变化，它们排除了我们在最初给它们设置的障碍，从现成而又丰富的知识库里吸取养料，而我们却不知道这知识库是为它们而设。现在，我们每次听到有人谈论我们不认识的人，就想到此人是大才子，是一种天才，我因此对杜·布尔邦大夫无限信任，我们产生这种信任，是因为告诉我们之人目光比别人深邃，能一眼看出真相。我当然知道，他主要是神经官能症专家，夏尔科[③]去世前曾预言，说他将统率神经病学和

① 据希腊神话，巨蛇皮松被阿波罗杀死在帕尔纳斯山麓，阿波罗去那里是为了建立神示所。皮松系大地女神根据赫拉的要求所生，用来骚扰宙斯爱恋的勒托。阿波罗为报复母亲而杀死巨蛇，并举办特尔斐竞技会以资纪念。由于巨蛇皮松像大地女神的其他孩子一样传达神谕，因此阿波罗的胜利表示他的神示所优于大地女神的神示所。

② 参见本书第二卷第145页。

③ 即让-马丹·夏尔科(1825—1893)，法国神经病学家，现代神经病学创始人之一。弗洛伊德曾是他学生。著有《神经系统疾病教程》(1872—1883)。

精神病学。“啊！我不知道，这很有可能。”当时在场的弗朗索瓦丝说道，她第一次听到夏尔科和杜·布尔邦的名字。虽然如此，她仍然说：“这很有可能。”她说“这有可能”、“可能”、“我不知道”，在这种情况下会使人感到恼火。我们真想回答她说：“您当然不知道，因为您对这种事一无所知，又怎么能说这可能还是不可能，这种事您什么也不知道。不管怎样，您现在不能说您不知道夏尔科对杜·布尔邦说过的话，也不能说诸如此类的话，既然我们对您说了，您就知道了，您说‘可能’、‘这可能’不合适，因为这是确定无疑的。”

虽然杜·布尔邦的专长是治疗脑和神经方面的疾病，但我知道他是名医，十分杰出，其智慧深邃而富有创造性，就恳求母亲把他请来，希望他正确看出病因，也许能把病治好，并最终消除我们的担心，因为我们担心，另请医生会使我外婆感到害怕。我母亲作出这一决定，是因为我外婆在不知不觉中受到科塔尔的鼓励，不再外出，几乎一直卧床。她徒劳地用塞维尼夫人谈论拉法耶特夫人的书信来回答我们：“有人说她疯了，不想出门了。”这些人如此仓促地作出判断，我就对他们说：“拉法耶特夫人没有疯，我坚持这一看法。她死后大家才看到，她不出门自有道理。”①请来的杜·布尔邦即使不认为塞维尼夫人说错——我们也没有把夫人的语录说给他听——至少认为我外婆做错。他没有给我外婆听诊，而是用奇妙的目光对她观看，也许是幻想探索病人的内心深处，或是想让病人产生这种幻觉，这种幻觉仿佛自发产生，但应该被认为是无

---

① 引自塞维尼夫人1693年6月3日写给吉托伯爵夫人的信，信中谈论她最好的朋友拉法耶特夫人于5月25日去世。普鲁斯特的引语不全，全文应为：“我一直为她辩护，因为有人说她疯了，不想出门了。她极其忧郁：这又是何种疯病！她不是世上最幸福的女人？她自己也这样认为，但这些人如此仓促地作出判断，我就对他们说：‘拉法耶特夫人没有疯’，我坚持这一看法。唉！夫人，这可怜的女人现在已被证明理由充分；她死后大家才看到，她不出门和忧郁自有道理。”

意识的，或是不想让病人看出他在想别的事情，或是想要对她施加影响，他开始谈论贝戈特。

“啊！我觉得，夫人，这令人赞赏，您喜欢他真有道理。但是，您最喜欢他哪本书？啊！确实如此！天哪，这也许确实是最佳作品。不管怎样，这是他写得最出色的小说：克莱尔是小说中十分迷人的女性；您觉得其中哪个男性人物最讨人喜欢？”

我起初以为，他这样说是想让她谈论文学，因为医学使他感到厌倦，也许是为了显示他思想开放，甚至主要是为了治疗，让病人恢复信心，向病人表明他并未感到不安，使病人不再去想自己的病情。但此后我知道，他由于特别擅长治疗精神病，对脑子有研究，因此他想用这些问题来了解我外婆的记忆力是否完好无损。他仿佛违心地询问她的一些生活情况，目光阴沉而又凝滞。突然间，他仿佛见到真相，决定不惜一切代价来获取，就预先把身子一抖，似乎有点费力，抖掉他最后可能会有的种种犹豫，抖掉我们可能会有的种种异议，用清醒而又毫不拘束的目光看着我外婆，仿佛终于踏上陆地，把每个字都说得清清楚楚，而且声音悦耳、动听，声调的各种变化都显示出智慧的光彩。（另外，在这次出诊时，他的声音始终如天生那样柔和。而在他荆棘丛生般的眉毛下面，幽默的眼睛充满善意。）

“您身体会好的，夫人，也许要过很长时间，也许很快就会好，甚至今天就会好，这取决于您，只要您知道自己没病，并恢复正常生活。您对我说您不吃饭，也不出门。”

“但是，先生，我有点热度。”

他摸了摸她的手。

“至少现在没有。另外，这借口漂亮！您是否知道，体温高达39°的肺病患者，我们也让他们待在室外，并给他们增加饮食？”

“但我还有点蛋白尿。”

“这事您不会知道。您得的是我作过描述的一种病，取名为精神性蛋白尿。我们身体不舒服时，都会出现蛋白尿的些许症状，但我们的医生急忙向我们指出，却使这种症状长期存在。医生能用药物治好的一种疾病（至少有人肯定，这种情况时而发生），却会使健康人身上出现十种病，因为医生向这些人输入的致病因子，其毒性比所有细菌大一千倍，那就是灌输他们已患病的想法。这种确信的想法对所有人的性格都影响巨大，对神经过敏者的影响尤其显著。你对他们说，他们背后一扇关着的窗开着，他们就开始打喷嚏，你对他们说，他们在浓汤里放了氧化镁[①]，他们就会觉得要腹泻，说他们的咖啡比平时浓，他们就会彻夜难眠。您是否认为，夫人，我只要看到您的眼睛，听到您说话的方式，又该怎么说呢，看到您女儿和您外孙跟您如此相像，我就知道您是怎样的人？”[②]——“你外婆也许可以到香榭丽舍大街旁一条安静的小道上坐坐，只要大夫允许，那里有月桂树丛，你以前常在树丛前玩耍。”我母亲对我说，以此来间接征求杜·布尔邦的意见，她的声音因此而显得羞怯而又谦恭，如跟我单独说话，她决不会用这样的声音。大夫转向我外婆，用不亚于科学家的文人口吻说道：“到香榭丽舍大街去吧，夫人，到您外孙喜欢的月桂树丛旁去。月桂树会对您健康有益。这树有净化作用。阿波罗杀死巨蛇皮松之后，手拿一根月桂树枝进入特尔斐。他想以此来预防毒蛇的致命病毒。您看，月桂树最为古老，我还要补充一点，这在治疗上以及在预防方面都有价值，那就是它是最佳防腐剂。”

医生的大部分知识是由病人教授，因此他们很容易认为，这种“患者”的知识为众人共有，他们在给一个病人看病时，很高兴让此人感到惊讶，即说出他们从以前看过的病人那里得知的某种看法。巴黎人在跟农民谈话时面带狡黠的微笑，希望使用当地的土

---

① 氧化镁主要用于配制内服药剂以中和过多胃酸。

② 法国七星丛书版后面另起一行。

话使农民感到惊讶,同样,杜·布尔邦大夫对我外婆说:“也许刮风的天气能使您进入梦乡,疗效最好的安眠药却无法做到。”——“恰恰相反,先生,刮风时我肯定睡不着。”但医生动不动就会生气。——“哎哟!”杜·布尔邦皱着眉头低声说道,好像有人踩到他的脚,仿佛我外婆在刮风时彻夜难眠是在对他进行人身攻击。不过,他的自尊心还不算太强,他这个人“思想高超”,认为不相信医学是他的义务,他很快就恢复哲人的沉着。

我母亲怀有强烈的愿望,想从贝戈特的这位朋友那里得到保证,就支持他的说法,并作出补充,说我外婆的一个外甥女得了一种神经官能症,在贡布雷的卧室里闭门不出有七年之久,一星期只起来一两次。

“您看,夫人,这事我并不知道,但却可以说给您听。”

“但是,先生,我跟她完全不同,相反,我的医生无法使我卧床休息。”我外婆说道。也许她对大夫的理论感到有点不快,或者想对这些理论提出可以提的反对意见,并希望他加以驳斥,因此等他走后,她就不会再对他那可喜的诊断产生任何怀疑。

“当然啰,夫人,精神错乱,请原谅我用这个词,一个人不可能各种类型都有,您所患的是其他类型,您得的不是那种。昨天,我去了一家神经衰弱患者疗养院。在花园里,一个男子一动不动地站在一张长凳上,活像是走江湖的魔术师,他脖子歪斜,想必十分吃力。我问他在干什么,他对我回答时没有动弹,也没有转过头来:‘大夫,我患有严重风湿病,又容易感冒,我刚才体育活动时间过长,我愚蠢地弄得全身发热,我的脖子靠在了我的法兰绒衣服上。我现在把脖子挪开,然后让身上热气消散,因为我可以肯定,我会得斜颈,或者会患支气管炎。’他确实会患这种病。我对他说:‘您是个可爱的神经衰弱患者,您患的是这种病。’您是否知道,他为了向我证明不是患这种病而说出什么理由?这是因为那家疗养院的病人都有称体重的癖好,因此得把磅秤锁上,他们才不至于整天来称体重，而他就是不喜欢称体重，得逼着他站到磅秤上面。他因没有其他人的这种癖好而洋洋得意，却没有想到他也有自己的癖好，没有想到他因为有这种癖好才没有另一种癖好。您不要因这种比较而生气，夫人，因为这个因怕感冒而不敢转动脖子的人，是当代最伟大的诗人①。这个有癖好的可怜虫，是我见到的最聪明的人。您别介意被人称为神经官能症患者。您属于一个可爱而又可怜的家族，这家族是社会中坚。我们所知道的伟业，都出自神经官能症患者。各宗教创始人，杰作的作者，是他们，而不是其他人。世人永远不会知道他们对世界做出的全部贡献，尤其不会知道他们为做出这些贡献而感到的痛苦。我们欣赏悦耳的音乐、优美的绘画以及千百种精美的制品，但我们并不知道这些制品的创造者所付出的代价，不知道他们为此而失眠、哭泣、怪笑，身患荨麻疹、哮喘和癫痫，以及比这些病更可怕的死亡焦虑症，这些您也许知道，夫人，”他对我外婆微笑着补充道，“因为您得承认，我刚来时，您并不是十分放心。您认为自己病了，也许身患危险的疾病。谁知道您觉得自己发现身上有哪种病的症状？但您没有弄错，您确实有这些症状。神经系统功能紊乱能模仿天才。任何疾病它都能惟妙惟肖地模仿出来。它模仿出来的疾病使人真假难辨，能模仿出消化不良症患者的腹胀、孕妇的呕吐、心脏病患者的心律不齐、结核病患者的发热。它会使医生受骗上当，怎么会骗不了病人？啊！您别以为我在嘲笑您的病，如果我无法了解您的病，我就不会去进行治疗。对，只有双方都说心里话，这心里话才真实可信。我刚才跟您说了，没有神经官能症，就不会有伟大的艺术家，更有甚者，”他一本正经地伸出食指补充道，“就不会有伟大的

① 1905 年，普鲁斯特遵照布里索大夫的劝告，在一家疗养院疗养。他像这位神经衰弱患者那样，身穿法兰绒背心，也是“当代最伟大的诗人”。看来，他在此是幽默地描绘自己。

科学家。我再补充一点：神经官能症医生如果自己没患这种病，别说是好医生，连合格的医生都当不上。根据神经官能症病理学，一个医生即使没说过多的蠢话，也只是并未治愈的病人，正如批评家是不再写诗的诗人，警察是不再偷窃的小偷。我嘛，夫人，我不认为自己像您那样是蛋白尿患者，我在精神上也不怕吃东西，不怕去室外，但我睡觉时要起来二十次，看到门关好了才能睡着。在那家疗养院里，我昨天看到一位不能转动脖子的诗人，我去那里是为了订一个房间，因为——这事我们之间说说——我在假期时要在那里治疗，我在给病人治病时过于劳累，以致自己的病情加重。"

"那么，先生，我是否也要进行这种治疗？"我外婆担心地问道。

"毫无必要，夫人。您表现出的症状，在听到我的话后自会消失。另外，您身边有位强者，我从此把他指定为您的医生。这就是您的病，您神经系统的过度活动。我知道怎样治好您的病，但我不会去治疗。我只要控制您的病就已足够。我看到您桌上有一本贝戈特的书。您的神经系统功能紊乱要是治好，就不会再喜欢他的书。然而，我难道会感到，自己有权让您放弃这种功能紊乱带来的乐趣，以换取不能赋予您这种乐趣的功能健全的神经系统？这种乐趣，本身就是一种疗效显著的良药，也许其疗效优于所有药物。不，我并没有责怪您神经系统的活力。我只是要求这种活力听命于我，我则把您交给它照管。要让它开倒车。要它把阻止您散步、吃足够饭菜所用的力气，用来让您吃饭、读书、外出和进行各种娱乐活动。您别对我说您觉得疲劳。疲劳是一种预想在身体中的具体表现。您先是别去想疲劳。如果您什么时候感到略有不适，这种情况人人会有，您就像没有感到不舒服那样，用德·塔列朗先生[1]意味深长的话来说，就是做个假想的健康者。瞧，它已开始给

---

① 参见本卷第129页注①。

您治疗，您听我说话时身体笔直，一次也没有倚靠，眼睛炯炯有神，气色很好，从钟上看只过了半个小时，而您并未发现这种变化。夫人，我现在向您告辞。”

送走杜·布尔邦大夫之后，我回到母亲独自待着的房间，几星期来压抑在我心里的忧愁已荡然无存，我觉得母亲将会喜不自禁，她也会看到我喜出望外，我感到双方都在不动声色地等待一个时刻到来，到那时，我们身边的一个人将会激动，而从另一方面来看，这种等待像是有点害怕，仿佛有人要从关着的一扇门进来吓唬我们，我想对妈妈说句话，但声音发不出来，却泪如雨下，我久久地把头靠在她肩膀上，因痛苦而悲伤，体味、接受并依恋痛苦，因为我现在知道这痛苦出自我的生活，这就像我们喜欢因计划高尚而感到兴奋，但种种情况却使我们无法加以实施。弗朗索瓦丝没跟我们一起高兴，使我十分恼火。她非常激动，因为跟班和爱打小报告的门房吵得很凶。后来公爵夫人好心出面调解，两人才表面上言归于好，夫人还原谅了跟班。公爵夫人心地善良，如果她不听那种闲言碎语，那就最为理想。

好几天前，有人已开始知道我外婆病了，并来询问她的情况。圣卢在信里对我说：“我不想在你亲爱的外婆贵体欠佳时，对你做出比责备要严厉得多的事，这跟她毫无关系。但我无疑是在撒谎，如果我对你说，即使口头上说不讲但实际上却已说出，说我决不会忘记你背信弃义的行为，说决不会原谅你的奸诈和背叛。”但是，有些朋友认为我外婆病得不重，或者甚至不知道她有病，他们请我第二天到香榭丽舍大街去接他们，然后一起去看一个朋友，并到乡下参加我喜欢的晚宴。我不再有任何理由参加这两次愉快的活动。我们对我外婆说，听从杜·布尔邦大夫的劝告，就得多出去散步，她就马上说要去香榭丽舍大街。我要把她带到那里是易如反掌，她坐在那里看书，听到我和朋友们谈妥碰头的地点，我只要抓紧时间，还可以跟他们一起乘火车前往维尔-达弗雷[①]。到了说好的时间，我外婆感到疲劳，不想出门。但我母亲有杜·布尔邦的话垫底，竟然发起了脾气，要母亲听她的话。她想到我外婆又将恢复神经衰弱的状况，而且不会再康复，差一点儿要哭了起来。从未有如此晴朗、暖和的天气，正是外出散步的大好时机。太阳不断挪位，把它那一片片轻薄织物，嵌入碎裂阳台的各个部分，晒得方石表面温热，呈现朦胧的金色光晕。弗朗索瓦丝一直没空给女儿打电话，吃完午饭就立刻离开我们。离开之前，她去了朱皮安的铺子，让裁缝把我外婆出门穿的短大衣补好，这已经相当不错。这时我正好上午散步回来，跟她一起去了做背心的裁缝铺子。"是您家少爷带您来的？"朱皮安问弗朗索瓦丝道。"是您把他带到我这儿来，还是什么好风和好运把你们两位带到这儿？"朱皮安虽然没上过学，却十分自然地遵守句法规则，如同德·盖尔芒特先生在违反句法规则时——虽说十分费力——同样十分自然。弗朗索瓦丝走了，短大衣也已补好，我外婆得把大衣穿上。她坚决不要我妈妈跟她待在一起，独自一人没完没了地梳妆打扮，我现在知道她身体健康，我们在亲人活着的时候对他们采取漠不关心的奇特态度，还把他们看得比其他任何人都不如，我觉得她十分自私，待了这么长时间，可能会使我迟到，而她明明知道我跟朋友有约会，晚饭要到维尔-达弗雷去吃。我听到有人两次对我说她即将准备就绪之后，最终等不及了，就先走到楼下。她最后下楼找到我，并未像平时那样请我原谅她迟到，只见她脸色通红，心不在焉，仿佛有急事要办，把要带的东西忘了一半，这时我走到半开的玻璃门旁，一股潮湿、暖和、发出啁啾声的空气随之进来，如同打开水库闸门一般，但公馆冰冷的墙壁丝毫也没有因此而变暖。

"天哪，既然你要去看朋友，我原可以穿另一件短大衣。我穿

① 维尔-达弗雷是法国上塞纳省市镇，有十八世纪末教堂。

这件衣服有点寒碜。”

我见她脸这样红，感到惊讶，知道她因为迟到了就赶紧准备。我们刚在加布里埃尔大街通往香榭丽舍大街的街口走下出租马车，我看到我外婆不跟我说一声就改变方向，朝围有绿色栅栏的古老小屋走去，我过去曾在那里等候弗朗索瓦丝。当时在那里的护林员，现在仍在“侯爵夫人”身边，这时我外婆想必要呕吐，用手捂住嘴巴，我跟随其后，登上这建在各个花园中央的乡村小剧院的台阶。在收费处，如同在集市上马戏场里那样，准备登台的小丑，脸上搽满白粉，亲自在门口收票，“侯爵夫人”也一直在门口收费，只见她面孔硕大，十分丑陋，搽有劣质白粉，在红棕色假发上戴有无边软帽，帽子饰有红花和黑色花边。但我觉得她没有认出我。护林员没去管树木，树木的颜色正好跟他的制服相配，他坐在她身边跟她说话。

“那么，”他说道，“您就一直待在这儿。您不想离开这儿。”

“我干吗要离开这儿，先生？您倒对我说说：我在哪里会比这儿更好？我在哪里会更加舒服，会有这一切舒适的条件？另外，总有人来来往往，也是一种消遣；我称之为‘我的小巴黎’：我的顾客都把发生的事告诉我。瞧，先生，有个人在五分钟前出来，是个高级行政官员。啊！先生，”她热情地大声说道，仿佛准备用暴力来维护这种说法，只要这公务员显出怀疑其准确性的样子，“八年来，您要听清楚，在上帝创造的每一天，每当下午三点钟敲响，他就来到这儿，总是彬彬有礼，从未大声说话，从不弄脏任何东西，他要待上半个多小时，在解手时看报。只有一天他没来。当时我并没有注意到，但到晚上我突然想起：‘啊，那位先生没来，他也许死了。’这使我有点难受，因为我喜欢好人。因此，我第二天看到他又来了，就十分高兴，我对他说：‘先生，您昨天没事吧？’他告诉我，他自己什么事也没有，但他妻子死了，他心烦意乱，就没有来。他当然显得悲伤，您知道，毕竟结婚已二十五年，但他回到这儿还是很高兴。可以感到,他那些小小的习惯都已改变。我设法让他振作起来,就对他说:‘别灰心丧气。您还是像以前那样来这儿,您愁眉不展时,来这儿可以散散心。’”

“侯爵夫人”又恢复温柔的语气,因为她看到树丛和草坪的保护人正和颜悦色地听她说话,不想对她进行反驳,而是剑入鞘中,这剑更像是园艺工具或园艺标志。

“另外,”她说道,“我对顾客加以选择,不是任何人都能在我所说的客厅里受到我的接待。有我的花卉装饰,这难道不像客厅?我的顾客很好,总有人要送给我一枝丁香花、茉莉花或是玫瑰花,那是我最喜欢的花卉。”

我们从未把丁香花或漂亮的玫瑰花送给这位女士,也许她对我们评价不佳,想到这里,我不觉脸红耳赤,为避免当场受到她的严厉审判,或者只是受到她的缺席审判,我就朝出口处走去。但是在生活中,送来美丽玫瑰花的人并非总是最受欢迎,因为“侯爵夫人”以为我等得厌烦,就对我说:

“您是否要我给您开个小间?”

我谢绝了。

“不,您不要?”她微笑着补充道。“看来真是这样,但我十分清楚,这种需要,不管要不要付钱都会有的。”

这时,一个衣着寒碜的妇女急忙进来,看来正好有这种需要。但她不是“侯爵夫人”小圈子里的人,因为后者显出故作风雅者的凶狠,冷冷地对她说:

“全部客满,太太。”

“是不是要等很长时间?”戴黄色头饰的可怜女士问道,脸涨得通红。

“啊,太太,我劝您还是到别处去,因为您看,还有这两位先生等着,”她说时指了指我和护林员,“而我只有一间可以用,其他的都在修理。①

“她看上去付钱不会爽快。”“侯爵夫人”说道。“她不是这里的人，身上不干净，又不懂文明，要是让她进去，我得花一个小时的时间给她打扫干净。我可不希罕她的两个苏。”

我等了整整半个小时，外婆才最终出来，心想她虽然待了这么长的时间，却不会用小费来弥补这种不知趣的行为，我于是退避三舍，以免看到“侯爵夫人”可能会对我外婆傲慢无礼，并走进一条小径，但步履缓慢，使外婆能轻易赶上，继续跟我一起走。她很快就赶来。我想外婆会对我说：“我让你等了很长时间，我希望你能赶上跟朋友的约会”，但她一声不吭，因此我感到有点失望，不想主动跟她说话；最后，我抬头朝她观看，只见她在我旁边走着，脑袋却转向另一边。我担心她还会感到恶心。我对她看得更加仔细，发现她走路时一颠一颠，不由感到奇怪。她帽子歪戴，大衣肮脏，显得衣冠不整，心怀不满，脸色通红，忧心忡忡，仿佛刚被车撞倒，或是刚被人从沟里拉上来。

“我担心你想要呕吐，外婆；你感觉是否好点了？”我问她道。

她也许在想，她要是不回答我，我肯定会感到不安。

“‘侯爵夫人’和护林员的谈话，我全都听到了。”她对我说。“跟盖尔芒特和维尔迪兰小核心的腔调再像也没有了。天哪！这些事，是用多么漂亮的词句表达出来的啊②。”她又认真地作了补充，用的是她的侯爵夫人即塞维尼夫人的话：“听到他们说话，我

① 法国七星丛书版后面加省略号并接排，不另起一行。

② 引自莫里哀的喜剧《恨世者》第一幕第二场。奥龙特读了十四行诗：“你那时诚然和蔼可亲；/但你又何苦如此殷勤！/如果只是愿意把希望赐给我，/那还不如丝毫不施恩情。”菲兰德听后说出这句话。参见《莫里哀喜剧选》中册，赵少侯、王了一等译，人民文学出版社，1981年，第96页。

心里在想，他们在为我准备告别的乐趣[①]。”

这就是她对我说的话，她在话中添加了她敏锐的感觉，她对语录的爱好，她对古典作品的记忆，甚至加得比平时稍多，仿佛为了表明她拥有的这一切都保存完好。但这些话，我不如说是猜到而不是听到，因为她说出时如在嘟囔，牙齿紧咬，而这是无法用害怕呕吐所能解释的。

“好吧，”我对她说时故作轻松，仿佛并未把她身体不适看得过于严重，“既然你有点恶心，又希望回家，我就不想让消化不良的外婆在香榭丽舍大街散步。”

“我不敢对你提出这个建议，是因为你要去见朋友。”她对我回答道。“可怜的孩子！但既然你愿意回去，那就最好。”

我担心她发现她是怎么说这些话的。

“好了，”我突然对她说，“你说话感到累，就别再说了，你现在觉得恶心，再说话会不舒服，你至少等到我们回家后再说。”

她伤心地对我微笑，并握住我的手。她知道我已立即猜出，不必再对我隐瞒：她的病刚才有点发作。

---

① 叙述者的外婆也许在引述塞维尼夫人于1680年6月21日写给格里尼昂的信时作了改动，塞维尼夫人在信中抱怨拉阿默利尼埃尔夫人的来访令人厌烦：“三天前，这位夫人留在这里。我开始对此感到习惯，因为她并非十分机灵，不大喜欢我随心所欲地做我爱做的事，如不再陪伴她，而是去看我那些工人，去写信，我希望她因此而感到不快。这样我就为自己准备了一次美妙告别的乐趣，而如有令人愉快的朋友相伴，就决不会有这种乐趣。”

二

第一章

我外婆患病。贝戈特患病。公爵和医生。我外婆身体衰弱。她去世①。

我们再次穿过加布里埃尔大街，在一群散步者中间穿过。我让外婆坐在长凳上，然后去叫出租马车。我一直把自己放在她的心里，来评价微不足道的人，但她现在把我拒之门外，她成了外部世界的组成部分，因此，我对她身体状况的想法，我的不安，我也许可以说给普通的行人听，却无法向她倾诉。我原可以跟她谈这些事，而且比跟陌生女人说更有信心。她刚才把我自童年时代起一直托付给她的种种想法和忧愁全都交还给我。她还没死。而我已经孤独。甚至她对盖尔芒特家族、莫里哀以及我们关于小核心的谈话所作的种种暗示，也变得毫无依据和原因，显得子虚乌有，因为它们出自这个人的虚无，而此人明天也许不再存在，对此人来说，它们将变得毫无意义，这种虚无，无法构想出这些暗示，而我外婆很快就将化为虚无。

"先生，我并没有这样说，但您没有跟我预约，您没有拿号码。

① 这些小标题系普鲁斯特加在最后一份校样上。

另外,今天不是我门诊。您应该有自己的医生。我不能取而代之,除非他叫我去出诊。这是医德问题……”

我正要叫一辆出租马车,却跟著名的 E 教授不期而遇,他可以说是我父亲和外公的朋友,不管怎么说跟他们有交往,教授住在加布里埃尔大街,我突然计上心来,在他回家时把他拦住,心想他也许能给我外婆献上良策。但他有急事,在信箱里拿了信后,就想把我打发走,我要跟他说话,只好跟他一起乘电梯上楼,但他请我让他去按按钮,这是他的一种癖好。

“但是,先生,我不是要求您在这儿给我外婆看病,我给您说了之后您自会明白,我外婆身体不好,我是想请您在半小时后到我们家来出诊,那时她已回到家里。”

“到你们家去,先生,您想也别想。我要到贸易部长家吃晚饭,去之前还得去作一次拜访,我马上要更衣,糟糕的是我的礼服给扯破了,另一件翻领上没有饰孔,不能挂勋章。我请您别去碰电梯的按钮,您不会开电梯,什么事都得小心谨慎。这饰孔会耽搁我的时间。总之,我跟您家里人是朋友,如果您外婆马上能到,我可以给她看看。但我跟您预先说明,我只能给她一刻钟的时间。”

我没有走出电梯就立刻下去,E 教授亲自开电梯送我,并用怀疑的目光看着我。

我们说死亡的时间无法确定,但在说出这话时,我们觉得这个时间处于模糊而又遥远的空间,并未想到这时间可能跟已经开始的一天有某种关系,也没有想到它也许表明,死亡——或是死亡首次把我们部分占有,并以此不再放开我们——可能在那天下午发生,而在那天下午,每个小时的时间都已预先做好安排。你非要散步不可,是希望一个月后变得神采奕奕,你犹豫不决,不知该穿哪件大衣出去,该叫哪个出租马车夫,你坐在出租马车上,这短暂的一天全都呈现在你面前,因为你要准时回家接待一位女友;你希望第二天也是天气晴朗;你并未想到,死亡在你体内的另一层面上行进，行进在无法看到的黑暗之中，恰恰选择了这一天登台表演，是在几分钟之后，几乎就在马车到达香榭丽舍大街那一时刻。总是害怕暴卒之人，也许会觉得这种死亡——这种与死亡的初次接触——具有每天都能见到的熟悉面貌，使人感到放心。死前吃一顿可口的午餐，并像健康人那样出门散步。乘坐敞篷马车回家时疾病首次发作；我外婆病得很重，总之，有好几个人会说，六点钟我们从香榭丽舍大街回家时，他们跟我外婆打了招呼，当时天气很好，她坐在敞篷马车里经过。勒格朗丹正前往协和广场，停下脚步向我们举帽行礼，露出惊讶的神色。我尚未脱离现实生活，就问我外婆是否已对他还礼，并给她提个醒，说此人过于敏感。我外婆也许觉得我十分轻浮，就把手举起，仿佛表示："这又有何用？这无足轻重。"

不错，有人会说，刚才我去叫出租马车时，我外婆坐在加布里埃尔大街的一张长凳上，片刻之后乘坐敞篷马车经过。但是否真是这样？长凳要放在一条大街边上，虽说也受到某些平衡条件制约，却不需要有能量。但是，一个人要保持稳定，即使是坐在长凳上或马车上，也必须有一种应力，这种应力我们平时感觉不到，如同感觉不到大气压那样（因为大气压作用于各个方向）。如果我们使自己体内呈真空状态，有人让我们承受空气的压力，我们在被毁灭前的时刻，也许会感到无法抗拒的可怕重力。同样，疾病和死亡的深渊在我们体内张开大口，而我们又无法抵御世界和我们的身体向我们冲击时发出的喧嚣声，这时，即使要承受我们肌肉的压力，承受损害我们骨髓的战栗，这时，即使我们要保持静止状态，即我们平时认为只是一个事物普通的消极状态，同时又希望头部挺直、目光平静，就需要有生命的活力，并要进行会使你疲惫不堪的斗争。

当时，勒格朗丹神色惊讶地看着我们，是因为他像其他过路人一样，看到我外婆虽说坐在出租马车的座位上，却仿佛在滑向深渊，她竭尽全力使自己坐在软垫上，而软垫勉强留住她下滑的身体，她头发蓬乱，目光茫然，她的眼睛已无法看清飞驰而来的一个个图像。她虽说在我旁边，却仿佛已堕入陌生的世界，在这个世界里她已受到打击，我刚才在香榭丽舍大街上看到她时，她已带有这些打击的痕迹，她刚才跟一个看不见的天使进行斗争，她的帽子、面孔和大衣被这个天使弄得面目全非。[①] 我在此后想到，我外婆受到打击时，想必并未完全感到意外，也许她早已预卜先知，生活在期待之中。也许她并不知道，这命中注定的时刻何时到来，她无法肯定，如同那些情夫，因同样的怀疑，对情妇的忠实时而寄予毫无理智的希望，时而又进行毫无根据的怀疑。严重的疾病，如刚才袭击我外婆脸部的疾病，大多会长期留驻病人体内，然后将其杀死，而在留驻期间，如同“和蔼可亲”的邻居或房客，不让病人迅速了解自己。这种了解可怕，不是因为疾病带来痛苦，而是因为它对生活最终作出新颖而又奇特的限制。在这种情况下，我们看到自己死去，不是在死亡的时刻，而是在几个月乃至几年以前，即在它令人厌恶地来到我们体内居留之后。女病人了解这个陌生人，听到此人在她脑中来来往往。当然，她并未看到此人，但她听到此人定时发出的嘈杂声，就从中推断出此人的习惯。这是个坏蛋？一天早上，她不再听到此人的声音。他走了。啊！要是一去不复返多好！晚上，他又回来。他有什么打算？会诊医生听到这个问题，就像被宠爱的情妇，用似是而非的誓言来加以回答。另外，医生与其说是情妇，不如说扮演被审讯的仆人。他们只是第三者。我们对其施加压力的情妇，我们怀疑即将背叛我们的情妇，是生活本身，我们还相信她，但仍然怀疑，直至她最终将我们抛弃。

我带外婆进入E教授住房的电梯，片刻之后，他来接我们，带我们走进他的诊所。到了那里，不管他有什么急事，他傲慢的神色

---

① 法国七星丛书版后面另起一行。

随之改变，这习惯是多么强大的力量，他跟病人待在一起就和颜悦色，甚至活泼可爱。他知道我外婆文学修养很高，而他在这方面也知识渊博，于是，他用了两三分钟的时间，向她朗诵他写的赞美夏日阳光灿烂的美妙诗句。他请她坐在扶手椅上，他则置身于背光处，以便能清楚地对她观看。他检查得细致入微，我甚至必须出去片刻。他继续检查，在检查完毕之后，虽说一刻钟的时间即将用完，他仍然向我外婆朗诵了几句诗。他甚至跟她说了些相当风趣的笑话，这种笑话我情愿在另一天听到，但大夫愉悦的语气却使我完全放下心来。我于是想起，参议院议长法利埃先生①在许多年前发过一次病，但并非真的患病，他的竞争对手们感到失望的是，他在三天之后恢复工作，据说还准备在有点遥远的将来竞选共和国总统。我相信外婆很快就会康复，我信心十足，是因为我在回忆法利埃先生的例子时，想到两人情况相同，但这时听到E教授在说完一则笑话后发出爽朗的笑声。他随即掏出怀表，看到多耽搁五分钟的时间，不由焦急地皱了皱眉头，他一面跟我们道别一面摇铃，命人立刻把他的礼服送来。我让外婆先走，进去后把门关好，并向这位学者请教真实病情。

“您外婆没治了。”他对我说。“发病是因尿毒症引起。尿毒症本身不一定是致命疾病，但在我看来，她的病毫无希望。我不需要对您说我希望自己看错。另外，由科塔尔来治疗，您就有高手相助。请原谅。”他看到一个女仆把他的黑色礼服搭在手臂上进来，就这样对我说。“您知道，我要到贸易部长家去吃晚饭，此前还要去作一次拜访。啊！生活并非像您这样的青年想象的那样，只会

---

① 即阿尔芒·法利埃（1841—1931），法国政治家。1882—1892年多次出任部长。1899年任参议院议长。1906—1913年任共和国总统。1883年1月30日，即他被任命为总理的第二天，他在众议院的一次讲话时受到右翼议员的抨击，被指责为想在部长并未到齐的情况下通过时效法，他声称自己“十分疲倦”，要求休会，然后失去知觉。他卧床一周，但康复后没过几天就递出辞呈。

看到玫瑰。”

然后，他优雅地向我伸出手。我出去后把门关上，一个男仆把我和外婆带到候见室，这时，我们听到怒吼声。女仆忘了在翻领上把挂勋章的饰孔开好。这又需要十分钟时间。教授仍在吼叫，而我则看着楼梯平台上我那无法救治的外婆。人人都十分孤独。我们乘车回家。

夕阳西下；阳光照亮一道漫无边际的围墙，我们的出租马车在到达我们居住的那条街前，必须沿着这道围墙行驶，夕阳把马和车的影子投在墙上，黑影在淡红的底色上显现出来，如同一辆柩车行驶在庞贝的陶土上①。我们最终到家。我让病人坐在楼梯下的门厅里，然后上楼通知母亲。我对母亲说，我外婆回来时有点不舒服，曾晕过去一次。我刚说了几句，我母亲的脸就显得极为绝望，但已十分克制，我由此得知，多少年来，她一直把这种绝望埋在心里，以便最终在不知哪一天显现出来。她没有问我任何问题；看来，恶人喜欢夸大别人的痛苦，同样，我母亲出于亲情，不愿承认她母亲身患重病，尤其不愿承认这种病可能影响智力。我妈妈浑身颤抖，她的脸是欲哭无泪，她跑着说要去请医生，弗朗索瓦丝问谁病了，她却无法回答，说不出话来。她跟我一起跑到楼下，消除脸上在抽噎时显出的皱纹。我外婆坐在门厅的长沙发上等候，听到我们的声音后立刻站了起来，愉快地跟我妈妈招手。我已用饰有花边的白色头巾把她头部裹好，对她说是怕她在楼梯口着凉。我不想让母亲发现我外婆已是歪脸斜嘴，但我这样做毫无用处；我母亲走到我外婆面前，吻了她的手，如同在吻上帝之手，极其小心地把她扶到电梯里，生怕自己笨手笨脚会把她弄痛，这小心谨慎中带

---

① 庞贝为意大利那不勒斯附近的古城。约建于公元前七世纪。距维苏威火山约十公里。公元79年8月24日火山爆发，与另一小城赫库兰尼姆同被湮没。在庞贝遗址并未发现彩陶。据研究者说，只发现几只伊特鲁里亚-坎帕尼亚的光亮黑釉器皿，另发现一浅浮雕，用陶土制成，展现一辆战车。

有一种谦恭，如同感到自己不配触及心目中最珍贵的物品，但她一次也没有把头抬起，也没有去看病人的面孔。也许是为了不让病人因想到自己的模样会使女儿不安而感到难受。也许是由于敬重，因为她认为，看到自己敬仰的脸上出现某种智力衰退的痕迹，无疑是一种亵渎。也许是为了把她母亲闪耀着智慧和善良的光辉形象完好无缺地保存下来。她们俩就这样肩并肩地上楼，我外婆头上裹着头巾，我母亲则把头转开不去看她。

这时，有一个人的眼睛一直注视着我外婆那张已经变形而她女儿却不敢看一眼的脸上可以猜出的结论，有一个人看着这张脸，目光极为惊讶，冒失地露出不祥的预兆，此人就是弗朗索瓦丝。这并非因为她不是真心喜爱我外婆（她甚至感到失望，几乎义愤填膺，因为我妈妈显得冷淡，而她却希望看到我妈妈扑到她母亲怀里痛哭流涕），但她一直倾向于作最坏的打算，她从童年时代起就有两大特点，看来相互排斥，集中在一起却威力倍增：一是老百姓缺乏教养，不会刻意隐瞒因看到别人身体的变化而产生的印象乃至痛苦的惊骇，而对这种身体变化，最好是装得视而不见；二是农妇的粗暴、冷酷，没有鸡的脖子可以扭断，就要拉掉蜻蜓的翅膀，另外还缺乏廉耻之心，她喜欢看到别人的肉体痛苦，但会加以掩饰。

在弗朗索瓦丝的精心侍候下，我外婆在床上躺下，她觉得自己说话已不像刚才那样吃力，尿毒症曾使一根血管破裂或阻塞，但也许并不严重[①]。于是，她不想让我妈妈挂在心上，帮助我妈妈度过这最为痛苦的时刻。

“啊！我的女儿，”她对我妈妈说，并握住她的手，另一只手仍捂住嘴，这样，她说出某些词有点困难，原因就显而易见，那就是嘴被手捂着，“你对母亲是这样同情！你以为消化不良不会让人难受！”

---

① 普鲁斯特在此回忆他母亲在1905年9月26日去世前弥留的日子。

于是，我母亲的眼睛首次热情洋溢地注视着我外婆的眼睛，而不愿去看她脸上的其他部分，并开始说出一连串虚假的誓言，即我们无法遵守的誓言，她说道：

"妈妈，你很快就会康复，你女儿可以保证。"

她把自己最强烈的爱，以及让母亲康复的全部希望，都倾注在一个吻上，她把自己的爱和希望托付给这个吻，用自己的思想和整个身心把这个吻一直送到嘴唇上，并谦卑而又虔诚地把这个吻置于她崇敬的母亲的额头上。[①] 我外婆抱怨被子像冲积层那样一直压在左腿那边，使她无法把被子掀起。但她并不知道，这是因为她自己的原因（因此她每天毫无理由地责备弗朗索瓦丝没有把她的床"收拾"好）。她用痉挛性动作把浪花四溅般的细羊毛被移到这边，细羊毛在那里堆积起来，如同海湾的沙丘，而海湾（如没有筑堤）因潮水不断带来沙砾，很快就变成海滩。

我母亲和我（我们的谎言事先已被目光敏锐、百无禁忌的弗朗索瓦丝戳穿）甚至不愿意说我外婆身患重病，仿佛这样说会使仇者快，虽说我外婆没有仇家，而是更喜欢认为，她的病情没有这样严重，总之是出于一种本能的感情，这种感情曾使我认为，安德蕾对阿尔贝蒂娜同情过多，因此对她不会十分喜爱。同样的现象会不断产生，从个人到集体，在重大危机时都会出现。在一场战争中，不爱国的人不会说国家的坏话，但认为国家已经完蛋，他对国家怜悯，就把事情看得一片漆黑。

弗朗索瓦丝给我们帮了大忙，是使用她彻夜不眠、任何苦活都能干的本领。有时，她连续几夜未睡，这时躺到床上，但她刚睡了一刻钟，我们却不得不把她叫醒，她很高兴能做困难的事情，仿佛这些事易如反掌，她非但没有感到不快，反而在脸上显出满意和谦虚的神色。只是做弥撒以及吃早饭的时间一到，即使我外婆快要

---

① 法国七星丛书版后面另起一行。

断气，她也会准时离开，以免迟到。她不能也不愿让她年轻的跟班做她的替补。当然，她从贡布雷带来一种十分高尚的观念，认为每个仆人都要对我们尽自己的义务；她决不会容忍我们的一个仆人对我们"失职"。她于是成为极其高尚、专横和能干的教育家，因此，我们家的仆人不管道德如何败坏，都会迅速改邪归正，使自己的人生观变得纯洁无瑕，甚至不再去拿五厘回扣[①]，哪怕以前并不乐于助人，这时我即使拿着微不足道的小包，他们也会急忙前来，从我手里把包接过，以不让我感到疲劳。但在贡布雷时，弗朗索瓦丝也养成一个习惯，并将其带到巴黎，那就是她干活时不允许任何人前去帮忙。看到有人来帮忙，她就觉得受到了侮辱，有些仆人有好几个星期在早上向她问好后却听不到她的回答，即使他们去度假，她也不对他们说一声再见，而他们却猜不出其中的原因，其实原因只有一个，那就是有一天她身体不舒服，他们想帮她干点活。现在，我外婆病入膏肓，弗朗索瓦丝更是觉得她的活应该全由她一人来干。她是正职，在这些盛会般的日子里，她不希望自己的差事让别人偷走。因此，她那年轻的跟班受到她的排挤，不知道该做什么是好，他不仅像维克多那样，把我书房里的信纸拿走，还拿走我书橱里的几本诗集。他白天有一大半时间在看这几本诗集，因为他欣赏这些诗人，但也是为了在另一半时间里，给村里的朋友写信时能引用其中的诗句。当然，他是想让自己的朋友赞不绝口。但是，他的各种想法没有紧密联系，他形成一种想法，认为这些诗是在我书橱里找到的，一定是众所周知，加以引用是司空见惯的事。因此，他在给那些农民写信时，想让他们惊讶得目瞪口呆，就在自己的想法中插入拉马丁的诗句，如同在说"等着瞧吧"或"你好"那样。

我外婆十分难受，就获准服用吗啡。可惜的是，她服药后虽然

① 指商店付给替主人采购的仆人的回扣，即买一法郎的商品付给五个生丁。

不再难受，尿蛋白却因此而增加。我们想对寄居在我外婆体内的病魔进行种种打击，却总是未能将其击中，击中的倒是她，是她那挡在病魔前的可怜身体，而她的抱怨只是轻微的呻吟。我们使她遭受痛苦，却无法让她感到舒服。我们想要消灭凶恶的病魔，但仅仅触及其皮毛，却使它更加恼火，也许会使女囚被吞噬的时间提前来到。在尿蛋白含量过高的那些日子，科塔尔在犹疑片刻之后决定弃用吗啡。在他进行思考的短暂时刻，把一种疗法和另一种疗法的风险在他脑中相互比较，最终选定其中一种，这时，这个人虽说微不足道，却像伟大的将军，在生活中平淡无奇，但在危险的时刻，在经过短暂思考之后，作出军事上极为明智的决定，并说："朝东方迎击敌军。"在医学上，要治好尿毒症发作，即使希望微乎其微，也不应使肾脏负担加重。但在另一方面，我外婆不服用吗啡，就会疼痛难忍；她又开始不断做出某个动作，做出时很难不发出呻吟：痛苦在很大程度上是机体的一种需要，想了解使它感到不安的一种新的状况，并使感觉适应这种状况。疼痛的这种原因，可以从并非人人都有的不舒服中看出。有一个房间烟味浓重，两个粗鲁的男人进去干活；第三个人身体比较敏感，一直显得心烦意乱。此人的鼻子不断焦虑不安地闻到烟味，他似乎应该设法闻不到这气味，但却每次都想了解得更加确切，使这种气味能被他那感到不舒服的嗅觉所接受。也许可以因此而说：你忧虑重重，就不会感到牙疼。我外婆这样疼痛，淡紫色的额头上冒出汗水，把一绺绺白发黏在上面，她觉得我们不在房间里，就大声喊叫："啊！真可怕！"但她看到我母亲，就立刻竭尽全力，把脸上痛苦的痕迹全都消除，或是恰恰相反，重复同样的抱怨，但同时又作出解释，在事后回忆起来，会觉得这些解释跟我母亲听到的呻吟具有截然不同的含义：

"啊！我的女儿，这真可怕，阳光明媚可以出去散步，而我却躺在床上，我对你们的规定感到生气，气得要哭。"

但她无法阻止的是她目光呻吟、额头流汗、四肢痉挛，虽说痉挛立刻被克制住。

“我不疼,我抱怨是因为我躺着不舒服,我感到自己披头散发,我恶心,我碰到了墙上。”

我母亲待在床边,注视着这种痛苦,仿佛用目光不断渗入这痛苦的前额和藏匿疾病的身体,她最终会触及并消除这疾病,这时我母亲说:

“不,亲爱的妈妈,我们不会让你这样痛苦,我们会想出办法,你暂时要耐心等待,你躺着别动,我能否吻你一下?”

她于是朝床上俯下身子,两腿弯曲半跪,仿佛她始终这样谦恭,就更有可能实现她自我牺牲的强烈愿望,她把自己脸上的全部生命力朝我外婆倾注,这张脸如同她递给我外婆的圣体盒,饰有浮雕般的酒窝和皱纹,极其热情、悲伤和温柔,使人无法知道是用亲吻、抽噎还是微笑的凿子刻出。我外婆也尽量把脸凑近我妈妈。她的脸已变得截然不同,如果她有力气出门,别人只能从她帽上的羽饰把她认出。她的脸部轮廓,仿佛正在塑造之中,似乎竭力使她放弃其他模式,而符合我们并不熟悉的一种模式。雕塑家的这一工作即将完成,我外婆的面孔缩小,同时也显得冷酷无情。从脸上的纹理来看,似乎不是一种大理石,而是一种更加粗糙的石料。由于呼吸困难,她的脸总是前倾,同时又因疲倦而往下缩,这张缩小的脸粗糙,表情凶残,在接近史前时期的远古雕塑作品中,仿佛是野蛮的守墓女人的脸,皮肤粗糙,呈淡紫、红棕色,神色绝望。但这作品并未全部完成。然后,必须将其打碎,葬入这坟墓,保存这坟墓是如此艰难,得要用力绷紧肌肉。

这种时候,用通俗的话来说,是不知该去求何方神圣,在这种时候,我外婆常常咳嗽、打喷嚏,我们就听从一位亲戚的建议,这位亲戚肯定地说,如请 X 专家,三天内就能把病治好。社交界人士用这种话来称赞自己的医生,我们对他们的话信以为真,如同弗朗索瓦丝相信报上的广告。这位专家来时带着药箱,里面装着他病人的所有感冒病毒，就像埃俄罗斯的口袋[①]。我外婆断然拒绝让医生检查。我们让医生白跑一趟，感到不好意思，就听从他的意见，让他检查我们每个人的鼻子，但毫无结果。他认为，不管是偏头痛还是腹绞痛，是心脏病还是糖尿病，都是一种被误认的鼻子毛病。他对我们每个人都说："是个小小的角质，我会很高兴再次见到。您别拖得太久。我用皮肤点状烧灼术就能给您除掉。"当然，我们想的是别的事情。但我们心里在想："除掉什么？"总之，我们的鼻子都有毛病；他错就错在说现在有毛病。因为他的检查和临时性包扎到第二天就已生效。我们都得了重伤风。他在街上看到我父亲因一阵咳嗽而摇摇晃晃，就微微一笑，心想无知者会以为是他来检查才得病的。其实，他在给我们检查时，我们已经患病。

我外婆患病，各种不同的人表现得过于同情或同情不够，都使我们感到惊讶，我们同样感到惊讶的是，这两种人都使我们意外发现我们原本不会怀疑的一些情况乃至友谊。一些人不断来打听我外婆的病情，显得十分关心，使我们感到病情严重，而在此之前，我们并未从我外婆感到痛苦的无数印象中看出她所患的疾病。她的两个妹妹接到电报通知，但并未离开贡布雷。她们发现了一位艺术家，听他给她们演出精彩的室内乐专场，她们认为，与其在病人床边守候，不如欣赏室内乐，这样更有利于进行痛苦的沉思和心灵的升华，另外，用这种形式也显得别具一格。萨士拉夫人给我妈妈写了信，但她如同突然退婚（退婚是因为我们支持德雷福斯），跟我们永远一刀两断。但是，贝戈特每天都来，好几个小时都跟我待

---

① 埃俄罗斯是希腊神话中的风神，埃奥利亚浮岛的统治者。特洛伊战争结束后，奥德修斯回国途中受到他的款待。临别时，他下令顺风把英雄的船帆鼓满，并将一只禁闭逆风的口袋送给奥德修斯。奥德修斯的同伴以为口袋里装有金子，将其打开，结果船只又被吹回埃奥利亚浮岛。参见《奥德赛》第十卷，王焕生译，人民文学出版社，1997 年，第 172—174 页。

在一起。[1] 他一直喜欢来到同一个人家里待上一段时间,而不用拘于虚礼。但以前是去那里说话而不让别人打断,现在却长时间默默无语,别人也不要他说话。因为他身患重病,有些人说像我外婆一样,得了蛋白尿。另一些人则说他有肿瘤。他身体越来越虚弱;他费力地走上我们家的楼梯,下楼时更加吃力。他虽然扶着栏杆,仍然常常会给绊一下,我觉得他如果不怕完全失去出门的习惯,不怕出不了门,就会待在家里,他这个"长山羊胡子"的人,我知道他在不久前还十分敏捷。他眼睛已看不清楚,连说话也往往说不下去。

但与此同时,他的作品在过去只有文人知道,当时斯万夫人曾帮助他对作品进行胆怯的传布,现在则截然不同,在众人的眼里变成伟大的力作,在广大读者中具有非同寻常的扩展力量。当然,有时一个作家是在去世后才出名。但是,他是在活着的时候,在他慢慢走向死亡却尚未亡故之时,看到他的作品名声大振。一个作家在去世后出名至少不累。他光辉的名字留在他的墓碑上。长眠中如同聋子,不会受到荣誉女神的打扰。但对贝戈特来说,这种对比并未完全结束。他还存活于世,会因世上的喧嚣而感到难受。他还在走动,虽说步履艰难,而他的作品则在雀跃,如同他喜爱的少女,会用吵闹的娱乐活动使他感到疲劳,每天都会把新的欣赏者带到他的床边。

他现在来看望我们,但在我看来也为时过晚,而应该在几年前就来,因为我已不再像以前那样对他欣赏。这跟他名气越来越响并不矛盾。一部作品要完全被人理解并取得成功,常常是在这种时候,即还默默无闻的另一位作家的作品,开始被几位更加挑剔的有识之士认可,认为它已用新的偶像取代几乎不再得到承认的偶像。贝戈特的书我会经常反复阅读,他书中的句子,在我眼前如同

---

① 法国七星丛书版后面另起一行。

我自己的想法、我卧室的家具和街上的车辆那样清楚。其中的一切事物都容易看出，即使不像以前总是看到的事物，至少像现在常常见到的事物。然而，一位新作家已开始发表作品，他的作品中事物之间的关系跟我所知道的事物关系截然不同，因此我对他写的东西几乎完全不能理解[①]。譬如他说："浇灌引水管赞赏公路的良好保养。"（这倒容易理解，我只要沿这些公路行驶。）还说："这些公路每隔五分钟从布里昂和克洛代尔[②]出发。"于是我就无法理解，因为我以为会听到一个城市的名称，他却给我说了个人名。我只是感到，并不是因为句子写得不好，而是因为我能力差，不够灵活，无法全部理解。我再次冲击，借助于手脚的力气，想要到达那个地方，以便能看到事物之间的新的关系。每次我快要读到句子的一半，接下去就觉得困难重重，如同我后来在部队里进行横架器械训练时那样。然而，我仍然对新作家表示赞赏，如同笨拙的孩子

---

① 这位新作家是指让·吉罗杜(1882—1944)，曾在1919年7月1日出版的《新法兰西评论》上发表《夏托鲁之夜》，文中写道："我从默伦朝普罗万驶去。在大本营周围没有外国部队和车辆。公路呈扇形从福煦和贝当出发，在四十公里的路程中，除了法国人之外没有任何其他种族的人。[……]"1920年11月15日，普鲁斯特在《巴黎评论》上发表《致一位朋友：对风格的看法》，后用于保罗·莫朗的短篇小说集《温柔的储存》的序言。他在文中谈到吉罗杜，同时也对阿纳托尔·法朗士的某些话作出回答："真实情况（法朗士先生比任何人都清楚地了解这种情况，因为他对任何事物的了解都比别人清楚）是不时会出现一位别出心裁的新作家。（如果你乐意，就称他为让·吉罗杜或保罗·莫朗，因为大家总是把他们相提并论，我也不知道是什么原因，或者称他为莫朗·德·吉罗杜，如同美妙的《夏托鲁之夜》中的纳图瓦·德·法尔科内，虽说并无任何相像之处。）这位新作家的作品，读起来通常相当吃力，而且很难理解，因为事物用新的关系联系在一起。句子的前面部分可以理解，但后面就难了。我们感到，这只是因为新作家比我们更加灵活。"

② 即阿里斯蒂德·布里昂(1862—1932)和保罗·克洛代尔(1868—1955)。布里昂是法国政治家。1901年任法国社会党总书记。1909—1931年曾十一次出任总理，十七次担任外交部长。主张法、德合作，是国际联盟的发起人之一。1926年获诺贝尔和平奖。克洛代尔于1893—1936年曾在许多国家出任法国驻外副领事、领事和大使。详见本书第二卷第8页注④。普鲁斯特把福煦和贝当换成布里昂和克洛代尔，是因为吉罗杜对他们欣赏，并在外交生涯中受到他们的影响。

体操得了零分，却看到另一个孩子比他灵活。从这时起，我不再欣赏贝戈特，我觉得他写得一清二楚是一种缺点。过去弗罗芒坦①画的时候，画中的事物都能清楚地辨认，而由雷诺阿②来画，这些事物就无法辨认。

今天，风雅之士对我们说，雷诺阿是十八世纪的伟大画家。但在说这话时，他们忘记了时间，忘记得要过很长时间，甚至要到十九世纪中叶，雷诺阿才被公认为大艺术家。为得到这种承认，别出心裁的画家和艺术家采取眼科医生的疗法。用他们的绘画和散文进行治疗，并非总是令人愉悦。治疗结束后，医生对我们说：现在请您观看。只见世界（并非只被创造一次，而是别出心裁的艺术家出现几次就被创造几次）在我们眼里跟过去完全不同，但十分清楚。几个女人行走街头，跟过去的女人不同，因为这是雷诺阿笔下的女人，即我们过去不想看到的女人。马车也是雷诺阿画的，海水和天空也是：我们想在这样的森林里散步，但在第一天看到时，我们却觉得它什么都像，就是不像森林，譬如像色调丰富的挂毯，其中恰恰缺少森林特有的色调。这就是刚被创造出来的新世界，但不会持久存在。它将一直存在到下一次地质灾难出现，而下一次地质灾难，是由一位别出心裁的画家或作家引起。

我认为已取代贝戈特的那位作家使我感到厌烦，不是因为他描写的事物之间毫不相关，而是因为这些事物之间有着崭新的关系，但我通常却无法理解。我感到困难总是在同一个地方，这表明

---

① 即欧仁·弗罗芒坦（1820—1876），法国画家、作家。以描绘阿尔及利亚风土人情著称。画作有《撒哈拉的夏天》、《阿拉伯猎人》、《追逐野鹭》等。另著有长篇小说《多米尼克》。

② 即奥古斯特·雷诺阿（1841—1919），法国画家。印象画派成员之一。以油画著称，亦作雕塑和版画。在创作上能把传统画法和印象主义方法相结合，独具风格。作品有《秋千》、《煎饼磨坊舞会》、《夏庞蒂埃夫人及其孩子》、《弹钢琴的少女》、《大浴女》、《游船上的午餐》等。普鲁斯特根据他的某些作品来描绘埃尔斯蒂尔的作品。

每次都要花费力气的原因相同。另外，如果我在一千次中有一次把这位作家的一个句子完全读懂，我所看到的事物总是滑稽、真实而又迷人，就像我以前在贝戈特的书中看到的那样，但更加有趣。我心里在想，就在几年以前，世界更新，就像我现在期待贝戈特的继承人所作的那种更新，是由贝戈特给我带来。我于是在想，我们一直对艺术和科学进行的区分，是否真的有点道理，现在的艺术并未比荷马时代进步，而科学则在持续发展。也许恰恰相反，艺术在这方面跟科学相像，我感到每个别出心裁的作家都比他的前辈进步，而他的前辈则对我说，再过二十年，我能毫不费力地伴随今天这位新作家，到那时，另一位作家不会出现，而现在这位却会去追上贝戈特。

我跟贝戈特谈起这位新作家。他使我对新作家感到讨厌，并不是因为对我说这个作家写得粗糙、肤浅和空洞，而是因为他告诉我曾见到过这个作家，说此人跟布洛克像得几可乱真。这一形象从此展现在他撰写的书页之上，我觉得自己不必再硬要花费力气去理解他的作品。贝戈特对我说他坏话，我觉得并不是因为嫉妒他受到欢迎，而是因为不了解他的作品。他的大部分思想已从他脑中转入他那些书中。他消瘦了，仿佛他身上的肉已被他那些书割掉。他创作的本能不再促使他进行活动，因为现在他已把自己几乎所有的想法都创作成书。他过着植物般的生活，如同康复病人和产妇；他那漂亮的眼睛一动不动，有点眼花，如同躺在海边的人，在模糊的遐想中只看着一个个微小的波纹。然而，即使我不像以前那样喜欢跟他说话，我也并非因此而感到内疚。他这个人有一定的习惯，不管习惯十分普通还是极其奢侈，一旦养成之后，在一段时间里就成为他必不可少的事情。我不知道他第一次为什么要来，但这次来就成为他从第二天起每天来的原因。他来到我家，如同来到咖啡馆一样，是要别人不跟他说话，是要他能够——这种情况十分罕见——说话，因此，如果想知道他来得这样勤的原因，也许能找到一种迹象，说明他因我们忧心忡忡而感动，或者说明他喜欢跟我待在一起。他来得这样勤，在我母亲看来并非是无关紧要的事，只要是可能被看作对病人表示敬意的行为，她都会深受感动。她每天都对我说："你尤其别忘记好好谢谢他。"

我们看到——女人小心翼翼的关心，如同画家的伴侣在摆姿势后休息时给我们端来的点心——科塔尔夫人来访，这是对她丈夫出诊的无偿补充。她来向我们推荐她的"侍女[①]"，如果我们喜欢让男仆服侍，她就去"活动"，看到我们谢绝，她就对我们说，她至少希望这不是我们的"饰词"，这个词在她那帮人中表示谢绝邀请的借口。她告诉我们，教授在家里从不谈论自己的病人，但他愁眉不展，仿佛是她在生病。我们在以后将会看到，即使他确实如此，对他这个最不忠实又最会感恩的丈夫来说，这样做既显得不够又显得过分[②]。

同样有益但在方式上要感人得多的帮助（这种方式集最高智慧、最大善心和罕见的表达能力之大成），由卢森堡大公继承人向我提供。我是在巴尔贝克认识他的，他到那里看望他婶婶卢森堡王妃，他当时还只是拿骚伯爵。几个月后，他娶另一位卢森堡王妃的女儿为妻，后者不但相貌迷人，而且极其富裕，因为她是亲王的独生女，父亲经营一家庞大的面粉企业。这时，卢森堡大公膝下犹虚，又喜爱这个拿骚的侄女婿，就提请议会批准，宣布他为大公继承人。在所有此类婚姻中，财产的来源是障碍也是动因。我记得这位拿骚伯爵是我遇到的最出色的青年之一，他当时已沉浸在对未婚妻既暗淡又光彩的爱情之中。他在我外婆患病期间不断给我

---

① 据吕西安·都德说，有些词被认为别致，但早已被弃用，如用"侍女"表示"女仆"，普鲁斯特听了会狂笑不已。参见吕西安·都德《关于马塞尔·普鲁斯特的六十封书信》，伽里玛出版社，1929年，第30页。

② 对科塔尔不忠的描写，无法在《追忆似水年华》中找到。1983年，德尼丝·梅耶发表《〈重现的时光〉中未发表的一章》一文，并在文中谈到此事。

写信，我对此深受感动，我妈妈也很感动，就伤心地用她母亲的一句话说：塞维尼也不会说得这样好①。

到第六天，我妈妈答应我外婆的请求，离开她片刻时间，装出去休息的样子。我要让外婆睡着，真希望弗朗索瓦丝待着别动。尽管我再三恳求，她还是离开房间；她爱我外婆；她感觉敏锐但又悲观，认为我外婆的病已没有希望治好。因此，她想尽量多对我外婆进行照料。但刚才有人说，有个电工，在店里资格很老，是老板的连襟，在我们这幢房子里受人器重，来我们这儿干活已有多年，特别受到朱皮安的器重。我外婆病倒之前，我们就已预约这个工人。我觉得可以请他回去，或者让他等候。但是，弗朗索瓦丝的礼节不允许这样做，这样做她就会对这个诚实的人不礼貌，我外婆的健康状况也就不再重要。一刻钟后，我等得恼火，就到厨房去找她，看到她跟电工在后楼梯的“方块”平台上闲聊，楼梯口的门开着，这样做有好处，如果我们中有人过来，他们就可以装出在告别的样子，但也有坏处，因为可怕的穿堂风会吹进来，于是，弗朗索瓦丝跟电工告别，但大声说出对他妻子和大舅子的问候，因为她刚才忘了说。在贡布雷讲究礼貌的特点，弗朗索瓦丝一直用于她的外交政策。幼稚无知的人认为，种种社会现象涉及面广，是深入了解人的心灵的极佳机会；与此相反，他们理应懂得，只有深入了解一个人，他们才有可能理解这些社会现象。弗朗索瓦丝曾无数次告诉贡布雷的园丁，说战争是最疯狂的罪行，没有什么比活着更为重要。然而，日俄战争爆发后，她说“我们既然是盟国”，却没有参战，以帮助“可怜的俄国人”，觉得对不起沙皇②。她觉得这样做是对尼古拉二世失礼，因为这位沙皇一直“为我们说好话”；根据同

① 参见本书第一卷第21页。

② 日俄战争是1904—1905年日俄为争夺中国东北和朝鲜的权益而进行的帝国主义侵略战争。法国在战争中并未帮助俄国，也没有阻止日本企图控制中国领土的野心。

样的礼仪规范，她不会拒绝跟朱皮安喝上一杯，虽说她知道酒会“使她消化不良”，同样，在我外婆生命垂危之时，她既然认为法国对日本保持中立有罪，是不道德的行为，那么，她觉得如果不去向跑得如此吃力的善良电工表示道歉，也会犯下不道德的错误。

我们感到高兴的是，很快就甩掉了弗朗索瓦丝的女儿，她要离开好几个星期。在贡布雷，大家对有人生病的人家一般提出如下建议：“你们该用短途旅行来换换环境，使食欲得以恢复，等等。”而她不但提出这种建议，还专门想出了几乎是独一无二的主意，我们每次见到她，她都要把这个主意不厌其烦地说一遍，仿佛要把它塞到别人的脑子里：“她从一开始就应该把病**彻底**治好。”她并未提出一种疗法比另一种疗法好，但只要这种治疗**彻底**。而弗朗索瓦丝看到，我们给我外婆吃的药不多。在她看来，这些药只会对胃有损害，所以她对此感到高兴，但更加感到丢脸。她有表亲在南方，相当富裕，他们的女儿在少女时患病，二十三岁去世；在几年时间里，她的父母倾家荡产，就为了给她买药，请各种医生，把她从一个温泉“疗养地”送到另一个遥远的疗养地，直到她与世长辞。然而，在弗朗索瓦丝看来，这对少女的父母来说是一种奢侈行为，就像他们买下几匹赛马或一座城堡。但他们不管如何伤心，都会因花了这么多钱而感到虚荣心有所满足。现在他们已身无分文，特别是失去了最珍贵的财产——他们的女儿，但他们老是喜欢跟别人说，他们为女儿花的钱跟巨富一样多，甚至更多。紫外线，可怜的女儿每天要照好几次，而且连续照了几个月，他们特别引以为荣。那父亲在悲痛中因一种光荣感而自豪，有时在谈到女儿时，如同谈到他为之倾家荡产的一位巴黎歌剧院明星。弗朗索瓦丝对如此众多的表演并非无动于衷，她觉得我外婆患病时进行的演出有点拙劣，只适合在外省小剧场的戏里生病时进行。

有一段时间，尿毒症发作影响了我外婆的眼睛。有几天她什么都看不见。但她眼睛却不像瞎子，跟以前完全一样。我只是知道她看不见了,因为只要有人开门,她就会笑脸相迎,但笑得很怪,直至进来的人握住她的手向她问好,这微笑开始得过早,并刻在嘴唇上凝固不动,但总是朝着正面,使对方在任何地方都能看到,因为已没有目光来帮助微笑进行调节,向它指出时间和方向,让它对准目标,使它随着刚进来的人的位置和表情的变化而进行变化;因为它已孤独无援,没有眼睛的微笑可以稍许分散来者对它的注意,因此笨拙地显得过于注目,使人感到过于亲热。后来视力又完全恢复;毛病从眼睛转到耳朵。有几天我外婆成了聋子。她怕有人突然进来而她又听不见,因此她(虽说脸朝墙这边睡,却)时刻突然把头朝门那边转过去。但她脖子的转动并不灵活,因为这种功能的转换并非几天就能完成,即使不是看出声音,至少也是用眼睛听出声音。最后,痛苦减少,但说话更加困难。我外婆说的话,我们几乎每句都要让她重复一遍。

现在,我外婆感到我们已听不懂她的话,就不愿意再说一句,并纹丝不动地躺着。她看到我时,会像要跳起来那样,仿佛突然没吸到空气,她是想跟我说话,但只能发出无法听清的声音。于是,她因无能为力而只好罢休,让抬起的脑袋又落到枕头上,直挺挺地平躺在床上,脸色严峻,如大理石般冷漠,两只手一动不动地放在床单上,或是做着机械的动作,如同用手帕擦着手指。她不想进行思考。后来,她开始经常感到烦躁。她老是想要起床。但我们尽量不让她起来,怕她会发现自己瘫痪。有一天,我们让她独自待一会儿,我看到她穿着睡衣站着,想要开窗。

在巴尔贝克时,有一天投河自杀的寡妇被人救起,她告诉我(她也许有一种预感,我们有时会因我们肌体的生活神秘莫测而产生这种预感,这种预感似乎能反映出未来),说她还不知道有这样残酷的事,那就是把一个绝望得想死的女人从死神手里救出,并让她继续受到折磨。

我们及时把我外婆扶住,她跟我母亲进行了一场近于粗暴的搏斗，最后战败，我们硬要她坐在扶手椅上，她不再有愿望，也不再后悔，她的脸又变得毫无表情，她开始把我们披在她睡衣上的皮大衣的毛一根根细心地拔出来。

她的目光已变得截然不同，往往显得不安、哀怨和惊慌，这不再是她过去的目光，而是说话啰唆的老太太的阴郁目光。

弗朗索瓦丝多次问她是否想梳头，最终确信这要求来自我外婆。她把刷子、梳子、科隆香水和一件便袍全都拿来。她说："我给阿梅代夫人梳头，她不会觉得累；不管你身体如何虚弱，总可以让人给你梳头。"这就是说，你不会虚弱到无法让别人给你梳头的地步。但是，我走进房间，看到弗朗索瓦丝心醉神迷，仿佛正在使我外婆恢复健康，她残忍的双手握着一个脑袋，而老太太的头发不能忍受梳子的梳理，仿佛在怨天尤人，而脑袋无法保持规定的姿势，不断东倒西歪、转来转去，有时因筋疲力尽，有时因疼痛难忍。我感到弗朗索瓦丝即将把头梳好，但又不敢用"够了"这样的话来催她，怕她不听我的劝告。不过，我还是急忙过去，因为在这时，弗朗索瓦丝想让我外婆看看头梳得好不好，因无知而显得残忍，把一面镜子拿到近前。我起初因及时从她手里抢到镜子而感到高兴，因为我们一直小心谨慎，不让我外婆照镜子，这次她也没有因我们的疏忽而看到她自己的形象，即她无法想象出来的形象。但是，唉！在片刻之后，我俯身想要吻她那被弄得疲惫不堪的漂亮前额，她看着我时却显出惊讶、怀疑和反感的神色：她已认不出我。

据我们医生说，这是脑充血严重的一种症状。必须把脑子里的血抽掉。[①]

科塔尔犹豫不决。弗朗索瓦丝在一时间希望使用"净化"吸杯。她在我词典上查找这种吸杯的疗效，但没有找到。她想说scarifiées（划痕的）而不是说 clarifiées（净化的），但即使查词典也

---

① 法国七星丛书版后面接排，不另起一行。

找不到这个形容词,因为她既不在字母 s 的词条里找,也不在字母 c 的词条里找;她确实是说 clarifiées,但写成(并因此认为是这样写的)esclarifiées。科塔尔使她感到失望的是,他虽说不抱很大希望,却更喜欢用水蛭[①]。几小时后,我走进外婆的房间,看到她颈背、太阳穴和耳朵上有一条条黑色小蛇,在她血迹斑斑的头发里扭动,如同墨杜萨[②]头发里的蛇。她苍白而又平静的脸纹丝不动,我看到她过去漂亮的眼睛睁得很大,明亮而又安宁(也许比她患病前更充满智慧,因为她已不会说话,不会动弹,只能把她的思想置于眼睛之中,这思想有时在我们心中占据巨大位置,把意想不到的珍宝给予我们,有时则仿佛化为乌有,然后靠吸出的几滴血按自然发生说[③]再生),她眼睛温柔,呈液态,就像是油,再次燃起的火焰在她眼睛上燃烧,照亮了病人面前重新获得的世界。她的平静不再是绝望产生的智慧,而是希望产生的智慧。她知道自己的病即将好转,想要谨慎行事,不想动弹,只是把美丽的微笑赠送给我,让我知道她感觉更加舒服,并轻轻地捏着我的手。

我知道我外婆看到有些动物会感到十分厌恶,触及这些动物就更加难受。我知道她忍受水蛭吸血是因为疗效显著。弗朗索瓦丝使我感到十分恼火,她像逗小孩玩耍那样嘻嘻哈哈,并反复对我

---

① 水蛭亦称医蛭,在水中以肌肉伸缩而作波浪式游泳,在水中物体上则以吸盘及身体伸缩前进,水田、湖沼中常见,吸食人、畜血液。另种欧洲医蛭,习性相同,古时医学上用来吸取脓血。蚂蟥是蛭纲动物的通称,也专指金钱蛭,水田、河湖中极常见,虽能刺伤皮肤,但不吸血。参见《简明生物学词典》,冯德培、谈家桢等主编,上海辞书出版社,1982 年,第 240 页和第 949 页。

② 墨杜萨是希腊神话中女妖,格赖埃三姐妹之一。她背生双翅,长着利爪和尖齿,她的美发被雅典娜变成毒蛇,面貌奇丑。谁看她一眼,立刻变成化石。英雄珀尔修斯为杀死她,使用他当镜子用的光滑盾牌,以免给这女妖看到。他砍下女妖的脑袋,将其置于盾牌中央。

③ 自然发生说亦称无生源说,错误地认为生物体是从无生命物质自然发生的,把生命说成可以随时随地发生,但并未解释非生命物质为何可转化为生命的道理,因此与地球上原始生命是由无生命物体演化而来的说法有本质上的区别。

外婆说："哦！这些小虫在夫人身上快跑。"另外，这样说也是不尊重病人，仿佛病人已返老还童。但我外婆的脸已像斯多葛派[①]信仰者那样勇敢而又平静，仿佛并未听到她说的话。

唉！水蛭拿掉之后，脑子立刻又充血，而且越来越严重。我感到意外的是，我外婆病得如此重时，弗朗索瓦丝竟随时会消失得无影无踪。这是因为她去订做了一套丧服，又不想让女裁缝等候。在大多数女人的生活中，任何事即使是最伤心的事，最后都有试衣的问题。

几天之后，我正在睡觉，只见母亲在半夜三更前来叫我。她像有些人那样，在重大事件发生之时，心里又极其悲痛，但即使给别人增添小小的麻烦，也会显出温柔的关心：

"请原谅我妨碍你睡觉。"她对我说。

"我没有睡着。"我醒来时回答道。

我说这话是真心诚意。醒来时我们身上发生的巨大变化，不是把我们带到意识清晰的活动之中，而是使我们忘却包含着我们智慧的柔和亮光，这亮光如同海底的乳白色光线。我们刚才还游弋在迷迷糊糊的思想之中，这种思想使我们身上产生足够的运动，因此我们可以把它称之为醒着。但醒来在这时遇到记忆的干扰。不久之后，我们把这种思想称为睡眠，因为我们不再记得它们。在醒来时这颗明星闪亮，照亮了睡眠者后面的全部睡眠，并在几秒钟时间里使他相信，这不是睡眠，而是醒着；这其实是一颗流星，把虚假的存在跟它的亮光一起带走，但也带走各种梦境，只是让醒来者可以说："我睡着过。"

我母亲的声音极其温柔，仿佛怕把我弄疼，她问我这时起床是

① 斯多葛派亦称画廊派，为古希腊罗马哲学学派。公元前300年左右由季蒂昂的芝诺创立于雅典。因讲学场所称斯多亚（意为"画廊"），故名。早期斯多葛派的伦理学以宿命论为主导思想，但也有唯物主义因素，晚期斯多葛派则宣扬宿命论、神秘主义和禁欲主义。

否会太累，同时抚摸着我的双手：

“可怜的孩子，现在你能依靠的，就只有你爸爸和妈妈了。”

我们走进那房间。一个人跟我外婆判若两人，这时蜷缩在床上，如同一种动物，头上披着我外婆的头发，躺在她被窝里喘息、呻吟，其抽搐使被子随之抖动。她眼睛已经闭上，是因为眼睛闭得不严实而不是因为眼睛睁开，才露出眼珠的一角，只见眼珠混浊，有眼眵，说明她视觉一片漆黑，内心极其痛苦。她如此烦躁不安不是因为我们，她看不见我们，也认不出我们。然而，如果说这仅仅是一只颤抖的动物，那我外婆又在哪儿？但我们认出她鼻子的形状，现在已跟脸上的其他部分比例失调，但鼻角的一颗美人痣还在，而她的手把被子拉开的动作，以前表示被子盖着难受，现在则毫无意义可言。

我妈妈要我去拿点水和醋，以湿润我外婆的额头。我妈妈认为，这是使她感到凉快的唯一办法，因为我妈妈看到她想把头发挪开。但有人在门口做手势叫我过去。我外婆垂危的消息迅速在整幢房子里传开。在这非常时期，我们请了一些“临时工”，使仆人们不至于过分疲劳，这样，病人弥留之际就有点像在过节；一个临时工刚才给盖尔芒特公爵开了门，公爵待在候见室里要见我，我无法谢绝。

“亲爱的先生，我刚刚得知这可怕的消息。我想跟您父亲握握手，以表示同情。”[①]我表示抱歉，说此刻要见他有点困难。德·盖尔芒特先生这时前来见他，就像他正要出去旅行时那样不合时宜。但他感到对我们表示礼貌十分重要，没有想到其他问题，因此他非要走进客厅不可。通常，他有一个习惯，只要他决定对某人礼数到家，他就不大会去管此人是否已准备动身或即将入殓。

---

① 法国七星丛书版后面另起一行。

“你们是否请了迪约拉富瓦[1]？啊！这可是个严重错误。如果你们让我去请他，他一定会买我的面子而来，他对我的任何要求都不会拒绝，虽说他曾拒绝沙特尔公爵夫人[2]。您看，我比王族的公主还强。不过，在死亡面前，我们人人平等。”他补充道，并非要使我相信，我外婆已跟他不分伯仲，但也许已经感到，继续谈他对迪约拉富瓦的影响以及他比沙特尔公爵夫人高超，并不会使人感到他情趣高雅。

不过，他的建议并未使我感到惊讶。我知道，在盖尔芒特府总是提到迪约拉富瓦这个姓（只是略带敬意而已），认为他是无与伦比的“供货商”。娘家为盖尔芒特家族的莫特马尔老公爵夫人（无法理解的是，只要提到一位公爵夫人，几乎总是要说“某某老公爵夫人”，或者相反，显得像华托[3]画中人物那样乖巧，称年轻的公爵夫人为“某某小公爵夫人”），每当有人病重，就眨着眼睛，几乎不动脑子就竭力推荐“迪约拉富瓦，迪约拉富瓦”，就像要吃冷饮得找“白衣女郎”商店，吃花色糕点则找“勒巴泰，勒巴泰”[4]。但我并不知道，我父亲刚叫人把迪约拉富瓦请来。

我母亲焦急地等待氧气袋送来，输了氧气，我外婆的呼吸会舒服一点，这时，她走进候见室，没想到会在这里遇到德·盖尔芒特先生。我真想把他藏在什么地方。但他确信此事最为重要，这样做我母亲也最为喜欢，他又必须维护完美绅士的声誉，因此，他用力抓住我的手臂，尽管我反复叫着“先生，先生，先生”来抵抗他的

---

① 即乔治·迪约拉富瓦（1839—1911），巴黎医学院内科病理学教授，是当时法国名医之一。1890 年入选医学科学院，曾撰写研究尿毒症、结核病、阑尾炎等疾病的著作。

② 即弗朗索瓦丝·玛丽·阿梅莉·德·奥尔良（1844—1925），1863 年嫁给表兄沙特尔公爵。

③ 参见本书第一卷第 239 页注①。

④ 白衣女郎商店亦称普瓦雷·布朗舍商店，出售冷饮和糕点，位于圣日耳曼大道 196 号。勒巴泰商店出售糕点和甜食，位于圣奥诺雷区街 12 号。

强暴行为，他还是把我拉到我妈妈跟前，并对我说：“请您向您母亲大人作一介绍，我感到十分荣幸！”在说出“母亲”二字时声音有所不同。但他觉得是我母亲十分荣幸，不由微微一笑，同时脸上装出当时应有的悲伤。我只好说出他的大名，他听到后立刻低头哈腰，乐得蹦蹦跳跳，想立刻进行施礼的一整套仪式。他甚至想跟我母亲攀谈，但我母亲沉浸在痛苦之中，叫我快去快回，甚至对德·盖尔芒特先生的话不加理睬，而他却以为会受到接待，这时独自留在候见室里，如果不是在此时此刻看到圣卢进来，也许会最终离开，圣卢是早上听到消息后赶来的。“啊！她实在是好！”公爵愉快地大声说道，他抓住外甥的袖子，差点儿把袖子给撕掉，也顾不得给我母亲看到，这时我母亲又从候见室穿过。圣卢并未生气，他默不作声但心里难受，他避免跟我见面，因为他对我有抵触情绪。他走了，是被他舅舅拉走的，他舅舅有要紧的话要跟他说，差点儿要到东锡埃尔去找他，现在竟会如此高兴，可以免去旅途的劳顿。“啊！如果不久前有人告诉我，我只要穿过院子就能在这里找到你，我会觉得是在开玩笑；你的同学布洛克先生会说，真是滑稽可笑。”他跟罗贝尔一起离开时搂着罗贝尔的肩膀说。“没关系，”他再三说，“大家都看到，我刚才碰到了吊死鬼的绳子，或者是诸如此类的事情；我运气真好。”这不是因为盖尔芒特公爵缺乏教养，事情恰恰相反。但他这样的人不会设身处地为别人着想，这种人在这方面就像大部分医生和殡葬人员，在脸上装出当时应有的悲伤之后说：“这种时刻十分难受”，必要时会跟你拥抱，劝你休息，他们只是把弥留或下葬的时刻看作小范围的社交界聚会，他们在一时间克制自己的愉快心情，用眼睛寻找有兴趣谈论他们那些琐事的人，请别人把他们介绍给另一个人，或是请别人“回家”时搭乘“他们的车”。盖尔芒特公爵因“顺风”把他吹到外甥身边而感到高兴，同时又对我母亲极其正常的接待感到惊讶，因此在后来说我母亲令人讨厌，而我父亲却彬彬有礼，并说她“心不在焉”，仿佛没有听到别人对她说的话，在他看来，她身体不舒服，甚至脑子也不大好。据别人对我说，他很想把这种表现的部分原因归于当时的情况，并想要声称，他觉得我母亲因这件事深受“影响”。但是，他的两条腿由于受到阻碍而没能把屈膝礼的动作全部完成，他也几乎不了解我妈妈是如何悲痛，在下葬前一天，他竟问我是否设法让她去散散心。

我外婆的一个妹夫是教士，我并不认识，他在修会会长所在的奥地利发来电报，说他破例准假，并在那天到达。他十分悲伤，在床边朗读祈祷文和默念文，他两只深陷的眼睛一直注视着病人。我外婆在一时间失去知觉，我看到这教士如此悲伤，心里感到难受，就看着他。他似乎对我的同情感到意外，于是怪事由此发生。他把双手捂在脸上，如同沉浸在痛苦的默念之中，但我觉得自己将把目光从他身上移开时，却看到他手指间露出一条细小缝隙。而当我的目光离他而去时，我看到他那锐利的眼睛从这缝隙中显出，以观看我的痛苦是否出自内心。他埋伏在那里，如同藏匿在神工架中。他发现我看到了他，就立刻把他微微打开的窗栅栏关闭得密不透风。我后来又见到过他，但我们之间从未谈起过这一分钟里发生的事。我们心照不宣地约定，我并未发现他对我暗中窥伺。教士跟精神病医生一样，总是有点像预审法官。另外，我们的朋友，不管过去跟我们在一起时如何亲密无间，都会有那种难忘的不愉快时刻，对此我们理应深信不疑。

医生给我外婆打了一针吗啡，为使她呼吸较为顺畅，要求使用氧气袋。我母亲、大夫和护理修女都把氧气袋拿在手里，一只用完就再递给他们一只。我片刻间走出房间。我回来时如同看到奇迹发生。我外婆宛如用弱音器演奏一般不断低语，仿佛在给我们唱一首很长的欢歌，这歌声充满房间，欢快而又悦耳。我很快得知，这歌声并非是有意识发出，仍然纯粹是无意中唱出，就像刚才嘶哑地喘气一样。这歌声也许在某种程度上反映出她注射吗啡后感到有点舒服。由于空气不再完全以同样的方式进入支气管,因此这主要是呼吸方式变化的结果。在氧气和吗啡的共同作用下,我外婆的呼吸不再困难,不再发出呻吟声,而是顺畅、轻松,一掠而过,如同滑行冰上,呼出美妙的气体。呼出的气体,同芦笛中的气体一样无法感到,在这歌声中,她的呼吸也许在呼出的气体里混杂着更像人发出的几声叹息,叹息在弥留之际发出,使人认为这是失去知觉者留下的痛苦或愉快的印象,这叹息把一种更加悦耳但并无节奏变化的音调加在长长的乐句之中,乐句上升后再次上升,然后下降,以便从舒展的胸部重新冲出,去追逐氧气。这歌声里混杂着在快感中哀求的低语,变得如此高昂,花费如此大的力气持续下去,然后仿佛在某些时刻完全停顿,如同泉水干涸那样。

弗朗索瓦丝感到十分悲伤时,就有表达出来的愿望,但她有愿望毫无必要,因为她要表达悲伤连极其简单的办法也没有。她认为我外婆已完全没有救了,就非要把她自己的印象告诉我们。但她只会反复地说:"这使我觉得很难受。"她说这话的语调,就像她菜汤喝得过多时说的那样:"我就像肚子上压着一块大石头。"在这两种情况下,她说的话都比她自己的想法更加合乎情理。她的悲伤虽说表达出来的只是微乎其微,但却十分巨大,再加上她女儿有事留在贡布雷(这个年轻的巴黎女子现在把贡布雷称为"乡下",觉得自己在那里会变成"乡巴佬"),很可能无法回来参加弗朗索瓦丝认为是仪式壮观的葬礼,弗朗索瓦丝心里就更加难受。她知道我们很少说出自己的心里话,为以防万一,就每天晚上都把朱皮安叫来。她知道他在举行葬礼时不会有空。她至少希望能在回来时把葬礼的情况向他"叙说"。

一连几天,我父亲、外公和我们的一个表叔都在病人身边守夜,不再走出这幢房子。他们一直忠心耿耿,但这种忠心最终却成为在病人弥留时漠不关心和终日无所事事的伪装,使他们说出的话跟乘火车长途旅行时一模一样。另外,这个表叔(我姑婆的侄子)使我反感,他理应使人反感,但他通常却受人尊重。

他总是可以在情况危急时"找到",他对奄奄一息的病人总是尽心竭力,因此,他虽然看上去强壮,声音如歌唱性男低音,胡子像工兵一样,病人的家属仍以为他身体虚弱,总是用通常说的婉转的话来劝他别去参加葬礼。我事先就知道,我妈妈即使极其痛苦,也会为别人着想,她会用另一种方式对他说出他通常听到别人说的话:

"请您答应我,您'明天'别来。您要为'她'而这样做。您至少别去'那儿'。她曾要求您别来。"

真是毫无办法;他总是第一个到"家",因此,在另一个圈子里就给他起了个绰号,我们当时并不知道,称他为"葬礼简单[①]"。在去"任何地方"之前,他总是"考虑周到",因此,大家就用这句话来说他:"对您不用道谢。"

"什么?"我外公大声问道。他现在有点耳背,没听到我表叔刚才对我父亲说的话。

"没什么。"那表叔回答道。"我只是说,今天上午我收到贡布雷寄来的一封信,说那里天气恶劣,但这里的太阳也实在太热。"

"不过气压计上的刻度却很低。"我父亲说道。

"您是说哪儿天气不好?"

"贡布雷。"

"啊!这我倒不觉得奇怪,每当这里天气不好,贡布雷就是好天气,两个地方恰恰相反。天哪!您在说贡布雷,您是否想到通知勒格朗丹?"

"是的,您就别费心了,已经通知了。"我表叔说道。他虬髯浓密,面颊已呈青铜色,这时显出难以觉察的微笑,他因想到此事而感到得意。

---

① 原文为 ni fleurs ni couronnes(直译为:没有鲜花,没有花圈)。

这时，我父亲急忙过去，我以为病情有好转或恶化。但只是迪约拉富瓦大夫来了。我父亲到隔壁客厅去接待他，如同接待即将演出的演员。我们把他请来，不是让他进行治疗，而是让他像公证人那样进行确认。迪约拉富瓦大夫确实是一位名医和出色的教授；他除了擅长扮演各种角色之外，还能扮演一个角色，而且在四十年里无敌手，这角色十分独特，如同辩士、斯卡拉穆恰[①]或戏中长者，是前来确认病危或死亡。他的大名已使人预感到他将要扮演的角色十分端庄，当女仆说出“迪约拉富瓦大夫到”时，我们以为是在看莫里哀的喜剧[②]。他仪态端庄，同时又不让别人看出他身材优美而又灵活。他相貌极其漂亮，但因表情须跟病人家属的痛苦心情相符而有所逊色。教授身穿优雅的黑色礼服走了进来，悲伤但不做作，说出的慰问话没有一句不是真心诚意，也没有做出任何有失分寸的事。在病人临终的床边，大贵人是他而不是盖尔芒特公爵。他对我外婆进行察看，但没使她感到厌烦，并表现出治疗医生的礼貌，极其克制地低声对我父亲说了几句话，彬彬有礼地对我母亲鞠了一躬，我感到我父亲克制住自已，并未说出“迪约拉富瓦教授”这几个字。但教授已转过头去，不想多加打扰，以世上最优美的姿态走了出去，只是接过递给他的酬金。这酬金他仿佛没有看到，我们一时间也在自问，是否已把酬金交给了他，而他则像魔术师那样灵活，使酬金消失得无影无踪，同时又仍然显出一本正经的名医模样，而且是变本加厉，他身穿真丝翻边长礼服，漂亮的脸上洋溢着同情的高尚表情。他的缓慢和敏捷表明，即使他还有一百次出诊，他也不愿意显出匆忙的样子。因为他是分寸、智慧

---

① 斯卡拉穆恰是意大利喜剧人物，由意大利演员蒂贝里奥·菲奥里利（1608—1694）创造。这个人物是风趣的仆人，不戴面具，身穿黑衣，声称是贵族后裔，在法国演出时深受欢迎。

② 在莫里哀的喜剧《无病呻吟》中，医生名叫迪亚富瓦吕先生（一译贾法如先生），公证人名叫博纳富瓦先生（一译彭乃法先生）。

和善良的象征。这位杰出人士现已与世长辞。其他医生和教授可能已达到他的水平,也许已超过他。然而,他的知识、天生优雅的外貌和出色的教养使他扮演胜人一筹的“角色”,由于没有合适的接班人,这角色现已不复存在。我妈妈可说是没有看到迪约拉富瓦先生,因为在她看来,除了我外婆以外,其他事物都不存在。我记得(我在此提前说出),在公墓,有人看到她像幽灵一般羞怯地走到墓前,仿佛在注视一个已离她十分遥远的升天之人,这时我父亲跟她说:“诺普瓦老头到我们家里和教堂里来过,也到公墓来了,他没去参加一个对他来说十分重要的会议,你应该跟他说句话,他会十分感动。”当大使前来向她施礼时,她只能温柔地点点头,但并未哭泣。在两天前——得提前说后来的事,然后再说病人弥留之际在床边的事——我们在给我已故的外婆守灵时,弗朗索瓦丝有点相信鬼魂,听到一点声音就吓得要命,并且说:“我觉得是她。”但是,我母亲听到这话并未感到害怕,而是产生极其温馨的感觉,因为她感到母亲有时会回到她的身边。

现在,我们回过来谈我外婆弥留的时刻。①“您是否知道她两个妹妹给我们发来的电报说些什么?”我外公对我表叔问道。

“我知道,是贝多芬②,我听说了,这确实出乎意料之外,但我并不感到奇怪。”

“我可怜的妻子,对她们是多么喜欢。”我外公说时擦了擦眼泪。“别去责怪她们。她们真是荒唐之极,我一直是这样说的。怎么回事?不再接氧气了?”

---

① 法国七星丛书版后面另起一行。

② 参见本卷第338页:我外婆的两个妹妹接到电报通知,但并未离开贡布雷。她们发现了一位艺术家,听他给她们演出精彩的室内乐专场。普鲁斯特在1920年11月写给悉尼·希夫的信中说得更加清楚:“我外婆最后一次患病时,她的两个妹妹没来看她,因为她们发现的一位音乐家能出色地演奏贝多芬的乐曲。”(参见《普鲁斯特书信集》第三卷第23—24页)

我母亲说道：

“这样，我妈妈又要呼吸困难。”

医生回答说：

“哦！不会，氧气的作用还会持续一段时间，我们待一会儿再给她接。”

我感到，如果人快要死了，是不会说这种话的，并感到这良好的作用如将持续下去，也许还能挽救她的生命。氧气的嘘嘘声在片刻间不再响起。但呼吸的可喜呻吟仍然发出，声音轻微、痛苦，并不完整但连续不断，然后又重新开始。有时，仿佛全都结束，呼吸停止，也许是因为跟睡眠者的呼吸一样，有着八度音的增减，也许是因为自然的间歇，是感觉缺失的结果，由窒息严重引起，是心脏衰竭的结果。医生再次给我外婆诊脉，但如同支流把水注入干涸的河道，一曲新歌已在中断的乐句后唱起。这乐句在另一音域重新响起，仍然有一股取之不尽的冲力。在我外婆无知无觉的情况下，被痛苦压抑的众多愉悦和温柔，现在是否会从她体内逸出，如同这些被长时间压制的气体，这又有谁会知道。她要对我们说的一切，仿佛在渗透出来，她啰嗦、匆忙而又热情地说出的话，是在对我们诉说。我母亲站在床边，听到病人弥留时的每次呼吸都会抽搐，她没有哭泣，但有时会泪流满面，如同被风吹雨打的树叶，沉浸在毫无思想的悲痛之中。家人让我擦干眼泪，然后我去抱吻我外婆。

“我还以为她看不见了。”我父亲说道。

“这事永远也不会知道。”大夫回答道。

我的嘴唇吻到我外婆时，她双手摆动起来，全身哆嗦片刻，这可能是因为条件反射，也可能是因为某些亲热的表示会使人感觉过敏，可以在无意识的昏暗之中辨认出几乎不需要感觉器官就能识别的心爱之人。突然，我外婆把身子直起一半，作出巨大努力，仿佛在捍卫自己的生命。弗朗索瓦丝看到这情景无法克制自己，抽抽噎噎地哭了起来。我想起医生说的话,想让她离开房间。这时,我外婆睁开了眼睛。我立刻冲到弗朗索瓦丝跟前,不让她哭出声音,这样我父母可以跟病人说话。氧气的声音已经消失,医生离开病床。我外婆与世长辞。

几小时后,弗朗索瓦丝最后一次梳理这漂亮的头发,但不会使她难受,这头发只是稍有花白,在此之前显得没有她本人那样老。而现在恰恰相反,这头发成了老年的唯一桂冠,而那张脸却又恢复青春,长年的痛苦在脸上增添的皱纹、收缩、浮肿、紧张和扭曲,全都消失得一干二净。如同在那遥远的岁月,即她父母给她选定丈夫之时,她相貌姣美,显得纯洁而又听话,脸上闪耀着圣洁的希望、对幸福的向往和天真的快乐,但都在岁月中渐渐被消磨掉。生命在逐渐消失之时,也带走了对生活的种种失望。一丝微笑仿佛留在我外婆嘴上。在这张灵床上,死神如同中世纪的雕塑家,让她以少女的面貌[①]躺在上面。[②]

---

① 像叙述者的外婆一样,马塞尔·普鲁斯特的母亲也在去世时变得年轻。他在1905年9月27日给德·诺阿耶夫人的信中写道:"她去世时五十六岁,却像年方三十,她患病后变得消瘦,去世后则因忧虑消失而恢复青春,连一根白发也没有。"(参见《普鲁斯特书信集》第五卷第345页)

② 法国七星丛书版后面空三行接排,不另起一页。

第二章

阿尔贝蒂娜来访。圣卢的几位朋友可能跟富家女子结婚。盖尔芒特家族成员在帕尔马王妃面前的风趣。对德·夏吕斯先生的奇特拜访。我对他的性格越来越不理解。公爵夫人的红鞋。

这只是秋天的一个周日,我刚获得重生,我面前的生活完整无缺,因为天气暖和了好几天之后,今天早上寒雾蒙蒙,到将近中午时才散去。然而,天气的变化足以重新创造世界和我们自己。过去,每当风吹到我壁炉里时,我听到风在击打壁炉前的挡板,心里十分激动,如同听到 c 小调交响乐①起首部分琴弓奏出的著名音调,这击打声是一种神秘的命运无法抗拒的召唤。自然界任何可见的变化,都给我们提供一种类似的变化,使我们和谐的欲望能适应万物的新模式。在我醒来之后,薄雾不是把我变成天气晴朗时有离心力只想出去的人,而是立刻使我只想闭门不出,待在炉边,与人同床共眠,如同怕冷的亚当,在寻找深居简出的夏娃②,不过是在这不同的世界之中。

一边是乡村清晨温柔的灰色,一边是一杯巧克力饮料的滋味,我在这两者之间把我的肉体、精神和道德的生活保持得别具一格,跟我大约一年前在东锡埃尔所过的那种生活相仿,这种生活以一座狭长而又光秃的山丘为纹章——这山丘在看不到时仍能感觉到它的存在——在我心里产生阵阵愉悦,跟其他愉悦截然不同,无法

---

① 即编号 67 的贝多芬第五交响曲。

② 影射本书第一卷开头部分:“有几次,犹如夏娃用亚当的肋骨造出,一个女人在我睡着时从我错位的大腿里产生。”(第 5 页)

跟一些朋友诉说,因为这种愉悦跟我可以叙述的事情不同,主要是由相互交织在一起的丰富印象,在我不知情的情况下为我加以组织并赋予其特点。从这个角度来看,今天的晨雾使我进入的这个新世界,是我已经熟悉的世界(它因此更加真实),但在一段时间里被我遗忘(它因此显得新奇)。我可以观看记忆中呈现薄雾的几个画面,尤其是几幅《东锡埃尔的早晨》,可能是在军营的第一天,可能是在另外一次,在一座邻近的城堡,圣卢曾带我去那里度过二十四小时的时间:黎明时在重新上床睡觉之前,我把窗帘微微拉开,从窗口望出去,看到第一幅画上有个骑兵,第二幅画上(在池塘和树林狭窄的分界线上,其他部分均被液体般柔和而又一成不变的薄雾遮盖)有个马车夫,正在把一条皮带擦亮,这两个人在我看来如同罕见的人物,肉眼依稀可见,而眼睛必须适应一幅被抹去的壁画上出现的朦胧而又神秘的半明半暗。

今天,我是在床上回忆这些往事,因为我重新躺下,等待一个时刻的到来,我乘我父母已前往贡布雷,并要在那里待几天,想在今天晚上到德·维尔帕里齐夫人家去看一出短剧。等他们回来之后,我也许不敢如此行事;我母亲对我已故的外婆极其尊敬,认为对她的悼念可以不拘形式,但要真心诚意;她不会禁止我出去看戏,但心里却并不赞成。她在贡布雷却恰恰相反,如果问她,她不会用令人伤心的话来回答我:“你想干什么就干什么,你已是大人,应该知道自己该做什么”,而是责备自己让我独自留在巴黎,并根据她的忧伤来看待我的忧伤,她会希望我消除忧伤,去参加她自己不会去参加的娱乐活动,并确信我外婆首先会考虑我的健康状况和心理平衡,如果她在世也会劝我去参加。

从早上起已点燃新的暖气设备。这设备响声难听,不时发出打嗝般的声音,跟我对东锡埃尔的回忆毫不相干。但是,这声音如在今天下午长时间跟这些回忆在我心中相聚,就会在两者之间产生一种亲和力,如同我每当听不惯这种声音时,就会再次听到暖气设备的声音，并使我想起这些回忆。

家里只有弗朗索瓦丝一人。灰蒙蒙的亮光如同细雨般洒落下来，不断编织一张张透明的网，周日的散步者走在网里犹如涂上银色。我把《费加罗报》扔到脚下，我给报馆寄了一篇文章之后，每天都要让人给我买一份报纸，一天也不缺，但文章并未在报上刊登；虽然没有阳光，但我根据强烈的亮光得知，这时还只是下午三四点钟。罗纱窗帘轻薄、不牢，但在天气晴好时决不会这样，这时既像蜻蜓翅膀那样柔软，又像威尼斯的玻璃那样易碎。这个周日我独自待在家里十分难受，因为我上午叫人把一封信给德·斯泰马里亚小姐送去。罗贝尔·德·圣卢在他母亲的帮助下，在几次痛苦的尝试失败之后，终于跟他情妇一刀两断，并在此后被派往摩洛哥，以便忘却他已有一段时间不再爱恋的女人，他给我写了封信，是昨天收到的，他告诉我即将回法国休假，但时间很短。他来巴黎只是短暂逗留(他家人显然怕他跟拉结旧情复燃)，他为了表示想到我，就跟我说他在丹吉尔[①]遇到德·斯泰马里亚小姐或者不如说是德·斯泰马里亚夫人，因为她已于结婚三个月后离婚。罗贝尔想起我在巴尔贝克时跟他说的话，就以我的名义请求跟这位少妇约会。她对他回答说，她将很高兴跟我在巴黎共进晚餐，她在返回布列塔尼之前会路过巴黎。他叫我赶快给德·斯泰马里亚夫人写信，因为她肯定已到巴黎。圣卢的来信并未使我感到惊讶，虽说在外婆患病之后我没有收到他的消息，因为他指责我背信弃义、出卖朋友。我当时对发生的事情十分清楚。拉结喜欢把他刺激得妒火中烧——她也有对我不满的理由，但无关紧要——她让情夫相信，我在暗中策划，想在罗贝尔不在巴黎时跟她发生关系。也许他仍然相信真有此事，但他现在不再喜欢她，因此这事是真是

---

① 丹吉尔是摩洛哥城市，位于直布罗陀海峡，1923—1956 年为国际共管区，其中 1940—1945 年被西班牙占领。1962 年摩洛哥独立后被宣布为自由港。

假对他来说已变得无关紧要，只有我们的友谊依然存在。有一次我见到他，想跟他谈谈他对我的指责，他只是微微一笑，显得随和而又温柔，这说明他似乎在道歉，并随即改变话题。这倒不是因为他以后不会跟拉结时而在巴黎见面。有些人在我们的生活中曾起过十分重要的作用，他们突然并完全退出我们的生活，是十分罕见的事。他们会不时回到我们的生活之中（因此有些人会认为是旧情复燃），然后才永远离去。圣卢跟拉结分手之后，很快就不再感到十分痛苦，因为他女友不断问他要钱，使他感到欣慰。嫉妒使爱情延长，但包含的内容不会大大多于想象的其他形式。只要你在出去旅行时带走三四个会在旅途中丢失的图像（老桥①上的百合花和银莲花，薄雾中的波斯式教堂，等等），行李箱就已装满。你跟一个情妇分手后，在把她有所遗忘之前，总希望她不要被你想到的三四个可能的情夫包养，就是说你对这些人嫉妒：你没想到的人全都无足轻重。然而，已跟你分手的情妇经常来要钱，不能使你对她的生活了解得一清二楚，如同体温表上的高温，并不能使你完全了解病情。但是，体温表至少表明她病了，而问你要钱则提供一种推测，当然是模糊不清的推测，那就是被你抛弃或将你抛弃的女人想必并未找到有钱的保护人。因此，她每次来要钱，都会受到愉快的接待，这愉悦是因嫉妒者的痛苦暂时消除而产生，接着就立刻把钱寄出，因为你希望她一无所缺，独缺情夫（缺少你想象中的三个情夫之一），在此期间，你的情绪会有所稳定，并在获悉你继承人的名字时不至于昏倒。有几次，拉结在晚上姗姗来迟，就请求旧情人准许她睡在身边，直至第二天早晨。这使罗贝尔感到十分温馨，因为他只要看到，即使他在床上独自占据一大半地方，也丝毫不会影响她睡觉，就会想起他们毕竟亲密无间地一起生活过。他知道，她躺在他身旁，比在其他地方都要舒服——即使在旅馆里——犹如

① 即佛罗伦萨的老桥。参见本书第一卷第390页及该页注①。

在以前住过的房间里，你有自己的习惯，会睡得更加甜美。他感到，他即使因失眠或考虑工作而辗转反侧，他的肩膀和双腿乃至全身，在她看来如同日用品，不会有不舒服的感觉，看到后只会昏昏欲睡。

回首往事，我因罗贝尔的来信而感到局促不安，因为我在字里行间看出他不敢写得一清二楚的话："你可以在包房里请她吃饭。"他对我说。"她是个迷人的少妇，性格风趣，你们会相处融洽，我可以未卜先知，你一定会度过一个美妙的夜晚。"我父母要到周末才回来，是在星期六或星期天，等他们回来之后，我必须每天在家里吃晚饭，因此我立刻给德·斯泰马里亚夫人写信，约她在星期五以前见面，哪一天由她来定。她给我回了话，说今晚将近八点时我会收到一封信。要是下午有人来看我，我很快就会等到这一时刻。如果有人闲聊，时间的长短就无法衡量，甚至无法看出，而且会突然消失，当你重又注视这灵活而又消逝的时间时，它已离从你手中逃脱的地点十分遥远。但是，如果我们独自待着，挂念会随着单调而频繁的滴答声，把这时期待的遥远时刻带到我们面前，每分钟都在分隔或者不如说是在增加这几个小时的时间，而跟朋友待在一起，我们就不会去数这些分钟。今天下午，我的欲望不断重现，就同几天后我跟德·斯泰马里亚夫人一起品尝的巨大乐趣进行比较，下午的时间我将独自度过，因此感到十分空虚和忧伤。

有时，我听到电梯上升的声音，但接着又传来另一个声音，并非是我期待的声音，即电梯在我这层楼停下的声音，而是一种截然不同的声音，即电梯继续往上面几层楼上升的声音，这声音在我等待一次来访时往往表示电梯离开我这层楼，因此到后来，即使没有任何人来看我，仍使我感到是一种痛苦的声音，仿佛是在宣布将我抛弃。这灰蒙蒙的白天疲乏而又顺从，还要在好几个小时里忙于自远古以来一直在做的工作，编织着它那珠色的花边，而我在伤心地想，我即将跟她单独待在一起，但她对我的了解，跟对一个女工的了解相仿，女工为看得更加清楚，就坐在窗边干活，对房间里待着的人毫不关心。突然间，我并未听到门铃声，却见弗朗索瓦丝开门把阿尔贝蒂娜带了进来，她默默地微笑着，脸胖乎乎的，体态丰腴，而在巴尔贝克度过的时日，准备让我继续这种生活，就来到我的面前，虽说我其后并未重返巴尔贝克。每当我们再次见到一个人，但我们跟此人的关系——不管如何微不足道——却已发生变化，也许就像两个时代碰在一起。要做到这点，并不需要以前的情妇像女友那样来看望我们，只需要我们在过某种生活的日子里认识的一个人来巴黎拜访我们，即使这种生活已经结束，而且仅仅在一星期前结束。阿尔贝蒂娜脸上的每个笑容以及每个询问和尴尬表情，都能使我看出如下问题："德·维尔帕里齐夫人怎样？还有舞蹈教师？还有糕点铺老板？"她坐下后，她的背部仿佛在说："天哪！这儿又没有悬崖，您能不能让我坐在您的身边，我在巴尔贝克时会这样坐？"她如同魔术师，给了我一面能照出时间的镜子。她在这方面就像有些人，这些人我们很少见到，但过去曾跟我们亲密无间地一起生活。不过跟阿尔贝蒂娜在一起时，此外还有其他许多事情。当然啰，在巴尔贝克时，我们每天都会相遇，即使如此，我看到她时也会感到意外，因为她每天都有变化。而现在，我们却几乎无法认出她。她脸上笼罩的粉红雾气已经散去，脸部轮廓像雕像般凸现。她有了另一张脸，或者不如说她终于有了一张脸；她身体长高了。她以前的躯壳可说已荡然无存，而在巴尔贝克时，却几乎无法看出她未来的体貌。

阿尔贝蒂娜这次回巴黎的时间要早于往年。通常她要到春天才来，再加上几个星期以来，我因暴风雨摧残今年初开的花卉而感到烦恼，因此，我在喜悦之中，并未把阿尔贝蒂娜的回归跟春光明媚的季节的来临区分开来。只要有人对我说她在巴黎，来看过我，我就再次把她看作海边玫瑰。我不大清楚，当时是对巴尔贝克的向往还是对她的欲望在左右着我，也许对她的欲望本身就是占有巴尔贝克的一种形式，这形式懒散、松懈，并不完整，犹如占有一件具体事物，在一座城市居住，就等于在精神上将其占有。另外，即使作为具体事物，如果她在我想象中不是在大海前摇晃，而是一动不动地坐在我身旁，她在我眼里往往是一朵可怜的玫瑰，我情愿闭上眼睛，不再看到花瓣上某个瑕疵，并觉得自己在海滩上呼吸。

我在此可以这样说，虽说我当时并不知道到后来才发生的事情。当然，明智的做法是把自己的一生献给女人，而不是献给邮票、古老的鼻烟盒乃至绘画和雕塑。不过，收集其他物品的实例提醒我们要更换，女人不要只有一个，而要有许多。这些美妙的混合物，由一个少女制成，使用的是一片海滩，教堂里一尊雕像的发辫，一幅铜版画，以及使我们喜爱这些事物的任何东西，每当她进来时，就如同一幅迷人的画，但这些混合物并非十分稳定。你如果始终跟一个女人一起生活，你以后就不会再看到曾使你喜欢她的任何东西；当然，两人分手之后，嫉妒可能会使他们破镜重圆。如果在长期共同生活之后，我最终只是把阿尔贝蒂娜看作普通的女人，那么，只要她跟她在巴尔贝克喜欢的一个男子私通，也许就会使海滩和汹涌的波涛跟她融为一体。只是这第二种混合物不会使我们赏心悦目，只会使我们悲痛欲绝。我们不会希望，奇迹的重现以如此危险的形式出现。我这是在提前叙说几年后发生的事。我在此只应表示遗憾，遗憾的是我不够明智，未能像别人拥有小型望远镜那样，拥有我收集到的那些女人，这种望远镜在橱窗里并不多见，总有一个位子空着，以便新的更为罕见的望远镜能陈列出来。

今年，她跟往年度假的习惯不同，直接来自巴尔贝克，而且待在那里的时间比往年短得多。我已有很长时间没看到她。我不知道她在巴黎交往的那些人尊姓大名，因此对她来看我以前的那段时间的情况一无所知。而那段时间往往相当漫长。另外，阿尔贝蒂娜在有一天突然出现，她像玫瑰花那样无声无息的来访，使我对她在那段时间里的所作所为知之甚少，她所做之事，也就沉浸在她那模糊不清的生活之中，而我的眼睛也并未设法去加以识别。

但这一次，有些迹象似乎表明，她生活中想必出现了新的情况。但也许从这些迹象中只须得出一个结论，那就是在阿尔贝蒂娜这种年龄，人很快就会发生变化。例如，她显得更加聪明，我跟她谈起她在那天非要别人接受她的看法，让索福克勒斯写出“我亲爱的拉辛”，她首先由衷地笑了起来[①]。“是安德蕾说得对，我当时真蠢，”她说道，“索福克勒斯应该写‘先生’。”我对她回答说，安德蕾说的“先生”和“亲爱的先生”，跟她说的“我亲爱的拉辛”以及吉泽尔说的“我亲爱的朋友”一样可笑，其实，真正愚蠢的是要让索福克勒斯给拉辛写信的命题教师。我说这话，阿尔贝蒂娜就听不懂了。她看不出这题目蠢在何处；她的智力有所提高，但并未完全开发出来。她身上有着更加吸引人的新事物；我感到，刚在我床边坐下的姑娘，跟以前一样漂亮，但已有所变化。她的目光和容貌表现出往常的任性，但前额有某种变化，说明有所收敛，仿佛我曾在巴尔贝克碰壁的那种抗拒已被消除，那是在遥远的一天晚上，我们组成匹配的一对，但跟今天下午这一对恰恰相反，因为当时是她躺着，而我坐在床边[②]。我想要知道却又不敢，那就是她现在是否会让我抱吻，每当她站起来要走，我就请她再待一会儿。要做到这点并非易如反掌，因为她虽说无事要干（否则她就会急忙离开），却是守时之人，再说对我也不大亲热，似乎不喜欢跟我做伴。不过，每次看表之后，她都在我的请求下重新坐下，这样，她跟我一起待了好几个小时，但我并未对她提出任何要求；我跟她说的话和我在前几个小时对她说的话相仿，但跟我想做和希望做的事却毫不相关，总是跟两条平行线那样无法相交。任何事都不像欲望那样口是心非。时间紧迫，但我们仿佛想赢得时间，就谈论跟我们关心的事毫无关系的话题。我们谈着，而我们想要说出的话，也许已

① 参见本书第二卷第 487—491 页。

② 参见本书第二卷第 509—510 页。

经用一个手势表示出来,甚至认为,要得到现时的乐趣,要满足自己的好奇心,即看看作出这手势后对方会有什么反应,不说一句话,没有得到对方的同意,我们就不会做出这手势。当然,我丝毫也不喜欢阿尔贝蒂娜:她是由外面的薄雾产生,只能满足新的季节在我心中唤起的假想欲望,这种欲望介于两种欲望之间,一种是烹饪术能满足的欲望,另一种是巨型雕塑的欲望,因为这欲望使我想把一个暖和的异物跟我的肉体融合在一起,同时又希望我躺着的身体在某一点上跟另一身体相接触,如同夏娃勉强用双脚触及亚当的髋部,她的身体跟亚当的身体几乎垂直,在巴尔贝克大教堂[①]里的浅浮雕上就是如此,如同古时的一个中楣,典雅而又安详地表现出创造女人的情景[②];上帝在浮雕上到处有两个小天使跟随,如同两个大臣伴随其后,这小天使——如同夏天盘旋天空的飞鸟,突然遇到冬天降临,但得以生存下来——可以看出是赫库兰尼姆[③]的爱神,十三世纪中叶依然活着,在整个门廊正面进行最后的飞行,虽说疲惫不堪,却不乏我们可以期待的优雅。

然而,这种乐趣,在满足我欲望的同时,却不会使我摆脱遐想,而我也会乐于在其他任何漂亮女子中寻找这种乐趣,如果有人问我——在这没完没了的闲谈中,我没有对阿尔贝蒂娜说出的只有我心里想的事情——我对她可能会顺从我的乐观假设有何根据,我也许会回答说,我做出这种假设,是因为(在已被忘却的阿尔贝蒂娜的说话特点又为我勾画出她个性的轮廓时)出现的某些词不属于她的语汇,至少从她现在赋予这些词的意义来看是这样。譬如她对我说埃尔斯蒂尔愚蠢,而我则大声表示反对。

“您没有听懂我的意思,”她微笑着回答道,“我的意思是说他

---

① 普鲁斯特往往在手稿中把“教堂”改成“大教堂”。

② 参见《旧约·创世记》第二章第二十一至二十二节。

③ 赫库兰尼姆是意大利古城,公元 79 年在维苏威火山爆发时被湮没。该城遗址于 1709 年被发现,房屋里发现众多艺术品和壁画,可看到有翼爱神。

在当时的情况下愚蠢，但我十分清楚，他是个杰出人士。”

同样，为说明枫丹白露高尔夫球场[①]优雅，她就说：

“这是一种选择。”

她谈到我进行的一场决斗，并谈起我的两个证人：“这是精心挑选的证人[②]。”她看着我的脸，承认她喜欢看到我“蓄小胡子”。她甚至说出这样的话，这时我看来把握很大，我可以发誓，这话她去年还不会说，那就是她自从见到吉泽尔之后，已过了“一段时间”。这并非因为我在巴尔贝克时她还没有掌握这一套上台面的词语，使人一听就知道她家庭富裕，这种词语，母亲会逐年传给女儿，就像女儿渐渐长大成人时，她会在重大节日把自己的首饰送给女儿。大家感到，阿尔贝蒂娜已不是小女孩，因为有一天，一个陌生女人送给她一件礼物，她在感谢时回答道：“真不好意思。”邦唐夫人不由看了看丈夫，后者回答道：

“当然啰，她快十四岁了。”[③]阿尔贝蒂娜已像大人，更加明显的表现是她在谈论一个化妆拙劣的少女时所说的话：“她脸上涂了**厚厚一层脂粉**，连她是否漂亮也看不出来。”总之，她虽说仍是少女，却已显示出她这种环境和阶层的妇女的姿态，看到有人做鬼脸就会说：“我不能看到这个人，因为我也想做鬼脸。”如果有人喜欢模仿，她就说：“您模仿她，最可笑的是您跟她相像。”这些话都取自社会的宝库。但是，恰恰是阿尔贝蒂娜所处的环境，在我看来无法使她达到“出色”的程度，就是我父亲在听到有人对他称赞一个他还不熟悉的同事后所说的那种“出色”：“看来他十分出色。”

---

① 枫丹白露高尔夫球场到1909年才开设。

② 1897年2月6日，马塞尔·普鲁斯特跟让·洛兰决斗，因为后者在报上抨击《欢乐与时日》，并说普鲁斯特和吕西安·都德的关系不正常。普鲁斯特的证人，一个是画家让·贝罗，另一个是人称剑客博尔达的居斯塔夫·德·博尔达。决斗用手枪进行，结果不分胜负。

③ 法国七星丛书版后面另起一行。

"选择",即使是说高尔夫球场,在我看来也跟西莫内家毫不相干,如同这"选择"前面加上"自然"二字,跟比达尔文的著作早几百年的一篇文章毫不相干一样①。"一段时间"在我看来征兆更佳。最后,我觉得心烦意乱已十分明显,这种心烦虽说我从未有过,却使我能产生种种希望,这时,阿尔贝蒂娜得意地对我说,仿佛她的看法并非无足轻重:

"**我看**,这是最好的结果……我认为这是最好的解决办法,而且优雅。"

这话十分新颖,显然像一块冲积地,使人猜出河流在过去陌生的土地上会有随心所欲的曲曲弯弯,我见阿尔贝蒂娜说出"我看"二字,就立刻把她拉到近前,听到她说"我认为"三字,则让她在我床边坐下。

文化程度不高的女子,有时会嫁给知识渊博的男子,会在嫁妆中得到这样的词语。她们在新婚之夜后发生变化,不久后出门拜访,跟以前的女友在一起时显得稳重,我们会惊讶地发现,她们已变成典型的妇女,在声称某人聪明时,会把 intelligente(聪明)这个词中的 l 拖长一倍,但这正是一种变化的迹象;我感到,在阿尔贝蒂娜的用语中,最大胆的莫过于在谈到一个怪人时说:"这是个怪家伙。"或是阿尔贝蒂娜听到有人要她去赌博:"我输不起。"或者她觉得一位女友对她的责备毫无道理:"啊! 不错,我觉得你真棒!"按资产阶级的某种传统习惯,这话必须在这些情况下说出,而这种传统习惯几乎跟《圣母赞歌》②一样古老,一个有点生气、确

① 达尔文(1809—1882)于1859年出版《物种起源》,提出以自然选择为基础的进化学说。该书全名为《物种起源,通过自然选择,或在生存斗争中保存优良品种》。1862年译成法语,书名为《物种起源,或有机体进化规律》,1866年改名为《通过自然选择的物种起源,或有机体演变规律》。法语中 sélection(选择)这个词出自英语。

② 《圣母赞歌》在晚祷和圣体降福仪式上唱,歌词取自《新约·路加福音》第一章第46—55节,是马利亚在圣母往见时对以利沙伯的回答。

信自己的权利的少女，会像大家所说，“自然而然”地加以使用，这就是说，这些话她是从母亲那里学来，就像祈祷或施礼那样。所有这些话，邦唐夫人已教给阿尔贝蒂娜，同时还教她要憎恨犹太人，要喜欢黑色服装，因为穿黑色服装总是显得体面、端庄，即使邦唐夫人没有明确地把这些教给她，但如同刚出生的小金翅雀从父母的啁啾中学习鸣叫，并成为真正的金丝雀。不管怎样，“选择”使我感到有外来语的味道，而“我认为”则令人鼓舞。阿尔贝蒂娜已判若两人，因此，她的行为和反应也会跟以前不同。

我不仅对她不再爱恋，而且不必像在巴尔贝克时那样，担心她对我的友谊会毁于一旦，因为这种友谊已不复存在。毫无疑问，我在她眼里早已变得无足轻重。我知道，在她看来，我已不再属于“小帮派”，而我以前拼命想要加入，后来也十分高兴成为其中一员。另外，她甚至不再像巴尔贝克时那样显得坦率和善良，我也就不感到顾虑重重；然而，我决定行事，是因为最后在文字上有了发现。我继续在外部语链上增加新环，并在语链下隐藏我内心的欲望，我让阿尔贝蒂娜坐在床角，谈起小帮派中的一个姑娘，这姑娘比其他姑娘长得小巧，但我仍觉得她相当漂亮。“是的，”阿尔贝蒂娜对我回答说，“她样子像阿妹。”显然，我认识阿尔贝蒂娜时，她还不知道“阿妹”这个词①。据事物发展的正常规律，她可能不会知道这个词，我也不会看出有任何不妥之处，因为这个词最令人毛骨悚然。听到这个词，你会感到牙疼，如同有人把一大块冰塞到你嘴里。但是，阿尔贝蒂娜这样漂亮，即使说出“阿妹”这两个字，

---

① “阿妹”这个词，原音“慕思妹”，法语为 mousmé，由皮埃尔·洛蒂于1887年发表的小说《菊子夫人》引入法国：“**阿妹**指少女或少妇。这是日语中最美的词之一。这个词仿佛包含**噘起的小嘴**（moue，就是她们可笑又可爱地噘起的那种小嘴），尤其还包含**可爱的小脸**（frimousse，她们那种不太端庄却可爱的小脸）。我今后会经常用这个词，因为在法语中还没有发现任何与其等值的词。”（参见皮埃尔·洛蒂《冰岛渔夫·菊子夫人》，夏玫译，人民文学出版社，2006年，第194页）

也不会使我感到不快。相反,我觉得,这如果不是表明她在向外界学习,至少说明她内心在起变化。可惜的是,如果我希望她能准时回家吃晚饭,这时我就该跟她道别,而我也得起来去吃我的晚饭。晚饭由弗朗索瓦丝准备,她不喜欢晚饭摆好后我还不去吃,另外,她想必认为我已违反她法规的一个条款,那就是在我父母不在的情况下,阿尔贝蒂娜来看我竟待了这样长的时间,以致什么事都给耽搁了。但在"阿妹"面前,这些理由消失殆尽,于是我急忙说道:

"您想想,我一点儿也不怕痒,您可以胳肢我一个小时,我一点感觉也不会有。"

"真的!"

"我可以对您肯定。"

她想必知道,这是在笨拙地表达一种欲望,因为这就像有人对你提出建议,而你不敢去要求这种建议,但你的话已向此人表明,这建议会对你有用。

"您想让我试一试?"她以女人般的谦恭说道。

"只要您愿意,但您最好躺在床上。"

"像这样躺?"

"不,再往里面躺一点。"

"我不是太重吧?"

她刚要说完这句话,门就开了,弗朗索瓦丝拿着一盏灯走了进来。阿尔贝蒂娜刚好回到椅子上坐下。也许弗朗索瓦丝选择这一时刻进来,是要让我们感到狼狈,她刚才也许在门外偷听,甚至可能通过锁孔观看。但我不需要做出这种假设,她很可能不屑用眼睛去核实她已用本能完全觉察的事情,因为她一直跟我和我父母一起生活,她担心、谨慎、关注和狡猾,最终对我们有了一种本能的几乎是未卜先知的了解,如同水手对大海的了解,猎物对猎人的了解,以及即使不是医生对疾病的了解,至少往往是病人对疾病的了解。她能够获悉的种种情况,会使人理所当然地感到震惊,如同古人能预料到某些知识未来的状况，虽说他们几乎完全没有掌握获取信息的方法。（她的方法也不比古人更多，只是听到了几句话，只占我们晚饭时谈话内容的二十分之一，这些话是膳食总管偶然听到，在配餐室里讲给别人听时也讲得并不确切。）而她的错误，也跟古人相同，就像柏拉图相信那些无稽之谈[①]，是因为一种错误的世界观和一些成见，而不是因为缺乏具体的办法。因此，昆虫习性最重大的发现，今天还能由一位没有实验室和任何仪器的科学家来发现[②]。但是，她身为仆从，却仍能获得艺术即科学的终结所必须的科学知识——艺术在于把成果告诉我们时使我们惊讶万分——而约束所起的作用更大；约束不仅没有使发展停滞不前，而且对发展提供了有力的帮助。无疑，弗朗索瓦丝并未忽视任何辅助作用，例如语调和态度的作用。（她从不相信我们对她说的话以及我们希望她相信的话）但任何与她地位相同的人，对她说出极其荒谬同时跟我们的想法截然不同的话，她却会毫不怀疑地加以认可，因此，她在听我们说出想法时显出不相信的样子，但在转述一个女厨师的话时（因为是转述别人的话，她就可以对我们说出极其难听的骂人话而不会受到惩罚）的语气却表明，女厨师的话在她看来是至理名言，这女厨师对她说，她曾威胁自己的男女主人，在众人面前把他们视为"粪土"，结果却得到他们百般宠信。弗朗索瓦丝甚至补充道："如果我是女主人，我一定会生气。"我们虽说对五楼那位夫人原来就没有什么好感，这时也只好耸耸肩，如同听到难以相信的奇谈怪论，而这种如此恶劣的例子，她在叙述时能说得斩钉截铁，就像无可置疑、令人恼火的断言。

但是，她尤其跟一些作家相似，这些作家在受到一位专制的君

① 可能指柏拉图在《会饮篇》中阐述的各种想法，其中有阿里斯托芬关于两性人的著名讲话，宙斯把两性人劈成两爿，以惩罚他们想要爬到天上，阿里斯托芬还赞扬同性恋。

② 指法国昆虫学家法布尔。参见本书第一卷第125页注①。

主或一种专横的创作理论的束缚时，在被严格的韵律规律或严厉的国教弄得束手束脚时，往往会采取大量浓缩的方法，但在自由政体下或文学无政府主义流行时却不用这样做，同样，弗朗索瓦丝不能对我们作出明确的回答，就像忒雷西阿斯[①]那样说话，如写作则会跟塔西佗[②]一样。她善于把自己无法直接表达的想法浓缩在一句话里，我们要指责这句话，就不得不进行自责，为此，她甚至只说半句，或者默不作声，或者用她放置一件物品的方式来表达。

譬如，我有时疏忽，把一封不该让她看到的信留在其他信件中间，她不该看，可能是因为信里谈到她时心怀恶意，她会认为收信人跟写信人一样不怀好意，我晚上回来时忐忑不安，就径直来到自己房间，看到我那些信叠得整整齐齐，但首先映入我眼帘的是那封有损于弗朗索瓦丝名誉的信，那封信想必也不会不引起她的注意，被她放在最最上面，跟放在一边相差无几，放得如此醒目无疑是一种言语，非常能说明问题，因此我一进门就浑身颤抖，仿佛听到一声尖叫。弗朗索瓦丝擅长演这种戏，目的是让观众心里明白，她人虽不在，观众就已知道她对一切了如指掌，然后她才进来。她这样让无生命物体替她说话，既要有才能又要有耐心，如同欧文[③]和弗

---

① 忒雷西阿斯是希腊神话中底比斯的盲人预言家，门托尔之父。因杀一雌蛇，曾变为女人七年。后杀一雄蛇，又变成男人。传说因偷看雅典娜沐浴而被水泼瞎双眼。一说他支持宙斯的观点，即女性在性爱中得到的快乐比男性多，因而被天后赫拉弄瞎眼睛。作为补偿，宙斯赐予他长寿和预言的能力。普鲁斯特在文中不断作出暗示，先说夏娃用亚当的肋骨造出，后说柏拉图相信那些无稽之谈，现又提到忒雷西阿斯这一神话中人物，是在为《所多玛和蛾摩拉》和《女囚》中同性恋题材作好铺垫。

② 塔西佗（约55—约120），古罗马历史学家。历任保民官、执政官、行省总督等职。主要著作《编年史》和《历史》，详记公元一世纪间罗马政事和宫廷要闻，以共和政体为理想，文体简略，独具风格。

③ 即亨利·欧文（1838—1905），英国演员、导演。原名约翰·亨利·布罗德里布。是当时最著名的英国演员。曾主持伦敦兰心剧院。以扮演莎士比亚剧作中哈姆雷特、奥赛罗和麦克白等角色著称。后被授予爵士称号。他的表演风格跟十九世纪上半叶的学院派截然不同，使观众耳目一新。

雷德里克·勒梅特尔[1]的艺术。此时此刻，弗朗索瓦丝把点亮的灯在阿尔贝蒂娜和我的头顶上高高举起，把姑娘躺在压脚被上时留下的仍然可见的凹陷印痕照得一清二楚，如同《正义女神照出罪行》[2]。阿尔贝蒂娜的脸在灯光下依然迷人，面颊上如同饰有阳光，我在巴尔贝克时曾为此心醉神迷。她的脸在总体上有时会显得苍白，但在灯光照耀下，脸上的皮肤却越来越显得色彩光亮而又均匀，质地坚固而又光滑，可以跟有些花卉典雅的肉色媲美。然而，我对弗朗索瓦丝突然闯入感到意外，就大声说道：

"怎么已经点灯？天哪！这灯光真亮！"

我的目的无疑是用第二句话来掩盖我的局促不安，用第一句话来为我的迟到辩解。弗朗索瓦丝的回答既模棱两可又令人难受：

"我得把灯熄灭？"

"熄灭，好吗？"阿尔贝蒂娜在我耳边低声说道。她活泼而又亲热，使我感到陶醉，这样她就既把我看作主人，又把我当作同谋，她用语法中问题的疑问口气，对我婉转地说出这种心理学上的确认。

弗朗索瓦丝走出房间后，阿尔贝蒂娜又在我床边坐下。

"您要知道，我怕的是，"我对她说，"如果我们这样继续下去，我会忍不住要吻您。"

"这将会是美妙的不幸。"

我并未立刻被她诱惑，其他人甚至会觉得这种诱惑多余，因为阿尔贝蒂娜说话的声音富有性感，又十分悦耳，她只要开口对你说话，就如同在跟你抱吻。她的一句话就是对你喜爱，她的谈话如在

---

① 弗雷德里克·勒梅特尔(1800—1876)，法国演员。原名安托万·路易·普罗斯佩·勒梅特尔。演出《卢克蕾齐娅·博尔吉亚》、《卢伊·布拉斯》等浪漫主义名剧，并参与巴尔扎克的剧作的演出。

② 指法国画家皮埃尔-保罗·普吕东(1758—1823)的寓意画《正义女神与复仇之神追逐罪犯》(亦称《正义与复仇》，1808)，现藏卢浮宫。画中长翅膀的复仇之神手拿火炬，照出罪犯。

对你不断亲吻。然而,这诱惑使我觉得十分愉悦。诱惑即使来自另一同龄美女,我也会感到十分快乐;但是,阿尔贝蒂娜现在对我来说如信手拈来,使我感到的不止是愉悦,还有一些富有美感的形象交相辉映。我回想起的阿尔贝蒂娜,最初是在海滩前面,几乎是画在大海的背景之上,在我看来并不比戏中的影像更为真实,这种影像,我们弄不清是已经登台的女演员,还是此刻作为女演员替身的配角,或者仅仅是一个投影。然后,真实的女人从灯光的光柱中走出,来到我面前,但只是让我发现,她在现实世界中完全不像大家认为的那样,会像神话题材的绘画中轻易堕入情网。我得知对她不能触摸和抱吻,只能跟她说说话,在我看来,她不是女人,而像玉雕的葡萄,过去放在桌上作为装饰品,不能食用,因为不是真的葡萄。后来她又在第三种景观里出现在我面前,像我第二次看到她时那样真实,但像我第一次看到她时那样轻佻,这轻佻显得如此美妙,是因为我在很长一段时间里认为她并不轻佻。我对生活有了更多的了解(不像我最初那样,认为生活平淡而又简单),最终却暂时陷入不可知论。既然最初认为是可能的事,后来却显得并不可能,但在第三个地方却又真的变得可能,那么,我们还有什么可以肯定?唉,我跟阿尔贝蒂娜一起进行的发现之旅尚未到达终点①。不管怎样,如果生活接连发现的景观更为丰富,但使我们得到的教益却并没有浪漫的魅力(这种魅力跟圣卢在里弗贝尔晚餐时感受到的魅力完全不同,他当时在一张安静的脸上,在生活覆盖其上的一层层面具中间,看到他过去曾亲吻的脸部轮廓),即使如此,知道有可能亲吻阿尔贝蒂娜的脸,也许要比亲吻她的脸更加快乐。占有一个女人,只是把我们的身体贴在她身上,因为她只是一个肉体,或是占有一个我们在海滩上看到跟女友们在一起的少女,在几天时间里占有,但并不知道为什么是在这几天而不是在其他

---

① 在法国七星丛书版中,这句话被置于括号之中。

几天，这就使我们担心会无法再次见到她，这两种情况又有什么区别？生活热情地向你揭示这少女的全部离奇故事，向你提供一个能看到她的光学仪器，然后又提供另一个仪器，不仅使你产生肉欲，还使你产生其他欲望，这些欲望能使肉欲增加百倍并使其变得丰富多彩，这些欲望更注重精神，更难以满足，如果肉欲只是抓住肉体不放，这些欲望就会麻木不仁，让肉欲独自闯荡，但如果它们要占有记忆的广大区域，并感到自己因怀旧而对离开这区域恋恋不舍，它们就会在肉欲旁边掀起风暴，使肉欲变得强烈，但无法跟随其后直至肉欲得到满足，直至一种非物质的现实得到同化——但不可能在它希望的形式下同化——但这些欲望在回归的半途中等待这肉欲，而且是在回忆的时刻，并再次对它护送；亲吻，不是吻一个萍水相逢的女人的脸，这张脸不管如何红润，却是无名无姓，既无秘密又无魅力，而是吻一张我长期朝思暮想的脸，吻这张脸就会品尝到经常注视的一种脸色的滋味。我们看到的一个女人，只是生活背景中的一个形象，就像阿尔贝蒂娜，其形象清晰地显现在大海的背景上，然后，这形象可以跟背景分开，置于我们身边，并逐渐看到它的大小和色彩，如同将其置于立体镜的镜片后面。正因为如此，有点挑剔的女人，无法很快占有，甚至无法很快知道能否占有她们，只有这种女人才会使人感到兴趣。这是因为认识她们、接近她们、征服她们，就是使人的形象在形状、大小和立体感上发生变化，就是一堂讲解相对主义的课，教我们如何欣赏一个重逢的美女，她已在生活的背景中恢复苗条的身材。首先在鸨母那里认识的女人，不会使人感到兴趣，因为她们始终不变。

另一方面，阿尔贝蒂娜围绕海洋系列的种种印象，使我感到特别珍贵①。我觉得亲吻这少女的两个面颊，就等于在亲吻整个巴

---

① 这不是指埃尔斯蒂尔的海景画，而是指叙述者在巴尔贝克大旅馆房间的窗口观看大海的变化。海景画参见本书第二卷第413页，大海的变化则参见该卷第382—385页。

尔贝克海滩。

“您要是真的允许我吻您，我情愿到以后再吻，并挑选个吉日良辰。只是您到那时别忘了您的许诺。我要一张‘接吻许可证’。”

“要我签名?”

“我现在拿了这张许可证，以后是否还能拿到一张?”

“您说的许可证，我觉得很有趣，我会不时发给您一张。”

“您说说，我再问一句，您知道，在巴尔贝克，在我还不认识您的时候，您的目光往往冷酷而又狡黠，您能否告诉我，您当时在想什么?”

“啊！我一点儿也想不起来了。”

“好吧，我来帮您想，有一天，您的女友吉泽尔双脚并拢，从一把椅子上方跳过去，椅子上坐着一位老先生。您再想想，您当时在想些什么?”

“我们跟吉泽尔交往最少，她是小帮派的一员，您想这样说也行，但关系不是十分密切。我当时也许在想，她缺乏教养，又十分粗俗。”

“啊！就这些?”

我在抱吻她之前，希望她能重新具有她在我心目中的神秘色彩，当时是在海滩上，我还不认识她，并希望在她身上重新找到她以前生活过的地方；即使我不知道这个地方，但如处于她的地位，我至少能慢慢回忆起我们在巴尔贝克生活的种种往事，在我窗子下面掀起的波涛声，以及孩子们的叫喊。但我让自己的目光在她那粉红色的漂亮脸蛋上滑过，只见脸上的皮肤缓慢内曲，在她黑色秀发首次成波状皱褶时消失，她黑发如连绵起伏的群山，山梁陡峭，山谷蜿蜒曲折，这时我心里在想：“我在巴尔贝克未能做到，现在终于即将品尝到阿尔贝蒂娜的面颊这朵陌生玫瑰的味道。既然我们在生活过程中能使人和事物通过的圈[1]不是很多，我也许可以认为我的生活可说是完美无缺，因为我让自己在所有的脸里挑

---

① 原文为 cercle，指但丁《神曲》中“地狱篇”里的“圈”，“炼狱篇”里则译为“层”。

选出来的这张红润的脸离开了遥远的环境，并将把它带到这新的景观之中，我最终将在这里用嘴唇来对它了解。”我这样想，是因为我认为用嘴唇来了解是一种方法；我心里在想，我即将品尝到这肉质玫瑰的滋味，因为我并未想到，人显然不像海胆乃至鲸鱼那样器官退化，但仍缺少某些主要器官，特别是没有接吻的器官。没有这种器官，就用嘴唇来代替，其结果也许仍可令人满意，因为总比不得不用象牙来抚摸心上人舒服。然而，嘴唇是用来让味觉器官品尝到嘴唇喜欢之物的味道，想必不知道自己的错误，也不承认自己的失望，而只是在表面游荡，并被无法进入却又想进去的面颊拒之门外。另外，在此时此刻，嘴唇要跟肉体接触时，即使会更加熟练、能力更强，也肯定无法更多地尝到大自然现在不准品尝的滋味，因为在这个荒芜的区域，嘴唇无法找到食物，而且十分孤单，视觉和嗅觉早已先后将嘴唇抛弃。首先，我的嘴越来越接近对方的脸，我的目光则建议嘴去亲吻，目光移动，看到面颊跟以前见到的不同；脖子在近处看到，如同被置于放大镜下，呈现出一粒粒粗大的颗粒，显得十分健壮，从而改变了脸部的特点。

摄影术的最新用法，使所有房屋都俯伏于一座大教堂脚下，而在近处观看，这些房屋几乎跟大教堂的塔楼一样高，这种方法使同样一些建筑物如同一个团的军人在操练，时而列队，时而散开，时而挤成一团，小广场①上的两根柱子因此而靠在一起，刚才它们还相距甚远，而邻近的安康圣母教堂②则变得遥远，在昏暗的背景上

① 威尼斯的小广场一边是督治宫，另一边是圣马可图书馆（亦称桑索维尼亚纳图书馆），把圣马可广场跟潟湖连在一起。在堤岸上竖立两根石柱，柱顶上分别为威尼斯前守护神圣狄奥多尔的雕像和圣马可的狮子雕像。

② 安康圣母教堂位于威尼斯大运河右岸，离小广场确实不远。1629 年夏，威尼斯和潟湖地区流行瘟疫，夺走威尼斯三分之一居民的生命。1630 年威尼斯人立誓，如圣母将威尼斯从这场劫难中救出，将为她建造一座教堂。翌年瘟疫结束，教堂开始建造，至 1687 年才完全建成。

显示出桥拱下的广阔地平线，地平线在窗洞之中，处于近景中一棵色调更加强烈的树木的树叶之间，这种方法使同一座教堂依次把其他所有教堂的连拱廊用作自己的框架——依我看，只有摄影跟接吻相同，可以使我们认为外貌确定的事物，变化成上百种同样好的事物，因为每一种事物都在同样合理的视角下产生。总之，就像在巴尔贝克时那样，阿尔贝蒂娜往往使我感到跟以前不同，现在我仿佛在以惊人的速度来改变一个人在各种不同的情况下遇到我们时向我们展现的视角和色彩，想把每种视角和色彩都保持几秒钟的时间，以便用实验的方法来再现使一个人的特征千变万化的现象，并像从盒子里取出那样，把里面一些可能的特征从另一些可能的特征中取出，因此在我嘴唇朝她面颊凑过去的短暂时间里，我看到了十个不同的阿尔贝蒂娜；这唯一的少女犹如长着好几个脑袋的女神，我最后看到的脑袋，在我想要接近它时，却被另一个脑袋取而代之。这个脑袋，即我看到的那个，在我尚未触及时，至少有一股淡淡的香味朝我传来。然而，唉！——因为从接吻来看，我们的鼻孔和眼睛长的地方都不合适，我们的嘴唇也长得不好——突然间，我的眼睛一无所见，我的鼻子也给压扁，一点儿气味也闻不出来，我因此并未更多地品尝到想望的玫瑰的味道，但根据这些令人生厌的迹象，我得知自己终于在亲吻阿尔贝蒂娜的面颊。

是否因为我们演的戏跟在巴尔贝克演的戏[①]完全相反（可用物体转位来表示），这时是我躺着而她站着，她能躲避突然袭击，并随心所欲地驾驭欲望，因此她现在让我轻而易举地把她抱住，而以前她却对我严加拒绝，而且脸色铁青。（今天她的脸在凑近我的嘴唇时显出充满情欲的表情，跟她以前的神色相比，区别也许只是两条无限短线之间的偏差，但这也可能成为杀死伤员和救活伤员的区别，成为出色的肖像和拙劣的肖像之间的区别。）对于她态

① 参见本书第二卷第507—510页。

度的这种变化，我不知道是否应该归功于某个人，并对他表示感谢，这个人在无意中做了这件好事，在最近几个月里在巴黎或在巴尔贝克为我做了工作，因此我心里在想，我们俩所处的位置是这种变化的主要原因。不过还有另一个原因，是阿尔贝蒂娜向我提供，确切地说是："啊！那是因为当时在巴尔贝克，我对您还不了解，我可能认为您居心叵测。"这个原因使我感到困惑。阿尔贝蒂娜对我说出这个原因，无疑是真心话。一个女人在跟男友单独相处时，几乎无法在四肢的动作中以及在身体的感觉中觉察到是在犯没有犯过的错误，如果觉察到，她就会害怕陌生男子想要把她占有。

阿尔贝蒂娜的生活近来可能发生了变化，这种变化也许可以解释她为何轻易满足我一时的肉欲，而她在巴尔贝克时却惊恐万状地拒绝了我的爱恋，不管怎样，她身上发生的一种变化却更加令人惊讶，在那天晚上，她的抚摸使我感到满足，而她想必也已清楚地觉察到，但我却担心这种满足会使她有所反感并感到害臊，吉尔贝特曾在相同的情况下有过这种感觉，当时我和她在香榭丽舍大街旁的月桂树丛后面①。

但情况恰恰相反。我让她躺在床上并开始抚摸她之后，阿尔贝蒂娜已经显出我尚未见到过的神色，即百依百顺，平易近人，跟小孩相差无几。在快感临近的时刻，她的一切忧虑和平时的种种奢望全都消失殆尽，这时刻在这点上就像死亡后的时刻，使她的脸变得年轻，如同女孩般纯真。任何一个人，如果他的才能被突然派上用场，也许都会变得谦虚、勤奋并讨人喜欢；尤其是他如果善于用这种才能给我们带来巨大的乐趣，他自己也会因此而感到快乐，并希望使我们的乐趣变得完美无缺。但是，阿尔贝蒂娜这种崭新的脸部表情，除了表现出无私以及职业良心和慷慨之外，还表现出

---

① 参见本书第二卷第68—69页。

一种常见的和突然出现的忠诚；她已返回童年时代，而且返回她这类人的少年时代。我只是希望肉体恢复平静，最后也做到了这点，但阿尔贝蒂娜跟我完全不同，她似乎觉得，这种肉体上的快感，如不带有精神上的情感，就成为某件事的结果，在她这方面未免有点粗俗。她刚才急着要走，现在也许认为接吻后就要做爱，并认为做爱高于其他任何义务，她见我提醒她该回去吃晚饭，就说道：

"没关系，瞧，我有的是时间。"

她刚才干了此事，仿佛立刻从床上起来不好意思，她不好意思是因为觉得这样做失礼，这就像弗朗索瓦丝，朱皮安请她喝酒，她虽说不渴，仍觉得出于礼貌应显得高兴，并把这杯酒喝掉，但她喝完最后一口之后不敢立刻离开，不管有什么要紧的事要叫她去做。阿尔贝蒂娜——这也许是我在不知不觉中对她有欲望的原因之一，但还有另一原因，这要到以后才会知道——是法国农家姑娘的一种化身，其典范是田园圣安德烈教堂里的石雕像[①]。弗朗索瓦丝很快就将成为她不共戴天的敌人，但我看到她跟弗朗索瓦丝一样，对客人和陌生人彬彬有礼，仪态端庄，对床帏之事十分重视。

我姑妈去世之后，弗朗索瓦丝觉得只能用同情的口气来说话，而在她女儿出嫁前的几个月里，她女儿在跟未婚夫散步时如不挽着他的手臂，她就会十分反感。阿尔贝蒂娜一动不动地躺在我身旁，并对我说：

"您头发漂亮，眼睛漂亮，非常可爱。"

我提醒她时间已晚，并补充道："您不相信我？"她对我的回答也许是真话，但只是在两分钟前才是，而且能维持几个小时，只见她说道：

"我一直相信您。"

她跟我谈起我和我的家庭，以及我的社会环境。她对我说：

---

① 参见本书第一卷第151—152页。

"哦！我知道您父母认识的一些人十分体面。您是罗贝尔·福雷斯蒂埃和苏珊·德拉热的朋友。"我刚听到这两个名字，觉得如同听到陌生人的名字。但我突然想起，我确实曾经跟罗贝尔·福雷斯蒂埃一起在香榭丽舍大街玩耍，但后来再也没有见到过他。至于苏珊·德拉热，那是布朗代夫人的侄孙女，我有一次要到她家去上一堂舞蹈课，甚至要在一出沙龙喜剧里扮演一个小角色。但我怕狂笑会鼻子出血，就没有去，因此我从未见到过她。我过去只是知道，斯万家那个帽子上有羽饰的女教师曾在她家里干过，但也许那是这个女教师的姐妹或女友。我对阿尔贝蒂娜回答说，罗贝尔·福雷斯蒂埃和苏珊·德拉热在我生活中无足轻重。"有这个可能。你们的母亲有来往，这样就把你们联系在一起了。我经常在梅西纳大街遇到苏珊·德拉热，她很漂亮。"我们的母亲只是在邦唐夫人的想象中认识，邦唐夫人得知我过去曾跟罗贝尔·福雷斯蒂埃一起玩耍，我好像还给他朗诵过诗，她因此得出结论，认为我们因双方的家人有联系而成为朋友。有人对我说，她在提到我妈妈的名字时总会这样说："啊！不错，那是德拉热家、福雷斯蒂埃家以及其他家庭圈子里的人。"这样她就给了我父母一个好分数，但他们却受之有愧。

另外，阿尔贝蒂娜的社会观念极其荒谬。她认为，姓西莫内的人，如果姓里有两个 n，不仅比姓里只有一个 n 的人低下，而且比其他所有人都要低下。她还认为，如果有人跟你同姓，但不是你家里的人，你就完全有理由对此人蔑视。当然也有例外。可能有这样的情况，两个姓西莫内的人（在一次聚会上感到要说说话，并觉得自己心情不错，譬如在前往公墓的送葬队伍中，就由别人给他们作了介绍），获悉他们同姓，就全都心怀善意地思索，他们是否有亲戚关系，但毫无结果。然而，这只是一个例外。许多人名声不佳，但我们并不知道，或者并不在意。但是，如果因为同姓，寄给他们的信被送到我们手里，或者寄给我们的信被送到他们手里，我们就会对他们的为人产生怀疑，而这种怀疑往往不无道理。我们担心跟他们混为一谈，在有人跟我们谈起他们时，为避免混淆，我们就厌烦地噘噘嘴。我们在报上看到他们用的是我们的姓，就觉得我们的姓被他们窃取。社会团体的其他成员犯罪，我们会无动于衷。但跟我们同姓的人犯罪，我们会觉得他们罪孽深重。我们对姓西莫内的其他人恨之入骨，是因为这不是个人的仇恨，而是世代相传的仇恨。第三代的人就只记得祖父一代人曾对姓西莫内的其他人噘噘嘴以侮辱对方，但不知道原因何在，因此，如果得知是从一件谋杀案开始结仇，他们就不会感到惊讶。直至有一天——这种事十分常见——姓西莫内的女子跟姓西莫内的男子毫无亲戚关系，却喜结良缘，这仇恨才最终消解。

阿尔贝蒂娜不仅对我谈起罗贝尔·福雷斯蒂埃和苏珊·德拉热，而且还由于我们俩身体亲近，但尚未产生特殊的口是心非，并无须对恋人保密，却增添了说私房话的义务——至少在开始时如此——她就十分自然地跟我谈起她家里人跟安德蕾的一个叔叔之间的一件事，而在巴尔贝克时，她对我只字不提此事，她认为她不应该显出对我还有秘密的样子。现在，即使她最好的女友跟她说了我的坏话，她也会觉得有义务向我转告。我执意要她回去，她最终走了，但因我粗鲁而为我感到羞愧难当，就笑了起来，仿佛对我表示原谅，如同一位女主人，看到有人身穿便服来她家做客，虽然以礼相待，但并非对此毫无看法。

“您在笑?”我问她道。

“我没笑，我在对您微笑。”她对我温柔地回答道。“我什么时候还能再见到您?”她补充道，仿佛认为我们刚才干的事，既然通常是友谊的圆满结局，至少也是深情厚谊的前奏，这种友谊以前已经存在，我们应该去发现和承认，只有这种友谊才能解释我们刚才干的事。

“既然您已许可，我能见您时就派人去找您。”

我不敢对她说，一切都取决于我是否能见到德·斯泰马里亚夫人。

“唉！那就到时候再定，我事先没法知道。”我对她说。“我要是有空，是否能在晚上派人去找您？”

“不久之后就能来找我，因为我到时候可以独门进出，而不必从我姨妈那个门进出。但现在不行。不管怎样，我明天或后天下午来看看。您能见我就见。”

她走到门口，见我没去吻她，感到惊讶，就把脸凑到我面前，认为我们现在要抱吻，不需要有粗俗的欲望。我们刚才那种短暂的亲热，有时是两人亲密无间、选定心上人的结果，因此，阿尔贝蒂娜认为应该给我们在床上的亲吻，不时即兴地增添一种情感，就是哥特行吟诗人所描写的骑士和他心爱的女人在接吻时表现出的那种情感。

这位皮卡第姑娘，会被田园圣安德烈教堂的中世纪雕塑家雕塑成教堂门廊里的塑像，她走后，弗朗索瓦丝给我拿来一封信，使我喜出望外，因为信来自德·斯泰马里亚夫人，她答应跟我共进晚餐。德·斯泰马里亚夫人，在我看来不止是真实的德·斯泰马里亚夫人，而且是我在阿尔贝蒂娜来看我之前想了一整天的德·斯泰马里亚夫人。爱情的这种欺骗令人厌恶，先是让我们跟一个女人玩耍，这个女人不是来自外部世界，而是我们脑中的一个玩偶，是我们唯一可以随时拥有的女人，是我们唯一能占有的女人，随心所欲的回忆，几乎跟随心所欲的想象一样，能使这女人变得跟真实的女人截然不同，就像真实的巴尔贝克跟我想象中的巴尔贝克不同；想象创造出的女人，由于我们痛苦，就迫使真实的女人逐渐跟她相像。

阿尔贝蒂娜来访耽搁了我很多时间，我来到德·维尔帕里齐夫人家时，喜剧刚刚结束；我不想在客人们如潮流般涌出时往里面挤，他们出来时都在评论重大新闻，那就是盖尔芒特公爵和公爵夫人据说已经分居，我坐在第二个客厅的一把安乐椅上，等待女主人过来时对她施礼，这时，我看到公爵夫人从第一个客厅里走了出来，她刚才想必坐在第一排椅子上，只见她端庄、丰满，身材高大，身穿黄缎长裙，裙子上饰有几朵黑色而又凸出的大罂粟花。看到她我不再感到局促不安。有一天，我母亲把双手放在我额头上（她怕我难受时常常会这样），并对我说："你别再天天出去看德·盖尔芒特夫人，你已经成了这屋子里大家的笑料。另外，你看外婆有病，你确实有更加重要的事要做，而不是在马路上等一个瞧不起你的女人。"她如同催眠师，把你从你想象自己所在的遥远的地方叫回来，你于是就重新睁开眼睛，或者像医生那样，使你回想起义务和现实，治好你想象出来的疾病，我母亲突然使我从过于漫长的梦中醒来。第二天被用来向这疾病作最后的告别，我接连几小时在哭泣中唱着舒伯特的《告别》：

……告别了，奇特的声音
在远离我的地方对你叫唤，天使们非凡的姐妹[①]。

这事就此结束。我上午不再出去，而且做到这点易如反掌，因此我当时做出预言——但后来看到并不正确——认为我要是在生活中不再去看望一个女人，会很快感到习惯。后来弗朗索瓦丝对我说，朱皮安想要扩大门面，正在街区里找一个铺子，希望能给他

① 这首歌是德国音乐家奥古斯特·海因里希·冯·魏劳赫（1788—?）根据韦策尔的一首诗谱的曲，于1824年以他的名字发表，名为《向东方》。1840年，法国歌谣诗人贝朗瑞（1780—1857）借用这首歌的曲调，宣称作曲者为舒伯特，填词后发表，取名为《告别》："这是最后的时刻，/我们告别的时刻！/你呀！我唯一所爱！/我不在你就回到天上！"这歌词和歌名被译成德语，后来又由法国作家埃米尔·德尚（1791—1871）用法语填词："告别！奇特的声音/在天上对你叫唤；/天使们迷人的妹妹，/他们向你张开双臂；/在天上的圣歌声中，/被驱逐者尚在，/对你说声告别，/你要为他作些祈祷?"普鲁斯特引用的就是后一首歌词，但并不确切。

找到一个（我当时十分高兴能在街上闲逛，因为我在床上已听到阳光下的叫喊声，如同在海滩上那样，并看到戴白袖套的卖牛奶的姑娘待在乳品店拉起的卷帘铁门下面），我于是重新开始外出。另外，我十分自由，因为我知道自己出去的目的不再是为了见到德·盖尔芒特夫人；我如同一个女人，有了情夫，就处处提防，但一旦跟情夫分手，就把自己的信件到处乱丢，她丈夫因此有可能发现她犯的错误，但她已不再害怕这秘密揭露，同时也不会再去犯这种错误。我常常遇到的是德·诺普瓦先生。[①] 我感到难受的是，我得知几乎所有屋子里都住着不幸的人。这里有女人不断哭泣，是因为丈夫对她不忠。那里是妻子对丈夫不忠。在其他地方，母亲劳苦终生，却遭到醉鬼儿子的毒打，但设法不让邻居看出自己的痛苦。一半的人类都在哭泣。我了解这种情况之后，看到人类的状况令人恼火，心里就想，丈夫和妻子有外遇，是否只是因为他们无法得到理所当然的幸福，他们对其他人都显得亲切而又忠实，唯独对自己的妻子或丈夫不忠，是否也有道理。不久之后，帮助朱皮安不能再作为我上午继续逛街的理由。因为我们得知，我们院子里的那个细木匠，其工场跟朱皮安的铺子只有薄板之隔，即将收到房管员解除租约的通知，因为他干活时敲打的声音实在太响。这对朱皮安来说是求之不得的好事，木匠的工场有个地下室，用来放置木料，跟我们的地窖相通。朱皮安可以在里面放煤，他把工场的隔板拆除之后，就合成一个宽敞的铺子。但是，即使不需要为他找铺子，我仍然在午饭前外出。[②] 朱皮安认为德·盖尔芒特先生要价过高，就先让别人来看房子，公爵找不到房客，会低价租给他，而弗朗索瓦丝发现，即使看房的时间已过，门房仍把“铺子待租”留在门上，认为这是门房设下的圈套，目的是把盖尔芒特府的跟班引到

① 这句话，法国七星丛书版不在此处。另外，该版本后面另起一行。
② 这句话，法国七星丛书版不在此处。

那里(他们会把那里当作谈情说爱的秘密地点),然后把他们当场抓获。

不管怎样,虽然不需要再为朱皮安找铺子,我仍然在午饭前外出。我常常在出去时遇到德·诺普瓦先生。有时,他在跟一个同事说话,却对我观看,但在仔细观察我之后,就把目光转向对话者,没有对我微笑,也不跟我打招呼,仿佛他跟我并不认识。因为这些著名外交家以某种方式看你,目的不是让你知道他们已看到你,而是让你知道他们没有看到你,他们要跟同事谈论某个重要问题。我经常在住房附近遇到的一个高大女子,却对我不是这样审慎。虽说我并不认识她,她却回过头来看我,并徒劳无益地在商店的橱窗前等我,她对我微笑,做出要委身于我的样子。她如遇到熟人,就对我显得冷若冰霜。很久以来,我上午外出时,从我要办的事情来看,即使去买一份微不足道的报纸,我也会选择一条最近的路,如果这条路不是公爵夫人平时散步所走的路,我也不会感到遗憾,而如果恰恰相反,我走的路正是公爵夫人散步走的路,我也不会顾虑重重、躲躲闪闪,因为在我看来这已不再是一条禁止走的路,我走在这条路上,不用恩赐于一个无情无义的女人,在她不想让我看到时也要去看她。但是我并未想到,我治好了这种毛病,对德·盖尔芒特夫人态度正常之后,夫人也随之改变态度,对我亲切、友好,但她这种态度对我已不再重要。在此之前,即使全世界都做出努力,以让我跟她接近,也会因不幸的爱神施展不祥的魔法而丧失效力。一些仙女的能力比人强,她们宣称,在这种情况下,我们做任何事情都毫无用处,直到有一天,我们真正说出了心里话:“我不再喜爱。”我曾怨恨圣卢没有带我到他舅妈家里去。但他并不比别人高明,也无法解除魔法。在我喜爱德·盖尔芒特夫人之时,别人对我热情的表示以及对我的称赞,却使我感到难受,这不仅是因为这种热情和称赞不是她所给予的,而且还因为她对此一无所知。然而,即使她对此了如指掌,也丝毫没有用处。哪怕表达一种细微的情感，一次缺席，拒绝一次晚餐，不由自主或无意间的严厉表情，都比所有化妆品和最漂亮的服饰还要管用。如果有人从这个方面来传授发迹的方法，就一定会出现一些暴发户。

德·盖尔芒特夫人在穿过我坐着的那个客厅时，脑子里想的全是对朋友的回忆，那些朋友我并不认识，她待一会儿也许会在另一次晚会上见到，这时她看到我坐在安乐椅上，对她确实不感兴趣，只想显得彬彬有礼，而在我喜爱她时，我一心想要显出不感兴趣的样子，却无法显示出来；只见她斜向朝我走来，脸上又显出那天晚上在歌剧院时的微笑，她被一个她并不喜爱的人所爱，感到难受，但这种微笑不会再因此而消失：

“不，您别起来，您是否能让我在您旁边坐一会儿？”她对我说道，同时优雅地把她硕大的裙子微微撩起，否则裙子会把安乐椅全部占据。

她长得比我高大，穿着这裙子显得更加丰满，我几乎要被她美妙而裸露的手臂和拳曲的金发触及，她手臂上长着无数细毛，如同金雾弥漫，金发则给我送来芳香。两人合坐安乐椅很挤，她很难把脸转过来看我，只好看着前面，显出迷惘而又温柔的神色，如同一幅肖像。

“您是否有罗贝尔的消息？”她对我问道。

这时，德·维尔帕里齐夫人走了过来。

“啊！您来得真巧，先生，每次看到您都是这样。”

她看到我在跟她侄女说话，也许认为我们的关系比她知道的还要密切。

“我不想打扰您跟奥丽娅娜谈话。”她补充道（因为当好媒人是女主人的义务之一）。“您星期三能否来跟她一起吃晚饭？”

那天我要跟德·斯泰马里亚夫人共进晚餐，我谢绝了。

“那么星期六呢？”

我母亲星期六或星期天回来，如果每天都不在家里跟母亲一起吃晚饭,那就不大好,我于是再次谢绝。

“啊！要请您真难。”

“您为何一直没来看我?”德·盖尔芒特夫人在德·维尔帕里齐夫人走后问我,后者是去向艺术家们表示祝贺,并向著名女歌唱家献上一束玫瑰花,只有夫人亲手献花才有价值,而那束花只值二十法郎。(另外,如果只唱了一次,那就价值最高。每次下午聚会和晚会都来演出的女演员,则得到侯爵夫人画的玫瑰。)

“只是在别人家里见面,就未免乏味。既然您不愿意在我婶婶家跟我共进晚餐,为什么不来我家吃晚饭呢?”

有些人以某种借口为理由,尽可能在这客厅里多待一些时间,但最终还是出去,他们看到公爵夫人坐着跟一个小伙子说话,而且坐椅狭小,勉强能坐二人,就认为别人对他们说的情况并不确切,要求分居的是公爵夫人而不是公爵,是因为我而要分居。然后,这些人急忙去传播这个消息。我比任何人都清楚,知道这消息虚假。但我感到意外的是,在这尚未分居的困难时期,公爵夫人不是离群索居,而恰恰邀请一个她了解甚少之人。我怀疑当时是公爵不希望她接待我,现在他要跟她分开,她就不再有人阻止,可以跟她喜欢的人相聚。

两分钟前,如果有人对我说,德·盖尔芒特夫人要请我去看她,我会感到十分惊讶,要请我去吃晚饭就更是如此。我徒劳无益地知道,盖尔芒特的沙龙不会具有我从这个姓中得出的种种特点,但由于我一直未能进入这个沙龙,我就只好把小说中看到的对沙龙生活的描写或是在梦中见到的沙龙景象赋予这个沙龙,因此,即使我确信它跟其他沙龙一模一样,我仍把它想象得截然不同;我跟这沙龙之间有屏障相隔,真实在此消失。在盖尔芒特家吃晚饭,如同进行一次向往已久的旅行,把我心里想的愿望变为我眼前的事实,并跟梦想结为朋友。我至少可以认为,这晚餐是主人为邀请他不想炫耀的人而准备,并对此人说:“您来吧,到时候**绝对**只有我们这些人。”主人把这种害怕加在他邀请的贱民头上，其实害怕的是他自己，怕看到这贱民跟他的其他朋友混在一起，他甚至想把这种检疫隔离般的排斥，变成只有亲朋好友才能享受的令人羡慕的优惠，而被排斥者则不由自主地成为受惠的孤僻者。我感到与此相反，德·盖尔芒特夫人想让我品尝到她拥有的巨大乐趣，因为她对我说话时，在我眼前展示来到法布利斯的姑妈家里就能看到的那种淡紫色的美，以及介绍给莫斯卡伯爵时出现的奇迹①。

“星期五，您是否有空来参加小型聚会？您能来就好。帕尔马公主会来，她很迷人；要不是为了让您见到一些讨人喜欢的人，我是不会首先邀请您的。”

在老想往上爬的中层社交圈子里，家庭被人抛弃，但在固定不变的阶层中，家庭却起到重要的作用，如小资产阶级和王公贵族，后者无法高升，因为他们觉得自己地位最高。“维尔帕里齐婶婶”和“罗贝尔”对我的友好表示，也许使德·盖尔芒特夫人及其朋友对我产生好奇，而我却并未觉察到，因为他们总是生活在同一个小圈子里，觉得生活中有他们这些人就已足够。

她了解这些亲戚的家庭以及平淡的日常生活，这跟我们想象的大相径庭，而如果我们的事被她得知，我们的行为非但不会像眼睛里的灰尘或气管里的水滴那样被排除在外，而且还会铭刻在她的脑中，在几年以后还会被评论和叙述，到那时，我们已把这些事忘得一干二净，却在宫中听到，感到十分惊讶，如同在珍藏的一批亲笔信中看到我们自己的一封信。

普通的风雅之士会因来访过多而闭门谢客。但盖尔芒特家的大门却并非如此。一个陌生人几乎决不会走到他们家门前。每当有陌生人求见，公爵夫人不会去考虑此人对提高社交界的地位是

---

① 法布利斯·台尔·唐戈是司汤达的小说《帕尔马修道院》里的主人公。他的姑妈吉娜是帕尔马的首相莫斯卡伯爵的情妇。参见本卷第100页注①。

否有用，因为提高社交界的地位是她给予别人的优惠，而她却无法从别人那里得到。她所考虑的只是此人的真才实学，而德·维尔帕里齐夫人和圣卢曾对她说我确有真才实学。她也许不会相信他们的话，但她发现，他们总是无法让我召之即来，因此我对社交界并非十分看重，在公爵夫人看来是一种迹象，说明这陌生人“讨人喜欢”。

必须看到，她不喜欢女人，在谈到女人时，她会脸色骤变，有人谈起她堂弟妇时就是如此。“哦！她很迷人。”她说时神色狡黠而又肯定。她说这话的唯一理由，是这位女士曾拒绝别人把她介绍给肖斯格罗侯爵夫人和锡利斯特拉[①]王妃。盖尔芒特公爵夫人并未补充一句，那就是她堂弟妇也曾拒绝别人把她介绍给公爵夫人。然而，这事确实发生过，从那天起，公爵夫人就一心在想象这位如此难以结识的女士家中的情况。她拼命想要在这位女士家里受到接待。社交界人士都有一种习惯，希望别人主动跟他们结交，如有人回避他们，就会被他们视作凤毛麟角，并被他们刮目相看。

德·盖尔芒特夫人(自从我不再爱她之后)想邀请我的真正动机，是否是因为她那些亲戚主动找我，而我却并未主动去找他们？我不知道。不管怎样，她一旦决定请我，就想对我殷勤接待，向我展示家里珍藏的物品，并不让她的一些朋友一起来，也许是因为这些人会成为我再次登门拜访的障碍，也许是因为她知道这些人令人生厌。我不知道公爵夫人为何在我看到她偏离运行轨道时会改变路线，来到我身边坐下，并请我去她家吃晚饭，产生这结果的原因，我并不知道，因为我没有为我们提供这方面情况的特殊的感觉器官。在我们的想象之中，我们了解甚少的那些人，如同在我眼里的公爵夫人，只是在他们看到我们的罕见时刻才想到我们。

---

① 锡利斯特拉是保加利亚东北部城市，十九世纪曾多次受到俄军攻击，1878 年归属保加利亚，1913 年至 1940 年曾被罗马尼亚占领。

然而,他们对我们的这种遗忘,完全是我们随意想象出来。因此,在孤独的静寂之中,如同在万籁俱寂的美好夜晚,我们在想象中看到,社交界的各种王后继续行走在天上漫无边际的道路上,这时,如果天上朝我们飞来一张晚宴请柬或传来一阵喧哗,如同掉下一颗刻有我们名字的陨石,而我们知道在金星或仙后星上无人认识我们,就不禁会因难受或愉悦而惊跳起来。

也许在有的时候,德·盖尔芒特夫人会模仿波斯王,而据《以斯帖记》,波斯王命人把巴结过他们的臣民的名单念给他们听,德·盖尔芒特夫人则查阅对她心怀善意的人的名单①,在看到我的名字时想:"这个人,我们要请他来吃晚饭。"但其他想法转移了她的注意力:

(王上日理万机
目标不断更新②)

直至此时此刻,她才看到我独自坐着,如同末底改坐在朝门③;看到我之后,她就像亚哈随鲁那样不由想起,要给我众多礼品。

然而,我应该告诉诸位,德·盖尔芒特夫人对我发出邀请时,

---

① 在《旧约·以斯帖记》中,末底改发现并揭露一起反对波斯王亚哈随鲁的阴谋。一天夜里波斯王睡不着觉,就吩咐人取编年史来念给他听,上面记载了他统治时期的重大事件。他得知他妻子以斯帖的堂兄末底改并未得到他的赏赐,就立刻把自己常穿的朝服和戴冠的御马送给他。(第六章第一至十一节)《圣经》的这个故事启示了拉辛的悲剧《以斯帖》,但末底改在剧中成了以斯帖的叔叔。

② 引自拉辛的悲剧《以斯帖》,亚哈随鲁用这些话表示,他抱怨自己没有及早奖赏末底改:"哦!忘记如此大功,该罚!/坐在王位上有麻烦,无法避免!/王上日理万机,/目标不断更新。"(《以斯帖》第二幕第三场)

③ 在《旧约·以斯帖记》中,末底改被写成"坐在朝门的犹太人"(第六章第十节)。在拉辛的悲剧《以斯帖》中,亚哈随鲁向军官亚萨弗询问末底改的情况,军官回答说:"他常坐在朝门,/不怨您也不怨自己的命,/王上,他生活在不幸之中。"(第二幕第三场)

我感到惊讶，但其后我又感到惊讶，只是性质完全不同。这第一个惊讶，我觉得不应加以隐瞒，而应夸张地表达出我的惊喜，这样才能显出我的谦虚和感激，德·盖尔芒特夫人在准备去参加当天最后一个晚会前对我说，几乎是在解释邀请我的原因，并怕我不清楚她是何人，认为我在听到邀请后才显得如此惊讶："您要知道，我是罗贝尔·德·圣卢的舅妈，他非常喜欢您，另外，我们已经在这儿见过面。"我回答说知道此事，并补充道，我也认识德·夏吕斯先生，他"在巴尔贝克和巴黎对我很好"。德·盖尔芒特夫人显出惊讶的样子，她的目光仿佛为了核实而查阅内心的这本书中早已看过的一页。"您是怎么认识帕拉梅德的？"这名字从德·盖尔芒特夫人嘴里说出，显得十分温馨，因为她在谈到这个超群绝伦的人时，无意中使用朴实无华的语气，而此人只是她的小叔子和堂兄，她是跟他一起长大的。盖尔芒特公爵夫人的生活，对我来说蒙上一片朦胧的灰色，而帕拉梅德这个名字，却把这灰色照亮，展现出漫长的夏日，只见她豆蔻年华，在盖尔芒特的花园里跟他一起玩耍。另外，在他们生活中早已逝去的年华里，奥丽娅娜·德·盖尔芒特及其堂兄帕拉梅德，跟他们后来的情况截然不同；帕拉梅德尤其如此，他曾痴迷于艺术，但后来却完全放弃了这种爱好，因此我十分惊讶地得知，公爵夫人这时打开的那把大扇子，上面黄色和黑色鸢尾花就是他画的。她还可以为我弹奏他以前为她创作的一首小奏鸣曲。顺便提一下，德·夏吕斯先生并不喜欢家里人叫他帕拉梅德。因此可以理解，叫他梅梅他也不喜欢。这种愚蠢的简称表明，贵族阶级对自身的诗意并不了解（犹太民族同样如此，因为鲁弗斯·伊斯拉埃尔夫人的一个侄子名叫摩西，在社交界常被称为"摩摩"），同时也表明，贵族阶级竭力显出对贵族气派毫不看重的样子。然而，德·夏吕斯先生在这方面更富有诗意的想象，更喜欢炫耀自己的傲气。不过，这并非是他不欣赏梅梅这个名字的原因，因为这毕竟来自帕拉梅德这个漂亮的名字。事实上，他认为并知道自己出身王族，就希望他的哥哥和嫂子称他为“夏吕斯”，如同玛丽-阿梅莉王后或奥尔良公爵可以称他们的儿子、孙子、侄子和兄弟为“茹安维尔、内穆尔、沙特尔和巴黎①”那样。

“这梅梅真会摆噱头。”她大声说道。“我们跟他谈起您，而且谈了很长时间，但他对我们说，他会十分高兴跟您认识，仿佛他从未见到过您。您得承认，他这人真怪！我很喜欢我的小叔子，并对他罕见的才能十分欣赏，不过他有时疯疯癫癫，我这样议论他是否不大好？”

我感到十分惊讶的是，“疯疯癫癫”这几个字竟然用在德·夏吕斯先生身上，我于是心里在想，这种半疯的状态也许可以解释某些事情，譬如他对一个计划显得极其高兴，那就是想请布洛克去打亲生母亲。我觉察到，德·夏吕斯先生有点像疯子，不仅是因为他所说的话，而且还因为他说这些话的方式。我们第一次听到一个律师或演员说话，就会对他们说话的语调跟平常谈话的语调大相径庭而感到意外。但我们发现大家都觉得这是理所当然的事，我们也就不对别人发表任何看法，我们自己也没有任何想法，我们只是评论他们才能的大小。对法兰西剧院的一位演员，我们最多这样认为：“他为什么不是把举起的手臂骤然放下，而是断断续续地慢慢放下，至少有十分钟之久？”对拉博里②则会这样想：“他为何一开口就发出令人意外的悲惨声音，但说出的却只是普普通通的话？”但由于大家都预先接受这种情况，因此我们并未有不舒服的

---

① 法王路易-菲力浦和王后玛丽-阿梅莉的次子为讷穆尔公爵，第三个儿子为茹安维尔亲王（参见本卷第188页注①）。他们的长子费迪南·菲力浦即奥尔良公爵，使其子路易·菲力浦·阿尔贝获得巴黎伯爵的爵位，其次子罗贝尔·路易·欧仁·费迪南则成为沙特尔公爵。

② 即费尔南·拉博里（1860—1917），法国著名律师，曾为勒穆安纳、左拉、皮卡尔、德雷福斯、泰蕾丝·恩贝尔、卡约夫人等辩护。1899年8月14日，德雷福斯案件在雷恩审理时，有人向拉博里开枪，但他只是受了轻伤。普鲁斯特当即发电报向“这位善良而不可战胜的巨人”表示慰问。（《普鲁斯特书信集》第二卷第295页）

感觉。同样,我们在想到德·夏吕斯先生时认为,他说话本来就夸张,其语调决不是平常说话的语调。我们仿佛要时刻对他说:“您干吗要叫得这样响? 您为何如此傲慢无礼?”只是大家仿佛都已心照不宣地接受,认为他说话就是这样。于是我们都像跳轮圈舞那样,在他夸夸其谈时对他表示热烈欢迎。但在某些时刻,一个陌生人肯定会以为自己听到一个疯子在乱叫。

“您能否肯定您没有搞错,您说的正是我小叔子帕拉梅德?”公爵夫人补充道,说时自然的语气中略显放肆。“他喜欢神秘是枉费心机,我觉得这真是难以置信! ……”

我回答说确信无疑,一定是德·夏吕斯先生没听清我的名字。

“啊! 我得走了。”德·盖尔芒特夫人对我说时仿佛有点遗憾。“我得到利涅王妃府去待一会儿。您去不去? 不去,您不喜欢社交? 您这样做十分正确,这种事令人厌烦。如果我不是非要去不可,那又有多好! 但她是我表姐①,我不去不行。我为自己的自私感到抱歉,因为我可以把您带去,甚至送您回来。那么,我就跟您说再见了,我为星期三②而感到高兴。”

德·夏吕斯先生在德·阿让古尔先生面前因我而感到脸红,这还说得过去。但他的嫂子对他评价如此之高,他却跟她说不认识我,而他认识我是极其自然的事情,因为我既认识他的婶婶又认识他的外甥,他这样说我就无法理解了。

我在讲完此事时补充一点,那就是从某种角度来看,德·盖尔芒特夫人确实高尚,因为她会把其他人只会部分忘记的事完全置之脑后。她即使在上午散步时从未看到我对她打扰、跟踪和尾随,即使每天在对我答礼时从未显出极不耐烦的样子,即使圣卢恳求

---

① 利涅家族是比利时最古老的贵族家族之一,源于十一世纪。该家族成员在十字军东征时曾效力于埃诺伯爵。第一位利涅亲王的称号由神圣罗马帝国皇帝鲁道夫二世(1552—1612)于1601年授予拉莫拉尔第一(1563—1624)。

② 法国七星丛书版为:星期五。

她邀请我时也从未把他撵走,她也会对我态度亲切,并显得同样高雅和自然。她没有纠缠于过去的事情,也没有说话含蓄,有弦外之音,微笑暧昧,她并未回首往事,现在的和蔼可亲毫无保留,并具有一种引以为豪的正直,如同她庄严的身躯所显示的那样,不仅如此,她过去对某个人的不满,也全都化为灰烬,这些灰烬已被抛到远离她记忆的地方,至少已远离她处世的方式,因此,每当她用极其简单而又漂亮的办法来对待一些事情——这些事会被其他许多人当作保持些许冷漠态度和进行非难的借口——只要看到她脸上的神色,就会感到她如同在行净礼①。

但是,我虽说因她对我的态度改变而感到意外,但我更感到意外的是我对她的态度变化更大。以前,我要恢复生机和力量,只有时刻制订新的计划并寻找一个人,使我能受到她的接待,并在得到这第一个幸福之后,使我要求越来越高的心得到更多的幸福,这样的时刻不是曾经有过?由于找不到这样的人,我才前往东锡埃尔去见罗贝尔·德·圣卢。现在,正是他的一封信使我焦躁不安,但这是因为德·斯泰马里亚夫人,而不是因为德·盖尔芒特夫人。

在说完这次晚会之前再补充一点,那就是晚会上发生了一件事,这件事虽说在几天后被人否认,却仍使我感到惊讶,我因此在一段时间里跟布洛克闹翻,这件事本身既矛盾又有趣,将在这一卷[《所多玛(一)》②]的末尾得到解释。事情是这样的,在德·维尔帕里齐夫人家里,布洛克不断对我吹嘘德·夏吕斯先生和蔼可亲,说夏吕斯在街上遇到他时,跟他四目对视,仿佛认识他似的,想要跟他认识,并清楚地知道他是何人。我听了先是微微一笑,因为在

---

① 净礼是天主教礼规之一,亦称洗手礼,是司祭(神父)在弥撒正式献祭前在祭台右边行的礼,以免手指接触饼酒时带上污秽。

② 本卷第二部为《盖尔芒特那边(二)》,于1921年4月30日印毕,共有282页,最后28页为《所多玛和蛾摩拉(一)》。

巴尔贝克时，布洛克在谈到这位德·夏吕斯先生时曾言词极为激烈。我只是认为，布洛克就像他父亲自以为认识贝戈特那样，自以为认识男爵，却“并不认识”，并认为他所说的亲切目光，其实是目光漫不经心。但到最后，布洛克说得十分确切，仿佛他确信无疑，认为德·夏吕斯先生有两三次想要跟他搭讪，我因此想起，我曾对男爵谈起我这个同学，而从德·维尔帕里齐夫人家出来之后，男爵对我提出的正是关于布洛克的各种问题，我由此认为布洛克并未撒谎，认为德·夏吕斯先生已知道他的名字，并知道他是我的朋友，以及诸如此类的事。因此，不久之后，我在剧院里向德·夏吕斯先生提出，要把布洛克介绍给他，在得到夏吕斯同意之后，我就去找布洛克。但是，德·夏吕斯先生见到他后，脸上立刻显出克制的惊讶，这惊讶随之被勃然大怒所取代。他不但没有向布洛克伸出手，而且每当布洛克对他说话时，他都显得极其傲慢，说话的声音气呼呼的，使人感到难受。据布洛克说，男爵以前一直对他笑容可掬，他这时因此认为，我在短暂的谈话中不是向男爵推荐他，而是说了他的坏话，我因为知道德·夏吕斯先生注重礼节，所以先跟他谈起我的同学，然后才把布洛克带到他面前。布洛克离开了我们，显得筋疲力尽，仿佛骑上一匹时刻想狂奔的野马，或是像在不断把他冲向布满卵石的海滩的波涛中游泳，他不再跟我说话有半年之久。

我跟德·斯泰马里亚夫人共进晚餐前的那几天过得并不愉快，而且难以忍受。原因是通常我们离开预定约会的时间越短，就会感到这时间越长，因为我们用来衡量这时间长短的度量单位变得更小，或者只是因为我们总是想要衡量这时间。据说，教皇的任期以世纪计算，也许并不想计算，因为其目标是任期无限之长。我的目标只有三天的长度，我是用秒来计算，我进行的想象从抚摸开始，但感到烦躁的是，这种抚摸不能最终由女人来完成（正是这种抚摸，而不是其他任何抚摸）。总之，一般来说，如果你想要得到的东西难以得到，你确实会更想得到这东西（得到有困难，但并非毫无可能，因为如没有可能，欲望也就消除），但纯粹的肉欲，如果肯定能在不久之后一个确切的时刻得到满足，就会跟无法肯定时一样使你感到激动；几乎跟焦虑不安的怀疑一样，如果毫不怀疑，等待唾手可得的乐趣也会变得无法忍受，因为这样的话，等待就会使乐趣无数次出现在想象之中，并因提前出现的次数频繁，把时间分隔成微小的单位，如同焦虑不安时那样。

我要做的事是占有德·斯泰马里亚夫人，因为几天以来，我们的欲望不断活动，已在我的想象中为这种乐趣做好准备，只是这种乐趣，另一种乐趣（跟另一女子在一起的乐趣）尚未准备就绪，这乐趣只是满足一种事前的渴望，这种渴望并非一成不变，而是根据遐想的千百种组合、各种偶然的回忆以及种种欲望产生的次序而发生变化，最后一批欲望满足之后，在此后的失望有点被忘却之前一直处于休眠状态；我不会做好准备，我已离开普通欲望的大路，进入特殊欲望的小道，要对另一次约会产生欲望，就得从十分遥远的地方回到大路之上，并走进另一条小道。我邀请德·斯泰马里亚夫人到布洛涅林园的岛上共进晚餐，在那里把她占有，是我时刻想象的乐趣。如果我在这岛上吃晚饭时没有德·斯泰马里亚夫人陪伴，这乐趣自然会被毁掉，但在别处吃晚饭，即使有她陪伴，这乐趣也会大大逊色。另外，我们想象一种乐趣时的态度，是选择适合此事的女人和一种女人这一先决条件。这态度决定挑哪种女人，也决定选哪个地点；正因为如此，在我们变幻莫测的思想中会交替出现某个女人、某个地点、某个房间，而在其他几个星期，我们会对这女人、地点和房间不屑一顾。女人是这种态度的产物，有些女人不去没有大床的房间，在大床上我们躺在她们身边感到安宁，另一些女人给意图更加隐秘的人抚摸，想待在风吹树叶、夜晚流水之处，她们像树叶般轻盈，如流水般游移不定。

在收到圣卢的书信之前，在尚未谈到德·斯泰马里亚夫人之时，林园里的岛屿也许早已被我看作寻欢作乐之处，因为我曾去过那里，但没有找到任何乐趣，只是品尝到忧伤的滋味。在通往这岛屿的湖边，在夏末几周，巴黎的女子在湖边散步，尚未前往岛屿，我们在湖边闲逛，不知能在何处跟这少女重逢，甚至不知她是否已离开巴黎，但我们希望看到这少女走过，我们在那年最后一次舞会时爱上了她，但在来年开春之前却无法在任何晚会上见到她。我们感到此刻是心上人动身的前夕，也许是她动身的第二天，我们在湖边看到湖水荡漾，走在一条条漂亮的小道上，路边已见到第一片红叶，宛如最后一朵玫瑰开放，我们仔细察看地平线，我们的眼睛通过一种跟全景画①——在全景画的圆顶下，近景中的蜡像会使人产生错觉，觉得画中的背景具有深度和广度——相反的方法，把视线从人工园林直接转到默东②和瓦莱里安山③的自然景色，不知两者的分界线是在何处，就把真正的农村置于人工园林之中，人工园林则因此向外扩展；这样，这些珍稀鸟类饲养在植物园里，自由自在，每天遨游空中，使交界的树林也具有异国情调。在夏天最后一次聚会和冬天远居他乡之间这段时间里，我们焦虑不安地穿越这萍水相逢、爱情忧郁的浪漫王国，即使这王国位于地球之外，我们也不会感到意外，如同在凡尔赛的高台上瞭望，只见四周白云缭绕，白云紧挨着凡·戴·默伦④风格的蓝天，我们高高在上，置身于大自然之外，只见大自然在大运河尽头重现，可看到那里有几座

---

① 全景画在视觉艺术中指连续性的叙事场面或风景，按照一定的平面或曲形背景绘制，盛行于十八世纪后期和十九世纪。真正的全景画陈列于大圆筒形房屋内墙，圆筒直径有的达 40 米。观众站在圆筒中心的平台上就地旋转，看到所有画面时有身临其境的感觉。

② 默东为法国上塞纳省市镇，位于巴黎西南部。

③ 瓦莱里安山是巴黎西郊高地，海拔 161 米。

④ 即亚当·弗兰斯·凡·戴·默伦（1632—1690），法国画家。生于比利时布鲁塞尔。擅长画战斗场面和马匹。1667 年起为路易十四作画，在其旅行、居留和进行战争之处跟随左右。作品有《路易十四围攻贝藏松》等。

村庄，在令人眼花缭乱的地平线上，如同大海一般，名叫弗勒吕斯[①]或奈梅亨[②]。

最后一辆马车及其随从过去之后，我们痛苦地感到她不会来了，就去岛上吃饭；颤抖的杨树与其说在对神秘的黄昏应和，不如说是在令人不断想起黄昏的神秘，杨树上方，一朵粉红云彩在宁静的天空抹上生气勃勃的最后色彩。几滴雨水无声无息地落在古老的湖面上，但在神奇的童年时代，湖水一直保持着时代的色彩，随时会忘记云彩和花卉的形象。老鹳草[③]用自己的色彩发出更多亮光，徒劳地跟灰暗的黄昏进行斗争，然后，薄雾笼罩昏昏入睡的岛屿；我们在阴暗、潮湿的湖边散步，最多有一只天鹅静静地游过，我们对此感到惊讶，如同孩子夜里躺在床上，我们以为他已睡着，他却在一时间睁大眼睛朝我们微笑。于是，我们感到孤单，会有出远门的感觉，就更加希望有情人陪伴。

但在这岛上，即使在夏天也往往雾气弥漫，现在气候不佳的秋末已至，我要是能把德·斯泰马里亚夫人带来，该会是多么高兴的事。星期天以来的天气，没有使我在想象中生活的地方变成海边的淡灰色——而在其他季节，这些地方变得像意大利那样香气扑鼻、阳光明媚——虽然如此，只要怀有在几天后占有德·斯泰马里亚夫人的希望，我就能在一成不变的怀旧的想象之中，每小时把雾幕驱散二十次。不管怎样，昨晚开始弥漫的浓雾，连巴黎也无法避免，不仅使我不断想起我在不久前邀请的这位少妇的故乡，而且由于岛上的雾比市里更浓，将在晚上弥漫林园，特别是弥漫湖畔，因

---

① 弗勒吕斯是比利时埃诺省东部市镇。1794 年 6 月 26 日，儒尔当率领的法军在此击败英荷联军。

② 奈梅亨是荷兰东部海尔德兰省城市，位于莱茵河支流瓦尔河畔。原为罗马人村落，是荷兰历史最悠久的城镇。第二次世界大战中遭严重破坏，战后重建。

③ 老鹳草亦称紫地榆，多年生草本，高达 60 厘米，夏季开花，呈白色、紫红色或淡红色。

此我可能在想，天鹅岛会因浓雾弥漫而在我眼里变得跟布列塔尼的岛屿有点相像，我总觉得那里海边的浓雾，如同德·斯泰马里亚夫人苍白的身影上的一件衣服。当然，在年轻时，就像我在梅塞格利兹这边散步时的那种年龄，我们会因欲望和信念而觉得一个女人的衣服具有一种独一无二的特点和无法消除的本质。我们寻求真实。但是，由于不断让真实溜走，我们最终发现，在这些徒劳的尝试中，我们只是找到虚无，但其后却有某种实在的东西存留，而这就是我们寻找之物。我们开始看出并了解我们喜欢之物，设法将其占有，哪怕要用计谋。于是，在信念消失的情况下，服装被有意识的幻想变成信念的替代物。我十分清楚，在离家半小时远的地方，是无法找到布列塔尼的。但我在阴暗的岛上，漫步湖边，跟德·斯泰马里亚夫人搂在一起，我会跟其他人一样，即使无法进入修道院，至少可以在占有一个女人之前让她穿上修女服。

我甚至可以指望跟这位少妇一起倾听波涛的拍击声，因为在吃晚饭的前一天下起了倾盆大雨。我开始刮胡子，准备去岛上订包房（虽说在这个季节，岛上人迹罕见，饭馆客人稀少），并为明天的晚餐点好菜，但在这时，弗朗索瓦丝对我通报阿尔贝蒂娜到来。我立刻请她进来，不怕她看到我下巴黑色十分难看，而在巴尔贝克时，我总觉得自己出现在她面前时不是十分漂亮，并因此感到烦躁和痛苦，就像现在因德·斯泰马里亚夫人而烦躁和痛苦。我一定要夫人对明天的晚餐留下尽可能好的印象。因此，我请阿尔贝蒂娜立刻陪我前往该岛帮我点菜。我们把一切都给予一个女人，但这个女人却迅速被另一女人所取代，我们自己也感到惊讶，我们为何每小时都要把自己的新东西给予，却并未对未来抱有希望。阿尔贝蒂娜头戴扁扁的无边小帽，帽子压得低低的，几乎遮住眼睛，粉红的脸上露出微笑，她听到我的提议，似乎犹豫不决。她想必有其他安排；不管怎样，她还是轻易为我做出牺牲，因为我非常希望有个年轻的主妇跟我一起去，她给晚饭点菜会比我在行得多。

当然啰，在巴尔贝克时，她在我眼里扮演的是完全不同的角色。但是，我们跟自己喜爱的一个女人友好相处，虽说我们认为不是十分亲密，虽说有一些缺陷使我们感到痛苦，仍然在她和我们之间建立一种社会关系，在我们的爱情消失乃至被遗忘之后，这种关系依然存在。于是，一个女人在我们眼里只是得到其他女人的一种工具和途径，这时，我们从记忆中得知，我们过去跟现在完全不同，认为这个女人的名字别具一格，就会感到既惊讶又有趣，这就像我们把地址随手交给马车夫，是在嘉布遣会修女大道或是在渡船街，一心想着我们要去看望的女人，当我们突然想到一个街名取自过去的修女，她们的修道院就在那里，另一个取自在塞纳河摆渡的渡船，我们也会有这种惊讶而有趣的感觉。

当然啰，我对巴尔贝克的种种欲望，使阿尔贝蒂娜的身体变得十分成熟，使她体内积累起新鲜而又甘甜的滋味，因此，在我们前往林园的路上，秋风如同细心的园丁，在摇动树木，吹落果实，席卷枯叶，我心里在想，万一圣卢弄错，或者我对他的信有误解，我跟德·斯泰马里亚夫人共进晚餐就会无果而终，如果这样，我就在那天深夜跟阿尔贝蒂娜约会，以便把一小时的时间纯粹用于淫乐，我过去曾兴致勃勃地估量她身体的种种魅力，现在觉得它更是魅力无穷，我搂抱着她，就会忘记刚开始爱恋德·斯泰马里亚夫人时的激动，可能也会忘记由此产生的悲伤。当然啰，如果我预料到，德·斯泰马里亚夫人在这第一次见面的晚上，对我不会有丝毫的宠爱，我就会把跟她一起度过的晚上想象得十分令人失望。我根据经验清楚地知道，我们思想中先后产生的两个阶段——在开始爱恋我们想要占有却并不熟悉的女人时，我们喜爱的是她沉入其中的特殊生活，而不是我们不熟悉的她的本人——如何在事实的领域中奇特地反映出来，也就是说不再在我们思想中反映出来，而是在我们跟她的约会中反映出来。我们从未跟她说过话，因此犹豫不决，因她在我们眼里所具有的魅力而受到诱惑。来者会是她还是别的女人？于是，遐想围绕她来进行，并跟她融为一体。不久之后将跟她第一次约会，应该反映出这初生的爱情。但情况并非如此。仿佛物质生活也必须具有自己的第一阶段，我们已经爱上她，却跟她谈些无关紧要的话："我请您到这岛上来吃晚饭，是因为我觉得这环境您会喜欢。我没有特别的话要跟您说。但我怕这里过于潮湿，怕您会觉得太冷。"——"不会。"——"您这样说真是客气。夫人，我让您再跟寒冷斗争一刻钟，您不至于感到难受，但一刻钟后，我非要送您回去不可。我决不能让您感冒。"我们没跟她说什么话，就送她回去，她给我们留下的回忆，最多只有某种目光而已，但我们只想跟她再次见面。然而，到第二次（我们连唯一记住的目光也已忘记，但仍然只想跟她再次见面），第一阶段已经过去。在此期间什么事也没有发生。然而，我们不再谈饭馆舒适，我们说的话并未使新认识的女人感到惊讶，虽然我们觉得她难看，但我们仍希望她在生活中的每时每刻都谈到我们："我们需要作出巨大努力，才能消除我们两颗心之间设置的重重障碍。您是否认为我们会做到这点。您是否觉得我们能战胜敌人，指望有个幸福的未来？"但这些起初无足轻重、后来暗示爱情的谈话不会进行，我可以相信圣卢的来信。德·斯泰马里亚夫人在第一天晚上就会委身于我，因此我不需要有权宜之计，即把阿尔贝蒂娜叫到我家，以度过这晚上的最后一段时间。这毫无必要，罗贝尔从来不会夸大其词，他的信写得一清二楚！

阿尔贝蒂娜很少跟我说话，因为她感到我忧心忡忡。我们走了几步，是在绿色洞穴之中，这洞穴跟海底岩洞相差无几，是枝叶茂密的高大树群，我们听到圆树顶上狂风呼啸、雨水四溅。我脚踏地上的枯叶，枯叶像贝壳般陷入土中，我用手杖拨开栗子，栗子有刺，如同海胆。

树枝上残叶抽搐，因连在枝上，无法随风远去，但有的脱离树枝，就落到地上，追风而去。我高兴地在想，如果这种天气持续不变，这岛屿在明天就会更加遥远，不管怎样都会空无一人。我们又登上马车，这时阵风停息，阿尔贝蒂娜请我继续赶路，前往圣克卢。只见地上枯叶、天上云彩都在随风而去。有些傍晚时分，天上形成一种圆锥体截面，展现粉红、蓝、绿三色叠合的色彩，这种傍晚如同候鸟，准备向气候更加美好的地方迁徙。一尊大理石女神塑像，屹立底座之上，孤零零地待在一大片树林之中，这树林仿佛为她而设置，充满着她暴跳如雷时既有兽性又有神威的那种神话里的恐怖，阿尔贝蒂娜想在近处观看这神像，就爬上一座山丘，而我在小路上等她。从下面看她，她已不像那天在我床上时那样肥胖、滚圆——当时我在近处，她脖子上的疙瘩也显而易见——而是精致、纤细，如同一尊小塑像，巴尔贝克度过的幸福时光在上面留下其色泽。我独自回到家中，想起我下午跟阿尔贝蒂娜一起奔走，想到后天就要到德·盖尔芒特夫人家里吃晚饭，还要给吉尔贝特写回信，这是我曾爱过的三个女人，我于是心里在想，我们的社会生活如同艺术家工作室，里面都是弃用的半成品，我们曾在一时间认为可以在其中满足我们热恋的需要，但我并未想到，如果这半成品不是在很久以前制成，我们有时可以重新加工，把它制成完全不同的作品，也许比当初构思的作品更加出色。

第二天，天气寒冷而又晴朗：大家会有冬天的感觉。（其实这已是秋末，我们还能在萧瑟的林园里看到树叶构成几个金色和绿色相间的穹形，已经是一种奇迹。）我醒来时，如同在东锡埃尔营房的窗前那样，看到不透明的薄雾呈单调的白色，愉快地悬挂在太阳上，像棉花糖那样黏稠、柔软。然后，太阳躲藏起来，雾在下午更浓。太阳很早落山，我就梳妆打扮，但动身还为时尚早；我决定叫一辆马车给德·斯泰马里亚夫人乘坐。我不敢上这辆马车，因为不能强迫她跟我同行，但我叫马车夫给她带去一张便条，问她是否同意我去接她。我等待消息，就躺在床上，在片刻间闭上眼睛，然后重又睁开。在窗帘上方，只有一条越来越暗的细细亮光。我看出这时的时间毫无用处，是领略愉悦之前要穿过的深深门厅，我在巴尔贝克时曾得知这时间暗淡、美妙而又空虚，当时，我像现在这样独自待在房间里，而其他人都在吃晚饭，我看到白昼在窗帘上方渐渐死去，但并不感到伤心，因为我知道，在跟极地的夜晚同样短促的夜晚结束之后，白昼就会复活，并在里弗贝尔的阳光下变得更加光亮。我从床上一跃而下，系上黑领带，梳理一下头发，这迟迟梳妆打扮的最后几个动作，在巴尔贝克做完后，我想到的不是我自己，而是我将在里弗贝尔看到的那些女人，我就预先在我房间里斜放的镜子前对她们微笑，正因为如此，这些动作仍然是一种预兆，说明将会有交杂着灯光和音乐的娱乐。它们如同魔法的征兆，在召唤这娱乐，而且已经使其变为现实；我依靠它们，才对娱乐的真实性确信无疑，并完全感受到它那迷人而又浅薄的魅力，这种感觉我在贡布雷有过，那是在七月份，我当时听到包装工敲榔头的声音①，并在我阴暗而又凉爽的房间里，享受着炎热和太阳的乐趣。

因此，我想要见到的并非完全是德·斯泰马里亚夫人。我现在不得不跟她共同度过我晚上的时间，但由于这个晚上是我父母回来前最后一个晚上，因此我更希望晚上有空，可以设法跟里弗贝尔的一些女子重逢。我最后一次洗了手，我因高兴而穿过套间，在阴暗的餐厅里把手擦干。我觉得餐厅通往灯光明亮的候见室的门开着，但门其实关着，我看到亮着的门缝，只是我毛巾在一面镜子里的白色反光，镜子靠在墙上，放在那里是迎接我妈妈回来。我把我在我们套间里发现的种种幻影又想了一遍，这些幻影并非只是因视觉引起，因为在刚搬来的那几天，我听到持久的尖叫声，跟人的叫声相差无几，以为女邻居养着一条狗，实际上却出自厨房里的一根水管，龙头一开，声音就会响起。楼梯平台上的门，在有穿堂风时会慢慢自动关上，并响起晕线般淫乐和哀怨的乐句，这些乐句

① 参见本书第一卷第111页。

在《汤豪舍》序曲结尾巡礼者的大合唱中叠合在一起①。另外,我刚才把我的毛巾放回原处时,再次听到这迷人的交响乐曲,因为门铃响起,我跑去打开候见室的门,只见马车夫来给我回话。我想他会说:“那位夫人在楼下。”或者说:“那位夫人在等您。”但他手里拿着一封信。我犹豫片刻,没有马上去看德·斯泰马里亚夫人写的信,只要她拿着笔,她就可能写出不同的内容,但现在她已把笔放下,这封信就如同独自继续行路的命运,她已无法对此作出任何修改。我请车夫下去等待片刻,虽说他低声埋怨有雾。他走后,我立刻把信拆开。名片上印有:阿莉克丝·德·斯泰马里亚子爵夫人。只见我邀请的这位客人在上面写道:“十分抱歉,我临时有事,今晚不能跟您在林园的岛上共进晚餐。我曾把这次晚餐视为节庆。我到斯泰马里亚后再给您写信详述。非常遗憾。祝安好。”我站着纹丝不动,因受到这一打击惊得呆若木鸡。名片和信封已掉在我脚下,如同子弹射出后掉下的填弹塞。我把名片和信封捡了起来,分析这一句子:“她说她不能跟我在林园的岛上共进晚餐。我们可以由此得出结论,认为她可能在别处跟我共进晚餐。我不会冒失地去找她,不过这样解释应该行得通。”林园的岛屿,四天来我在思想中已预先跟德·斯泰马里亚夫人一起待在那里,我无法让她从那里回去。我的欲望不由自主地继续爬着它已爬了

---

① 瓦格纳的三幕歌剧《汤豪舍》(1845)的故事以瓦尔特堡及其附近地区为背景。那里在十三世纪是图林根山谷诸郡主的势力范围。这些贵族爱好艺术,特别喜欢诗歌和音乐,在瓦尔特堡常常举行著名恋诗歌人竞赛。瓦尔特堡附近有维纳斯堡,住着司春女神赫尔达,亦是司爱女神,她宫中有许多妖冶女仙,她的最大乐趣是用美貌引诱瓦尔特堡的武士做她的俘虏,其中有汤豪舍。她虽美丽,但汤豪舍厌倦了那种淫乐的生活,想要重返尘世。该剧的序曲被认为是音乐会曲中脍炙人口的作品,以巡礼者大合唱的曲调开始,表现宗教信仰的平和虔诚。然后展现维纳斯堡的迷人魅力,描写出女神的宫廷中各种淫荡的场面。其后表现众武士对汤豪舍的罪过拔剑膺惩的情绪。最后以巡礼者大合唱结束,仿佛宣布汤豪舍已得到宽恕。波德莱尔曾撰写题为《里夏德·瓦格纳和〈汤豪舍〉在巴黎》(1859—1860)的文章,在谈到该剧序曲时使用“哀怨”(gémissements)和“淫乐”(voluptés)这两个词。

好几个小时的斜坡，虽说来了这封短信，但因为刚刚收到，无法战胜我的欲望，我出于本能还准备到那里去，如同一个学生考试不及格，还想多回答一个问题。我最后决定叫弗朗索瓦丝下楼给车夫付钱。我穿过走廊，但没有找到她，就从餐厅过去，但突然间，我走在地板上不再发出刚才的脚步声，而是没有一点声音，我在看出这寂静的原因之前，有一种沉闷和幽居的感觉。这是因为地毯，我父母即将回来，就开始钉上地毯，这些地毯在欢快的上午十分美丽，那时阳光在凌乱的地毯中等待着你，如同一位来接你的朋友，要把你带到乡下去吃午饭，在地毯上留下森林的目光，但现在恰恰相反，地毯是寒冬般监狱里的第一种摆设，我只好生活其中，在家吃饭，不能再自由外出。

"先生小心跌跤，地毯还没有钉好。"弗朗索瓦丝对我叫道。"我应该开灯。现在已是**久**（九）**月**底了，好天气已经没了。"[①]冬天将临；在窗角上，如同在加莱的玻璃制品上[②]，有一个结成冰的雪的纹理；即使在香榭丽舍大街上，也见不到我们等待的少女，看到的只有麻雀。

我感到失望不仅因为见不到德·斯泰马里亚夫人，而且还因为她的回答使我认为，从星期天起，我时时刻刻都在为这晚餐活着，而她也许一次也没有想到这晚餐。后来我得知她愚蠢地爱上一个青年并嫁给了他，她在那时想必已跟他有交往，肯定忘记了我的邀请。要是她记得我的邀请，她就不会等我派车去接她之后——另外事先也没说好我要派车去接——才对我说她没空。我跟年轻的贵族女子在薄雾迷漫的岛上相会的梦想，为一个尚未存在的爱情开辟了道路。现在，我的失望、愤怒以及绝望地想要抓住这个对我拒绝的女人的愿望，在使我对聚会有兴趣的同时，能把可

---

① 法国七星丛书版后面另起一行。

② 加莱请参见本书第二卷第 383 页注①。类似描写也请参阅该页。

能产生的爱情确定下来，而这种爱情，以前只有我的想象能赋予我，而且赋予得软弱无力。

少女和少妇的脸各不相同，我们在她们身上添加魅力和想要再次见到她们的强烈愿望，只是因为这些脸在最后一刻躲开，这些脸有多少被我们记住，又有多少被我们忘却？对于德·斯泰马里亚夫人则更是如此，我现在要爱她，只须再次见到她，这样强烈而又短暂的印象就会焕然一新，而如果见不到她，这种印象就无法保持在记忆之中。当时的情况作出了完全不同的决定，我没有见到她。我当时爱的并不是她，但本来可能爱的是她。这些事也许使我即将产生的热烈爱情变得极其残酷，其中一件是我在回忆那个晚上时心里在想，只要情况发生微不足道的变化，我就会在别处热恋德·斯泰马里亚夫人；后来，有个女人我只是有点喜欢，我却把爱情给予她，因此，虽然我非常想相信爱情不可或缺、命中注定，也非常需要相信这点，但爱情却并非如此。

弗朗索瓦丝让我独自待在餐厅里，并对我说，在她点火取暖之前，我不应该待在那里。她去准备晚饭，因为即使父母还没有回来，从今晚起我就得闭门不出。我看到碗橱角上放着一大包卷起来的地毯，就把脑袋伸到里面藏起来，把地毯上的灰尘和我的泪水都咽到肚子里，如同犹太人在服丧时把灰撒在头上，我开始抽抽噎噎地哭了起来①。我浑身发抖，不仅是因为餐厅里冷，而且还因为我体温明显下降（是因为要防止危险，但应该说这危险有点吸引力，我并不想作出反应），是由一些眼泪引起，这些泪水一滴滴流出，如同刺骨细雨，仿佛会一直落下去。突然，我听到有人说话：

“能进来吗？弗朗索瓦丝对我说，你想必在餐厅里。我来瞧

---

① 古代犹太人表示哀悼就撕裂衣服，穿麻衣，把灰撒在头上。参见《旧约·约书亚记》第七章第六节、《旧约·撒母耳记下》第十三章第十九节和《旧约·以斯帖记》第四章第一节。

瞧，你是否希望我们在什么地方一起吃晚饭，只要你不会感到不舒服，因为外面雾浓得伸手不见五指。”

他是今天上午来的，我以为他还在摩洛哥或是在海上，他就是罗贝尔·德·圣卢。

我曾经说过①（正是在巴尔贝克，罗贝尔·德·圣卢在无意中帮助我认识到这点）我对友谊的看法，就是说友谊微不足道，因此我很难理解，一些有点才能的人，譬如说尼采，竟幼稚地认为友谊具有某种精神价值，并因此而拒绝接受某些缺乏精神价值的友谊。不错，我一直惊讶地看到，一个人因为真诚，为了问心无愧，竟然不再去听瓦格纳的音乐，认为表现真实可以使用本质上模糊不清和并不合适的表达方法，这种方法通常是行动，尤其是友谊，并认为下面这件事可能会有某种意义，那就是在得知卢浮宫失火的假消息之后，离开工作岗位去见一个朋友，并跟他一起为此而哭泣②。我在巴尔贝克时发现，跟少女们一起玩耍的乐趣，由于跟精神生活毫无关系，因此对精神生活的害处比友谊要小，因为友谊竭尽全力要我们牺牲我们自身中唯一真实和（用艺术之外的方法）无法与

---

① 参见本书第二卷第311—313页和第482—483页。

② 1871年5月23日，瑞士的巴塞尔流传一则消息：卢浮宫失火。尼采听说后惊呆了。他跑到瑞士德语史学家雅各布·布尔克哈德家里，而雅各布也已去找他。两人最后聚在一起，但只能相互握手，泪水盈眶。（参见夏尔·昂德莱尔《尼采及其生活和思想》，伽里玛出版社，1958年，第一卷，第345—346页）同年6月21日，尼采写信给格斯多夫：“我听说巴黎发生火灾，在几天时间里感到十分沮丧，在怀疑和泪水中度过时日：科学、哲学和艺术的全部存在，从此在我眼里变得荒谬绝伦，因为只要一天的时间，就能把这些极其美妙的杰作毁掉，甚至把艺术发展中一个个时期全部毁掉。”普鲁斯特的朋友达尼埃尔·阿莱维在《弗里德里希·尼采的一生》中引述了这封信。1868年秋，尼采在莱比锡瓦格纳姐姐的家里认识瓦格纳夫妇，成为好友。但尼采在1876年写的《不合时宜的沉思》第四篇《瓦格纳在拜罗伊特》中已对瓦格纳明扬暗抑，其后的《人性，太人性》（1878）对瓦格纳明显批判，而《瓦格纳事件》（1888）则对作曲家猛烈批判，指责他用泛日耳曼主义和华丽的形式来掩盖内容的贫乏。尼采对友谊的论述，还出现在《查拉图斯特拉如是说》（1883—1885）、《朝霞》（1881）、《快乐的科学》（1883—1887）等著作中。

人沟通的部分，作出这种牺牲是为了表面的自我，这种自我不像另一种自我那样能在自身中找到乐趣，而只是模糊而又舒适地感到自己在外界有倚靠，受到外人的照顾，并因高兴有别人提供保护，把自己获准的安乐展现得光彩夺目，对一些优点赞叹不已，但会称之为缺点，并竭力在自身中加以改正。另外，友谊的蔑视者不抱幻想，但并非毫无内疚，他们可能成为社交界最好的朋友，同样，一位艺术家孕育着一部杰作，感到为工作而活着是自己的义务，虽然如此，他为了不显得自私或不至于显得自私，就献身于一种毫无用处的事业，而且献身得十分勇敢，因为他即使不想为此而献身，也决不是为了私利。不管我对友谊持何种看法，即使只谈友谊给我带来的愉悦，尽管这愉悦微不足道，感觉介于疲劳和厌倦之间，然而，饮料即使十分有害，在某些时候也会变得珍贵，使我们得到安慰，因为饮料会给予我们所必需的鞭策，以及我们无法在自身中得到的热量。

当然，我决没有像一小时以前那样想请圣卢帮忙，让我再次见到里弗贝尔的一些女子；因遗憾没有见到德·斯泰马里亚夫人而在我心里留下的痕迹，并不愿意迅速消失，但在我心里不再感到有任何愉快的理由时，圣卢走了进来，如同善良、快乐和活力显现，它们无疑是在我身体之外，但想要给我，一心想归我所有。他不知我为何要发出感激的叫声，流出感动的眼泪。不过，最最不合常理的热情，无疑是由这些朋友表现出来，他们是外交官、探险者、飞行员或军人，就像圣卢那样，第二天要去乡下，然后从乡下不知前往何处，却在今晚与我们共度良宵，仿佛要给自己留下一种印象，这种印象罕见而又短暂，但我们感到惊讶的是，他们却因此而感到十分温馨，而在他们十分喜欢这种印象之后，却并未使其延长或时常加以更新。跟我们一起吃顿饭，本来不足为奇，却使这些旅客感到奇特而又美妙的乐趣，如同亚洲人在看到我们的条条大道时那样。我们一起去吃晚饭，走下楼梯时，我想起东锡埃尔，在那里，我每天晚上都到饭馆去找罗贝尔,并想起那些已被忘却的小餐厅。我回想起其中一个餐厅,这餐厅我从未想起过,不是在圣卢吃晚饭的那个旅馆里,而是在一个低级得多的旅馆里,那个旅馆介于小旅馆和家庭膳宿公寓之间,由老板娘和一个女仆来接待。我因下雪而留在那里。另外,罗贝尔那天晚上不会在那家旅馆吃饭,我也不想走得更远。那里给我把菜端来,是在楼上一间全用木料制成的小房间里。吃饭时电灯关掉,女仆给我点上两支蜡烛。我把盘子递给她时,装出看不大清楚的样子,她把土豆放到盘子里时,我用手抓住她裸露的前臂,仿佛在引导她。我见她并未把前臂缩回去,就将其抚摸,然后没说一句话就把她拉到跟前,把蜡烛吹灭,叫她给我搜身,以让她拿到一点钱。在其后几天,我为了品尝到肉体的快感,感到不仅需要这个女仆,而且需要这偏僻的木制餐厅。然而,我每天晚上前往圣卢及其朋友们吃饭的餐厅,是出于习惯和友谊,在我离开东锡埃尔前一直如此。但是,即使是圣卢和朋友们包饭的那家旅馆,我也早已不再想到。我们并未好好享受自己的生活,我们在夏天的黄昏或冬天提前来临的夜晚,没有充分利用这几个小时的时间,在这些时间里,我们原本可以得到些许安宁和愉悦。但是,这几个小时并未完全浪费。新的愉悦的时刻开始歌唱,并将同样像纤细的线条般过去,这时,这几个小时给这些时刻添加的基础和内容,如同丰富的管弦乐配器。这些小时如此延伸到一种典型的幸福,这种幸福我们只能时而得到,但会继续存在;在现在这个例子中,则是抛弃其他一切,跟一位朋友一起到舒适的环境中去吃晚饭,这环境如同大自然的一幅画,因我们的回忆而带有旅游的许诺,而这位朋友即将用自己的全部精力和热情来激活我们沉睡般的生活,把激动人心的乐趣传递给我们,这种乐趣跟我们靠自身的努力得到或因社交界的娱乐活动而得到的乐趣有很大的区别;我们即将只属于他一人,向他发出友谊的誓言,誓言产生于这一小时之内,也许到第二天就不会被信守,但我可以毫无顾忌地向圣卢发出这种誓言，因为到第二天他就要勇敢地离开，这勇敢充满明智，并带有友谊无法深化的预感。

我走下楼梯，再次体验到东锡埃尔的夜晚，而我们突然来到街上时，已经几乎是一片漆黑，浓雾仿佛把路灯全都熄灭，我们走到近前才能看到十分暗淡的灯光，这不由使我想起有一次晚上来到贡布雷时的情景，当时这城市还只是相隔一段距离才有路灯照亮，我们在摸黑前进，那天晚上如马槽般潮湿、温暖而又圣洁，偶然见到几颗星星，但只有残烛般的亮度。那是不知哪年在贡布雷的情景，而刚才在窗帘上方则再次看到在里弗贝尔的那些夜晚，这两者又有多大的区别！我看到这种区别，感到欣喜若狂，如果我这时独自一人待着，这喜悦可能会使我产生很多想法，这样我就可以少走许多年无谓的弯路，但我还要度过这几年的时间，才显示出这无法看到的志向，而本书讲的就是这一志向的故事。如果这种事在那天晚上发生，这辆马车就值得我牢记心头，其价值大于佩尔斯皮埃大夫的马车，当时我坐在马车的一个座位上，写出一段描写马丹维尔那两座钟楼的短文①，我在不久前找到这篇文章，作了修改，并寄给《费加罗报》，但未能发表。这也许是因为我们并非始终连贯地回忆过去的岁月，而只是回忆起一个凉爽或炎热的上午或傍晚，想到某个景点的些许景色，这景点孤立、封闭、固定、静止和偏僻，远离其他地方，也许是因为渐变不仅发生在外界，而且发生在我们的幻想和性格之中，这些变化会在生活中不知不觉地把我们从一个时期带到另一个完全不同的时期，变化随之被消除，而如果我们回忆起取自一个不同年份的另一件往事，我们会因记忆的空白和遗忘的大墙，发现这两个时期之间如同有深渊相隔，仿佛一个是呼吸的空气，另一个是周围的色彩，两者的性质无可比拟。但是，我此时此刻感到，在我刚才依次回忆的贡布雷、东锡埃尔和里弗贝尔

① 参见本书第一卷第178—180页。

的往事之间，除了存在时间的间隔之外，还存在着各种世界之间的距离，这些世界中的物质并不相同。如果我想在一部作品中仿造出把我对里弗贝尔微不足道的回忆全都精雕细刻在其中的物质，我就必须在一直像贡布雷的深色、粗糙的砂岩般的物质上加上粉红色的纹理，并立刻使它变得透明、结实、新颖和悦耳。这时，罗贝尔对马车夫说明完毕，上车来到我的身边。我刚才出现的种种想法随之消失。这些想法如同女神，有时会在一条小路的拐弯处对孤独的凡人显身，甚至在他睡觉时出现在他的房间，这时她们站在门口给他报喜。但一旦又来一人，她们立即消失，人们聚集在一起，决不会看到她们。于是，我又被置于友谊之中。罗贝尔来时已告诉我，说外面浓雾弥漫，但在我们说话时，雾越来越浓。这已不再是薄雾，即我希望看到岛上出现并将德·斯泰马里亚夫人和我笼罩其中的薄雾。两步之外的盏盏路灯渐渐熄灭，于是夜色漆黑，像在野外、森林里或是我想要前往的布列塔尼一个潮湿的岛上那样深沉，我感到自己迷了路，仿佛在北方一个海的海岸之上，在到达孤独的客栈之前，我们可能有二十次遇到丧生的危险；雾不再是我们寻求的一种海市蜃楼，而成为我们要与其斗争的一种危险，因此，我们要找到我们的道路并平安到达目的地，就会遇到种种困难，感到不安，并最终得到安全——没有失去安全的危险，就会对安全无动于衷——给不知所措、背井离乡的旅客带来快乐。我们冒险疾驰时，有一件事差点儿使我乐趣全无，因为我一时间感到惊讶而又生气。"你知道，我对布洛克说了，"圣卢对我说，"说你对他一点儿也不喜欢，觉得他庸俗。我就是这样，我喜欢把事情弄得一清二楚。"他做出结论，显得心满意足，说话的口气不容置辩。我惊呆了。我对圣卢完全相信，相信他诚挚的友谊，而他对布洛克说的话却背叛了这种友谊，但我感到，他不应该这样说，既是因为他的缺点，也是因为他的优点，还因为他受过极其良好的教育，使他彬彬有礼，甚至会缺乏坦率。他洋洋得意的神色，在我们看来是否是为了掩盖某种局促不安，因为他承认了一件我们知道不应该做的事，这是否是一种无意识的流露？是他愚蠢地把我还不知道的一种缺点当作优点？是一时对我生气，想离开我，还是想起他在一时间曾对布洛克生气，就不惜把我牵扯进去，说出让布洛克不开心的话？另外，他在对我说这些粗俗的话时，脸上显出曲曲弯弯的可怕痕迹，这种痕迹，我一生中只在他的脸上看到过一两次，起初出现在脸的中央，延伸到嘴唇后使其扭曲，并显出丑陋而又粗俗的表情，几乎像野兽那样，这表情十分短暂，也许是祖传的。这种时刻，也许每隔两年才会出现一次，当时，他的自我想必部分消失，而一位祖先的性格在他身上反映出来。跟罗贝尔洋洋得意的神色一样，他说出"我喜欢把事情弄得一清二楚"这样的话，同样令人怀疑，想必也会受到同样的指责。我想对他说，你即使喜欢把事情弄得一清二楚，也只应该在涉及你的事情上做到坦率，而不应该损人利己，用这种轻而易举的办法来显示自己的美德。但这时马车已在饭馆门口停下，饭馆的玻璃门面宽阔，闪闪发光，光是这个门面就已把黑暗驱散。浓雾在饭馆里舒适的亮光照射下，仿佛一直来到人行道上，愉快地给你指出饭馆的大门，如同反映出主人情绪的仆从；浓雾呈现出彩虹般艳丽的色彩，给你指出大门，如同给希伯来人指路的光柱[①]。另外，顾客中有许多是希伯来人。这家饭馆，布洛克及其朋友们曾在很长一段时间里来此吃饭，他们喜欢不进食的斋戒，就像封斋期那样，但封斋期一年只有一次，他们喝咖啡，谈政治，在晚上聚会。精神上的任何刺激，都使与此有关的习惯具有一种很高的价值和优秀的品质。任何一种比较强烈的爱好，都会聚集起一个团体，团体中其他成员的尊重，也就是每个成员在生活中最希望得到的那种尊重。在那里，即使在外省的一个小城，你

① 参见《旧约·出埃及记》第十三章第二十一节，以及本书第二卷第530页注①。

也会遇到一些音乐爱好者；他们最美好的时光和数目最大的钱财，都花费在室内音乐会、音乐漫谈聚会和咖啡馆里，在那里能遇到音乐爱好者，可以接触到乐队的音乐家。另一些人喜欢航空，很想被高栖于机场大楼顶层玻璃酒吧的老侍者另眼相看；酒巴里可以避风，如同在灯塔的玻璃小屋之中，老侍者能跟此刻停飞的飞行员一起观看一位飞行员驾机翻筋斗，而另一位飞行员刚才还无法看到，这时突然从天而降，降落时机翼发出巨大声响，如同罗克鸟①那样。一小帮人聚在一起，使审判左拉时感到的短暂激动得以大大延长和深化，也十分看重这家咖啡馆。但这帮人在那里被年轻贵族看不起，这些贵族是咖啡馆另一部分顾客，他们聚集在第二餐厅，跟第一餐厅只隔着一道饰有绿色风景画的薄墙。他们把德雷福斯及其拥护者看作叛徒，虽说在二十五年之后，各种思想都已分门别类，德雷福斯主义在历史上也已变得有点高雅，这些年轻贵族的儿子，既拥护布尔什维克又跳华尔兹，在回答"知识分子们"对他们的提问时说，如果他们生活在那个时代，他们肯定拥护德雷福斯，但他们却并不清楚德雷福斯案件是怎么回事，就像对埃德蒙·德·普塔莱斯伯爵夫人②或加利费侯爵夫人③知之甚少一样，这两位夫人曾经光彩夺目，但在他们出生时已经黯然失色。因为在这浓雾弥漫的夜晚，咖啡馆里的这些贵族还是单身，他们后来才成为那些年轻知识分子即事后德雷福斯派的父亲。当然啰，他们家里都希望他们娶有钱人的女儿为妻，但还没有人取得成功。跟

① 罗克鸟是《一千零一夜》中吃人肉的巨鸟，在《航海家辛伯达》的故事中有描写："我想起一些旅客和海员曾跟我谈起一种鸟，据说巨大无比，名叫罗克，在一个十分遥远的岛上，能把大象抓起。"

② 参见本卷第130页注①。

③ 即弗洛朗丝-乔尔吉娜·德·加利费侯爵夫人（约1842—1901），加利费将军（参见本卷第124页注①）之妻，是著名金融家雅克·拉菲特之女，是第二帝国时期的美女之一，几乎一直跟丈夫分居。普鲁斯特曾于1919年在给雅克-埃米尔·布朗什的《画家漫谈》所作的序言中说，她这种优雅"今天几乎无法描绘"。

富家女结婚还只是一种可能，一个对象同时有好几个男子追求（确实有好几位引人注目的“富家小姐”，但嫁妆丰厚的家庭还是比求婚者的数目要少得多），因此在这些年轻人之间就有竞争。

我运气不佳，圣卢要在外面待上几分钟时间，以跟马车夫说话，让他吃完晚饭回来接我们，我就只好独自进去。然而，这只是运气不佳的开始，我进入尚未习惯的 porte tournante（转门），以为自己无法从门里走出。[顺便说一下，如果喜欢用词确切，这 porte tambour（鼓形门）虽说看起来温和，却称为 porte revolver（转轮枪式门），来自英语 revolwing[①] door。]那天晚上，老板不敢出去，怕被雾弄湿，也不敢离开顾客，就待在大门旁边，高兴地听到新来的客人愉快的怨言，这时他们满意得容光焕发，因为他们一路辛苦，又害怕迷路。然而，他迎客时亲切的微笑，因看到一个陌生人而顿时消失，因为这陌生人无法走出玻璃转门。这种当众出丑的无知，使他不由眉头紧皱，如同主考官，很想不要说出 dignus est intrare（够资格踏进大门）这几个词[②]。真是祸不单行，我刚要在贵族专用的餐厅里坐下，老板就粗暴地前来把我拉开，毫不客气地把另一个餐厅里的一个座位指给我看，所有的侍者对我的态度立刻跟老板一模一样。这座位我不喜欢，因为座位所在的软垫长椅已坐满了人（我前面又有一扇专供希伯来人出入的门，但不是转门，不时开了又关，因此一阵阵寒风朝我吹来）。但老板拒绝给我换座位，并对我说：“不行，先生，我不能为您一人而妨碍大家。”不过，他很快就忘记了我这个晚来而又碍事的就餐者，而是被每个新来的客人所

---

① 应为 revolving，系普鲁斯特笔误，而且只表示“旋转的”。

② 出自莫里哀的《无病呻吟》，是授予医学博士的滑稽典礼上，在医学学士回答后的全体合唱：“好，好，好，回答得真好。/够资格，够资格/踏进我们这医学界的大门。”（参见《莫里哀喜剧选》下卷，仲恢等译，人民文学出版社，1981 年，第 405—407 页）dignus est intrare 是由拉丁词和加拉丁词尾的法语构成。

吸引，他们在问他要啤酒、冷鸡翅或掺水烈酒之前（这时早已过了晚餐的时间），就像旧小说里所说的那样，要付出自己的份子，在走进这温暖和安全的避难所时讲述自己的奇遇，避难所里的环境，跟他们刚才脱险的环境形成鲜明对照，洋溢着欢乐和友爱的气氛，跟篝火前的气氛相仿。

有一位说，他的马车绕残老军人院转了三圈，以为到了协和桥，另一位说，他的马车想沿香榭丽舍大街下行，结果开进了圆形广场的一个花坛，花了三刻钟的时间才开了出去。接着埋怨的是浓雾、寒冷和街上死一般的寂静，说者和听者都显得极其愉快，原因是餐厅里气氛温馨，除了我的座位之外都十分暖和，再加上灯火通明，使习惯于黑暗的人眯起眼睛，而谈话的声音，则使他们的耳朵恢复听觉。

那些来客很难默不作声。他们刚才的奇特经历枝节横生，在他们看来是绝无仅有，不说出来心里难受，就用眼睛搜索，看看能跟哪个人说话。老板自己也已没有疏远的感觉："富瓦亲王先生从圣马丁门过来三次迷路。"他毫无惧色，笑着说出这话，还像介绍时那样，把这位著名贵族指给一位以色列律师看，而在平时，这位律师跟亲王之间如同有屏障相隔，比饰有绿色风景画的薄墙上的门要难以逾越得多。"三次，你们瞧。"那律师说时摸了摸帽子。亲王并不欣赏这种套近乎的话。他属于一种贵族，对别人蛮横无理，对并非一流的贵族也是如此，仿佛这是他们唯一要做的事。不对别人还礼，如果对方出于礼貌再次施礼，就挖苦似的报以冷笑，或者气愤地昂首挺胸，对可能为他们出过力的老人，则装出不认识的样子，只跟公爵以及公爵给他们介绍的密友握手和施礼，这就是这些青年特别是富瓦亲王所持的态度。他们有这种态度，是因为年少时生活放荡（即使出身资产阶级，也会显得忘恩负义、缺乏教养，会在几个月的时间里忘记给丧偶的恩公写信表示哀悼，以后遇到恩公干脆就不打招呼），但主要是因为上层有故作风雅的习气。

确实,有些神经质的毛病,成年后症状自会缓解,同样,这些人虽说在青年时代让人无法忍受,但他们的故作风雅通常不会再以如此恶毒的方式表现出来。青年时代一旦过去,就很少有人依然傲慢无礼。他们以前认为,世上只有傲慢无礼,但现在却突然发现,即使他们像亲王那样高贵,还存在着音乐、文学,甚至还有议员可当。人的价值等级的划分将因此而发生变化,他们过去曾怒目而视的那些人,现在却跟他们攀谈起来。希望那些人鸿运高照,他们进行了耐心的等待,他们的性格相当随和——如果应该这样说——因此他们感到高兴,能在将近四十岁时得到恩宠和接待,而在二十岁时,别人曾生硬地对他们加以拒绝。

既然提到富瓦亲王,就得作些介绍,此人属于一小集团,成员有十二至十五个青年,还属于一个范围更小的四人帮。十二至十五人小集团有个特点,但我认为亲王没有,那就是这些青年都有两种模样。他们债台高筑,在供货商眼里是一群无赖,虽说供货商心甘情愿地称他们"伯爵先生,侯爵先生,公爵先生……"他们希望摆脱困境,使用众所周知的"娶富家女"的办法,这办法也称为"钻大钱包",但由于他们觊觎的丰厚嫁妆只有四五份之多,因此好几个青年在暗地里激烈争夺同一个未婚妻。他们的保密工作做得十分出色。其中一人来咖啡馆说:"诸位好友,我非常喜欢你们,因此向你们宣布我要跟德·昂布勒萨克小姐订婚。"随即响起几声惊叫,他们中许多人以为自己跟这位小姐的婚事大局已定,因此未能保持必要的冷静,立刻发出愤怒而又惊讶的叫声:"那么,你要结婚感到高兴,皮皮?"沙泰勒罗亲王不禁叫了起来,他惊讶而又绝望,叉子不由掉落下来,因为他认为德·昂布勒萨克小姐订婚的消息即将公布于众,不过是跟他沙泰勒罗订婚。然而,又有谁知道,他父亲曾对昂布勒萨克夫妇说过皮皮的母亲的坏话。"那么,你要结婚感到高兴?"他不由再次询问皮皮,而皮皮胸有成竹,因为他透露了这个"近于正式"的消息之后,有充分时间来确定自己的态度，这时微笑着回答道："我感到高兴不是因为结婚，我不是很想结婚，而是因为要娶戴茜·德·昂布勒萨克为妻，我觉得她妙不可言。"在听到这个回答时，德·沙泰勒罗先生已恢复镇静，但心里在想，他必须尽快转变方向，向德·拉卡努格小姐或福斯特小姐即第二号或第三号富家女进攻，并请期待昂布勒萨克结婚的债主继续耐心等待，最后还要向一些人作出解释，他曾对他们说德·昂布勒萨克小姐迷人，并说这门婚事对皮皮合适，但现在却要跟这些人说，如果皮皮娶她为妻，他就跟皮皮全家闹翻。他还会声称，德·索莱翁夫人甚至说过，她不会再接待皮皮。

然而，虽说他们似乎在供货商、饭馆老板等人眼里微不足道，但他们有两种模样，一旦回到社交界，对他们的评价就不会再根据他们丧失的财产以及他们为弥补这点而干的低贱行当。他们又变成某某亲王先生、公爵先生，他们的价值则根据他们的贵族家世来评定。一位公爵家产近于亿万，似乎一切齐备，却位列他们之后，因为他们是家族之主，过去曾是小国君主，有在国内铸造钱币等权力。在这家咖啡馆里，一个人往往在另一人进来时垂下眼睛，以免来者被迫跟他施礼。这是因为他在想象中追求财产时，邀请了一位银行家共进晚餐。每当社交界人士在这种情况下跟一位银行家交往，银行家都会让他损失十万法郎，尽管如此，社交界人士还会跟另一位银行家交往。他们会继续求神、求医。

但是，富瓦亲王本人有钱，他不仅属于十五个青年组成的优雅小集团，而且还是更加封闭、关系密切的四人帮成员，圣卢也是四人之一。有人要邀请他们，总是四人全都邀请，大家称他们为小白脸四人帮，总是看到他们在一起散步，到城堡做客，主人就把四个相通的房间给他们住，因此，由于他们个个漂亮，就有传闻说他们关系过于亲密。关于圣卢，我已明确否定这种传闻。但奇怪的是，后来大家得知，这些传闻并非虚假，他们四人个个如此，但他们中一人却对其他三人的事一无所知。然而，每个人都在设法打听其他三人的事,也许是想满足一种欲望,或者不如说是为了报仇雪恨,不让一件婚事成功,战胜已被发现是竞争者的朋友。第五位成员(因为四人帮的成员人数总是超过四人)加入到这四位柏拉图式精神恋爱者的行列,并比他们中任何人都更加信奉柏拉图。但他受到宗教信仰的约束,直至四人帮解散之后过了很久,他自己结了婚,成了一家之主,在卢尔德[①]恳求再给他生个儿子或女儿,但在此之前,他想要参军。

尽管亲王举止如此,但由于律师在他面前说的话不是直接对他说的,因此他不是十分生气。另外,那天晚上情况特殊。总之,这位律师不可能跟富瓦亲王交往,就像把这位贵族老爷送来的马车夫那样。因此,亲王认为可以神色傲慢地回答这位律师,但又仿佛不是对他一人说话,而律师则因为浓雾弥漫,仿佛成了亲王的旅伴,两人在位于天涯海角的一个海滩萍水相逢,海滩上狂风劲吹,薄雾笼罩。"不止是迷路,而且还找不到路。"这想法千真万确,老板赞叹不已,他已在那天晚上多次听到此话。

确实,他有个习惯,总是要把他听到或读到的东西跟某个已知的文本加以比较,如果他看不出两者之间的区别,欣赏的感觉不由而生。这种思想状态不可忽视,如用于谈论政治、阅读报纸,就能形成公众舆论,可能导致极其重大的事件发生。德国咖啡馆的许多老板,只欣赏他们的消费者或他们的报纸,他们说,法国、英国和俄国在给德国"找碴儿",如果真是这样,在阿加迪尔事件时就可

① 卢尔德为法国上比利牛斯省西部城市,位于比利牛斯山麓下,是闻名遐迩的天主教朝圣地。1858 年,一个名叫贝纳黛特的 14 岁女孩宣称她在小城附近波河左岸的洞穴中多次看到圣母马利亚显灵。不久教皇也宣布这种异象真实可信。贝纳黛特死后,被教会列名"福人",后来又加列为"圣徒"。洞穴中的地下水被视为神水。小城现已成为天主教最大的朝圣中心之一。1876 年,洞穴上方建有教堂,但拥挤不堪,故于 1958 年新建地下教堂,能容纳两万人。

能爆发战争，而战争却并未爆发[①]。历史学家们不愿用国王们的意愿来解释人民的行动，他们即使没错，也应该用普通人的心理来取代国王们的意愿。

在政治方面，我刚到的那家咖啡馆的老板，一段时间以来把他那种背书先生的心态仅仅用于涉及德雷福斯案件的某些文章。那些熟悉的词语，如果他在一位顾客的谈话里没有听到，或者在一家报纸的栏目里没有看到，他就说这文章读起来味同嚼蜡，这顾客胸怀不够坦荡。相反，富瓦亲王使他赞叹不已，因此，亲王刚刚说完，他就赶紧接了上去。"说得好，亲王，说得好（意思是说，背得没错），正是这样，正是这样。"他高兴地大声说道，如同《一千零一夜》中说的"高兴至极[②]"。但这时亲王已消失在小餐厅里。另外，即使发生稀奇古怪的事情，生活仍将继续，因此，走出雾海的人们，有的点饮料，有的点夜宵；他们中有些青年是赛马俱乐部成员，由于天气异常，他们毫不犹豫地在大餐厅里两张桌子旁坐下，离我的座位非常近。这里如同洪水泛滥时那样，从小餐厅到大餐厅，顾客们在雾海中长时间迷路之后，坐在这舒适的饭馆里，感到非常兴奋，在他们之间都产生一种亲密无间的气氛，只有我一人被排除在外，这种气氛想必跟挪亚方舟里的气氛相同。突然间，我看到老板点头哈腰，侍应部领班一个不缺地全都跑来，所有的顾客都把目光转了过去。"快，把西普里安给我叫来，给圣卢侯爵先生准备一张桌子。"老板大声说道。在他看来，罗贝尔不仅是真正享有盛誉的

---

① 指二十世纪初两次摩洛哥危机。1905 年，德皇威廉二世访问摩洛哥丹吉尔市，声称摩洛哥苏丹是独立君主，列强在摩洛哥的地位绝对平等，使德法关系紧张。次年在西班牙阿尔赫西拉斯举行 1880 年《马德里公约》参加国会议，由于英、俄支持法国，德国被迫让步。1911 年法国占领摩洛哥首都非斯，德国派遣炮艇"豹"号于 7 月 1 日至阿加迪尔示威，战争一触即发。后因英国干预，同年签订《法德协定》，德承认摩洛哥为法国保护国，但以取得法属刚果一部分作为补偿。

② 这话常出现在《一千零一夜》的法译者约瑟夫·马尔德吕大夫（1868—1949）的译本（1898—1904）中。

贵族大老爷——即使在富瓦亲王眼里也是如此——而且是一位生活奢侈的顾客，在这家饭馆花钱如流水一般。大餐厅的顾客都好奇地观看，小餐厅的顾客则争先恐后地跟他们的朋友圣卢打招呼，圣卢刚把脚擦干。但他刚要走进小餐厅，却看到我在大餐厅里。“天哪，”他叫道，“你在那儿干吗？还坐在开着的门前？”他说时气愤地朝老板看了一眼，老板急忙跑去把门关上，并把责任推给侍者：“我一直叫他们把这扇门关着。”

我只好把我的桌子和前面几张桌子移开，才走到他的跟前。“你干吗走了过来？你更喜欢在那里吃饭，而不喜欢在小餐厅吃饭？但是，我可怜的朋友，你在那儿会冻僵的。”他对老板说：“请您给我把这扇门堵死。”——“立刻照办，侯爵先生，从现在起，顾客全都从小客厅过来，就这样办。”为了更清楚地显示自己的热情，他就叫一个侍应部领班和好几个侍者去做此事，同时大声发出可怕的威胁，说事情干得不好就要严加惩处。他对我必恭必敬，是希望我忘记他在我刚到时没有这样礼貌，而只是在圣卢来后才这样对我，还希望我认为，他对我尊敬并非因为他那富裕的贵族顾客对我十分友好，他还在暗中朝我微笑，仿佛表示他那纯属个人的好感。

我后面有一位顾客开口说话，使我在一时间转过头去。我听到的话不是：“鸡翅，很好，来点香槟，但要掺水”，而是：“我想要甘油，要热的，很好。”我想看看点这种菜的是哪位苦行者。我急忙把头转向圣卢，不让这奇特的美食家把我认出。此人只是一位大夫，我认识他，一位顾客利用浓雾弥漫的天气把他关在这咖啡馆里请他看病。医生跟证券交易所职员一样，说话时总是说“我”。

然而，我看着罗贝尔，心里却想着此事。在这家咖啡馆里，有我一生中认识的许多外国人，是知识分子和画家，但各不相同，别人笑他们是因为他们身披矫揉造作的短斗篷，戴着一八三〇年的老式领带①，而且他们的动作十分笨拙，看到别人在笑，他们不但忍气吞声，而且还引人发笑，以表明他们对此毫不介意，这些人具有真才实学，道德高尚，而且富有同情心。他们不讨人喜欢——主要是犹太人，当然是并未同化的犹太人，而不可能是其他犹太人——不喜欢他们的人都不能容忍他们的奇形怪状（如同阿尔贝蒂娜无法容忍布洛克的模样）。一般来说，人们到后来承认，他们看不惯这些人头发过长，鼻子和眼睛过大，唱戏般的手势互不连贯，这样评价他们未免幼稚，他们承认这些人才华横溢、心地善良，在待人接物方面会深受别人喜爱。犹太人尤其如此，他们的父母大多为人慷慨，思想开阔，对人真挚，相比之下，圣卢的母亲和盖尔芒特公爵则因冷酷无情、表面虔诚而显得道德低下，只会对丑闻加以痛斥，并赞扬一种基督教精神，这种精神（通过唯一受人欣赏的智力所采取的意想不到的方法）不可避免地导致大讲排场的金钱婚姻。但在圣卢身上，不管父母的缺点如何组合成新的优点，起支配作用的仍然是思想开放、心灵坦率这种极其可爱的优点。因此，这些优点既然是一个纯粹的法国人所拥有，就得赞扬法国的不朽荣光，不管此人是贵族还是平民，这些优点如鲜花开放——说鲜花怒放就显得过分，因为说话要有分寸——而且优雅，一个外国人不管如何有才能，都不会使我们如此优雅。思想上和道德上的优点，其他人当然也会拥有，即使在开始时惹人讨厌，令人不快，使人发笑，这些优点仍然十分可贵。然而，这毕竟是一件好事，也许只有法国才有，那就是公正地看是赏心悦目的东西，思想和心灵认为有价值的东西，或者说初看迷人、色彩优雅、雕刻得恰到好处的东西，在物质和形式上也做到内在的完美。我看着圣卢，但心里在想，这是件好事，因为外貌优雅可以作为了解内心优雅的前奏，因为鼻翼优美，线条完美无缺，如同停在贡布雷周围草地花卉上小蝴蝶的翅

① 即打好结的领带，绕脖子好几圈，戴着显得耸肩缩颈。

膀；我在想，真正的 opus francigenum[①]（法国艺术），其秘密自十三世纪起并未丢失，以后也不会随着我们那些教堂的消失而消失，这不是田园圣安德烈教堂的石雕天使，而是普普通通的法国人，不管是贵族、资产者还是农民，他们的脸雕刻得精致而又明快，而且风格传统，如同教堂的门廊里那样，但仍然富有创造性。

老板暂时走开，亲自去照管关门和订晚餐的事（他执意要我们点“肉店的肉”，家禽肉显然不行），他回来后对我们说，富瓦亲王先生希望侯爵先生能允许他到旁边一张桌子来吃饭。“可那些桌子全都有人坐着。”罗贝尔看着把我堵在里面的那些桌子回答道。“这倒没什么关系，只要侯爵先生喜欢，我可以轻而易举地请这些人换个地方。为了侯爵先生，这种事能够办到！”圣卢对我说：“不过这事由你决定，富瓦这小伙子不错，我不知道他是否会让你感到厌烦，他不像许多人那样蠢。”我对罗贝尔回答说，我肯定会喜欢他，但是，我要是能跟他一起吃饭，我会感到十分高兴，我同样喜欢咱们俩单独待在一起。“啊！亲王先生的大衣非常漂亮。”老板在我们商量时说。“是的，我看到过。”圣卢回答道。我想告诉罗贝尔，德·夏吕斯先生对他嫂子隐瞒了他认识我的事，并想问他其中的原因，但我没能说出，因为德·富瓦先生走了过来。他来看看我们是否同意他的要求，我们看到他跟我们只有两步之隔。罗贝尔给我们做了介绍，但对这位朋友承认，他要跟我说话，所以不希望别人打扰。亲王走时，跟我打了招呼，又笑着指指圣卢，仿佛因圣卢只想对我作简短介绍感到遗憾，而他希望圣卢能介

---

① 埃米尔·马勒在《中世纪德国艺术和法国艺术》中说：“长期以来，德国人认为他们创造了哥特艺术。[……]1845 年，德·维尔奈伊先生宣称，哥特艺术诞生于法国。几年之后，维奥莱-勒迪克的著作前几卷出版，这一真实情况就变得毫无疑问[……]但要使德国科学低头[……]克劳斯在其教科书中认为，在他那些前辈的论据中最好再加上几条。他说：‘中世纪时，哥特艺术在德国称为 opus francigenum，即法国艺术。但当时的法国是法兰克人的国家。’”（阿尔芒·科兰出版社，1917 年，第 109—114 页）

绍得更加详细。但在这时,罗贝尔仿佛突然想到什么事,就跟他朋友一起走了,走之前对我说:“你坐着别动,先吃饭,我一会儿就来。”说完他就消失在小餐厅里。我感到难受,是因为我不认识的那些穿着优雅的青年,在谈论年轻的卢森堡大公继承人[①](原为拿骚伯爵)的事,说得滑稽可笑、心怀叵测,我是在巴尔贝克认识他的,他在我外婆患病期间,对我表现出无微不至的同情。有一个人认为他曾对盖尔芒特公爵夫人说:“我妻子走过时,我要求大家起立。”公爵夫人则回答说(这回答不仅不风趣,而且与事实不符,因为年轻的王妃[②]的祖母一直是世界上最正直的女人):“你妻子走过时大家都得起立,这跟你祖母不同,她要求男人都躺下睡觉。”接着有人说,他今年到巴尔贝克去看望婶婶卢森堡王妃,下榻那里的大旅馆,他埋怨经理(我的朋友)没有在堤坝上升起卢森堡国旗。然而,卢森堡国旗不像英国或意大利的国旗那样出名、常用,所以花了好几天时间才买到,这使年轻的大公极为不满。我丝毫也不相信会有这种事,但我决定到巴尔贝克之后立刻去问旅馆经理,以确定此事纯属杜撰。我在等待圣卢时,请饭馆老板叫人给我把面包拿来。“马上送到,男爵先生。”[③]我对他回答说[④]:“我不是男爵。”——“哦! 请原谅,伯爵先生!”我要是再次否定,肯定会变成“侯爵先生”,但我已没有时间说出口;圣卢像他说的那样,很快就回来了,这时出现在餐厅门口,手里拿着亲王的小羊驼毛大衣,我这时才知道,他问亲王要了大衣,是怕我冷,拿来给我穿的。他

---

① 这个虚构人物的原型为普鲁斯特的朋友皮埃尔·德·波利尼亚克,此人于1920年3月19日娶摩纳哥亲王的养女夏洛特·格里马尔迪即瓦朗蒂努瓦公爵夫人为妻。

② 皮埃尔·德·波利尼亚克伯爵在婚后放弃自己的姓氏和爵位,成为摩纳哥亲王和瓦朗蒂努瓦公爵。

③ 法国七星丛书版后有:他急忙回答道。

④ 法国七星丛书版后有:并像开玩笑般地装出难受的样子。

在远处给我做手势，叫我不要起来，他则朝我走来，他要坐下来，就得挪动我的桌子，或是我得换个位子。他走进大餐厅后，立刻灵巧地登上红丝绒面料的软垫长椅，长椅沿墙而放，围成一圈，除了我之外，上面还坐着三四个赛马俱乐部的年轻成员，圣卢都认识，他们在小餐厅里找不到位置，就坐在这儿。餐桌之间都拉着电线，有一定的高度；圣卢并不感到困难，灵活地从一根根电线上跳了过去，如同赛马从障碍上一跃而过。他这样跳只是为了我一人，使我不必挪动位置，我感到不好意思，同时，我看到他很有把握地跳上跳下，又感到赞叹不已；而赞赏的并非只有我一人；如果跳跃的顾客比贵族地位低下，也没有如此慷慨，老板和那些侍者也许只会稍加欣赏，但这时他们看得如醉如痴，如同赛马师体重过磅处的行家；一个伙计仿佛无法动弹，拿着一盘菜纹丝不动地站着，而旁边的几个就餐者正等着他上菜；圣卢要在那些朋友身后经过，就爬上骑背，身体平衡地往前走，谨慎的掌声不由从餐厅深处响起。他最后走到我旁边，准确无误地停了下来，如同国王观礼台前的军官，他弯下腰，把小羊驼毛大衣递给我，显出殷勤而又顺从的样子，然后立刻在我身边坐下，而我连一动也不需要动，他把这件大衣当作轻巧、暖和的披肩，披在我的身上。

“喂，我想起一件事，”罗贝尔对我说，“我舅舅夏吕斯有什么事要跟你说。我已经答应他，明天晚上我让你到他家里去。”

“我正要跟你谈起他。但明天晚上，我要到你的盖尔芒特舅妈家去吃晚饭。”

“不错，明天在奥丽娅娜家有个盛大晚宴。我没有被邀请。但我舅舅帕拉梅德希望你别去。你不能失约？不管怎样，你得在晚宴之后到我舅舅帕拉梅德家里去。我觉得他很想见到你。对，你可以在将近十一点时到那儿。十一点，你可别忘了，我负责通知他。他这个人容易生气。你要是不去，他会恨你。奥丽娅娜家的晚宴总是很早就结束。如果你只是去吃晚饭，你完全能在十一点钟到我舅舅家。另外,我也得去看望奥丽娅娜,是为了我在摩洛哥的工作,我想换个工作。她对这种事情非常肯帮忙,只要是德·圣约瑟夫将军管的事,她什么事都能办到,而这件事正是将军所管。不过,这事你别跟她提起。我已经跟帕尔马公主说了,这件事会顺利解决。啊!摩洛哥,非常有趣。有许多事可以跟你说。那里的人非常机灵。感觉中跟聪明类似。"

"说到摩洛哥,你是否认为德国人会跟我们打仗?"

"不会,他们讨厌打仗,其实这样非常正确。但皇帝爱好和平。他们总是让我们相信,他们想要打仗,以迫使我们让步。是扑克那样的赌博。摩纳哥亲王是威廉二世的代表,来跟我们说悄悄话,他说如果我们不让步,德国就要朝我们猛扑过来[①]。于是我们就让步。但如果我们不让步,也不会发生任何战争。你只要想想,在今天,一场战争会多么滑稽可笑。这将是比《洪水》[②]和《神界的黄昏》[③]更大的灾难。只是持续的时间不会这样长。"[④]

他跟我谈论友谊、爱好和遗憾,虽说他跟他那样的旅客一样,第二天就要到乡下去住几个月,回巴黎的时间只有四十八个小时,然后回摩洛哥(或其他地方),但我在那天晚上心里热乎乎的,他说出这样的话,使我心里产生甜蜜的梦想。我们很少促膝谈心,但每次交谈,特别是这次交谈,都在我记忆中留下深刻印象。在他眼

---

① 主人公跟圣卢一起在饭馆吃晚饭,时间在 1898 年 12 月。而摩洛哥问题引起法德两国之间的分歧,是在威廉二世于 1905 年 3 月 31 日访问丹吉尔之后。因此小说中的时间安排有误。

② 《洪水》是法国作曲家圣-桑的清唱剧,1875 年为路易·加莱的一首《圣经》题材的诗作曲,翌年在夏特莱剧院举办的音乐会上首演。

③ 《神界的黄昏》是瓦格纳的四联剧《尼伯龙根的指环》的最后一部,作于1869—1874 年。

④ 法国七星丛书版后面不空行。

里，如同在我眼里那样，这是友谊的夜晚。然而，我在此刻感受到的友谊（正因为如此，我仍然有几分后悔），就像我担心的那样，并非是他想使我感到的那种友谊。我看到他跑步前进，以优美的姿势跑到目的地，仍然充满愉悦的感觉，我感到产生这种愉悦，是因为圣卢在墙边的软垫长椅椅背上做出的每个动作的意义和原因，也许可以在他个人的性格中找到，但尤其可以在他因出身和所受的教育而从家族的遗传中得到的性格中找到。

确信无疑的鉴赏力，不是对美的鉴赏力，而是对举止的鉴赏力，使优雅之士——像音乐家在别人要求他演奏一首他不熟悉的乐曲时那样——在遇到新情况时能立刻心领神会，知道在这种情况下需要有何种感觉和动作，并使用最适合这种情况的技巧和技术；另外，这种鉴赏力由于确信无疑而能充分发挥作用，不会因其他任何考虑受到约束，而许多资产阶级青年却会因这种考虑束手束脚，他们既怕因失礼在别人眼里显得滑稽可笑，又怕在朋友眼里显得过于殷勤，罗贝尔蔑视礼节，他心里显然从未有这种感觉，但这种不拘礼节，他是从遗传得来，曾使他的祖先认为他们的举止因此而变得随和，并会使对方感到心满意足；总之，贵族般的慷慨大方，毫不考虑众多物质利益（在这家饭馆大肆挥霍，最终使他在这里如同在别处一样，成为最时髦和最受欢迎的顾客，这种情况可以从别人对他的殷勤中看出，对他殷勤的不仅是仆从，而且还有十分出色的整个青年一代），使他把物质利益踩在脚下，如同那些紫红面料的软垫长椅，确确实实而又象征性地被他踩在脚下，长椅如同一条华丽的小道，受到我朋友的喜爱，只是因为能使他更加优雅而迅速地走到我的身边；这就是优点，而且都是贵族的主要优点，它们在这个并非像我身体那样不透明和晦涩难懂，而是意味深长和透明的身体后面，如同透过一件艺术作品，显示出创作这艺术品的高超技巧和能力，并使罗贝尔在墙边轻快奔跑的动作，变得容易理解而又十分迷人，如同雕刻在一个中楣上的骑士的动作[①]。“唉，”罗贝尔也许会想，“我在青年时代蔑视出身，只尊重正义和精神，除了必须结交的朋友之外，还选择笨拙和衣冠不整者为伴，只要他们能说会道，从而使我表现出的唯一形象，即给别人留下珍贵记忆的形象，不是我的意志因努力和要求而塑造出的跟我相像的形象，而是并非由我塑造甚至不是我本人的形象，因为我一直蔑视并试图战胜这种形象，我这样做是否值得？我喜欢自己最喜爱的朋友，就像我所做的那样，以便使他在我身上找到的最大乐趣，是在其中发现某种比我本人要普遍得多的东西，这种乐趣完全不像他所说的那样，也不像他可能真心实意地认为的那样，是友谊的一种乐趣，而是一种精神上的无私乐趣，是一种艺术的乐趣，我这样做是否值得？”我今天担心圣卢有时会有这种想法。如果这样，他就错了。如果他并非像他所做的那样，喜欢比他生来就有的灵活身体更为高雅的某种东西，如果他不是长期摆脱贵族的傲气，他即使生来灵活，也会显得吃力而又笨拙，他举止就会十分粗俗。对德·维尔帕里齐夫人来说，她必须十分严肃认真，她的谈话和回忆录才能使人感到轻浮而有才气；同样，圣卢的身体要充满贵族气派，贵族气派就得脱离他那追求更高目标并被他身体吸收的思想，并用典雅而又无意识的线条固定在他身体之中。因此，思想的高雅需要身体的优雅伴随，如果没有思想的高雅，身体的优雅就并非完美无缺。一位艺术家要想作品反映出自己思想高超，并不需要直接在作品中表达自己的思想；甚至可以这样说：对上帝的最高赞扬存在于无神论者的否认之中，因为他认为天地万物十分完美，所以不需要有造物主。而我也十分清楚地知道，我对这位像中楣上那样沿墙疾驰的年轻骑士的欣赏，不是对一件艺术作品的欣赏；这位年轻

① 指雅典帕台农神庙中表现雅典娜女神节仪式行列的中楣。

的亲王(纳瓦拉王后卡特琳·德·富瓦、查理七世的孙女[①]的后裔),罗贝尔因我而离开他,罗贝尔出身高贵、家财万贯,却在我面前低声下气,他的祖先傲慢而又灵活,把自信、敏捷和殷勤遗传下来,他刚才就是这样自信、敏捷而又殷勤,把小羊驼毛大衣披在我怕冷的身上,所有这些人,如同他在我之前就已认识的老朋友,我原以为他们会使我跟圣卢永远分开,但他恰恰相反,为了我而牺牲他们,这种选择只有聪明绝顶、像君主那样毫无拘束的人才能做出,而罗贝尔身体的动作,正是这种无拘无束的写照,也只有无拘无束,友谊才会完美无缺。

盖尔芒特家族一个成员的不拘礼节——但不是罗贝尔那种优雅的不拘礼节,因为遗传的傲慢变成了无意识的优雅,只是思想上真正谦恭的外衣——可能会显示出粗俗的傲慢,这种情况,我不是在德·夏吕斯先生身上发现,他性格上的缺点,我到此时还不大清楚,是跟贵族的习惯叠合在一起,而是在盖尔芒特公爵身上发现。然而,他从整体上说,虽然我外婆以前在德·维尔帕里齐夫人家遇到他时非常看不惯他,却部分显示出古老贵族的高雅,我感到他这种高雅,是在去他家吃晚饭之时,就是在我跟圣卢共度夜晚的第二天。

我当初在德·维尔帕里齐夫人家见到公爵和公爵夫人,并未在他们任何一人身上发现这种高雅,正如我第一次看戏时并未看出贝尔玛和她的同行有何区别,虽说贝尔玛身上的特点跟一些社交界人士相比可说是一目了然,因为她的特点因扮演的人物越来越真实、越来越容易理解而变得更加显而易见。但是,不管社交界人与人之间的差别如何微不足道(因此一位像圣伯夫那样真实描

① 卡特琳·德·富瓦(1470—1517)是约翰·德·阿尔布莱之妻,法王查理七世(1403—1461)的孙女。

绘的作家，想要依次指出乔弗兰夫人①、雷卡米耶夫人②和德·布瓦涅夫人③的沙龙之间的差别，但这些沙龙在他笔下却显得极其相像，其主要原因这位作家并不知道，但从他作品中可以看出，是因为沙龙的生活毫无价值)，由于跟对贝尔玛的看法相同的原因，当盖尔芒特家族成员在我眼里已变得无关紧要时，当他们与众不同的小水滴不再被我的想象蒸发掉时，我就能把它收集起来，虽说轻得不可称量。

公爵夫人在她婶婶的晚会上没有跟我谈起她丈夫，因此我心里在想，现在他们离婚的消息已不胫而走，不知他是否会出席晚宴。但我很快就确信无疑，只见仆人们站在候见室里迎客，(因为他们在此之前想必把我看作木匠的儿子那种人，也就是说，他们可能比他们主人更加同情我，但认为我不可能在他们主人家里受到接待)他们就要寻找这种巨变的原因，而在这些仆人中间，我看到德·盖尔芒特先生钻了进来，看看我是否到了，以便在门口迎接我，亲自给我脱下大衣。

"德·盖尔芒特夫人会十分高兴。"他用极有说服力的口气对

---

① 乔弗兰夫人原名玛丽-泰蕾丝·罗代(1699—1777)，丈夫是富裕资本家、玻璃厂创办者。她在圣奥诺雷街开设引人注目的沙龙，常客有画家韦尔内、布歇、拉图尔，作家马里沃，科学家达兰贝尔等。圣伯夫曾在1850年7月22日发表文章谈论她的沙龙，称赞她的沙龙组织得极为出色。

② 雷卡米耶夫人原名朱莉·贝尔纳(1777—1849)，是邦雅曼·贡斯当、斯塔尔夫人和夏多布里昂的朋友，在巴黎的林园修道院开设其著名沙龙。圣伯夫在《星期一谈话》中有以"雷卡米耶夫人"为题的文章(1849年11月26日)。

③ 即德·布瓦涅伯爵夫人，原名阿黛尔·德·奥斯蒙(1781—1866)，跟布瓦涅伯爵在英国结婚后不久离婚。她跟奥尔良家族关系密切，是七月王朝的王后玛丽-阿梅莉·波旁的好友。其沙龙引人注目，常客中有政治家、外交家和文学家。著有《一位姑妈的故事，原姓奥斯蒙的布瓦涅伯爵夫人回忆录》，是了解七月王朝的珍贵资料。据说她是帕斯基埃公爵(参见本书第一卷第22页注①)的情妇。圣伯夫曾著文谈论她，收入《新星期一谈话》。普鲁斯特借鉴此人的某些方面来塑造德·维尔帕里齐夫人这一人物。

我说道。“请允许我为您脱掉外衣（他觉得用老百姓的话来说显得既善良又风趣）。我妻子有点担心，怕您会变卦，虽说您答应要来。从今天早晨起，我们俩就相互在说：‘您等着瞧，他是不会来的。’我得说德·盖尔芒特夫人比我看得更准。您这个人不容易结交，我当时肯定您会失约。”有人说，公爵是恶丈夫，而且十分粗暴，但他说出“德·盖尔芒特夫人”这几个字，大家会对他表示感谢，如同感谢恶人显得温柔，他说出这几个字，仿佛对公爵夫人展翅保护，使她跟他融为一体。这时，他亲热地抓住我的手，准备给我领路，带我走进一个个客厅。某个日常用语从农民口中说出，会使人感到愉悦，只要这用语表明一种地方的传统尚存于世，或是一历史事件的痕迹，而影射之人也许并不知道这种传统和这一事件；同样，德·盖尔芒特先生的这种礼貌，而且在晚会上自始至终对我如此，使我心醉神迷，如同好几百年遗存的习惯，特别是十七世纪遗存的习惯。过去的人们在我们看来离我们极其遥远。我们认为他们只是明确表达出自己的思想，而不敢认为他们有深邃的想法；我们发现有一种感情跟荷马笔下的一位英雄相近，或是得知汉尼拔在坎尼战役中使用灵活的佯攻战术，让自己的侧翼退缩，以便出其不意地包围敌人[①]；仿佛在我们想象之中，这位史诗诗人和这位将军离我们的距离，如同动物园里可看到的动物跟我们的距离一样。我们看到，路易十四宫廷中的某些要人，在写给一个地位比他们低下并对他们毫无用处的人的信中有些谦恭，会感到惊讶，因为我们突然发现，这些大贵族有一整套信念，虽然从不直接说出，却受其支配，他们主要有这种信念，即必须彬彬有礼地装出某些感情，并极其认真地发挥和蔼可亲的某些作用。

过去在想象中显得如此遥远，也许是一种原因，使我们得以理

① 参见本卷第106页注②。

解，为什么连大作家也认为像莪相[1]那样平庸的故弄玄虚者的作品具有天才之美。我们感到十分惊讶的是，古代的行吟诗人竟会具有现代思想，我们赞叹不已的是，有一首歌我们以为是盖尔人的老歌，却发现其中的思想妙不可言，只有当代人才会有。有才华的翻译家，可以在基本忠实地译出一位古人的作品时，加上当代人撰写并在别处发表的文字，只要这些文字能令人赏心悦目：他立刻会使他翻译的诗人具有动人心弦的高超，并能在好几个世纪的琴键上弹奏。这位翻译家的作品，如作为他自己写的书发表，只能是平庸之作。如是译作，则是一部杰出的译本。过去不仅不是转瞬即逝，而是仍然留在原处。并非只是在战争爆发几个月后，从容不迫地通过的法律能对战争产生有效的作用，并非只是在案情仍然模糊不清的凶杀案发生十五年之后，法官仍然能找到弄清案情的材料；在许多世纪之后，在一个遥远的地区研究地名和居民习俗的学者，仍然能在这些习俗中发现早在基督教出现之前就已存在的某个传说，这个传说现已无法理解，甚至早在希罗多德[2]的时代就已被人遗忘，但在现在的环境中依然存在，是在赋予一种岩石的名称中，在一种宗教仪式中，是一种更加稠密、古远和稳定的气息。还有一种气息没有这样古远，是宫廷生活的气息，如果说不是存在于德·盖尔芒特先生往往粗俗的举止之中，至少存在于驾驭这种举止的精神之中。我还将品尝到这种气息，即一种古老的气味，那是在不久之后我在客厅里见到他时。因为我并未立刻前往客厅。

---

① 莪相是公元三世纪苏格兰古代行吟诗人。英国诗人詹姆斯·麦克菲森（1736—1796）曾借助有关盖尔族和盖尔语的知识，假托莪相之名发表《莪相作品集》（1760）。作品以宏大磅礴的气势、神秘朦胧的风格和忧郁的气氛引起欧洲文坛注目，推动法国和德国新兴浪漫主义文学的发展。歌德、斯塔尔夫人、夏多布里昂和拜伦都十分欣赏莪相。这些诗歌的法译本最早于1777年出版。

② 希罗多德（约前484—约前425），古希腊历史学家。西方史学称其为历史之父。有名著《历史》（即《希腊波斯战争史》，九卷）传世。

离开门厅时，我对德·盖尔芒特先生说，我很想看到他收藏的埃尔斯蒂尔的作品。“我听候您的吩咐，埃尔斯蒂尔先生是您的朋友？我非常抱歉，因为我跟他有点认识，他和蔼可亲，这种人我们的父辈称之为正人君子，我本来可以请他大驾光临，跟我们共进晚餐。他一定会非常高兴跟您共度良宵。”公爵竭力想显出王朝旧制度的模样时，看不大出有这种模样，但他不想显示出来时，却恢复了这种模样。他问我是否希望让他把这些画拿给我看，然后给我带路，走到每扇门前都要优雅地闪开让我先走，他为了给我带路而不得不走在前面时就对我表示道歉，这是一出小戏（在圣西蒙谈到盖尔芒特家族的一个祖先，也同样一丝不苟地对他尽到主人之谊，以完成绅士的无聊义务之后），在我们观赏到之前，盖尔芒特家族的其他许多成员，想必已经给其他许多客人演出过。我对公爵说，我要是能独自欣赏这些画，会感到十分高兴，他于是悄悄地走了，走前对我说，我只要去客厅就能找到他。

只是我开始独自观赏埃尔斯蒂尔的画之后，就把吃饭的时间完全置于脑后；如同在巴尔贝克时那样，我眼前又呈现出这色彩陌生的世界的一个个片断，这世界只是这位大画家特有的观察方法的投影，而他说的话丝毫也没有表达出这点。墙上挂着他那些画的地方，相互间十分协调，如同放幻灯映射出的光亮图像，而在目前的情况下，这幻灯就是艺术家的脑袋，我们无法想象出这幻灯的奇妙，是因为我们只是认识画家其人，就是说只是看到里面装有灯的幻灯，但彩色玻璃片连一片也没有插入。在这些画中，有几幅被社交界人士认为极其滑稽可笑，但我觉得这几幅画比其他画更有意义，因为它们再现了一种视错觉，这种视错觉向我们证明，如果不使用推理的方法，我们就无法识别这些事物。有多少次我们发现一条明亮的长街在离我们几米远的地方开始延伸，而我们看到前面只有一堵被强光照亮的墙，我们因此而产生景深的幻觉。从此之后，不是用象征性手法，而是用真心实意地回归最初印象的方法来表现一种物体，但使用的却是另一种物体，我们在一瞬间产生初次幻觉，以为它就是所要表现的物体，这种做法不是很合乎逻辑？实际上，物体的外表和大小，跟我们在认出它们时用我们的记忆强加于它们的名称并没有关系。埃尔斯蒂尔竭力从他刚得到的感觉中揭示出他所知道的事物，他做出的努力，往往是分解一群我们称之为视觉的推理。

社交界人士讨厌那些"丑陋之作"，他们对埃尔斯蒂尔喜欢夏尔丹[①]、佩罗诺[②]等画家感到惊讶，因为他们也喜欢这些画家。他们并没有看出，埃尔斯蒂尔为了自己，在真实面前（特别显示出他对某些探索的爱好）也曾做出跟夏尔丹或佩罗诺相同的努力，因此，当他不再为自己工作之后，他欣赏他们，是因为他们做出了一些相同的尝试，提前画出了他作品中的某些部分。但是，社交界人士并未想到要在埃尔斯蒂尔的作品中添加时间上的前景，这种前景使他们能够喜欢或至少能毫无顾忌地观赏夏尔丹的绘画。然而，高龄老人也许会想，他们在自己的一生中曾认为安格尔[③]的一幅杰作和他们认为永远丑陋的作品（譬如马奈的《奥林匹亚》[④]）

---

① 参见本书第二卷第221页注①。

② 即让-巴蒂斯特·佩罗诺（1715—1783），法国画家。主要创作油画和粉画的肖像画。特别注重绘画的美学效果，而不是跟其模特儿是否相像。

③ 即让·奥古斯特·多米尼克·安格尔（1780—1867），法国画家。古典主义画派最后的代表人物。他代表保守的学院派，与当时新兴的浪漫主义画派相对立，形成尖锐的学派斗争。作品有《土耳其宫女》、《土耳其浴》、《荷马的礼赞》、《路易十三的誓愿》、《泉》、《爱蒙夫人像》、《画家格拉奈像》等。

④ 爱德华·马奈（1832—1883），法国画家。在欧洲绘画传统基础上革新技法，善于运用鲜明响亮的色彩，简练准确的笔触，及减少中间色调，加强明暗对比等方法作画，从而引起学院派的歧视。1863年后接近印象派画家莫奈等，画风有所改变，不久仍以自己的方法作画。作品有《草地上的午餐》、《奥林匹亚》、《吹短笛的男孩》、《枪毙马克西米连》、《牧羊女游乐场的酒吧间》、《左拉像》、《马拉美像》等。他的《奥林匹亚》作于1863年，1865年在巴黎美术展览会首次展出，受到观众的非难。奥林匹亚是传说中众神的聚居地，也是美神的所在地，马奈却把这一名称赋予一个现代巴黎女子，而且是

之间有着不可逾越的距离，但随着岁月的流逝，却看到这距离渐渐缩小，最后这两幅画如同双胞胎一般。但是，我们不能从任何教训中获益，因为我们不善于推广到一般，并且总是认为自己目前的经历在过去并无先例。

我看到两幅画（这两幅更有现实主义风格，并且画法陈旧），感到激动，是因为同一位先生，在一幅画上身穿燕尾服，待在自己的客厅里，而在另一幅画上，他是在民间聚会上，穿着短上衣，头戴礼帽，待在河边，显然无所事事，这说明他不仅是埃尔斯蒂尔惯用的模特儿，而且是他的朋友，也许是赞助者①，他喜欢让此人出现在他的画中，就像过去的卡尔帕乔，喜欢让某些彼此十分相像的威尼斯显贵入画②，同样，贝多芬也乐于在他喜爱的一部作品的扉页上写下他喜爱的鲁道夫大公的名字③。这个河边聚会不无迷人之处。河流、女人的裙子、一片片船帆及其水面上无数倒影，都相互邻接，展现在这方形画中，而埃尔斯蒂尔是在一个美妙的下午把这方形切割下来。一个女人热得透不过气来，就在片刻间停止跳舞，她的裙子既令人陶醉，又绚丽多彩，而停止不动的船帆、小港的水面、木浮桥、树叶和天空也同样迷人。我在巴尔贝克看到的一幅画

法国资产者私生活中常见的下等女子，就只能理解为是对学院派艺术的一种揶揄。1890 年此画赠送给卢浮宫博物馆，再次引起争论，因此先在卢森堡博物馆展出，1907 年才置入卢浮宫，被挂在三级会议厅中安格尔的《土耳其宫女》旁边。

① 这位先生显然指夏尔·埃弗鲁西（1849—1905）。此人是收藏家、艺术史家、《美术报》编辑和银行家。他在奥古斯特·雷诺阿《游船上的午餐》（1880—1881）中身穿礼服、头戴礼帽，跟普鲁斯特的描写相像。另一幅画也许是指雷诺阿的《夏庞蒂埃夫人及其两个女孩》。

② 卡尔帕乔曾把洛雷丹家族多名成员画入组画《圣乌尔苏拉的传说》的几幅画中。

③ 指贝多芬《降 B 大调钢琴三重奏》（1811），因题献给奥地利的鲁道夫大公，亦称《大公三重奏》。鲁道夫大公曾随贝多芬学习钢琴和作曲。

上，医院在天青色天空下显得跟大教堂一样美丽，这幅画比作为理论家的埃尔斯蒂尔更加大胆，比有鉴赏力并喜爱中世纪绘画的埃尔斯蒂尔更为大胆，仿佛是在歌唱："哥特式风格并不存在，杰作并不存在，医院毫无风格，跟自豪的教堂正门价值相同。"我同样听到："有点粗俗的女士，一位艺术爱好者在散步时会不屑一顾，并将她排除在大自然展现在他眼前的富有诗意的画面之外，这女人也漂亮，她的裙子跟船帆一样光亮，事物没有贵贱之分，普通的裙子和漂亮的船帆是反光相同的两面明镜，价值全在于画家的目光之中。"然而，画家能使时光的流逝永远停留在这一明亮的时刻，当时那女士感到热，不再跳舞，那棵树笼罩在阴影之中，船帆仿佛在金漆上滑行。但正因为这一刻以千斤之力压在我们身上，这幅静止不动的画就使人有转瞬即逝的感觉，我感到那女士很快就要回去，帆船很快就会消失，阴影很快就会移位，夜晚很快就会降临，感到生命会消失，这些被相互邻接的众多光线同时照亮的时刻不会再次出现。我还看出这时刻的一种面貌确实完全不同，那是在几幅神话题材的水彩画中，是埃尔斯蒂尔的早期作品，也用作这客厅的装饰。社交界的"先进"人物，"竟然"也会收藏此类作品，但不会再更进一步。这当然不是埃尔斯蒂尔的最佳作品，但对主题的思考已经十分真诚，因此并不显得平淡。譬如，缪斯[①]被画成人的化石，但在希腊神话的时代，不难看到她们出现在傍晚时分，两个一对或三个一群地走在山上一条小路上[②]。有时，一位诗人，其种族在动物学家看来也有一种特点（即某种无性别的特点），在跟一位缪斯散步，就像在大自然中，生物的物种不同，却能和睦相处，结伴而行。在其中一幅水彩画中，可看到一位诗人在山路上长

① 缪斯是希腊神话中九位文艺和科学女神的通称，均为主神宙斯和记忆女神摩涅莫绪涅之女。

② 指居斯塔夫·莫罗的画《缪斯们离开父亲阿波罗去给世界以启示》。普鲁斯特曾在巴黎莫罗博物馆见到此画。

途行走，感到疲惫不堪，他遇到的一个肯托洛伊[1]，见他疲劳，感到同情，就让他骑在背上将他带走[2]。在不止一幅画中，漫无边际的景色（神话场景和传说中的英雄在其中只占据微不足道的位置，如同消失一般），从山峰到大海都描绘得十分逼真，展现的不止是一小时内的情景，甚至是一分钟里的情景，因为画出了西下夕阳的确切角度和转瞬即逝的阴影的准确位置。因此，艺术家在确定神话象征的确切时刻的同时，使其具有一种历史的真实感，并把它描绘和叙述成在过去确定的时间里发生的事。

我在观赏埃尔斯蒂尔的绘画时，客人来到后按的门铃不断响起，如同把我轻轻摇晃。但随之而来的寂静，已持续很长时间，最终——确实不像进入遐想时这样快——把我从遐想中唤醒，如同林多尔的乐曲奏完后的寂静，使巴尔托洛从梦中醒来[3]。我担心他们已把我忘记，担心他们已经入席，就迅速朝客厅走去。在埃尔斯蒂尔作品陈列室门口，我看到一位仆人在等候，我不知他是因年纪已老还是因头发上扑粉，样子酷似西班牙大臣，但对我必恭必敬，如同对待一位国王。我从他神色中感到，他可以再等我一个小时，但我想到我已使晚餐时间推迟，尤其想到我已答应十一点钟到德·夏吕斯先生家里，就感到惊恐万状。

这位西班牙大臣（我在一路上还遇到受门房迫害的跟班，就向他询问他未婚妻的情况，他高兴得眉开眼笑，并对我说，明天正

---

① 肯托洛伊是希腊神话中塞萨利山区居民，后被描绘为半人半马的怪物。据说秉性残暴，嗜酒色，好与人格斗。后被拉庇泰人消灭。

② 指居斯塔夫·莫罗的另两幅画，即《赫西奥德和缪斯》（1860）和《死去的诗人被肯托洛伊驮着》（1890）。

③ 在法国剧作家博马舍的喜剧《塞维利亚理发师》（1775）中，西班牙贵族阿尔马比巴伯爵来到塞维利亚，先化名林多尔来到巴尔托洛大夫家中，以接近大夫监护的孤女罗茜娜，被巴尔托洛识破，后化名为阿隆索的音乐学院学生，代替老师来巴尔托洛家给罗茜娜教唱歌。罗茜娜唱歌时巴尔托洛睡着，伴奏的乐曲声一停却把他唤醒。（该剧第三幕第四场）

好是他们俩一起出去的日子，他会整天跟她待在一起，他还称赞公爵夫人心肠好）把我带到客厅，我怕在那里看到德·盖尔芒特先生心情不佳。但他却高兴地接待我，这种高兴显然部分是出于礼貌而装出来的，但从另一方面来看也是出自真心，这既是因为晚餐推迟了这样长的时间，他已饥肠辘辘，同时也因为他意识到把客厅挤得水泄不通的客人都已等得迫不及待。我事后确实得知，他们等了我将近三刻钟的时间。盖尔芒特公爵也许在想，挨饿的时间再延长两分钟，大家不至于十分难受，另外，既然是出于礼貌才把入席的时间推迟得如此之晚，他如果不让下人马上开饭，使我相信我并未迟到，大家并非是为了我才等候，这样礼貌就显得更加周全。于是，他就问我，对埃尔斯蒂尔的作品有何看法，好像还要等一个小时才开饭，仿佛有些客人还未到来。但与此同时，他不让别人发现他肚子已饿得咕咕直叫，为不再浪费一秒钟的时间，就跟公爵夫人同心协力，开始进行介绍。我这时才发现，我周围的环境发生了变化，在此之前，我除了在斯万夫人的沙龙有过见习期之外，在我母亲那里以及在贡布雷和巴黎，我总是看到爱发牢骚的资产阶级妇女对我持保护或防御的态度，把我当小孩看待，而这时的环境，如同把帕西发尔突然带到花妞中间的环境①。我周围的花妞，全都袒胸露背（她们的玉体从含羞草弯曲茎干般的两侧露出，或是在一朵玫瑰宽大的花瓣下露出），她们向我问好，只是用温柔的目光久久地倾注在我身上，仿佛只是因为害羞才没有把我抱吻。虽然如此，她们中许多人仍然作风正派，是其中许多人，而并非全部，因为冰清玉洁的女子，不会像我母亲那样，对水性杨花的女子感到厌恶。心血来潮的行为，会受到圣洁的女友反对，虽说是显而

① 指瓦格纳的歌剧《帕西发尔》（1882）第二幕，魔法师克林莎为诱惑寻找圣杯的帕西发尔，就把艳丽女子孔德里招来，然后又把手一挥，城堡顿时消失，变成花香浓郁的花园，花妞在园内走动，帕西发尔为她们的美色所吸引，就从墙上跳下，来到她们中间。

易见的事，在盖尔芒特的圈子里却似乎无关紧要，重要的是能够保持相互间的关系。大家装出不知情的样子，仿佛不知道一位女主人的身体在被任何想要的男人抚摸，为的是“沙龙”依然能完整无缺。公爵对客人们很少拘束（关于他们的情况，他早已了如指掌，从他们那里，他也早已没有任何事可以了解），对我却十分拘谨，因为我有哪种长处，他还一无所知，因此他对我十分尊敬，如同路易十四宫廷里的大贵族对资产阶级大臣那样尊敬，他显然认为，不认识他的客人毫不重要，至少对我是如此，我因顾全他的面子，担心我是否能给他的客人留下良好印象，而他却只是担心我是否会对他们印象良好。

不过，这时首先发生的是两出情节复杂的小插曲。我走进客厅之后，德·盖尔芒特先生甚至不让我向公爵夫人问好，就立刻把我带到一位矮小的夫人面前，仿佛想给她一个惊喜，他似乎在说：“这是您的朋友，您看，我好不容易把他给您带来。”然而，我还没有被公爵推到她的跟前，她已开始用黑色、温柔的大眼睛，不断给我送来无数狡黠的微笑，这种微笑，我们一般是对一个也许并未认出我们的老朋友发出。我的情况正是如此，我无法想起她到底是谁，就在往前走时把头转到一边，以便等公爵的介绍使我消除这种困惑之后再来回答她的微笑。在这段时间里，这位夫人继续使她对我的微笑呈现不稳定的平衡状态。她似乎急于摆脱这种状态，想让我最终说出：“啊！夫人，确实如此！我们再次见面，我妈妈一定非常高兴！”我急于知道她的名字，就像她刚才急于看到，我最终像老朋友那样对她施礼，她像升 G 音那样无限持续的微笑也可以最终停止。但是，德·盖尔芒特先生把此事办得十分糟糕，至少我认为如此，我觉得他只是说出我的名字，而我却仍然不知道这并非陌生的夫人究竟是谁，而她也没有想到要自报姓名，我们关系密切的原因，我是一无所知，而对她来说却一清二楚。确实，我来到她跟前之后，她不是把手伸给我，而是立刻热情地握住我的手，并亲热地跟我说话，仿佛我跟她一样，对她此刻心里在想的美好往事了如指掌。她对我说，阿尔贝未能前来，会感到遗憾，我觉得这想必是她儿子。我心里在想，老同学中有哪个名叫阿尔贝，只想到布洛克一人，但我面前的夫人不可能是布洛克的母亲，因为他母亲早已不在人世。我竭力猜测她此刻想到的跟我过去相聚的往事，但白费力气。她温柔的大眼睛如同半透明的煤玉，露出的只有微笑，但我透过她的眼睛却无法把她看清，如同黑玻璃即使被太阳照得发亮，后面的景色也无法看清。她问我，我父亲是否过于劳累，我是否希望哪一天跟阿尔贝一起去看戏，我的健康状况是否好转，但我当时脑子里漆黑一片，回答时也就犹豫不决，说得清楚的只有"我今晚不大舒服"这句话，她听到后亲自把椅子挪到前面给我坐，并对我关怀备至，而我父母的其他朋友从未对我如此关心。最后，解谜的话由公爵说出。"她觉得您十分可爱。"他在我耳边低声说道。我听了感到惊讶，仿佛这话并不陌生。这话是德·维尔帕里齐夫人告诉我外婆和我的，当时我们认识了卢森堡王妃[①]。于是，我恍然大悟，眼前这位夫人虽说跟德·卢森堡夫人毫无相像之处，但根据把我向她作介绍的公爵所说的话，我看出她这个人愚蠢。这是一位殿下。她对我的家庭和我一点儿也不了解，但她出身极其高贵，又拥有世上最多的财产，因为她是帕尔马亲王之女，嫁给也是亲王的表哥，为了对造物主感恩，她要向一个人表明，不管他如何贫穷，出身如何卑微，她都不会看不起他。其实，她的微笑本应使我猜出她是何人，我曾看到卢森堡王妃买了几只黑麦小面包送给我外婆[②]，就像给巴黎动物园的母鹿吃的那样。但是，这只是别人向我介绍认识的第二位有王族血统的王妃，因此，我没有看出这些大人物和蔼可亲的一般特点，是情有可原。另外，他们也

---

① 参见本书第二卷第 270—272 页。

② 应该是商贩卖剩的一只黑麦面包。参见本书第二卷第 271 页。

煞费苦心地提醒我不要过于相信这种和蔼可亲，因为盖尔芒特公爵夫人曾在歌剧院十分高兴地向我招手，但后来我在街上跟她打招呼，她却显得非常气愤，这就像有些人，在把一个金路易给了一个人之后，就认为他们已跟此人永远清账。至于德·夏吕斯先生，他的亲热和冷淡相比，更是有天壤之别。不过，大家将会看到，我还认识一些殿下和陛下，但属于另一种类型，那些王后装出王后的样子，说话跟其他王后的习惯不同，而是像萨尔杜的剧作中的王后①。

德·盖尔芒特先生如此迫不及待地把我介绍给这位夫人，是因为在聚会中如有殿下不认识的人，是不能容忍的事情，而且这种情况一刻也不能持续。以前，圣卢也曾迫不及待地让别人把他介绍给我外婆。另外，宫廷生活的遗风称之为社交礼节，并非只是表面一套，而是通过由表及里，使这种表面一套变得重要而又深刻，由于这种遗风，盖尔芒特公爵和公爵夫人把一种义务看得十分重要，比往往被他们中一人所忽视的仁慈、纯洁、同情和公正的义务还要重要，这种义务无法改变，那就是跟帕尔马公主说话时要用第三人称②。

我以前还从未去过帕尔马（自从久远的复活节假期以来，我一直想去那里），但我知道，那里的公主在这座想必一切都协调一致而又独一无二的城市里拥有最漂亮的宫殿，知道她离群索居，住在四壁光彩夺目的宫殿里，周围的气氛令人窒息，如同无风的夏夜在意大利小城的一个广场上，小城以她那稠密而又过于温柔的姓氏命名，因此，认识帕尔马公主，应该可以突然消除我竭力想象出来的事物，取而代之的是帕尔马真正存在的事物，仿佛身子未动就

① 萨尔杜请参见本书第二卷第109页注②。在二十世纪初所谓“美好时期”，法国沙龙里常以滑稽模仿萨尔杜剧中的王后来取乐。

② 即不是称“您”，而是称“公主殿下”或“她”。

已部分到达那里；这在前往乔尔乔涅的城市[1]旅游这种代数中，如同只有这个未知数的第一个一元方程。但是，虽然我多年以来——像化妆品制造商那样在一块油脂里注入香料——在帕尔马公主的名字里注入成千紫罗兰花的香精，我在看到此前一直会被我认为至少是桑塞维利娜公爵夫人[2]的公主之后，第二个操作程序立即开始，确切地说，这个操作要到几个月后才算圆满完成，即采用新的化学拌合法，把紫罗兰香精油和司汤达的香料全部逐出公主的名字，并在其中加入眼睛乌黑的矮小妇女的形象，这妇女一心行善，其和蔼可亲显得极其谦卑，使人一眼就能看出，这和蔼可亲来源于殿下的高傲。另外，除了有少许差别之外，她跟其他贵妇相同，却跟司汤达的人物很少有相似之处，就像在巴黎的欧洲街区，帕尔马街[3]跟帕尔马的名称不大相像，而是跟邻近的所有街道相似，它使人想起的不是法布利斯去世的帕尔马修道院，而是圣拉扎尔火车站的候车大厅。

她和蔼可亲有两个原因。一是普通的原因，那就是这位公主所受的教育。她母亲（不仅跟欧洲所有王族有姻亲关系，而且还——跟帕尔马的王公家族形成鲜明对照——比任何执政的女王都要富裕）从她幼年时起就告诫她要表面谦恭内心傲慢，即像福音书教导的那样故作风雅；现在，女儿脸上每个轮廓线条，她肩膀的曲线和手臂的动作，都仿佛在重复这样的话："你要记住，上帝让你出生在登上王位的台阶上，但你不应该看不起比你低贱的人，因为是上帝希望（感谢上帝！）你因出身和财产而比这些人高贵。

---

① 乔尔乔涅（约1477—1510）是意大利画家，对威尼斯画派有深远影响，他的城市指威尼斯。

② 即司汤达《帕尔马修道院》的主人公法布利斯·台尔·唐戈的姑妈吉娜。参见本卷第391页注①。

③ 巴黎的欧洲街区从1826年起建造，位于圣拉扎尔火车站后面，街区内的街道均用欧洲城市命名。帕尔马街位于阿姆斯特丹街和克利希街之间。

相反，你要对卑贱者好。你的祖先从六四七年起是克莱沃亲王和于利希亲王[①]；上帝因仁慈而让你拥有苏伊士运河公司几乎所有的股份[②]，并让你在荷兰皇家石油公司[③]的股份，比埃德蒙·德·罗特希尔德多两倍；系谱学者认为，你的直系家族始于公元六三年；你有两个大姨是皇后。因此，你在说话时决不要让人看出，你想到自己有如此大的特权，这不是因为特权并不可靠（因为家族的古老无法改变，石油永远有人需要），而是没有必要告诉别人，你出身比谁都好，你的投资属于一流，因为这些事无人不知。你要帮助穷人。仁慈的上帝赐予你高贵的地位，你只要不会有失身价，就要给地位比你低下的任何人提供你力所能及的帮助，就是在金钱上资助，甚至在护理方面帮助，当然决不能邀请这种人参加你的晚会，因为这样做对他们不会有任何好处，但会降低你的声望，使你做的好事效果全无。"

因此，即使在公主无法行善时，她也通过无声言语的种种外部迹象，竭力表明或者不如说使人相信，她在这些人中间并不认为自己比别人高贵。她对每个人都彬彬有礼，如同有教养的人对下属那样，而且时刻如此，为了助人，她就把自己的椅子推开，以留出更

---

① 克莱沃家族和于利希家族确实均在欧洲最古老的家族中占有一席之地。克莱沃原为伯爵领地，后为公爵领地，位于莱茵河附近，靠近荷兰边境，曾属神圣罗马帝国。于利希市位于德国北莱茵-威斯特法伦州，由尤利乌斯·恺撒创建，故名 Juliacum。该市在十一世纪为伯爵领地首府，后为公爵领地首府，1423 年并入克莱沃公爵领地。最后一位克莱沃公爵死后无嗣，因而于 1609 年爆发于利希继位战争。公爵领地于 1777 年并入巴伐利亚，后于 1815 年并入普鲁士，因此帕尔马公主出身于德意志。

② 苏伊士通海运河环球公司的主要股东，在二十世纪初为维多利亚女王的政府。该政府利用曾领导开凿苏伊士运河的法国外交官费迪南·德·莱塞普斯的巴拿马运河开凿公司因丑闻而倒闭的机会，于 1875 年购得埃及总督赛义德·帕夏所持的苏伊士运河公司的全部股份。

③ 荷兰皇家石油公司成立于 1890 年，1907 年与伦敦的壳牌运输贸易公司合并，组成英荷壳牌石油公司。除经营石油外，该公司还从事煤炭和金属的开采以及化学工业。普鲁斯特曾购买该公司股票。

多空间，她帮我拿着手套，给我提供种种帮助，这些事，傲慢的资产阶级女士不愿去做，但那些公主却乐意去干，而过去的仆人，出于本能或职业习惯，也高兴做这种事。

这时[1]，公爵看来急于做完介绍，把我带到另一花妞跟前。我听到她的名字，就对她说，她的城堡离巴尔贝克不远，我曾在城堡前经过。“哦！我要是知道，就会十分高兴地带您参观城堡。”她压低声音说道，仿佛要显出谦虚的样子，但从她的声音可以听出，她错过了一次特别愉快的机会，感到十分遗憾，她于是用讨好的目光看着我，并补充道：“我希望还有机会。不过我应该说，我姑妈布朗卡的城堡，您会更加感到兴趣，那座城堡由芒萨尔[2]建造，是该省的明珠。”不仅她会高兴地带我参观她的城堡，而且她姑妈布朗卡也会同样高兴有机会在她的城堡接待我，这是这位女士对我说的，她显然在想，尤其是这个时期，土地逐渐转到不懂人情世故的金融家手里，因此，大领主必须说些不会受任何约束的客套话，以保持自己好客的高尚习俗。这也是因为她像自己这个阶层的所有人一样，想要说出最能使对方感到愉悦的话，使对方认为自己已出人头地，认为给别人写信会使这些人高兴，去拜访别人会使主人感到荣幸，认为别人都希望认识他。让别人有这种愉快的自我感觉的想法，有时也确实存在于资产阶级之中。在资产阶级中看到这种善意的倾向，是一种个人的优点，用来补偿某种缺点，并非出现在最可靠的朋友身上，但至少出现在最讨人喜欢的同伴身上。不管怎样，这种善良倾向出现在资产阶级之中，是一种孤立的现

---

① 在这句话前，法国七星丛书版有如下文字：帕尔马公主对我和蔼可亲的另一个原因比较特殊，但决不是因为她对我有一种神秘莫测的好感。但这第二个原因，我此刻无暇深入研究。这两句话在初校样中有，但在后来的校样中被作者删除。

② 弗朗索瓦·芒萨尔（1598—1666）及其侄孙朱尔·阿杜安-芒萨尔（1646—1708）是法国古典式建筑的创始人。但弗朗索瓦建造的建筑大多被毁。朱尔曾是路易十四的首席建筑师。

象。与此相反，在很大一部分贵族身上，这种特点已不再是个人的现象；这种特点由教育培养出来，能保持下来是因为贵族自身高贵，不怕自降身价，又无任何对手，知道和蔼可亲能使人高兴，就乐于如此待人，这种特点也就成为一个阶级世代相传的特点。有些人即使因个人的缺点而与此格格不入，无法在心中保存这一特点，他们也会在无意中使自己的词语和手势带有这种特点的痕迹。

“这个女人非常善良，”德·盖尔芒特先生在谈到帕尔马公主时对我说，“她比谁都善于显出‘贵妇’的气派。”

我在被介绍给一个个女客时，有一位先生频频显出烦躁不安的样子：此人是阿尼巴尔·德·布雷奥泰-孔萨尔维伯爵[①]。他来晚了，来不及了解有哪些客人，当我走进客厅时，他看出我这个客人不属于公爵夫人的社交圈子，因此，我想必有非同寻常的身份才能进入其内，他就把单片眼镜置于眉弓下面，心里在想，这眼镜会给他提供巨大帮助，他不仅能看到我，而且还能看出我是哪种人。他知道，德·盖尔芒特夫人拥有真正高贵的妇女特有的财产，那就是人们所说的“沙龙”，因此，她社交圈子里有时就会增添某个因发现一种药物或创作一部杰作而引人注目的名人。圣日耳曼区至今仍印象深刻，因为他们获悉，公爵夫人在为英国国王和王后[②]举

---

① 德·布雷奥泰先生曾在本书第一卷“斯万之恋”中出现。当时斯万收到一封匿名信，写信者说自己以前是奥黛特的情人。这时他已跟孔萨尔维家族联姻。埃科莱·孔萨尔维（1757—1824）是红衣主教、罗马教皇庇护七世的国务秘书，在巴黎签署1801年和解协议。他是敌视拿破仑的“黑色红衣主教”之一，代表教廷出席拿破仑帝国瓦解后召开的维也纳会议。

② 威尔士亲王于1901年登基为爱德华七世，1903年来巴黎时未带王后。他对法国友好，对1904年签订《英法协约》起到决定性的作用。他于1907年才跟王后亚历山德拉一起访法。

行招待会时，毫无顾忌地邀请了德塔伊先生①。圣日耳曼区有才华的女子没有受到邀请，难免愤愤不平，因为她们梦寐以求，想要接近这位奇才。德·库富瓦西埃夫人②认为，里博先生③也应邀出席，但这纯属杜撰，目的是使人以为奥丽娅娜想让她丈夫出任大使。最后，更令人议论纷纷的是，德·盖尔芒特先生大献殷勤，可跟萨克森元帅媲美④，他亲自来到法兰西喜剧院的演员休息室，恳请赖兴贝格小姐⑤来给国王朗诵诗歌，她也确实光临，这在盛大晚会的编年史上留下史无前例的记载。德·布雷奥泰先生想起如此多出人意料之事，但他自己也只是沙龙的饰物而已，并跟盖尔芒特公爵夫人一样，满意地感到自己的沙龙红得发紫，不过他是沙龙的男性主持，因此他心里在想，我会是何等人物，并感到他的探索打开了广阔天地。一时间，他想到维多尔先生⑥的名字；但他认为我年纪太轻，不可能是管风琴家，而维多尔先生又不大引人注目，不

① 即爱德华·德塔伊(1848—1912)，法国画家。1892 年当选法兰西艺术学院院士。1895 年当选法国艺术家协会会长。擅长历史和军事题材绘画。他是马德莱娜·勒梅尔的朋友，马德莱娜曾为普鲁斯特的《欢乐与时日》作插图。主要作品有《走出于南格驻地》、《拿破仑在埃及》、《梦幻》等。1907 年 2 月 5 日，英国驻法使馆为国王及王后访问巴黎举行晚宴，据普鲁斯特的朋友雷纳多·哈恩说，爱德华·德塔伊也应邀出席。1901 年，格雷菲勒夫人——盖尔芒特公爵夫人的原型之一——接待爱德华七世和王后亚历山德拉，英王和王后要求女主人同时邀请德塔伊。

② 普鲁斯特在德·布瓦涅夫人的回忆录中看到库富瓦西埃这个姓。

③ 参见本书第二卷第 9 页注①。

④ 盖尔芒特公爵的嗜好跟法国元帅萨克森伯爵(1696—1750)相像。该元帅是女演员阿德里安娜·勒库弗勒的情人，他在军事上屡建功勋，但私生活放荡不羁。

⑤ 即苏珊·昂热莉克·夏洛特，布古安男爵夫人，原姓赖兴贝格(1853—1924)。最初在《妇人学堂》中扮演角色，直至 1898 年结婚，后在法兰西喜剧院扮演天真少女的角色。她朗诵科佩、魏尔伦、罗贝尔·德·蒙泰斯鸠等作家的诗作，后跟萨拉·贝恩哈特和巴尔黛一起朗诵安德烈·谢尼埃的《凡尔赛颂》。

⑥ 即夏尔·马里·维多尔(1845—1937)，法国管风琴家、作曲家。1896—1905 年任巴黎圣絮尔皮斯教堂管风琴师。1891—1905 年任巴黎音乐学院管风琴教授，并于 1896 年起任作曲教授。

会受到“接待”。他感到我更有可能是瑞典公使馆的新专员，有人曾跟他谈起过；于是，他准备向我询问国王奥斯卡的情况，他曾多次受到这位国王[1]的热情接待；但是，公爵在介绍时说出我的名字，德·布雷奥泰先生觉得这名字完全陌生，但看到我在这儿，就不再怀疑我是名人。奥丽娅娜只会干这种事，她知道如何把知名人士吸引到自己的沙龙里来，当然只占客人的百分之一，否则她的沙龙就会地位下降。因此，德·布雷奥泰先生开始满意地舔舔嘴唇，并用喜欢美味的鼻子闻闻，他感到津津有味，不仅是因为他肯定能吃到丰盛的晚餐，而且还因为这次聚会一定会因我出席而趣味无穷，明天到沙特尔公爵家吃午饭时，他就有了妙趣横生的谈话内容。他尚未肯定，我到底是进行抗癌血清试验的研究员，还是排练法兰西剧院下一出开场小戏的导演，但他是大知识分子，又非常喜欢“旅游故事”，这时在我面前频频施礼，不断做出心领神会的手势，并透过单片眼镜不断微笑[2]；他也许有一种错误想法，认为他如果能使一位才华横溢的人产生错觉，觉得他布雷奥泰-孔萨尔维伯爵对高超的思想和高贵的出身同样尊重，那么，此人就会对他更加看重；也许仅仅是因为需要表达他的满意，又难以表达出来，不知道应该用哪种语言跟我说话，总而言之，他仿佛乘木筏漂流到一块陌生的土地，遇到一个“本地人”，他抱有获利的希望，好奇地观察那些本地人的习俗，不断做出友好的表示，像他们那样不停地大喊大叫，想要用鸵鸟蛋和香料来换取彩色玻璃饰物。我看到他高兴，就作出尽可能满意的回答，然后，我跟沙泰勒罗公爵握手，我已在德·维尔帕里齐夫人家遇到过他，他告诉我，这位夫人机灵而又调皮。他在盖尔芒特家族中极其典型，因为他头发金黄，鼻子鹰钩，脸上布满粉刺，使皮肤变得难看，这些特点，这个家族在十六世

① 指奥斯卡二世，参见本卷第 193 页注③。

② 关于德·布雷奥泰先生的单片眼镜，请见本书第一卷第 327 页。

纪和十七世纪遗留下来的肖像画上已经可以看到。但由于我已不喜欢公爵夫人,因此,她的形象在一个青年身上展现出来,对我就不再有吸引力。我在沙泰勒罗公爵的鹰钩鼻上,仿佛看到一位画家的签名,我在以前会长期研究这位画家,但现在已对他毫无兴趣。然后,我向富瓦亲王问好,但不幸的是,我的手指从他手里抽出来时,已是伤痕累累,他这种德国式的握手,就像老虎钳那样把我手指夹住,握手时露出嘲弄或和气的微笑,就像德·诺普瓦先生的朋友法芬海姆那样,由于这个圈子里有起绰号的嗜好,大家都称他为冯亲王,他给好友写信时则署名为冯。这个简称还可以理解,原因是他的姓是复合词,而且很长。但有时就不大好理解,如伊丽莎白有时称为丽丽,有时称为白白,如同在另一社交圈子里,基基姆的名字到处可以听见。有人解释说,有些人通常闲来无事,而且十分轻浮,为了节省时间,就用“鸠”来代替蒙泰斯鸠。但是,他们把表兄弟费迪南称为迪南,节省的时间就不是很多。另外,不应该认为,盖尔芒特家的人给别人起绰号,总是采用重复一个字的办法。譬如蒙佩鲁伯爵夫人和维吕德子爵夫人姐妹俩都是大胖子,听到别人叫她们“小妞儿”和“小宝贝”,是决不会生气的,也没有人会觉得好笑,德·盖尔芒特夫人很喜欢德·蒙佩鲁夫人,如果她身患重病,就会含泪问她妹妹:“有人告诉我,‘小妞儿’病得很重。”德·莱克兰夫人的头发中间分开、紧贴两鬓,把耳朵完全遮盖,大家只叫她“肚子饿”,有时候,只是在丈夫的姓氏或名字后面加个a来称呼其妻子。圣日耳曼区最吝啬、最卑鄙、最冷酷无情的男人名字叫拉斐尔,他妻子年轻美貌,十分迷人,但也铁石心肠,总是署名拉斐拉,但这些只是无数规则中的几个例子,如有机会,我们还可以解释几条规则。然后,我请公爵把我向阿格里让特亲王作一介绍。“怎么,您不认识这位杰出的格里-格里?”德·盖尔芒特先生大声说道,并把我的名字告诉德·阿格里让特先生。亲王的姓常常被弗朗索瓦丝引用,在我看来总是像透明的玻璃制品,我看到下面有一座古城，呈粉红色立方体，位于紫色大海的海岸上，处于金色阳光斜向照耀之下，我毫不怀疑，这位亲王——因短暂的奇迹而来到巴黎——本身就是沐浴在阳光中的西西里人，并且门第光耀，是这座古城的真正君主。可惜的是，公爵给我介绍的却是粗俗的冒失鬼，只见他用单足脚尖旋转一圈，才向我问好，自以为洒脱得优雅，却显得十分笨拙，显然跟他的姓氏和他本应拥有的一件艺术品毫不相干，他身上没有这件艺术品的任何光彩，也许他从未见到过它。阿格里让特亲王丝毫没有亲王的气派，使人无法想到阿格里真托①，因此可以认为，他的姓氏跟他本人截然不同，也毫无关系，但曾经有过一种力量，能把这个人身上以及另一人身上拥有的朦胧诗意全部吸收过来，然后封闭在它那些迷人的音节之中。如果发生过这种事，应该说做得十分完美，因为盖尔芒特家的这位亲戚，身上的魅力已荡然无存。因此，他是世上独一无二的阿格里让特亲王，但也许又最不像阿格里让特亲王。不过，他很高兴自己是阿格里让特亲王，但如同一位银行家很高兴拥有一个矿的众多股份，却毫不关心这个矿是否配得上艾凡赫矿或普里姆罗斯矿②的美名，或者是否只是称为第一矿。这些介绍是我走进客厅后开始的，现在花费这么多时间来叙述，实际上只持续很短的时间，然而，介绍刚结束，德·盖尔芒特夫人就用近于哀求的口吻对

---

① Agrigente(阿格里让特)的意大利文名是 Agrigento(阿格里真托)，是西西里岛西南海岸城市，建于古城阿克拉加斯遗址旁。城南有神殿之谷，保留着五座古希腊神殿，其中六柱多立克柱型协和神殿保存最好，颇似雅典的帕台农神庙。其他四座神殿为：朱诺神殿、奥林匹斯的朱庇特神殿、卡斯托尔和波吕丢刻斯神殿和赫丘利神殿。神殿谷考古区已被列为世界遗产。

② 艾凡赫矿是南美钻石矿，公司总部在加拿大。艾凡赫又是英国作家司各特的同名历史小说中的人物。他是撒克逊贵族，跟随狮心王理查参加第三次十字军东征，后回到故乡，帮助理查平定叛乱，重振朝纲。普里姆罗斯第一钻石矿则在南非。Primerose(普里姆罗斯)意为"蜀葵"。普鲁斯特列出这些矿的名称，是因为想起司各特的小说，以及法国剧作家罗贝尔·德·弗莱尔(1872—1927)和加斯东·德·卡亚韦(1869—1915)的三幕喜剧《普里姆罗斯》(1911)。

我说："我可以肯定，巴赞把您给他们一一作了介绍，您已感到疲劳，我们是想让您认识我们这些朋友，但我们特别希望别让您过于疲劳，您可以常常来玩。"而公爵却笨拙又谨慎地做出手势（这手势他一个小时里一直想做，而当时我正在观赏埃尔斯蒂尔的作品），示意下人可以开饭。

得要补充一点，那就是客人中缺少一人，名叫德·格鲁希先生，他妻子原姓盖尔芒特，独自前来做客，而丈夫则要在白天狩猎结束后直接来此。这位德·格鲁希先生，祖父是第一帝国的军人，有人曾错误认为，他在滑铁卢战役初期未能参战，是拿破仑失败的主要原因①，德·格鲁希先生虽说出身名门，但在某些迷恋贵族的人看来，却并非十全十美。因此，盖尔芒特亲王虽说在许多年后不再那样挑剔，这时仍经常对外甥女们说："这可怜的德·盖尔芒特夫人（盖尔芒特子爵夫人，德·格鲁希夫人的母亲）是多么不幸，总是无法把女儿嫁出去。"——"可是，舅舅，她的大女儿已嫁给德·格鲁希先生。"——"我不会把这种人称为丈夫！但有人说，弗朗索瓦叔叔已向她小女儿求婚，这样的话，她们就不会全都当老姑娘了。"②开饭的命令下达之后，好几个吱嘎的声音同时响起，通往餐厅的几扇门都双扉大开；一个膳食总管酷似司仪官，对帕尔马公主鞠了一躬，并报告"请夫人用餐"这一消息，其语调如同在说"夫人去世③"一般，但客人们听了毫无悲伤的感觉，因为他们一对

---

① 埃马纽埃尔·德·格鲁希侯爵（1766—1847），法国元帅。他在百日王朝时统帅北方军的后备骑兵团，负责追击1815年6月15日在默兹省利尼被击败的布吕歇尔率领的普鲁士军队，并阻止普军跟威灵顿率领的英军会合，但未能完成任务，因此要对滑铁卢战役的失败负部分责任。拿破仑退位后，他避难美国，1821年回国，任法国贵族院议员。

② 法国七星丛书版后面另起一行。

③ 引自法国十七世纪作家博絮埃为年轻时突然去世的英国的昂里埃特即奥尔良公爵夫人写的悼词："哦！悲惨的夜晚！哦！可怕的夜晚，突然如雷声响起，传来这惊人的消息：夫人去世！夫人与世长辞。"

对接连往前走时，显出调皮的样子，就像夏天在罗班松[①]那样，他们走到自己的座位便各自分开，仆人在他们后面把椅子推上；德·盖尔芒特夫人走在最后，她朝我走来，让我带她入席，而我并未像自己担心的那样，不感到丝毫的胆怯，因为她像女猎人[②]那样，动作敏捷得十分优雅，也许看到我站错了地方，就准确地绕我转了一圈，我看到她挽住我的手臂，自然而然地带我做出有节奏的动作，做得准确而又高雅。我对盖尔芒特夫妇俩言听计从，感到悠然自得，因为他们对这种事不是看得很重，如同真正的学者对于知识，学者不会像无知者那样感到局促不安；其他几扇门也一一打开，从里面端出冒着热气的浓汤，仿佛这晚餐是在木偶剧院举行，剧院里操作灵活，年轻的客人姗姗来迟，但主人把手一挥，所有的机器立即开始运转。

公爵的这个手势畏首畏尾，而并非威风凛凛，但响应者如钟表机械运转，敏捷、顺从而又枯燥无味。在我看来，手势的犹豫不决，并未影响执行这命令的景象所产生的效果。我感到，他之所以犹豫不决、局促不安，是因为怕我看出，大家是等我一人来后才开饭，而且等了很长时间，同样，德·盖尔芒特夫人见我看了这么多的画，怕持续给我介绍会使我感到疲劳和局促不安。因此，这手势虽然并不威武，却显示出公爵真正的威武，同样，公爵无视自己的豪华，却看重一个微不足道的客人，并对他十分敬重。这并不是因为德·盖尔芒特先生在某些方面十分出色，甚至没有富豪的滑稽可笑之处，没有他并不属于的暴发户的那种傲气。但是，一个公务员或教士会因他们的靠山法国政府和天主教会的力量而把自己的庸才看成天才（如同一个波浪受到整个大海的推动），同样，德·盖尔芒特先生受到另一种力量的推动，那就是千真万确的贵族礼节。

---

① 即普莱西-罗班松，法国上塞纳省城市，是巴黎人散步和游玩的地方，以露天小咖啡馆和民众舞会著称。

② 暗指罗马神话中的狄安娜。

这种礼节把许多人排除在外。德·盖尔芒特夫人决不会接待德·康布勒梅夫人或德·福什维尔先生。但是,一旦像我这样的人可以被盖尔芒特的圈子接待,这种礼节就使此人看到简朴而又热情的接待,这种接待是比家中可能有的古老客厅和美妙家具更为精美的珍宝。

德·盖尔芒特先生想要取悦于一个人,就像这天那样,把此人当作主要宾客看待,这种手段善于利用当时的情况和地点。在盖尔芒特,他的"高贵"和"优雅"也许会以另一种形式出现。他会在晚餐前命人套车,独自带我出去兜风。他如此高贵、优雅,我们就会被他的举止感动,就像我们在阅读过去的回忆录时被路易十四的举动打动,当时王上面露微笑,略带敬重,和颜悦色地回答一个前来请求的人。但在这两种情况下都必须知道,这种礼节不会超越这个词的含义所规定的要求①。

路易十四(当时迷恋贵族的人们指责他不重视礼节,因此圣西蒙说,从注重等级方面来看,他只是十分渺小的国王,远远不及腓力·德·瓦卢瓦②、查理五世③等国王④)命人编写了极其详细

---

① 在"路易十四的性格"中,圣西蒙写道:"不管他有何种偏见,不管他感到如何不满,他都耐心而又和气地听着,想要弄清和了解情况;他打断对方的话,只是为了达到这一目的。"(载圣西蒙《回忆录》第五卷)

② 即腓力六世·德·瓦卢瓦(1293—1350),法国国王(1328—1350)。卡佩王朝的末代国王查理四世(美男子)去世时无男嗣,腓力·德·瓦卢瓦经推举继承王位,称腓力六世,开创瓦卢瓦王朝。统治期间出兵镇压佛兰德叛乱,1337 年起与英国进行百年战争,1348—1349 年法国鼠疫流行,去世时法国残破不堪。

③ 即查理五世(明智的)(1338—1380),法国国王(1364—1380)。1356—1360 年其父好人约翰二世被英军俘获,以太子身份监国。1358 年镇压以艾顿·马赛为首的巴黎市民起义。伙同纳瓦拉国王恶人查理二世扼杀扎克雷起义。即位后依靠杜·盖斯克兰率领法军击败恶人查理二世。1369 年恢复对英作战,法军收复除加来等五城市外英军所占领的所有法国领土。

④ 圣西蒙曾举出谢弗里骑士和圣埃莱姆侯爵的例子来说明路易十四对系谱的无知。(圣西蒙《回忆录》第五卷第 478—479 页)至于"十分渺小的国王",圣西蒙是在谈到巴伐利亚选帝侯于 1709 年出访巴黎的事时说的。(圣西蒙《回忆录》第三卷第 619 页)

的礼仪须知，使王族的亲王和大使们知道，应该让哪些君主坐在或走在自己右侧。在某些情况下，如果无法达成谅解，就只能让路易十四的王太子殿下在自己城堡外接待某位外国君主，以免有人说进城堡时是一人走在另一人前面[①]）；而选帝侯在接待谢弗勒兹公爵时，为了不让他待在自己右侧，就装病躺在床上，在床上跟他共进晚餐，这样就使这一难题得以解决[②]。公爵先生总是不愿到卧室服侍国王大弟殿下，殿下遵照十分喜欢他的国王哥哥给他出的主意，找借口在他起床时让这个表弟上楼，迫使公爵给他递上衬衣[③]。但是，一旦涉及内心的感情和情感问题，这种礼节上必须履行的义务就会完全改变。路易十四在他十分喜欢的弟弟去世几小时之后，用蒙福尔公爵的话说，在殿下"尸骨未寒"之时，就唱起了歌剧的曲调，看到勃艮第公爵夫人难掩悲痛，显得极其伤心，感到十分惊讶，他希望愉快的气氛立刻重现，使朝臣们决定重新开始打牌，他还命令勃艮第公爵[④]开始玩布勒朗牌

---

① 圣西蒙所说的君主，是巴伐利亚选帝侯马克西米连·马里·埃马纽埃尔（1662—1726）。他于1709年访问法国，应路易十四的王太子（1661—1711）邀请来到巴黎西南面的默东。王太子从马尔利来到默东，想在此设晚宴招待选帝侯。经双方谈判，达成的结果滑稽可笑。王太子在室外接待选帝侯。室外有一敞篷四轮马车，两人从两边同时登上，然后一起乘车出去兜风。在马车上，王太子坐在右面，但由于两人同时登上，就不存在谁走在右面的问题。（参见圣西蒙《回忆录》第三卷第618页）

② 即选帝侯巴伐利亚的查理-路易一世（1617—1680）。他在海德堡接待谢弗勒兹公爵夏尔-奥诺雷·德·阿尔贝（1646—1712）。此事请参见圣西蒙《回忆录》第二卷第766页。

③ 公爵先生指路易第三·德·波旁-孔代（1668—1710），是路易十四及其大弟菲力浦第一·德·奥尔良公爵（1640—1701）的表弟。此事发生在马尔利，殿下起床时看到公爵在花园里，就开窗叫他上来，并在说话间引他进入卧室，这时殿下的第一贴身男仆带来殿下的衬衣，公爵只好把衬衣递给殿下。参见圣西蒙《回忆录》第二卷第16页。

④ 即法兰西的路易（1682—1712），路易十四之孙。1711年其父去世后立为太子，但于翌年初死于麻疹。其幼子安茹公爵于1715年登基，称路易十五。

戏[①]。然而，德·盖尔芒特先生不仅在众多社交活动中，而且在无意间说出的言语、操心的事情和时间的安排中，都可以看出同样的对比：盖尔芒特家的人感到的悲伤不会多于其他人，甚至可以说，他们真正的同情心也少于其他人；尽管如此，我们每天在《高卢人报》[②]的社交栏中看到他们的名字，因为他们参加众多葬礼，并觉得不去参加仿佛有罪。我如同旅游者，看到一些抹泥的房屋和平屋顶大同小异，色诺芬[③]或圣保罗[④]也许曾见到过，同样，德·盖尔芒特先生有时亲热得使人感动，有时冷酷得令人反感，有时对微不足道的义务严格遵守，有时对极其神圣的协议公然撕毁，在他的所作所为中，我看到两百多年前路易十四统治下的宫廷生活所特有的偏离常规的倾向，仍完整无缺地保留下来，这种倾向把属于情感和道德领域的思想顾忌，变为纯粹是形式上的问题。

帕尔马公主对我和蔼可亲的另一个原因比较特殊。这是因为

---

① 据圣西蒙说，殿下去世那天，国王痛哭流涕。但第二天，宫中一些女官在将近中午时来到曼特农夫人的房间，当时国王和勃艮第公爵也在那里，她们听到国王在唱歌剧的序曲。他看到勃艮第公爵夫人待在房间的角落里，显得十分伤心，就问曼特农夫人，公爵夫人为何如此，然后跟她们一起打牌取乐。两天之后，勃艮第公爵问蒙福尔公爵是否想玩布勒朗牌戏。后者听了极其惊讶，说现在殿下尸骨未寒，如何能玩牌戏。勃艮第公爵解释说，这是国王的命令，因为无人敢首先打牌，就命我开个头。他们开始玩牌之后，客厅里很快就摆满牌桌。参见圣西蒙《回忆录》第二卷第11页。布勒朗牌戏，是每人发牌三张，要凑齐三张同点的牌。

② 《高卢人报》是法国右翼日报，创办于1867年，1929年并入《费加罗报》。参见本书第二卷第465页注①。

③ 色诺芬（约前430—约前355），古希腊历史学家、作家。雅典人。苏格拉底的弟子。公元前401年参加希腊雇佣军助小居鲁士争夺波斯王位，未遂，次年率军而返。前396年投身斯巴达，跟小亚细亚的波斯人作战，被母邦判处终身放逐。著有《远征记》、《希腊史》（修昔底德《伯罗奔尼撒战争史》之续编）等。

④ 保罗（5/15—62/67），基督教奠基人之一。又名扫罗，具罗马公民身份的犹太人。生于小亚细亚基利家省的大数（即土耳其塔尔苏斯）。保罗为其罗马名字。早期曾坚决反对基督教。因耶稣在他去大马色的途中向他显现而改宗基督教。约于43年开始进行三次传教旅行，在小亚细亚、马其顿、希腊等地设立教会。56年或57年春回到耶路撒冷，把他建立的一些非犹太人教会的捐款送交耶路撒冷教会。

她事先就相信，她在盖尔芒特公爵夫人家看到的人和物，素质和质量都比她家里的要高。其实，她在其他人家里也都如此行事，仿佛情况真是如此；看到极其普通的菜肴和花卉，她不仅赞叹不已，而且还请主人同意她在第二天派她的厨师长来了解烹饪法，或派她的花匠领班来看花卉的品种，她的厨师和花匠都是高薪聘请，有自备马车，特别是自恃才艺超绝，觉得这样做丢人现眼，不惜到别人家去了解一种不值一提的菜肴，也不能把一种石竹视为楷模，因为这种石竹从漂亮、"色彩的云纹"和花朵的大小来看，都要比他们早已在公主家种植的石竹品种差得多。但是，她在众人家里对微不足道的事物都表示惊讶，是装出来的，是为了表明她并未因自己的高贵地位和财产而感到骄傲，这种骄傲，她以前的家庭教师不会允许，她的母亲加以掩盖，而上帝则无法容忍，尽管如此，她真心诚意地把盖尔芒特公爵夫人的客厅看作福地，她走在那里，只会有惊喜和乐趣。另外，一般说来——虽说这还远不能解释这种思想状况——盖尔芒特家族成员跟其他贵族的社交圈子有很大区别，他们更加高贵，也更加杰出。他们给我的初步印象却与此相反，我觉得他们俗气，跟所有男人和女人相同，但这是因为我事先看到的是他们的姓，正如我先看到巴尔贝克、佛罗伦萨和帕尔马的名称那样。显然，这客厅里的所有女人，我都想象成萨克森的小塑像，她们还是跟绝大多数女人相像。但是，跟巴尔贝克或佛罗伦萨相同，盖尔芒特家族成员起初也曾使想象失望，因为他们更像其他人而不像他们的姓氏，但其后虽说变化不大，他们还是能使智力看出他们与众不同的某些特点。他们的外貌，如皮肤呈特殊的粉红色，有时甚至紫色，秀发呈有点发亮的金色，即使男子也是如此，聚集成一绺绺柔软的金发，既像墙上地衣，又像柔软猫皮（这亮光如同智慧之光，因为大家谈论盖尔芒特家族成员的肤色和头发，也谈论跟莫特马尔家族的才智①相仿的盖尔芒特家族的才智，这种社交界的品质在路易十四执政前就已变得更加精致，并因他们大肆宣扬而得到公认），由于有这些特点，盖尔芒特家族成员虽然在贵族社交界里到处出现，但不管这种社交界的成分如何珍贵，他们仍然能被认出，仍然容易识别和注视，这就像矿脉，金黄色是碧玉和缟玛瑙的纹理，或者更像这发亮的波形软发，马鬃般的乱发如同曲折的光线，在地衣般玛瑙的两侧迅速移动。

盖尔芒特家族成员——至少是与这姓氏相配的人们——的优点，并非只有皮肤、头发和清澈的目光，而且还有一种方式，即站立、走路、施礼、握手前观看和握手的方式，因此，他们在这些方面跟其他社交界人士都不相同，就像社交界人士跟穿工作服的农场主不同那样。尽管他们和蔼可亲，但大家仍然在想：他们走路、施礼和外出，如同燕子展翅、玫瑰俯首般优雅，当他们看到我们走路、施礼和外出时，虽说他们加以掩饰，但心里却在想：他们跟我们并非同类，我们才是大地的王子，他们难道真的无权这样去想？到后来我才看出，盖尔芒特家族成员确实认为我跟他们不是同类，但却使他们羡慕，因为我具有我自已也不知道的优点，而他们声称这是唯一重要的优点。我也是到后来才感到，发表这种声明并非完全真诚，并感到他们的蔑视或惊讶跟欣赏和羡慕并存。盖尔芒特家族成员特有的身体灵活有其双重性；一种灵活时刻处于活动之中，譬如说，盖尔芒特家族的一位男性成员要对一位女士施礼，他本人的侧影是不稳定的平衡的结果，即不对称的运动和神经性代偿的运动的平衡，一条腿有点拖地，这也许纯属故意，也许是因为在打

① 莫特马尔家族的才智是一种特殊的才智或风趣，源于十七世纪的罗什舒瓦尔-莫特马尔家族。塞维尼夫人发现路易十四的情妇蒙泰斯庞夫人（1640—1707）有这种才智。她父亲加布里埃尔·德·罗什舒瓦尔即莫特马尔公爵（1600—1675）是路易十三卧室的首席侍从和巴黎军区司令。圣西蒙也在《回忆录》中谈到蒙泰斯庞夫人以及这个家族的其他成员。

猎时经常骨折，这条腿为跟上另一条腿的步子，就会使上半身侧倾，一个肩膀为保持平衡抬高，而与此同时，单片眼镜置于眼睛之上，一个眉毛由此耸起，这时一小绺头发落下，是为了施礼；另一种灵活如同波浪和风的形状，或像大小船只航行时一直存在的尾迹，可以说已形成一种动中如静的风格，鹰钩鼻因此内曲，鼻子上方是凸出的蓝眼睛，下方是过薄的嘴唇，女性成员嘴里发出的是嘶哑的声音，使人想起传说中这家族的起源，这是十六世纪一些过着寄生生活、对古希腊有研究的系谱学家好意编造，这家族确实古老，但并不像这些系谱学家认为的那样，其祖先像神话中所说，是化为鸟的天神使一位仙女怀孕而生下的孩子①。

盖尔芒特家族成员在思想上跟外貌上一样别具一格。除了吉尔贝亲王（他思想陈旧，是"玛丽·吉尔贝"的丈夫，夫妻俩乘车出去兜风时，他让妻子坐在左边，因为她虽是王族成员，但门第不如他高贵），但他是个例外，他不在时，家里人就嘲笑他，谈论他的趣闻，并且总是新奇，而盖尔芒特家族成员，生活在纯粹是贵族的"精英"之中，却装出毫不重视贵族的样子。盖尔芒特公爵夫人由于一直是这个家族的成员，在某种程度上确实变得跟这个家族有所不同，就更加讨人喜欢，她的理论把智力置于至高无上的地位，在政治上跟社会党的观点十分接近，因此人们不禁要问，负责让她维持贵族生活的守护神，藏在她公馆的什么地方？这守护神总是无法看到，但显然有时藏身于候见室，有时藏在客厅，有时藏在盥洗室，并提醒这个不相信爵位的女人的仆从，要称她为公爵夫人，并提醒这个只爱看书、对舆论毫无顾忌的女人，要在八点钟敲响时前往她弟妇家吃晚饭，去时要穿袒胸露背的服装。

家里的这位守护神向德·盖尔芒特夫人展示公爵夫人的状况，至少是首屈一指的公爵夫人的状况，她们跟她一样，也是百万

---

① 指希腊神话中的仙女勒达，一次在河中洗澡，主神宙斯化为天鹅跟她亲近，使她怀孕，生美女海伦。

富婆，要去参加乏味的茶会、外面的晚宴和盛大晚会，花费这些时间，她就无法阅读有趣的书籍，这些活动虽说像淫雨般令人厌烦，却又必须参加，德·盖尔芒特夫人也都同意参加，同时对她们冷嘲热讽，但没有去想她同意参加的原因。德·盖尔芒特夫人的膳食总管总是称这个只相信智力的女人为“公爵夫人”，这意外的情况产生的奇特印象，看来并未使她感到不快。她从未想到要叫他只称她为“夫人”。我们的好意好到极点时就会认为，她在心不在焉时只听到“夫人”二字，并认为附加的二字并未被发现。只是她如果装聋，却并非哑巴。然而，每当她要丈夫去办一件事，她就对膳食总管说：“您要提醒公爵先生……”

另外，家里的这位守护神还要做其他事情，例如让道德说话。当然啰，盖尔芒特家族成员中有些人特别聪明，有些人道德特别高尚，这两种人通常并不相同。但前者——即使其中一人曾伪造文书并在赌博中作弊，此人也在所有人中最为有趣，并愿意接受任何正确的新思想——谈论道德却比后者更为出色，同样，家里的守护神通过德·维尔帕里齐夫人的嘴来表达时，这位老妇也是如此。在类似的时刻，我们会看到盖尔芒特家族成员在突然间使用陈旧、和善的语调，这是因为他们会显得更有魅力、更加感人，这种语调跟侯爵夫人相同，是为了谈论一个女仆：“我们觉得她本质是好的，这姑娘非同寻常，她应该是正派人家的姑娘，她走的肯定是正道。”在这种时刻，家里的守护神就化为语调。但在有的时候，这守护神也是词语，也是脸上的神色，在公爵夫人身上和她那当元帅的祖父身上全都相同，是一种难以觉察的抽搐（跟神蛇即迦太基巴尔卡家族的守护神的抽搐相同①），我因此有好几次在上午散步

① 神蛇指福楼拜的小说《萨朗波》中由萨朗波饲养的黑色蟒蛇，被认为是“国家的神物，又是个人的神物[……]它的行进方式使人想起河水的波动……”（参见该书第十章）“家里的守护神”则出自福楼拜对圣伯夫谈论《萨朗波》的文章的回答。巴尔卡（意为“闪电”）家族是迦太基名将汉尼拔之父哈米尔卡尔及其女儿萨朗波的家族。

时感到心里怦怦直跳，因为我在认出德·盖尔芒特夫人之前，觉得她待在一家乳品小店里看我。这守护神进行过干涉，当时的情况不仅对盖尔芒特家族十分重要，而且对库弗瓦西埃家族同样重要，库弗瓦西埃家族虽说血统跟盖尔芒特家族一样高贵，却跟后者截然不同（盖尔芒特家族成员甚至用库弗瓦西埃家的祖母来解释盖尔芒特亲王的偏见，那就是老是谈论出身和贵族，仿佛这是唯一重要的事情）。库弗瓦西埃家族成员不仅对智力的重视不如盖尔芒特家族成员，而且对智力的看法也并不相同。盖尔芒特家族的一个成员认为（即使此人愚蠢），聪明就是批评不留情面，就是恶语中伤，能获得成功，也就是能在绘画、音乐和建筑的知识方面能跟你一比高下，就是会讲英语。库弗瓦西埃家族成员对智力的看法不佳，一个人只要不属于他们的社交圈子，如果聪明，就几乎可以说明他"也许曾杀父弑母"。在他们看来，聪明是一种"撬门铁棒"，用这种铁棒，一些完全不认识的陌生人可以撬开最受人尊敬的沙龙的大门，而库弗瓦西埃家的人知道，你要是接待这种"家伙"，最终一定会后悔莫及。不属于社交界的聪明人即使发表微不足道的看法，库弗瓦西埃家族成员也会因执拗的怀疑而加以反对。有人曾说："斯万比帕拉梅德年轻。"德·加拉东夫人对此回答说："看来是他对您说的；如果确实如此，那就请您相信，他这样说是觉得有利可图。"更有甚者，谈到盖尔芒特夫妇接待的两位十分优雅的外国女子时，由于他们让年纪大的那位先走，德·加拉东夫人就问道："她年纪真的大？"这并不是因为这种女人确实看不出年龄，而是因为她们没有身份和教籍，没有确定的传统，她们多少有点年轻，但如同一个筐里的那些小猫，只有兽医才能把它们分辨出来。另外，在某种意义上，库弗瓦西埃家族成员在完整保持贵族的特点方面，比盖尔芒特家族成员做得更好，这既是因为他们思想狭隘，也是因为他们心肠狠毒。盖尔芒特家族成员（他们的地位只低于王族以及利涅家族[1]、拉特雷穆伊家族[2]等少数几个家族，在他们看来，其他家族的区别模糊不清，而且毫无价值）对盖尔芒特周围一些家族古老的贵族蛮横无理，正是因为他们并不重视这种次要的长处，而库弗瓦西埃家族成员却十分看重门第，没有这种长处，在盖尔芒特家族成员看来无关紧要。有些女人在省里地位不高，但嫁了个显赫的丈夫，她们既有钱又漂亮，受到公爵夫人们的喜爱，但由于巴黎人对她们的"父母"知之甚少，就把她们看作优质而又高雅的舶来品。可能出现这样的情况，虽说十分罕见，那就是这种女人通过帕尔马公主的介绍，或是借助于自身的魅力，受到盖尔芒特家族某些成员的接待。但是，对这种女人，库弗瓦西埃家族成员总是怒气冲冲。他们五六点钟时在表姐妹家遇到一些人，由于他们的父母在佩尔什地区不喜欢跟这些人的父母交往，因此遇到这些人，就成为他们勃然大怒的原因和不断攻击的话题。只要迷人的 G 伯爵夫人进入盖尔芒特府，德·维尔邦夫人[3]脸上就表情骤变，她朗读下列诗句，显出的正是这种表情：

如果仅剩一人，那就将是在下[4]，

但这句诗夫人并不知道。她是库弗瓦西埃家族成员，几乎每星期一都在离 G 伯爵夫人几步远的地方吞食掼奶油馅长蛋糕，但毫无

---

① 利涅家族是比利时家族，自十二世纪起为人所知，有好几个旁系，即巴邦松、阿伦贝尔、克罗伊和希梅。普鲁斯特通过罗贝尔·德·蒙泰斯鸠，对希梅家族成员有较多了解，格雷菲勒伯爵夫人、克拉拉·德·希梅和玛丽·德·希梅都是蒙泰斯鸠的表姐妹。

② 参见本书第一卷第 258 页注②。

③ 在《在斯万家这边》的初稿中，"盖尔芒特那边"原为"维尔邦那边"。

④ 这是雨果的诗集《惩罚集》(1853)第七卷最后一首诗《最后的话》的最后一句。该诗最后一节为："如果还有一千人，好，我就是其中之一！/如果还有一百人，我就要和暴君拼命！/如果剩下十人，我就是第十人！/如果仅剩一人，那就将是在下！"

结果。于是,德·维尔邦夫人悄悄地承认,她无法想象她的盖尔芒特表妹竟会接待这样一个女人,因为这个女人在沙托丹[1]甚至连二流社交界也无法跻身。“我的表妹确实不必对交往的朋友如此挑剔,这简直是在嘲笑社交界。”德·维尔邦夫人作出总结时,脸上显出另一种表情,那是在绝望中讥笑,如要玩猜谜语游戏,仿佛把另一诗句写在其上,这诗句伯爵夫人自然也不知道:[2]“感谢诸神!我的不幸比我希望的还大[3]!”[4]另外,我们把以后的事提前说出,下面的诗句中 persévérance(坚持不懈)跟 espérance(希望)押韵,而德·维尔邦夫人坚持不懈地瞧不起 G 夫人,也并非完全无用。在 G 夫人看来,坚持不懈使德·维尔邦夫人威望崇高,虽说这威望纯粹是想象出来的,G 夫人的女儿在当时的舞会上是最漂亮、最富裕的女子,但到了婚嫁年龄,大家却惊讶地看到她拒绝所有公爵的求婚。这是因为她母亲想起自己因在沙托丹的地位而每星期都在格勒内尔街[5]受人侮辱,因此只想把女儿嫁给维尔邦家的一个儿子。

盖尔芒特家族和库弗瓦西埃家族的唯一相同之处,是跟别人保持距离的办法,而且这办法千变万化。盖尔芒特家族成员的态度并非全都完全相同。譬如,盖尔芒特家族的所有成员,也就是家族的真正成员,在别人把你介绍给他们时,会按一种礼仪行事,并大致会这样做,那就是他们把手伸给你,仿佛是一件大事,如同要

---

① 沙托丹是法国厄尔-卢瓦省城市。有十四世纪至十五世纪的城堡,城堡主塔为十二世纪建造。

②④ 法国七星丛书版后面另起一行。

③ 引自拉辛的悲剧《安德洛墨刻》(1667)第五幕第五场,是阿伽门农之子俄瑞斯忒斯在说话:“感谢诸神!我的不幸比我希望的还大!/是的,天哪,我赞美你坚持不懈。/不断专心致志对我责罚,/你使我痛苦绝顶。/你乐于用愤恨制造我的苦难;/我生来是为充当你泄愤的出气筒,/做不幸之人的完美榜样……”参见《高乃依 拉辛戏剧选》中《安德洛墨刻》,齐放译,人民文学出版社,2001 年,第 379—380 页。

⑤ 格勒内尔街有几座十七世纪和十八世纪的公馆,而且是巴黎最漂亮的公馆。

授予你骑士爵位。盖尔芒特家族的一个成员，即使年方二十，也已在步前辈之后尘，一旦听到介绍人说出你的名字，仿佛丝毫不准备对你问好，而是露出通常是蓝色的目光，这目光总是冷若冰霜，如同钢刀一般，似乎准备插到你心脏深处。不过，这也是盖尔芒特家族成员认为自己确实在做的事，因为他们都自以为是一流的心理学家。他们还认为通过这种审察，其后的施礼就会更加亲切，而且也会做到恰如其分。这些事都是在跟你有一段距离时发生，如果是两人交锋，这距离显得太短，而如是握手，这距离似乎又太大，但不管是握手还是交锋，这距离都会使对方心冷如冰，因此，盖尔芒特家族的这个成员，在视察了你心灵和信誉的最后几个密室之后，认为你符合条件，从此可以跟他交往，于是他向你伸出手来，而且把手臂尽量伸长，仿佛向你亮出花剑，要跟你单打独斗，这只手在此刻离这位盖尔芒特家族成员十分遥远，当他低头鞠躬之时，很难看出他是在对你还是对他自己的手施礼。有些盖尔芒特家族成员缺乏分寸感，或者说不断在重复自己所做之事，因此他们十分夸张，每次遇到你都要把这套礼节重复一遍。他们不再需要预先做心理调查，因为"家里的守护神"已把调查的权力赋予他们，他们想必也记得调查的结果，因此，他们仍坚持在握手前用能够钻到你心里的目光观看，这只能用目光已对此习以为常来解释，或是因为他们希望有某种慑服能力。库弗瓦西埃家族成员的外貌不同，他们徒劳地试图掌握这种探索式的施礼方法，结果却只好摆出僵硬而又高傲的姿势，或是迅速显出漫不经心的样子。然而，某些十分罕见的盖尔芒特家族女性成员的施礼方法，却似乎是借鉴于库弗瓦西埃家族成员。确实，当别人把你介绍给这些盖尔芒特家族女性成员中的一位时，这位女士会对你施以大礼，脑袋和上半身向你靠近，大约弯成四十五度，下半身(很长，直至作为转轴的腰部)则保持不动。但是，她把上半身向你伸出之后，立刻往后缩回，而且后仰的角度跟前倾的角度基本相同。随之而来的后仰，使你觉得给予你的东西已因此而化为乌有，你自以为赢得的地盘并未得到，甚至连决斗时的立足之地也没有，而双方原来的地位却保持不变。这种用先接近后远离来表示冷淡的做法（源于库弗瓦西埃家族，旨在表明首先主动亲近的动作只是暂时的伪装），在库弗瓦西埃家族成员身上和盖尔芒特家族成员身上表现得同样明显，这在家族的女性成员写给你的信中可以看出，至少在你认识她们后不久的一段时间里是这样。信的"主体部分"会有给朋友写信时才使用的一些词句，但你要是以为可以自夸为这位夫人的朋友，那就将是大错特错，因为信的开头称呼"先生"，结尾则是"致以崇高敬意"。这冷淡的开头和冷冰冰的结尾，能改变其他部分的意思，因此就可以作出（如果是回答你的唁函）最为动人的描述，写出盖尔芒特家的这位女士如何因姐姐去世而悲痛欲绝，她们姐妹之间又如何亲密无间，还写她度假的地方如何漂亮，以及她看到孙子孙女可爱而感到安慰，所有这些只是一封信的内容，就像在一些书信集中看到的那样，信中的亲切词语，不会使你和写信人的关系显得密切，如同写信人是小普林尼①或德·西米亚纳夫人②那样。

确实，有些盖尔芒特家族女性成员，在给你写最初几封信时就用"我亲爱的朋友"、"我的朋友"这样的称呼，但这些人并非总是她们中最纯朴的女士，而主要是一直生活在各国君主中间的夫人，另一方面，由于她们"水性杨花"，又自命不凡，确信她们的所作所为都会使别人感到愉悦，同时又要讨好别人，就有了这种习惯，只要能满足别人，就会毫不犹豫地加以满足。另外，只要两人的外高祖母是路易十三统治下的同一位夫人，一个盖尔芒特家族的年轻成员，在谈到盖尔芒特侯爵夫人时就可以称她为"亚当姑妈"，而

① 小普林尼（61/62—约114），古罗马作家。曾任执政官和俾提尼亚总督。是当时著名的演说家。今存《书信集》十卷三百余篇，是当时社会的珍贵史料，其中与皇帝图拉真讨论如何处理基督教徒的信函，尤具史料价值。

② 参见本书第二卷第225页注②。

盖尔芒特家族成员人数众多,因此十分普通的礼节,如介绍时的施礼,就种类繁多。每个比较高雅的支系都有自己的礼节,由父母传给孩子,如同补药的配方和果酱的特殊制作方法。因此,正如我们看到的那样,圣卢在听到你的名字后,仿佛身不由己地跟你握手,既不看你一眼,也不对你施礼。任何可怜的平民,因某种特殊原因——不过这种情况相当罕见——而被介绍给圣卢支系的某个贵族,看到这种简单、生硬的问好,是在故意显示无意间做出的样子,都会绞尽脑汁在想,盖尔芒特家族的这位男性或女性成员,在什么地方对他反感。而他十分惊讶地得知,这位男性或女性成员认为必须专门写信给介绍人,说他或她非常喜欢你,希望跟你再次见面。跟圣卢的机械动作同样别具一格的是菲埃布瓦侯爵复杂而又迅速的击脚跳[①](德·夏吕斯先生认为这种跳法滑稽可笑),以及盖尔芒特亲王庄重而有节奏的步伐。不过,在此无法一一描述盖尔芒特家族成员五花八门的舞技,原因是这个芭蕾舞团规模庞大。

现在回过头来叙说库弗瓦西埃家族成员对盖尔芒特公爵夫人的反感,他们在她尚未出嫁之时,会对她表示同情,并因此而感到安慰,因为她当时并不富裕。可惜的是,总是有一种煤烟般的独特溢出物遮盖并使人无法看到库弗瓦西埃家族的财产,不管他们如何富裕,别人都无法知道。库弗瓦西埃家族的一位小姐非常有钱,徒劳无益地嫁给一个富裕的丈夫,但年轻的夫妇在巴黎没有自己的住房,因此总是在岳父母处"下榻",在一年的其他时间里则住在外省,那里的社交界倒是清一色的贵族,但并不显赫。圣卢债台高筑之时,却因为他拥有几辆马车而在东锡埃尔使人赞叹不已,而库弗瓦西埃家族的一位成员,却总是在那里乘有轨电车。相反(不过是在好多年以前),德·盖尔芒特小姐(奥丽娅娜)虽说没什么财产,但大家谈论她服饰的时候,却比谈论库弗瓦西埃家族所有

① 即人跳起后,脚尖前后交叉数次的动作。

女性成员的服饰还要多。她的话使人议论纷纷，也是对她穿着和戴帽的方式在做广告。她敢于对俄国大公说这样的话："怎么！殿下，您看来想派人暗杀托尔斯泰？"那是在一次晚宴上说的，库弗瓦西埃家族成员并未应邀参加，另外，他们对托尔斯泰知之甚少。他们对古希腊作家也知之不多，这可以从加拉东老公爵夫人身上看出（她是加拉东王妃的婆婆，当时尚未出嫁），她在五年中从未看到奥丽娅娜来拜访她，有人问起奥丽娅娜不来的原因，她回答道："看来她在社交界朗诵亚里士多德（她想要说阿里斯托芬[1]）的作品。我家里决不允许这样！"

我们可以想象，德·盖尔芒特小姐在托尔斯泰问题上的这种"失礼的话"，虽说会使库弗瓦西埃家族成员勃然大怒，却使盖尔芒特家族成员赞叹不已，另外，不仅跟他们关系密切的事是如此，而且跟他们关系不大的事也是如此。阿让古尔老伯爵夫人娘家姓塞纳波尔，几乎接待所有的人，因为她是女才子，虽说她儿子极其故作风雅，她在一些作家面前说出德·盖尔芒特小姐的话，并且说："奥丽娅娜·德·盖尔芒特像琥珀般精细，像猴子般机灵，又多才多艺，画的水彩画如同大画家的作品，写的诗就像少数大诗人的杰作，你们知道，她的家族地位极高，她祖母是德·蒙庞西埃小姐[2]，她是第十八个奥丽娅娜·德·盖尔芒特，而且这十八代的婚姻都是门当户对，这血统在法国最为纯洁、最为古老。"因此，德·阿让古尔夫人接待的那些假作家和才疏学浅的知识分子，他们永远没有机会结识奥丽娅娜·德·盖尔芒特，就把她想象得比巴德罗布朵尔公主[3]还要美妙、出众，他们得知一个如此高贵

---

① 阿里斯托芬（约前450—前386），古希腊喜剧作家。主要作品有《蛙》、《公民大会妇女》、《财神》等。

② 蒙庞西埃公爵（1824—1890）是法王路易-菲力浦的第五个儿子，于1846年娶西班牙王后的妹妹为妻。因此，书中公爵夫人跟两个王族有姻亲关系。

③ 巴德罗布朵尔公主是《阿拉丁或神灯》中的人物。她是苏丹之女，后嫁给阿拉丁。

的女子竟把托尔斯泰看得重于一切，不仅感到他们准备为她去死，而且也感到他们思想里产生了一种新的力量，是因为他们喜爱托尔斯泰并想要抗拒沙皇制度。这种自由主义的想法，在他们头脑里也许已经淡薄，他们可能已怀疑这种想法的声誉，因此不敢再公开承认，但在这时，德·盖尔芒特小姐，即其珍贵和权威不容置疑的姑娘，一个留着刘海儿的姑娘（库弗瓦西埃家的姑娘决不会留刘海儿），突然给予他们如此大的帮助。某些好的或坏的实际情况，因此轻而易举地得到了我们眼里的某些权威人士的赞同。（譬如说，库弗瓦西埃家族成员在街上显示和蔼可亲的礼节，在施礼时十分难看，本身就显得不大亲热，但大家知道这是高雅的问好方式，就自然会隐藏微笑和热情，竭力模仿这种冷若冰霜的体操动作。）①但是，一般来说，盖尔芒特家族成员，特别是奥丽娅娜，对这种礼节比任何人都要熟悉，如果她们在马车上看到你，就会毫不犹豫地向你亲切地招手致意，而如果在客厅里相遇，她们就让库弗瓦西埃家族成员施行做作而又难看的礼节，她们自己则行迷人的屈膝礼，然后友好地向你伸出手，同时蓝眼睛露出微笑，因此，这种高雅在此前显得有点空洞和枯燥，现在幸亏有盖尔芒特家族成员，才突然增添了大家自然会喜欢但在以前却竭力摒弃的内容，就是出自本能的欢迎，就是流露出真正的热情。同样——但这次用来恢复声誉的理由并不充分——有些人天生喜欢拙劣的音乐，喜欢极其平庸却柔和、易懂的旋律，但在交响乐的熏陶下，他们的这种喜好得以改变。然而，到了这种地步之后，他们理所当然地因里夏德·施特劳斯②色彩

---

① 法国七星丛书版中，前面这句话不用括号。

② 里夏德·施特劳斯（1864—1949），德国作曲家、指挥家。历任慕尼黑、魏玛、柏林等地宫廷及维也纳国家歌剧院乐队指挥。1933年被纳粹政府任命为音乐总监，1935年辞职。其创作受柏辽兹、李斯特、瓦格纳等人影响，多为标题音乐，配器色彩富丽，规模宏大，风格和技法标志着十九世纪末晚期浪漫主义向二十世纪现代音乐的过渡。早期创作以交响诗为主，有《唐璜》、《死与净化》、《查拉图斯特拉如是说》、《堂吉诃德》等。1905年后主要作品多为歌剧，有《莎乐美》、《埃列克特拉》、《玫瑰骑士》、《沉默的女人》等。

灿烂夺目的交响乐而赞叹不已，但同时又看到这位音乐家以奥柏[①]般的宽容接受极其粗俗的动机，这些人乐于在如此显赫的权威身上突然找到一个为自己辩解的理由，感到欣喜若狂，他们在听《莎乐美》[②]时喜出望外，对作者有双重的感激，既因为这乐曲优美，又因为在其中听到别人不准他们在《王冠上的钻石》[③]里喜爱的乐曲。

不管是真是假，德·盖尔芒特小姐对俄国大公说出的直言不讳的话，一家家传了出去，也使人有机会叙说奥丽娅娜在那次晚宴上打扮得如何优雅。但是，即使奢侈（这种奢侈，库弗瓦西埃家族成员确实无法做到）并非因为财富多，而是因为会挥霍，但挥霍要长期持续下去，则需要有财富支持，因为财富能使挥霍散发出全部光彩。然而，由于这些准则不仅奥丽娅娜公开宣扬，而且德·维尔帕里齐夫人也照此办理，那就是贵族并不重要，关注地位可笑，财产不会带来幸福，只有智慧、勇气和才华才有价值，因此，库弗瓦西埃家族成员可以指望的是，在侯爵夫人这样教育下，奥丽娅娜会嫁给一个不属于上流社会的男子，如艺术家、惯犯、流浪汉、自由思想家，并最终将成为库弗瓦西埃家族成员所说的“误入歧途者”。他们能够有这种希望，是因为德·维尔帕里齐夫人当时在社交方面正经历一场严重危机（我曾在她家遇到的屈指可数的杰出人物，还一个也没有回到她的沙龙），她对将她撂在一边的社交界深恶痛绝。即使在谈到她常见到的侄子盖尔芒特亲王时，她也总要嘲

---

① 即达尼埃尔·弗朗索瓦·埃斯普里·奥柏（1782—1871），法国作曲家。1842—1870年任巴黎音乐学院院长。主要作品有歌剧《波尔蒂契的哑女》、《青铜骑士》，喜歌剧《牧羊女城堡主》、《魔鬼兄弟》、《黑色多米诺》、《王冠上的钻石》等。

② 《莎乐美》是里夏德·施特劳斯根据奥斯卡·王尔德的独幕剧于1905年创作的独幕歌剧，也是他第一部轰动一时而争议甚大的成功歌剧。他在剧中对《圣经》题材的处理被认为有伤风化。

③ 参见本书第一卷第74页注②。

笑他，因为他迷恋于自己的出身。但是，在要为奥丽娅娜找丈夫时，指导此事的就不再是婶婶和侄女公开宣扬的那些准则，而是神秘的“家族守护神”。因此，仿佛德·维尔帕里齐夫人和奥丽娅娜谈论的一直是年金证书和家谱，而不是文学才能和品行优良，仿佛侯爵夫人在几天时间里已经去世并且入殓，就像在后来那样，在贡布雷的教堂里，这个家族的每个成员只是姓盖尔芒特而已，没有自己的个性和名字，可以作证的只有巨大黑幔上的紫红色字母 G，上面有公爵冠冕，而家族守护神则不可避免地让注重智力、喜欢批评、信仰新教的德·维尔帕里齐夫人替侄女选择最富裕、出身最高贵的男人，选择圣日耳曼区的最佳对象，那就是盖尔芒特公爵的长子洛姆亲王。结婚那天，在两个小时的时间里，德·维尔帕里齐夫人家里来了她嘲笑的所有贵族，她还邀请了几位资产阶级朋友，跟他们一起嘲笑那些贵族，当时，洛姆亲王把名片发给这几位资产者，但到第二年初就跟他们“一刀两断”。库弗瓦西埃家族成员最无法容忍的是，只把智慧和才能看成社交界优点的准则，洛姆王妃在婚后又立刻到处传播。在这方面，这里顺便提一下，圣卢所捍卫的观点，即他跟拉结一起生活，跟拉结的朋友交往并想娶拉结为妻的时期的观点，虽说使他家里感到十分害怕，却不像盖尔芒特家那些小姐的观点那样虚假，她们鼓吹智慧，几乎不允许别人怀疑人与人之间是平等的，但结果却恰恰跟她们鼓吹截然不同的准则的结果相同，那就是嫁给一个腰缠万贯的公爵。与此相反，圣卢根据自己的理论行事，别人因此会说他走上了歧路。当然，从道德观来看，拉结确实不大能令人满意。但是，如果女方的德行与此相仿，却是女公爵或是百万富婆，德·马桑德夫人未必不会同意这门亲事。

然而，回过头来谈德·洛姆夫人（不久之后她公公去世，她成了盖尔芒特公爵夫人），库弗瓦西埃家族成员感到更难受的是，年轻王妃的理论，就这样停留在口头上，根本没有用来指导她的行为，因为这种哲学（如果能这样说的话）丝毫也无损于盖尔芒特沙龙优雅的贵族气派。德·盖尔芒特夫人没有接待的那些人,也许都认为自己不够聪明,而有一位富裕的美国女士,只有一本帕尔尼[①]的诗集,是古籍小开本,但从未翻阅过,这诗集因为“古老”而放在她小客厅的一个家具上,她看到盖尔芒特公爵夫人走进巴黎歌剧院,就用如饥似渴的目光观看,以表明她对高雅的才智是何等重视。德·盖尔芒特夫人因一个人聪明而看中并接待此人,可能也是真心诚意。她在谈到一个女人时说:她看来迷人,在谈到一个男人时则说:他极顶聪明,她觉得她接待他们没有其他理由,只是因为她迷人、他聪明,盖尔芒特家族的守护神在这最后一刻并未干预:这守护神在更深处,位于盖尔芒特家族成员进行判断的地区的阴暗入口处,他十分审慎,不让家族成员发现聪明的男人或迷人的女人,只要他们在现在或将来毫无社交价值。男人被称为博学,但如同词典一般,或者恰恰相反,思想像旅行推销员一样平庸无奇,漂亮的女人装腔作势,或者唠唠叨叨。至于没有地位的人,则实在可怕,都是故作风雅之徒。德·布雷奥泰先生的城堡离盖尔芒特很近,他只跟亲王殿下交往。但他嘲笑亲王,只想生活在学府之中。因此,德·盖尔芒特夫人见有人把德·布雷奥泰先生看作故作风雅之徒,就十分气愤。“故作风雅,是巴巴尔!您真是疯了,我可怜的朋友,恰恰相反,他厌恶杰出人士,你无法给他介绍朋友。即使在我家里也不行!如果我邀请他时又请了个陌生人,他来的时候就会抱怨。”[②]这并非因为即使在实践上,盖尔芒特家族成员对智慧的重视也跟库弗瓦西埃家族成员完全不同。从积极的方面来看,盖尔芒特家族和库弗瓦西埃家族之间的这种差别,已经结出累累硕果。譬如说盖尔芒特公爵夫人,披着神秘的外衣,使许多诗

① 即埃瓦里斯特·德西雷·德·福尔热,帕尔尼子爵(1753—1814),法国诗人。著有《色情诗集》,歌颂女性的妩媚,《孤独的计划》则表达希望内心平静的美好愿望。是浪漫主义抒情诗的先驱。

② 法国七星丛书版后面另起一行。

人遐想联翩，她举办了我们在前文中提到的晚会，英国国王觉得比其他任何晚会都要快乐，因为她想出的办法，别人决不会想到，而且十分大胆，库弗瓦西埃家族成员即使勇敢，见了也会退避三舍，那就是除了邀请我们已列举的重要人物之外，还邀请了音乐家加斯东·勒梅尔[①]和剧作家格朗穆冉[②]。但是，智慧的特点主要从消极方面显示出来。如果说智慧和魅力所必需的系数，随着希望得到盖尔芒特王妃邀请之人的地位升高而降低，要是国王或女王，则会降低到几乎是零，那么，与此相反，如果在国王或女王下面的地位越来越低，这个系数也就越来越高。譬如说，帕尔马公主接待一些客人，是因为她在孩提时就认识他们，或是因为他们跟某个公爵夫人有姻亲关系，或者跟某位君主关系密切，这些人即使难看、讨厌或愚蠢，她也得接待他们；然而，对库弗瓦西埃家族成员来说，只要有"受到帕尔马公主的喜爱"、"阿帕雄公爵夫人的姨妈"、"每年在西班牙王后[③]宫中住三个月"这样的理由，这种人就可以邀请，但是，德·盖尔芒特夫人虽说十年来一直在帕尔马公主府彬彬有礼地接受这些人的施礼，却从未让他们踏进她家大门，因为她认为一个沙龙的社交意义和物质意义相同，如果里面的家具并不漂亮，只是用于填补空当或显示财富，那么，沙龙就会因此而变得令人厌恶。这样的沙龙如同一本著作，作者不善于去除书中炫耀知识、才能和华而不实的思想的句子。就像一本书、一幢房屋，一个"沙龙"的质量，要用牺牲来作为根基，德·盖尔芒特夫人这样想很有

① 即让·欧仁·加斯东·勒梅尔（1854—1928），法国作曲家。主要作品为轻音乐，另著有几部轻歌剧，如《朱阿妮塔的几个丈夫》、《让诺的痛苦》、《玛奈特的梦想》等。

② 即夏尔·格朗穆冉（1850—1930），法国爱国诗人、剧作家。在社交界有稳定的声誉。主要作品有《普罗米修斯》、《俄尔甫斯》、《髑髅地之血》、《贞德》等。

③ 即玛丽亚-克里斯蒂娜·德·哈布斯堡-洛林（1858—1929），奥地利大公费迪南德-卡尔之女，1879 年嫁给西班牙国王阿尔丰沙七世。阿尔丰沙七世于 1885 年去世后，她任摄政，直至 1902 年。

道理。

帕尔马公主的许多女友,见盖尔芒特公爵夫人几年来只是对她们彬彬有礼地问个好,或者也给她们名片,但从不邀请她们,也不出席她们举办的聚会,就悄悄地向公主殿下告状,于是,公主在德·盖尔芒特先生独自来看望她的那些日子向他提起此事。但是,这位狡黠的爵爷,虽说因情妇众多而是公爵夫人的坏丈夫,但在维护妻子的沙龙(以及奥丽娅娜的风趣,即沙龙的主要魅力)正常运行方面却是经得起任何考验的好伙伴,这时回答道:“我妻子是否认识她?啊!不错,她确实应该这样。但我要对夫人说出真相,奥丽娅娜其实不喜欢跟女人谈话。她有一批才华出众的奉承者,我不是她的丈夫,只是她的首席贴身男仆。除了寥寥可数的几个才华横溢的女人之外,其他女人都使她感到厌烦。啊,殿下极其聪明,决不会对我说苏弗雷侯爵夫人风趣。不错,我心里一清二楚,公主殿下接待她是出于善意。再说殿下跟她认识。您说奥丽娅娜见到过她,有这个可能,但可能性很小,我可以对您肯定。另外,我要对公主殿下说,这也是我的一点过错。我妻子十分疲劳,她喜欢对别人和蔼可亲,只要我让她随心所欲地去做,要接待的客人就会没完没了。就在昨天晚上,她有热度,她怕不去看望波旁公爵夫人会使夫人难受。我只好龇牙咧嘴,显出生气的样子,不准下人备马套车。啊,您要知道,夫人,我真不想告诉奥丽娅娜,说您跟我谈起德·苏弗雷夫人。奥丽娅娜非常喜欢公主殿下,她会立刻前去邀请德·苏弗雷夫人,这样就多了一次拜访,我们就不得不跟这位夫人的妹妹来往,我跟她妹夫十分熟悉。我想我决不会对奥丽娅娜去说,只要公主殿下允许我这样做。这样的话,她就可以免去许多劳累和烦恼。我可以肯定地对您说,德·苏弗雷夫人决不会因此而郁郁寡欢。她去处众多,而且都是光彩夺目之处。而我们几乎不请客人,只举办微不足道的小型晚餐会,德·苏弗雷夫人会觉得无聊透顶。”帕尔马公主幼稚地信以为真,以为盖尔芒特公爵不会把她的要求转告公爵夫人,她感到非常遗憾,未能让德·苏弗雷夫人得到梦寐以求的邀请,但又十分高兴,庆幸自己是这个进入难于登天的沙龙的常客。当然啰,这种心满意足并非毫无烦恼。帕尔马公主每次邀请德·盖尔芒特夫人,都要煞费苦心,不请任何会使公爵夫人感到不快并使她不会再来的客人。

在通常会客的日子(根据旧习,晚饭很早就开始,总是有几位客人跟她共进晚餐,晚饭之后),帕尔马公主的客厅向所有常客开放,客人通常是法国和外国大贵族。接待情况如下:走出餐厅后,公主坐在大圆桌前的长靠背椅上,跟共进晚餐的客人中两位最显赫的贵妇闲聊,或者翻阅一本“杂志”,打打牌(或装出打牌的样子,这是德国宫廷的一种习惯),有时打通关,有时跟一位杰出人士打牌,这对手确有其人或纯属杜撰。将近九点时,大客厅的两个门扉不停地开开关关,让吃过晚饭的客人一批批进来(他们如在外面吃饭,不喝咖啡就走了,并对主人说过一会儿再来,真的打算“一个门进另一个门出”),客人们早早吃好晚饭,是为了顺应公主的时间安排。而公主在专心打牌或谈话,装作没有看见刚到的女客,只是在她们走到近前时,她才优雅地站起身来,和善地对她们微笑。女客们则在站着的公主殿下面前行屈膝礼,几乎像屈膝下跪,以便让嘴唇落到公主低垂的玉手之上亲吻。但此时此刻,公主总要显出意外的样子,如同每次都因她了如指掌的一种礼节而感到意外,她扶起屈膝的女客,仿佛强行让她站起,同时显出无与伦比的优雅和温柔,然后对她抱吻。有人会说,这优雅和温柔有一个条件,那就是要女客屈膝表示谦恭。也许确实如此,在平等的社会里,礼节似乎会销声匿迹,但并非像有人认为的那样,是因为缺乏教养,而是因为一些人会不再尊重别人,认为威望必须是想象出来的才有用,这特别是因为另一些人认为,我们十分慷慨地对别人和蔼可亲,并使其变得十分优雅,是因为我们感到,这对别人具有无限重要的价值,而在一个以平等为基础的社会里,这种价值会突然变得无足轻重，如同任何只有信用价值的事物。但是，礼节就这样消失在新社会中并非确定无疑，我们有时也会轻易相信，一种情况在现在的条件是其唯一可能的条件。一些俊杰曾经认为，一个共和国不可能有外交和结盟，认为农民阶级不能容忍政教分离。不管怎样，在平等的社会里，礼节即使是一种奇迹，也不会比铁路受到欢迎和飞机在军事上使用更加引人注目。另外，即使礼节消失，也无法证明这将是不幸之事。总之，一个社会是否会因为越来越民主而出现秘而不宣的等级？这很有可能。教皇的政治权力大大提高，是在他们不再拥有国家和军队之后；大教堂在十七世纪的虔诚信徒眼里的威望，大大小于二十世纪无神论者眼里的威望，而如果帕尔马公主是一国君主，我在想到要谈论她时，也许几乎会像谈论共和国总统时那样，也就是完全不去谈论。

公主在扶起和抱吻觐见的女士之后，立刻坐下来继续打通关，如果此人地位显赫，就请她坐在扶手椅上跟她交谈片刻。

如客厅过于拥挤，负责维持秩序的女官就另设场所，把常客带到一间宽敞的大厅，这大厅与客厅相通，里面都是波旁家族成员的肖像和藏品。于是，公主的那些常客就自愿扮演导游的角色，说一些有趣的轶事，但年轻人都没有耐心去听，他们更有兴趣观看活着的公主殿下（如有必要，就请女官和宫女把他们向公主介绍），而不是去观看已故公主的遗物。他们过于关心可能结识的显贵以及也许能得到的邀请，因此即使在几年之后，对这间君主政体的珍贵档案室里的展品仍然一无所知，只是模糊地记得里面饰有巨型仙人掌和棕榈树，使这间优雅的陈列室活像巴黎动物园里的棕榈树温室。

当然啰，盖尔芒特公爵夫人有时也会屈尊俯就，在那些晚上去拜访公主，以促进消化，而公主则让她一直待在自己身边，一面跟公爵说笑。但是，公爵夫人如来吃晚饭，公主就不让她那些常客来，吃完饭就关上大门，担心一些未经精心挑选的客人会使挑剔的公爵夫人感到不快。在那些晚上，如有消息不灵通的常客前来拜访，公主的门房就回答说："公主殿下今晚不会客"，这些人就回去了。不过，公主的许多朋友都预先得知，那一天他们不会受到邀请。这是个特殊的群体，是个封闭的群体，把想要成为其中一员的许多人都拒之门外。这些被排斥在外的人，几乎可以确信无疑地说出所有入选者的名字，并在他们之间用尖刻的语气说："您清楚地知道，奥丽娅娜·德·盖尔芒特走到哪里，她的参谋部成员就全都跟到哪里。"借助于她的参谋部，帕尔马公主竭力把公爵夫人团团围住，仿佛筑起一道防护墙，堵在外面的人要得到她的青睐，就会更加困难。但是，对公爵夫人偏爱的多位朋友，对这杰出的"参谋部"的多名成员，帕尔马公主却不便显得亲热，因为他们对她十分冷淡。当然啰，帕尔马公主认为此事完全可以接受，那就是有人更喜欢德·盖尔芒特夫人的社交界，而不是她的社交界。她不得不承认，在公爵夫人的"会客日"是人山人海，她自己就常常在那里遇到三四位殿下，而这几位殿下只是在她家留下名片。她记住奥丽娅娜说的话，模仿她裙子的式样，在茶会上给客人吃同样的草莓馅饼，但都徒劳无益，有好几次，她整天独自一人，只有一个女官和外国公使馆的一位参赞陪伴。有人（斯万在以前就是这样）总要在每天结束前到公爵夫人家待上两个小时，而对帕尔马公主则是每两年才拜访一次，公主也就兴趣不大，即使想让奥丽娅娜高兴，也不会"主动"邀请这个跟斯万类似的人来吃晚饭。总之，对帕尔马公主来说，邀请公爵夫人就会感到不知所措，因为她忧心忡忡，生怕奥丽娅娜觉得一无是处。但反过来，由于同样的原因，在帕尔马公主到德·盖尔芒特夫人家吃晚饭时，她事先肯定，一切都将妙趣横生，她只有一种担心，那就是无法听懂、记住别人说的话，不能讨人喜欢，就是不能领会别人的看法，不能跟别人想到一处。由于这个原因，我在场引起了她的注意和兴趣，会引起她注目的还有用水果组成花环状来装饰餐桌的新方法，但她无法肯定，到底是餐桌的装饰还是我的在场才是特别引人注目的魅力，即奥丽娅娜的接待受人欢迎的秘密，她在疑惑不解之中，决定在她下次设晚宴时，既用这种餐桌装饰，又把我请来。这也充分说明，帕尔马公主为何对公爵夫人家的兴趣已是心醉神迷，这滑稽而又危险却令人振奋的环境，公主进入其中时感到害怕、激动而又快活（如同在海边洗一种"波浪浴"时，浴场救生员指出其危险性，只是因为他们都不会游泳），出来时兴奋、快乐并显得年轻，这环境被称之为盖尔芒特家族的精神。盖尔芒特家族的精神——是一种并不存在的实体，如同化圆为方，这是公爵夫人的看法，而她认为自己是唯一具有这种精神的盖尔芒特家族成员——是一种声誉，如同图尔[①]熟肉酱或兰斯[②]饼干。确实（由于一种智力特点传给后代的方法，跟头发或皮肤的颜色不同），公爵夫人的有些密友虽说跟她血统不同，却具有这种精神，而这种精神无法进入盖尔芒特家族某些成员的脑中，因为他们对任何精神都一概排斥。那些人具有盖尔芒特家族的精神，却跟公爵夫人没有姻亲关系，他们一般都有一个特点，那就是曾是杰出人士，在某种职业上具有才能，如在艺术、外交、议会辩论口才或军事上，并且偏爱小集团的生活。这种偏爱也许是因为缺乏独创性或首创精神，或者是因为意志薄弱、健康不佳或运气不好，或者是因为故作风雅。

对于某些人来说（不过得要承认，这只是一种例外），如果说盖尔芒特沙龙成了他们职业生涯的绊脚石，则是跟他们的意愿背道而驰。譬如说，一个前途无量的医生、画家和外交家，虽说才华比许多人更为杰出，却未能在职业生涯中取得成功，这是因为他们跟盖尔芒特家族成员关系密切，医生和画家被认为是社交界人士，外交家则被看成反动派，这样一来，他们三人就不会得到同行的认

① 图尔是法国安德尔-卢瓦尔省省会，位于卢瓦尔河畔。

② 兰斯是法国马恩省专区首府。

可。大学学院选举团成员还身穿老式长袍，头戴红色无边高帽[①]，这在现在或至少在不久之前，并非只是思想狭隘、宗派封闭的往昔一种纯属外表的残存。头戴饰有橡栗形金球的无边高帽的"教授"，如同戴着犹太人圆锥形无边软帽的大祭司，在德雷福斯案件之前的那些年里，满脑子都是法利赛人[②]的想法。杜·布尔邦其实是一位艺术家，但他免遭厄运，是因为他不喜欢社交界。科塔尔是维尔迪兰夫妇家的常客。但维尔迪兰夫人是他的病人，另外，他也因举止粗俗而得到保护，最后，他家里举办宴会，只接待医学院的同事，因此有一种石炭酸[③]的气味。但是，在固若金汤的团体里，苛刻的偏见只是刚正不阿、高风亮节索取的赎金，但如社会环境更加宽容和自由，并迅速变得放荡不羁，这种团体也会作出让步，一位教授，身穿猩红色缎子面料、白鼬皮衬里的长袍，如同深居宫中的威尼斯督治（即公爵）的穿着，并像另一位出色而又可怕的公爵即德·圣西蒙先生那样，道德高尚，信守崇高的原则，但对外人一概冷酷无情。外人就是出入社交界的医生，具有不同的举止，结交不同的朋友。我们这里谈到的那位不幸的医生，为处理好此事，避免他那些同事因他隐瞒跟盖尔芒特公爵夫人的交往而指责他瞧不起他们（社交界人士的想法真怪），想让他们消消气，就举办晚宴，既邀请医务界人士，又请社交界人士，但前者因人数稀少而消失在后者之中。他并不知道，他这样就等于是承认自己失败，或者不如说是获悉此事，因为十人委员会[④]（实际人数略多于十

① 这种服式源于十五世纪。

② 法利赛人是古代犹太教一个派别的成员，以严格遵守成文法律著称，《圣经》里被称为拘泥于形式和言行不一的伪善者。

③ 石炭酸可用于消毒。

④ 威尼斯的十人委员会设立于1310年。当时，被排斥在大议会之外的商人企图推翻贵族寡头政治，没有成功。贵族为加强统治，并监督督治的权力，另组十人委员会，独揽一切。1325年，十人委员会成为永久性组织，直至1797年被拿破仑废除。

人)要增补一位议员,从命中注定的投票箱里出来的总是一位医生的名字,此君虽说才疏学浅,却更加束身自好,而在古老的医学院,却响起"否决"的声音,既庄严又滑稽而可怕,如同莫里哀在临死前说的"我宣誓"①)。那位画家也命运相同,在一些搞艺术的社交界人士成功地被贴上艺术家的标签之后,他被永远贴上社交界人士的标签,而反动派关系过多的外交家也是如此。

但这种情况极其罕见。这种杰出人士是盖尔芒特沙龙的基础,他们自愿放弃(至少他们以为是这样)其他一切,放弃跟盖尔芒特家族的精神和礼节不相容的事物,放弃跟一种用言语无法表达的魅力不相容的事物,而这种魅力是任何带有官方色彩的"团体"所厌恶的。

一些人知道,盖尔芒特公爵夫人的沙龙的一位常客,曾在巴黎美术展览会上获得金质奖章,另一位常客任律师会议秘书,从业初期曾在法庭上有过引起轰动的出色表现,第三位常客当过代办,曾用巧妙的手法为法国效力,这些人会把二十年来一事无成之人看作失败者。但是,这些"知情人"寥若晨星,而当事人也许是最后想起这些往事,认为根据盖尔芒特家族的精神,过去的这些头衔毫无价值:这种精神使人认为这些人讨厌,是棋盘上的小卒,或者相反,是店员,譬如一些杰出的部长,其中一人有点一本正经,另一人喜欢用同音异义词做文字游戏,报上对他们赞赏不已,但德·盖尔芒特夫人要是被女主人不慎安排坐在这种人旁边,就会呵欠连天,显得极不耐烦。既然一流政治家丝毫也不值得向公爵夫人推荐,她的朋友中有些人已退出政界或军界,或者不再是议员,但他们每

① 1673 年 2 月 17 日,莫里哀第四次演出《无病呻吟》。在演到第三插曲即授予医学博士学位的滑稽典礼时,他身体痉挛并吐血,几小时后去世。剧中主席唱道:你能否根据感情和理智,/宣誓遵守/医学院规定的章程?莫里哀扮演的医学学士应该回答:我宣誓。(参见《莫里哀喜剧选》下册,仲恢译,人民文学出版社,1981 年,第 407—408 页)

天都到她家里来吃午饭，跟这位老朋友闲聊，并在几位殿下的府上跟她再次相聚，虽说他们对这几位殿下不是十分欣赏，但据他们说，他们至少选择了最好的社交圈子，不过他们即使快乐，仍显出忧郁的神色，这就跟他们持这种看法的理由有点矛盾。

还得承认的是，盖尔芒特家的社交生活绚丽多彩，谈话妙趣横生，不管如何稀少，仍不乏真实的成分。在那里，任何正式的头衔都不如德·盖尔芒特夫人青睐的某些人带来的乐趣，连最有权有势的部长也无法把他们请到家里。在这个沙龙里，有多少智慧过人的雄心壮志乃至崇高努力被永远埋葬其中，但从它们化成的尘土中，至少出现了社交生活极其罕见的繁华。当然啰，像斯万这样的风雅之士，都认为自己比他们瞧不起的某些杰出人物高明，但这是因为盖尔芒特公爵夫人置于首位的不是智力，而是她心目中智力——上升为用词语来表达的才能的一种变体——的更高级、[①]更优美的形式，那就是风趣。过去在维尔迪兰夫妇家，斯万认为布里肖是书呆子，认为埃尔斯蒂尔缺乏教养，虽说前者博古通今，后者才华出众，这是因为他具有盖尔芒特精神，才对他们作出这样的分类。他决不敢把这两位介绍给公爵夫人，因为他预感到她会用什么脸色来对待布里肖的长篇大论和埃尔斯蒂尔的无稽之谈，而盖尔芒特家族的精神则把矫揉造作的夸夸其谈，不管是严肃还是有趣，都视为最难以容忍的蠢话。

至于根据血统来划分的盖尔芒特家族成员，如果盖尔芒特家族的精神并未完全渗透到他们脑中，即不像在文艺社团中那样，所有的人发音和陈述的方式相同，因此思维的方式也就相同，这当然不是因为社交界人士个性更强，不会相互模仿。但是，模仿的条件不仅要有可复制的个性，而且还要耳朵灵敏，以便听清后模仿。然而，盖尔芒特家族有几个成员完全缺乏乐感，如同库弗瓦西埃家族

① 法国七星丛书版另加“更罕见”。

成员那样。

以练习为例，用“模仿”这个词的另一含义，则称为“进行仿效”（在盖尔芒特家说成“夸张仿效”），德·盖尔芒特夫人模仿得惟妙惟肖，但毫无用处，库弗瓦西埃家族成员无法听出，他们如同一群兔子，而不是男人和女人，因为他们从未发现公爵夫人想要模仿的一种错误或语调。她在“模仿”利摩日公爵时，库弗瓦西埃家族成员会提出异议：“哦！不，他可不是这样说的，我昨天晚上还跟他一起在白白[1]家吃饭，他整个晚上都在跟我说话，他当时不是这样说的。”而稍有修养的盖尔芒特家族成员则大声说道：“天哪，奥丽娅娜真是有趣！最棒的是她模仿得跟他一模一样！我还以为是听到他在说话。奥丽娅娜，再模仿一下利摩日！”然而，那些盖尔芒特家族成员（要是十分杰出的成员，听到公爵夫人模仿利摩日公爵，就会赞赏地说：“啊！您可以说是他的**替身**。”或者说：“你是他替身。”）即使像德·盖尔芒特夫人说的那样缺乏风趣，也毫无关系，他们由于经常听到并转述公爵夫人的话，也就能勉强模仿她说话和评论的方式，斯万会像公爵夫人本人那样，说是她“打草稿[2]”的方式，他们的谈话中甚至会出现某种情调，这种情调在库弗瓦西埃家族成员看来酷似奥丽娅娜的风趣，但被他们看作盖尔芒特家族的精神。这些盖尔芒特家族成员对她来说不仅是亲戚，而且是欣赏者，因此，奥丽娅娜（她把她家族的其他成员撇在一边，用她的蔑视来报复这个家族在她出嫁前使她受的种种恶气）有时会去看望他们，一般由公爵陪同，那是在气候宜人的季节，在她跟他一起出门之时。这些拜访是一件大事。埃皮内公主的心跳会比平时稍快，她在底楼大客厅里接待客人，看到远处如并无大碍的火灾般火光初现，或像意外入侵的“侦察队”出现，只见公爵夫

① 可能是伊丽莎白的简称，是盖尔芒特夫妇的亲戚。

② 原文为 rédiger。这是德·布瓦涅夫人在《回忆录》中的一个用词特点。

人慢吞吞地斜穿院子，头戴迷人的帽子，斜撑小阳伞，倾泻出夏日的气息。“瞧，是奥丽娅娜。”她说时如同说出“立正”，想要谨慎地通知客人，让他们能有条不紊地出去，撤出各个客厅时不要惊慌失措。有一半客人不敢留下，就站起身来。“不，干吗要走？快坐下，我很高兴能再留你们一会儿。”公主说时显得落落大方（以装出贵妇的样子），但声音已变得矫揉造作。“你们相互间也许有话要说。”“你们确实有急事要办，那么，我以后去看望你们。”女主人对她希望看到她们离开的那些女客说道。公爵和公爵夫人彬彬有礼地对一些客人施礼，这些客人他们几年来一直在这里看到，但并未有更多的了解，他们出于谨慎，只是对他们说一声“您好”。等他们走后，公爵立刻亲切地询问他们的情况，装出对他们的人品感兴趣的样子，这些人他不会接待，是因为命运在恶作剧，或是因为奥丽娅娜的精神状态，她跟女人交往会状态不佳。“那个戴粉红色帽子的矮小女士是谁？”“表兄，您经常见到她，那是图尔子爵夫人，娘家姓拉马泽尔。”“您要知道，她长得漂亮，又显得风趣；如果不是上嘴唇略有瑕疵，她就十分迷人。图尔子爵要是还在，就不应该有烦恼。奥丽娅娜？[①] 您是否知道这眉毛和她的发脚使我想起了谁？想起了您的表姐黑德维希·德·利涅。”盖尔芒特公爵夫人一听到有人谈起别的女人漂亮，就立刻显出无精打采的样子，这时没有搭腔。她虽然没有丈夫的雅兴，却希望使人看到，他对他不会接待的那些人了如指掌，并觉得这样就表明他比妻子认真。“但是，”他突然铿锵有力地说，“您说出了拉马泽尔这个姓。我记得我在国民议会时，曾听到一个十分出色的演说……”“那是您刚才看到的少妇的叔叔[②]。”“啊！真有才华！不用，亲爱的。”他对埃

① 法国七星丛书版中为逗号。

② 居斯塔夫-路易-爱德华·德·拉马泽尔（1852—1929），法国莫尔比昂省保守派议员，1883—1893年任法国国民议会议员，以能言善辩著称。

格勒蒙子爵夫人说道。德·盖尔芒特夫人对她无法容忍，但她却依然不离开埃皮内公主府，她在那里心甘情愿充当贴身侍女（哪怕回家后打自己的侍女出气），待在那里局促不安，显出哀求苦恼的样子，但只要公爵夫妇在那儿，她就不走，她帮着脱大衣，尽量帮忙做点事，并知趣地提出要去隔壁房间。“别给我们沏茶，我们要安静地说说话，我们这种人不讲客套，十分随便。另外，”他转向德·埃皮内夫人（而不去理睬脸红、谦恭却又野心勃勃地拼命巴结的德·埃格勒蒙夫人）补充道，“我们只在您这儿待一刻钟的时间。”这一刻钟的时间全都用来展示公爵夫人在一星期里所说的话，这些话她自己肯定不会重复，但公爵装出责备她的样子，谈到使她说出这些话的偶然事件，这样就十分巧妙地让她仿佛不由自主地把这些话再说一遍。

埃皮内公主喜欢这个表嫂，并知道她喜欢别人恭维，就对她的帽子、小阳伞和她的风趣赞不绝口，“您只要喜欢，可以跟她说说她的服饰。”公爵用生气的口吻说道，同时用狡黠的微笑来缓和气氛，使他的不满不至于被人认真对待，“不过看在上天的脸面上，可别谈她的风趣，我不需要有这样风趣的妻子。您也许是指她说我弟弟帕拉梅德的那个拙劣的同音异义词文字游戏，”他补充道，因为他十分清楚，公主和家族的其他成员还不知道这个同音异义词文字游戏，另外他也乐于以此来拔高自己的妻子。“首先，我觉得一个人虽说有时也说过一些相当精彩的话，但做出拙劣的同音异义词文字游戏仍然并不恰当，尤其是说我弟弟，他十分敏感，这样做会使我跟他闹翻，这确实不大值得。”[①]“我们可不知道！奥丽娅娜的同音异义词文字游戏？这想必十分有趣。哦！您就说出来吧。”[②]“不，不行，”公爵接着说道，他虽说露出更加明显的笑容，却仍在赌气，“我很高兴您不知道此事。我真的很喜欢我弟弟。”[③]

①②③ 法国七星丛书版后面另起一行。

“您听着，巴赞，”公爵夫人说道，这时她回击丈夫的时机已到，“我不知道您为何要说此事会使帕拉梅德生气，您清楚地知道，实际上恰恰相反。他极其聪明，不会因这种愚蠢的玩笑而感到不快，而且这种玩笑也丝毫不会得罪人。您是想让别人相信我说了坏话，我只是在回答中说了句普普通通的话，是您感到气愤才使这话显得重要。我对您无法理解。”①“你们把我们弄得莫名其妙，到底是怎么回事？”②“哦！真的，没什么大不了的！”德·盖尔芒特先生大声说道。“您也许听说我弟弟想把他妻子的布雷泽城堡③送给他妹妹马桑特。”④“是的，但有人对我们说她不想要，说她不喜欢城堡所在的地方，说那里的气候对她不适宜。”⑤“啊，正是有人把这些话告诉了我的妻子，说我弟弟把这座城堡送给我们的妹妹，不是想让她高兴，而是想戏弄她。据那个人说，是因为夏吕斯非常喜欢戏弄别人。然而，您知道，布雷泽是王族的产业，价值可达几百万法郎，以前是国王的地产，那里的森林是法国最美的森林之一。有许多人希望别人这样戏弄他们。因此，听到夏吕斯因为要赠送如此漂亮的城堡而被说成‘爱戏弄人’，奥丽娅娜就不由自主地大叫大嚷，我应该承认，她说这话并无恶意，因为这来得快如闪电，‘爱戏弄人……爱戏弄人……那就叫高傲的塔尔奎尼亚人⑥）！’您知道，”公爵补充道，口吻又显得生气，说时环顾四周，以判断他妻子

①②④⑤ 法国七星丛书版后面另起一行。

③ 布雷泽城堡位于法国旧省安茹，离曼恩-卢瓦尔省的索米尔市约12公里。城堡建于十六世纪。布雷泽家族自十二世纪起闻名于世，后并入德勒-布雷泽和马耶家族。其成员中著名的有雅克（约1440—1490/1494），1462年娶法王查理七世之女夏洛特·德·瓦卢瓦为妻，曾任诺曼底大总管。1477年当场抓获妻子和他奶兄弟通奸，用剑将奸夫淫妇杀死，被判死刑，后改判监禁，领地被没收，后给其子路易第二。路易第二死于1531年，娶狄安娜·德·普瓦捷为妻，狄安娜后为法王亨利二世情妇。

⑥ 巴尔扎克的《卡特琳·德·美第奇》中，卡尔文在谈到路德时对弟子们说：“[……]路德是个辩论家，我呢，我是一支军队！他是个爱推理的人，我却是一个体系！最后，孩子们，他不过喜欢戏弄人，而我是塔尔奎尼亚人。”（参见《人间喜剧》中译本第二十二卷中《卡特琳·德·美第奇》，王文融译，人民文学出版社，1994年，第217页）

的风趣所产生的效果，但他又十分怀疑德·埃皮内夫人对古代史并不了解，“您知道，这样说是因为古罗马国王高傲者塔奎尼乌斯①；这很愚蠢，这是拙劣的文字游戏，奥丽娅娜不该这样。另外，我比妻子说话谨慎，虽说不像她那样风趣，但我考虑结果，如果活该倒霉，有人把这话说给我弟弟听，那事情可就大了。更何况，”他补充道，“帕拉梅德恰恰十分高傲，非常傲慢，又非常挑剔，很喜欢说三道四，即使不是谈城堡问题也是如此，得要承认，称他为高傲的塔尔奎尼亚人是恰如其分。夫人说的这话因此而得救，这是因为即使她自甘庸俗，却仍然风趣，她对别人刻画得入木三分。”

这样，这次借助于高傲的塔尔奎尼亚人，那次借助于另一个词，公爵和公爵夫人对他们家族成员的这些拜访，不断更换储存的故事，而拜访带来的激动，在风趣的女士及其经纪人走后仍然久久无法消除。女主人首先跟参加这次盛会的幸运儿（即留在那里的人们）共享这种乐趣，共同欣赏奥丽娅娜说过的话。“您没听说高傲的塔尔奎尼亚人？”埃皮内公主问道。“听说了，”巴韦诺侯爵夫人回答时脸红了，“萨西纳（拉罗什富科）王妃②跟我说过，但说得并不完全相同。不过，亲耳听到在我表嫂面前说出此话，一定是妙趣横生。”她补充道，仿佛在说：这样听到此话，如同听到歌唱家在作曲家亲自伴奏下歌唱。“我们在谈奥丽娅娜最近说的话，她刚才还在这儿。”女主人对一位女客这样说，这女客因没有早来一个

---

① 高傲者塔奎尼乌斯，古罗马王政时期第七王（前534—前509），也是最后一位国王。第六王塞尔维乌斯·图利乌斯的女婿。杀岳父篡位。据罗马历史学家李维记载，他专横暴虐，漠视元老院权力，赋役繁重，罗马人不胜其苦。公元前510年他被驱逐，结束了伊特鲁里亚人对罗马的统治，罗马王政时期告终，开始进入共和时期。后于公元前494年去世。其父塔奎尼乌斯·普里斯库是王政时期第五王，生于伊特鲁里亚的塔尔奎尼亚，故名。高傲者塔奎尼乌斯意为：高傲的塔尔奎尼亚人。

② 法国七星丛书版中为：萨西纳-拉罗什富科王妃。弗朗索瓦丝·德·拉罗什富科（生于1844年）于1865年嫁给萨西纳亲王（1845—1885）。十九世纪末，她住在罗马的阿尔多布朗迪尼宫或巴黎的大学街102号。

小时而感到遗憾。[1]“怎么,奥丽娅娜刚才在这儿?”[2]“不错,您要是早来一会儿就好了。[3]”埃皮内公主对她回答说,虽无责备之意,却使对方明白自己因不够灵活而错失良机。她是因自己的过错而没有看到创世或卡瓦洛夫人[4]的告别演出。“您对奥丽娅娜最近说的话有何看法?我承认自己十分欣赏高傲的塔尔奎尼亚人。”第二天,由于这话可当一道凉菜来“吃”,她就专门请了几位好友共进午餐,而在其后的一个星期里,这话成了饭桌上的各种调味品。埃皮内公主还在这个星期里对帕尔马公主进行每年一次的拜访,并借此机会问对方是否听到过此话,然后把这话说给她听。“啊!高傲的塔尔奎尼亚人。”帕尔马公主说时,因一种**先验的**欣赏而双目圆瞪,但要求对方作补充解释,埃皮内公主也并未拒绝。“我承认,我非常喜欢高傲的塔尔奎尼亚人,这就像打了草稿才写出来的。”王妃作出结论。实际上,“打草稿”这个词,跟这个同音异义词文字游戏毫不相干,但埃皮内公主自命不凡,以为自己已具备盖尔芒特家族的精神,就借用奥丽娅娜说过的“打过草稿,打草稿”这些词,不管三七二十一就用了上去。然而,帕尔马公主不大喜欢德·埃皮内夫人,觉得她长得难看,知道她为人吝啬,并认为她心怀恶意,但由于对库弗瓦西埃家族的信任,就认了“打草稿”这个词,她听到德·盖尔芒特夫人说过,但不会独自使用。她感到“高傲的塔尔奎尼亚人”之所以有魅力,确实是因为说出前“打过草稿”,同时又没有完全忘记她对这位难看而又吝啬的女士十分反感,但她见这个女人对盖尔芒特家族的精神掌握得如此惟妙惟

---

①② 法国七星丛书版后面另起一行。

③ 法国七星丛书版中不用句号,而用省略号。

④ 即玛丽-卡萝利娜-费利克丝·米奥朗(1827—1895),法国女歌唱家。莱昂·卡瓦洛之妻。1850 年起在巴黎喜歌剧院演出。她曾出演法国作曲家古诺的多部歌剧,如《浮士德》(1859)、《米蕾伊》(1864)、《罗密欧与朱丽叶》(1867)。1885 年结束舞台生涯。莱昂·卡瓦洛曾任巴黎喜歌剧院经理。

肖，钦佩之感油然而生，想请埃皮内公主到巴黎歌剧院看戏。只因为有一种想法，公主才没有邀请，那就是她觉得也许首先应该请教德·盖尔芒特夫人。至于德·埃皮内夫人，她跟库弗瓦西埃家族成员截然不同，对奥丽娅娜曲意逢迎，她喜欢奥丽娅娜，却又嫉妒她有这些关系，并对公爵夫人当众嘲笑她吝啬有点不悦，因此回家后就对别人说，帕尔马公主对高傲的塔尔奎尼亚人如何难以理解，奥丽娅娜想必极其故作风雅，才会有如此愚蠢的女友。"即使我愿意，我也决不会跟帕尔马公主经常交往，"她对请来共进晚餐的朋友们说，"因为德·埃皮内先生见她伤风败俗，决不会允许我这样做。"这是指公主的某些纯粹是别人想象出来的越轨行为。"即使我丈夫的要求不是如此严格，我认为自己也不会这样做。我不知道奥丽娅娜怎么会经常去看望她。我可是一年去看她一次，但很难做到有始有终。"至于库弗瓦西埃家族的某些成员，在德·盖尔芒特夫人拜访维克蒂妮安娜[①]时正在她家，得知公爵夫人到来后一般都会逃之夭夭，因为他们看到大家都对奥丽娅娜"点头哈腰"就心里恼火。在说出"高傲的塔尔奎尼亚人"的那天，他们中只有一人留下。他对这玩笑没有完全听懂，但还是听懂了一半，因为他有文化。于是，库弗瓦西埃家族成员就都去反复跟别人说，奥丽娅娜称小叔子帕拉梅德为"高傲的塔尔奎尼亚人"，并认为对他这样描绘恰如其分。"但是，奥丽娅娜的话为何要如此大肆宣扬？"他们补充道。"对一位王后也不过如此。总之，奥丽娅娜是什么人？我不是否认盖尔芒特家族渊源古老，但库弗瓦西埃家族丝毫不比他们逊色，无论是名声、渊源还是姻亲关系都不比他们差。不应该忘记，在金锦营[②]时，英国国王问法兰西斯一世，当时在场的领主中谁最高贵。'陛下，'法国国王回答道，'是库弗瓦西

① 即埃皮内公主。

② 参见本书第一卷第399页注①。

埃。’另外，即使库弗瓦西埃家族成员全都留下，他们对奥丽娅娜的话也会无动于衷，因为通常使她说出这种话的意外事件，他们会用完全不同的观点来看待。譬如说，库弗瓦西埃家族的一位夫人，在举办招待会时缺少椅子，或者在对一位她没有认出的女客说话时弄错了名字，或是她的一个仆人对她说了句可笑的话，她就会感到极其烦恼，不由脸红耳赤，因不安而微微颤抖，对这种意外情况深感遗憾。她如有一位男客，而奥丽娅娜又将来到，她就用焦虑而又急切的疑问口气说：“您是否认识她？”她担心这位客人万一不认识她，他在场就会给奥丽娅娜留下不良印象。但是，德·盖尔芒特夫人恰恰相反，会利用这种意外事件来讲些故事，使盖尔芒特家族成员都笑出眼泪，结果大家只好羡慕库弗瓦西埃家的这位夫人缺少椅子，叫仆人或让仆人说了蠢话，邀请了一位无人认识的客人，如同大家只好对大作家被男人疏远并被女人背叛而感到高兴，因为他们受到侮辱和痛苦，即使不能激发他们的才能，至少也能用作他们作品的素材。

库弗瓦西埃家族成员也不能像盖尔芒特公爵夫人那样具有高超的创新精神，这种精神被公爵夫人引入社交生活，并借助于一种可靠的本能，使社交生活能适应即时的需要，并使其具有某种艺术性，而如果完全用推理法来使用刻板的规则，结果就极其糟糕，这就像一个人想在爱情或政治上取得成功，想在自己的生活中完全复制比西·德·昂布瓦兹[①]的巨大成绩。库弗瓦西埃家族成员设家宴或晚宴招待一位亲王，如同时邀请一个风趣的人或他们儿子的一位朋友，在他们看来很不正常，会产生极坏的效果。库弗瓦西埃家的一位夫人，父亲曾是皇上的大臣，要为马蒂尔德公主举办一

① 比西·德·昂布瓦兹，原名路易·德·克莱蒙·德·昂布瓦兹（约1549—1579），法国军官。任安茹省军区司令。喜欢决斗和勾引女人，被称为冒险家。因勾引蒙梭罗伯爵的妻子，被伯爵派人杀死在索米尔附近。大仲马曾根据他的生平写出小说《蒙梭罗夫人》（1846）。

次下午聚会,就用几何学的精神[①]进行推论,认为只能邀请拿破仑的拥护者。然而,这种人公主认识的寥寥无几。她朋友中优雅的女士和讨人喜欢的男士,全被无情地排除在外,因为他们持波旁王朝长系拥护者的正统派思想,或是跟正统派关系密切,根据库弗瓦西埃家族的逻辑,他们一定会使帝国时期的公主感到不快。公主平时接待圣日耳曼区的精英,这时十分惊讶地看到,德·库弗瓦西埃夫人家里只来了个以吃白食著称的女人,即帝国时期一位省长的遗孀,以及邮电大臣遗孀和几个对拿破仑三世忠心耿耿却又以愚蠢和索然寡味著称的人。虽然如此,马蒂尔德公主仍然把皇恩如甘露般慷慨而又亲切地洒在这些不幸的丑妇身上,但盖尔芒特公爵夫人要接待公主时,对波拿巴主义不做**先验的**推理,不会去邀请这些人,取而代之的是美女、才人和名人构成的丰富多彩的花束,她凭一种嗅觉、触觉和手法感到,皇帝的侄女应该会觉得愉快,即使这些人是王族成员。她甚至把奥马尔公爵[②]也请来了,在公主离开时,德·盖尔芒特夫人对公主行屈膝礼,想去吻公主的手,但公主把她扶起,抱吻她两个面颊,她真心诚意地告诉公爵夫人,她从未度过如此美好的一天,从未参加过举办得如此成功的聚会。帕尔马公主如同库弗瓦西埃家族成员,在社交生活中没有创新能力,但又跟他们不同,虽然盖尔芒特公爵夫人总是使她感到意外,但她不像他们那样反感,而是赞叹不已。这种惊讶又因公主的文化程度极低而变得巨大。德·盖尔芒特夫人的文化程度,也远远不像她自己认为的那样高。但是,她只要比德·帕尔马夫人略胜一筹,就能使公主目瞪口呆,如同每一代评论家都只是限于否认先

---

① 帕斯卡在《思想录》中说:“因此便有两种精神:一种能够敏锐地、深刻地钻研种种原则的结论,这就是精确性的精神;另一种则能够理解大量的原则而从不混淆,这就是几何学的精神。一种是精神的力量与正确性,另一种则是精神的广博。”(参见中译本,何兆武译,商务印书馆,1997 年,第 5—6 页)

② 参见本书第一卷第 263 页注①。

辈承认的种种真理，她也只需要说，资产者的敌人福楼拜首先是资产者[①]，或者说瓦格纳作品中有许多意大利音乐的成分[②]，公主每次都听得筋疲力尽，但也因此而视野开阔，如同暴风雨中的游泳者，感到前景美妙，从未见过，却又模糊不清。另外，她感到惊讶的奇谈怪论，不仅涉及艺术作品，而且也涉及她们的一些熟人，以及一些社交活动。显然，帕尔马公主无法把盖尔芒特家族的真正精神跟学习这种精神后粗制滥造的一些方法区分开来（她因此相信某些人特别是盖尔芒特家族的某些女性成员才华横溢，但后来她对此感到迷惑不解，因为公爵夫人微笑着对她说，这些人个个都是傻瓜）：这就是公主在听到德·盖尔芒特夫人对别人进行评论时都会感到惊讶的原因之一。但是，还有一个原因，由于我当时看过的书多于认识的人，对文学的了解多于对社交界的了解，我就来进行解释，认为公爵夫人过着一种社交生活，无所事事而又枯燥无味，这种生活跟真正的社会生活的关系，如同艺术评论和创作的关系，她周围的人们因此观点多变，因动机不纯而喜欢争辩，为活跃自己过于枯燥的思想，就随便找一种新意尚存的奇谈怪论，并毫无顾忌地支持一种有趣的观点，如最美的《伊芙琴尼亚》是皮钦尼的作品[③]，而

---

① 龚古尔兄弟在《日记》中说："福楼拜年纪越大，就越像外省人。[……]天哪！他的脑子从资产者方面来看跟所有人的脑子相像——我可以肯定，他从心底里对此感到生气——这种相像，他设法隐瞒，用的是粗野的奇谈怪论，不常用的公理，革命的呼喊，粗暴的乃至无礼的反对，以及一切被人们接受的成见。"（1873 年 5 月 3 日）

② 瓦格纳的歌剧中意大利音乐成分最多的是《爱情的禁令》（1836）和《黎恩济》（1842）。

③ 即尼科洛·皮钦尼（1728—1800），意大利作曲家。著有一百部左右歌剧，主要有《罗兰》（1778）、《伊芙琴尼亚在匐里德》（1781）、《狄多》（1783）等。他和格鲁克的竞争由他们的支持者策动。在巴黎王家音乐学院的安排下，他们分别创作《伊芙琴尼亚在匐里德》，格鲁克的剧作首先于 1779 年上演，大受欢迎，皮钦尼的作品则遭到失败。两位作曲家的支持者发生激烈冲突，甚至动武，结果发生流血事件。

不是格鲁克[1]的作品，必要时还会说，名副其实的《淮德拉》是普拉东的作品[2]。

一个聪明、有文化而又风趣的女子，如嫁给了很少露面、从不吭声的腼腆粗汉，德·盖尔芒特夫人就会在有朝一日给自己创造一种精神上的乐趣，不但对那妻子进行描述，而且对那丈夫加以"贬低"。譬如说康布勒梅夫妇，如果公爵夫人当时生活在这个圈子里，她就会宣称德·康布勒梅夫人愚蠢，并声称另一人十分有趣，却不被人赏识，因妻子老是唧唧喳喳而沉默不语，但比妻子高明千倍，那就是侯爵，公爵夫人认为说出此事就会有一种清新的感觉，如同一位评论家在《爱尔那尼》[3]受众人赞扬七十年之后，宣称自己更喜欢《恋爱的狮子》[4]。从她青年时代起，人们就对一个模范女子即真正的女圣徒嫁给了一个无赖而表示同情，但现在德·盖尔芒特夫人同样因随心所欲地追求新奇的病态需要而宣称，这无赖是轻浮男子，但心地十分善良，是他妻子冷酷无情，才使他做出真正轻率的事情。我知道，不仅在作品之间，在一个个漫长的世

---

① 即克里斯托夫·维利巴尔德·冯·格鲁克（1714—1787），德国作曲家。跟歌剧剧本作者、诗人卡尔扎比吉一起进行歌剧改革，力求远离意大利歌剧的影响，主张自然和简朴，要求歌唱演员的演唱必须服从戏剧内容的要求。主要作品有《俄尔甫斯和欧律狄克》（1762）、《阿尔赛斯特》（1767）、《伊芙琴尼亚在匋里德》（1779）等。·

② 拉辛的《淮德拉》于1677年1月1日在勃艮第公馆上演。两天后尼古拉·普拉东（1644—1698）请盖奈戈剧团演出其悲剧《淮德拉和希波吕托斯》。普拉东的有权有势的朋友是想以此把拉辛的剧作压下去。普拉东的剧作虽说演出成功，但好景不长。

③ 《爱尔那尼》（1830）是雨果的剧作，叙述十六世纪西班牙贵族青年爱尔那尼因父亲被国王卡洛斯的父亲杀害，决心杀死国王报仇，以及他和公爵的侄女唐娜·索尔的爱情，该剧的上演表达了人民对暴政的不满，也是浪漫主义的胜利。参见本书第二卷第298页注①。

④ 《恋爱的狮子》（1866）是法国剧作家弗朗索瓦·蓬萨尔（1814—1867）的历史喜剧。他反对浪漫主义，在自己的悲剧中试图恢复古典主义的规则。他的剧作《卢克莱修》（1843）获得成功，而同年上演的雨果的剧作《城堡卫戍官》却遭到失败，他因此成为反浪漫主义和反雨果思潮的首领。

纪中是如此，而且在同一部作品中间也是这样，那就是评论总是玩弄手法，把长期以来一直光彩夺目的作品投入黑暗之中，却把似乎最终会默默无闻的作品从黑暗中取出。我不仅看到贝利尼[①]、温特哈尔特[②]、耶稣会建筑师和王朝复辟时期的一位细木匠，取代了一些被说成已筋疲力尽的天才的地位，只是因为那些无所事事的知识分子已对此感到厌倦，如同神经衰弱患者总是疲倦和多变。我看到有人喜欢圣伯夫，先是因为他是评论家，后来则因为他是诗人，缪塞的诗歌被人否定，只有几首微不足道的短诗例外。某些评论作者也许错误地贬低《熙德》或《波里厄特》[③]中最著名的几场戏，却认为《撒谎者》的某个大段独白更加出色，因为这段独白如同提供了当时巴黎情况的一幅旧地图[④]，然而，他们偏爱的原因，如果说不是因为有美感，至少是因为对资料感兴趣，但这种偏爱在狂热的评论看来仍然极其合情合理。这种评论认为，莫里哀的作品中只有《冒失鬼》[⑤]中的一行诗有价值，甚至认为瓦格纳的《特里斯坦》令人厌倦，只觉得打猎的队伍经过时"号角的美妙音符"[⑥]不错。这种异常行为帮助我理解了德·盖尔芒特夫人表现的异常行为，因为她决定把他们这个圈子里公认的一个心地善良的蠢人看作自私的怪物，但比大家想象的要精明，认为另一人以慷慨著称，却可以成为吝啬的象征，并认为一个善良的母亲不喜欢自己的孩

---

① 威尼斯的贝利尼家族有三位画家：雅科波（约1423—1470/1471），以及其子真蒂利（1429—1507，参见本书第一卷第98页注①）和乔万尼（约1430—1516）。

② 参见本书第二卷第115页注①。

③ 悲喜剧《熙德》（1637）和悲剧《波里厄特》（1643）均为高乃依的作品。

④ 高乃依的喜剧《撒谎者》（1643）第二幕第五场中，多朗特和热龙特对巴黎的迅速变化赞叹不已。

⑤ 《冒失鬼》（1655）是莫里哀的第一部作品，从意大利文学喜剧中获取灵感。

⑥ 《特里斯坦与依索尔德》第二幕一开始有一段引子，其美妙可与第一幕开始时依索尔德与侍女布蓝甘妮同在的场面所配的音乐媲美，连对瓦格纳批评最苛刻的评论家维也纳的汉斯利克也不得不把它与舒伯特最优美的创作相提并论。当时依索尔德和布蓝甘妮听到远处的号角声，国王马克决定去打猎。

子，一个被认为放荡的女子具有最高尚的情感。德·盖尔芒特夫人的智力和敏感仿佛因社交生活毫无意义而受到损害，变得过于犹豫不决，因此她对事物的迷恋很快就被厌恶所取代（除非她感到自己重新喜爱她起先寻求后来抛弃的那种精神），而她在一个心地善良的男人身上发现的魅力，会因此人跟她交往过多，并在她那里过多地寻求她无法指引的方向，而变成一种烦恼，她以为是她的欣赏者所引起，实际上却是因为寻求快乐却无法找到乐趣而引起。公爵夫人看法多变，对任何人都是如此，只有她丈夫例外。只有他一人从未爱过她；她总是觉得他性格如钢铁般坚强，对她的任性无动于衷，对她的美貌不屑一顾，他性格暴躁，意志坚强，从不屈服，只要看到有这种意志的人，烦躁不安的人都会安静下来。另一方面，德·盖尔芒特先生追求同一种女性美，不过是在经常更换的情妇中寻求，他把她们抛弃之后，为嘲笑她们，就只有一个长期的女合伙人，她常常喋喋不休，使他感到生气，但他知道，大家都认为她是贵族中最漂亮、最贞洁、最聪明和最博学的女子，认为这是他德·盖尔芒特先生三生有幸而找到的妻子，她掩盖了他种种放荡行为，接待客人别具一格，使他们的沙龙在圣日耳曼区的沙龙中保持首屈一指的地位。别人的这种看法，他本人也赞同；他往往对妻子生气，却又因她而自豪。他既吝啬又奢侈，见她要施舍会一毛不拔，却非要她身穿最华丽的服饰，乘坐最漂亮的马车。最后，他喜欢炫耀他妻子的风趣。每当德·盖尔芒特夫人心血来潮，突然把他们一位朋友的优点说成缺点或把缺点说成优点，想出一种新的脍炙人口的奇谈怪论，她就迫不及待地想在一些人面前进行尝试，这些人能品尝这种怪论的妙处，能领略它在心理上的独特之处，并展现其恶意的简洁光彩。也许这些新的看法所包含的真理，通常并不比老的看法更多，而且往往更少，但恰恰是因为新的看法随心所欲而且出乎意外，因此就显得聪明，能使人津津乐道。只是公爵夫人进行精神分析的患者，通常是一位好友，但她希望能获悉她新发现的那些人，却并不知道这位好友已不再是她的红人；不过，德·盖尔芒特夫人以无与伦比的女友著称，对朋友重情感、温柔而又忠实，因此很难发动攻击；她最多迫不得已地在其后介入，反驳是要息事宁人，是要装模作样，实际上是为了支持一个自称要对她挑衅的搭档；而这正是德·盖尔芒特先生擅长的角色。

至于社交活动，这是德·盖尔芒特夫人的另一种乐趣，具有随心所欲的戏剧性，她对社交活动发表出乎意料的看法，不断用美妙的意外来鞭挞帕尔马公主。但是，公爵夫人的这种乐趣，主要不是借助于文学批评，而是依据政治生活和议会专栏，我试图理解这种乐趣是怎么回事。德·盖尔芒特夫人接连颁布相互矛盾的敕令，不断推翻她这个圈子里的人们的价值观，但这已不再能使她感到愉悦，因此，在指导她自己的社交行为的方式上，以及通报她在社交方面微不足道的决定的方式上，她也竭力去品尝人为的激动，听命于虚假的义务，以刺激听众的感官并驾驭政客的思想。我们知道，一位部长在议会上解释说，他认为自己遵循一个行为准则是对的，这个行为准则在一个通情达理的人看来十分简单，这个人在第二天的报上读到这次会议的报导，却突然感到心情激动，开始怀疑自己赞成这位部长的说法是否对头，因为他读到这位部长讲话时听众骚动不已，而且还加以指责，如"这问题十分严重"，指责者是一位姓名和职衔奇长无比的议员，紧接着听众骚动得十分厉害，因此在讲话完全被打断时，"这问题十分严重！"这几个字所占的位置，还不如亚历山大体诗句[①]中的半句。譬如说，德·盖尔芒特先生即洛姆亲王以前当议员时，有时能在巴黎的报上看到如下报导，虽说这主要是说给梅塞格利兹选区听的，目的是向选民表明，他们选出的代表并非无所作为或一声不吭：

（德·盖尔芒特-布永先生、洛姆亲王："这问题严重！"说得

① 亚历山大体诗句是法国十二音节诗句。

好！说得好！中间派以及右派的几个座位上这样说，极左派则发出热烈的欢呼声。)

那个通情达理的报纸读者对明智的部长还有一点忠诚，但他的心脏在另一发言者开始对部长作出回答时又剧烈地跳动起来：

“惊讶、惊愕，这并非是夸大其词（半圆会场的右面部分有强烈的感觉），这就是我猜想现在仍是政府成员的那位先生的话给我的感觉（雷鸣般的掌声）……几位议员急忙朝部长们的座位走去；邮电部副国务秘书先生在座位上点头表示赞同。”[①]这“雷鸣般的掌声”卷走了这位通情达理的读者所作的最后抵抗，他认为这种做法是对议会的侮辱，骇人听闻，而实际上这种做法本身微不足道；一件正常的事，如想让富翁比穷人多纳税，弄清一件伤风败俗的事，要和平不要战争，他在必要时会认为这种事无法容忍，并把它看作是对某些原则的触犯，而这些原则，他其实并未想到过，现在也没有铭刻在他心中，却使他激动万分，因为欢呼由它们引起，坚如磐石的多数也因它们而形成。

另外，还必须承认，政治家的这种精明，现在被我用来解释盖尔芒特的社交圈子，以后则用来解释其他社交圈子，只是对某种精辟阐述的曲解，这种阐述法往往用“领会字里行间的含义”这个短语来表示。在会议上，会因曲解这种精明而出现荒唐的事，会因缺乏这种精明而出现愚蠢的事，但公众对任何事都是“按字面意思”来理解，在一位高级官员“根据他自己的要求”而被免除职务时，就不会认为是撤职，并在心里想道：“他没有被撤职，因为这是他提出的要求”，当俄军对日军战略退却，撤退到事先准备好的更为坚固的阵地，就不会认为是俄军的失败，而一个省向德国皇帝提出独立的要求，皇帝则给予宗教自治权时，就不会认为是皇帝对该省的拒绝。另外，我们再来看看议会的那些会议，在会议开幕时，议

① 法国七星丛书版后面另起一行。

员们很可能跟后来读到会议报导的那个通情达理的人一模一样。他们得知罢工的工人派出代表要见一位部长，也许会天真地在想：“啊！他们谈了些什么？但愿事情都已解决”，因为在此时此刻，这位部长登上讲坛，会场上悄然无声，这已经人为地使人产生激动的欲望。部长的第一句话是：“我无须告知议会，我深深地感到政府的责任，不会去接见这个代表团，鉴于我职务授予的权力，无须对其进行了解。”这句话是一种戏剧性的变化，因为这是通情达理的议员们唯一不会做出的假设。但正是因为这是一种戏剧性的变化，因此才被报以如此热烈的掌声，这位部长的声音，要过几分钟后才能听到，他回到座位时受到同僚们的祝贺。大家十分激动，如同在有一天，他举办官方盛大招待会，故意不邀请反对他的市议会议长，大家还宣称，他在这两种场合的表现，称得上是真正的政治家。

生活在那个时期，德·盖尔芒特先生经常跟其他议员一起向这位部长表示祝贺，因此库弗瓦西埃家族成员十分气愤。我后来听说，有一段时间，他在议会里所起的作用相当重要，上面曾考虑让他出任部长或大使，即使在那个时候，如有朋友请他帮忙，他也显得极其谦虚，不像其他人那样摆出大政治家的架子，虽说这些人不是盖尔芒特公爵。因为即使他说贵族微不足道，说他跟同事平起平坐，他心里也丝毫不会有这种想法。他追求政治地位，装出重视的样子，但实际上却十分蔑视，由于他在自己心目中仍是德·盖尔芒特先生，因此政治地位不会使他像大官那样变得一本正经，而一本正经的样子却会使其他人变得难以接近。正因为如此，他的骄傲不仅使他假装亲热的模样丝毫无损，而且能使他有毫不逊色的真正谦虚。

回过头来谈谈政客们作出的那种矫揉造作却又激动人心的决定。德·盖尔芒特夫人发布一些出乎意外的法令，使盖尔芒特家族成员、库弗瓦西埃家族成员以及圣日耳曼全区都感到困惑，最为困惑不解的则是帕尔马公主，大家感到这些法令包含一些原则，由于你没有想到，你就更加惊讶。如果新任希腊大臣举行化装舞会，每人都要选择一套服装，大家就想公爵夫人会穿什么服装。一位男士[①]认为她想装扮成勃艮第公爵夫人，另一位女士觉得可能要化装成德雅巴尔国公主[②]，第三位女士则认为想扮成普赛克[③]。最后，库弗瓦西埃家的一位女士问道："你要穿什么服装，奥丽娅娜？"引出的唯一回答却是大家都不会想到："什么也不穿！"这话使饶舌者们信以为真，被认为是奥丽娅娜的看法，说明这位希腊新大臣在社交界的真正地位，以及应该对他采取何种态度，也就是本应预料到的看法，即一位公爵夫人"没有必要"出席这位新大臣的化装舞会。"我看没有必要到希腊大臣家去，我不认识他，也不是希腊人，为什么要去那儿？我在那儿无事可干。"公爵夫人说道。[④]"但大家都去呀，这看来会十分快乐。"加拉东夫人大声说道。[⑤]"但待在家里炉火边也十分快乐。"德·盖尔芒特夫人回答道。[⑥]库弗瓦西埃家族成员都感到十分惊讶，盖尔芒特家族成员虽说没有仿效，却赞成这种看法。"当然啰，不是所有人都像奥丽娅娜那样，能跟一切习俗决裂。但从一方面来看，我们不能说她错了，这是因为她想要表明，我们对这些外国人卑躬屈膝未免过分，我们对他们的来路并非总是一清二楚。"[⑦]当然啰，德·盖尔芒特夫人知道，无论采取何种态度都必定会引起议论，因此她既喜欢参加别人不敢指望她参加的聚会，也喜欢晚上待在家里或跟丈夫一起去看戏，而那天晚上"大家都去"参加一个晚会，或者大家以为她会戴上古老

---

① 法国七星丛书版为：一位女士。

② 德雅巴尔国公主是《一千零一夜》中人物，先后出现在《柯达达的故事》和《德雅巴尔国公主》中。德雅巴尔是一岛屿上城邦，公主是国王的独生女。柯达达则是德雅贝基国五十位王子之一，曾救出德雅巴尔国公主。

③ 普赛克是古罗马作家阿普列尤斯(125—约180)的小说《变形记》(一名《金驴记》)中人物。她是极其美丽的姑娘，与爱神厄洛斯相恋，经历维纳斯设置的种种苦难，终与爱神结为夫妇。

④⑤⑥⑦ 法国七星丛书版后面另起一行。

的冠冕形发饰，使最美的钻石相形见绌，而她进来时却不戴任何首饰，大家以为她会穿礼服，她却身穿便服。虽说她反对德雷福斯（但同时又认为德雷福斯无罪，同样，她生活在社交界，却并不相信各种观念），她在利涅王妃府举办的一次晚会上却引起巨大轰动，首先是梅西埃将军[①]进来时，所有女士都站起身来，只有她仍然坐着，然后一位民族主义演说家开始演讲，她却站了起来，并公然把她的仆从都叫来，以此表明她认为社交界不是谈论政治的场所；而在耶稣受难日[②]举办的音乐会上，她中途退场，所有的人都朝她观看，因为她虽然像伏尔泰那样怀疑宗教，仍认为把耶稣搬上舞台有失体统。大家都知道每年从何时开始聚会，这对热衷于社交活动的女士同样适用，因此，阿蒙古尔侯爵夫人因有喜欢说话的心理癖好，又不够敏感，到头来往往会说出蠢话，在有人来哀悼她父亲德·蒙莫朗西先生去世时，会做出如下回答："你梳妆的镜子前放着上百封请柬，却发生了这样伤心的事，也许会更加难受。"然而，有人急着邀请盖尔芒特公爵夫人吃晚饭，怕她已被别人请去，即使在每年这样的时刻，她也会以社交界人士唯一想不到的理由加以谢绝：她要乘船去游览她喜欢的挪威峡湾[③]。社交界人士对此惊讶得瞠目结舌，他们不想仿效公爵夫人，但因她的行动而感到松了口气，这种感觉可在康德的著作中获得，他在对决定论作出最严密的论证之后，发现在必然世界之上存在着自由世界[④]。任

---

① 即奥古斯特·梅西埃(1833—1921)，1893—1895 年任陆军部长，任期内德雷福斯于 1894 年被捕。

② 即复活节前的星期五。

③ 挪威沿海是世界上峡湾最多的地区。峡湾是窄长的海湾，弯弯曲曲由大海向内地作手指状或鹿角状延伸，深入到内陆很远的地方。如挪威最长最深的松恩峡湾伸入内陆达 205 千米，宽 5 千米，入口处水深 1300 多米，西岸峭壁高耸入云，景色壮丽无比。

④ 康德认为，对道德的共同意识发出绝对命令，其基础是意志对于各种现象的自然规律的自由和独立。

何发明创造，只要从未被人想到，就会使人精神振奋，即使并不善于加以利用的人也是如此。想出乘轮船游览，跟在这 season（季节）里应该闭门不出的时候乘轮船游览相比，无疑是小巫见大巫。自愿放弃别人邀请的一百次晚餐或午餐，二百次“茶会”，三百次晚会，以及星期一在巴黎歌剧院和星期二在法兰西剧院的精彩演出，只是为了去游览挪威的峡湾，在库弗瓦西埃家族成员看来，并不比《海底两万里》[①]更容易解释，但使他们同样产生不受束缚的迷人感觉。因此，大家每天都会听到有人不仅说：“您知道奥丽娅娜最近说的话？”，而且说：“您知道奥丽娅娜的新发明？”不管是对“奥丽娅娜的新发明”还是对奥丽娅娜最近说的“话”，大家总是回答说：“这正是奥丽娅娜的”；“这确实是奥丽娅娜的。”譬如说，奥丽娅娜要代表一个爱国团体给 X 红衣主教、马孔主教[②]回信（德·盖尔芒特先生谈起这位主教，通常称他为“德·马斯孔先生”，因为公爵认为这是法国古老的说法），由于每个人都在想这封信该如何写，并觉得开头称呼应写“阁下”或“大人”，但如何写下去却感到左右为难，而奥丽娅娜的信却使众人感到惊讶，其开头称呼为“红衣主教先生”，用的是法兰西语文学院的旧习，或者称“我的表兄弟”，这称呼在教会里的亲王、盖尔芒特家族成员和君主之间使用，他们都请求上帝让他们加入“他神圣而又高贵的卫队”。要大家谈起“奥丽娅娜的新发明”，只要在一次演出时，巴黎的头面人物都来看戏，演出的戏又非常好看，大家在邀请德·盖尔芒特夫人来看戏的帕尔马公主、盖尔芒特王妃以及其他许多人的包厢里找她，就会看到她身穿黑色服装，头戴小帽，独自坐在正厅前座的椅子上，她是在启幕时到的。“值得看的戏，从头看起就更加清楚。”

---

① 《海底两万里》（1869）是法国作家儒尔·凡尔纳（1828—1905）最著名的科幻小说之一。

② 马孔是法国索恩-卢瓦尔省省会。马孔主教教区于 1790 年并入欧坦教区。因此在普鲁斯特的时代已无马孔主教。

她的解释使库弗瓦西埃家族成员议论纷纷，却使盖尔芒特家族成员和帕尔马公主赞叹不已，他们突然发现，从头看起的"方式"要比在参加盛大晚宴和在一次晚会上露面之后再来看最后一幕更加新颖、别致和聪明（但奥丽娅娜这样做并不是要让别人吃惊）。这就是令人惊讶的各种方式，帕尔马公主知道，她只要对德·盖尔芒特夫人提出一个文学或社交上的问题，就要做好惊讶的准备，因此在公爵夫人家吃晚饭时，公主殿下谈到一个微不足道的题材，都会小心翼翼，既感到不安又十分高兴，如同在洗海水浴时，在两个"浪"之间露出水面那样。

在圣日耳曼区首屈一指的还有两三家沙龙，盖尔芒特公爵夫人的沙龙的一些特点，是这几家沙龙所没有的，正如莱布尼茨承认，每个单子在反映整个宇宙的同时，给宇宙增添了某种特点①，在公爵夫人的沙龙的特点中，有一个特点最使人反感，那就是沙龙通常有一两个美女，能在那里露面只是因为貌美，以及德·盖尔芒特先生要利用其美貌，她们的在场，如同其他沙龙展示某些意想不到的绘画作品那样，立刻表明这家的丈夫十分喜欢欣赏女性的优雅。她们有几分相像；因为公爵喜欢女人长得高大，要既庄重又洒脱，既要像《米洛斯的维纳斯》②，又要像《萨莫色雷斯的胜利女神》③；她们往往金发，很少棕发，有时发色红棕，如同最近那位女士，名叫阿帕雄子爵夫人，她也出席这次晚宴，他曾对她十分喜爱，非要她每天给他发十封电报（这使公爵夫人有点生气），他在盖尔芒特时用飞鸽传书跟她联系，总之，他在很长一段时间里无法跟她

---

① 参见本卷第111页注①。

② 《米洛斯的维纳斯》是断臂女性雕像，1820年发现于爱琴海米洛斯岛，现藏卢浮宫。

③ 《萨莫色雷斯的胜利女神》是大理石雕像，底座为战舰船头，1863年发现于爱琴海北部萨莫色雷斯岛，据说是马其顿国王德米特里一世（前336—前283）为纪念在海战中打败托勒密一世（约前367—前283）的舰队而创作，现藏卢浮宫。

分离，有一年冬天他得去帕尔马，每星期回巴黎一次，路上要花两天时间，为了来看望她。

这些美女配角通常是他以前的情妇，但现已跟他一刀两断（德·阿帕雄夫人就是如此），或者即将跟他断绝关系。但是，她们虽说也属于贵族阶级，却是二流贵族，而公爵夫人在她们眼里富有魅力，她们则希望在她的沙龙里受到接待，也许主要是这些原因，而不是因为公爵的美貌和慷慨，她们才决定屈从于公爵的欲望。另外，公爵夫人也不会坚决反对她们来她家做客；她知道她们中不止一人已跟她结盟，依靠这种结盟，她得到了她想要的许多东西，而德·盖尔芒特先生只要没有爱上另一个女人，就会对他的妻子严加拒绝，决不会让她得到这些东西。因此，她们要等到跟公爵打得火热之后才能受到公爵夫人的接待，首先是因为公爵每次开始热恋，都以为只是短暂的艳史，因此认为他情妇受到他妻子接待，已是对他情妇不错的报答。然而，他有时为得到一个初吻，却是得不偿失，因为他没有料到对方真的会加以抗拒，或者相反，他并未遇到对方抗拒。在爱情上，出于感激和取悦的愿望所作的付出，往往超过期望和利益做出的许诺。但在当时，这种付出的实施却因其他种种情况而受到阻碍。首先，对德·盖尔芒特先生的爱恋有求必应的女人，即使有时尚未对他屈从，也全都依次被他囚禁。他不准她们再见到任何人，他几乎时刻待在她们身边，负责教育她们的孩子，后来大家认为这些孩子十分相像，因为他有时会给他们增添一个弟弟或妹妹。其次，在私通初期，公爵丝毫没有打算把情妇介绍给德·盖尔芒特夫人，但这种介绍在情妇的思想中曾起到一定作用，而私通本身也改变了这个女人的看法；公爵在她看来不仅是巴黎最优雅的女子的丈夫，而且是他新的情妇喜爱的男人，这个男人也常常使她有能力和兴趣过上更加奢侈的生活，并使她对涉及故作风雅和利益的那些问题的重要性有了跟以前截然不同的看法；最后，公爵的情妇有时会对德·盖尔芒特夫人产生各种各样的嫉妒。但这种情况极为罕见;另外,在介绍的日子终于到来时(通常是这种介绍在公爵看来已无关紧要之时,他的行动如同众人的行动,往往更多受制于以前的行动,而不是受制于不再存在的原来的动机),往往是德·盖尔芒特夫人想要接待这位情妇,她非常需要遇到这个女人,希望跟她结成宝贵的同盟,来对付她可怕的丈夫。这并不是因为德·盖尔芒特先生对妻子没有人们所说的礼貌,在他家里,公爵夫人说话过多,他只有在罕见的时刻才用话语或者尤其是用沉默来使人惊恐万状。不了解他们的人可能会看走眼。有时,在秋天,在多维尔赛马[①]、温泉疗养、前往盖尔芒特和狩猎的间隙,在巴黎度过的几星期时间里,因公爵夫人喜欢音乐咖啡馆,公爵会跟她在那里共度夜晚。在一间敞开的双座小包间里,公众会立刻看到这位赫丘利身穿 smoking(无尾常礼服)(因为在法国,跟英国多少有点关系的事物,其名称都跟英国的不同[②]),戴着单片眼镜,他那肥胖而又漂亮的手,无名指上蓝宝石闪闪发光,手里拿着一根粗大雪茄,不时吸上一口,目光通常注视舞台,但在转向观众席时,虽说其中没有一个熟人,也会显得温柔、审慎、礼貌、恭敬。公爵觉得听到的一段歌曲滑稽但又不是过于黄色,就微笑着把脸转向妻子,用默契而又善意的表情跟她分享这支新歌给他带来的纯真乐趣。观众们可能认为,没有比他更好的丈夫,也没有人比公爵夫人更令人羡慕,然而,公爵生活中的兴趣却全都不在这个女人身上,他不喜欢这个女人,一直对她不忠;在公爵夫人感到疲倦时,观众们看到德·盖尔芒特先生站起身来,亲自给她穿上大衣,设法不让她的项链附着在衬里上,然后给她开道并直至走到门口,殷切而又恭敬,而她则像社交界女士那样冷淡,觉得他这样

---

① 在十九世纪末,多维尔赛马要到 8 月初才开始。

② 英国人说 dinner jacket。smoking 这个词于 1888 年引入法国,英语中 smoking jacket 意为:(吸烟时套在衣服外面的)吸烟服。

做只是普通的礼节，有时甚至显出不无讽刺的苦涩，如同醒悟的妻子，对丈夫已不抱任何幻想。这种表面文章，是一种礼节的组成部分，这种礼节使内心的义务变成表面文章，是在某个已经逝去的时代，但这个时代的遗风尚存，虽然有这种表面文章，公爵夫人的生活依然难过。德·盖尔芒特先生重新变得慷慨和仁慈，只是因为新情妇跟往常一样，又站在公爵夫人一边；公爵夫人看到自己又有可能对下人慷慨、对穷人施舍，她自己则可能在后来得到一辆崭新的漂亮汽车。但是，德·盖尔芒特夫人通常会迅速因别人对她过于听话而生气，对公爵的那些情妇也不例外。公爵夫人很快就对她们感到厌倦。然而，正在这时，公爵跟德·阿帕雄夫人的恋情也即将结束。另一情妇将要产生。

德·盖尔芒特先生依次对所有这些女人的爱情，也许会在有朝一日重现：首先，这种爱情在消失时会把她们遗留下来，如同美丽的大理石雕像，她们在公爵看来是美丽的大理石雕像，而公爵则在某种程度上变成艺术家，因为他曾喜爱她们，现在又对她们身体的曲线感到兴趣，如果没有爱情，他就不会赞赏这种曲线，而与此同时，在公爵夫人的沙龙里，她们在外表上长期相互敌视，受到嫉妒和争吵的折磨，最终却在友谊的气氛中言归于好；其次，这种友谊本身是爱情的一种结果，这爱情曾使德·盖尔芒特先生发现，他那些情妇具有任何人都有的美德，但只有在性欲满足时才能发现，因此，以前的情妇变成了“好伙伴”，会给我们做任何事情，是一张照片，如同医生或父亲，但这医生或父亲不是一个医生或一个父亲，而是一个朋友。但是，在最初一个时期，德·盖尔芒特先生抛弃的女人会抱怨、吵闹，喜欢挑剔，到处乱说，爱找麻烦。公爵开始对她反感。于是，德·盖尔芒特夫人就有了理由，把使他厌烦的女人真的或假的缺点都说得一清二楚。德·盖尔芒特夫人以善良著称，接到被抛弃的女人打来的电话，听到她说的知心话，看到她流出的眼泪，但并未因此而抱怨。对此，她跟丈夫一起取笑，然后跟几位好友一起嘲笑。公爵夫人觉得自己对不幸的女人这样同情，就有权戏弄她，即使她本人在场，不管她说些什么，只要能归结为公爵和公爵夫人最近为她杜撰的可笑性格，德·盖尔芒特夫人就会毫无拘束地跟丈夫对视，目光中带有嘲笑的默契。

然而，帕尔马公主入席时，想起她想请某王妃[①]到巴黎歌剧院看戏，想要知道这事是否会使德·盖尔芒特夫人感到不快，就想对她进行试探。这时，德·格鲁希先生走了进来，他乘的火车出轨，误点一个小时。他深表歉意。他妻子如是库弗瓦西埃家族成员，准会羞愧难当。但德·格鲁希夫人这个盖尔芒特家族成员"名不副实"。她见丈夫为迟到道歉，就开口说道：

"我看，即使是小事，迟到也是你们家的传统。"

"请坐，格鲁希，不要为这事不安。"公爵说道。

"随着年龄的增长，我不得不承认，滑铁卢战役自有好处，因为它使波旁家族能够复辟，更好的是，使这家族不得人心。但据我看，您是真正的宁录[②]！"

"我确实带回一些漂亮猎物。我明天派人给公爵夫人送来一打野鸡。"

一个念头似乎在德·盖尔芒特夫人的眼中一闪而过。她坚持不让德·格鲁希先生把野鸡送来。她对订了婚的跟班做了个手势，我在离开埃尔斯蒂尔画作展示厅时曾跟那跟班说过话。

"普兰，"她说，"您去把伯爵先生的野鸡拿来，马上去拿，因

---

① 弗拉马里翁版的注释中说：就是德·厄迪古尔夫人。法国七星丛书版中不是"某王妃"，而是"德·厄迪古尔夫人"。

② 宁录是巴别的国王，尼尼微的建造者。据《旧约·创世记》，"古实又生宁录，他为世上英雄之首。他在耶和华面前是个英勇的猎户，所以俗话说，像宁录在耶和华面前是个英勇的猎户。他国的起头是巴别、以力、亚甲、甲尼，都在示拿地。他从那地出来往亚述去，建造尼尼微、利河伯、迦拉，和尼尼微、迦拉，中间的利鲜，这就是那大城。"（第十章第八至十二节）

为，对吗，格鲁希，您允许我以此来招待客人。我和巴赞二人吃不掉十二只野鸡。”

“可后天吃也不晚。”德·格鲁希先生说。

“不，我觉得明天好。”公爵夫人固执己见。

普兰脸色顿时发白；他跟未婚妻的约会就此告吹。但这足以使公爵夫人乐一乐，她想要让任何事都显得有人情味。[①]“我知道这是您外出的日子，”她对普兰说，“您只要跟乔治换一下就行了，让他明天出去，后天待在家里。”

但普兰的未婚妻后天没空。他出不出去都无所谓。普兰走出客厅之后，大家都立刻称赞公爵夫人对下人关心。[②]——“可我对他们这样，只是希望别人也这样对待我。”[③]——“不错！他们可以说，在您家里干活是个好差使。”[④]——“没像您说得这样好。但我觉得他们非常喜欢我。那个人有点让人恼火，因为他在谈恋爱，他觉得应该显出愁眉苦脸的样子。”

这时，普兰回来了。[⑤]——“确实，”德·格鲁希先生说，“他不像在笑。对他们应该关心，但不要做得过分。”[⑥]——“我知道自己不会让人害怕；到那天，他只要把您那些野鸡拿来就行了，其余时间待在这儿，什么事都不用干，还能吃到他那份野鸡。”[⑦]——“会有许多人想抢他的差事干吧，”德·格鲁希先生说，“因为羡慕就会轻举妄动。”

“奥丽娅娜，”帕尔马公主说，“那天您的表姐德·厄迪古尔来看我；她显然是极其聪明的女子；她是盖尔芒特家族成员，这就够了，但有人说她喜欢讲别人坏话……”[⑧]公爵久久地看了妻子一眼，目光中故意显出惊讶的神色。德·盖尔芒特夫人不由笑了起来。公主最终发现了他们的神色。[⑨]“那……您是否不同意……我的看法？……”她不安地问道。[⑩]“但夫人过于善良，不会去注意巴

---

①②③④⑤⑥⑦⑧⑨⑩ 法国七星丛书版后面另起一行。

赞的脸色。好了,巴赞,您就别装模作样了,像是在说我们亲戚的坏话。”[①]“他觉得她坏得出奇?”公主急忙问道。[②]“哦!并非如此。”公爵夫人回答道。“我不知道谁对公主殿下说她喜欢讲别人坏话。恰恰相反,她十分善良,从未说过任何人坏话,也从未伤害过任何人。”[③]“啊!”德·帕尔马夫人宽慰地说道,“这事我也没发现过。但我知道,一个人太聪明,就难免会开点玩笑……”[④]“啊!这个嘛,她还没有这样。”[⑤]“没有这样聪明?……”公主惊讶地问道。[⑥]“哦!奥丽娅娜,”公爵用埋怨的语气打断了她的话,并用愉快的目光朝左右观看,“您听到公主对您说,她是极其聪明的女子。”[⑦]“她难道不是这样?”[⑧]“她至少极其肥胖。”“您别去听他的,夫人,他没说真心话;她笨得像只鹅。”德·盖尔芒特夫人用响亮而又沙哑的声音说道。她只要不是刻意为之,就比公爵更像法国旧时代的人,但往往想显出这种人的样子,不过使用的方式跟丈夫完全相反,不是像他那样用陈旧的襟饰花边,而是更加精明,发音跟农民相近,具有一种粗俗而又美妙的乡土味。“但她是世上最好的女子。另外,我不知道这样是否能称之为笨。我觉得自己从未见到过这样的女人;这对医生来说是个病例,具有某种病理学价值,是一种‘幼稚’、愚蠢和‘迟钝’的人,如同在情节剧或《阿尔勒城姑娘》[⑨]中那样。她来这儿时我总是在想,她智力醒悟的时刻是否尚未到来,这总是使人感到有点害怕。”公主对这些话十分欣赏,同时又对这样的判断感到惊讶。“她跟德·埃皮内夫人一样,对我引述了您关于高傲的塔尔奎尼亚人所说的话。说得真妙。”她回答道。

---

①②③④⑤⑥⑦⑧ 法国七星丛书版后面另起一行。

⑨ 《阿尔勒城姑娘》(一译《阿莱城姑娘》)是阿尔丰斯·都德的剧作,取材于他的中短篇小说集《磨坊书简》(1869),由法国作曲家乔治·比才于1872年配乐。剧中主人公扬爱上阿尔勒城的美丽姑娘,他父母也同意这门婚事。但因有人声称自己曾是这姑娘的情人,并出示书信加以证实,他最终自杀身亡。

德·盖尔芒特先生把这话给我作了解释。我想要对他说，他弟弟声称不认识我，却要在晚上十一点钟等我去。但我没有问过罗贝尔，不知是否能说起这次约会，但是，虽说德·夏吕斯先生基本确定了这次约会，却跟他和公爵夫人说的话有矛盾，所以我觉得还是不说为好。[①] “高傲的塔尔奎尼亚人，说得真妙，”德·盖尔芒特先生说道，“但德·厄迪古尔夫人也许没有把更加美妙的话说给您听，那是奥丽娅娜在另一天回答邀请她吃午饭时说的。”[②] “哦！没有！您说说！”[③]“啊，巴赞，别说了，首先，这话愚蠢，会让公主把我看得比我那傻瓜表姐还要低下。其次，我不知道我为什么要说是我表姐。她是巴赞的表姐。她跟我多少有点亲戚关系。”[④]“哦！”帕尔马公主大声说道，她一想到自己可能会觉得德·盖尔芒特夫人愚蠢，就竭力加以否认，说她对公爵夫人十分欣赏，任何事情都不会使公爵夫人在她心中的地位有所下降。“另外，我们已经去除了她思想上的长处，而这话又要否认她情感上的某些长处，因此我觉得不合时宜。”[⑤]“否定！不合时宜！她说得多好！”公爵故作嘲弄地说道，目的是让大家都赞赏公爵夫人。[⑥]“好了，巴赞，别嘲笑自己的妻子。”[⑦]“应该告诉公主殿下，”公爵接着说道，“奥丽娅娜的表姐聪明、善良、肥胖，您想怎么说都行，但恰恰不能，怎么说呢……说她慷慨。”[⑧]“不错，我知道，她非常吝啬。”公爵夫人打断了他的话。[⑨]“我不会用这个词，但您想出的词十分恰当。这表现在她家的开销上，特别是在伙食上，伙食很好，但精打细算。”[⑩]“这样甚至会出现滑稽可笑的场面。”德·布雷奥泰先生把话打断。“是这样的，亲爱的巴赞，我有一天去了厄迪古尔家，那天他们在等您和奥丽娅娜来访。他们准备了丰盛的饭菜。但过了中午，一个跟班送来一份电报，说你们不来了。”[⑪]“我对此并未感到奇怪！”公爵夫人说道。她不但很难请到，而且喜欢让别

---

①②③④⑤⑥⑦⑧⑨⑩⑪ 法国七星丛书版后面另起一行。

人知道这点。“你们的表姐看了电报，感到扫兴，但并未慌张，她心里在想，没有必要为像我这样微不足道的领主破费，就又把那跟班叫来，并对他说：‘您告诉厨师长把鸡给撤了。’到晚上，我听到她在问膳食总管：‘那么，昨天吃剩的牛肉呢？您没有端上来？’”[①]“不过，得要承认，她家的饭菜是无可挑剔。”公爵说道。他觉得使用这种说法，能表明自己有旧制度[②]的气派。“我不知道哪家的饭菜比她家更好。”[③]“并比她家更少。”公爵夫人把话打断。[④]“对我这种粗俗的乡巴佬来说，这样有益于健康，也完全足够。”公爵接着说道。“人总是不会满足。”[⑤]“啊！如果是要治病，这显然更具有保健作用，就不会使人感到索然寡味。另外，也不见得这样好吧。”德·盖尔芒特夫人补充道。她不大喜欢别人把巴黎最佳膳食的称号授予她家之外的其他人家。“我表姐就像难产的作家，每隔十五年才生产出一部独幕剧或一首十四行诗。这就是人们所说的小杰作，是小巧玲珑的东西，总之，是我最厌恶的东西。泽纳伊德家的菜肴并不坏，如果不是这样精打细算，就会显得更加平常。有些菜她家厨师长做得好，但有些给他做砸了。我在她家跟在所有人家里一样，吃到过很差的晚餐，只是我觉得她家的晚餐不像其他地方那样差，因为胃敏感的其实是食物的数量而不是其质量。”[⑥]“最后要说的是，”公爵总结道，“泽纳伊德非要奥丽娅娜去吃午饭，而我妻子不大喜欢走出家门，就坚持不去，并设法打听，她是否以好友聚餐为借口，想要用不正当的办法让她参加盛大午宴，还徒劳地想知道午餐会有哪些客人。‘你来呀，来呀。’泽纳伊德执意邀请，一面吹嘘午餐会有美味佳肴。‘你会吃到栗子羹，我只跟你说这个，还有七小块鸡肉一口酥。’——‘七小块鸡肉一口酥。’奥丽娅娜大声说道。‘可我们至少有八人！’”[⑦]片刻之后，公

①③④⑤⑥⑦ 法国七星丛书版后面另起一行。

② 指法国大革命前的封建制度。

主听懂了这话的意思，不由哈哈大笑，声音响如雷鸣。“啊！我们会有八人，说得真妙！这草稿打得真好！”她说道。她费了九牛二虎之力才回想起德·埃皮内夫人说过这话，但这次用得更加恰当。[1]“奥丽娅娜，公主说得真好，她说这草稿打得好。”[2]“但是，我的朋友，您什么也没有告诉我，我知道公主非常风趣。”德·盖尔芒特夫人回答道。她轻而易举地欣赏这话，因为这话由一位公主说出，而且是在称赞她的风趣。“我感到非常自豪的是，夫人赞赏我打的微不足道的草稿。另外，我想不起来曾说过这话。即使说过，也是为恭维我表姐，因为如果她有七块鸡肉一口酥，我敢说想吃的嘴一定超过十二张。”

“她拥有德·博尼埃先生[3]的全部手稿。”公主继续谈论德·厄迪古尔夫人。[4]”她想让人看出，她有充分理由跟这位夫人交往。[5]“她想必对此人梦寐以求，但我认为她甚至不认识他。”公爵夫人说道。[6]“特别有趣的是，这些信件出自不同国家的人的手笔。”阿帕雄伯爵夫人继续说道。她跟欧洲主要公爵家族乃至王族都有姻亲关系，因此乐意提到这点。[7]“不，她认识，奥丽娅娜。”德·盖尔

---

①②⑤⑥⑦ 法国七星丛书版后面另起一行。

③ 即亨利·德·博尼埃子爵（1825—1901），法国剧作家，法兰西语文学院院士（1893）。著有四幕诗体历史剧《罗兰的女儿》，1875年在法兰西剧院上演。这部戏在当时深受好评，把法国史诗《罗兰之歌》的人物搬上舞台，其中有查理大帝、叛徒甘尼仑及其子热拉尔德，后者娶罗兰之女贝尔特为妻。

④ 法国七星丛书版中，这一句前还有以下两段：

阿帕雄伯爵夫人在晚饭前曾对我说，她姑妈会十分高兴向我展示她在诺曼底的城堡，但在这段时间里，她从阿格里让特亲王的脑袋上方跟我说，她特别希望在科多尔省接待我，因为她家就在该省的公爵桥。

“城堡的档案会使您感到兴趣。其中有极其有趣的书信，通信者为十七世纪、十八世纪和十九世纪最杰出的人物。我看信度过了美妙的时刻，如同生活在过去之中。”伯爵夫人肯定地说。德·盖尔芒特先生曾告诉我，说她的文学修养极高。

据法国弗拉马里翁版的注释（该卷下册第383—384 页注136），这两段出现在1919年4 月至9 月的校样上，但被普鲁斯特删除。

芒特先生并非无意中说出此话。"您清楚地记得那次晚餐,当时德·博尼埃先生就坐在您旁边!"[①]"但是,巴赞,"公爵夫人打断了他的话,"您要对我说我认识德·博尼埃先生,我当然认识,他甚至多次来看过我,但我总是下不了决心邀请他,因为他要是来,我每次都得用福尔马林[②]消毒。至于那次晚餐,我记得十分清楚,不是在泽纳伊德家里,她从未见到过博尼埃,如果跟她谈起《罗兰的女儿》,她一定会认为是一位波拿巴公主,是希腊国王的儿子的未婚妻[③];不,那是在奥地利使馆。那讨人喜欢的霍约斯[④]认为,让那位臭不可当的法兰西语文学院院士坐在我旁边的椅子上,会使我感到高兴。我还以为我旁边有一个宪兵连。我只好在吃晚饭时尽量把鼻子捂住,在吃瑞士格鲁耶尔干酪时才敢吸口气!"德·盖尔芒特先生已达到自己的秘密目的,就偷偷地观察各位客人的脸,以了解公爵夫人的话产生的印象。[⑤] "你们在谈论书信,我觉得甘必

---

① 法国七星丛书版后面另起一行。

② 福尔马林是甲醛40%的水溶液的通称,可用作消毒、防腐药。

③ 指罗兰·波拿巴亲王(1858—1924)的女儿玛丽·波拿巴(1882—1913),于1907年12月12日嫁给希腊的乔治亲王(1869—1957),即国王乔治一世(1845—1913)之子。

④ 即霍约斯-斯普林岑施泰因伯爵(1834—1895),1883—1894任奥地利驻法国大使。

⑤ 法国七星丛书版中,后面另起一行后还有以下五段:

"我还发现这些书信有一种特殊的魅力。"那位文学修养极高的女士继续说道,虽然我跟她之间隔着阿格里让特亲王的脸,她的城堡中藏有十分珍贵的书信。

"您是否发现,一位作家的书信,往往胜过他的作品?写过《萨朗波》的那位作者叫什么名字?"

"我原本不想回答,以便使谈话结束,但我感到,我要是不说,会使阿格里让特亲王感到不快,他装出对《萨朗波》的作者是谁一清二楚的样子,只是出于礼貌才让我来说,但其实他处境十分尴尬。"

"叫福楼拜。"我最终说了出来,但亲王点头表示同意,却使我回答的声音变得沉闷,因此对方不知我是说保罗·贝尔(注1)还是福贝尔(注2),这两个名字都不能使她完全满意。

大的书信[①]令人赞赏。”盖尔芒特公爵夫人说道，以表示她不怕对无产者和激进派产生兴趣。德·布雷奥泰先生立刻理解了她如此大胆的聪明之处，就用既陶醉又温柔的目光环顾四周，然后擦了擦单片眼镜。

“天哪，《罗兰的女儿》实在叫人讨厌。”德·盖尔芒特先生得意洋洋地说，他得意是因为感到他比一本他非常讨厌的作品来得高明，也许还因为 suave mari magno[②]（见别人遭难窃喜），我们在丰盛的晚餐中回忆起如此可怕的夜晚，就会有这种感觉。“但如有几行美丽诗句，就会有爱国主义情感。”

我婉转地表明自己对德·博尼埃先生毫不欣赏。[③]“啊！您对他有所指责？”公爵好奇地问我道。他听到有人说一个男人的坏话，总是认为想必是出于个人恩怨，如有人称赞一个女人，则是坠

“不管怎样，”她接着说道，“他的书信十分有趣，并大大胜过他的书籍！另外，他的书信也能使我们了解他本人，因为信中说，他写一本书十分艰难，由此可见，他不是真正的作家，不是一位才华出众的人。”

据法国弗拉马里翁版的注释（该卷下册第384页注139），这两段出现在1919年4月至9月的校样上，但被普鲁斯特删除。另外，上述第四段中，在校样上不是“福贝尔”（Fulbert），而是“朱贝尔”（Julbert）。

（注1）保罗·贝尔（1833—1886），法国生理学家、政治家。1881—1882年曾任国民教育部长，促使通过初级教育免费义务法（1882）。

（注2）据史书记载，福贝尔有二人。一是沙特尔主教（约960—1028），曾重建被大火烧毁的沙特尔大教堂；二是十一世纪巴黎议事司铎，是女隐修院院长埃洛伊丝的叔叔和监护人。埃洛伊丝跟其家庭教师、神学家阿贝拉尔相恋并生有一子，她的亲属一怒之下将阿贝拉尔阉割，福贝尔对此负有责任。

① 参见本书第一卷第214页注①。甘必大的书信选集于1909年出版，题为《甘必大谈甘必大，私人书信和家族回忆》。

② 引自古罗马诗人卢克莱修所著哲学长诗《物性论》第二卷前两行诗：“广阔大海狂风掀巨浪，/岸边见别人遭难窃喜。”

③ 法国七星丛书版后面另起一行。

入情网的开始。“我看出您对他怀恨在心。他对您干了什么坏事？您跟我们说说，好吗？对，你们之间想必串通一气，既然您贬低他。《罗兰的女儿》很长，但很有味道。”[1]“有味道，说一个臭不可当的作者十分恰当。”德·盖尔芒特夫人挖苦地把话打断。“这可怜的孩子如果曾跟他待在一起，鼻子里现在还有他的气味，那就很容易理解！”[2]“我还得向夫人承认，”公爵对帕尔马公主说道，“除了《罗兰的女儿》之外，在文学乃至音乐方面，我可是个老古董，陈年老货，我全都喜欢。您也许不会相信我，但在晚上，我妻子要是弹钢琴，我有时会请她弹一首老曲子，弹奥柏[3]、布瓦尔迪厄[4]，甚至是贝多芬！我喜欢的就是这种东西。然而，对瓦格纳，我听了就会立刻睡着[5]。”[6]“您错了，”德·盖尔芒特夫人说道，“瓦格纳的作品奇长无比，无法忍受，但他有天才。《罗恩格林》是一部杰作。即使在《特里斯坦》中，也有不少有趣的片段。而《漂泊的荷兰人》中的《纺织合唱曲》妙不可言[7]。”[8]“是不是，巴巴尔，”德·盖尔芒特先生对德·布雷奥泰先生说，“我们更喜欢：[9]‘高雅情侣的幽会，都在这迷人的场所[10]。’[11]真是美妙。还有《魔

---

①②⑥⑧⑨⑪ 法国七星丛书版后面另起一行。

③ 参见本卷第469页注①。

④ 即弗朗索瓦·阿德里安·布瓦尔迪厄（1775—1834），法国作曲家。1803—1811年任圣彼得堡皇家歌剧院指挥，后返回巴黎。主要作品有歌剧《巴格达的哈里发》（1800）、《白衣夫人》（1825）等，后者由斯克里布根据司各特的小说《修道院》和《盖伊·曼纳林》撰写脚本。

⑤ 如同圣卢的父亲，“听瓦格纳的乐曲哈欠连天”。（参见本书第二卷第309页）

⑦ 《漂泊的荷兰人》（1841）中，《纺织合唱曲》在第二幕的开头部分。船主的女儿森塔坐在躺椅上，两眼望着一张画像，沉浸在梦幻般的遐想之中。她年老的保姆玛丽及其年轻的朋友们在纺线。这乐曲的优美简直无与伦比。李斯特曾把它改编成钢琴曲。

⑩ 这是喜歌剧《文人牧场》（1832）第一幕中吉罗和尼塞特二重唱的开端。该剧由法国作曲家路易·约瑟夫·费迪南·埃罗尔（1791—1833）作曲，弗朗索瓦·安托万·欧仁·德·普拉纳尔（1784—1853）撰写脚本。该剧和《泽姆帕》（1831）是埃罗尔在浪漫主义时代的成名作。

鬼兄弟》、《魔笛》、《农舍》、《费加罗的婚礼》和《王冠上的钻石》[①]，这才是音乐！在文学上情况相同。因此我喜欢巴尔扎克，喜欢《苏镇舞会》和《巴黎的莫希干人》[②]。”[③]“啊！亲爱的，如果您要就巴尔扎克展开争论，我们就无法结束，您还是等着，留到梅梅来的那天再谈。他还要棒，能把巴尔扎克倒背如流。”[④]公爵的话被妻子打断，感到恼火，就在片刻间默不作声，对她露出威胁的神色，仿佛要向她开火。他两只猎人的眼睛，活像两把上膛手枪的枪口。这时，德·阿帕雄夫人已跟帕尔马公主就悲剧性诗歌和其他问题进行交谈，她们的谈话我并未听清，但我听到德·阿帕雄夫人说的这句话：“哦！夫人的看法，我全都同意，他确实让我们看到丑恶的世界，因为他不善于区分丑和美，或者不如说是因为他那叫人无法忍受的虚荣心使他认为，他说的一切都是美的，我跟公主殿下一样，承认这作品中有可笑、晦涩之处和审美上的错误，认为它难以理解，读起来如同在读用俄语或汉语写的作品，因为这显然是法语中的例外，但只要花费力气去理解，你就会得到巨大报偿，看到其中的想象力是何等丰富！”这短短的讲话，我没有听到开头部分。但我最终不仅知道，无法区别美和丑的诗人是维克多·雨果，而且还知道像俄语或汉语一样难以理解的诗歌是：[⑤]“只要孩子出现，家人聚在一起，又是鼓掌又是喊叫。”[⑥]这是诗人的初期作品，也许更接近德·祖利埃夫人的风格，

---

① 《魔鬼兄弟》(1830)是奥柏的喜歌剧，《魔笛》(1791)和《费加罗的婚礼》(1786)是莫扎特的著名歌剧，《农舍》(1834)是法国作曲家阿道夫·亚当(1803—1856)的喜歌剧，《王冠上的钻石》(1841)是奥柏作曲、斯克里布写脚本的喜歌剧。

② 《苏镇舞会》(1830)是巴尔扎克的中篇小说，属私人生活场景，《巴黎的莫希干人》(1854)是大仲马的小说。

③④⑤⑥ 法国七星丛书版后面另起一行。

而不是维克多·雨果的《历代传说集》的风格[①]。我并不认为德·阿帕雄夫人滑稽可笑，而是把她看成（这张极其真实而又平常的餐桌上首屈一指的人物，而我又是多么失望地在餐桌旁坐下），我看出她是这样的人物，是从她花边软帽下面那双机智的眼睛，软帽里露出一绺绺精心修饰的鬈发，以前戴这种软帽的有德·雷米扎夫人[②]、德·布罗伊夫人[③]、德·圣奥莱尔夫人[④]以及所有出类拔萃的女子，她们在令人陶醉的书信中，以渊博的知识恰如其分地引用索福克勒斯、席勒和《效法》[⑤]，但对浪漫主义作家的第一批诗作，她们都感到惊恐和厌倦，如同我外婆对斯泰凡·马拉美后期诗作的态度[⑥]。[⑦]"德·阿帕雄夫人非常喜欢诗歌。"帕尔马公主被德·阿帕雄夫人说这番话的热情语气所感动，就对德·盖尔芒特夫人这样说。[⑧]"不，她对诗歌一窍不通。"德·盖尔芒特夫人低声回答道，当时德·阿帕雄夫人正在回答德·博特雷伊将军提出的异议，

---

① 这是雨果《秋叶集》(1831)中第十九首诗的前两行，作者写的日期为1830年5月18日。雨果当时28岁，更接近德·德祖利埃夫人抒情的田园诗风格，而不是在1859年至1883年发表的《历代传说集》史诗和幻想的风格。德·德祖利埃夫人(1637/1638—1694)，法国女诗人。原名昂托瓦内特·德·利吉埃·德·拉加尔德。生前被称为第十位缪斯。1684年入选里科弗拉蒂学院和阿尔勒学院，是法国第一位女院士。著有《诗集》(1688)。

② 即雷米扎伯爵夫人，原名克莱尔·伊丽莎白·格拉维埃·德·韦热纳(1780—1821)，曾任约瑟芬皇后的宫中女官。她著有两部长篇小说和《论妇女教育》(1824)。她的《回忆录》和《书简集》分别发表于1879年和1881年。

③ 参见本卷第287页注⑤。

④ 即路易丝·夏洛特·维克托利娜·德·格里莫阿尔·德·博瓦尔·杜·鲁尔-布里宗，嫁给路易-克莱尔·德·博普瓦即圣奥莱尔伯爵(1778—1854)。伯爵曾任拿破仑的侍从(1809)，并当选法兰西语文学院院士(1841)。

⑤ 指《效法基督》，基督教修养著作。后世天主教会视其为神修学著作。由托马斯·厄·肯培(1379/1380—1471)著于1390—1440年间，共四卷，用拉丁文撰写。主要内容为鼓励实行神修生活的规劝，论神修生活的心灵准备，论圣体及履行圣事等。

⑥ 普鲁斯特显然是指法国诗人马拉美(1842—1898)的诗作《骰子一掷决不会消除偶然》(1897)晦涩难懂。

⑦⑧ 法国七星丛书版后面另起一行。

全神贯注地在说话，因此没有听到公爵夫人说的悄悄话。“她在被抛弃之后才开始喜欢文学。我要对公主殿下说，是我在承受这一切的压力，因为每次巴赞不去看她，她就来向我抱怨，就是说几乎每天都来。她使他感到厌烦，这毕竟不是我的错，我不能硬要他到她家里去，虽说我情愿他对她更忠实一点，因为这样的话，我见到她的次数就会略有减少。但她把他烦得受不了了，这也毫不奇怪。她这个人不坏，但她令人厌烦，已到了您难以想象的地步。她每天都叫我头痛，我只好每次都吃一片匹拉米洞[1]。这一切都是因为巴赞在一年里曾欺骗我，喜欢跟她勾搭在一起。还有一个跟班，爱上了一个小婊子，只要我不请这姑娘暂时离开她赚大钱的人行道，来跟我一起喝茶，他就把脸拉长！哦！生活让人心烦。”公爵夫人无精打采地作出结论。德·阿帕雄夫人尤其使德·盖尔芒特先生感到烦恼，因为他不久前有了新的情妇，我听说是叙尔吉-勒迪克侯爵夫人。[2] 这时，那个外出的日子被取消的跟班正在上菜。我心里在想，他仍然感到难受，在上菜时局促不安，因为我发现，他在给德·沙泰勒罗先生上菜时笨手笨脚，公爵的胳膊肘有好几次碰到上菜者的胳膊肘。年轻的公爵对满脸通红的跟班非但没有生气，还用淡蓝色的眼睛笑着看他。这种愉快的情绪，在我看来是善良的一种表现。但他笑个不停则使我认为，他得知这仆人感到失望，也许是在幸灾乐祸。“但是，亲爱的，您要知道，您跟我们谈论维克多·雨果，并没有新的发现。”公爵夫人接着说道，但这次是对德·阿帕雄夫人说，因为她看到后者刚刚神色不安地把头转了过来。“您别对推出这位新秀抱有希望。大家都已知道他有才华。令人厌烦的是维克多·雨果的后期作品，如《历代传说集》，那些书名我已记不清楚。但是，《秋叶集》、《暮歌集》，却往往

① 匹拉米洞是解热镇痛药。

② 法国七星丛书版后面另起一行。

是一位诗人、一位真正的诗人的手笔。即使在《静观集》中，”公爵夫人补充道，跟她交谈的人们都不敢跟她唱反调，其原因不言自明，“也还有优美的文字。但我承认，《暮歌集》之后的作品，我想还是别去贸然评论[①]！另外，在维克多·雨果的美妙诗集中，这种诗歌确实存在，经常会看到一种想法，甚至有深刻的想法。”[②]然后，公爵夫人怀着确切的感情，用她语调的全部力量来表达悲伤的想法，把这种想法置于其声音之外，目光迷惘而又迷人，缓慢地诵读出来：“请听：”

痛苦是个果实，上帝不会让它
在不牢的树枝上悬挂[③]。

还有：

死人存世十分短暂，
唉，他们在棺材中化为尘土，
却不如在我们心中消失得迅速[④]！

这时，一种醒悟的微笑使她痛苦的嘴上显出优雅的曲线，公爵夫人明亮而又迷人的眼睛，用迷惘的目光注视着德·阿帕雄夫人。我开始对她的眼睛以及声音有所了解，这声音缓慢而又沉闷，动听

---

① 德·盖尔芒特夫人喜欢雨果在1851年12月11日流亡国外之前的诗集，如《秋叶集》(1831)和《暮歌集》(1835)。《静观集》发表于1856年，但前三卷写于1830年至1843年，具有哀歌和幻想的风格，把雨果一生中的两个时期联系起来。而《历代传说集》(1859—1877)则抛弃纯粹的抒情，具有史诗的风格。

② 法国七星丛书版后面另起一行。

③ 这是《静观集》中《童年》(1835)的最后两行诗。

④ 这是《秋叶集》中《致一位旅客》(1829)中的诗句。

而又刺耳。在她的眼睛和声音里,我看到有贡布雷自然景象的许多特点。当然,这声音中有时故意显出粗犷的乡土味,但这种装模作样包含着许多内容:盖尔芒特家族的一个分支源于外省,在当地生活的时间更长,更加大胆、粗野,更喜欢挑衅;其次是具有真正高贵的人和风趣的人的习惯,这些人知道高贵不是用爱理不理的样子对别人说话,另外也有贵族的习惯,更愿意对自己的农民友善,而不愿对资产者友善;德·盖尔芒特夫人在社交界堪称女王,更容易炫耀这些特点,也更容易展现各种假面具。据说,这种声音也存在于她的一些姐妹之中,她讨厌她们,而她们也没有这样聪明,所嫁的男人几乎跟资产者相同,可以说嫁给了默默无闻、隐居外省的贵族,或是在巴黎,但住在一个黯然失色的圣日耳曼区,她们也有这种声音,但已对声音加以抑制和修正,使其尽量变得柔和,正如我们之中如有人胆敢别具一格,多半会竭力仿效众人赞扬的楷模。但是,奥丽娅娜跟她的姐妹相比,是极其聪明、极其富裕,尤其是极其时髦,她是洛姆王妃时,曾对威尔士亲王作威作福,因此她知道这种不协和的声音具有魅力,就敢于别具一格并敢于取得成功,在社交界使用这种声音,如同戏剧界的雷雅娜[1]和让娜·格拉尼埃[2](当然不是对这两位艺术家的价值和才能进行比较)使用她们的声音,以取得某种令人赞赏、与众不同的效果,而雷雅娜和格拉尼埃的姐妹一直默默无闻,也许会因这声音是一种缺点而加以掩饰。

德·盖尔芒特夫人喜欢展示其地方特色的众多原因,还因为她喜欢作家梅里美、梅拉克和阿莱维[3],她注重自然,喜欢散文的平淡,并以此做到富有诗意,还有一种纯属社交界的思想,使我眼

---

① 即加布里埃尔·雷茹,人称雷雅娜(1856—1920),法国女演员,既擅长喜剧(萨尔杜的《无拘束太太》),又擅长正剧(龚古尔兄弟的《热尔米尼·拉赛特》)。

② 让娜·格拉尼埃(1852—1939),法国女演员。1874 年开始演艺生涯,是威尔士亲王喜欢的女演员之一。

③ 参见本书第一卷第 334 页注①②③。

前的景象变得栩栩如生。另外，公爵夫人除了受这些影响之外，还有一种艺术家的追求，能为大部分词语选择一种最符合**法兰西岛或香槟地区**的发音，因为她在这方面并未完全达到她的姑子德·马桑特夫人的水平，而只是使用法国老作家可能会使用的词语。当你对杂乱无章的现代语言感到厌倦时，你明知她没有说出什么东西，但听她说话，却是一种良好的休息，这种休息几乎就像你跟她单独在一起时那样，这时她放慢语速，并说得更加清楚，你如同听到一首古老歌谣。于是，我望着德·盖尔芒特夫人，听着她说话，看到法兰西岛或香槟地区的天空被囚禁在她的眼睛之中，她眼睛里则是永久而又平静的下午，只见其中天空紧绷，呈淡蓝色，并且倾斜，斜角与圣卢眼里相同。

因此，德·盖尔芒特夫人具有各种修养，展现出法国最古老的贵族阶级，而且在很久之后，还展示了布罗伊公爵夫人会在七月王朝时欣赏和指责维克多·雨果的那种方式，最后则表现出对出自梅里美和梅拉克手笔的文学作品的浓厚兴趣。在这些修养中，我更喜欢第一种而不是第二种，因为前者能更好地帮助我消除来到这跟我以前想象的截然不同的圣日耳曼区时的失望，但跟第三种相比，我又更喜欢第二种修养。然而，德·盖尔芒特夫人几乎是在无意中表现出盖尔芒特精神，但她对帕耶龙[①]和小仲马的喜爱却是经过深思熟虑并意识到的。她这种爱好跟我的爱好恰恰相反，因此，她跟我谈圣日耳曼区时，我觉得如同在谈文学，只有她在跟我谈文学时，我才感到极为愚蠢，即具有圣日耳曼区的特点。

德·阿帕雄夫人听了最后几句诗十分激动，就大声说道：[②]

① 即爱德华·朱尔·亨利·帕耶龙（1834—1899），法国喜剧作家。作品相当肤浅，主要有《火花》（1879）、《无聊的世界》（1881）、《蹩脚演员》（1894）等。

② 法国七星丛书版后面另起一行。

“这些心灵遗物也蒙上尘土[①]![②] 先生,您得给我把这话写在扇子上。”她对德·盖尔芒特先生说。[③]“可怜的女人,她使我感到难受!”帕尔马公主对德·盖尔芒特夫人说。[④]“不,夫人不必难过,她活该如此。”[⑤]“不过……请原谅对您说出此话……但她确实爱他!”[⑥]“完全不是这样,她不可能爱他,她自以为爱他,就像她此刻自以为在引用维克多·雨果的诗,其实却说出缪塞的诗句。瞧,”公爵夫人用伤感的语气补充道,“没有人会像我这样被真实的感情所打动。但我要给您举个例子。昨天,她对巴赞大吵大闹,公主殿下也许认为,这是因为他爱上了别的女人,是因为他不再爱她;完全不是这样,这是因为他不愿把她的儿子介绍给赛马俱乐部!夫人认为她在热恋?不,我还要告诉您,”德·盖尔芒特夫人作了确切的补充,“她这个人极其无情。”[⑦]然而,德·盖尔芒特先生听到他妻子“突然”谈起维克多·雨果,并引述这几句诗,眼睛里闪烁着得意的光彩。公爵夫人虽说常常使他不快,但在这种时刻,他为她感到自豪。“奥丽娅娜确实非同寻常。她什么都能谈,她什么书都看过。她不可能猜到今晚会谈起维克多·雨果。你不论谈到什么主题,她都胸有成竹,她可以跟满腹经纶的学者抗衡。这青年想必听得入迷。”

“我们还是换个话题,”德·盖尔芒特夫人补充道,“因为她十分敏感。您想必觉得我这个人太老派,”她对着我接着说道,“我知道,喜欢诗歌中的思想,喜欢有思想的诗歌,在今天被看作是一种弱点。”[⑧]“这太老派?”帕尔马公主说时略感惊讶,因为她没有想到会有这种新浪潮,虽说她知道,盖尔芒特公爵夫人谈话时,她总是会受到接连不断的美妙冲击,会惊恐得透不过气来,会感到对健

① 引自缪塞《十月之夜》(1837)第209行。参见《缪塞精选集》中《十月之夜》,李玉民译,山东文艺出版社,2000年11月,第88页。

②③④⑤⑥⑦⑧ 法国七星丛书版后面另起一行。

康有益的疲劳，而有了这些感觉之后，她会出自本能地想到必须在更衣室里洗脚，并迅速行走以“做出反应”。

“我觉得不是这样，奥丽娅娜，”德·布里萨克夫人说道，“我并不责怪维克多·雨果有思想，恰恰相反，而是怪他在骇人听闻的事物中寻找思想。其实，是他使我们习惯于文学中丑陋的东西。在生活中丑陋的事物已经够多了。为什么我们读书时不能把它们忘记？难以忍受的景象，我们在生活中会避开不看，却恰恰吸引了维克多·雨果。”

“维克多·雨果毕竟不像左拉那样现实主义吧？”帕尔马公主问道。听到左拉的名字，德·博特雷伊先生脸上的肌肉纹丝不动。这位将军反对德雷福斯的观点根深蒂固，因此不想表现出来。在谈到这种话题时，他出于善意保持沉默，那些外行因他的体贴而深受感动，这种体贴，如同神甫不跟你谈你的宗教义务，金融家不向你推荐他经营的产品，大力士显得文质彬彬，不用拳头打你。[①]“我知道，您是海军上将朱里安·德·拉格拉维埃尔[②]的亲戚。”德·瓦朗邦夫人神色狡黠地对我说道。她是帕尔马公主的女官，十分善良，但思想狭隘，以前由公爵的母亲向帕尔马公主推荐。她此前还没有对我说过话，后来虽然帕尔马公主作了申斥，我自己也加以否定，却一直无法使她消除这种想法，即我跟这位当法兰西语文学院院士的海军上将有亲戚关系，而我却完全不认识这位先生。帕尔马公主的这位女官固执己见，非要把我看成海军上将朱里安·德·拉格拉维埃尔的侄子，这本身就有点庸俗、可笑。但是，她所犯的错误，只是没有这么严重和明显的众多错误中极其突出的例子，这许多错误不管是有意还是无意犯下，都在社交界为我们做的

---

① 法国七星丛书版后面另起一行。

② 即让·巴蒂斯特·埃德蒙·朱里安·德·拉格拉维埃尔(1812—1892)，法国海军上将。曾为《两世界评论》撰稿。著有海军史著作。1888 年当选为法兰西语文学院院士。

“卡片”中跟我们的名字有关。我记得，盖尔芒特家的一位朋友曾表示很想跟我认识，并对我说出原因，是因为我跟他表妹德·肖斯格罗夫人非常熟悉，并说“她迷人，她很喜欢您”。我有所顾忌，强调是他弄错了，说我不认识德·肖斯格罗夫人，但毫无用处。“那么，您认识她妹妹，这是一回事儿。她是在苏格兰遇到您的。”我从未去过苏格兰，并坦诚地告诉对方，但无济于事。是德·肖斯格罗夫人自己说认识我，也许她第一次搞错了，后来却信以为真，因为她看到我，总要向我伸出手来。由于我经常光顾的恰恰是德·肖斯格罗夫人的社交圈子，因此我也就没有必要卑躬屈膝。我跟肖斯格罗夫妇关系密切，简直是一种错误，但从社交界的角度来看，却相当于我的一种地位，如果像我这样的年轻人还有地位可言。因此，盖尔芒特家的这位朋友，对我说出一些有关我的虚假的事情，但徒劳无益，对我的身价既不会贬低也不会抬高（从社交界的角度来看），他对我的看法依然如此。总之，不会演喜剧的人们，总是扮演同一人物的烦恼，在一时间会消失殆尽，就像我们登上舞台时，另一人对我们有错误的看法，认为我们跟一位我们并不认识的夫人交往，并认为我们是在一次十分有趣的旅行中认识这位夫人的，而我们却从未有过这种旅行。这种错误会不断增加，也颇为有趣，因为它们不像德·帕尔马夫人愚蠢的女官所犯的和终生所犯的错误那样执迷不悟，尽管我一再否认，她仍然认定我是令人厌烦的海军上将朱里安·德·拉格拉维埃尔的亲戚。“她不是很棒，”公爵对我说，“另外，她不该喝得太多，我看她已有点受到巴克科斯[①]的控制。”其实，德·瓦朗邦夫人喝的只是水，但公爵爱用他喜欢的短语。[②]“但左拉不是现实主义作家，夫人！他是诗人！”德·盖尔芒特夫人说出此话，是依据她最近几年所读的论著

① 巴克科斯是罗马神话中的酒神，相当于希腊神话中的狄俄尼索斯。

② 法国七星丛书版后面另起一行。

并加以改造，以适合她个人的特长。那天晚上，帕尔马公主在洗脑子的过程中，一直受到令人愉快的碰撞，她认为虽然洗得动荡不安，却会特别有益于她的身心健康，因此她就任凭波涛般接踵而来的怪论把她带走，这时她看到这个怪论掀起的波涛比其他怪论更为巨大，因害怕被推倒在地而跳了起来。只见她说时声音断断续续，仿佛停止了呼吸：①"左拉，是诗人！"②"不错。"公爵夫人笑着回答道。她见公主听到她的话竟会呼吸困难，感到非常得意。"公主殿下请注意，他能把自己触及的一切变得崇高③。您一定会对我说，他涉及的东西，恰恰只会……带来好运！但他会把这些东西变得巨大；他有粪便史诗！他是淘粪便的荷马！他没有足够的大写字母来写康布罗纳④这个词。"⑤公主虽说开始感到极其疲倦，这时却心醉神迷，她从未有过这样美好的感觉。即使让她去舍恩布伦⑥度假，即她的唯一喜好，她也不愿意放弃德·盖尔芒特夫人举办的神奇晚宴，这些晚宴中妙语连珠，使人不由精神振奋。⑦"他写这个词是用大写的C。"德·阿帕雄夫人大声说道。⑧"我想，不如说是用大写的M，亲爱的⑨。"德·盖尔芒特夫人回答时，跟丈夫交换了愉快的眼色，意思是说："她真蠢！""啊，正好，"德·盖尔芒特夫人对我说，并用温柔的目光对我微笑，因为她是完美的主妇，想要谈论我特别感兴趣的艺术家，以显示她的学问，必要时则展现

---

①②⑤⑦⑧　法国七星丛书版后面另起一行。

③　普鲁斯特借公爵夫人之口，说出了法国政治家莱昂·勃鲁姆（1872—1950）在《歌德和埃克曼的新谈话》（1897—1900）中的话。

④　法国将军康布罗纳在滑铁卢战役时打到只剩最后一个方阵，英国将军劝他投降，据说他回答说："去你妈的，卫队军人可以去死，但不能投降。"法语词 merde（去你妈的）作名词时意为：粪，大便。参见本书第一卷第 342 页注①。

⑥　原文为 Schœnbrunn，源于德语 schöner Brunnen（美泉）。舍恩布伦位于维也纳市中心西面的希钦，其城堡为旅游胜地，1996 年被列为世界文化遗产。

⑨　大写的 C 起首的词指 Cambronne（康布罗纳），大写的 M 起首的词则指 Merde（粪）。

我的知识，“啊，”她对我说时轻摇羽扇，因为她此刻清楚地意识到，她是在履行殷勤待客的义务，为履行得完美无缺，她示意仆人再给我添加掼奶油荷兰调味汁芦笋，“啊，我正好觉得左拉曾写过关于埃尔斯蒂尔的论著[①]，您刚才去看了这位画家的几幅画，我只喜欢他这几幅作品。”她补充道。实际上，她讨厌埃尔斯蒂尔的绘画，但认为她家里藏品的质量都无与伦比。我问德·盖尔芒特先生，他是否知道那幅民间聚会的画上戴礼帽的先生[②]的名字，而我看出此人跟盖尔芒特夫妇家里旁边那幅衣着华丽的肖像画是同一个人，肖像画创作的时间大致相同，当时埃尔斯蒂尔的个人风格尚未完全成形，对马奈还有所借鉴。“天哪，”他对我回答道，“我知道此人在他那个行当里不是无名小卒，也不是笨蛋傻瓜，但我记不清名字。他的名字已到了嘴边，但就是说不出来，是……先生，……先生，不过，没什么关系，我不记得了。斯万会告诉您的，是他叫德·盖尔芒特夫人买这玩意儿的，而她总是过于客气，总是怕拒绝会得罪人；这话我们之间说说，我觉得他让我们买的是次货。我可以对您说，这位先生对埃尔斯蒂尔先生来说如同梅塞纳斯[③]，使他一举成名，并订购他的画作，帮他解困。画家因感激——如果您把这称之为感激，这取决于各人的爱好——而把他画在这个地方，他身穿盛装，很不自然，显得滑稽可笑。这样也许像知识渊博的高级教士，但他显然不知道何种场合戴礼帽。他一个人戴着帽子，周围的姑娘都没戴帽子，他活像外省洋洋得意的小公证人。那您倒说说，我觉得您对这些画非常喜欢。我要是知道这样，准会去了解情况后再来回答您。另外，也没有必要绞尽脑汁

① 左拉曾于1867年发表关于爱德华·马奈的论著。

② 参见本卷第437页注①。

③ 梅塞纳斯（约前69—前8），古罗马骑士。是奥古斯都的朋友，资助文学和艺术。维吉尔、贺拉斯、普洛佩提乌斯等作家得到他的庇护。

去研究埃尔斯蒂尔先生的绘画作品，仿佛这是安格尔的《泉》[①]或是保罗·德拉罗什[②]的《爱德华的孩子们》。这画令人赏识，是因为经过细致的观察，看起来有趣，有巴黎味，其他就没了。看这种画不需要知识渊博。我十分清楚，这些只是速写，但我并不认为是精制品。斯万脸皮厚，想让我们买《一把芦笋》[③]。那些芦笋在这儿放了好几天。在画上只有一把芦笋，那芦笋跟您正在吃的一模一样。但我拒绝把埃尔斯蒂尔先生的芦笋吃下去。他要价三百法郎。一把芦笋卖三百法郎！这只值一个金路易，即使是时鲜货也足够了！我觉得画得呆板。如果再增添几个人物，就会显得庸俗、悲观，我不会喜欢。我感到惊讶的是，像您这样思想细腻、头脑聪明的人，竟会喜欢这种画。”[④]“我不知道您为何这样说，巴赞。”公爵夫人说道。她不喜欢别人贬低她客厅里的物品。“对埃尔斯蒂尔的画，我并没有不加区别地全盘接受。对他的画应该加以取舍。但并非都没有才华。应该承认，我买的那几幅具有罕见的美。”[⑤]“奥丽娅娜，在这类画中，我觉得相比之下，维贝尔先生[⑥]的小幅习作要好千倍，就是我们在水彩画展览会上看到的那幅。这画可以说很小，简直可放在手掌里，但看得出画家手上的功夫：那传教士瘦骨伶仃，身上邋遢，站在一位文弱的主教面前，主教在逗弄他的小狗，这如同一首短诗，既优美又深沉。”[⑦]“我想您跟埃尔斯蒂尔

---

① 安格尔的《泉》是1856年的作品。

② 即伊波利特·德·拉罗什，人称保罗·德拉罗什（1797—1856），法国学院派画家。擅长历史题材绘画。《爱德华的孩子们》于1831年在巴黎美术展览会展出。

③ 参见本卷第227页注②。马奈在1880年还画有《芦笋》。他把《一把芦笋》卖给夏尔·埃弗吕西，出价800法郎。埃弗吕西寄给他1 000法郎。马奈不想欠这个人情，就画了这幅《芦笋》送给他，并附上一句话：“您这把芦笋里还缺少一根。”

④⑤⑦ 法国七星丛书版后面另起一行。

⑥ 即让-乔治·维贝尔（1840—1902），法国画家、剧作家。法国水彩画协会创始人之一。他表现教士或修道士的系列画非常受人赞赏。普鲁斯特描述的那幅画题为《传教士的故事》（1883）。

先生熟悉。"公爵夫人对我说。"他这个人讨人喜欢。"[①]"他聪明,"公爵说,"你跟他谈话时,会因他的绘画如此平庸而感到惊讶。"[②]"他不止是聪明,而且相当风趣。"公爵夫人说时显出行家那种狡黠而又欣赏的神色。[③]"他是否已开始给您画像?"帕尔马公主问道。[④]"是的,画成红色螯虾,"德·盖尔芒特夫人回答道,"不过,他流芳百世不会靠这幅画。真吓人,巴赞想把这画销毁。"[⑤]这句话,德·盖尔芒特夫人经常说出。但在其他几次说时,她的评语不同:"我不喜欢他的画,但他过去给我画过一幅漂亮的肖像。"其中一个评语通常是说给有些人听的,这些人跟公爵夫人谈起她的肖像画,另一个评语则说给另一些人听,那些人没跟她谈起她的肖像画,但她想要让他们知道有这幅肖像画。说前一个评语,是因为她卖弄风骚,说后一个评语,则是因为受虚荣心驱使。[⑥]"用您的肖像画来吓人。那就不是肖像画,而是骗人:我几乎不会画画,但我觉得,如果要画您,只要把我看到的画出来就行了,我会画出一幅杰作。"帕尔马公主天真地说道。[⑦]"他看到我的样子,也许就像我看到自己那样,就是说毫无可爱之处。"德·盖尔芒特夫人说时目光忧郁、谦虚而又温存,并觉得这种目光最能使她显得跟埃尔斯蒂尔把她画出的肖像截然不同。[⑧]"这幅肖像画想必会使德·加拉东夫人喜欢。"公爵说道。[⑨]"是因为她对绘画一窍不通?"帕尔马公主问道。她知道德·盖尔芒特夫人对她这位表姐极为蔑视。"但这是个善良的女人,对吗?"公爵显出极为惊讶的样子。[⑩]"瞧,巴赞,您没发现公主在嘲笑您(公主并未想到要嘲笑)。她跟您一样清楚,加洛多奈特[⑪]是个老**毒物。**"德·盖尔芒特夫人接着说道。她的用

---

①②③④⑤⑥⑦⑧⑨⑩ 法国七星丛书版后面另起一行。

⑪ 原文为Gallordonnette,法国七星丛书版中为Gallardonnette(加拉多奈特),指德·加拉东夫人。

词一般局限于古老的表达法，很有味道，就像能在庞皮耶[①]的美妙书中发现，但在现实中已十分罕见的菜肴，这些菜肴中的肉冻、黄油、肉汁和肉肠都是正宗货，不掺杂其他任何原料，甚至所用的盐也是布列塔尼盐田的产品：你可以从口音和对词的选择中感到，公爵夫人谈话的内容，直接来自盖尔芒特。在这方面，公爵夫人跟她的外甥圣卢截然不同，因为圣卢有许多新的思想和新的表达法；你如被康德的思想弄得脑子糊涂，并怀念波德莱尔，就很难写出亨利四世时代的美妙法语，因此，公爵夫人语言纯正，就说明她有局限性，她的智慧和感觉仍然把一切新事物拒之门外。而德·盖尔芒特夫人的思想使我喜欢，正是因为它这种排斥作用（但恰恰包含着我思想的内容），它因此而保留的这些东西，身体柔软的这种迷人活力，任何精神上的忧虑或神经系统的障碍都无法加以损害。她思想的形成大大早于我的思想，在我看来如同那帮少女在海边的步履。德·盖尔芒特夫人因和蔼可亲和对聪明才智的尊重而变得驯服、顺从，向我展示了贡布雷附近一个残忍的贵族少女的精力和魅力，这个少女从童年时代起就会骑马，把猫拦腰切断，把兔子眼睛挖出，她在许多年前是美德之花，但跟现在一样优雅，很可能是萨冈亲王最为光彩夺目的情妇。只是她不会知道，我在她身上寻找的是盖尔芒特这个姓氏的魅力，以及我在其中找到的仅仅是盖尔芒特在外省的残存物。我们的关系建立在误解的基础上，只要我的敬意并非是对她这个自以为是的贵妇表示，而是对一个平庸无奇却在无意中显示出同样魅力的女人表示，这种误解就必然会继续存在。这种误解十分自然，总是会在喜欢胡思乱想的青年和社交界女士之间产生，只要这青年还没有看出他想象力的本质，

① 庞皮耶是莱昂·都德的表妹马尔特·阿拉尔的笔名，她于1903年8月3日嫁给莱昂·都德。她在《法兰西行动报》上发表美食和时髦服饰方面的文章，著有《法国佳肴：地方菜》一书。

还没有到他跟别人交往必然会感到失望的地步，就像看戏、旅行和恋爱时那样，这种误解就会使他极其烦恼。[①] 德·盖尔芒特先生（在谈论埃尔斯蒂尔的芦笋以及在“金融家”调味汁[②]童子鸡后端上的芦笋之后）宣称，绿色芦笋长在野外，正同署名为E.德·克莱蒙-托内尔的杰出作者妙趣横生地说的那样，“不像它姐妹那样极其死板”，应该跟鸡蛋一起烧来吃[③]。“一些人喜欢，另一些人会不喜欢，反之亦然。”德·布雷奥泰先生回答道。“在中国广东省，最美味的佳肴莫过于腐臭的雪鹀蛋。”德·布雷奥泰先生撰写过论述摩门教徒[④]的文章，刊登在《两世界评论》上，他只跟名门贵族交往，而且只是其中有一定名气的智者。因此，只要他经常拜访一位女士，就能看出这位女士是否有沙龙。他声称厌恶社交界，并分别对每位公爵夫人说，他对她青睐，是因为她有才华和美貌。她们全都信以为真。每当他思想死气沉沉，却又不得不去参加帕尔马公主府的盛大晚会，他就把这些公爵夫人全都叫来，让她们给他鼓起勇气，使他仿佛处于好友中间。他为了使知识分子的名声在其社交地位消失后得以保存，就使用具有盖尔芒特家族精神的某些格言，在举办舞会的季节跟一些优雅女士作长途旅行，进行科学研

① 法国七星丛书版后面另起一行。

② “金融家”调味汁用小牛胸腺、蘑菇等制成。

③ 克莱蒙-托内尔公爵夫人，原名昂托尼娅·科里桑特·伊丽莎白·德·格拉蒙（1875—1954），在《法国美好事物历书》（1920）五月份中写道：“绿色芦笋长在野外，身材纤细，全身绿色，不像它姐妹那样极其死板，可归为蔬菜，呈绿色，味同青草。跟鸡蛋一起烧来吃味道美妙。”德·克莱蒙-托内尔夫人是普鲁斯特的朋友，著有《罗贝尔·德·蒙泰斯鸠和马塞尔·普鲁斯特》（1925）和《马塞尔·普鲁斯特》（1948）。1921年，普鲁斯特把一本《盖尔芒特那边（二）、所多玛和蛾摩拉（一）》题献给她：“献给克莱蒙-托内尔公爵夫人，我想她会看到第172页在暗示她描写的芦笋。对她尊敬、感谢的欣赏者马塞尔·普鲁斯特。”

④ 摩门教一称后期圣徒教会，是美国基督教新教的一个教派。1830年由美国史密斯（1805—1844）创立。主要教义为相信“启示”的连续性、摩门山上帝的预许和“千年王国”的临近。流行于美国西部。

究,而当一位故作风雅之士即在社交界尚未有地位之人开始到处拜访时,他就极其固执地不想认识此人,也不让别人把自己介绍给这个人。他对故作风雅之徒憎恨,是因为他自己故作风雅,却要使天真的人们即众人相信他并非如此。[①] “巴巴尔总是无所不知!”盖尔芒特公爵夫人大声说道。“我会觉得一个地方迷人,只要你能在那里肯定,你的乳品商店会卖给你臭鸡蛋,出现彗星那年的鸡蛋。我在这里已看到我涂有黄油的面包上有这种鸡蛋。我应该说,在马德莱娜婶婶(德·维尔帕里齐夫人)家,有时会请人吃这种腐烂食品,甚至是这种鸡蛋(德·阿帕雄夫人这时叫嚷着表示反对)。不过,菲莉[②],这事您跟我一样清楚。蛋里已经生出小鸡。我真不知道它们怎么会乖乖地待在里面。这不是炒蛋,而是鸡窝,但至少在菜单上没有写明。您前天没来吃晚饭实在有先见之明,端上来的菱鲆有石炭酸味!这不像是上菜,而像给传染病患者杀菌。确实,诺普瓦不但忠诚,还要充英雄:他吃了后又添了一份!”[③]“她对那个布洛克先生回击的那天,我觉得看到您在她家里吃晚饭[德·盖尔芒特先生也许想让犹太人的姓像外国人的姓,就不把Bloch(布洛克)的ch发成k(克),而是像德语hoch那样发成h(赫)],布洛克先生当时不知说哪位斯人(诗人)卓越。沙泰勒罗拼命用膝盖碰布洛克先生,简直要把他的胫骨碰断,但毫无用处,他就是不理解,还以为我侄子想用膝盖去碰坐在他旁边的一位少妇(说到这里,德·盖尔芒特先生有点脸红)。他哪里知道,他乱用‘卓越’这个词,我们的婶婶会生气。总之,马德莱娜婶婶也是个伶牙俐齿的人,当场就对他进行回击:‘喂,先生,那么您又用什么来说德·博絮哀先生[④]呢?’(德·盖尔芒特先生认为,在一个

---

①③ 法国七星丛书版后面另起一行。

② 指德·阿帕雄夫人。

④ 参见本书第一卷第287页注②。博絮哀出身于平民法官的家庭。

著名姓氏前面加上‘先生’和表示贵族的‘德’，基本上是旧制度时的习惯。）要有地位，就得付出代价。”[1]“那么，这个布洛赫先生又怎么回答呢？”德·盖尔芒特夫人心不在焉地问道。她此刻想不出别出心裁的花样，觉得只好模仿她丈夫的德语发音。[2]“啊！我可以肯定地告诉您，布洛赫先生转身就跑，他现在还在跑。”[3]“不错，我清楚地记得那天看到了您。”德·盖尔芒特夫人用强调的语气对我说，仿佛她记得此事，会使我感到十分得意。“在我婶婶家里总是十分有趣。在上一次晚会上，我恰巧遇到了您，我当时想问您，从我们身边走过的那位老先生是否是弗朗索瓦·科佩[4]。您想必知道所有人的名字。”她对我这样说，是真心羡慕我那些诗人朋友，同时也是在讨好我，使她的客人们对我这个如此精通文学的青年更加青睐。我对公爵夫人肯定地说，我在德·维尔帕里齐夫人的晚会上没有看到任何知名人士。“怎么！”德·盖尔芒特夫人轻率地对我说，她由此承认，她对作家的尊敬和对社交界的蔑视，并非像她说的那样，也许不是像她认为的那样，只是表面文章而已，“怎么！没有大作家！您使我感到惊讶，但有一些讨厌的家伙！”[5]我对那天晚上记得十分清楚，是因为一件无关紧要的小事。德·维尔帕里齐夫人把布洛克介绍给阿尔丰斯·德·罗特希尔德夫人，但我的同学没有听清她的名字，以为她是个有点疯疯癫癫的英国老太婆，对这位以前的大美人唠唠叨叨的话，只是用一个字来回答，这时，德·维尔帕里齐夫人把她介绍给另一人，这次把她的名字说得十分清楚：阿尔丰斯·德·罗特希尔德男爵夫人。突然间，许许多多关于百万家产和享有盛名的想法，一下子全都涌入布

①②③⑤ 法国七星丛书版后面另起一行。

④ 科佩（1842—1908），法国诗人。1866 年发表巴那斯派诗集《圣骨盒》。不久后转向描写巴黎平民的生活和下层社会的小人物，如诗集《亲密的生活》、《卑贱者》、《漫步与内心》等。1884 年当选为法兰西语文学院院士。普鲁斯特对他的作品不是十分欣赏。

洛克的血管，而这些想法本应小心翼翼地加以细分，他有了这些想法，心里受到触动，脑子里一阵兴奋，在这位和蔼的老妇人面前大声说道："我刚才要是知道多好！"这种感叹十分愚蠢，却使他一星期夜不成眠。布洛克的这句话没多大意思，但我却一直记得，把它看作一种证明，那就是在生活中，我们在极其激动之时，有时会说出内心的想法。① "我觉得德·维尔帕里齐夫人的品行不是十分……端正。"帕尔马公主知道大家都不去拜访公爵夫人的婶婶，从公爵夫人刚才说的话看出，对德·维尔帕里齐夫人可以毫无拘束地加以议论。但德·盖尔芒特夫人却似乎并不赞成，只见她补充道："聪明到这种程度，其他事也就不必计较。"②"您对我婶婶的看法，跟大家通常对她的看法相同，"公爵夫人回答道，"这种看法其实十分错误。梅梅昨天跟我说的正是此事。"她的脸红了，我不知道的一件往事使她眼睛模糊。我猜测德·夏吕斯先生曾请她取消对我的邀请，就像他请罗贝尔叫我别去她家那样。我感到，公爵在谈到他弟弟时脸红——我并不知道其中的原因——的原因跟她脸红的原因不可能相同："我可怜的婶婶，她将永远被看作旧制度下的人，才华横溢却又放荡不羁。最为守旧、最为认真、最为乏味的才智非她莫属；她将被看作艺术的保护者，这就是说她曾经是一位大画家的情妇，但他却一直没让她弄懂一幅画是怎么回事；至于她的生活，决不能说道德败坏，她生来就是为了结婚，为了当一个妻子，却未能保住一个混蛋丈夫，她对私情向来认真对待，把它看成合法婚姻，对情人跟对丈夫一样，也会敏感、发怒，但也忠贞不渝。您要注意，这种人有时最为真挚，难以安慰的情夫要多于难以安慰的丈夫。"③"但是，奥丽娅娜，您看看您正在说的小叔子帕拉梅德；没有一个情妇能指望自己得到对可怜的德·夏吕斯夫人那样的哀悼。"④"啊！"公爵夫人回答道，"公主殿下请勿见罪，我对

①②③④ 法国七星丛书版后面另起一行。

您的看法并不完全同意。每个人都不会喜欢受到同样的哀悼，每个人都有自己的喜好。”[①]“自从她死后，他毕竟一直对她顶礼膜拜。确实，对死人做到的事，有时未必能对活人做到。”[②]“首先，”德·盖尔芒特夫人回答时用沉思的语气，这跟她想开玩笑的意图形成鲜明对照，“我们是去参加死人的葬礼，但葬礼决不会为活人举行！”德·盖尔芒特先生神色狡黠地看了看德·布雷奥泰先生，仿佛想引他为公爵夫人的风趣话发笑。“不过，我最终坦率地承认，”德·盖尔芒特夫人接着说道，“我希望受到我喜爱的男人哀悼的方式，并非是我小叔子的那种。”[③]听到这话，公爵把脸一沉。他不喜欢妻子乱发议论，特别是对德·夏吕斯先生。“您真是苛求。他的哀悼对大家都有教化作用。”他说时语气傲慢。但公爵夫人对丈夫十分大胆，如同驯兽者或跟疯子一起生活的人那样，不怕把他激怒：[④]“那么，您叫我怎么说呢？这有教化作用，我不会这样说，他每天都到公墓去对她说，他跟多少人一起在家吃午饭，他非常怀念她，但如同怀念表姐妹、祖母、亲姐妹那样。这不是丈夫的哀悼。不错，他们是两个圣徒，这就使哀悼变得有点特殊。”德·盖尔芒特先生对妻子不知趣的唠叨十分生气，恶狠狠地对她怒目而视。“这不是在说可怜的梅梅的坏话，顺便说一下，他今晚没空，”公爵夫人接着说道，“我承认他比任何人都要善良，他体贴别人，他对人体贴，心肠又好，这是一般男人所没有的，梅梅有女人的心肠！”[⑤]“您是在胡说八道，”德·盖尔芒特先生急忙打断她的话，“梅梅丝毫也没有娘娘腔，没有人比他更有阳刚之气。”[⑥]“我可没对您说他有什么娘娘腔呀。您至少要听懂我说的话。”公爵夫人接着说道。“啊！他这个人嘛，只要觉得有人想涉及他弟弟。”她说这话时转向帕尔马公主。[⑦]“这很好，让人听了高兴。兄弟相爱，好事一桩。”帕尔马公主说道，许多老百姓也会说出这样的话，

①②③④⑤⑥⑦ 法国七星丛书版后面另起一行。

因为一个人虽然出身王族，但思想却可以跟老百姓相仿。

“既然我们谈到了您的家庭，奥丽娅娜，”公主说道，“我昨天看到了您的外甥圣卢；我觉得他想请您帮忙。”公爵像朱庇特那样威严地紧皱双眉。他自己不想帮忙，就不希望他妻子插手，他知道这完全是一回事儿，因为公爵夫人只好去求别人帮忙，这些人就会把这笔账记在他们夫妻俩头上，还不如由他做丈夫的一个人去求别人为好。[1] “他为什么自己不来跟我说？”公爵夫人说道，“他昨天在这儿待了两个小时，天晓得他是多么令人生厌。如果他能像许多社交界人士那样聪明，善于显出愚蠢的样子，他就不会比别人更蠢。可怕的只是一知半解。他想有一种开放的智力……向他不了解的一切事物开放。他对您谈起了摩洛哥，真可怕。”

“他不能返回那里，是因为拉结的缘故。”富瓦亲王说道。[2]“但他们俩已经分手。”德·布雷奥泰先生说道。[3]——“他们可以说没有分手，两天前我还在罗贝尔的单身住房里看到过她，他们不像是闹翻的样子，我可以肯定地对您说。”富瓦亲王回答道。他喜欢传播种种消息，只要能使罗贝尔的婚姻告吹，不过他也可能看错，这两个人的恋爱关系确实已经结束，但不时仍有来往。

“那个拉结曾对我谈起过您，我上午常常看到她像这样在香榭丽舍大街走过，她如您所说，是个轻浮的女子，您称之为二奶，像‘茶花女’那样，这当然是转义。这话是冯亲王[4]告诉我的，他总要显得对法国文学和巴黎的微妙之处了如指掌[5]。”

“不错，说的是摩洛哥……”公主急忙抓住这个关键词，并大声说道。[6]“对摩洛哥，他会有什么要求呢？”德·盖尔芒特先生严肃地问道。“奥丽娅娜在这方面毫无办法，这点他十分清楚。”[7]

---

①②③⑥⑦ 法国七星丛书版后面另起一行。

④ 即法芬海姆-蒙斯特堡-魏尼根亲王。

⑤ 小仲马的小说《茶花女》发表于1848年，这说明这位亲王已落后几十年。

"他以为自己发明了这个策略，"德·盖尔芒特夫人接着说道，"另外，他使用希奇古怪的词来表达微不足道的事物，写信时却仍然常用墨水污迹弄脏信纸。他有一天说，他吃到过**卓越的**土豆，并说他曾设法租到过**卓越的**楼下包厢。"①"他会说拉丁语。"公爵添枝加叶地说。②"怎么，会拉丁语？"公主问道。③"我用名誉保证！夫人可以问奥丽娅娜，我是否在夸大其词。"④"您怎么不信，夫人？有一天，他一口气说出了一句话：'我不知道有什么话比 Sic transit gloria mundi⑤（世界的荣光就这样消失）更令人感动。'我能把这句话说给公主殿下听，是因为我们请教了几位**语言学家**，问了二十个问题，才把这句子凑成，但罗贝尔却一口气说了出来，我们几乎听不出里面有拉丁语词，他就像《无病呻吟》中的一个人物！这话是在奥地利皇后⑥去世时说的！"⑦"可怜的女人！"公主大声说道，"她是多么美妙的女人。"⑧"不错，"公爵夫人回答道，"有点疯疯癫癫，神经有点毛病，但她是十分善良的女人，是个十分可爱的疯女人，我只是一直没弄明白，她为何不去买装得牢的假牙，她的假牙没等她说完话就会脱下来，她只好把话停下，以免把假牙一口吞下。"⑨——"那个拉结跟我谈起过您，她对我说小圣卢很喜欢您，他喜欢她甚至不如喜欢您。"冯亲王对我说，一面大吃大喝，只见他脸色鲜红，笑声不断，把牙齿全都露了出来。⑩——"那么，她应该对我嫉妒、讨厌啰。"我回答道。⑪——"恰恰相反，她对我说了您许多好话。富瓦亲王的情妇也许会嫉妒，要是亲王更喜欢的是您而不是她。您不理解？您跟我一起回去，我把这些都解释给您听。"⑫——"不行，我十一点钟得到德·夏吕斯先生家里去。"⑬——"他昨天派人来叫我今天去吃晚饭，但不要在十一点缺

①②③④⑦⑧⑨⑩⑪⑫⑬ 法国七星丛书版后面另起一行。

⑤ 引自《效法基督》。参见本卷第514页注⑤。

⑥ 即伊丽莎白·德·维特尔斯巴赫（1837—1898），通常称为茜茜公主，1898年9月10日被一个想出名的意大利人刺杀。

一刻以后去。但是,如果您非要去他家,至少跟我一起走到法兰西剧院,他家就在周围。”亲王说道。他以为“周围”的意思是“附近”,或者也许是“市中心”。

但是,他两只眼睛在肥胖而又漂亮的红脸上圆睁,使我感到害怕,就加以拒绝,说有个朋友要来找我。我并不觉得这个回答会伤害对方。但亲王的感受也许完全不同,因为他从此不再跟我说话。

“我正好必须去看望那不勒斯王后[1],她想必十分伤心!”帕尔马公主说,至少我觉得她当时是这样说的。因为离我更近的冯亲王也在说话,因此她的话我听不清楚,不过冯亲王跟我说话的声音很轻,他也许怕说得响了会被富瓦亲王听到。[2]“啊!不是,”公爵夫人回答道,“这个嘛,我觉得她一点儿也不伤心。”[3]“一点儿也不伤心?您总是走极端,奥丽娅娜。”德·盖尔芒特先生说道。他重又充当悬崖的角色,用来挡住波涛,使浪花溅得更高。[4]“巴赞比我还清楚,我说的是实话,”公爵夫人回答道,“但他认为您在场就必须装得一本正经,他怕我会使您反感。”[5]“哦!不会,您别这么说。”帕尔马公主大声说道。她怕因为她而使德·盖尔芒特夫人美妙的星期三聚会变得乏味,而这种聚会如同禁果,连瑞典王后也尚未有权品尝。[6]“这可是她对他本人的回答,当时他像常人那样显出伤心的样子问她:‘王后是在服丧?给谁服丧?王后娘娘想必悲伤?’——‘不,这不是大丧事,是很小的丧事,是我姐姐去世。’实际上她很高兴,这事巴赞十分清楚,她当天请我们去参加一个聚会,还给了我两颗珍珠。我真希望她每天都死一个姐姐!她对姐姐去世不但不哭,而且还哈哈大笑。她心里想的也许就像

---

① 即玛丽·索菲娅·阿梅莉·德·维特尔斯巴赫(1841—1925),那不勒斯王后,是奥地利王后的妹妹。1859 年嫁给两西西里和耶路撒冷国王弗朗茨二世(1836—1894)。丈夫退位后,夫妻俩从 1861 年起先后在罗马和巴黎居住。

②③④⑤⑥ 法国七星丛书版后面另起一行。

罗贝尔所说，sic transit[①]（就这样消失），还有什么我记不得了。”她谦虚地补充道，其实她记得一清二楚。

不过，德·盖尔芒特夫人这样说只是开开玩笑而已，而且完全没有根据，因为那不勒斯王后跟同样死得悲惨的阿朗松公爵夫人[②]一样，心地十分善良，对亲人去世衷心哀悼。德·盖尔芒特夫人对她这三位品格高尚的巴伐利亚表姐了如指掌，不会不知道此事。[③]“他不想回摩洛哥。”帕尔马公主说道。她这时又抓住德·盖尔芒特夫人在无意中给她提供的借口，即罗贝尔的名字。“我觉得您认识德·蒙塞弗耶将军。”[④]“不大熟悉。”德·盖尔芒特夫人回答道，其实她跟这位将军关系密切。公主对圣卢的意愿作了解释。[⑤]“天哪，我要是看到他，[⑥]我可能会遇到他。”公爵夫人回答道，以显出并未拒绝的样子，自从有求于她之后，她跟德·蒙塞弗耶将军的关系仿佛迅速疏远。但公爵对这种模糊不清的回答并不满意，就打断妻子的话：[⑦]“您十分清楚，您决不会见到他，奥丽娅娜，”他说道，“另外，您已经求过他两件事，他都没给办。我妻子拼命想讨好别人，”他越说越生气，以迫使公主收回请求，但又不会怀疑公爵夫人的好心，并让德·帕尔马夫人把此事归咎于他自己的性格，即基本属于桀骜不训的性格。“罗贝尔有什么要求可以对德·蒙塞弗耶将军去说。只是由于他不知道自己的要求是什么，他才叫我们去要求，因为他知道这是让事情办砸的最好办法。奥丽娅娜求蒙塞弗耶办的事实在太多了。现在她求一次，就是他

---

① 参见本卷第 533 页注⑤。

② 即索菲娅·夏洛特·奥古斯蒂娜·德·维特尔斯巴赫（1847—1897），是奥地利皇后和那不勒斯王后的妹妹，1868 年嫁给奥尔良亲王即阿朗松公爵。她于 1894 年 5 月 4 日在巴黎爱德集市的火灾中丧生。

③④⑤⑦ 法国七星丛书版后面另起一行。

⑥ 法国七星丛书版此处不用逗号，而用省略号。

拒绝的一条理由。"[1]"啊！既然情况如此，公爵夫人最好还是什么要求也别提。"德·帕尔马夫人说道。[2]"当然啰。"公爵总结道。[3]"可怜的将军，他在选举中又败下阵来。"帕尔马公主说道，以改变话题。[4]"哦！没什么关系，才第七次呢。"公爵说道。他自己不得已退出政界，对别人竞选失败是喜闻乐见。"他可以感到安慰的是，要让妻子再生贵子。"[5]"怎么！可怜的德·蒙塞弗耶夫人又怀孕了。"公主大声说道。"完全正确，"公爵夫人回答道，"这是可怜的将军从未失败过的唯一**选区**。"

我从此不断受到邀请，有时只跟几位客人一起出席宴会，这种宴会的宾客，以前被我想象成圣徒小教堂[6]中的使徒。他们确实聚集在那里，如同初期基督教徒，但不是为了分享美味佳肴，而是参加最后晚餐那样的社交聚会；因此，在参加几次晚宴之后，我已跟主人的朋友一一认识，主人把我介绍给这些朋友时，显得特别亲切（他们一直像父母般对我关心），这些客人如举办舞会，就必定把我列入邀请名单，因为他们认为不这样做就是不尊重公爵和公爵夫人，当时，我喝着盖尔芒特府地窖里的伊凯姆酒[7]，同时品尝着按不同烹饪法烧出的山珍海味，这些烹饪法都由公爵慎重其事地制定并修改。但是，在这神秘的桌旁已不止一次吃过饭的人，就不一定非要吃这些东西。德·盖尔芒特先生和夫人的一些老朋友会不请自来，在晚饭后来看望他们，斯万夫人准会说是来"饭后剔牙"，冬天他们在大客厅的灯光下喝一杯椴花茶，夏夜则在小巧的长方形花园里喝一杯橘子汁。晚饭后在花园里，盖尔芒特家一直只用橘子汁招待客人。这已是一种惯例。增加其他清凉饮料，仿佛是对传统的篡改，这就像圣日耳曼区的大型晚会，如果演出喜剧

---

①②③④⑤ 法国七星丛书版后面另起一行。

⑥ 参见本卷第25页注①。

⑦ 伊凯姆城堡位于法国波尔多市南部，产白葡萄酒，是波尔多特级名酒。

或演奏音乐，就不是大型晚会。譬如说，即使来了五百个人，也被认为只是来拜访盖尔芒特王妃。对我在盖尔芒特府的“地位”，我应该作一补充，那就是在当时以及其后很长时间，我的地位从才智上说仍然十分低下。我的看法如果跟公爵夫人言听计从的某个人的看法恰好相反，就不大会受到重视，或者被看作黄口小儿的蠢话。[①] 但在当时，大家都羡慕我的影响力，因为我除了喝橘子汁外，还可以请人拿来一只长颈大肚玻璃瓶，里面装有烧过的樱桃汁或梨汁。我因此事对阿格里让特亲王产生敌意，因为亲王缺乏想象力又贪得无厌，看到你吃什么东西都会赞叹不已，并请你让他也吃一点儿。因此，每当德·阿格里让特先生喝了我的果汁，他也就扫了我的兴。因为这果汁数量不多，不够他一人解渴。水果的颜色变成了美妙的味道，决不会使人厌烦，而烧过的水果，则仿佛回到开花的季节。果汁紫红，如同春天的果园，或者无色、清凉，宛如果树下的微风，果汁让人一滴滴吸入、观赏，而德·阿格里让特先生却总是不让我一饱口福。虽说有那些糖汁水果，但传统的橘子汁还是像椴花茶那样保留下来。这些食品虽然微不足道，社交性的领圣体却依然举行。也许在这个方面，德·盖尔芒特先生和夫人的那些朋友，正如我开始时想象的那样，跟他们令人失望的外貌给予我的印象有很大差别。在公爵夫人家里，很多老人除了喝一成不变的饮料之外，受到的却是不大热情的接待。然而，他们的地位比任何人都高贵，因此不可能是因为故作风雅才来，也不是因为喜欢奢华；他们也许喜欢这样，因为在社会地位较低的人家，他们才能领略到一种富丽堂皇，而在同一天晚上，一位金融巨头的迷人妻子会想尽一切办法，让他们参加光彩夺目的狩猎活动，这次活动

① 从“对我在盖尔芒特府的‘地位’……”起的这两句，是普鲁斯特在1920—1921年修改的校样中所加，但未收入1921年出版的版本。法国七星丛书版中也没有加上。

是她为西班牙国王组织,为期两天①。但他们仍然拒绝参加,却前来碰碰运气,看看德·盖尔芒特夫人是否在家。他们甚至无法肯定,不知道是否能在那里听到跟他们的意见相同的看法,也不知道是否能看到特别的热情;德·盖尔芒特夫人在谈论德雷福斯案件、共和国、反对宗教的法律时,甚至在低声议论他们以及他们的疾病和乏味的谈话时,有时会说出一些看法,但他们会装出没有听到的样子。他们在那里仍保持自己的习惯,也许是因为他们受过社交界美食家的高雅教育,对社交菜肴完美而又头等的质量有着清楚的了解,这种菜肴的味道大家喜欢,令人放心,美味可口,十分纯正,不会假冒,他们对其原产地和历史的了解,不亚于请他们品尝这菜肴的女主人,在这一方面,他们仍然因为有这种知识而更加"高贵"。我在晚饭后被一一介绍给这些客人,而在他们中间,恰好有德·蒙塞弗耶将军,就是帕尔马公主刚才谈到的那位,他是德·盖尔芒特夫人沙龙的常客,但公爵夫人并不知道他那天晚上会来。他听到我的名字,就对我躬身施礼,仿佛我是高级军事法庭庭长。我原以为她生来就不乐于助人,公爵即使不是在爱情上,但在思想上却是他妻子的同谋,而公爵夫人几乎是拒绝把自己的外甥托付给德·蒙塞弗耶将军。我觉得这种漠不关心更应该受到谴责,是因为我从帕尔马公主无意中说出的几句话中看出,罗贝尔的工作有危险,出于谨慎应该给他调换工作。正因为德·盖尔芒特夫人确实恶毒,我才忿忿不平,当时帕尔马公主胆怯地提出由她去跟将军谈此事,而公爵夫人却对公主殿下百般阻拦。②"但是,夫人,"她大声说道,"蒙塞弗耶对新政府没有任何影响,也毫无威信可言。找他帮忙等于是白费力气。"③"我觉得他会听到我们的

---

① 西班牙国王阿尔丰沙十三世(1886—1941)在1902年前由其母摄政。他于1905年5月27日首次访问巴黎。

②③ 法国七星丛书版后面另起一行。

话。"公主低声说道，并请公爵夫人说得轻一点。[1]"公主殿下尽管放心，他耳聋听不见。"公爵夫人仍然大声说道，将军听得十分清楚。[2]"这是因为我觉得德·圣卢先生所在的地方不是十分安全。"公主说道。[3]"那又有什么办法呢?"公爵夫人回答道，"他的情况跟所有人一样，不同的是他自己要求去那儿。另外，不，那儿并不危险；如果不是这样，您以为我会不管？我在吃晚饭时就会跟圣约瑟夫去说。他的威信要大得多，而且更加能干！您看，他已经走了。另外，跟他说比较方便，而这一位正好有三个儿子在摩洛哥，但并不想要求调动他们的工作，因此会加以拒绝。既然公主殿下非要管这件事，我就跟圣约瑟夫去说……只要我看到他，或者跟博特雷伊去说。瓦尔里更适合给我们帮忙，但新任陆军部长不喜欢他。最好别跟他谈起此事。至于圣卢和博特雷伊，[4]如果我没有看到他们，您也不要过多地为圣卢抱怨。有人已给我们解释了那里的情况。我觉得任何地方都不可能比那里更好。"

"这花真漂亮，我从未看到过这样漂亮的花，只有您奥丽娅娜才会有这种奇花异草!"帕尔马公主说道。她怕德·蒙塞弗耶将军听到公爵夫人的话，就设法改变话题。我认出了这种植物，埃尔斯蒂尔曾当着我的面画过[5]。[6]"我很高兴您喜欢这花；这种花十分迷人，您看看它们淡紫色的细细脖子；只有非常漂亮、穿着华丽的人有时才会那样，它们的名字难听，气味难闻[7]。尽管如此，我非常喜欢它们。不过，有点难受的是，它们快要死了。"[8]"但它们是

---

①②③⑥⑧ 法国七星丛书版后面另起一行。

④ 从"瓦尔里更适合给我们帮忙……"到"……至于圣卢和博特雷伊，"这几句话，法国七星丛书版并未列入。

⑤ 参见本书第二卷第424—425页。

⑦ 普鲁斯特是指比利时作家梅特林克在散文集《花的智慧》(1907)中描写的一种兰科植物，这种植物达尔文没有研究过，名叫羊味红门兰(Loroglosse à odeur de bouc)。

种在花盆里的，不是摘下来的。”公主说道。[1]“是的，”公爵夫人笑着回答道，“但这是一回事儿，因为这是女的。这种植物雌雄异株[2]。我就像只有一条母狗。我需要为我的花找一个丈夫。否则的话，我就不会有孩子！”[3]“真是有趣。那么，在大自然中……”[4]“对！有些昆虫可以做媒，就像为君主做媒那样，是通过第三方促成，未婚夫和未婚妻在婚前从未见过面。因此，我可以向您保证，我会吩咐仆人把我的植物尽量放在窗口，有时朝着院子，有时朝着花园，希望这不可或缺的昆虫媒人能够飞来[5]。但这要有鸿运高照。您想想，这需要媒人恰巧看到一个同一种类却又性别相异的人，还要他想到来我家留下名片。这媒人至今尚未来过，我觉得我的植物一直不愧为贞洁少女，但我承认，要是有点放荡，我会更加喜欢。瞧，这就像院子里那棵漂亮的树，到死也不会有孩子，因为这是我们这个地区的稀有品种。它以风为媒，但围墙有点过高。”[6]“确实如此，”德·布雷奥泰先生说道，“您应该把围墙降低几个厘米，这样就行了。这种工作，必须要会做才行。刚才您给我们吃的美味冰淇淋，公爵夫人，里面的香草香料取自一种名叫香子兰的植物。这种植物会开出许多雌雄同体的花，但有坚硬隔壁将两者隔开，阻碍授粉。因此，这植物一直不能结果，后来，出生于留尼汪岛的黑人青年，名叫阿尔宾斯，不过，黑人叫这个名字相当滑稽，因为这个词的意思是‘白色的’，他想出了办法，用小针使雌雄器官相通[7]。”[8]

---

①③④⑥⑧ 法国七星丛书版后面另起一行。

② 即具单性花的植物，雌花和雄花分别生在不同的植株上，有雌株或雄株之称。例如杨、柳、银杏等。

⑤ 梅特林克在《花的智慧》中描写了昆虫给兰花授粉的情况。

⑦ 香子兰源于墨西哥，也是兰科植物。在《世界上的香子兰和香草香料》一书中说：“花的两性器官被鸟喙状物体隔开，因此无法直接授粉。”（吉尔贝·布里凯著，法国保罗·勒谢瓦利埃出版社，1954 年，第 446 页）1841 年，留尼汪岛一个名叫埃德蒙·阿尔宾斯的黑奴（1829—1880），想出了授粉的办法。他用竹针把花的两性器官的隔壁抬起，使其相通授粉。（参见 A. 德泰伊《香子兰的种植和香草香料的制作》，奥古斯·夏拉梅尔出版社，1897 年，第 13—14 页）

“巴巴尔，您真神，您无所不知。”公爵夫人大声说道。[①]“您也是嘛，奥丽娅娜，您说给我听的事，我可从未想到过。”公主说道。[②]“我要告诉公主殿下，斯万总是给我讲许多植物学知识。有几次，我们觉得去参加茶会或下午聚会过于乏味，就到乡下去，他向我展示花卉非同寻常的婚姻，虽说没有冷餐酒会也不去教堂的圣器室，却要比人类的婚姻有趣得多。当时，我们没有时间到很远的地方去。现在有了汽车，去那儿就十分迷人。可惜的是，在这段时间里他结了婚，但他的婚姻更加令人惊讶，事情也就因此难以办成。啊！夫人，生活是一件可怕的事情，你花了时间，却用来做你感到厌烦的事，你偶然认识一个人，可以跟他一起去了解有趣的事物，他却非要像斯万那样结婚。我要么不去观看植物，要么只好跟一个不体面的人交往，在这两种同样不幸的选择中，我选择了前者。再说，其实也不必去那么远的地方。看来，在我小巧玲珑的花园里，白天发生的不成体统的事，多于夜里的……布洛涅林园！只是这种事不会被发现，因为花卉之间干这种事十分简单，我们只看到一场橘黄色小雨，或是一只满是灰尘的苍蝇来擦脚或洗淋浴，然后钻进一朵花里。事情就此干完！”[③]“放这盆植物的五斗橱也富丽堂皇，我觉得属于拿破仑时代式样。”公主说道。她对达尔文及其后继者的著作并不熟悉，因此对公爵夫人开的玩笑不大理解。[④]“这漂亮，是吗？我很高兴夫人喜欢。”公爵夫人回答道。“这家具非常漂亮。我要告诉您，我一直喜欢帝国时代的式样，这式样并不时兴时我也喜欢。我记得在盖尔芒特时，我曾受到婆婆的羞辱，因为我吩咐把富丽堂皇的帝国时代式样的家具全都从顶楼上搬下来，搬到我居住的那个侧翼，那些家具是巴赞从蒙泰斯鸠家继承的财产[⑤]。”[⑥]德·

---

①②③④⑥　法国七星丛书版后面另起一行。

⑤　在“斯万之恋”中，洛姆王妃认为帝国时代式样的家具难看，因此都放在顶楼上。参见本书第一卷第339页。

盖尔芒特先生微微一笑。他想必记得，当时的情况完全不是这样。但是，洛姆王妃拿婆婆趣味低俗来开玩笑是一种传统的习惯，当时亲王曾在短期内对妻子十分宠爱，后来他不再喜爱自己的妻子，但对母亲智力低下仍有点瞧不起，虽说他对母亲十分喜爱和尊敬。[①]“耶拿家有一把扶手椅，也饰有韦奇伍德[②]的镶嵌，很漂亮，但我更喜欢自己的扶手椅，”公爵夫人说道，显出公正无私的样子，仿佛这都不是她的椅子，“不过我承认，他们家有些东西妙不可言，而我却没有。”[③]帕尔马公主保持沉默。[④]“这可是真的，公主殿下不知道他们的收藏品。哦！殿下一定要跟我一起去一次。这可是巴黎最华丽的宝藏之一，是一座活的博物馆。”这是公爵夫人提出的最符合盖尔芒特精神的大胆建议，因为耶拿夫妇在帕尔马公主看来是十足的篡夺者，他们的几个儿子跟她的儿子一样，也有瓜斯塔拉公爵[⑤]的爵位，德·盖尔芒特夫人提出这个建议时（因为她对自己别出心裁的喜爱，胜过她对帕尔马公主的敬爱），禁不住对所有客人投以愉悦和微笑的目光。他们也尽量露出微笑，他们既害怕又赞叹，特别是高兴地想到，他们是奥丽娅娜的“新发明”的见证，可以作为“新闻”说给别人听。他们只是略感惊讶，因为他们都知道，公爵夫人善于把库弗瓦西埃家族的种种偏见视如草芥，以便使生活变得更有趣味、更加愉快。在最近几年里，正是她使马蒂尔德公主和奥马尔公爵重归于好，公爵则给公主的弟弟写了著名的书

---

①③④　法国七星丛书版后面另起一行。

②　即乔赛亚·韦奇伍德（1730—1795），英国陶器设计者、制造商。先在艾维·豪斯工厂实验成功了米黄色粗陶器。因这种陶器在1765年受到夏洛特王后的光顾，遂命名为王后陶器。后制出用于瓷器的无光颜料，以制造各种仿古瓷器。曾发明高温计。是达尔文的妻子爱玛·韦奇伍德的祖父。

⑤　拿破仑在1802年兼并帕尔马和皮亚琴察公爵领地后，于1806年把瓜斯塔拉女公爵的爵位授予他妹妹波莉娜即博盖塞王妃（1780—1825）。1814年，帕尔马、皮亚琴察和瓜斯塔拉的领地给予法国以前的皇后哈布斯堡的玛丽-路易丝（1791—1847），她去世后则归还波旁-帕尔马家族。

信:“在我的家族中,男人全都正直,女人全都贞洁[①]。”然而,这些亲王即使显然想要忘记自己正直时依然正直,但奥马尔公爵和马蒂尔德公主却在德·盖尔芒特夫人家感到十分愉快,到后来他们索性相互往来,因为他们有能力忘记过去,路易十八则对这种能力加以证实,他任命富歇为大臣,而富歇曾投票赞成处死路易十八的哥哥[②]。德·盖尔芒特夫人在酝酿同样的计划,以使米拉王妃和那不勒斯王后亲近[③]。这时,帕尔马公主显得十分尴尬,就像荷兰王储奥朗日亲王和比利时王储布拉邦特公爵,听到有人要把同样是奥朗日亲王的德·马伊-内勒先生和也是布拉邦特公爵的德·

---

① 普鲁斯特在谈论马蒂尔德公主的文章中,谈到了波拿巴家族和路易-菲力浦家族的关系:“1841 年,马蒂尔德公主回法国后,得到王族给予的优厚待遇,她从未忘记她欠王族的人情,在任何情况下都不允许别人在她面前说出任何可能伤害奥尔良家族的话。[……]后来,拿破仑亲王在发表一次演说之后,大家都记得奥马尔公爵写给他的一封既使人害怕又令人赞赏的书信。”(《随笔和文章》,第 451 页)确实,1861 年 3 月 1 日,马蒂尔德公主的弟弟拿破仑·约瑟夫·夏尔·保罗·波拿巴,人称热罗姆亲王(1822—1891),曾在元老院发表演说,激烈批评波旁家族和奥尔良家族。奥马尔公爵用一封《关于法国史的书信》进行回击,署名为亨利·德·奥尔良,日期为 1861 年 3 月 15 日。普鲁斯特认为他所说的话纯属杜撰,并未在信中出现。普鲁斯特在该文中接着写道:“此事发生之后,公主想必从未接待过奥马尔公爵。在许多年里,他们确实生活在远离对方的环境之中。后来,时间的流逝使怨恨消失,但感激依然存在,存在的还有相互间的某种欣赏[……]。”有几位朋友设法促使两人亲近。“终于有一天,在小仲马的安排下,他们在波纳的画室见了面。[……]从此关系开始真正密切起来,并一直持续到亲王去世。”(《随笔和文章》,第 452 页)

② 约瑟夫·富歇(1759—1820),法国资产阶级政治活动家。投身法国大革命后,成为南特地区雅各宾俱乐部的领导人之一。1792 年跟山岳派选入国民公会,投票赞成处死路易十六。雅各宾专政时期鼓吹“彻底革命”和对基督教宣战,肆行杀戮,以残忍著称。督政府时期任警务部长。雾月十八日政变时投靠拿破仑,领导警务部。滑铁卢战役后为临时政府成员,跟反法同盟谈判,为波旁王朝复辟效力,曾任路易十八的警务大臣和驻德累斯顿公使。1816 年 1 月 12 日《惩罚弑君者法》颁布后解职,亡命奥地利。

③ 米拉王妃也要求得到那不勒斯王后的称号。拿破仑曾于 1808 年 7 月把那不勒斯王国赐给她丈夫若阿香·米拉(1767—1815)。

夏吕斯先生介绍给他们也会如此难堪①。不过,公爵夫人也是在斯万和德·夏吕斯先生(虽说后者决定对耶拿家族成员不加理睬)的大力劝说下才最终喜欢帝国时代的式样,这时她首先大声说道:②“夫人,说句心里话,我无法对您说,您看到那些收藏品后会觉得有多美!我承认,帝国时代的式样一直使我印象深刻。但是,耶拿家的那些藏品,确实如同在幻景中看到的那样。就像是,怎么对您说呢……回到了远征埃及的时代,然后,又像是古代回到了我们面前,这些都进入了我们一幢幢房屋,斯芬克司前来停留在一把把扶手椅的脚上,一条条蛇缠绕在枝形烛台上,一位巨大的缪斯把一个小火炬递给你,让你玩布约特纸牌游戏,或是安静地待在你的壁炉上,把胳膊肘支住你的座钟,还有庞贝风格的各种灯具,以及船形小床,如同曾在尼罗河上发现的那种,大家预料会看到摩西从船里走出,古罗马的四马二轮战车,则沿着床头柜疾驰……”③“坐在帝国时代式样的家具上,不是十分舒服。”公主大胆地说道。④“不错,”公爵夫人回答道,但德·盖尔芒特夫人⑤又作了补充,并用微笑来加以强调,“我就喜欢坐着不舒服,不过是坐在这种红木坐具上,面料为石榴红丝绒或绿色真丝。我喜欢军人的这种不舒服,他们只想坐象牙椅⑥,并在大厅中央架起束棒⑦,堆

① 据《哥达历书》,拿骚家族的小房在荷兰执政,通过继承于1530年8月3日得到奥朗日公国,是在亨利伯爵(1483—1538)和克洛德·德·夏隆(?—1521)结婚之后,后者是夏隆家族最后一位奥朗日亲王的妹妹和继承者。该公国通过继承于1702年3月19日重新归于该家族,然后于1713年4月11日据乌得勒支条约并入法国。但奥朗日亲王的称号由1732年6月16日跟普鲁士签订的条约确认。1914年,马伊-内勒侯爵即奥朗日亲王住在巴黎第八区波卡多尔街3号。而比利时国王阿尔贝一世(1875—1934)的长子莱奥波德·菲力浦·夏尔·阿尔贝·曼拉德·于贝尔·马里·米盖尔亲王(1901—1983),在1934年登基前一直是布拉邦特公爵。

②③④ 法国七星丛书版后面另起一行。

⑤ 法国七星丛书版中为“她”。

⑥ 在古罗马,象牙椅只有高级行政官才有权坐。

⑦ 束棒是古罗马高级执法官的权力标志,束棒中捆有一柄突出的斧头。

起桂冠。我可以肯定地对您说,在耶拿家,你决不会想到自己是怎么坐的,因为你看到前面的墙上画有胜利女神这个大坏蛋。我丈夫会认为我是拙劣的保皇党人,但我的思想极不正统,您是知道的,我可以肯定地对您说,在那些人家里,你最终会喜欢所有这些N,以及所有这些蜜蜂[①]。天哪,在那些国王的统治下,军人们很久以来一直没能荣宗耀祖,而现在他们带回来如此多的桂冠,甚至放在扶手椅的扶手上,我觉得这样才别有风味!公主殿下得去瞧瞧。"[②]"天哪,您觉得该去就去,"公主说道,"但我觉得要去也不容易。"[③]"不过,夫人会看到,一切都会安排妥当。他们人很好,而且不蠢。我们曾把德·谢弗勒兹夫人带到他们家里,"公爵夫人知道这个例子说服力强,就补充道,"她十分高兴。他们家的儿子还非常讨人喜欢……我接下来要说的事也许有失体面,"她补充道,"他的房间,尤其是他的床,大家都想在上面睡觉,当然不是跟他一起睡!更加有失体面的是,有一次我去看他,他当时患病卧床。他旁边的床沿上有个修长的美人鱼雕塑,她躺着十分迷人,尾巴用贝壳制成,手里拿着荷花。我可以肯定地对您说,"德·盖尔芒特夫人补充道,说时放慢语速,以便更加强调她说的话,只见她漂亮的嘴唇噘着,两只富有表现力的长手呈纺锤状,仿佛在塑造自己的话语,一面用温柔而又深沉的目光注视着公主,"旁边还有棕叶饰和金皇冠,显得十分动人;这完全是居斯塔夫·莫罗[④]的《青年和死神》的布局(公主殿下想必知道这幅杰作)。"[⑤]帕尔马公主虽然连这位画家的名字都不知道,却拼命点头,热情微笑,以表示她欣赏这幅画。但她脸上表情丰富,却无法替代无神的目光,我们

---

① N是Napoléon(拿破仑)的起首字母,指第一帝国时代式样的家具,蜜蜂则是拿破仑三世和第二帝国的标志。

②③⑤ 法国七星丛书版后面另起一行。

④ 参见本书第一卷第268页注①。

不知道别人对我们说的事情，就会两眼无神。[①]“我想，他是个英俊少年？”她问道。[②]“不，因为他像上个别辅导课的学生。眼睛跟奥尔唐斯王后[③]的眼睛有点像，如同帽檐。他也许认为，把这种相像扩展到其他部分，对一个男人来说未免有点可笑，于是他那打过蜡的面颊就不再跟王后相像，而是很像拿破仑卫队中的骑兵。显然每天早晨都有人来给他打蜡。斯万看到，”她接着回过头来谈年轻公爵的床，“这美人鱼跟居斯塔夫·莫罗的《死神》相像，感到十分惊讶。不过嘛，”她继续说时语速更快，但语调却一本正经，以使人感到更加滑稽可笑，“决不会使我们感到惊讶，因为他患的是鼻炎，年轻人身强力壮，如有魔鬼保护。”[④]“有人说他故作风雅？”德·布雷奥泰先生问时显得心怀叵测，脸色通红，期待对方明确回答，如同他说：“有人对我说他右手只有四指，真是这样？”[⑤]“天……哪，不……是，”德·盖尔芒特夫人回答时显出宽容的微笑。“也许看起来有一点儿故作风雅，因为他年纪还很小，但如果他真是如此，我会感到惊讶，原因是他聪明。”她补充道，仿佛在她看来，故作风雅就不会聪明。“他机灵，我曾看到他滑稽可笑。”她说时仍然在笑，如同鉴赏家和行家，仿佛认为某人滑稽可笑时，需要显出某种愉快的表情，或是她此刻似乎想起瓜斯塔拉公爵的俏皮话。“另外，由于他尚未被社交界接受，这种故作风雅就无法表现出来。”她接着说道，却并未想到这样说不是在鼓励帕尔马公主。[⑥]“我心里在想，盖尔芒特亲王称她为耶拿太太，他要是知道我去了她家会说些什么？”[⑦]“怎么啦，”公爵夫人极其冲动地大声说道，“您知道，我们让给吉尔贝的（她如今后悔得难受！），是一整间

---

①②④⑤⑥⑦　法国七星丛书版后面另起一行。

③　即奥尔唐斯·德·博阿尔内（1783—1837），荷兰王后（1806—1810）。是拿破仑的妻子约瑟芬跟前夫博阿尔内子爵所生的女儿。约瑟芬为跟波拿巴家族拉拢关系，于1802年把她嫁给拿破仑的弟弟路易·波拿巴（1778—1846）。奥尔唐斯的第三个儿子夏尔·路易，后成为法国皇帝拿破仑三世。

帝国时代式样的弹子房，这是鸠鸠传给我们的，真是富丽堂皇！这里没有地方，但我觉得放在这里要比放在他家里更合适。那东西十分漂亮，既有伊特鲁里亚[①]式样，又有埃及式样……"[②]"埃及式样？"公主对伊特鲁里亚知之甚少，就这样问道。[③]"天哪，跟这两种式样都有点相像，这是斯万跟我们说的，他对我作过解释，只是您知道，我是个无知的可怜虫。另外，夫人，帝国时代式样的埃及，其实跟真正的埃及毫无关系，他们家的罗马人跟罗马人也是如此，还有他们的伊特鲁里亚……"[④]"确实如此。"公主说道。[⑤]"不错，这就像第二帝国时期被称为路易十五式样的服装，是在安娜·德·穆希或亲爱的布里戈德的母亲的青年时代。刚才巴赞跟您谈起贝多芬。有一天，有人给我们演奏了他的一个曲子，非常美，但有点平淡，其中有一个俄罗斯主题。想到贝多芬以为这是俄罗斯音乐，确实叫人感动。同样，中国画家曾以为他们在模仿贝利尼[⑥]。另外，即使在同一个国家里，每当有人用有点新颖的方式来看待事物，所有的人都无法看出他要向他们展示什么。至少要过四十年，他们才能看清。"[⑦]"四十年！"公主吓得大声说道。[⑧]"不错，"公爵夫人接着说道。她借助于自己的发音，使她的话（这几乎是我的话，因为我恰巧曾对她发表过类似看法）越来越像印刷体中的斜体字，"这就像第一个孤立的个人，属于一种尚未存在、将会大量繁殖的人种，这个个人具有的一种**感觉**，是同时代的人类所没有的。我不能把自己作为这种人的例子，因为我恰恰相反，从最初起就一直喜欢一切有趣的事物，不管它们如何新颖。但有一天，我跟大公夫人一起去卢浮宫，我们在马奈的《奥林匹亚》前走过。现在已没有人再会对此画感到惊讶。这就像安格尔的一幅画！天晓得

---

① 伊特鲁里亚为古意大利地区，位于意大利半岛西北部阿尔诺河和特韦雷河之间，约当今托斯卡纳区。

②③④⑤⑦⑧ 法国七星丛书版后面另起一行。

⑥ 参见本书第一卷第98页注①。

我当初为何要为这幅画辩护，这幅画我不是全都喜欢，但它肯定是名家的作品。它的位置也许不是完全在卢浮宫[①]。”[②]“大公夫人好吗？”帕尔马公主问道。她对马奈的模特儿的了解，远远不如对沙皇的婶婶[③]的了解。[④]“很好，我们谈起了您。其实，”公爵夫人按自己的想法接着说道，“正如我小叔子帕拉梅德所说，事实是我们跟每个人之间都有一种外语的障碍相隔。另外我还承认，跟任何人的障碍确实都不像跟吉尔贝的障碍那样大。如果您有兴趣到耶拿家去，您就不必过多考虑这个可怜人会对您的行为有何想法，他这个人既可爱又单纯，但他的想法却古老陈旧。我倒觉得自己跟我的马车夫和马匹更加接近，血缘关系更近，而不是跟他这个人相近，他总是考虑勇夫腓力[⑤]或胖子路易[⑥]时代的人会怎样想。您想想，他在乡下散步时，总是显出憨厚的样子，用拐杖叫农民让路，并说：‘让开，乡巴佬！’我心里感到十分惊讶，因为他对我说话时，我如同听到哥特式古墓中的‘死者卧像’在跟我说话。这活的石像虽说是我堂弟，却使我感到害怕，我只有一个想法，那就是把它留在中世纪。此外，我承认他从未杀过人。”[⑦]“我正好刚在德·维尔帕里齐夫人家跟他共进晚餐。”将军说时毫无笑容，对公爵夫人的玩笑也并不赞同。[⑧]“德·诺普瓦先生是否在那儿？”冯亲王问道，心里一直想着法兰西伦理学学院的事。[⑨]“在。”将军说道。“他甚

---

① 参见本卷第436页注④。

②④⑦⑧⑨ 法国七星丛书版后面另起一行。

③ 玛丽·帕夫洛夫娜·德·梅克伦堡（1854—1920）于1874年嫁给俄国末代沙皇尼古拉二世的叔叔弗拉基米尔·亚历山德罗维奇大公（1847—1909）。

⑤ 勇夫腓力即腓力三世（1245—1285），法国卡佩王朝国王（1270—1285）。法王路易九世的次子，长兄于1260年去世后成为王储。1271年把图卢兹伯爵领地并入法国。支持叔父查理·德·安茹反对阿拉贡国王皮埃特罗三世，后又出兵干涉。

⑥ 胖子路易即路易六世（1081—1137），法国卡佩王朝国王（1108—1137）。在位期间，依靠城市和教会，制服王室领地内封建主，同时吸收高级教士担任大臣，参与朝政。

至谈到你们皇上。”[①]“据说威廉皇帝非常聪明，但他不喜欢埃尔斯蒂尔的画。不过，我说这话不是说他不对，”公爵夫人回答道，“我赞同他的看法。虽说埃尔斯蒂尔给我画了一幅漂亮的肖像。啊！您不知道这肖像。画得不像，但有趣味。摆姿势时很有意思。他要我做出老太婆的样子。这是在模仿哈尔斯的《老人院的女管理员们》[②]。我想您知道这种作品，用我外甥喜欢的话来说，是崇高的作品。”公爵夫人转过身来对我说道，一面轻轻扇着黑色羽扇。她不但直挺挺地坐在椅子上，而且高雅地把头后仰，因为她虽说一直是贵妇，却还要稍稍装出贵妇的样子。“我说我以前曾去过阿姆斯特丹和海牙，但因时间紧，不能什么都看，就没去哈勒姆[③]。”[④]“啊！海牙，多好的博物馆！”德·盖尔芒特先生大声说道。我对他说，他一定在那里欣赏过弗美尔的《代尔夫特小景》[⑤]。但公爵知之不多，却十分骄傲。因此，他只是显出自负的样子来回答我的问题，每次有人跟他谈起一个博物馆或一个画展上的一幅画，他想不起来时也会这样说：“只要值得一看，我肯定看过！”[⑥]“怎么！您去了荷兰，却没去哈勒姆。”公爵夫人大声说道。“您即使只有一刻钟的时间也得去看，哈尔斯的画，真是非同寻常。我会高兴地说，如果他的画在室外展出，有人即使在开动的有轨电车的顶层看到，也一定会看得瞠目结舌。”这话使我感到不快，是因为我觉得她因不知道艺术作品如何在我们心中产生印象才说出这话，这话似乎表明，我的眼睛在这时仅仅是用来拍摄快照的摄影机。

---

①④⑥ 法国七星丛书版后面另起一行。

② 参见本书第一卷第254页注②。

③ 哈勒姆是荷兰西部港口城市，距北海7公里，有运河与其相通。多中世纪建筑。有哈尔斯博物馆，设在十七世纪老人院。

⑤ 《代尔夫特小景》是弗美尔1658—1660年的作品，自1822年起藏于海牙的莫里斯宫皇家绘画陈列馆。普鲁斯特曾于1902年10月18日前往观赏，并认为这是他最喜欢的荷兰绘画作品。

德·盖尔芒特先生高兴地看到她用行家的口气跟我谈论我感兴趣的话题，这时看着他妻子遐迩闻名的仪表，听着她谈论弗兰茨·哈尔斯，心里在想："她博学多才。我这个年轻的客人心里会想，他面前的夫人宛如过去的贵妇，而且名副其实，在当今是绝无仅有。"我所看到的他们二人，已脱离盖尔芒特这个姓氏，而我以前想象他们在这个姓氏之中，过着一种不可思议的生活，但现在我觉得他们跟其他男人和女人相同，跟同时代的人相比只是稍稍落后，但两人落后的程度不同，这跟圣日耳曼区许多夫妇的情况相同，妻子能够停留在黄金时代，而丈夫运气欠佳，只能回到过去的萧条时代，妻子还留在路易十五的时代，可丈夫已进入讲求排场的路易-菲力浦的时代。德·盖尔芒特夫人跟其他女人相同，我起初对此感到失望，但由于反作用，又因喝了许多美酒，却几乎感到令人赞叹。一个是奥地利的唐·胡安[①]，一个是伊莎贝拉·德·埃斯特[②]，这对我们来说只是两个名字，跟重大的历史事件毫无关系，如同梅塞格利兹这边跟盖尔芒特那边的关系。伊莎贝拉·德·埃斯特在现实中无疑是小小的公主，就像路易十四时代的那位公主，在宫廷中没有任何特殊地位。但是，如果我们觉得她这个人独一无二，因而也无与伦比，我们就不会小看她，因此，跟路易十四共进晚餐，在我们看来只是稍有趣味，而我们如在上天跟伊莎贝

---

① 奥地利的唐·胡安(1547—1578)，西班牙亲王。是查理五世(1500—1558)和雷根斯堡一个平民女子的私生子。1571年10月7日率领西班牙-威尼斯联合舰队在勒班陀海战中打败土耳其舰队。塞万提斯参加了这次海战，并失去左手，故有"勒班陀的独手"之称。唐·胡安于1576年出任荷兰总督。法国作家卡西米尔·德拉维涅(1793—1843)曾据此创作喜剧《奥地利的唐·胡安》(1835)。

② 伊莎贝拉·德·埃斯特(1474—1539)于1490年嫁给曼托瓦侯爵即弗朗切斯科第二·德·贡扎加(1466—1519)。她是意大利文艺复兴时期重要人物之一。她资助诗人、哲学家、建筑师和画家。从1491年起向曼坦那、佩鲁吉诺、柯勒乔等多名画家订购画作，以装饰其书房。她曾请曼坦那为她画像，未能如愿。但提香给她画了一幅肖像。

拉·德·埃斯特不期而遇,则会把她看成小说中的女主人公。然而,我们研究伊莎贝拉·德·埃斯特时,耐心地把她从这仙境般的世界转移到历史的世界之中,看到她的生活和思想,丝毫没有她的名字使我们联想到的那种神奇之处,但在这种失望消失之后,我们会无限感谢这位公主对曼坦那的绘画有着透彻的了解,这种了解一直被我们所轻视,用弗朗索瓦丝的话来说,则是被看得不如泥土,却跟拉弗内斯特尔先生[①]的看法大同小异。我登上了盖尔芒特这个姓氏高不可攀的高地,并沿着公爵夫人的生活这个内侧斜坡往下走,在其中发现一些熟悉的名字,有维克多·雨果,弗兰茨·哈尔斯,唉,还有维贝尔[②],感到十分惊讶,如同一位旅行者,为想象出中美或北非一个荒凉山谷里的奇风异俗,在了解到地理位置遥远和花卉名称奇特之后,穿过一片高大的芦苇或一排毒番石榴,却发现当地居民(有时在一座古罗马剧院和一根供奉维纳斯的柱子的遗址前面)正在阅读《梅罗普》或《阿尔齐尔》[③],也会感到如此惊讶。德·盖尔芒特夫人不为私利,也不想出名,却努力通过类似的文化,屈尊俯就地想达到她永远无法了解的资产阶级妇女的水平,这种类似的文化对我所认识的有文化的资产阶级妇女来说十分遥远,又高不可攀,却值得称道,但因一直无法使用而使人感到可惜,这种情况如同政治家或医生对腓尼基古代文物有着渊博的知识。[④]"我原可以给您看他的一幅非常漂亮的画,"德·盖尔芒特夫人在对我谈论哈尔斯时和颜悦色地对我说,"有些人认

① 即乔治·爱德华·拉弗内斯特尔(1837—1919),法国诗人、小说家、艺术评论家。是卢浮宫教授和卢浮宫绘画部门负责人。跟欧仁·里希滕贝格合著卢浮宫绘画图文目录(1893)。另著有《意大利绘画》(1885)、《布鲁日和巴黎的文艺复兴前期绘画》(1904)等。

② 参见本卷第524页注⑥。

③ 《梅罗普》(1743)和《阿尔齐尔》(1736)均为伏尔泰的悲剧。

④ 法国七星丛书版后面另起一行。

为是最漂亮的一幅，是我从一个德国表哥那里继承得来的。可惜它是城堡里的‘采邑’。您不知道这个词？我以前也不知道。”她补充道，因为她喜欢对以前的风俗开玩笑（并因此而以为自己摩登），却又不由自主地对那些风俗依依不舍。“我很高兴您看了我收藏的埃尔斯蒂尔的作品，但我承认，如果您看到我那幅哈尔斯的画，就是作为‘采邑’的画，我会更加高兴。”①“我知道那幅画，”冯亲王说道，“那是黑森大公的肖像。”②“正是，他弟弟娶了我妹妹，”德·盖尔芒特先生说道，“另外，他母亲跟奥丽娅娜的母亲是堂姐妹。”③“至于埃尔斯蒂尔先生，”亲王补充道，“恕我直言，我没有看到过他的作品，无法说出自己的看法，但皇上对他一贯仇恨，在我看来无须克制。皇上极其聪明。”④“不错，我曾两次跟他共进晚餐，一次是在我萨冈姑妈家里，一次是在我拉吉维乌姑妈家里⑤，我觉得他有趣。我并不认为他单纯！但有一种有趣的、‘后天获得的’东西，”她说时把这几个字说得一清二楚，“就像绿色的石竹，就是说，这种东西使我感到惊讶，但我不是十分喜欢，这种东西能做出来令人惊讶，但我觉得要是做不出来也不错。我希望我没有使您感到不快。”⑥“皇上聪明过人，”亲王接着说道，“他醉心于艺术；他对艺术作品的鉴赏可说是无可争辩，他从来不会看走眼；如果有一件作品漂亮，他就会立刻看出，并对其怀恨在心。如果他讨厌某个作品，那就不容怀疑，因为这是杰作。”大家都报以微笑。⑦“您使我感到放心。”公爵夫人说道。⑧“我愿意作个比较，即把皇上，”亲王接着说道，他不知道 archéologue（考古学家）这个词如何发音（就是说把它读成 kéologue），却又不放过使用该词的任何机会，“跟我们柏林的一位老考古学家（亲王读成

①②③④⑥⑦⑧ 法国七星丛书版后面另起一行。

⑤ 拉吉维乌家族是波兰—立陶宛王公家族，源于十四世纪，曾在历史上起过重大作用。在普鲁斯特生活的时代，该家族多名成员认识莱昂亲王。

arshéologue）进行比较。在亚述古建筑前，老考古学家哭了。但若看到的是现代赝品，并不是真正的古董，他就不会哭。要想知道一件考古物品是否真是古物，就拿给这位老考古学家看。他要是哭了，就把这物件给博物馆买下。如果他眼睛无泪，就把那东西还给商人，并告他卖假货。因此，每次我在波茨坦的宫中吃晚饭，所有的物品，只要皇上对我说：'亲王，您一定要去看看，这可是天才的作品'，我就记下，以免去观看，但要是我听到他对一个展览会严厉抨击，我一有机会就会跑去观看。"①"诺普瓦是否不赞成英法亲近？"德·盖尔芒特先生问道。②"这对你们会有什么用处？"冯亲王对英国人忍无可忍，就显出气愤而又狡黠的神色问道。"他们极其愚舂（蠢）。我十分清楚，他们不会用军队来帮助你们。但是，我们还是可以根据他们那些愚蠢的将军来对他们作出评价。我的一位朋友不久前跟博塔谈过话，您知道，是布尔人③的首领。他对我朋友说：'像这样的军队，真是可怕。不过，我还是喜欢英国人，但您想想，我只是个农民④，却在所有的战役中把他们打败。最后一次战役中，我抵挡不住了，敌军人数要比我们多二十倍，我只好投降，但我还是抓了二千名俘虏！这已经不错，因为我只是农民的首领，但如果那些蠢货要跟一支正规的欧洲军队较量，想到结果如何，我们真要替他们捏一把汗⑤！另外，您只要看看，他们的国王，您和我都

①② 法国七星丛书版后面另起一行。

③ 布尔人是阿非利坎人的旧称，是非洲南部荷兰移民的后裔，荷兰文意为"农民"。

④ 法国七星丛书版中模仿亲王清浊辅音的发音错误，把 paysan（农民）写成 payssan，后面则把 Madame（夫人）写成 Matame。

⑤ 英布战争（1899—1902）初期，威廉二世支持德兰士瓦总统、布尔军总司令保罗斯·克留格尔（1825—1904），反对英国殖民者塞西尔·约翰·罗得斯（1853—1902）和英国政府。但他在跟英国殖民大臣约瑟夫·张伯伦（1836—1914）谈判后不再支持义军。路易·博塔将军（1862—1919）自 1900 年起领导布尔军队，直至 1902 年 5 月 31 日签订《费雷尼欣条约》，布尔人承认英国统治权，英允诺德兰士瓦和奥兰治两地成立"责任政府"。博塔曾于 1907 年出任德兰士瓦共和国总理。

了解，在英国竟被看成伟人。”①我对这些故事是似听非听，它们跟德·诺普瓦先生对我父亲讲的故事相仿；这些故事不会为我喜欢的遐想提供任何养料；另外，即使它们具有它们所缺乏的遐想，这种遐想也必须令人振奋，才能在社交界度过的时刻使我内心生活变得生气勃勃，在这种时刻，我的思想停留在我的表面、我梳得漂亮的头发和衬衫硬胸上，就是说我此时无法感受到我生活中的任何乐趣。②“啊！我不同意您的看法，”德·盖尔芒特夫人觉得德国亲王说话没有分寸，就这样说，“我觉得爱德华国王十分迷人，极其纯朴，比大家认为的要机灵得多。而王后即使在现在，也是我所知道的世界上最漂亮的女人。”③“但是，公爵夫人，”亲王说时感到生气，但并未发现他已使别人感到不快，“如果威尔士亲王只是普通老百姓，任何社交界都会把他排除在外，任何人都不愿去跟他握手。王后非常迷人，极其温柔，但思想狭隘。总之，这对国王夫妇有令人反感之处，他们完全由臣民供养，让犹太金融巨头为他们支付所有开支，而作为报答，他们把这些金融家封为准男爵。这就像保加利亚大公④……”⑤“他是我们的表弟，”公爵夫人说道，“他风趣。”⑥“他也是我的表弟，”亲王说道，“但我们不会因此而认为他为人诚（正）直。不，你们应该跟我们亲近，这是皇上的最大意愿，但他希望这要真心诚意；他说：我希望的是握手，而不是举帽敬礼！这样你们就会不可战胜。这要比德·诺普瓦先生鼓吹的英法亲近更加实惠。”⑦“您认识德·诺普瓦先生，我知道。”盖尔芒特公爵夫人不让我置身于谈话之外，就这样对我说。我记得德·诺普瓦先生曾经说我似乎想要吻他的手⑧，想到他也许已把此事说给德·盖尔芒特夫人听了，不管怎样，他只会对夫人说我的坏话，因为他虽然跟我父亲

---

①②③⑤⑥⑦　法国七星丛书版后面另起一行。

④　参见本卷第 252 页注②。

⑧　参见本书第一卷第 52 页。

友好相处，却毫不犹豫地把我说得如此滑稽可笑，因此，我没有像社交界人士那样行事。社交界人士会说，他讨厌德·诺普瓦先生，并使他感到这点；他会这样说，是为了表明这就是大使想说他坏话的原因，说坏话只是为了报复，但却是子虚乌有，是私心驱使的结果。我与此相反，说十分遗憾的是，我觉得德·诺普瓦先生不喜欢我。“您完全错了。”德·盖尔芒特夫人对我回答道。“他对您非常喜欢。您可以去问巴赞，大家都说我对别人过于客气，但巴赞却并非如此。他会对您说，我们从未听到过诺普瓦像称赞您那样称赞过别人，他最近想给您在部里找一份美差。但他知道您身体欠佳，无法接受这一差事，他对人体贴，甚至没有把他这种良好愿望告诉您父亲，他对您父亲极其欣赏。”德·诺普瓦先生确实是我期待会给我提供有效帮助的最后一个人。事实是他喜欢嘲笑别人，又心怀叵测，因此，有些人像我这样，被他的外表和声音所迷惑，觉得他像圣路易[①]那样在一棵栎树下审理案件，而说话的声音仿佛会轻易同情别人，他们得知说他们坏话的人，以前在他们看来说话诚实，就认为这才是真正的阴险狡诈。他讲这种坏话司空见惯。尽管如此，他仍然有同情心，仍然会称赞他喜欢的人，并乐于表明自己愿意为这些人效力。[②]“不过，他对您欣赏，我并不感到惊讶，”德·盖尔芒特夫人对我说，“他这个人聪明。我十分清楚，”她接着说给其他人听，是在暗指我不知道的一件婚事，“我婶婶是他的老情妇，已不大能得到他的欢心，看来无法做他的新娘。另外，我觉得她早已不再是他的情妇。我可以说，她只是跟善良的上帝有关系，她过于虔诚。波阿斯-诺普瓦可以像雨果在诗中所说：[③]‘哦，天哪，跟我睡觉的女人，已离开我的床铺，来到您的床上[④]！’[⑤]

---

① 参见本书第一卷第61页注①。

②③⑤ 法国七星丛书版后面另起一行。

④ 引自雨果《历代传说集》中的诗《沉睡的波阿斯》第45—46行。

确实，我可怜的婶婶就像那些先锋派艺术家，终生反对法兰西学院，在晚年却成立了他们自己的小型法兰西学院，或者像那些还俗的教士，却在为自己建立个人的宗教。这样的话，还不如继续当教士，或者是不要姘居。又有谁知道呢，"公爵夫人神色迷惘地补充道，"这也许是因为预料到以后会守寡。最伤心的莫过于人死了却无法服丧。"[①]"啊！如果德·维尔帕里齐夫人成了德·诺普瓦夫人，我看我们的表兄吉尔贝会感到难受。"德·圣约瑟夫将军说道。[②]"盖尔芒特亲王待人亲切，但他确实十分注重出身和礼节问题。"帕尔马公主说道。"我曾经在他的乡间别墅住过两天，可惜的是当时王妃患病。我去时由小姑娘陪伴。（这是德·胡诺尔斯坦夫人的绰号，因为她长得又高又大。）""这几乎是一种恭维。"公爵插了一句，他是指娘家姓胡诺尔斯坦的德·蒙佩鲁夫人的高大身材和巨大胸部[③]。"亲王走下台阶迎接我，让我挽着他的手臂，装出没看到小姑娘的样子。我们上了二楼，一直走到客厅门口，他闪在一边，让我进去，这时他才说：'啊！您好，德·胡诺尔斯坦夫人（自从跟她分手后，他一直这样称呼她）'，仿佛这时才看到小姑娘，以表明他不必在下面对她施礼。"[④]"我对此丝毫也不感到惊讶。我不需要对您说，"公爵说时自以为极其新派，比任何人都蔑视出身，甚至以共和派自居，"我跟我堂弟相同的看法并不多。夫人可能会猜到，我们俩对所有事情的看法，几乎都像白昼跟黑夜那样截然不同。但我应该说，如果我婶婶嫁给了诺普瓦，我会跟吉尔贝看法相同，但仅此一次而已。作为弗洛里蒙·德·吉斯的女儿[⑤]，却

①②④　法国七星丛书版后面另起一行。

③　法国七星丛书版中没有公爵的插话。弗拉马里翁出版社的版本认为是普鲁斯特在1920—1921年校阅的校样中亲笔添加。

⑤　其实，德·维尔帕里齐夫人是西律斯·德·布永伯爵的女儿（参见本书第二卷第297页和300页）。弗洛里蒙是她祖父的名字（参见本卷第191页）。吉斯公爵领地先是成为孔代家族的采邑，后于1832年归属奥尔良家族。

嫁给这样的男人，就像俗语所说，会让母鸡发笑，您要我怎么说呢？”这最后一句话，公爵一般插在一句话的中央，在这里纯属废话。但他总是需要说出此话，如果别处无法放置，就把它置于一个和谐复合句的末尾。这对他来说尤其重要，如同格律问题。“请注意，”他补充道，“诺普瓦家族是正直的贵族，是出身高贵的世家。”

“您听好，巴赞，您跟吉尔贝说得一样，却又对他嘲笑，实在没有必要。”德·盖尔芒特夫人说道。在她看来，出身“优良”跟酒质优良一样，确实在于年代久远，这跟盖尔芒特亲王和盖尔芒特公爵的看法相同。但她不如堂弟直率，却比丈夫精明，因此在说话时不想违背盖尔芒特家族的精神，并在口头上蔑视地位，但在行动上却十分崇尚地位。[1]“你们不是有点表亲关系？”德·圣约瑟夫将军问道。“我觉得诺普瓦曾经跟拉罗什富科家一位小姐结婚。”[2]“完全不是这种关系，她属于拉罗什富科公爵这个旁系，我外婆属于杜多维尔公爵这个旁系。她是爱德华·科科的亲祖母，爱德华在家族中最为聪明，”公爵回答道，他对聪明的看法有点肤浅，“而这两个旁系从路易十四的时代起一直没有联姻；这样关系就可能有点疏远。”[3]“啊，真有意思，这事我并不知道。”将军说道。[4]“另外，”德·盖尔芒特先生接着说道，“我觉得他母亲是蒙莫朗西公爵的妹妹，最初嫁给了一个姓拉图尔·德·奥弗涅的人。但由于姓蒙莫朗西的人跟蒙莫朗西家族几乎不沾亲，而姓拉图尔·德·奥弗涅的人跟拉图尔·德·奥弗涅家族完全没有亲戚关系，所以我看他不会因此而具有很高的地位。他说的事可能十分重要，那就是他是圣特拉伊[5]的后裔，而由于我们是圣特拉伊的直系后裔……”

---

①②③④ 法国七星丛书版后面另起一行。

⑤ 即让·波通，圣特拉伊的领主（？—1461），曾跟贞德一起战斗，1451 年晋升法国元帅。

在贡布雷有一条街叫圣特拉伊街,我后来从未想起过。那条街从布勒托纳里街通往小鸟街。由于贞德的战友圣特拉伊娶了一位盖尔芒特小姐为妻,因此贡布雷伯爵领地就归属盖尔芒特家族,而他的纹章则使置于圣伊莱尔教堂一个彩画玻璃窗下面的盖尔芒特的纹章处境尴尬。我仿佛又看到黑黝黝的砂岩台阶,这时的一种转调把盖尔芒特这个姓重新置于已被忘却的音调之中,我以前听到这个姓是在那种音调之中,那音调跟现在的音调截然不同,因为这个姓在现在的音调中表示我今晚在他们家吃饭的和蔼可亲的主人。盖尔芒特公爵夫人的姓在我看来是个集合名词,不仅是因为在历史上有许多女人是这个姓,而且还因为在我短暂的青年时代,我已看到这个盖尔芒特公爵夫人是由许多不同的女人重叠而成,在后面一个女人地位稳固之后,前面一个女人随之消失。词义在几百年里不会有很大变化,而在我们看来,姓氏在几年中却变化巨大。我们的记忆和心灵容量不大,无法做到准确无误。我们目前的思想空间不大,无法在活人旁边保留死人。我们要进行构思,就只能以偶然发掘出来的过去事物为基础,如同刚才用圣特拉伊这个姓所作的发掘那样。我觉得对所有这些无须作出解释。刚才,德·盖尔芒特先生问我:"您不知道我们的村庄①?"我没有回答,其实是在撒谎。也许他知道我知道,他没有追问,只是因为他受过良好的教育。②

德·盖尔芒特夫人的话使我从遐想中清醒过来。③"我觉得这些事十分无聊。您听着,在我家里不会总是这样索然寡味。我希望您在不久之后再来吃晚饭,算是一种补偿,下次就不谈家谱。"公爵夫人低声对我说。她无法知道我在她家里可以找到何种乐

① 指贡布雷。

② 法国七星丛书版后面接排,不另起一行。

③ 法国七星丛书版后面另起一行。

趣，就屈尊俯就，只是像一本古旧植物图谱那样来取悦于我。

德·盖尔芒特夫人以为会使我失望的事，恰恰在最后——由于公爵和将军没完没了地谈论家谱——才使我这一天晚上并未完全失望。在此之前，我怎么会不感到失望？晚宴的客人，我以前只知其神秘的姓氏，并在远处进行遐想，这时他们的姓氏上多了个身体和才智，但跟我认识的那些人的身体和才智相差无几甚至更差，我因此感到这些客人平庸无奇，《哈姆雷特》的热情读者在走进丹麦港口厄尔西诺[1]时也会有同样的感觉。这些地区和这段历史把高大的树群和哥特式钟楼置于他们的姓氏之中，也许在一定程度上塑造了他们的面容、思想和偏见，但只是作为因果关系而存在其中，就是说可以用智力研究出来，却丝毫也无法想象出来。

过去的这些偏见，使德·盖尔芒特先生和夫人的朋友们重获他们已失去的诗意。当然啰，这些观念为贵族所拥有，使他们具有文学修养，并成为姓氏的而不是词语的词源学家（这只是对通常在这方面一无所知的资产阶级而言，因为虽然虔诚的信徒能比同样平庸的自由思想者更好地回答你提出的礼拜仪式的问题，反教权的考古学家却往往对他本堂神甫的教堂的种种情况比神甫更加清楚），如果我们想做到真实，即保持理智，这些观念对这些大领主的诱惑力，甚至不如对一个资产者的诱惑力那么大。他们也许比我更加清楚，吉斯公爵夫人就是克莱沃公主、奥尔良公主和波西安公主[2]以及诸如此类的事，但他们在得知所有这些姓氏之前，就已看到吉斯公爵

① 厄尔西诺的丹麦文名为赫尔辛基，其老城区的克龙堡建于1577—1585年，是莎士比亚悲剧《哈姆雷特》的剧情发生地。

② 加洛林王朝时的波西安伯爵领地位于巴黎盆地，十二世纪归于法国王室，十六世纪和十七世纪时为亲王封地。卡特琳·德·克莱沃是波西安公主（1548—1633），于1560年嫁给亨利第一·德·洛林即茹安维尔亲王和吉斯公爵。1567年公爵去世，她于1570年改嫁吉斯公爵。伊莎贝尔·德·奥尔良公主（1878—1961）于1899年在英国嫁给堂兄让·德·奥尔良即吉斯公爵（1874—1940），她因此同时是吉斯公爵夫人、奥尔良公主以及克莱沃和波西安公主。

夫人的脸，从此他们听到这个姓就会想起这张脸。我先是认识仙女，虽说这仙女很快就销声匿迹，而他们是先认识女人。

在资产阶级家庭中，妹妹比姐姐早嫁人，有时会引起嫉妒。贵族社会也有嫉妒，库弗瓦西埃家族尤其如此，盖尔芒特家族也是这样，他们把贵族的伟大只是说成家族的优越，这种天真的想法，我首先是在书中看到（我觉得这是贵族社会的唯一魅力）。塔勒芒·德·雷奥仿佛在说盖尔芒特家族而不是说罗昂家族，他显然十分得意地叙述德·盖梅内先生对弟弟的叫喊："你可以进来，这里可不是卢浮宫！"他在谈到德·罗昂骑士（因骑士是克莱蒙公爵的私生子）时说："他至少是亲王[1]！"这次谈话中唯一使我感到难受的是，我看到涉及卢森堡大公可爱的继承人的这些荒谬故事，竟会在这个沙龙里被人信以为真，如同圣卢的那些战友相信此类故事一样。显然，这是一种流行病，蔓延的时间也许只有两年，但所有人都被传染。大家都反复讲述同样虚假的故事，或是增添其他故事。我心里明白，卢森堡王妃表面上在为她侄子辩护，实际上却在提供攻击他的炮弹。"您为他辩护，错了。"德·盖尔芒特先生对我说，就像圣卢以前说的那样。"啊！我们这些亲戚是众口一词，我们的看法可以不加考虑，您去跟他那些仆人谈论他，他们其实对我们最为了解。德·卢森堡先生[2]把小黑人送给了她的侄

① 塔勒芒·德·雷奥（1619—1692）是法国回忆录作家，著有《趣闻录》（1657），发表于1834年。普鲁斯特引述的第一句话是路易第七·德·罗昂即盖梅内亲王和蒙巴宗公爵所说："他和德·阿沃古尔总是在他们的亲王领地里相互嘲笑。三年前，德·阿沃古尔以为能乘四轮华丽马车进入卢浮宫，但未能如愿以偿。盖梅内亲王说：'啊！他至少有权从厨房的院子进去。'有一次，德·阿沃古尔的马车夫在烈日下让马匹进入盖梅内府的门廊，盖梅内就对他叫道：'请进，请进，这里可不是卢浮宫。'"第二个轶事涉及盖梅内亲王的一个儿子："他指着德·罗昂骑士说：'对于此人，大家决不会说他不是亲王。'"但德·罗昂骑士的亲生父亲是路易·德·波旁即苏瓦松伯爵，而不是像普鲁斯特所说的那样是克莱蒙公爵。这个趣闻载该书中题为"德·盖梅内先生和夫人"这一章。参见伽里玛出版社1961年版第二卷第229页。

② 法国七星丛书版为：德·卢森堡夫人。

子。这小黑人回来时哭了:‘大公打了我,我不是坏蛋,大公坏,受不了。’我说这话是有根据的,他是奥丽娅娜的表兄弟。”[①]另外,我无法说出,那天晚上有多少次听到“表兄弟”和“表姐妹”这两个词。一方面,德·盖尔芒特先生听到别人说出一个名字,几乎都会大声说道:“他是奥丽娅娜的表兄弟!”说时十分高兴,如同一个人在森林中迷路时,看到一块路标上有两个方向相反的箭头,一个指向“卡齐米尔-佩里埃亭”,另一个指向“犬猎队长十字架[②]”,箭头后有字体很小的公里数,此人因此而得知他没有走错路,非常高兴。另一方面,“表兄弟”和“表姐妹”这两个词由土耳其大使夫人使用时,目的完全不同(在这里是个例外),她是晚饭后来的。她野心勃勃,一心想提高自己在社交界的地位,又聪明好学,无论是万人撤退[③]还是鸟类性欲倒错,她都轻而易举地记在脑中。谈起德国最新出版的著作,你无法听出她有错误,不管这些著作涉及政治经济学、神经错乱、各种形式的手淫还是伊壁鸠鲁[④]的哲学。不过,听她这个女人的话是有害无益,因为她总是错误不断,把无可指责的贞节女人说成水性杨花,要你提防一位毫无恶意的先生,说出的故事仿佛出自书本,并非因为这种故事严肃,而是因为它们难以置信。

她当时受到的邀请不多。她在几个星期时间里常去看望几位像盖尔芒特公爵夫人那样显赫的贵妇,但通常只好去拜访贵族世

---

① 法国七星丛书版后面另起一行。

② 在枫丹白露森林里有一个犬猎队长十字架和一条卡齐米尔-佩里埃路,两者相距约 8 公里。

③ 古希腊历史学家色诺芬(约前 430—约前 355)在《远征记》中说,他于前 401 年参加波斯王子小居鲁士(前 424—前 401)征召的希腊雇佣军,助其跟弟弟阿尔塔薛西斯二世(前 404—前 358 在位)争夺波斯王位。在库纳克萨之战中,小居鲁士兵败被杀,他被雇佣军推举为领袖,率部万余人从两河流域北部经亚美尼亚,越高加索山,沿黑海南岸返归希腊。

④ 伊壁鸠鲁(前 341—前 270),古希腊哲学家。前 310 年起在小亚细亚讲授哲学。前 307 年重返雅典,在一座花园里建立学校,史称伊壁鸠鲁花园。将哲学分为物理学、准则学和伦理学三个部分。在伦理学上,是快乐论的最早提出者之一。著作多已亡佚。

家中默默无闻的旁系，而盖尔芒特家族成员已不再跟那些人来往。她希望让人感到，她是上流社会社交界的常客，常提到她朋友们的著名姓氏，但那些人却很少受到邀请。德·盖尔芒特先生以为那些人经常在他家吃晚饭，就立刻乐不可支，以为遇到了熟人，就随声附和着叫道："这可是奥丽娅娜的表兄弟！我对他一清二楚。他住在瓦诺街。她母亲以前是德·于泽斯小姐。"[①]大使夫人只好承认，她的例子取自更小的动物[②]。她竭力把她的朋友跟德·盖尔芒特先生的朋友拉上关系，并间接地跟公爵接上话头："我十分清楚您想说的是谁。不，不是那些人，是一些表兄弟。"但是，可怜的大使夫人说出的这句回话，很快就失去效果。因为德·盖尔芒特先生听了感到失望，就回答道："啊！要是这样，我就不知道您在说谁。"大使夫人没有辩驳，因为她只认识她应该认识的那些人的"表兄弟"，而这些表兄弟却往往不是亲戚。另外，在德·盖尔芒特夫人[③]这方面，则又会说出"这可是奥丽娅娜的表姐妹"，在德·盖尔芒特先生看来，这话置于他的每句话里，如同拉丁诗人爱用的某些修饰语一样管用，因为它们为这些诗人的六音步诗提供了扬抑抑格或扬扬格。在我看来，这一触即发地说出的"这可是奥丽娅娜的表姐妹"，用于盖尔芒特王妃至少极其自然，王妃也确实是公爵夫人的近亲。大使夫人看来并不喜欢这位王妃。她悄悄地对我说："她愚蠢。不，她没有这样漂亮。这是在欺世盗名。另外，"她补充道，说时显得既审慎、坚决又令人厌恶，"她使我非常反感。"然而，表亲关系往往会扩展得十分遥远，因此，德·盖尔芒

---

① 法国七星丛书版后面另起一行。

② 这是《拉封丹寓言诗》卷二第十一则寓言"狮子和老鼠"和第十二则寓言"鸽子和蚂蚁"之间的一句话。这两则寓言都说明一个真理："我们要尽可能地为大家服务，/也往往需要比自己弱的人帮助。"（参见《拉封丹寓言诗》，远方译，人民文学出版社，1982 年，第 57—58 页）

③ 法国七星丛书版中为：德·盖尔芒特先生。

特夫人跟她应该叫“我姑妈”的那些人，至少要追溯到路易十五的时代才能找到共同的祖先，同样，每当乱世之时，一个腰缠亿万的女子嫁给了一位亲王①，而这位亲王的高祖父跟德·盖尔芒特夫人的高祖父一样，都娶了卢瓦②的女儿为妻，这美国女子感到高兴的是，第一次到盖尔芒特公馆登门拜访时，虽说对她有点冷淡，也多少有点挑剔，但她能称德·盖尔芒特夫人为“我的姑妈”，而夫人则面带慈母般的微笑听她这样叫。不过，德·盖尔芒特先生和德·博泽弗耶对“出身”持何种看法，在我看来并不重要；他们对这一问题的谈话，我只是从中寻求诗意的乐趣。他们并未感到乐趣，却使我获得这种乐趣，这就像农夫或水手在谈耕作和潮汐，虽说是跟他们密切相关的现实，他们却无法品尝其中之美，而要由我来从中提取。

有时，一个姓氏使我们不光想起一个家族，而且想起一件事、一个日期。听到德·盖尔芒特先生谈起，德·布雷奥泰先生的母亲原姓舒瓦瑟尔，他祖母原姓吕森日，我仿佛看到，在饰有普通珍珠纽扣的普通衬衣里面，庄严的遗骸在两个水晶球里流血，那就是德·普拉兰夫人和贝里公爵的心脏③；别的遗骸更加性感，那就是

---

① 法国穷途潦倒的贵族跟美国富裕女子结婚，在十九世纪末二十世纪初十分常见。例如，1893年，埃德蒙·德·波利尼亚克亲王（1834—1901）娶缝纫机制造商的女儿温纳蕾塔·辛格（1865—1943）为妻。1895年，博尼法斯·德·卡斯泰拉纳跟美国铁路大王之女安娜·古尔德结婚，安娜·古尔德后来要求离婚，于1908年改嫁萨冈亲王。

② 即弗朗索瓦·米歇尔·勒泰利埃，卢瓦侯爵（1639—1691），曾任路易十四的陆军部国务秘书。

③ 这两起谋杀，普鲁斯特在布瓦涅夫人《回忆录》中读到。1824年，法妮·塞巴斯蒂亚尼（1807—1847）嫁给夏尔·德·舒瓦瑟尔即普拉兰公爵。1847年8月18日，她被丈夫杀死，她丈夫被捕后于24日服毒自杀。（参见本书第二卷第301页注①）普鲁斯特认识普拉兰公爵之子奥拉斯·德·舒瓦瑟尔伯爵（1837—1915）。另一起谋杀发生在1820年2月13日，夏尔·费迪南即贝里公爵（1778—1820）被一个工人刺杀。临死前，他将他跟布朗夫人在英国所生的两个女儿托付给他的妻子。他妻子把这两个孩子扶养成人并嫁出成家，她们成为吕森日王妃和夏雷特伯爵夫人。后来，贝里公爵夫人在塞纳-圣但尼省的罗尼建墓，埋入丈夫的心脏，墓上写有“牺牲于乱党分子之手”。

塔利安夫人[①]或德·萨布朗夫人[②]长长的秀发。

德·盖尔芒特先生对祖先的情况，要比他妻子了解得更加清楚，他谈起一些往事，使其谈话活像漂亮的古屋，虽说没有真正的杰作，却充满真实、平庸而又庄严的图画，从整体上看十分壮观[③]。阿格里让特亲王问公爵，X 亲王在谈到奥马尔公爵时为何称他为"我的舅舅"，德·盖尔芒特先生回答道："因为他的舅舅符腾堡公爵娶路易-菲力浦的一个女儿[④]为妻。"于是，我观赏了整个遗骸盒，它就像卡尔帕乔或梅姆灵[⑤]画的遗骸盒那样[⑥]，在第一格里，公主参加她弟弟奥尔良公爵的婚礼，但身穿花园里散步的便裙，以表示心情不佳，因为她看到派去为她向叙拉古王子求婚的使者遭到拒绝[⑦]，

---

① 即马利亚·胡安娜·伊尼戈·特蕾莎·德·卡瓦鲁斯(1773—1835)，人称塔利安夫人，法国大革命前是西班牙驻法大使的女儿。她嫁给丰特内侯爵，在恐怖时期被监禁，后被让-朗贝尔·塔利安释放，并于 1794 年嫁给塔利安。塔利安是热月政变策动者之一，她据说是该政变的主谋，因此被称为"热月圣母"。在执政府时期，她因才智和优雅而驾驭社交界。1802 年，她与塔利安离婚，三年后嫁给卡拉芒伯爵即未来的希梅亲王。

② 即马德莱娜·路易丝·夏洛特·德·普瓦，萨布朗伯爵夫人(1693—1768)，是摄政奥尔良公爵菲力的情妇之一。圣西蒙曾在《回忆录》中提到。

③ 这句话前，法国七星丛书版中还有一句话：有几次，我看到的并非是普通的遗骸。

④ 指玛丽-克里斯蒂娜·德·奥尔良(1813—1839)，路易-菲力浦的女儿，奥马尔公爵的姐姐，于 1837 年嫁给亚历山大·德·符腾堡公爵(1804—1881)。

⑤ 即汉斯·梅姆灵(约 1433—1494)，佛兰德斯画家。作品主要为祭坛画和肖像画。风格和缓、甜润，是十五世纪尼德兰艺术和十六世纪意大利风格的北欧艺术之间的桥梁。主要作品有三联画《博士来拜》、《基督受难》等。

⑥ 卡尔帕乔画的是组画《圣乌尔苏拉的传说》(1490—1496)，现藏威尼斯美术学院，梅姆灵画的是《圣乌尔苏拉遗骸盒》(1489)，现藏布鲁日圣约翰医院。

⑦ 卡尔帕乔的组画《圣乌尔苏拉的传说》的前三幅画为《英国使者觐见布列塔尼国王》、《使者出发》和《使者返回英国》。组画表现的是雅克·德·沃拉日纳在《圣徒传说》中叙述的故事。英国国王的儿子派使者觐见布列塔尼国王，向她女儿乌尔苏拉求婚。乌尔苏拉回答说，她答应的条件是英国王子接受洗礼，并陪她去进行三年朝圣。使者回国后向王子转述她的条件，王子一口答应。普鲁斯特在这个故事里置入新的人

而在最后一格里，她刚生下一个男孩，即符腾堡公爵①（就是刚才跟我共进晚餐的亲王的舅舅②），是在幻想城堡里，这城堡跟某些家族一样，是贵人的诞生地之一③。这些地方出生的历史人物，每一代人中有不止一个。尤其是在这座城堡里，同时留下了众多回忆：对拜罗伊特总督夫人④的回忆，对另一位有点任性的公主（奥尔良公爵的姐姐）的回忆，有人曾对她说，她丈夫的城堡名称讨人

物，取自德·布瓦涅夫人《回忆录》。1834 年，那不勒斯的利奥波德亲王（即叙拉古伯爵，1813—1860）跟他那当国王的哥哥发生争吵，就来到法国宫廷寻求庇护。不久之后，利奥波德亲王想跟玛丽公主喜结良缘。那不勒斯王太后极其赞成，国王也没有明确表示反对，但拒绝为这门亲事作出必要的安排。海军司令里尼被派往那不勒斯，迫使国王作出明确解释。但使者和国王进行了十分钟的谈话，以公开破裂告终。三年后，即 1837 年 5 月，玛丽公主的弟弟费迪南·菲力浦即奥尔良公爵（1810—1842）跟海伦·德·梅克伦堡-什未林（1814—1858）在枫丹白露举行婚礼。婚礼十分豪华，庆祝活动持续了好几天。德·布瓦涅夫人发现，玛丽公主郁郁寡欢。她的不满情绪甚至表现在服饰的选择上。她穿得极其简朴，跟其他女士的华丽服饰形成鲜明对照。

① 《圣乌尔苏拉的传说》的第六幅画题名为《圣乌尔苏拉的梦》，表现姑娘在床上睡着，床脚边站着天使，来预告她即将殉教。奥尔良公爵结婚后，王后玛丽-阿梅莉为玛丽公主找了个丈夫。比利时国王推荐的亚历山大·德·符腾堡公爵虽说排行第六，在兄弟中最小，却是王室成员。婚礼于 1837 年举行，符腾堡公爵夫人不久怀孕，后期反应难受，但于 1838 年 7 月 30 日顺利产下大胖儿子，大家都认为这是她难受的原因。产后几个星期，她健康状况良好，但并未完全恢复，后来身体越来越衰弱，最终于 1839 年 1 月 2 日去世。

② 如果说符腾堡公爵是冯亲王的舅舅，如同德·盖尔芒特先生在上面说的那样，玛丽公主之子也不像普鲁斯特所写的那样，是冯亲王的舅舅，而是他的表兄。

③ 据德·布瓦涅夫人《回忆录》，玛丽公主认为，她丈夫的“城堡”只能算是萨克森的一幢别墅，名称奇特，称之为“幻想”。公主从未看到过这座位于拜罗伊特附近的城堡，但后来在城堡里收藏她的绘画作品。

④ 即索菲-威廉明妮（1709—1758），腓特烈二世即腓特烈大帝（1712—1786）的姐姐，于 1731 年嫁给拜罗伊特总督的继承人。她用法语写了《回忆录》，叙述 1706—1742 年发生的事，并于 1810 年发表。伏尔泰在她去世后为她撰写颂歌。

喜欢，对巴伐利亚国王[①]以及对X亲王的回忆，而亲王刚才请德·盖尔芒特先生给他写信，地址正是这座城堡，因为这是他继承的遗产，他出租城堡，只是在瓦格纳歌剧节[②]期间，是租给波利尼亚克亲王[③]，即另一个可爱而又"任性"的人。德·盖尔芒特先生为解释他如何成为德·阿帕雄夫人的亲戚，就只好根据三个或五个祖先的关系和姻亲关系，追溯到年代久远的玛丽-路易丝或柯尔培尔[④]，但在所有这些情况下都发生同样的事情：一个重大历史事件出现时，总是被掩盖、歪曲并受到限制，它出现在一块领地的名称中，一个女人的姓氏里，这女人选择这样的姓氏，因为她是路易-菲力浦和玛丽-阿梅莉的孙女，但路易-菲力浦和玛丽-阿梅莉不再被看作法国国王和王后，而只是因为他们作为祖父祖母留下一份遗产。（由于其他原因，我们可以在一本巴尔扎克作品辞典里看到，列出最著名的人物，只是因为他们在《人间喜剧》中出现频繁，因此，拿破仑在其中的地位，远不如拉斯蒂涅[⑤]重要，拿破仑列入辞典之中，只是因为他跟德·五天鹅小姐说过话[⑥]。）贵族阶级如同

---

① 即路易二世·德·维特尔斯巴赫(1845—1886)，巴伐利亚国王，是瓦格纳的保护人，资助瓦格纳建造拜罗伊特新剧院，剧院于1876年落成。

② 瓦格纳歌剧节自1876年起每年夏天在拜罗伊特举行。参见本书第一卷第301页注①。

③ 参见本卷第563页注①。

④ 即让-巴蒂斯特·柯尔培尔(1619—1683)，法国政治家。路易十四亲政后，于1665年任财政总监。推行重商主义政策，建立海军舰队和国外商行，加紧对北美的殖民扩张，曾促进法国资本主义的发展。

⑤ 在《人间喜剧》中，拉斯蒂涅主要出现在《高老头》、《苏镇舞会》、《幻灭》、《古物陈列室》、《妇女研究》、《禁治产》、《驴皮记》、《纽沁根银行》和《阿尔西的议员》中。

⑥ 即洛朗丝·德·五天鹅小姐，巴尔扎克小说《一桩神秘案件》中人物。她持保皇党观点，1800年在耶拿战役前夕到战场上求见拿破仑，请他赦免企图谋反的米舒、西默兹兄弟和奥特塞尔兄弟，说这些人是无辜的。拿破仑说她幼稚，并拉着她的手，走出窝棚，把她带到高地上，然后运用他那能使懦夫变成勇士的绝妙口才对她说："这儿有三十万人，他们也是清白无辜的！可是明天，这三十万人[核对法文版，应为：三万人]就要死去，为他们的祖国而死……"（参见《巴尔扎克全集》第十六卷，郑永慧译，人民文

沉闷的建筑，窗户罕见，采光稀少，缺乏勃勃生机，但像古罗马建筑那样巨大而又封闭，将全部历史深藏并禁锢其中。

因此，我记忆的空间里逐渐装进一个个姓氏，它们按一定顺序排列，根据相互的关系编排，它们之间的关系越来越多，并仿效完美的艺术作品，即其中没有任何孤独的笔触，每个部分都依次从其他部分中获取存在的理由，同时也让它们接受它的存在理由。

德·卢森堡先生的姓氏再次被提到时，土耳其大使夫人说，那位少妇的祖父（他靠经销面粉和面制品而大发其财）邀请德·卢森堡先生共进午餐，但后者回信谢绝，并在信封上写下“磨坊主德·某某先生”，对此，她的祖父在回信中写道：“亲爱的朋友，您未能大驾光临，我感到十分遗憾，我因此无法享受跟您亲密无间地相处的乐趣，因为我们是少数人聚会，聚餐者只有磨坊主、他的儿子和您。”这个故事在我看来十分可恶，因为我知道，我亲爱的德·拿骚先生在给他妻子的祖父写信时（知道自己是这位祖父的继承人），不会用“磨坊主”这个称呼；不仅如此，这开头几个字就十分愚蠢，因为磨坊主这个称呼过于明显，肯定会使人想到拉封丹寓言的标题[①]。但是，圣日耳曼区的人十分愚蠢，又因心怀叵测而变得愚昧无知，因此个个都认为这回答恰到好处，大家立刻宣称这

学出版社，1989 年，第 261 页）阿纳托尔·法朗士曾于 1887 年 5 月 29 日在《时代报》上撰文谈论拿破仑：“拿破仑这位驾驭一个世纪的风云人物，只在《人间喜剧》中出现六次，而且是在十分次要的情况下出现。”

① 指《拉封丹寓言诗》卷三第一则《磨坊主人、他的儿子和驴子》。（参见人民文学出版社，1982 年中译本第 77—81 页）普鲁斯特引述的话，是卡米耶·格鲁（1832—1908）在英国国王于 1907 年访法时所说。格鲁是绘画收藏家，尤其以收藏十八世纪英国绘画著称，他靠经销面粉和面制品发财。有人请布勒泰伊侯爵为国王在格鲁家举办午宴，然后观看主人的藏画。布勒泰伊侯爵为确定来宾中没有不受欢迎者，就要求主人出示来宾名单。格鲁回答道：“您别担心，我们共进午餐的人数不多，只有磨坊主、他的儿子和您。”

祖父值得信任，并认为此人杰出，比孙女婿更加风趣。沙泰勒罗公爵借此机会来叙述我已在咖啡馆里听到的故事："大家都躺下睡觉"，但他刚开始说到德·卢森堡先生要德·盖尔芒特先生在他妻子面前起床，公爵夫人就叫他别说下去，并表示反对："不，他确实滑稽可笑，但还不至于滑稽到这种地步。"我确信，这些关于德·卢森堡先生的故事纯属杜撰，知道每当有这些故事的一个参与者或证人在场，我都会听到有人辟谣。但我心里在想，德·盖尔芒特夫人出来辟谣，是为了尊重事实还是受自尊心驱使。不管怎样，自尊心还是在恶意面前让了步，因为她笑着补充道："不过，我也受了点气，因为他邀请我去吃下午点心，想让我认识卢森堡大公夫人；他在给姑妈写信时，就是如此优雅地称呼自己的妻子。我给他回信时表示歉意，并补充道：'至于引号中的'卢森堡大公夫人'，请你告诉她，要是她来看我，我每星期四下午五点后都在家。'我还受了第二次气。在卢森堡时，我打电话给他，请他来听电话，[①]过了两个小时他还没来听，我于是使用了另一种办法：'请您叫拿骚伯爵来听电话。'他的自尊心被刺伤，就立刻跑来听了。"大家听了公爵夫人的故事和诸如此类的故事都笑了起来，但我确信，这些都是谎话，因为这个卢森堡-拿骚，在我认识的人中最聪明、最优秀、最机灵，直截了当地说，就是出类拔萃。后来的事情表明，我这样看是对的。我应该承认，在德·盖尔芒特夫人说的所有这些"恶言毒语"中，有一句话却说得中肯。[②]"他并非总是这样。"她说道。"在丧失理智之前，就是还没有像书中那样以为自己已成为国王，他并不愚蠢，在他订婚后的初期，他谈起此事时相当开心，甚至把它看作意想之外的幸福：'这真像童话一样，我进入卢森堡，得要乘仙国的四轮华丽马车。'他对叔叔德·奥内桑这样

① 法国七星丛书版此处还有下列文字：殿下即将用午餐，殿下刚用过午餐，……
② 法国七星丛书版后面另起一行。

说。您知道，卢森堡不大，他叔叔就回答说：‘乘仙国的四轮华丽马车，我怕你无法进去。我劝你不如乘山羊车。’这话不仅没有使拿骚生气，而且他还首先把这话说给我们听，并第一个笑了起来。”①“奥内桑十分风趣，他像上一代人，他母亲姓蒙热。他身体很差，可怜的奥内桑。”②这个姓氏做了件好事，那就是打断了枯燥无味的恶言毒语，否则这种话会没完没了地说下去。这时，德·盖尔芒特先生解释说，德·奥内桑先生的曾祖母是玛丽·德·卡斯蒂利亚-蒙热的姐妹，是蒂莫莱翁·德·洛林的妻子，因此是奥丽娅娜的舅妈。这样，谈话又回到了家谱的话题，但愚蠢的土耳其大使夫人对我耳语道：“您好像被盖尔芒特公爵另眼相看，您得要当心。”我要她作出解释，她就说：“我的意思是说，我不用细说您就会明白，他这个人嘛，你可以毫无风险地把自己的女儿托付给他，但不能把儿子托付给他。”然而，如果有男人曾唯独热情喜爱过女人，此人就是盖尔芒特公爵。但是，轻易相信的错误和谎言，对大使夫人来说如同生存环境，离开了这种环境，她就无法活动。“由于其他原因，我对他弟弟梅梅（他不跟她打招呼）十分反感，梅梅对公爵的生活作风确实感到忧虑。他们的婶婶维尔帕里齐也是如此。啊！我非常喜欢她。她是个圣洁的女人，是过去的贵妇的真正典范。她不仅是美德的化身，而且是持重的化身。她跟诺普瓦大使每天见面，却称他为‘先生’，大使在土耳其留下了美好的回忆。”

我甚至没有对大使夫人作出回答，以便听大家谈论家谱。这些家谱并非全都重要。在谈话中甚至听说，德·盖尔芒特先生告诉我的一次联姻，虽说出人意料，却并非门当户对，但也不无魅力，因为在七月王朝时期，盖尔芒特公爵和费藏萨克公爵跟一位著名航海家的两个天仙般的女儿喜结良缘，这联姻使两位公爵夫人出乎意料地受人喜爱，她们既有异国有产者的优雅，又有路易-菲力

---

①② 法国七星丛书版后面另起一行。

浦时代印度女子的风韵。又如在路易十四时期，诺普瓦家的一个男子娶莫特马尔公爵的女儿为妻，莫特马尔的显赫爵位，在这遥远的时代就已在压制我以为黯然失色、可能是不久前才出现的诺普瓦这个姓氏，并将它精雕细刻得跟奖章一样美丽。另外，在这些联姻中，受益的并非只是不大出名的姓氏：另一个姓氏因始终光彩夺目而变得平淡无奇，现在以这种灰暗的新面目出现，反倒使我印象更加深刻，就像在以色彩艳丽著称的画家的肖像画中，最引人注目的往往是全部用黑色的画像。我觉得这些姓氏都有新的位置变化，置于其他一些姓氏旁边，而我却以为它们离这些姓氏十分遥远，有这种位置变化，并非只是因为我无知；它们在我思想中的这种前后交叉的移位，在那些时代并没有进行得如此顺利，在当时，一个爵位总是跟一块土地联系在一起，并跟随这块土地从一个家族转移到另一个家族，因此，在内穆尔公爵或谢弗勒兹公爵的爵位这样漂亮的封建时代建筑里，我可以依次发现蜷缩其中的一个吉斯、一个萨瓦亲王、一个奥尔良和一个吕伊纳，他们如同寄居蟹匿居好客的螺壳之中。有时，则有好几个人争夺一只螺壳：争夺奥朗日亲王爵位的有荷兰王族和马伊-内勒家的那些先生，争夺布拉邦特公爵爵位的有夏吕斯男爵和比利时王族，还有其他许多人争夺那不勒斯亲王爵位、帕尔马公爵爵位和雷焦公爵爵位[①]。有时情况恰恰相反，因领主早已去世，螺壳也早已无人居住，因此我从未想到，某个城堡的名称，在并非十分遥远的过去，竟是一个家族的姓氏。这就像德·盖尔芒特先生在回答德·蒙塞弗耶先生的一个问题时所说："不，我表姐是狂热的保皇派，她是菲泰尔纳侯爵的女儿，在朱安党人的战争[②]中起过一定的作用。"我在巴尔贝克逗

① 指意大利城市艾米利亚雷焦。雷焦公爵领地自 1290 年起属于埃斯特家族。瓦格拉姆战役胜利之后，拿破仑于 1809 年将其赠给法国元帅尼古拉-夏尔·乌迪诺（1767—1848）。这段文字跟本卷第 542—543 页内容类似。

② 朱安党人的战争指法国大革命期间法国西部各省发动的反革命叛乱。

留以来，菲泰尔纳这个名称在我脑中是城堡的名称，现在看到它变成我从未想到过的一个家族的姓氏，我感到十分惊讶，仿佛来到童话世界，看到墙角塔和台阶也会活动，并且变成了人。从这个意义上看，我们可以说，历史即使仅仅是家族史，也会使古老的石头具有生命。在巴黎社交界，有些人跟盖尔芒特公爵或拉特雷穆伊公爵一样，曾起过巨大作用，也跟这两位公爵一样出身名门，而且因优雅或风趣更受人欢迎。但如今他们已被人遗忘，因为他们没有后裔，他们的姓氏从此销声匿迹，被人提到时如同陌生的姓氏；一个事物的名称，最多作为某个遥远的城堡和村庄的名称遗留下来，我们想不到会在这名称后面发现人的姓氏。不久之后，有一天旅客将在勃艮第偏僻的夏吕斯小村庄逗留，以参观村里的教堂，但如果他不够细心或是过于匆忙，没有仔细观看墓碑，他就不会知道，过去有个姓夏吕斯的人，曾经跟当时的大人物平起平坐。这样我就想起我得走了，我在听德·盖尔芒特先生谈家谱时，我跟他弟弟约定的时间也快到了。我仍然在想，有谁知道，盖尔芒特是否会在有朝一日变得只是一个地名①，到那时，只有偶然在贡布雷逗留的考古学家，才会在绘有恶人吉尔贝②的彩画玻璃窗前，耐心听取泰奥多尔③的继承人讲解，或者阅读本堂神甫的导游手册。但是，一个高贵的姓氏只要没有消失，就会使拥有这个姓氏的人们处于明亮的光线之下；这也许一方面是因为这些家族名声显赫，使我看到后感到兴趣，我可以从今天出发，顺着它们的足迹一步步追根溯源，一直追溯到十四世纪以前，并找到德·夏吕斯先生、阿格里让特亲王和帕尔马公主的所有直系尊亲属的回忆录和书信，在过去的岁月里，一个平民家庭的起源，被埋没在伸手不见五指的黑夜之

---

① 盖尔芒特实际上位于塞纳-马恩省，在马恩河畔拉尼附近。

② 参见本书第一卷第106页注②。

③ 泰奥多尔是卡尔食品杂货店伙计，也是负责贡布雷教堂保养工作的唱经班成员。

中，但我们能在一个姓氏从过去投射来的光线之中，看到这些或那些盖尔芒特家族成员的某些神经质的特点、某些恶习和放荡行为的根源及其经久不变的特点。从病理学上看，他们跟今天的家族成员相差无几，因此，从一个世纪到另一个世纪，他们都使跟他们通信的人既感到兴趣又感到不安，不管他们生活的年代早于帕拉丁公主[①]和德·莫特维尔夫人[②]还是晚于利涅亲王[③]，情况都是如此。

另外，我对历史的兴趣要比对美学的兴趣来得淡薄。列举这些姓氏，仿佛使公爵夫人的客人们脱离了自己的肉体，他们白白被称之为阿格里让特亲王或西斯特里亚亲王，他们相貌平凡，显得跟大众一样聪明或不聪明，于是就变得跟众人相仿，因此，我走到门厅的门毯上时，并不像以前认为的那样，如同走到姓氏的神奇世界门口，而是觉得走到这个世界的终点。我听到阿格里让特亲王的母亲原姓达马斯[④]，是摩德纳公爵[⑤]的外孙女，亲王就立刻像不稳定的化学物质那样，脱离他那无法使人认出他的外貌和话语，并跟

---

① 参见本书第二卷第 116 页注⑤。

② 即弗朗索瓦丝·贝尔托，朗格卢瓦·德·莫特维尔夫人（1621—1689），在路易十三去世后任他的遗孀奥地利的安娜的首席贴身女官。著有《回忆侍候奥地利的安娜》（1723）。

③ 即夏尔-约瑟夫，利涅亲王（1735—1814），比利时外交家、作家，曾在欧洲各地旅行，结识当时著名人物，如普鲁士国王腓特烈二世、俄国女皇叶卡特琳娜二世、奥地利君主约瑟夫二世以及伏尔泰、卢梭、歌德等。他的文章汇编成集，题为《军事、文学和情感杂集》（共三十四卷，1795—1811）。斯塔尔夫人曾出版他作品的精选集，名为《利涅亲王的书信和思想》（1809）。

④ 达马斯家族是法国最古老的骑士家族之一，源于勃艮第，成名于九世纪，但直系尊亲属可追溯到墨洛温王朝初期的维芒杜瓦伯爵，在法国历史上一直起着重要作用，直至十九世纪。

⑤ 摩德纳公爵领地源于十二世纪。十三世纪和十四世纪曾归于埃斯特家族。1452 年，神圣罗马帝国皇帝腓特烈三世把摩德纳公爵爵位授予埃斯特家族。最后一位摩德纳公爵弗朗切斯科第五（1819—1875）一直统治到 1859 年，即领地并入意大利为止。

只是爵位的达马斯和摩德纳一起构成一种组合，其魅力增加了无数倍。每个姓氏因另一姓氏的吸引而移位，但我却并未想到它们有姻亲关系，前一个姓氏离开了它在我头脑里始终不变并因习惯而变得黯然失色的位置，跟莫特马尔家族、斯图亚特家族或波旁家族聚在一起，并跟它们一起描绘出极为优雅和色彩多变的家谱。盖尔芒特这个姓氏，也接纳所有已经熄灭但复燃后变得更加明亮的美丽姓氏，我只要得知它跟这些姓氏有联系，就觉得它因此而再次得到诗意盎然的确认。在高傲的茎部的每个隆起部分，我最多能看到它开出鲜花，展现某个贤明国王或著名公主的形象，如亨利四世的父亲[①]或隆格维尔公爵夫人[②]。但由于这些面孔跟客人们的面孔不同，在我看来不带有庸俗的经验和平庸的社交生活的任何痕迹，仍呈现美丽的形象和变幻莫测的光彩，跟姓氏完全相配，而这些姓氏都有不同的色彩，每隔一段时间就要脱离盖尔芒特的家谱树，不会用任何不透明的异物去影响交替出现、五颜六色的半透明花蕾，这些花蕾如同画有耶西的古代彩画玻璃窗上耶稣的列代祖先，在这玻璃树的两边盛开[③]。

---

① 即安托万·德·波旁(1518—1562)，旺多姆公爵，1548 年娶纳瓦拉国王之女胡安娜·德·阿尔弗雷特(1528—1572)为妻，1555 年岳父去世后成为纳瓦拉国王。

② 即安娜·热纳维埃芙·德·波旁-孔代(1619—1679)，第四代孔代亲王即大孔代(1621—1686)的姐姐，1642 年嫁给亨利第二·德·奥尔良(1595—1663)即隆格维尔公爵。她主持著名文学沙龙，曾是《箴言集》作者拉罗什富科的情妇。曾参加投石党运动。晚年热衷于宗教和慈善事业。

③ 耶西树即耶稣的家谱树。耶西是大卫之父，伯利恒人。（参见《旧约·撒母耳记上》第十六章）《圣经》中四大先知之一以赛亚说："从耶西的本必发一条，从他根生的枝子必结果实。耶和华的灵必住在他身上，就是使他有智慧和聪明的灵，谋略和能力的灵，知识和敬畏耶和华的灵。[……]到那时，耶西的根立作万民的大旗。"（参见《旧约·以赛亚书》第十一章）耶稣的家谱在《新约·马太福音》第一章中作了陈述，被中世纪艺术家描绘成一棵大树，出自睡着的耶西的肚子，树干两边一层层为犹太国王，国王上面为圣母，圣母上面是耶稣基督，耶稣周围则有七只鸽子组成的光轮，表示圣灵的七种能力。

我已有好几次想要起身告辞，除了其他原因之外，主要是因为我的在场使这次聚会变得无关紧要，而我在很长一段时间里却把这种聚会想象得尽善尽美，不过，如果没有令人拘束的人在场，这次聚会也许会十分美好。我离开之后，就没有门外汉了，客人们至少能进行密谈。他们就可以举行秘密仪式，他们是为此才聚在一起，因为这聚会显然不是为了谈论弗朗斯·哈尔斯[①]或者吝惜，不是为了像资产阶级人士那样来谈论这些问题。大家只说些无足轻重的话，也许就因为我在场，我看到这些美女都被疏远，心里感到内疚，因为我在场的缘故，她们就无法在圣日耳曼区最珍贵的沙龙里过着该区的神秘生活。然而，我虽然时刻想要告辞，但德·盖尔芒特先生和夫人却表现出极大的牺牲精神让我留下，推迟我告辞的时间。更加奇怪的是，有好几位夫人来时迫不及待，欣喜若狂，她们服饰华丽，身上布满宝石，却因为我的过错，只是看到这里的聚会跟圣日耳曼区之外举办的聚会相差无几，这就像我们在巴尔贝克感到跟在我们眼睛看惯的城市里毫无区别那样，但这些夫人中有好几位在离开时不仅没有感到失望，仿佛她们理应如此，而且还热情地感谢德·盖尔芒特夫人让她们度过美妙的夜晚，仿佛我不在场的日子里情况也是如此。

这些夫人都精心打扮，并且不让资产阶级女士进入她们十分封闭的沙龙，是否真是因为这样的晚餐？是因为这次晚餐那样的晚餐？如果我不在也是这样？我一时间对此感到怀疑，但这种怀疑过于荒谬。我光靠常理就将其排除。另外，这怀疑我即使接受，自从贡布雷以来地位已如此低下的盖尔芒特这个姓氏，还会剩下些什么呢？

另外，这些花妞[②]会轻而易举地因另一人而感到满意，或者轻

---

① 参见本书第一卷第254页注②。

② 指《帕西发尔》第二幕中主导主题。参见本卷第440页注①。

易想让另一人满意,因为她们中不止一人,在整个晚上只跟我说过两三句话,我则因说的话愚蠢而感到脸红,但她们在离开客厅之前,非要来跟我说话,并用漂亮而又温柔的眼睛盯着我看,同时把胸部的兰花花环挺起,她们说非常高兴能认识我,并暗示要请我吃晚饭,说是要跟德·盖尔芒特夫人一起“确定日子”之后再“作出安排”。这些花卉般的夫人,无人在帕尔马公主之前离开。帕尔马公主还在——客人不应该在一位公主殿下之前离开——是公爵夫人坚持要我留下的两个原因之一,这两个原因我均未猜到。帕尔马公主刚站了起来,大家立刻如同得到解脱一般。夫人们都在公主面前行屈膝礼,公主则把她们一一扶起,并吻了她们,如同她们跪下来求她祝福一般,她们也由此获准去拿大衣并叫唤仆从。因此,门口如同在大声诵读法国历史上一个个显赫的姓氏。帕尔马公主怕德·盖尔芒特夫人着凉,不让夫人一直送她到门厅,于是公爵补充道:“好了,奥丽娅娜,既然夫人不让您送,您得要想想医生对您说过的话。”

“我觉得帕尔马公主**非常高兴**跟您共进晚餐。”我知道这种客套话。公爵为了跟我说这句话,从客厅的另一边走了过来,显得殷勤而又确信无疑,仿佛在给我颁发毕业文凭,或是像在请我吃花式糕点。我感到他此刻显得高兴,脸部的表情在顷刻间变得十分温柔,他对别人这样关心,在他看来将是他终身履行的义务,如同清闲的荣誉职务,你即使老态龙钟,也会继续担任。

我即将离开时,只见公主的女官回到客厅,她忘了拿走来自盖尔芒特的漂亮石竹,石竹是公爵夫人送给德·帕尔马夫人的。女官满脸通红,看来她是从人群中挤出一条路才过来的,因为公主虽说对大家和蔼可亲,却不能容忍女仆做出蠢事。因此,这女仆拿了石竹就跑,但为了保持毫不拘束和倔强的神色,她走到我面前时说道:“公主认为我迟到了,她想要走了,却又要石竹。天哪!我又不是小鸟,不能一下子飞到好几个地方。”

唉！不能在一位公主殿下之前起身告辞，并非是唯一的原因。我不能立刻就走，是因为还有另一个原因：这是因为有一种奢侈的享受，库弗瓦西埃家族成员并不知道，而盖尔芒特家族成员无论金玉满堂还是家道中落，都善于让自己的朋友得到享受，但这种享受并非只是物质享受，就像我经常跟罗贝尔·德·圣卢一起体验的那种，而且还有对美妙话语和亲切行为的享受，这种优雅的谈吐，由真正丰富的内心世界提供养料。但是，由于丰富的内心世界在悠闲的社交生活中无用武之地，就要在短暂的感情抒发中寻找出路，这种抒发忧虑重重，如来自德·盖尔芒特夫人，可能会被看成对人亲热。而她在抒发时，也体会到这种感情，因为她跟一位男友或女友在一起时，会感到一种陶醉，这种陶醉毫无肉欲的感觉，却如同音乐使某些人产生的陶醉；她有时会从自己的胸衣上取下一朵花或一个挂件送给一位客人，希望此人能多待一些时间，而同时又忧伤地感到，这样延长的时间只能用来进行无聊的谈话，不会有暂时的激动所产生的精神愉悦，这种谈话如同春寒乍暖，留下的却是疲乏和忧郁的印象。至于那位男友，可不能轻信许诺，这种许诺比他听到过的任何许诺都要动听，是这些女人的喜好，她们因强烈感到一时的温馨，就以常人所缺乏的敏感和高雅，把这一时刻变成优雅和善良的杰作，而在另一时刻来到之时，她们就没有任何情感可以抒发。她们的亲热因激情而产生，也随之消失；她们思想敏捷，你想要听到什么话她们都能猜到，并一一说给你听，因此，她们能在几天之后抓住你的笑柄，并作为笑料讲给她们的一个客人听，并跟这位客人共同品尝这种十分短暂的"瞬想曲[1]"。

在门厅，我请一个跟班把我的橡胶雪靴拿来，我把雪靴带来是预防下雪，这时已下了些雪，很快就变成泥泞，但我并未想到这雪靴不大好看，我见众人在轻蔑地微笑，心里感到羞愧，但看到德·

① 指舒伯特于1823年至1828年所作的六首短小钢琴曲。

帕尔马夫人尚未离去，看到我穿上这美国橡胶雪靴，无地自容的感觉油然而生。“哦！想得多好，”她大声说道，“真是实用！这人聪明。夫人，我们也要买这种鞋。”她对女官说，仆人们的讽刺立刻变成尊敬，客人们急忙把我团团围住，打听我是在何处找到这种美妙的鞋子。“穿上这双鞋，您就什么也不用怕，哪怕再下雪，哪怕要走远路；什么季节都管用。”公主对我说道。[①]“哦！在这方面，公主殿下可以放心，”女官神色狡黠地打断了话，“雪不会再下了。”[②]“您怎么知道，夫人？”善良的帕尔马公主尖刻地问道，她只有听到她女官的蠢话才会生气。[③]“我可以向公主殿下保证，雪不会再下了，不可能有下雪的物质条件。”[④]“为什么？”[⑤]“雪不会再下了，我们采取了必要的措施：撒了盐！”[⑥]这女官幼稚，并未发现公主在生气，其他人则暗自高兴，因为她非但没有闭嘴，而且不顾我再三否定跟朱里安·德·拉格拉维埃尔海军上将有亲戚关系，仍面带亲切的微笑对我说：“不过，这又有什么关系？先生的脚应该跟海员一样。龙生龙，凤生凤，没错。”

德·盖尔芒特先生送走帕尔马公主之后，拿了我的大衣对我说：“我来帮您钻进外套。”他使用这种词语，连笑也没笑，因为最为粗俗的词语，被盖尔芒特家族成员用来表示朴实，就变成贵族用语。

激奋因人为产生，其结果只能是忧伤，同样，我虽说跟德·盖尔芒特夫人完全不同，但在走出她的家门并乘上前往德·夏吕斯先生公馆的马车时，也有同样的感觉。我们可以沉湎于这两种力量中的一种：一种力量产生于我们自身，出自我们深刻的印象，另一种力量从外部来到我们身上。第一种力量自然带有愉悦，即人生所产生的愉悦。另一种力量试图把其他人的激动引入我们体内，并不带有愉悦；但是，我们可以通过反冲使它增添愉悦，但这是一种虚假的陶醉，很快就被它变成烦恼和忧伤，因此，许多社交界

---

①②③④⑤⑥ 法国七星丛书版后面另起一行。

人士都显得愁眉苦脸,他们往往烦躁不安,有时竟会自杀。然而,我在前往德·夏吕斯先生家的马车里,感到这第二种激奋,这种激奋跟我们因自己的印象而产生的激奋有很大区别,这后一种激奋,我曾在其他马车里感到:一次是在贡布雷,在佩尔斯皮埃大夫的马车上,我在夕阳下看到马丹维尔的两座钟楼[①];另一次是在巴尔贝克,有一天乘坐德·维尔帕里齐夫人的敞篷四轮马车,竭力想弄清一条林荫小道使我产生的模糊回忆[②]。但是,在这第三辆马车上,我在思想中看到的,是德·盖尔芒特夫人的晚宴上使我感到十分无聊的那些谈话,譬如说冯亲王关于德国皇帝、博塔将军和英国军队的话[③]。我刚把这些话置于我内心的立体镜中,一旦我们不再是我们自己,一旦我们拥有社交界的灵魂,从此不愿只是从其他人那里来讨取我们的生活,我们透过这立体镜,就能使他们说过的话和做过的事具有立体感。喝醉之人,对侍候过他的咖啡馆侍者温情脉脉,同样,我对自己的幸福赞叹不已,庆幸自己能跟此人共进晚餐,而他对威廉二世是如此了解,并讲了关于皇上的一些趣闻,使我觉得十分风趣,但在当时,我确实并未感到这种幸福。我用亲王的德国口音回忆起博塔将军的故事,就放声大笑,仿佛这笑声如同能增加内心赞赏的鼓掌,对这故事来说不可或缺,以表明故事确实滑稽可笑。在放大镜后面,即使是德·盖尔芒特夫人的那些看法,即使我当时觉得愚蠢(例如对弗兰斯·哈尔斯的画,必须在有轨电车上观看[④]),这时也变得极其生动而又深刻。我应该说,这种激奋即使迅速消失,也并非荒谬绝伦。我们会在有一天高兴地认识我们最瞧不起的一个人,因为此人正好跟我们喜欢的一个姑娘认识,可以把这个姑娘介绍给我们,因此对我们有用,使我们感

---

① 参见本书第一卷第178—181页。

② 参见本书第二卷第291页。

③ 参见本卷第552—553页。

④ 参见本卷第549页。

到可爱,而我们以前却认为他决不会有这些优点,同样,任何一句话或一个关系,我们都不能肯定它将来派不上任何用场。德·盖尔芒特夫人对我说,那些画即使从有轨电车上看也很有意思,这话并不正确,但却包含着部分真理,在后来对我十分珍贵。

同样,她对我引述的维克多·雨果的诗,应该承认是他焕然一新的时代以前的作品,在这个时代,他在演变中展现一种文学作品,这种作品,大家还感到陌生,却具有更为复杂的结构。在早期作品中,维克多·雨果还在思考,而不是像大自然那样仅仅让人思考。一些"想法",他当时用直截了当的形式表达出来,几乎是公爵所理解的这个词的意思,他认为前来盖尔芒特参加盛大晚会的来宾,都要在城堡的留言簿上签名后写上一句富有哲理和诗意的感想,是老一套的做法,而且碍手碍脚,就用恳求的口吻提醒新的来客:"签上大名,亲爱的,但别写想法!"然而,德·盖尔芒特夫人在维克多·雨果的早期作品中所喜爱的,正是他的这些"想法"(这些想法在《历代传说集》中几乎没有,如同瓦格纳第二阶段的作品中缺少"歌曲"和"旋律"[①]。但她并非完全错误。他这些想法令人感动,在这些想法周围,虽说形式上尚未达到后来的深度,众多词语以及丰富而又清晰的韵脚却已经如波涛般涌现,因此跟高乃依作品中的诗句截然不同,这些诗句中虽然包含着断断续续的浪漫主义,使我们十分感动,却未能深入到生命的物质根源,未能改变无意识的、可概括的机体,而思想则寄存于这种机体之中。

---

① 指瓦格纳使用乐剧理论的作品。他批评当时的歌剧是低劣的娱乐品,只能适应颓废社会的需要,提出歌剧应选择神话题材,因为神话代表了永恒真理。他认为未来的艺术应以古希腊悲剧为榜样,达到再次综合,成为理想的整体艺术,可称之为乐剧。他认为以往的"分曲"结构破坏了戏剧的连贯性,应取消宣叙调、咏叹调、合唱等固定套式的段落,代之以"无终旋律"。因此,他歌剧的声乐部分常用介乎于说与唱之间的"诵唱旋律",随剧情发展的需要自然地进入和消失,管弦乐则被提高到十分重要的地位。最能体现他乐剧理论的是《特里斯坦与依索尔德》,《尼伯龙根的指环》四联剧则是他的集大成之作。

因此，我在此之前只阅读雨果的后期诗集，看来并不正确。当然啰，他的早期诗作，只是德·盖尔芒特夫人用来点缀她谈话的少量材料。但恰恰是这样引用一个孤立的诗句，才使它的吸引力大大增加。而在这次晚宴时进入或再次进入我记忆中的那些诗句，也在使周围磁化，并以巨大的力量来吸引它们通常嵌入其中的诗集，因此，我那带电的双手，在四十八小时之后就无法抗拒这种力量，被那本汇集了《东方集》和《暮歌集》的书吸引了过去。我咒骂弗朗索瓦丝的那个跟班，因为他把我那本《秋叶集》送给了他的家乡，我立刻叫他去买一本。我从头到尾把这两本书重读一遍，在突然看到德·盖尔芒特夫人给我引述的诗句之后才平静下来，只见它们在被她照亮的亮光中等待着我。由于上述种种原因，跟公爵夫人的谈话就像她的知识，从城堡的书房里吸取，这书房古老，藏书不全，无法培养出一种智力，我们喜欢的书几乎全都没有，但有时能给我们提供某种珍贵的资料，甚至使我们看到我们不知道的一页优美文字，我们在以后也会高兴地想起，我们了解到这些事情，全靠一座漂亮的贵族住宅。于是，我们因找到巴尔扎克为《帕尔马修道院》写的序言或是儒贝尔尚未发表的一些书信，就企图夸大我们在那里所过的生活的价值，并会因一天晚上的这种意外收获而忘记这种生活的无聊和乏味①。

---

① 普鲁斯特把巴尔扎克为《帕尔马修道院》写的序言和儒贝尔的书信放在一起，是因为这些作品贬低文学，抬高一些次要的活动。但他在这里批评的不是巴尔扎克的序言，而是司汤达在《帕尔马修道院》前的“告读者”：“随后又来了几个人，我们待到很晚才散。议事司铎的侄子从佩特罗蒂咖啡馆叫来了味美可口的蛋黄酱。‘在我要去的地方，’我对朋友们说，‘我不会找到这样的咖啡馆，为了度过夜晚的漫长时间，我就来讲讲你们和蔼可亲的桑塞维利纳公爵夫人的故事。’”普鲁斯特对这些话感到气愤，因为他认为司汤达把文学看得比生活低下，而且比最为乏味的消遣还要低下，而情况恰恰相反，文学是生活的结果。对儒贝尔，普鲁斯特指责他企图用书信来取悦于人。关于巴尔扎克为《帕尔马修道院》写的序言，参见本书第二卷第 284 页注④。关于儒贝尔，参见本书第二卷第 302 页注③和本卷第 203 页注①。

从这个角度来看，虽说这个社交界在开始时并不符合我想象中的期待，因此首先使我感到惊讶的是它跟其他所有社交界的相同之处，而不是跟它们的区别，但它仍然逐渐使我感到它跟其他社交界有很大区别。大贵族几乎是唯一能像有些农民那样使我们获取知识的人；他们的谈话用土地、居住条件跟以前相同的住宅和古老风俗的种种情况作为点缀，而这些情况，金融界根本就不了解。假如毫无抱负的贵族最终跟上了他生活的时代的步伐，但他回忆起自己的童年时代，他的母亲、叔叔伯伯、姑婆姨婆就会使他跟一种现在几乎无人知晓的生活联系起来。德·盖尔芒特夫人如来到今天一位死者去世的房间，虽然不会指出，却会立即看出所有违反习俗之处。在一次葬礼上，她看到有些女人跟男人们待在一起，而不去参加应该由女人举行的特殊仪式，心里就不舒服。至于纱柩衣，布洛克肯定会认为用于葬礼，因为在报导葬礼时谈到执绋，但是，德·盖尔芒特先生却会想起，他在孩提时曾看到德·马伊-内勒先生结婚时新郎新娘头上罩有纱巾。圣卢曾卖掉他珍贵的“家谱树”，即布永家族成员以前的肖像以及路易十三的书信，以购买卡里埃①的绘画和现代风格家具，而德·盖尔芒特先生和夫人有一种情感，对艺术的热爱在其中的作用可能不大，他们也因此变得十分平庸，但他们保留着布尔②制作的美妙家具，这种家具对艺术家具有极大的整体魅力。一个文人听到他们谈话也会感到欣喜若狂，这谈话对他来说——因为饥饿者不需要另一饥饿者作伴——是一部活词典，能查到越来越被人遗忘的所有词语，如圣约瑟式领带，被许愿穿蓝衣的孩子③等等，这些词语只有甘当过去事物保管者的可爱的人们知道。一位作家在他们中间，要比在其他作家中

---

① 参见本书第二卷第 331 页注⑤。

② 即安德烈·夏尔·布尔(1642—1732)，法国细木工，制作贵重木器家具，上面镶嵌玳瑁、镀金铜饰、贝壳等，是路易十四时代风格盛期的代表作。

③ 即求圣母保佑的孩子，蓝色是象征圣母的颜色。

感到的乐趣大得多,但这种乐趣并非没有危险,因为他会认为过去的事物本身具有一种魅力,并会原封不动地把它们搬到他的作品之中,这样他的作品就成了死产儿,使人感到厌倦,而他为了自我安慰,就在心里这样想:“这漂亮是因为真实,这就是这样说的。”另外,在德·盖尔芒特夫人家进行的这些贵族的谈话,因使用纯正的法语而具有魅力。正因为如此,公爵夫人听到圣卢使用诸如“神奇的[①]”、“宇宙的”、“特尔斐的”、“极其卓越的”这些词,会理所当然地发笑,如同看到他从宾格[②]那里买来家具那样。

不管怎样,我在德·盖尔芒特夫人家听到的那些故事,虽说跟我待在英国山楂树前或品尝一只马德莱娜蛋糕时的感觉有很大区别,但对我来说却很新鲜。它们在一时间进入我的体内,但只是将我身体占有,可以说它们(从群体性格而不是从个体性格来说)是迫不及待地想要出去……[③]我在马车里焦躁不安,如同古希腊女占卜者。我等待再次应邀去吃晚饭,以成为X亲王或德·盖尔芒特夫人那样的人,并讲述这些故事。在此之前,这些故事使我嘴唇颤动,结结巴巴地说出,我的思想被离心力令人晕眩地带走,我徒劳地想将其收回。因此,我急切希望不要在马车里长时间承受它们的重负,同时又在大声说话,以掩饰无人谈话的窘境,我怀着这种心情按了德·夏吕斯先生的门铃,一个跟班让我进入一个客厅,我长时间自言自语,反复叙说我将要对他说的话,而不再去想他会对我说些什么,我就这样度过我待在这客厅里的全部时间,另外我过于焦躁不安,顾不得进行观察。我十分需要德·夏吕斯先生来听这些叙述,我也渴望讲给他听,但我感到极其失望,心想这家主

---

① 参见本卷第122页注①。

② 即西格弗里德(人称萨米埃尔)·宾格(1838—1905),法国收藏家。1888年至1891年出版《日本艺术》。他跟龚古尔兄弟一样,对日本和中国的艺术的喜爱起到促进作用,并在家具中引入现代风格。

③ 法国七星丛书版中前面是句号而不是省略号。

人也许已经睡觉，我得回家去慢慢消除我那狂热的说话欲望。我这时才发现，我已等了二十五分钟时间，我也许已被人遗忘在这客厅之中，我虽说等了这么长时间，却最多只能说出这客厅很大，墙壁暗绿，挂有几幅肖像。说话的需要不仅不让你听，而且不让你看，在这种情况下，对外界没有任何描写，就已经是对内心状况的一种描写。我想要走出客厅，以设法把人叫来，如果找不到人，就去找通往候见室的路，叫人给我开门，但我刚站起身来，在拼花地板上走了几步，一个贴身男仆神色忧虑地走了进来："男爵先生到现在还有约好的客人。"他对我说。"现在还有好几个人在等他。我尽力而为，请他接待先生，我已请人给秘书打了两次电话。"① "不，您不用麻烦了，我是跟男爵先生约好的，但现在时间已晚，他既然今晚没空，我就改天再来。"② "哦！不，请先生别走。"贴身男仆大声说道。"男爵先生会不高兴的。我再去试试。"③ 我想起我曾听到别人说起德·夏吕斯先生的仆人以及他们对主人的忠心耿耿。虽然不能说他跟孔蒂亲王④完全一样，既竭力取悦于仆人，又竭力取悦于大臣，但他却十分出色地把他要仆人做的小事变成他给予的一种恩宠，因此到了晚上，仆人们聚集在他周围，跟他保持一定距离，对他必恭必敬，他对他们环视后说："夸涅，蜡烛盘！"或者说："迪克雷，衬衣！"其他仆人退了出去，因嫉妒而喃喃抱怨，嫉妒刚才被主人看中的那个仆人。即使是上述两个仆人也都相互憎恨，都想夺取对方得到的恩宠，如男爵上楼较早，就以荒谬绝伦的借口上去给男爵做件事，希望在那天晚上能被指定去拿蜡烛盘或衬衣。如果男爵直接对一个仆人说了句跟差事无关的话，特别是冬天在花园里，他得知一个车夫感冒，就在十分钟后对他说："把帽子戴上"，其他仆人由于嫉妒，就会半个月不跟他说话，因为他受到了恩宠。⑤ 我

①②③⑤ 法国七星丛书版后面另起一行。

④ 指弗朗索瓦-路易·德·波旁（1664—1709）。

又等了十分钟，仆人先是叫我别等得太久，因为男爵先生感到疲劳，只好让人把几天前就已约好的好几位重要客人打发走，但后来却带我去见男爵。上演这场有关德·夏吕斯先生的戏，在我看来比他的盖尔芒特哥哥的朴实要低俗得多，但这时门已打开，我看到男爵身穿中国式便袍，脖子裸露，躺在长沙发上。我同时惊讶地看到，一顶“八道闪光”丝织大礼帽跟一件毛皮大衣一起放在一把椅子上，似乎男爵刚刚回家。贴身男仆退了出去。我以为德·夏吕斯先生会朝我迎上前来。而他却纹丝不动，用无情的目光盯着我看。我走到他近前，向他问好，但他没有把手伸给我，没有回答我，也没有请我坐在一把椅子上。我在片刻后问他，如同在问没有教养的医生，我是否必须继续站着。我这样问并无恶意，但德·夏吕斯先生生气而又冷淡的样子显得越发明显。不过，我当时并不知道，他在家里，在乡下，在夏吕斯城堡，因为非常喜欢模仿国王，就常常在晚饭后坐在吸烟室里的扶手椅上，让他的客人们站在他周围。他叫一个客人给他点火，请另一个客人抽雪茄，过了一会儿才说：“阿让古尔，请坐下，坐在一把椅子上，等等。”他非要他们多站一会儿，只是要向他们表明，准许他们坐下的是他。“您就坐在那把路易十四式的椅子上。”他对我回答道，神色专横，不如说是要我离他远点，而不是请我坐下。我在一把不远的扶手椅上坐了下来。“啊！您把这椅子称为路易十四式椅子！我看您真有知识。”他嘲笑地大声说道。我听了目瞪口呆，因此一动也没动，既不像我应该做的那样一走了之，也没有像他希望的那样坐到另一把椅子上。“先生，”他跟我说时，对每个词都进行斟酌，并在说出蛮横无理的词前，把辅音拖得很长，“我屈尊俯就，同意跟您谈话，是因为有人求情，但此人不希望我说出他的姓名，不过，这次谈话将为我们的关系画上句号。我不想瞒您，我曾希望有更好的结果；我对您说，我曾对您有过好感，这样说也许对这些词的含义有所歪曲，这是不应该的，即使对方不知道这些词的价值，即使只是出于自尊，也不应该这样。但我认为，‘善意’的意思如是最有效的保护，正是我心里的感觉，也是我想要做出的表示。我回巴黎之后，甚至在巴尔贝克之时，就已让您明白，您可以依靠于我。”但我记得，德·夏吕斯先生在巴尔贝克离开我时是如何失言[①]，就做出否定的手势。“怎么!”他大声说道，确实，他的脸气得发白，并在抽搐，跟平时的脸有天壤之别，如同暴风骤雨的早晨，你看不到大海平时的笑脸，而是看到它泡沫和唾沫形成的千条水蛇[②]，“您认为您没有收到我的信息？这几乎是一种表白，那就是要您记住我。我叫人给您送来的书，上面有什么装饰？”[③]“非常漂亮的饰有人像的交织花体字。”我对他说。[④]“啊!”他回答时显出轻蔑的样子，“年轻的法国人都对我们国家的杰作知之甚少。一个柏林青年如果不知道《女武神》，别人又会怎么说呢？另外，您这样就像睁眼瞎，因为那部杰作，您对我说看了两个小时。我看您对花体字的了解并不比对家具式样的了解更多；您不要为家具式样狡辩，”他叫道，声音极其气愤，“您甚至不知道自己坐在什么椅子上。您把屁股坐在督政府时期式样的炉边取暖矮椅上，而不是坐在路易十四式的安乐椅上。在这几天里，您会把德·维尔帕里齐夫人的膝盖当马桶坐，真不知道您会坐在上面干什么。同样，您甚至没有看出，贝戈特那本精装书的封面上有巴尔贝克教堂饰有**勿忘草**的过梁。这不是更清楚地对您说：‘勿忘我[⑤]!’”

我看着德·夏吕斯先生。当然啰，他那漂亮的脸虽说令人厌恶，却胜过他家里所有的人；他活像年老的阿波罗；但他那张乌鸦嘴里，仿佛即将吐出黄绿色的胆汁；说到智慧，我们无法否认，他见

---

① 参见本书第二卷第344—345页。

② 法国七星丛书版中，“确实，他的脸气得发白……”直至“……而是看到它泡沫和唾沫形成的千条水蛇”置于括号之中。

③④ 法国七星丛书版后面另起一行。

⑤ “勿忘我”是勿忘草的俗称。

多识广，了解许多事情，而盖尔芒特公爵却永远无法知道。但是，他不管用什么美丽的辞藻来粉饰他的种种仇恨，即使有时因自尊心受到伤害，有时因爱情受挫，或是因为怀恨在心，有施虐淫，想戏弄别人，想法固执，我们都可以感到，这个人是会杀人的，并会用有逻辑性的漂亮言辞证明他杀得对，虽然如此，他的才智还是比他哥哥、嫂嫂等人要高得多。[①]"就像在委拉斯开兹的《长矛轻骑兵》[②]中，"他继续说道，"胜利者朝最卑贱者走去，任何高贵者都应该这样，因为我什么都有，您却一无所有，我就先朝您走几步。而您却对此做出愚蠢的回答，这种行为是否高尚，不应该由我来说。但我并未让自己气馁。我们的宗教劝人要有耐心。我希望我对您的耐心会得到您的感谢，并对可以被认为失礼的言行只是报以微笑，即使您对比您高超百倍的人失礼；但是，先生，这些事现在已不用再谈。我考验过您，这种考验，当今最杰出的人士风趣地称之为过于热情的考验，并理所当然地宣称是最可怕的考验，只有这种考验才能区分良莠。您没有经受住考验，我只会对您稍加指责，因为能经受这种考验的人凤毛麟角。不过，我认为这是从我们将在这世上进行的最后一次谈话中得出的结论，我至少希望不要受到您的恶语中伤。"[③]我一直没有想到，德·夏吕斯先生感到气愤，是因为有人对他说我说了他的坏话；我凭记忆进行回顾，我没有对任何人谈起过他。是某个恶人编造了这种坏话。我对德·夏吕斯先生断言，我丝毫没有说过关于他的话。"我觉得我对德·盖尔芒特夫人说我跟您有联系，不可能使您感到生气。"他露出轻蔑的微笑，

---

①③ 法国七星丛书版后面另起一行。

② 委拉斯开兹请参见本书第二卷第331页注⑥。《长矛轻骑兵》又名《布雷达的受降》，画于1635年。这幅画用于装饰马德里雷蒂罗宫的一个客厅，表现出统帅西班牙军队的热那亚将军阿姆布罗焦·斯皮诺拉，在1625年长期围攻尼德兰城市布雷达之后，从拿骚的尤斯廷手里接过布雷达城的钥匙。该画现藏马德里普拉多博物馆。

把声音提高到最高音域，慢慢地发出极为傲慢的最高音：①"哦！先生，"他说时以极其缓慢的速度恢复了自然的语调，仿佛对这种奇特的下行音阶感到乐不可支，"我觉得您责备自己说过我们'有联系'，是在跟您自己过不去。一个人会轻易把奇彭代尔②的家具看作洛可可式的椅子，我并不指望此人说话会准确无误，不过，我并不认为，"他补充道，他那温柔的声音越来越带有讥讽的味道，他嘴唇上因此显出迷人的微笑，"我并不认为您说过或认为我们**有联系**！至于您吹嘘有人把您**介绍**给我，曾**跟我谈话**，对我有所**了解**，并且几乎不用再三请求就获准将在有朝一日**受我保护**，我反倒觉得您这样说理所当然而又聪明。我们之间年龄悬殊，因此我的看法十分准确，不会令人发笑，那就是这种**介绍**，这些**谈话**，这种刚开始的模糊**联系**，对您来说是一种荣誉，这话当然不该由我来说，但至少对您有好处，我觉得您傻，不是因为您把这种好处说给别人听，而是因为您未能将其保住。我甚至要补充一点，"他说时突然在片刻间一改气愤而又高傲的口吻，而使用极其忧伤的温柔语调，使我感到他仿佛将要哭了出来，"那就是您对我在巴黎时对您提出的建议不作答复，这使我感到难以置信，因为我觉得您很有教养，又出身于良好的**资产阶级**家庭（说到这个形容词时，他的声音才略带不礼貌的嘘声），但我却天真地相信那些从未有过的差错，以为是信件丢失、地址写错。我承认自己过于天真，但圣波拿文都拉情愿相信牛会偷窃，而不相信他的兄弟会撒谎③。总之，一切都

---

① 法国七星丛书版后面另起一行。

② 即托马斯·奇彭代尔（1718—1779），英国家具设计师。他设计的奇彭代尔式家具发展了路易十五时代的洛可可式风格，并借鉴火焰哥特式和中国式的风格。

③ 圣波拿文都拉原名焦万尼·迪·菲丹扎（1221—1274），基督教神学家，人称方济各会博士。生于意大利。1235 年入巴黎大学，1243 年获文学硕士学位，加入方济各会。1256 年任方济各会会长，1260 年重新拟订方济各会章程，调和会内两派矛盾，保持该会统一。因助教皇格列高利十世当选，1273 年被任命为意大利境内阿尔巴诺枢

已结束，您对此事不感兴趣，那就不必再谈。我只是感到，您应该会（这时他声音里确实是在抽泣）给我写信，即使只是出于对我这种年龄的尊重。我曾为您设想出极其迷人的前景，但我并未对您说出。您不知道此事就加以拒绝，这是您的事情。但正如我对您所说，还是可以**写信**。我要是处于您的地位，即使处于我的地位，我也会写信。正因为如此，我更喜欢处于我的地位，而不是处于您的地位，我说正因为如此，是因为我认为人人地位平等，我更喜欢聪明的工人，而不是许多公爵。但我可以说我更喜欢自己的地位，因为您所做的事，我在相当漫长的一生中，我知道自己从未做过。（他脑袋转到阴暗之处，我无法看出他眼睛里是否流出泪水，而他的声音使人有这样的看法。）我刚才对您说，我朝您走了一百步，但结果却使您倒退二百步。现在，让我来远离您，我们将视同陌路。我不会记住您的名字，但会记住您这个例子，以便在有朝一日，我企图相信人们有善心和礼貌，或者只是聪明，不愿错过转瞬即逝的机会，到那时我会想起，我把这些人看得过高了。不，您说过您认识我，当时确实如此——因为现在已不是这样——我只能认为这是理所当然的事，并把这话看作一种敬意，也就是看作愉快的事情。不过，可惜的是，您在别处和其他场合，却说出完全不同的话。”[①]“先生，我对您发誓，我从未说过任何冒犯您的话。”[②]“谁

机主教。1274年在第二次里昂会议上，在整顿教会、调和地方神职人员与各修会的矛盾方面起到重要作用。著有《彼得·朗巴德〈教父名言集〉注疏》、《灵魂走向上帝的路程》、《耶稣生平沉思录》、《圣方济各传》等。但是，夏吕斯引用的故事，并非出自圣波拿文都拉，而是出自他同时代的神学家、人称天使博士的托马斯·阿奎那（1228—1274），而且故事中不是牛，而是骡。托马斯当时还是初学修士，有一天，他的一个同学说看到一头骡在云中偷窃，他抬头观看，引起哄堂大笑。但他回答说，他情愿相信骡子会偷窃，也不愿相信一个教徒会撒谎，即使只是想开开玩笑。

①② 法国七星丛书版后面另起一行。

对您说我因此而受到冒犯?”他气愤地大声说道,说时突然在长沙发上挺直身子,而在此之前,他一直纹丝不动,这时,他脸上肌肉抽搐,如同口吐白沫的灰蛇在上面游动,他的声音时而尖厉时而低沉,活像震耳欲聋的暴风骤雨。(他平时说话就铿锵有力,在外面说时会使陌生行人回头观看,这时他用的力气增加百倍,就像**强**的乐曲,不是用钢琴演奏,而是用管弦乐队演奏,变成了**很强**,德·夏吕斯先生此刻是在吼叫。)“您以为自己有能力冒犯我? 您难道不知道是在跟谁说话? 您那些厮混在一起的朋友,你们五百个小娃娃,您以为他们吐出的毒汁能吐到我高贵的脚趾上?”[①]我起先想让德·夏吕斯先生相信,我从未说过他的坏话,也从未听到有人说他坏话,但从这时起,我感到怒不可遏,我觉得他说出这些话,只是因为他自命不凡。这种骄傲,至少是说出这些话的部分原因。其他原因几乎都出自一种感情,是什么感情我当时还不知道,因此,我没有把它考虑进去并非我的过错。即使我不知道这种陌生感情,但如果想起德·盖尔芒特夫人说的话,我至少会在骄傲这个原因之外,再加上有点精神错乱的原因。但在此时此刻,我甚至没有想到精神错乱。在我看来,他只是骄傲,而我只是气愤。这种气愤(当时,德·夏吕斯先生不再吼叫,以谈论他高贵的脚趾,不但装出威严的样子,而且还撇着嘴,对那些亵渎他的小人感到恶心),可说是怒不可遏。我十分冲动,想要击打什么东西,但我头脑还有点清醒,觉得应该尊敬比我年长许多的长辈,他周围的德国瓷器,因有艺术价值而不能毁坏,我于是朝男爵那顶崭新的大礼帽冲了过去,把它扔到地上,用脚踩踏,拼命想把它撕成碎片,我把帽子夹里扯下,把帽冠撕成两半,对德·夏吕斯先生继续大喊大叫不加理睬,我穿过房间准备出去,并把门打开。我感到十分惊讶的是,门的两边站着两个跟班,只见他们慢慢离去,仿佛是因办事路过这

① 法国七星丛书版后面另起一行。

里。（我从那时起知道他们的名字，一个叫比尼埃，另一个叫夏梅尔。）我一刻也没有受骗上当，并未相信他们似乎在用无精打采的步伐对我作出的解释。这种解释难以置信；另外三种解释更无法使我相信；一是男爵接待客人时，有时需要帮助，以抵御客人（那是为什么？），因此他认为需要在近处设救助岗。二是他们好奇，就在外面偷听，没想到我会这么快出来。三是德·夏吕斯先生对我大发脾气，是事先排演好的一场戏，他叫他们来偷叫，是因为他喜欢这场戏，而这场戏再加上 nunc erudimini[①]（现在该受管教）这句话，也许人人都能从中得益。

我发怒并未使男爵息怒，我走出房间显然使他十分痛苦，他叫唤我，让人叫我回去，最后，他忘了在片刻之前，他在谈论他“高贵的脚趾”之时，以为让我见识了他那神明般的形象，这时他拔腿就跑，在门厅把我追到，在门口挡住我的去路。“好了，”他对我说，“别耍小孩子脾气了，再进来待一会儿；爱得深，责得严嘛，这是因为我非常喜欢您。”我怒气已消，对“责”字并未计较，就跟着男爵进去，而男爵的自尊心也已消失，他叫一个跟班把撕碎的帽子拿走，再拿一顶来替换。[②]“您要是愿意告诉我，先生，是谁在阴险地对我诬蔑，”我对德·夏吕斯先生说，“我就留下来听，并戳穿这个骗子的谎话。”[③]“是谁？您难道还不知道？您难道不记得自己说过的话？您以为把这种事告诉我以便为我效劳的人，不会先要我保守秘密？您以为我会违背我许下的诺言？”[④]“先生，您不能把此事告诉我？”我问道，并最后一次想回忆起（却一个人也想不起来）我跟谁谈起过德·夏吕斯先生。[⑤]“您没有听到我已答应对告发者

① 引自拉丁文通俗《圣经·诗篇》卷一第二篇第十节，原文为：Et nunc, reges, intelligite: erudimini, qui judicatis terram.（现在你们君王应当省悟，你们世上的审判官该受管教。）法国作家博絮埃在《英国王后、法兰西的亨利埃特诔辞》中对这句话作了评论，认为他人的经验对每个人都有用处。

②③④⑤ 法国七星丛书版后面另起一行。

保守秘密?”他用令人难受的声音对我说道。“我看您不仅喜欢说卑鄙无耻的话,还喜欢徒劳无益地坚持己见。您至少应该聪明一点,利用这最后一次谈话,不要再说这种毫无意义的话。”[①]“先生,”我在离开时回答道,“您是在侮辱我,我势单力薄,因为您年龄比我大好几倍,双方并非旗鼓相当,另一方面,我无法说服您,我对您发过誓,我什么也没有说过。”[②]“那么,是我在撒谎!”他大声说道,声音可怕,并使劲一跳,跳到离我两步远的地方。[③]“有人欺骗您。”[④]于是,他的声音变得温柔、热情而又忧郁,如同在交响乐中,各个乐曲之间不中断地连续演奏,第一个乐曲如雷鸣一般,紧接着却是优雅的谐谑曲,亲切而又纯朴。“这种可能性很大。”他对我说道。“一般说,一句话复述后,难免要变样。这是您的过错,您没有利用我所提供的来看我的机会,没有用坦率的日常谈话来取得信任,从而采取唯一有效的预防措施,来否定把您说成叛徒的话。这话不管是真是假,都已使人相信。我已无法消除这话对我产生的印象。我甚至不能说‘爱得深,责得严’,因为我已对您严加责备,但我不再喜欢您。”他一面说这些话,一面迫使我坐下,并摇了铃。另一个跟班走了进来。“去拿点饮料来,并叫人把四轮双座马车套好。”我说我不口渴,并说时间已晚,我自己有车。“您的车钱也许已经付了,马车也给打发走了,”他对我说,“这事您就别操心了。我叫人套车是要送您回去……您要是担心时间太晚……我可以让您住在这儿一个房间里……”我说这样我母亲会担心的。“啊!不错,这话不管是真是假,都已使人相信。我的好感产生得太早,花就开得太早;这就像您在巴尔贝克时用诗一般的语言跟我谈起的那几棵苹果树,无法抵挡初寒的袭击。”即使德·夏吕斯先生的好感并未消失,他也只能如此行事,因为他虽然对我说我们已闹翻,却还是要我留下,请我喝饮料,并请我在他家过夜,

---

①②③④ 法国七星丛书版后面另起一行。

要派车送我回去。他仿佛害怕跟我分离的时刻到来，害怕独自一人待着，这种害怕有点焦虑的味道，我觉得在一小时前，他那盖尔芒特家的嫂嫂和堂妹也曾有过这种害怕，当时她非要我再待一会儿，对我也有一种暂时的兴趣，也竭力让我多留一分钟时间。[①]“可惜的是，”他接着说道，“我没有这种本领，不能让残花重开。我对您的好感已经死亡。任何东西都无法使其复活。我觉得，我完全可以承认，我对此感到遗憾。我总是感到自己有点像维克多·雨果笔下的波阿斯：‘我是鳏夫，我很孤独，黄昏已降临我身上[②]。’”

我跟他一起再次穿过暗绿色大客厅。我顺便对他说，我觉得这客厅十分漂亮。“是吗？”他对我回答道。“得要有喜欢的东西。细木护墙板是巴加尔[③]的作品。您看，这好就好在跟博韦[④]的坐具和蜗形脚桌子相配。您看，护墙板跟这些家具的装饰图案相同。这样的住宅现在只剩下两所：卢浮宫和德·伊尼斯达尔先生的房屋[⑤]。但是，我想住到这条街上之后，自然就立刻出现了希梅的一个旧公馆[⑥]，以前从未有人见过，因为是特地为**我**才在这里出现。总之，不错。也许可以搞得更好，不过这样已经不错。不是吗？有

---

① 法国七星丛书后面另起一行。

② 引自雨果《历代传说集》中的诗《沉睡的波阿斯》第54行。

③ 参见本书第二卷第300页注⑤。

④ 参见本书第一卷第206页注①。

⑤ 1917年，吕西安·都德有时住在伊尼斯达尔伯爵和伯爵夫人在巴黎的住宅。该住宅位于瓦雷纳街60号，原为普拉特公馆，1728年由贝尔纳·迪·普拉特的遗孀夏洛特·德·布尔古安建造。建筑物临街的正面和其中三个客厅被列为历史建筑。

⑥ 希梅公馆位于马拉凯滨河街15—17号，是拉巴齐尼埃尔家或布永家的旧公馆，1640年由芒萨尔建造，夏尔·勒布伦和勒诺特尔负责装潢。1884年，卡拉芒-希梅亲王把这座公馆卖给国家，被用作美术学校校址。

漂亮的东西:我祖辈的兄弟波兰国王和英国国王的肖像,是米尼亚尔①的作品。可我在跟您说什么呀,您对此跟我一样清楚,因为您刚才是在这个客厅里等候。不清楚?那您是被带到蓝厅里了。”他说时既像因我不感兴趣而显得蛮横无礼,又像因没有问我在何处等待而显出他特有的高傲。“瞧,这个小房间是放帽子的,有伊丽莎白小姐②、朗巴尔王妃和王后③戴过的所有帽子。您对此不感兴趣,您仿佛没有看到。也许您的视觉神经有点毛病。如果您对这种美更感兴趣,这就是透纳④的一幅彩虹,开始在两幅伦勃朗之间发光,是我们重归于好的征兆。请听:贝多芬来跟他相聚。”确实,这时响起《田园交响曲》第三乐章前几个和弦,即“暴风雨后的欢乐⑤”,可能由几位乐师在离我们不远的二楼演奏。我幼稚地问:演奏这个乐曲是因为何种巧合?那些乐师又是什么人?“啊!没人知道。永远没人知道。这是看不见的乐队。很好听,对吗?”他对我说时语气略显放肆,却使人想起有点像斯万的口气。“但您毫不在乎,就像鱼见到苹果。您想回家,就情愿对贝多芬和我不敬。您这是在对自己进行审判和定罪。”他见我离去的时刻已到,

---

① 即皮埃尔·米尼亚尔(1612—1695),法国画家。曾在罗马居住二十余年,学习肖像画艺术,人称罗马人米尼亚尔,以区别其哥哥,即人称阿维尼翁的米尼亚尔的尼古拉·米尼亚尔。回法国后,因为路易十四画像成功而得宠于宫廷,曾为路易十四画过十幅肖像。与夏尔·勒布朗公开争宠,勒布朗于1690年去世后接替其一切职务,任国王首席画师,并出任法国王家绘画雕塑学院院长。以宫廷人物肖像和宗教题材画著称。

② 法国七星丛书版为:伊丽莎白夫人。

③ 她们被称为三位高贵牺牲品。伊丽莎白小姐(1764—1794)是路易十六的姐姐,法国大革命时在断头台上被处决;马利亚-泰蕾莎·德·萨瓦-卡里尼昂(1749—1792)即朗巴尔王妃,在1792年九月屠杀时被杀死;王后即路易十六的王后玛丽-安托瓦内特(1755—1793)。

④ 参见本书第一卷第41页注⑤。

⑤ 《田园交响曲》是贝多芬作于1806—1808年的F大调第六交响曲,编号68,“暴风雨后的欢乐”应为该交响曲第五乐章即最后一个乐章,标题全文为:“牧羊人之歌;暴风雨后的欢乐和感恩的心情”。

就亲热而又忧伤地补充道。“请您原谅我不能尽我的义务送您回家。”他对我说。“我既然不想再见到您,再跟您一起度过五分钟的时间,我也不会在乎。但我累了,我还有许多事要做。”然而,他见夜景漂亮,就说道:“啊!不,我要上车。月色真美,我把您送回家后,再到林园去观赏。怎么,您不知道如何刮胡子,甚至晚上到外面去吃晚饭时,嘴边还留着几根毛。”他对我说时用两个手指夹住我的下巴,这两个手指如同被磁力吸住,在犹豫片刻之前,一直上移到我耳朵,就像理发师的手指。“啊!要是能跟您这样的人一起,在林园观赏这‘蓝色月光①’,该有多好。”他对我说时,神色突然变得温柔,但仿佛不是故意显出,然后又显得忧伤:“因为您还是讨人喜欢,您可以比任何人都讨人喜欢。”他补充道,一面像父亲那样摸摸我的肩膀。“我应该说,以前我曾认为您微不足道。”我当时应该想到,他对我的看法依然如此。我只要想起,在半小时前,他对我说话还怒气冲冲。尽管如此,我觉得他此刻是真诚的,感到他善良的心战胜了过于敏感和骄傲,即在我看来近于疯狂的精神状态。马车就停在我们前面,他还在继续说话。“好吧,”他突然说道,“请上车,五分钟后,我们就到您家了。到那时我再跟您说声晚安,我们之间也就一刀两断。这样更好,既然我们要永远分手,我们就像音乐里那样,在完美的和弦中分开。”虽说他再三郑重宣称我们不再见面,但我还是可以肯定,德·夏吕斯先生对立刻被我忘却感到烦恼,也怕我难受,因此即使再次跟我见面也不会生气。我并没有看错,因为他在片刻之后说:“哎呀!我忘了重要的事。为纪念您外婆,我叫人给您精装了塞维尼夫人书简的一个珍本。这样,这次见面就不会是最后一次。我们只要想到,复杂的事一天就解决的情况十分罕见,就会感到安慰。您看,维也

① “蓝色月光照在地平线上”,是雨果《静观集》中《泰蕾丝家的节日》的最后一行诗。

纳会议开了多少时间[1]。”[2]“但是,这书我可以叫人去找,不用麻烦您。”我客气地说道。[3]“住口,小傻瓜,”他气愤地回答道,“您别显出这种怪样子,把有幸受到我的接待(我现在不能肯定,也许由我贴身男仆把书交给您)看作小事一桩。”他立刻镇静下来:“我不希望说了这些话就离开您。不要不协和和弦,在永恒休止之前,要属和弦[4]。”他看来是害怕说了刻薄话吵架之后会马上再发脾气。“您不想到林园去,”他对我说时用的不是疑问语气,而是肯定语气,我感到不是因为他不想请我去,而是因为他有自尊心,怕遭到拒绝。“那好吧,”他仍然拖长声音对我说,“正如惠斯勒所说,现在是市民们回家的时候(他也许想用自尊心来激怒我),也是应该开始观赏的时候[5]。但您甚至不知道谁是惠斯勒。”我改变话题,问他耶拿王妃是否聪明。德·夏吕斯先生没让我说下去,并用我从未听到他用过的极其轻蔑的语气说道:[6]“啊! 先生,您指的是

---

① 维也纳会议是拿破仑帝国瓦解后召开的国际会议,于1814年9月至1815年6月召开。英、俄、普、奥四国操纵会议,环绕波兰和萨克森问题展开激烈斗争,法国代表塔列朗则巧妙利用矛盾为本国谋利。1815年1月3日,英、法、奥秘密签订反对俄国和普鲁士的《维也纳条约》。3月20日拿破仑在法国登陆后,会议一度中断,后于1815年6月9日签署了总协议,表现了大国重新瓜分欧洲的野心。

②③⑥ 法国七星丛书版后面另起一行。

④ 大调或小调音阶的第五级音是属音。例如B调(大调或小调)的属音是升F,建立在这个音上的和弦即是属和弦。

⑤ 夏吕斯想到的看来是惠斯勒在1888年发表的题为《十点钟》(*Ten o' clock*)的小册子,法国诗人马拉美于同年将其译成法文,发表在《独立评论》上。1890年,惠斯勒将其收入文章和书信集《树敌的高雅艺术》。蒙泰斯鸠著有研究惠斯勒的专著,把该书送给普鲁斯特,普鲁斯特又于1904年转送给玛丽·诺德林格。一年之后,玛丽把一本英文版的《十点钟》送给普鲁斯特。小册子中描写夜晚的段落如下:“这时,夜晚的轻雾如同薄纱,给河岸穿上富有诗意的外衣,可怜的建筑物消失在阴暗的天空之中,高高的烟囱变成钟楼,商店在夜里如同宫殿,整个城市犹如悬在空中——仙境呈现在我们面前——行人急忙回家,他们是劳动者和思想者;聪明人和寻欢作乐者因不再看到,就无法理解,而大自然这次偶然没唱得走调,在为唯一一位艺术家唱一首美妙的歌,这艺术家是它儿子和主人,是儿子因为他喜欢它,是主人因为他了解它。”

跟我毫无关系的一种分类法。在塔希提可能有一种贵族[1]，但我承认，我对他们并不了解。您说的姓氏，说来也怪，几天前曾在我耳边听到过。有人问我，是否愿意屈尊俯就，让他把年轻的瓜斯塔拉公爵介绍给我。这个要求使我感到惊讶，因为瓜斯塔拉公爵[2]并不需要请人把他介绍给我，因为他是我的表弟，早就跟我认识；他是帕尔马公主的儿子，我这个亲戚是教养良好的青年，每年元旦都会来看我。但是，我了解情况后得知，这不是我的亲戚，而是您感兴趣的一个女人的儿子。由于这个姓的王妃并不存在，据我猜测，这是个穷苦女人，睡在耶拿桥下[3]，别出心裁地使用耶拿王妃的爵位，如同有人说的巴蒂尼奥尔之豹[4]或钢铁大王[5]。但事实并非如此，她是个富婆，我曾在一个展览会上欣赏到她一些非常漂亮的家具，这些家具跟主人的姓氏相比，好就好在不是赝品。至于所谓的瓜斯塔拉公爵，想必是我秘书的证券经纪人[6]，用金钱可以买到许多东西。不对，看来是皇帝以此取乐，给这些人授予不能授予的爵位。这也许是权力、无知或胡闹的证明，我尤其感到，这是他对那些看人脸色行事的爵位窃取者的一种恶作剧。不过，我无法对您把这些事都说得一清二楚，我精通的只是圣日耳曼区的事，库

---

① 塔希提王族的事，在十九世纪众所周知。波马雷女王于1836年驱逐法国传教士，但在法国海军司令的胁迫下，于1842年被迫接受法国保护。她于1877年去世后，她儿子波马雷五世继位，但于1880年放弃王位，塔希提就此成为法国殖民地。

② 关于瓜斯塔拉公爵的爵位，请参见本卷第542页注⑤。

③ 夏吕斯对第一帝国时期的新贵族，跟奥丽娅娜一样十分蔑视。她在谈起耶拿家的人时说，“其姓氏是一桥名”（参见本书第一卷第338页）。

④ 这是一家俱乐部的名称，1880年左右由无政府主义者创建，会员在巴蒂尼奥尔街区的莱维街聚会。

⑤ 指安德烈·卡内基（1835—1919），美国钢铁企业家，曾经营铁路、石油，1873年开始专搞炼钢，属白手起家的企业家，被称为钢铁大王。1901年他的公司并入美国钢铁公司，他退休后从事慈善事业。

⑥ 普鲁斯特在1908年和1910年曾求助于一个名叫居斯塔夫·瓜斯塔拉的证券经纪人。

弗瓦西埃家族成员和加拉东家族成员，如果您能找人给您引见，您就会在他们之中发现一些凶恶的老人，仿佛特地从巴尔扎克的作品中挑选出来，会使您感到有趣。当然啰，这些都跟盖尔芒特王妃的声誉毫无关系，不过，没有我帮忙，没有我'芝麻开门'的秘诀，王妃府的大门是进不去的。"[①]"先生，盖尔芒特王妃的公馆，确实非常漂亮。"[②]"哦！不是非常漂亮，而是最为漂亮，不过还是没有王妃漂亮。"[③]"盖尔芒特王妃比盖尔芒特公爵夫人漂亮？"[④]"哦！这是无法比的。（必须指出的是，社交界人士只要有点想象力，就会根据他们的好恶来抬高或贬低那些地位似乎最为牢固并固定不变的人。）盖尔芒特公爵夫人（他不称她为奥丽娅娜，也许是为了把她和我的距离拉大）非常讨人喜欢，比您想象的要高雅得多。但她跟她的堂弟妇却无法类比。她的堂弟妇就像是中央菜市场的商贩所想象的梅特涅王妃[⑤]，但梅特涅王妃认为使瓦格纳名扬天下的是她，因为她认识维克多·莫雷尔[⑥]。盖尔芒特王妃认识瓦格纳本人，或者不如说她母亲认识，这可是一种声誉，这女人漂亮得如同天仙。只要看看以斯帖的花园[⑦]！"[⑧]"这些花园能否参观？"[⑨]"不能，得要受到邀请，但她家从不邀请**任何人**，除非由我出面请求。"但他在抛出这种帮忙的诱饵之后又立刻收回，并把手伸给我，因为已到了我家。"我的任务完成，先生；我只是再说几句。以后也许有一天，有人会对您表示好感，就像我所做的那样。希望现在这个例子能对您有所教益。请别忽视这个例子。别人的好感总是珍贵。生活中有的事，是单枪匹马无法做成的，因为有些事情，你不能求得，也无法自己去做、去想、去学，但可以由几个人一

---

①②③④⑧⑨　法国七星丛书版后面另起一行。

⑤　参见本书第二卷第 50 页注②。

⑥　维克多·莫雷尔（1848—1923），法国著名男中音歌唱家，曾在伦敦（而不是在巴黎）演唱瓦格纳的歌剧。

⑦　参见拉辛《以斯帖》第三幕第一场："这里就是以斯帖的美妙花园。"

起做成，不需要像巴尔扎克的小说中那样要有十三人[①]，也不需要像《三个火枪手》中那样要有四人。再见。”

他想必很累，不想去赏月，因为他请我告诉车夫回家。他突然做了个手势，仿佛想要改口。但我已转达他的吩咐，我不想再耽搁时间，就去按了门铃，不再去想我要给德·夏吕斯先生讲述德国皇帝和博塔将军的故事，这些故事刚才还不断在我脑中萦绕，但他的接待出人意料，又令人震惊，这些故事因此离我而去，消失得一干二净。

我回到家里，看到我书桌上有一封信，是弗朗索瓦丝的年轻跟班写给一个朋友的，放在那里忘了拿走。我母亲离家之后，他就变得肆无忌惮；但我更加肆无忌惮，竟看了这封没放进信封的信，只见信纸摊开，仿佛在请我阅读，这是我偷看的唯一借口[②]。

“亲爱的朋友和表兄：

我希望你身体一向健康，也希望你的小家庭也是如此，特别希望我的教子约瑟夫身体健康，我还没有看到过他，但因为他是我教子，跟你们所有人相比，我更加喜欢他，这些心灵遗物也蒙上尘土，这圣物人手不可触及[③]。另外，亲爱的朋友和表兄，谁对你说，你和你亲爱的妻子即我的表嫂玛丽，明天不会被扔入海底，就像被绑

---

① 指巴尔扎克的小说《十三人故事》，由《费拉居斯》、《朗热公爵夫人》和《金眼女郎》这三部中篇小说组成。该书描写以费拉居斯为首的十三人集团，这伙人是衣冠楚楚、戴着米黄色手套的上流社会摩登强盗，凌驾于国家和法律之上，不承认任何道德原则或社会法规，只服从于某种激情或利益的需要。其中《金眼女郎》涉及女子同性恋这一题材。

② 下面这封信借鉴于普鲁斯特家厨娘费莉西·菲托的侄子罗贝尔·于尔里克收到他情妇的一封信。普鲁斯特曾于1907年在写给雷纳多·哈恩的信中引述她书信的片断。

③ 引自缪塞《十月之夜》第208—209行。参见本卷第519页注①。

在大桅杆顶上的水手[①]，因为这种生活只是阴暗山谷[②]。亲爱的朋友，必须告诉你，我做的主要事情，我相信你会感到惊讶，是读诗，我喜欢诗歌，并以此为乐，因为总得消磨时间。因此，亲爱的朋友，我还没有给你最近寄来的一封信写回信，你也不要感到过于惊讶，无法原谅，那你就渐渐遗忘[③]。你已经知道，夫人的母亲已在无法描述的痛苦中去世，这痛苦使她感到相当疲劳，因为她看过三个医生。葬礼那天很好，因为先生的朋友都来了，来的人很多，还有好几位部长。走到公墓用了两个多小时，要是在你们村里，你们都会看得目瞪口呆，因为米许大妈的葬礼肯定不会这样隆重。因此，我的一生只会是长时间的抽噎。我刚学会骑摩托车，我常常骑摩托车消遣，非常开心。我亲爱的朋友，我要是骑着摩托车飞快地到达埃科尔，你们会说些什么呢？但在这点上，我再也不能沉默[④]，因为我感到，沉湎于不幸之中，就会失去理智[⑤]。我常常遇到盖尔芒特公爵夫人以及其他一些人，在我们这种孤陋寡闻的地方，你从未听到过这些人的名字。因此，我会很高兴寄上拉辛、维克多·雨果的书，以及谢纳多雷[⑥]、阿尔弗雷德·缪塞的选集，因为我希望我

① 参见雨果《街道和树林之歌》(1827)："昆虫停在一株草顶上，/如同水手在大桅杆上。"(第95—96行)

② 阴暗山谷是浪漫主义诗歌中常用的词语。如拉马丁《沉思集》中的《小谷》："这就是阴暗山谷中狭窄小道。"(第5行)又如缪塞的《五月之夜》："山谷幽冥无光，/似有模糊的身影/在森林那边浮荡。"(第7行)

③ 引自缪塞《十月之夜》："无法原谅，那你就渐渐遗忘，/我们熄灭的情感应该安眠，/如同逝者安息在大地的怀抱。"(第205—207行)

④ 引自缪塞《五月之夜》："操起琴！操起你的琴！我再也不能沉默！"(第124行)

⑤ 引自缪塞《诗歌新集》中《致德·拉马丁先生》第126行。

⑥ 即夏尔-朱利安·利乌尔·德·谢纳多雷(1769—1833)，法国诗人。是夏多布里昂的弟子。他的诗集《人的天才》(1807)宣告浪漫主义的诞生。

出生的地方[1]能消除无知，而无知必然会导致犯罪。我看没什么事要对你说了，我就像厌倦了长途旅行的鹈鹕[2]，向你以及你的妻子、我的教子和你的妹妹罗丝致以亲切的问候。但愿大家不要谈论她：罗丝是玫瑰，她过的是玫瑰的生活[3]，就像维克多·雨果、阿维尔的十四行诗[4]和阿尔弗雷德·缪塞所说的那样，正因为如此，这些伟大的天才都像贞德那样被放在柴堆上烧死。希望很快能收到你的回信，请接受我兄弟般的吻。

佩里戈(约瑟夫·)[5]”

我们对我们有点陌生的生活都感到兴趣，对最后会破灭的幻想也感到兴趣。虽然如此，德·夏吕斯先生神秘莫测的话，使我把盖尔芒特王妃想象成跟我认识的人不同的非同寻常的人物，但他的话却无法解释我的惊讶以及随之产生的担心，即担心有人要恶作剧戏弄我，想让我在没有受到邀请的情况下就来到一个公馆的门口却无法进去，我惊讶和担心，是我在公爵夫人家吃晚饭后又过了两个月左右的时间，当时公爵夫人正在戛纳，我打开了一只看上去十分平常的信封，看到一张请柬上印有下列文字：“盖尔芒特王

---

① 这是法国歌曲作者弗雷德里克·贝拉(1801—1855)的民歌《我的诺曼底》的副歌：“等我的缪斯热情消失/唱完情歌之后，/我就回去看看我的诺曼底，/我出生的地方。”

② 参见缪塞的《五月之夜》：“当鹈鹕厌倦了长途旅行，/在夜雾中返回芦苇之中，/它饥饿的孩子在岸边迅跑，/远远看见它朝水面扑击。”(第153—156行)

③ 参见法国诗人弗朗索瓦·德·马雷伯《安慰失女之痛的普罗旺斯地区艾克斯的贵族杜·佩里埃先生》(1599)：“但她所在的世界，美好的事物/都命运悲惨；/而她是玫瑰，她过的是玫瑰的生活，/在一个早晨的时间。”

④ 费利克斯·阿维尔(1806—1850)的名字在后世被记住，只是因为他的一首伤感的十四行诗，该诗收入他的诗集《我失去的时间》(1833)，首行为：“我生活有其秘密，我灵魂有其神秘。”

⑤ 这封信，法国七星丛书版中用斜体，弗拉马里翁出版社的版本中用正体。

妃,原为巴伐利亚女公爵,于某月某日[1]在家恭候。”从社交界的观点来看,受到盖尔芒特王妃的邀请,也许并不比在公爵夫人家吃晚饭更加困难,我对纹章学知之不多,却知道亲王的封号并不高于公爵的爵位。然后,我心里在想,一位社交界女士的聪明,不可能像德·夏吕斯先生认为的那样,跟其他社交界女士的聪明在本质上有很大区别。但是,我的想象力就像埃尔斯蒂尔那样,在表现一种透视效果时,没有考虑到他不可能具有的物理概念,给我描绘出的并非是我已知的事物,而是想象力看到的事物,而想象力看到的事物,则是姓氏向它展现的事物。然而,即使我不认识公爵夫人,盖尔芒特这个姓氏前加上王妃的封号,也总是会向我展现截然不同的事物,如同一个音符、一种颜色或一个数量,发生深刻变化是因为周围的价值标准,是因为对它有影响的数学或美学“符号”。有了这个封号,这个姓氏就能在路易十三和路易十四时期的回忆录中找到,就能在英国宫廷、苏格兰王后和奥马尔公爵夫人的回忆录中找到;于是,我把盖尔芒特王妃府想象成隆格维尔公爵夫人和大孔代[2]经常出入的府邸,有这两位常客在,我就几乎没有可能进入王妃府的大门。

德·夏吕斯先生跟我说的许多事情,对我的想象力如同猛抽一鞭,使它忘记盖尔芒特公爵夫人家的现实情况如何使它大失所望(人名如此,地名也是如此),并使它转向奥丽娅娜的堂弟妇。另外,德·夏吕斯先生使我在一时间对想象中的社交界人士的价值和种类有错误的看法,只是因为他在这方面的看法也并不正确。这也许是因为他无所事事,不写作也不画画,连读书也不认真,并未进行深入研究。但是,他的才智比社交界人士要高好几级,即使

---

① 普鲁斯特在手稿上曾写:4 月 2 日。

② 即路易第二·德·孔代,人称大孔代(1621—1686),是隆格维尔公爵夫人的弟弟。参见本卷第 573 页注②。

他把他们和他们的表演作为他谈话的内容,他们也无法听懂。他像艺术家那样说话,最多只能说出社交界人士的虚假魅力。但是,如果只是为艺术家说出这种魅力,他可以对艺术家起到的作用,如同驯鹿对爱斯基摩人①的作用;这种珍贵的动物在荒芜的岩石上为他们挖出地衣和苔藓,而他们却不能发现这些植物,也不会加以利用,这些植物被驯鹿消化之后,却变成北极居民可吸收的食物。

此外,我还要作一补充,那就是德·夏吕斯先生对社交界所描绘的这些图画显得生气勃勃,是因为他既有刻骨仇恨又有真挚好感。仇恨尤其针对青年,而爱慕则主要因某些女人而产生。

在这些女人中,盖尔芒特王妃被德·夏吕斯先生置于至高无上的宝座之上,他关于他的堂弟妇居住的"高不可攀的阿拉丁宫殿"的神秘莫测的谈话,并不能解释我当时的惊讶。

所有这些人虽说被人为地放大,虽说是用各种主观看法来看待他们,他们仍然存在着某种客观的真实性,因此他们之间存在着区别。

另外,怎么可能不是这样呢?我们经常来往的那些人,跟我们所梦想的几乎没有相同之处,却跟我们在一些名人回忆录和书信中看到的描写以及我们希望了解的形象完全相同。跟我们共进晚餐的微不足道的老人,却出现在一本叙述七〇年战争②的书上,我们曾激动地读到他写给腓特烈-查理亲王③的那封充满豪情的书信。我们吃晚饭时感到无聊,是因为想象不在,而因为有想象做

① 爱斯基摩人(意为:生食者)是因纽特人(意为:人)的旧称,是北极地区土著。主要从事狩猎,辅以捕鱼和驯鹿。以猎物为主要生活来源,以肉为食,毛皮为衣。

② 指1870—1871年的普法战争。

③ 腓特烈-查理(1828—1885),普鲁士亲王。普鲁士亲王查理的长子,威廉一世皇帝的侄子。自幼立志从军。1864年在抗击丹麦人的战争中显示才能。在普法战争期间,他指挥第二军团,连战皆捷,攻陷梅斯后晋升为陆军元帅。最后他攻取奥尔良,使法军全线崩溃。

伴，我们看一本书会兴致勃勃。但涉及的却是同样的人。我们想要认识大力保护艺术的蓬巴杜夫人①，但我们待在她身边也会感到无聊，如同待在现代的伊吉丽亚②身边一样，她们平庸无奇，使我们无法决定是否要回到她们身边。虽然如此，这些区别依然存在。人与人之间的态度并非完全相同，他们对待我们，即使同样友好，也会显得不同，而这种差别，却最终起到补偿作用。我认识德·蒙莫朗西夫人时，她喜欢跟我说一些不愉快的事，但如果我需要帮助，她就会毫不吝啬地动用她拥有的一切影响力，使我得到有效的帮助。而要是换了别人，如德·盖尔芒特夫人，就决不会让我感到难受，谈起我时，只会说让我高兴的话，对我客气得无以复加，这种客气构成了盖尔芒特家族丰富的精神生活，但如果我要请她帮个小忙，她决不会移动寸步来满足我的要求，就像在一些城堡中，你可以使用汽车和叫唤男仆，却无法得到一杯苹果酒，原因是事先并未为聚会作这种安排。德·蒙莫朗西夫人很喜欢让我难受，但随时准备给我帮忙，而德·盖尔芒特夫人决不愿意让我有一点不高兴，却不会做出任何努力来为我效力，她们二人中哪个才是我真正的朋友？另外，有人说盖尔芒特公爵夫人只说些无聊的话，她的堂弟妇虽说才智极其平常，说的话却总是有趣。才智的形式五花八门，又截然不同，不仅在文学上这样，而且在社交界也是如此，因此，只有波德莱尔和梅里美才有权彼此蔑视③。这些特点使人人都形成一种观察、说话和行动的体系，这种体系十分严密而又

---

① 参见本书第一卷第141页注①。

② 伊吉丽亚是罗马传说中的仙女，曾以预言指示罗马第二代王努马·庞皮利乌斯。

③ 其实，波德莱尔对梅里美十分欣赏，把他跟画家德拉克洛瓦相提并论。1866年，波德莱尔患失语症，好几位作家写了请愿书呈交国民教育部长，签名的有泰奥多尔·德·邦维尔、勒孔特·德·利尔、戈比内和梅里美。梅里美还写了下面的话："我在此无须说出我对他的作品和文学才能的赞赏。我要补充一点，那就是我一直喜欢他善良和纯真的性格。"

专横，因此我们跟他们在一起时，我们就觉得这种体系要比其他东西高超。至于德·盖尔芒特夫人，她说的话被推断为她那种才智的一条定理，在我看来这些话只应该这样说。而我其实同意她的看法，如果她对我说，德·蒙莫朗西夫人十分愚蠢，会接受她不理解的一切事物，或是公爵夫人得知她干了一件坏事，就对我说："这就是您所说的善良女人，这就是我所说的恶人。"然而，我们面前的现实是这样严酷，而灯光又是如此明显，像普通的往事那样已经遥远的曙光变得黯然失色，但当我远离德·盖尔芒特夫人之时，严酷的现实和明显的灯光都已消失，这时，一个不同的女人跟我平起平坐，她认为公爵夫人比我们低贱得多，并对我说："实际上，奥丽娅娜对任何事和任何人都不感兴趣"，甚至说（如果德·盖尔芒特夫人在场，这样说显然难以令人相信，因为她本人说的截然不同）："奥丽娅娜故作风雅。"任何数学都不能使我们把德·阿帕雄夫人和德·蒙庞西埃夫人换算成同质的量，而如果有人问我，她们中哪一位更加高超，我就无法回答这个问题。

然而，在盖尔芒特王妃的沙龙的种种特点之中，通常被提到的特点是它有某种排他性，这部分是因为王妃出身王族，尤其是亲王的贵族偏见几乎像化石那样顽固不化，对这种偏见，公爵和公爵夫人决不会错过在我面前冷嘲热讽的良机，因此，我觉得亲王更加不可能会邀请我，他看重的只有亲王和公爵，每次吃晚饭时都要发一通脾气，因为他在餐桌上不是坐在他在路易十四时期有权坐的座位上，由于他对历史和家谱学极其精通，这个座位在哪里只有他一人知道。正因为如此，许多社交界人士在看待公爵和公爵夫人跟他们的堂弟和堂弟妇之间的差别时，偏向于公爵和公爵夫人。"公爵和公爵夫人要摩登得多，聪明得多，他们不像其他人那样，只关心祖先的人数，他们的沙龙要比他们堂弟的沙龙先进三百年。"这就是大家常说的话，我现在回想起来，一面看着请柬，不由微微颤抖，因为这请柬很可能是由一个想要愚弄我的人寄来的。

如果盖尔芒特公爵和公爵夫人没去戛纳，我就可以从他们那里得知，我接到的邀请是否属实。我此刻的怀疑，并非像我一时间以此为荣的那样，是一位社交界人士不会有的感觉，因此，一位作家即使属于社交界人士，也应该把这种感觉用文字表达出来，以做到十分“客观”，并把每个阶级描写得各不相同。我最近确实在一本出色的回忆录中看到犹豫不决的描写，我在收到王妃的请柬时就有类似感觉。“乔治和我（或者是埃利和我，我手头没有这本书，无从核实）热切希望被德莱塞夫人①的沙龙所接纳，我们收到她的请柬，觉得应该谨慎行事，就各自去核实，是否有人跟我们开愚人节般的玩笑。”然而，叙述者正是奥松维尔伯爵②（就是布罗伊公爵的女婿③），而另一人“同时”去弄清是否有人要愚弄他，伯爵称此人为乔治或埃利，这两位都是奥松维尔伯爵形影不离的朋友，一个是德·阿尔古先生④，另一个是夏莱亲王⑤。

盖尔芒特王妃府举办晚会那天，我得知公爵和公爵夫人已在前一天返回巴黎。他们回来不是因为王妃的舞会，而是因为他们的一个表兄身患重病，另外，公爵很想参加那天夜里举办的化装舞

---

① 即瓦朗蒂娜·德·拉博德（1806—1894），1824 年嫁给加布里埃尔·德莱塞，丈夫曾任巴黎警察局长（1836—1848）。她曾是作家梅里美、马克西姆·杜康和政治家、作家夏尔·德·雷米扎的情妇。福楼拜在《情感教育》中用当布勒兹夫人来描绘她的形象。

② 即约瑟夫-奥特南-贝尔纳·德·克莱龙，奥松维尔伯爵（1809—1884），法国外交家、政治家，法兰西语文学院院士，所著回忆录题名为《我的青年时代》（1814—1830）。

③ 1836 年，奥松维尔伯爵娶神圣罗马帝国公主路易丝-阿尔贝蒂娜·德·布罗伊（1818—1882）为妻。他妻子是莱翁斯-维克多·德·布罗伊公爵（1785—1870）的女儿，是斯塔尔夫人的外孙女。她用笔名罗贝尔·埃梅写过专著。普鲁斯特认识她儿子奥特南·德·奥松维尔。

④ 即乔治·特雷沃·杜格拉·贝尔纳，阿尔古侯爵（1808—1883），法国外交家，曾任贵族院议员。他女儿嫁给奥松维尔伯爵的儿子。

⑤ 即埃利·路易·罗杰·德·塔列朗-佩里戈尔（1809—1889），是佩里戈尔公爵、夏莱亲王和西班牙最高贵族。

会，公爵要化装为路易十一，他妻子化装为伊莎博·德·巴伐利亚[①]。我决定上午去看望公爵夫人。但他们很早就出去了，这时还没有回来；我先是在一个小房间里窥探，觉得这是良好的瞭望室，能看到马车进来。其实，我这个观察室选择得非常不好，在这里几乎看不到我们的院子，但我看到了其他几个院子，虽说对我毫无用处，却使我在一时间得到消遣。这种观察点，能同时看到好几幢对画家有吸引力的房屋，并非只是在威尼斯才有，在巴黎同样存在。我说威尼斯不是事出偶然。巴黎的某些贫穷街区，会使人想起威尼斯的贫穷街区，在这些街区，喇叭口般的高大烟囱，在早晨被太阳照成艳丽的粉红色和浅淡的红色，宛如房屋上鲜花盛开的花园，其花卉的色调丰富多彩，如同代尔夫特或哈勒姆的郁金香爱好者在城市上面开设的空中花园。另外，同一个院子里的一幢幢房屋，窗户相对，距离很近，每个窗户如同画框，在有的画框里，一个厨娘看着地面遐想，较远处，一个姑娘让一个老妇给她梳头，老妇的脸在阴暗之处，几乎无法看到，就像巫婆；这样，每个院子使房屋的居民都无法听到对面邻居的声音，而只能通过关闭的长方形玻璃窗看到无声的动作，因此就给房屋的居民同时展示出一百幅荷兰绘画作品[②]。当然啰，在盖尔芒特公馆里，不能看到同样的景色，但能看到有趣的景色，特别是从我所在的奇特的三角观察点，目光可以毫无阻挡地一直看到远处的高地，这高地相当空旷，前面是建在斜坡上的锡利斯特拉[③]王妃和普拉萨克[④]侯爵夫人的公馆，

---

① 伊莎博·德·巴伐利亚（1371—1435），法国王后。1385 年嫁给法王查理六世。查理六世患间歇性疯癫病之后，她领导摄政委员会。她先支持阿马尼亚克党，后转而支持跟英国勾结的勃艮第党。1420 年与英国签订《特鲁瓦条约》，规定查理六世有生之年继续在位，但承认英王亨利五世为其合法继承人。

② 上面这段关于威尼斯的烟囱、代尔夫特或哈勒姆的郁金香等的文字，将几乎原封不动地出现在《阿尔贝蒂娜失踪》里。

③ 参加本卷第 392 页注①。

④ 普拉萨克是法国夏朗德省市镇，位于昂古莱姆西南部 30 公里处。

她们是德·盖尔芒特先生的表姐妹，十分高贵，我不认识。在这个公馆（这是她们的父亲德·布雷基尼先生的公馆）前面，只有一些不大高的建筑群，朝向各异，并未挡住视线，但延长了它们斜面的距离。弗雷古侯爵的车库上面，建有红瓦墙角塔，塔的尖顶更高，却又很细，不会挡住视线，使人想起漂亮的瑞士古建筑，孤单地耸立在山脚之下。眼睛看到的所有这些模糊而又分散的点，使德·普拉萨克夫人的公馆显得更为遥远，仿佛跟我们之间相隔好几条街道，或是有众多山梁，其实离我们很近，只是因为有阿尔卑斯山般的景色才产生显得遥远的幻觉。她公馆的宽大方窗，在日光下如同水晶片一般，令人眼花缭乱，窗户因收拾房间全都打开，你看着各层楼上一个个无法辨认的跟班在拍打地毯，就会感到十分愉快，如同在透纳或埃尔斯蒂尔的一幅风景画上，在圣戈特哈德山的各个高度都看到一位乘驿车的旅客或一个向导[①]。但是，我在这个"观景点"，很有可能看不到德·盖尔芒特先生或夫人回来，因此到了下午，我有空再次窥探时，就只是站在楼梯上，在那里，能通过车辆的大门打开时我不会看不到，所以我就待在楼梯上，虽然看不到布雷基尼和特雷姆的公馆像阿尔卑斯山那样的美景，也看不到因距离远而变得极其微小的跟班在打扫房间时使这一美景变得十分迷人。然而，在楼梯上等待的结果，对我来说却非常重要，它使我看到的并非是一幅透纳的风景画，而是一种十分重要的道德景观，因此，此事还是等片刻之后再来叙说为好，现在先来说说我得知盖尔芒特夫妇回来之后对他们拜访的情况。公爵独自在书房里接待我。我进去时，正好有一男子出来，此人矮小，满头白发，样子可怜，系一条黑色小领带，就是贡布雷的公证人和我外公的好几

① 圣戈特哈德山位于瑞士阿尔卑斯山脉地区，最高为罗通多峰，海拔 3 197 米。透纳于 1802 年以《圣戈特哈德山和勃朗峰》为题画过一本速写簿。他于 1819 年画过一幅水墨画，题为《圣戈特哈德山魔鬼桥》，桥上有一些人物。展现驿车的是另一幅画，背景为意大利和瑞士之间的施普吕根山口。

位朋友系的那种，但他比他们更加腼腆，他对我必恭必敬地施礼，要等我走过去后才肯下楼。公爵在书房里对他大声叫嚷，但我没有听懂，而此人则再次对着墙壁施礼，因为公爵看不到他，但他还是没完没了地鞠躬，这就像有些人在你打电话时微笑一样毫无用处；他用假嗓子说话，再次像商人那样谦卑地对我施礼。他可能是贡布雷的一个商人，因为土里土气，衣着老派，为人温和，像是那里的小人物和卑微的老人。[①]“您待一会儿就能见到奥丽娅娜。”公爵见我进来就对我说。“斯万待一会儿要来，把他研究马耳他骑士团钱币的论著校样拿给她看，更糟糕的是，还要送来一张展现那些钱币正反面的大照片，因此奥丽娅娜觉得还是先穿好衣服为好，以便能跟斯万一起待到我们出去吃晚饭的时候。我们家的东西已经多得碍手碍脚，不知该放在哪里为好，我心里在想，我们该把这张照片塞到哪里去。但我的妻子对别人太好，太喜欢让别人高兴。她觉得这样做好，要请斯万把骑士团所有大团长的像章并排放在一起让她看看，他是在罗得岛[②]找到那些像章的。我刚才对您说马耳他，那是罗得岛，但都是耶路撒冷圣约翰医院骑士团[③]。实际上，她对这事感兴趣，只是因为斯万在从事这方面的研究。我们的家族跟这段历史始终关系密切，即使在今天，我弟弟，就是您认识

---

① 法国七星丛书版后面另起一行。

② 罗得岛是爱琴海上希腊岛屿。.

③ 耶路撒冷圣约翰医院骑士团是十二世纪初建立的天主教军事宗教组织。起源于由意大利本笃会在耶路撒冷施洗约翰教堂附近建立的为朝圣者进行治疗和服务的医院。第一次十字军东征时经教皇批准仿效圣殿骑士团正式组团，奉施洗约翰为主保，既治病也打仗，并在欧洲许多国家分设机构。1187 年被伊斯兰教徒逐出耶路撒冷。1309 年购得罗得岛，在岛上办医院并统治该岛，成为东地中海地区一个海上独立强国。1523 年奥斯曼帝国占领罗得岛。1530 年，神圣罗马帝国皇帝查理五世将马耳他岛赐予骑士团。骑士团多次挫败奥斯曼帝国的进攻，扩大海军，开办先进医院，团的事业进入鼎盛时期。拿破仑占领马耳他岛后，骑士团失去领土，但仍在世界各地进行医疗和人道主义活动。

的那个，还是马耳他骑士团[①]的一个显贵。我要是把这些事说给奥丽娅娜听，她会连听都不想听。但是，只是斯万去研究圣殿骑士团（因为狂热地爱好一种信仰的人们，不可能去研究其他人的信仰），从而关注罗得岛的骑士即圣殿骑士[②]的继承者的历史，奥丽娅娜就想马上看看这些骑士的头像。他们跟两位姓吕齐尼昂的塞浦路斯国王相比，只是一些男孩，而我们是这两位国王的直系后裔[③]。但在此之前，斯万对他们一直没去研究，因此奥丽娅娜对吕齐尼昂家族的情况丝毫不感兴趣。”我不能立刻对公爵说出我来访的目的。确实，有些亲戚朋友，如德·锡利斯特拉夫人和蒙罗斯公爵夫人，前来看望往往在晚饭后会客的公爵夫人，见她没下来，就跟公爵一起待一会儿。第一个来的夫人（锡利斯特拉王妃）穿着简朴，身材清瘦，但样子和蔼，手拿一根拐杖。我先是怕她受了伤或有残疾。与此相反，她十分敏捷。她伤心地跟公爵谈起他的一个表兄——这个人不是盖尔芒特那边的人，但如果是，则会更加显赫——此人身患重病已有一段时间，最近病情突然恶化。公爵虽然对表兄的情况表示同情，还反复地说：“可怜的玛玛！他可是

---

① 1798年拿破仑占领马耳他岛，该岛于1800年被英国占领，马耳他骑士团移居罗马。教皇庇护七世修改了骑士团的章程，1880年利奥十三世把罗马阿文蒂诺山上的隐修院赐予该团。

② 圣殿骑士团是天主教军事宗教组织。第一次十字军东征，攻克耶路撒冷后建立耶路撒冷拉丁王国。建国初期，十字军控制的据点不多，朝拜圣地的信徒常受穆斯林军队困扰。1119年初，帕扬等法兰西骑士组成团体，保卫耶路撒冷拉丁王国和朝圣者。耶路撒冷拉丁王国国王鲍德温二世将犹太教圣殿范围内王宫院落的一部分划给他们，骑士团由此得名。他们遵行本笃教规则，组织严密，着白袍，佩红十字，迅速发展成强大的军事力量。由于抢掠、帝王贵族捐赠和利用教皇给予的特权，积聚了大量财富，生活奢侈，引起一些国王和修会的不满。法国国王腓力四世指控他们为异端，迫使教皇克雷芒五世于1311年下令取缔圣殿骑士团。他们的财产由耶路撒冷圣约翰医院骑士团继承。

③ 吕齐尼昂家族，参见本卷第5页注①。该家族创始人 Mélusine（梅露茜娜），据有些词源学家说，源于 Mère Lusignan（吕齐尼昂大妈）。

多好的汉子”，却显然对病情有乐观的判断。确实，公爵对即将出席晚宴感到高兴，盖尔芒特王妃府的盛大晚会也不会使他扫兴，但尤其是他要在凌晨一点跟妻子一起去吃热闹的夜宵并参加化装舞会，为此，他化装成路易十一和公爵夫人化装成伊莎博·德·巴伐利亚的服装已经准备就绪。公爵不希望用阿玛尼安·德·奥斯蒙[1]的病痛来打扰他这些娱乐活动。另两位拿拐杖的夫人是德·普拉萨克夫人和德·特雷姆夫人，她们都是布雷基尼伯爵的女儿，在其后来看望巴赞，并说他表兄玛玛的病情已毫无指望。公爵耸了耸肩，为改变话题，就问她们，晚上是否到玛丽-吉尔贝家里去。她们回答说不去，是因为阿玛尼安已气息奄奄，她们甚至决定不去参加公爵即将出席的晚宴，并向他列举晚宴的客人，如狄奥多西国王的弟弟、西班牙公主玛丽-孔塞普西翁等人。由于奥斯蒙侯爵跟她们的亲戚关系没有侯爵跟巴赞的关系那样亲近，她们不参加晚宴的这种“变卦”，在公爵看来是在间接谴责他的行为，他就显得不大热情。因此，虽然她们从布雷基尼公馆所在的高山上下来看望公爵夫人（或者不如说是告诉她，他们的表兄命在旦夕，作为亲戚就不应该再去参加社交界聚会），她们待了一会儿就走了，瓦尔皮热和多萝泰（这是两姐妹的名字）拿着登山手杖，从通往她们山顶的陡峭山路回去。我从未问过盖尔芒特夫妇，这种拐杖在圣日耳曼区部分人中经常使用，意味着什么。她们也许把整个教区看成自己的领地，又不喜欢乘出租马车，就长距离行走，但因过多打猎或从马上摔下来过而往往有老伤，或者只是因为左岸和老城堡里潮湿而患有风湿病，所以走长路就非得要用拐杖。也许她们就在这个街区，并非要走得如此之远。她们只是下山来到自己的花园（离公爵夫人的花园并不远），采些水果去做果酱，在回家前来

① 暗指德·布瓦涅夫人《回忆录》，这回忆录是为她的侄子雷尼尔夫·德·奥斯蒙伯爵撰写，普鲁斯特的父母常常跟伯爵共进晚餐，而普鲁斯特则认识伯爵之子。

跟德·盖尔芒特夫人道个晚安,但不会把整枝剪刀或喷水壶带来。公爵见我在他回来的那天就去看望他,显出感动的样子。但当我告诉他,我是来问他妻子,她的堂弟妇是否真的邀请了我,他的脸顿时沉了下来。我请求的帮忙,是德·盖尔芒特先生和夫人不喜欢帮的一种忙。公爵对我说,现在已为时过晚,并说如果王妃没有发给我请柬,他要是去问,就像是在为我去讨请柬,以前有一次,他的堂弟和堂弟妇就曾拒绝过他的这种请求,因此他不再愿意直接或间接过问他们的邀请名单,不愿再"干涉内政",另外,他甚至不知道,他和妻子在外面吃完晚饭后是否立刻回家,如果是这样,他们不去参加王妃的晚会又有充分理由的最好办法,就是不让她知道他们已回到巴黎,要不是这样,他们肯定会马上派人给她送封信或打个电话,把我的事告诉她,但肯定已时间太晚,因为不管怎么说,王妃的邀请名单肯定已经完全确定而无法增加。"您跟她的关系没问题吧。"他对我说时显出怀疑的样子,盖尔芒特夫妇总是怕自己不知道最近闹矛盾的事,怕有人想背着他们重归于好。最后,由于公爵总是把不大讨人喜欢的决定都算在自己头上,就突然对我说,仿佛他突然想出了一个主意:"啊,亲爱的,我甚至完全不想告诉奥丽娅娜,您对我说过这事。您知道她十分热心,又非常喜欢您,不管我对她怎么说,她都会派人给堂弟妇送信,即使晚饭后她累了,由于没有借口,她就只好去参加晚会。不,不行,我什么也不能告诉她。另外,您待一会儿就要见到她。对这件事,什么也别说,我求您了。如果您决定去参加晚会,我无须对您说,我们会十分高兴地跟您共度夜晚。"人情的理由过于神圣,有人向你提出,你就只好同意,不管你认为这种理由是否真有道理;我不想使人感到我在受到邀请和会使德·盖尔芒特夫人疲劳这两者之间作出选择时会有片刻的犹豫,就答应不对她说出我来访的目的,仿佛我真的被德·盖尔芒特先生对我演出的小小喜剧所蒙骗。我问公爵,他是否认为我有可能在王妃府看到德·斯泰马里亚小姐。[1]"决不可能，"他对我说时显出行家的神色，"我知道您说的姓氏，在各个俱乐部的年鉴上都可看到，到吉尔贝家去的不是这种人。您在那里只会看到一些极其文雅、十分乏味的人，会见到一些公爵夫人，大家原以为她们的爵位已无人继承，是因为当时的情况才重新出现，各国大使都会在场，会有许多科堡家族成员和外国王妃、公主，但您连斯泰马里亚的影子也别想见到。您只要提到这个姓氏，吉尔贝就会浑身不舒服。"[2]

"啊，您喜欢绘画，我得给您看一幅美妙的画，是我从堂弟那里买来的，部分款项用埃尔斯蒂尔的一些画来抵偿，他的画我们确实不喜欢。我堂弟卖给我的画，说是菲利普·德·尚帕涅[3]的画作，但我觉得作者比他还要伟大。您想知道我的看法？我认为是委拉斯开兹[4]的作品，而且是在他创作盛期画的。"公爵对我说时两眼直盯着我，想要了解我的印象，或是想加深我的印象。这时，一个跟班走了进来。[5]"公爵夫人请问公爵先生，是否愿意接见斯万先生，因为公爵夫人尚未准备就绪。"[6]"去请斯万先生进来。"公爵说时看了看表，觉得去更衣前还有几分钟空余时间。"是我妻子叫他来的，她当然没有准备好。不必在斯万面前谈起玛丽-吉尔贝的晚会。"公爵对我说。"我不知道他是否接到邀请。吉尔贝很喜欢他，因为他认为他是贝里公爵私生子的儿子，这事说来话长。（如果不是这样，您想想！我堂弟只要看到百米外有个犹太人，就会猛扑过去。）但是，现在德雷福斯案件的情况更加严重，斯万应

---

①⑤⑥ 法国七星丛书版后面另起一行。

② 法国七星丛书版后面接排，不另起一行。

③ 尚帕涅(1602—1674)，法国巴洛克风格画家。原籍佛兰德斯。以肖像画和宗教画著称。给路易十三、黎塞留等画过肖像。代表作《还愿画》，纪念他在波尔-罗雅尔隐修院的女儿卡特琳奇迹般康复。

④ 参见本书第二卷第331页注⑥。

该知道，他比其他人更应该要跟那些人一刀两断，然而恰恰相反，他说的话叫人恼火。”[1]公爵把跟班叫回来，以了解他派到表兄德·奥斯蒙家去的跟班是否已经回来。确实，公爵的计划如下：如果他看法正确，他表兄即将断气，他派人去打听消息就一定要在表兄去世之前，也就是在必须服丧之前。一旦正式得知阿玛尼安还活着，他就获得自由，可以去参加晚宴、亲王的晚会和化装舞会，他将在舞会上化装成路易十一，并跟新情妇进行妙趣横生的幽会，并要等到第二天即娱乐活动结束后再去打听消息。到那时，如果表兄在夜里去世，他就开始服丧。“没有，公爵先生，他还没有回来。”——“见鬼！这里的人办事，总要弄到最后一刻。”公爵在说时想到，阿玛尼安“完蛋”的消息可能会登在一家晚报上，他的化装舞会就会泡汤。他叫人把《时代报》拿来，但没看到这个消息。[2]我已有很长时间没看到斯万，一时间心里在想，他以前是否留小胡子，或者是否是板刷头发，因为我觉得他有些变化；其实他确实“变化”很大，因为他身体很不好，疾病使他的脸发生的变化，跟留胡子或改变头路位置的变化同样巨大。（斯万所患的疾病，就是使他母亲命丧黄泉的那种病，而她得这种病，正是在他现在这种年龄。实际上，我们的生命因遗传而充满神秘的数字和施展的魔法，如同巫婆真的存在。由于人类的寿命通常相同，家庭成员的寿命尤其如此，就是说在家庭里，相像的成员寿命相同。）斯万穿着优雅，如同他妻子打扮优雅那样，把他现在的模样跟他过去的模样联系在一起。他身穿珠灰色紧身礼服，显出他修长的身材，手戴黑条纹白手套，头戴喇叭形灰色大礼帽，这种礼帽，德利翁帽店[3]专为他以及萨冈亲王[4]、德·夏吕斯先生、摩德纳侯爵先生、夏尔·阿

---

①② 法国七星丛书版后面另起一行。

③ 德利翁帽店位于巴黎嘉布遣会修女大道 24 号，在儒弗鲁瓦街 15—25 号设有工场。

④ 参见本书第二卷第 212 页注①。

斯先生[①]和路易·德·蒂雷纳伯爵[②]制作。我感到惊讶的是，我对他施礼后，他在还礼时对我亲切微笑，跟我热情握手，因为我认为，他过了这么长的时间不会立刻把我认出；我对他说出自己的惊讶，他听到后哈哈大笑，但有点气愤，并再次跟我握手，仿佛认为他认不出我，是在怀疑他头脑不清或热情虚假。但实际情况确实如此，我在很久以后才知道，他只是在几分钟后听到叫我的名字才认出了我。但是，他的脸色、他说的话以及他对我说的事情都没有丝毫变化，看不出是德·盖尔芒特先生的一句话使他有了这个发现，因为他对社交生活的游戏规则已掌握得炉火纯青，能准确无误地加以运用。另外，他还有倜傥不羁的举止和别出心裁的表现，这正是盖尔芒特家族成员的特点，即使在衣着上也是如此。因此，这位年老的俱乐部成员在没有认出我的情况下对我的施礼，并非像纯粹装模作样的社交界人士那样冷淡而又生硬，而是真正热情而又优雅，就像盖尔芒特公爵夫人那样（遇到你时，你还没有对她施礼，她就先对您微笑），这跟圣日耳曼区的夫人们习以为常的那种机械的施礼截然不同。另外，他根据一种正在逐渐消失的习惯，把帽子放在他旁边的地上，帽子的衬里是绿色皮革，虽说通常不用皮革做衬里，这是因为（据他说）不大会弄脏，其实是因为戴起来舒服。[③]"啊，夏尔，您是大行家，您来看看一样东西，然后呢，朋友们，我请你们二人一起待一会儿，我要去穿一件衣服，另外，我觉得奥丽娅娜快要来了。"于是，他把他那幅"委拉斯开兹"拿给斯万看。"我觉得我看到过。"斯万说时显出病人般的鬼脸，对病人来说，说话已是疲劳的事情。[④]"是的，"公爵见行家迟迟没有表示欣赏，就

① 夏尔·阿斯(1832—1902)是证券经纪人的儿子。他跟罗特希尔德一样，是唯一参加赛马俱乐部的犹太人。他是斯特劳斯夫人的朋友，但普鲁斯特跟他来往不多。他是夏尔·斯万的主要原型。

② 参见本卷第 38 页注①。

③④ 法国七星丛书版后面另起一行。

显出严肃的神色说道，“您也许在吉尔贝家里看到过。”[1]“啊！不错，我想起来了。”[2]“您看这是什么？”[3]“那么，如果是在吉尔贝家里，这也许是你们的一位**祖先**。”斯万说时的口吻既嘲讽又敬重，他觉得看不出是一位大人物，既显得失礼又滑稽可笑，但他有判断能力，谈论此人时显得“毫不在乎”。[4]“不错。”公爵生硬地说道。“是博宗，我不知道他在盖尔芒特家族成员中排名第几。但这事我并不在乎。您知道，我不像堂弟那样封建。我听说是里戈[5]、米尼亚尔[6]，甚至听说是委拉斯开兹！”公爵说时盯着斯万看，这目光既像宗教裁判所的法官，又像施刑拷问者，以便既能看出他的想法，又能影响他的回答。“总之，”他总结道，因为他如要对方说出他想听到的虚假看法，他在片刻之后就会认为，这看法是自发说出的[7]，“得了，别说奉承话，您是否认为这是我刚才说的三位大师中的一位画的？”[8]“不不不不是。”斯万说道。[9]“我可是愚昧无知，那个老古董是谁画的，可不是我说了算的。但您是艺术爱好者，是这方面的专家，您说是谁画的？您懂行，会有个看法。”“您说是谁画的？[10]”[11]斯万显然觉得这画画得拙劣，他看着画犹豫片刻之后，笑着对公爵回答道：“是不怀好意画的[12]。”公爵听了不由横眉竖眼。

---

①②③④⑧⑨⑪　法国七星丛书版后面另起一行。

⑤　即亚森特·里戈(1659—1743)，法国画家。擅长肖像画。他最著名的绘画表现身穿加冕礼服的路易十四(1701)，现藏卢浮宫。

⑥　参见本卷第593页注①。

⑦　在法国七星丛书版中，“因为他如要对方说出他想听到的虚假看法，他在片刻之后就会认为，这看法是自发说出的”置于括号之中。

⑩　法国七星丛书版中没有下列文字：“……您懂行，会有个看法。”“您说是谁画的？”

⑫　这是乔治·德·波尔托-里什的喜剧《过去》中的一句俏皮话。该剧于1897年在奥德翁剧院首演时为五幕，后于1902年在法兰西剧院重演，压缩为四幕。这句话出现在四幕的剧本之中。剧中女主人公多米妮克·布里耶纳买了一幅没有作者署名的“小画”，就问她那当画家的朋友布拉科尼：“你说这是谁画的？”画家回答说：“我说……是不怀好意画的。”(第一幕第三场)普鲁斯特认为，这也许是《安德洛玛刻》以来法国最美的剧作。

他怒气平息后说："你们俩都很好，你们等一会儿，奥丽娅娜就要来了，我去穿好燕尾服就回来。我去对我老婆说，你们俩都在等她。"[①]我在片刻间跟斯万谈论德雷福斯案件，我问他盖尔芒特家族成员为何都反对德雷福斯。"首先是因为这些人心里都反对犹太人。"斯万回答道。不过，他根据经验清楚地知道，其中有些人并非是反犹主义者，但他们像所有看法激进的人那样，为表明有些人不会同意他们的看法，就情愿认为这些人有一种先入之见，有一种成见，对此毫无办法，只能提出一些让人争议的理由。另外，他过早到达生命的终点，如同被赶得筋疲力尽的野兽，对这种追逐感到厌恶，就回到他父辈的宗教信仰。[②]"盖尔芒特亲王嘛，"我说道，"确实如此，我听说他是反犹太主义者。"[③]"哦！这个人，我根本就不想说。他当军官时，牙疼得要命，他情愿忍受痛苦，也不愿去看当地唯一的犹太人牙科医生，后来，他城堡发生火灾，他听任城堡的一个侧翼建筑烧掉，因为要救火，就得向邻近的罗特希尔德家的城堡去借消防水泵。"[④]"您今晚去他家吗？"[⑤]"是的，"他对我回答道，"虽说我感到十分疲劳。他给我寄了封快信，说有事要跟我说。我觉得这几天我身体会很不舒服，不能去他家，也无法接待他，这事会使我心神不定，我情愿立刻把这事处理掉。"[⑥]"但盖尔芒特公爵不是反犹太主义者。"[⑦]"您会清楚地看到，他是这种人，因为他反对德雷福斯。"斯万对我回答道，但他并未发现，他提出的是一个预期理由[⑧]。"虽然如此，我仍然难受，我并未赞赏他所说的米尼亚尔，让这个人——我说了什么？该说这位公爵——感到失望，我不知道是怎么搞的。"[⑨]"不过，"我接着说道，重又谈起德雷福斯案件，"公爵夫人是聪明人。"[⑩]"是的，她很可爱。但我认

---

①②③④⑤⑥⑦⑨⑩　法国七星丛书版后面另起一行。

⑧　预期理由亦称窃取论点或丐词，是证明中以本身尚待证明的判断作为论据的一种逻辑错误。

为，她被称为洛姆王妃时更加可爱。她当时的思想更有个性，年轻的贵妇有这些特点，就显得更加动人，但那些人不管年轻还是年老，不管是男是女，您要我怎么说呢，都是另一种人，血液里有着一千年的封建思想，不可能丝毫不受影响。当然啰，他们认为这决不会影响他们的看法。"①"但罗贝尔·德·圣卢不是支持德雷福斯的吗？"②"啊！太好了，更何况您知道，他母亲坚决反对德雷福斯。有人曾对我说他支持德雷福斯，但我不能肯定。我对此非常高兴。但我并不感到惊讶，他非常聪明。这样真棒。"

支持德雷福斯使斯万变得极其天真，他的看法因此受到很大冲击，大大偏离原来的看法，比他跟奥黛特结婚后看法的改变还要大；这种新的社会地位的降低，最好称之为社会地位的重新定位，对他来说有利无弊，因为他因此而回到他的前辈所走的道路，他因跟贵族来往密切而偏离这条道路。但是，斯万虽然依靠他前辈遗传给他的信息，清楚地看到社交界人士还无法看到的一个真理，却恰恰在这个时候表现出可笑的盲目性。他要把自己欣赏和蔑视的东西，都用是否支持德雷福斯这个新的标准来重新进行衡量。邦唐夫人反对德雷福斯，他就认为这女人愚蠢，而使人感到同样惊讶的是，他结婚时却认为这女人聪明。同样不足为奇的是，这股新的潮流已影响到他的政治观点，使他忘记曾把克列孟梭③看成财迷和英国间谍（这是盖尔芒特社交圈子的荒谬看法），他现在却宣称一贯把克列孟梭看作意志坚强的正人君子，就

①② 法国七星丛书版后面另起一行。

③ 参见本卷第256页注③。1892年12月20日，法国诗人和政治家保罗·戴鲁莱德指责当时任瓦尔省议员和《正义报》社长的克列孟梭接受巴拿马运河投资者之一科尼利厄斯·赫茨的贿赂，用于在报上宣传运河开凿计划。这时赫茨已避难英国，以逃避法国司法机关的起诉，克列孟梭则被指控为英国间谍，并因这桩丑闻在1893年的议会选举中败北，虽说他在另一选区参加竞选。

像科内利[①]那样。“不,我从未对您说过与此相反的话。您弄错了。”但在影响斯万的政治观点的同时,这潮流也颠覆了他的文学观点,以及他表达文学观点的方式。巴雷斯变得才华全无,连他青年时代的著作也变得说服力不强,重读几乎没有意义。“您可以试试,您肯定无法看完。这跟克列孟梭区别多大!我个人并不反对教权,但我跟他站在一起,就看出巴雷斯没有骨气!克列孟梭老爹,是非常和善的老好人。他说得多好!”另外,反对德雷福斯的人也无权批评这些荒谬言论。他们说,那些人因为是犹太人才支持德雷福斯。像萨尼埃特那样遵守教规的天主教徒也坚决主張重审此案,是因为被狂热的激进派维尔迪兰夫人所说服。维尔迪兰夫人首先反对“教权主义者”。萨尼埃特是恶人,但更是蠢人,他不知道老板娘对他的伤害。如果有人提出反对意见,说布里肖也是维尔迪兰夫人的朋友,并且是法兰西祖国联盟的成员,那是因为他更加聪明。[②]“您有时见到他吗?”我在谈到圣卢时对斯万问道。[③]“没有,从未见过。他曾给我写信,要我去请求穆希公爵和其他几位投票赞成他加入赛马俱乐部,不过他已顺利通过。”[④]“尽管他对案件坚持己见!”[⑤]“大家没提出这个问题。另外,我可以告诉您,自从这些事发生之后,我就不去那里了。”

这时,德·盖尔芒特先生回来了,他妻子打扮完毕,也很快来了,只见她高大、漂亮,身穿红缎连衣裙,裙边缀有闪光片。她头发上饰有染成紫红色的鸵鸟大羽毛,肩上罗纱披巾也是紫红色。“他帽子用绿色皮革做衬里,真好。”明察秋毫的公爵夫人说道。

---

① 即让-约瑟夫·科内利,人称朱尔·科内利(1845—1907),是保皇派的《号角报》的创始人和社长,该报后与《高卢人报》合并。1897年12月,他发表文章支持德雷福斯,反对梅西埃将军,因此被迫辞职,并进《费加罗报》工作,直至1901年,后为《世纪报》和各种激进报纸工作,直至退休。他出版多部文章选集,其中有《评德雷福斯案件》。

②③④⑤ 法国七星丛书版后面另起一行。

"另外，在您身上，夏尔，什么都漂亮，您穿的和说的全都漂亮，您看的书和做的事也都漂亮。"但斯万仿佛没有听见，他端详着公爵夫人，仿佛在观看大师的油画，然后寻找她的目光，并噘了噘嘴，意思是说："真美！"德·盖尔芒特夫人哈哈大笑。"您喜欢我的打扮，我非常高兴。但我应该说，我并不十分喜欢。"她神色忧郁地继续说道。"天哪，很喜欢待在自己家里，却要更衣出去，真是没劲！"① "这些红宝石漂亮极了！"② "啊！亲爱的夏尔，至少可以看出您是行家，您不像那个粗人蒙塞弗耶，他问我这些红宝石是否是真货。我应该说，我从未见过这样漂亮的红宝石。这是大公夫人送的礼物。按我的爱好，它们稍微大了些，有点像盛满波尔多酒的酒杯，但我把它们戴上，是因为今晚我们将在玛丽-吉尔贝家里看到大公夫人。"德·盖尔芒特夫人补充道，并没有想到这句话是在否定公爵说过的话。③ "王妃家有什么事？"斯万问道。④ "几乎什么事也没有。"公爵急忙回答道，斯万的问题使他认为斯万没有受到邀请。⑤ "巴赞，怎么回事？就是说全部人马都召来了。这将是一场令人厌倦的杀戮。有趣的是，"她神色微妙地看着斯万补充道，"如果看似要下的暴风雨没有降临，那就是美妙的花园。您知道这些花园。一个月前，我曾在那儿待过，当时丁香正在开花，你无法想象那有多美。还有喷泉，真可谓巴黎的凡尔赛宫。"⑥ "王妃是哪一种女人？"我问道。⑦ "您已经知道，因为您在这儿见到过她⑧，她有花容玉貌，但也有点傻气，虽有日耳曼人的高傲，却又十分和蔼可亲，心地善良，又常做蠢事。"⑨斯万十分灵敏，一眼就看出德·盖尔芒特夫人此刻是在"炫弄盖尔芒特精神"，而且没花多大力气，因为她只是再次使用她以

①②③④⑤⑥⑦⑨ 法国七星丛书版后面另起一行。

⑧ 实际上，主人公要在本书第四卷《所多玛和蛾摩拉》中描写的晚会上才见到盖尔芒特王妃。

前的一些词语，形式也并非十全十美。但是，他要向公爵夫人表明，他理解她想显得滑稽可笑，仿佛她真是如此，就微微一笑，但笑得有些勉强，这种特殊的虚伪使我感到不舒服，就像我以前听到我父母跟樊特伊先生谈起某些阶层的道德败坏时那样（而当时他们清楚地知道，道德败坏在蒙茹万更为严重），或像听到勒格朗丹对傻瓜说话含糊其词，他明知那些有钱或穿着高雅却没有文化的人听不懂，却非要使用妙趣横生的修饰语。[①] “好了，奥丽娅娜，您在说些什么？”德·盖尔芒特先生说道。“玛丽愚蠢？她博学多才，小提琴演奏如同乐师。”[②] “但是，可怜的巴赞，您就像刚出生的娃娃。好像可以有这些能力，却不能有点傻气。不过，说傻确实夸张，不，她含糊不清，她是黑森-达姆施塔特大公国[③]的人、神圣罗马帝国的人和无精打采的人。只要听到她的发音，我就受不了。但我还得承认，她是个迷人的疯子。首先，唯一的想法是，她走下德国君主的宝座，去嫁给生活条件优越的普通人。确实，她做出了这种选择！啊！确实如此，”她说着朝我转过身来，“您不认识吉尔贝！我让您对他有个了解，他过去曾经卧床不起，因为我给卡尔诺夫人[④]送了一张名片……不过，亲爱的夏尔，”公爵夫人这样说是为了改变话题，因为她看到，把名片送给卡尔诺夫人的事，显然使德·盖尔芒特先生感到气愤，“您知道，您没有把我们那些罗得

---

①② 法国七星丛书版后面另起一行。

③ 黑森本是日耳曼民族中一个部族的名称。公元八世纪曾被法兰克人占领，并开始信奉基督教。1130 年，黑森一带并入图林根伯爵领地。1264 年宣布脱离图林根，成立黑森国，十六世纪高尚的菲利普伯爵在位时国势最盛。1567 年分裂成两个公国：一是黑森-卡塞尔，于 1866 年并入普鲁士，二是黑森-达姆施塔特，1806 年成立大公国，1866 年并入普鲁士。1945 年，黑森的大部分领土和旧拿骚的一部分合并为大黑森州，后简称黑森。

④ 即玛丽·波莉娜·塞西尔·杜邦-维特(1843—1898)，著名经济学家之女，嫁给弗朗索瓦·萨迪·卡尔诺（1837—1894），她丈夫于 1887 年当选为法兰西第三共和国总统。她开创了在爱丽舍宫举办社交性招待会的传统。

岛骑士的照片送来，我因为您才喜欢他们，我很想跟他们认识。”[①]然而，公爵一直盯着他妻子看：“奥丽娅娜，至少得说出事情真相，别说一半藏一半。应该说，”他纠正时对着斯万说道，“当时的英国大使夫人[②]是个很好的女人，但她有时像生活在月球上那样，经常会做这种蠢事，想出希奇古怪的主意，邀请我们跟总统及夫人一起参加一个聚会。我们感到十分惊讶，奥丽娅娜也是如此，因为这位大使夫人对那些人跟我们一样了解，不应该邀请我们参加这种如此奇特的聚会。有一个部长曾偷窃过，总之，我不想再重提此事，我们事先不了解情况，就上了圈套，另外，应该承认，那些人都彬彬有礼。只是，像这样已经不错。德·盖尔芒特夫人常常不跟我商量，觉得应该在那个星期去爱丽舍宫送一张名片。吉尔贝认为，这是在我们的姓氏上留下一个污点，这样看是有点过分。但是，即使不谈政治，再说卡尔诺先生也十分称职，不应该忘记的是，他祖父是革命法庭的审判官，一天曾处死过我们家族的十一个成员[③]。”[④]“那么，巴赞，您以前为何每星期都去尚蒂伊[⑤]吃晚饭？奥马尔公爵的祖父也是革命法庭的审判官，区别是，卡尔诺为人正直，而菲力浦-平等却是可怕的恶棍[⑥]。”[⑦]“请原谅打断您的

---

①④⑦　法国七星丛书版后面另起一行。

②　萨迪·卡尔诺任总统期间有两位英国驻巴黎大使：一位是1887年被任命的罗伯特·爱德华·布尔沃，利顿伯爵（1831—1891），另一位是1892年任职的弗雷德里克·坦普尔·布莱克伍德，达弗林和珂瓦侯爵（1826—1902）。达弗林和珂瓦侯爵于1862年娶乔治娜·德·基利比格·卡斯尔鲍恩小姐为妻。他妻子才智出众，知识渊博，曾发表过一本关于印度的著作，1890年被译成法文在法国出版。

③　在法国大革命中，拉扎尔·尼古拉·马格里特·卡尔诺（1753—1823）人称大卡尔诺，是国民公会议员和公安委员会成员。

⑤　参见本卷第28页注①。

⑥　即路易·菲力浦·约瑟夫，奥尔良公爵（1747—1793），路易十六的堂兄。革命前因政治野心和私怨同王室交恶。1789年作为贵族代表参加三级会议，支持第三等级。1791年参加雅各宾俱乐部。次年8月后放弃贵族称号，更名菲力浦-平等，并被选入国民公会，投票赞成处死国王。1793年4月5日，其子路易-菲力浦投奔奥地利，次日被控叛国并遭逮捕，11月被革命法庭处决。

话，我要对您说，我已把照片寄出。”斯万说道。“我不知道怎么会没有交给您。”[①]“这事我只是有点惊讶。”公爵夫人说道。“我那些仆人只对我说他们觉得能说的话。他们也许不喜欢圣约翰骑士团。”随后她摇了铃。[②]“您知道，奥丽娅娜，我当时去尚蒂伊吃晚饭兴趣不大。”[③]“兴趣不大，但带着睡衣，以防亲王要您留宿，不过他很少要您留下，因为他是十足的粗人，就像奥尔良家族的所有成员。您知道跟我们一起在德·圣欧韦尔特夫人家吃晚饭的有些什么人？”德·盖尔芒特夫人对丈夫问道。[④]“除了您知道的那些客人外，还有最后一刻邀请的狄奥多西国王的弟弟。”[⑤]听到这个消息，公爵夫人的脸上显出满意的神色，但话里却显得厌烦。“啊！天哪，又是亲王。”[⑥]“但这位亲王讨人喜欢，人又聪明。”斯万说道。[⑦]“并非完全如此。”公爵夫人回答道，看样子是在寻找使用的词语，使她的想法更有新意。“您是否在亲王中注意到，最讨人喜欢的那些亲王，其实并非完全如此？正是这样，我可以肯定！他们总得要对任何事有一个看法。而由于他们没有任何看法，他们的前半生就用来请教我们的看法，后半生则用来向我们复述这些看法。他们必须说出，这个演得很好，那个演得不是很好。其实没有任何区别。瞧，那个小狄奥多西（我不记得他的名字）曾经问我，管弦乐队的一个动机叫什么。我对他回答说，”公爵夫人说时眼睛发亮，漂亮的红嘴唇笑了起来，“‘这就叫管弦乐队的一个动机。’唉！其实，他并不高兴。啊！亲爱的夏尔，”德·盖尔芒特夫人接着说道，“在外面吃晚饭，可真是厌烦！有些晚上，这样还不如去死！确实，去死也许同样厌烦，因为不知道这是怎么回事。”[⑧]这时，一个仆人进来。就是那个年轻的未婚夫，跟门房有过争执，后来公爵夫人发善心加以干涉，两人才表面上和解。[⑨]“今晚我是否要去打听奥斯蒙侯爵先生的情况？”他问道。[⑩]“决不要去，明天早晨前别

---

①②③④⑤⑥⑦⑧⑨⑩ 法国七星丛书版后面另起一行。

去！我今晚甚至不想让您待在这儿。他的跟班您认识，会来向您通报情况，并要您来找我们。您就出去吧，爱去哪儿就去哪儿，您就去吃喝玩乐，在外面过夜，但我不要您明天早晨之前待在这儿。”[①]这仆人的脸上显出极其愉快的神色。他终于能跟未婚妻共度良宵，而他跟门房再次闹翻之后，公爵夫人曾好意劝他最好别再出去，以免发生新的冲突，他因此几乎无法再见到自己的心上人。他想到终于可以自由外出，沉浸在幸福之中，公爵夫人发现并理解这种幸福。但她感到心里难受，四肢发痒，因为她看到别人的幸福不让她知道，在瞒着她，感到不快和嫉妒。“不行，巴赞，恰恰相反，让他留在这儿，别让他离开这屋子。”[②]“但是，奥丽娅娜，这样做荒唐，您的人全都要带走，另外，到了午夜，您还会有女服装员和戏装商来安排我们的化装舞会。他不能派任何用场，另外，只有他一人是玛玛的跟班的朋友，我无论如何也要让他远离此地。”[③]“您听着，巴赞，您别管我，我到晚上正好有事要叫他去说，但我不知道到底在几点钟。您一分钟也别离开这儿。”她对绝望的跟班说道。[④]公爵夫人家里总是争吵不断，而且仆人都做不长，这种持续不断的争吵应归咎于一个人，此人无法辞退，但并非是门房。门房也许用来干重活、苦活和累活，用来进行以拳脚相加收尾的争吵，而公爵夫人则把他当作重量级工具来使；另外，他扮演自己的角色时，并未想到这是别人交给他的任务。他像仆人们一样，十分欣赏公爵夫人的善良；那些并非明察秋毫的跟班，在辞退之后会经常来看望弗朗索瓦丝，并对她说，公爵府如果没有门房，就将是巴黎最好的地方。公爵夫人玩弄门房，如同有人长期玩弄教权主义、共济会、犹太人祸害等那样。这时，一个跟班走了进来。[⑤]“斯万先生派人送来的那包东西，为什么没有拿上来？噢，对了（您知道，夏尔，玛玛病得很重），朱尔，是谁去打听奥斯蒙侯爵先生的消息的，那

---

①②③④⑤　法国七星丛书版后面另起一行。

个人回来了吗?"[1]"他刚回来,公爵先生。预计侯爵先生随时都会断气。"[2]"啊!他还活着。"公爵宽慰地叹了口气,大声说道。"预计,预计!你就是撒旦。只要活着,就有希望。"公爵愉快地对我们说。"有人对我描绘他的样子,仿佛他已经死了,已被埋葬。一星期之后,他会比我还要身强力壮。"[3]"医生都说他过不了今天晚上。一个医生想在夜里再来看他。他们的主任说没有必要。侯爵先生想必已经死了:他还没死,是因为用樟脑油灌了肠。"[4]"住口,傻瓜。"公爵怒不可遏地叫道。"谁要问您这些事?对您说的话,您根本就没有听懂。"[5]"不是对我说的,是对朱尔说的。"[6]"您还不闭嘴?"公爵吼叫道,并转向斯万:"他活着,真高兴!他的精力会渐渐恢复。他病得这样重还能活下来。这已经相当不错。不能什么好事都同时得到。用樟脑油稍微灌一次肠,想必不会难受。"于是,公爵搓着手说:"他活着,还要怎么样呢?经历了他这样的大病,已经很不错了。别人甚至会羡慕他有这样的体质。啊!病人嘛,会得到别人的细心照顾,我们可得不到这种照顾。今天上午,一个出色的厨师用鸡蛋黄油嫩葱头调味汁给我烧了只羊腿,我承认烧得味道好极了,但是正因为这样,我吃得太多了,到现在还在胃里没有消化掉。虽然如此,别人却不来打听我的消息,就像打听我亲爱的阿玛尼安的消息那样。打听他消息的人甚至太多。这样会使他感到疲劳。得让他喘口气。他们不断派人去他家打听,会把他杀死。"[7]"怎么啦!"公爵夫人对正在退出的跟班说,"我刚才叫你们把斯万先生给我送来的有封套的照片拿上来。"[8]"公爵夫人,照片实在太大,我不知道是否能拿进门。我们把它搁在门厅里了。公爵夫人是否要我把它拿上来?"[9]"好吧!不用了,这事应该事先告诉我,但既然这照片太大,我待一会儿下楼去看。"[10]"我还忘了告诉公爵夫人,莫莱伯爵夫人今天上午给公爵夫人留了张

---

①②③④⑤⑥⑦⑧⑨⑩ 法国七星丛书版后面另起一行。

名片。"①"怎么,今天上午?"公爵夫人说时显出不满的样子,认为这样年轻的少妇是不会在上午留名片的。②"在将近十点钟时,公爵夫人。"③"您去把那些名片拿上来。"④"不管怎样,奥丽娅娜,您说玛丽是因为想法奇特才嫁给吉尔贝的,"公爵接着说时让话题回到最早谈的事情,"其实是在用奇特的方式来撰写历史。如果说这场婚姻中有一个人愚蠢,那么,此人就是吉尔贝,因为他恰恰娶了比利时国王的近亲为妻,而比利时国王窃取了布拉邦特这个姓氏,这个姓氏可是属于我们的。总之,我们跟黑森家族成员属于同一血统,但我们是长子的一支。谈论自己总是件蠢事,"他对着我说,"但是,我们不仅去了达姆施塔特,而且还去了卡塞尔和黑森选帝侯管辖的所有地方,那些诸侯每次都客客气气地让我们这些长房后裔走在前面。⑤"⑥"但是,巴赞,您总不会对我说,这个人在她国家的所有团里都当过护士长,并且跟瑞典国王订过婚……"⑦"哦!奥丽娅娜,您说得太过分了,您好像并不知道,瑞典国王的祖父曾在波城⑧种地,而九百年以来,我们一直在整个欧洲地位显赫⑨。"⑩"虽然如此,如果有人在街上说:'瞧,这是瑞典国王',大家会一直跑到协和广场去看他,而如果有人说:'这是德·盖尔芒特先生',不会有人知道这是谁。"⑪"毫无道理!"⑫"另外,我无法理解,布拉邦特公爵的爵位已归于比利时王室,你们怎么还认为是你们的爵位。"

跟班回来时拿着莫莱伯爵夫人的名片,或者不如说拿着她留下

---

①②③④⑥⑦⑩⑪⑫ 法国七星丛书版后面另起一行。

⑤ 参见本卷第 544 页注①和第 620 页注③。

⑧ 波城是法国大西洋比利牛斯省省会。

⑨ 奥斯卡二世的祖父是让-巴蒂斯特·贝纳多特(1764—1844)。这个普通士兵生于波城,在法国大革命和第一帝国时期的历次战争中功勋显赫,于 1804 年晋升法国元帅,1806 年成为蓬泰科沃亲王。他于 1810 年被瑞典国王查理十三世(1748—1818)收为养子,在俄国和莱比锡的战役中跟拿破仑的军队作战,并于 1818 年继位,称为查理十四世约翰,创建现今的瑞典王朝。奥斯卡二世,请参见本卷第 449 页以及第 193 页注③。

的所谓名片。她当时说身上没带名片，就从口袋里拿出她收到的一封信，取出信纸，把写有她名字莫莱伯爵夫人的信封折了个角留下。由于那一年流行大尺寸信纸，信封就相当大，这张手写“名片”几乎比普通名片大一倍。[①] “这就是有人说的莫莱夫人的简朴。”公爵夫人嘲讽地说。“她想让我们相信她没带名片，并想显示她的别出心裁。但是，这一套我们都见识过，对吗，亲爱的夏尔？我们已上了年纪，而且本身就相当别出心裁，因此对出道才四年的小女人的思想是洞察秋毫。她很迷人，但我看她羽毛未丰，还不能认为可以不费吹灰之力就使社交界感到惊讶，她无非是把信封当作名片，并在上午十点留下。她那耗子老妈会向她表明，在这方面跟她一样在行。”[②]斯万不禁笑了起来，他认为公爵夫人对莫莱夫人受到欢迎有点嫉妒，可能会根据“盖尔芒特家族的精神”，想出针对这位来访的女客的一种不礼貌的回答。[③]“关于布拉邦特公爵爵位的事，我已对您说过一百遍了，奥丽娅娜……”公爵接着说道，公爵夫人没听他说就打断了他的话。[④]“但是，亲爱的夏尔，我很想看您的照片。”[⑤]“啊！extinctor draconis labrator Anubis.（屠龙者，狂吠的阿努毕斯[⑥]。）”

---

①②③④⑤ 法国七星丛书版后面另起一行。

⑥ 在手稿中，公爵夫人的话后还有一句：“……我想看看杀死鳄鱼的那位。”——“啊！是 extinctor draconis（屠龙者）德奥达·德·戈宗。”因此，斯万送给公爵夫人的照片，应该是耶路撒冷圣约翰医院骑士团的像章，上面有德奥达（或迪约多内）·德·戈宗的肖像，他于1346—1353年任该骑士团大团长。据勒内·奥贝尔·德·韦尔托·德·奥伯夫所著的《耶路撒冷圣约翰医院骑士团史》（1726），德奥达（或迪约多内）·德·戈宗出生于法国朗格多克地区一个古老的家庭，在所有基督教国家中以跟怪物或巨龙单打独斗著称，这巨龙形似鳄鱼，被某个江湖艺人从非洲带来，多年来曾使罗得岛的人感到害怕。迪约多内去世后，他在圣艾蒂安教堂的坟墓上的碑文为：“战胜巨龙者安眠于此。”十七世纪初，罗得港入口处上方挂有象征龙头的鳄鱼头。Labrator Anubis（狂吠的阿努毕斯）则被维吉尼用来描写伏尔甘刻在埃涅阿斯的盾牌上的一个场景：一些妖怪和狂吠的阿努毕斯跟尼普顿和维纳斯以及密涅瓦争斗。阿努毕斯是埃及的死神，被描绘为人身豺头。普鲁斯特把迪约多内·德·戈宗和维吉尼的作品联系在一起，可用罗斯金在《圣马可的安眠》第二章“狂吠的阿努毕斯”中对威尼斯的“保护人和旗手”圣狄奥多尔的塑像的描写来解释。圣狄奥多尔代表上帝的精神力量，这力量表

斯万说道。[1]"不错,您用威尼斯的圣乔治教堂[2]进行比较,说得真好。但我不明白,为什么说**阿努毕斯**?"[3]"巴巴尔[4]的那个祖先是怎样的人?"[5]"您想看到这巴巴尔的另一半?"德·盖尔芒特夫人神色冷淡地说,表示她也不欣赏这个同音异义词文字游戏。"这些人我都想看到。"[6]"您听着,夏尔,我们下去等马车备好,"公爵说道,"请您到门厅去跟我们谈,因为我妻子只要见不到您的照片,就不会让我们安宁。老实说,我没有这样迫不及待。"他得意地补充道。"我可是个冷静的人,但她这样真会叫我们生不如死。"[7]"我完全同意您的意见,巴赞,"公爵夫人说道,"我们到门厅去,我们至少知道,我们为什么要走出您的书房下去,而我们永远不会知道,我们为什么是布拉邦特伯爵的后裔。"[8]"我已对您说过一百遍了,这个爵位归于黑森家族,"公爵说道(这时我们将要看到那张照片,而我在想斯万给我带回贡布雷的那些照片),"是因为布拉邦特家族的一位成员[9]于一二四一年娶最后一位图林根和黑森的诸侯之女[10]为妻,因此,不如说是黑森亲王的称号归于布拉邦特家族,而不是布拉邦特公爵的爵位归于黑森家族。另外,您也记得,我们的战斗口号就是布拉邦特公爵的口号:'林堡属于征服者[11]',

---

现在一切高尚和有用的动物生命之中,以战胜邪恶、无用或腐朽的事物。他跟圣乔治的区别在于,他跟物欲的罪恶作斗争,而不是沉湎于罪恶的激情之中。他踩在脚下的鳄鱼是古埃及的龙,以前产生于河泥,被当作恶神来崇拜。圣狄奥多尔的伟大胜利,在于把大地当作底座,而不是看成敌人。狂吠的阿努毕斯看守地狱,既凶恶又疯狂,但因人类怜悯而变成动物中对人类最忠诚的朋友。

①③⑤⑥⑦⑧ 法国七星丛书版后面另起一行。

② 全称圣乔治·埃斯克拉冯教堂,位于威尼斯船厂区。圣乔治,参见本书第一卷第 425 页注②。

④ 即布雷奥泰-孔萨尔维侯爵。

⑨ 指亨利第二·德·布拉邦特公爵(1248 年去世)。

⑩ 指图林根和黑森的诸侯路易第四的女儿索菲。

⑪ 这个口号是为了纪念约翰第一·德·布拉邦特在 1288 年的沃林根战役中对林堡公爵取得的胜利。关于盖尔芒特家族的战斗口号,参见本书第二卷第 330 页。

一直用到我们用布拉邦特家族的纹章来换取盖尔芒特家族的纹章，不过我们在这件事上做得不对，格拉蒙家族的例子不能使我改变看法①。"②"但是，"德·盖尔芒特夫人回答道，"因为这是比利时国王征服的……另外，比利时的继承者名叫布拉邦特公爵。"③"但是，亲爱的，您说的话站不住脚，而且错在根子上。您跟我一样清楚，有些爵位表示一种觊觎，领地被人窃取，爵位却保存完好。譬如说，西班牙国王恰恰自称为布拉邦特公爵，以此表示占有这个领地比我们要晚，但早于比利时国王④。他也自称为勃艮第公爵、东西印度国王和米兰公爵。然而，他不再占有勃艮第、印度和布拉邦特，而我和黑森亲王也都不再拥有布拉邦特。西班牙国王还自称是耶路撒冷国王，奥地利皇帝也是如此，而他们却都不拥有耶路撒冷⑤。"⑥他停了片刻，怕耶路撒冷这个地名会因"正在审理的案件"而让斯万难堪，但很快就继续说下去：⑦"您说的这种话，对什么事都能说。我们以前是奥马尔公爵，这公爵领地按规定归于法国王室，如同茹安维尔和谢弗勒兹的领地归于阿尔贝的王族那样。我们不要求恢复这些爵位，也不要求恢复努瓦穆蒂埃侯爵的爵位，这侯爵爵位以前属于我们，后来名正言顺地成为拉特雷穆伊家族的领地，但是，某些转让有效，并不等于所有转让全都有效。譬如说，"他转身对着我说，"我小姨的儿子有阿格里让特亲王的称号，

---

① 格拉蒙家族于1534年跟阿斯特子爵家族联姻并使用该家族纹章。

②③⑥⑦ 法国七星丛书版后面另起一行。

④ 西班牙统治荷兰和布拉邦特，源于查理五世的时代(1516)，并一直持续到1648年。

⑤ 西班牙国王阿尔丰沙十三世(1886—1941)确实曾自称为西班牙、卡斯蒂利亚、莱昂、阿拉贡、两西西里、耶路撒冷、格拉纳达、托莱多、巴伦西亚、加利西亚、东西印度、大洋洲等地的国王，以及勃艮第、布拉邦特和米兰的公爵。奥地利皇帝的称号则有匈牙利、波希米亚、达尔马提亚、克罗地亚、埃斯克拉沃尼亚、加利西亚等地的国王以及耶路撒冷国王。

我们这个称号来自疯女人胡安娜①,如同塔兰托②亲王的称号归于拉特雷穆伊家族那样。然而,拿破仑却把这个塔兰托的称号授予一个也许很不错的士兵③,但在这件事上,皇上的法律依据还不如拿破仑三世在册封一位蒙莫朗西侯爵时那样多,因为佩里戈尔的母亲至少姓蒙莫朗西④,而拿破仑一世封的那个塔兰托,只是因为拿破仑要他姓塔兰托才姓塔兰托。虽然如此,谢克斯·德·埃斯特-昂热⑤仍然在暗指您叔叔孔代的时候问帝国检察官,他是否是在万森讷的排水沟里捡到蒙莫朗西公爵的爵位的⑥。”

---

① 疯女人胡安娜(1479—1555),卡斯蒂利亚王后(1504—1555)。阿拉贡的斐迪南二世(1478—1506)和天主教徒伊莎贝拉之女。1496 年嫁给美男子腓力,她母亲去世后跟丈夫共享王位。她患有神经衰弱症,丈夫去世后发疯,由阿拉贡的斐迪南摄政,但在她恢复理智后须把政权交还给她。1516 年斐迪南去世,她儿子查理五世继承卡斯蒂利亚和阿拉贡的王位(称查理一世)以及那不勒斯和西西里的王位(称查理四世)。

② 塔兰托是意大利普利亚区塔兰托省省会。

③ 指雅克·艾蒂安·约瑟夫·亚历山大·麦克唐纳(1765—1840)。他出生于十八世纪初定居法国的苏格兰人家庭,1784 年参加荷兰战役,1795 年晋升准将。1809 年在瓦格拉姆战役中,他率部对奥军中军发动攻击,使帝国军队取得该战役胜利,他在战场上晋升为法国元帅。1810 年回巴黎后,拿破仑授予他塔兰托公爵的爵位。

④ 蒙莫朗西公爵的爵位系世袭,由 1551 年 7 月的国王诏书设立,1862 年被塔列朗家族继承,1864 年 5 月 14 日的帝国法令确认归于尼古拉·拉乌尔·阿达贝尔·德·塔列朗-佩里戈尔(1837—1915)。他是最后一位蒙莫朗西公爵拉乌尔(1790—1862)的妹妹安娜·路易丝·夏洛特·阿莉克丝·德·蒙莫朗西-福瑟(1810—1858)的次子。

⑤ 即居斯塔夫·路易·阿道夫·维克多·夏尔·谢克斯·德·埃斯特-昂热(1800—1876),法国法学家、法官、政治家,曾在当时最著名的几个案件的审理中进行辩护。他儿子居斯塔夫(1832—1887)也是律师,曾于 1857 年审理《恶之花》的案件时为波德莱尔辩护。

⑥ 即路易·安托万·亨利·德·波旁-孔代,昂甘公爵,生于 1772 年,最后一位孔代亲王路易·约瑟夫的独生子。1789 年法国大革命爆发后逃亡国外,在流亡贵族的军队中服役。拿破仑接到情报,怀疑昂甘跟卡杜达尔和皮什格吕策划推翻他的阴谋,于 1804 年 3 月 15 日至 16 日夜里在德国将其劫持,关入万森讷监狱,后于 3 月 21 日在城堡的排水沟里将其枪决,以杜绝波旁家族复辟的希望。第四位蒙莫朗西公爵亨利第二于 1632 年去世后,公爵领地归于孔代家族,因为该家族的亨利第二·德·波旁娶了夏洛特·德·蒙莫朗西为妻。

“您听着，巴赞，我真是求之不得，想跟您去万森讷的排水沟，甚至去塔兰托。对了，亲爱的夏尔，这正是我想对您说的，当时您对我谈论威尼斯的圣乔治教堂。我和巴赞，我们明年春天想在意大利和西西里岛过。您要是跟我们一起去，您想想，情况会多么不同！我说的不止是看到您会感到高兴，您想想，是因为您曾跟我讲述征服诺曼底的往事以及古代的种种事情，您想想，跟您一起旅游，会是多么愉快！这就是说，即使是巴赞，甚至是吉尔贝，也会从中获益，因为我感到，甚至觊觎那不勒斯王位，以及所有那些阴谋诡计，我都会感到兴趣，只要这些事由您来解释，在古老的罗马教堂里，或是在高山上的小村庄里，就像文艺复兴前期艺术家的绘画上那样。我们现在来看看您的照片。把封套拆开。”公爵夫人对一个跟班说道。①“不过，奥丽娅娜，别在今晚看！您明天再看吧。”公爵哀求道。他看到照片硕大无朋，已对我做出恐惧的手势。②“但是，我喜欢跟夏尔一起看。”公爵夫人微笑着说道，这微笑既带有虚假的欲念，又反映出机灵的心理，因为她想对斯万示好，就说她看照片会感到高兴，这就像病人感到吃橘子会高兴，或者像她跟几个朋友一起忙里偷闲，把她的一些爱好告诉一位传记作家。③“那就让他以后特地来看您。”公爵这样说，使妻子只好让步。“你们要是喜欢，可以在照片前一起观看三个小时。”他挖苦地说道。“但那样大的玩意儿，您要放在哪里？”④“放在我的房间里啰，我要随时都能看见。”⑤“啊！悉听尊便，放在您的房间里，我就永远不会看到。”公爵说时并未想到，他这样说也在无意间透露出他们夫妻关系不好。⑥“那么，您拆开来时要非常细心。”德·盖尔芒特夫人对仆人吩咐道。（她反复叮嘱仆人，是在对斯万示好。）“您也别把封套拆坏。”⑦“我们连封套也不能损坏。”公爵对我耳语道，同时把双臂往上举起。“但是，斯万，”他补充道，“我只是个毫无诗意

---

①②③④⑤⑥⑦ 法国七星丛书版后面另起一行。

的可怜丈夫,我对此事之所以赞赏,是因为您找到了这样大的封套。您是在哪儿找出来的?"[1]"照相制版店往往要寄送这类照片。但这个人没教养,因为我看到他在上面写着 Duchesse de Guermantes(盖尔芒特公爵夫人),前面没加 madame(夫人)。"[2]"我可以原谅他。"公爵夫人心不在焉地说道。她似乎突然产生一个想法,感到高兴,想要微笑,又立即克制,但迅速对斯万说道:"怎么!您没说是否跟我们一起去意大利?"[3]"夫人,我清楚地感到,这是不可能的事。"[4]"啊,德·蒙莫朗西夫人更加幸运。您曾跟她一起去威尼斯和维琴察[5]。她对我说,跟您在一起会看到一些东西,这些东西您不在就永远不会看到,也从未有人谈起过,她说您让她看到十分罕见的东西,既然是众所周知的东西,她也能了解到一些细节,要是您不在旁边,她即使看过二十次也决不会注意到。确实,她要比我们幸运……您拿着斯万放照片的巨大封套,"她对仆人说,"替我折个角,今晚十点半给我送到莫莱伯爵夫人家里。"[6]斯万听了哈哈大笑。[7]"我还是想要知道,"德·盖尔芒特夫人对他问道,"还有十个月,您怎么知道这是不可能的事?"[8]"亲爱的公爵夫人,您如果非要知道,我可以告诉您,但您首先要看到,我身体很不舒服。"[9]"是的,亲爱的夏尔,我觉得您气色极坏,也看出您脸色不好,但我不是要您一星期之后去,而是要您过十个月再去。十个月时间充分,可以把病治好,这您知道。"[10]这时,一个跟班前来通报,说马车已备好。"好吧,奥丽娅娜,上马。"公爵说道。他已不耐烦

---

①②③④⑥⑦⑧⑨⑩ 法国七星丛书版后面另起一行。

⑤ 维琴察是意大利威尼托区维琴察省省会,位于威尼斯以西70千米,是座古城。公元前49年,罗马帝国在此设邑。1404年,该城自动与威尼斯共和国合并,带来了持续的繁荣。威尼斯的富豪纷纷前来购地盖宅,这就为建筑大师帕拉第奥提供用武之地,使该城披上文艺复兴时期风格的盛装,并以帕拉第奥之城闻名于世,1995年被列为世界文化遗产。

地跺了一会儿脚，仿佛他就是在那里等待的一匹马。[①] “那么，简而言之，您不能去意大利的原因是什么？”公爵夫人问道，一面站起身来，准备跟我们告辞。[②]“但是，亲爱的朋友，这是因为我将要死了，是在几个月之后。我在去年年底看的几个医生都说，我的病可能会使我立即命赴黄泉，不管怎样，我只能再活三四个月，而且最多只能活这么长。”斯万微笑着回答道，而跟班则打开门厅的玻璃门，让公爵夫人出去。[③]“您在对我说些什么？”公爵夫人大声说道，一时间停住脚步，不再朝马车走去，同时抬起她漂亮而又忧郁的蓝眼睛，但眼睛里充满犹豫不决的神色。她在一生中首次要在两种不同的责任中进行选择，一种是登上自己的马车到外面去吃晚饭，另一种是对一位即将去世的朋友表示同情，她在礼仪规范里找不到任何可遵循的惯例，不知道应选择哪种责任，就觉得应该装出一种样子，表示她并不相信第二种责任有存在的可能，因此就要履行此刻不需要作出很大努力的第一种责任，于是她心里在想，解决这个矛盾的最好办法是否定这种矛盾。“您是想开玩笑吧？”她对斯万说道。[④]“如果是这样，那就是十分有趣的玩笑了。”斯万揶揄地回答道。“我不知道我为什么要对您说这事，以前我一直没有对您说起过我患的疾病。但因为您问我，而我又随时都会死去……但尤其是，我不想耽搁您的时间，您要到外面去吃饭。”他这样补充道，是因为他知道，在别人看来，他们的社交责任比一位朋友的死亡更为重要，知道他出于礼貌，应该为他们设身处地考虑。但是，公爵夫人的礼貌也使她隐约看出，在斯万看来，她去吃晚饭不如他自己的死亡来得重要。因此，她一面朝马车走去，一面垂下肩膀说道：“您别去管这顿晚饭。这顿饭无关紧要！”但公爵听了这两句话感到不快，就大声说道：“行了，奥丽娅娜，别这样待着闲聊了，别再跟斯万一起叹苦经了，您十分清楚，德·圣欧韦尔特夫

①②③④ 法国七星丛书版后面另起一行。

人总是八点钟准时开饭。您得知道自己要做的事，您的马匹已经等了足足五分钟了。我请您原谅，夏尔，”他转向斯万说道，“已经八点缺十分了。奥丽娅娜老是迟到，我们去圣欧韦尔特大妈家，五分钟是到不了的。”

德·盖尔芒特夫人迈着坚定的步伐朝马车走去，并再次跟斯万道别。“您知道，这事我们以后再谈，您说的话，我一句也不相信，但我们得一起谈谈。他们可能把您给吓傻了，哪一天您要是想来，就来吃午饭（在德·盖尔芒特夫人看来，一切问题都可以在午饭时解决），您要把哪一天几点钟来告诉我。”说完，她撩起红裙，把脚踩在踏板上。她正要上车，公爵看到了这只脚，用吓人的声音大声说道：“奥丽娅娜，您要干什么，傻瓜。您穿了黑鞋！可穿的是红裙！赶快上去把您的红鞋穿上，或者嘛，”他对跟班说道，“您马上叫公爵夫人的贴身女仆把红鞋拿下来。”①“但是，我的朋友，”公爵夫人看到斯万跟我一起出来，但想让马车先走，听到了公爵的话，她感到尴尬，就温柔地回答道，“既然我们已经迟到。②”③“不，我们有充分的时间。现在只是八点缺十分，我们用不了十分钟就能到达蒙索公园。不过，您要我怎么办呢？即使八点半到，他们也会耐心等着，您总不会既穿红裙又穿黑鞋去吧。另外，我们也不会到得最晚，对，还有萨斯纳热夫妇，您知道，他们决不会在九点缺二十分以前到。”④公爵夫人又回到自己的房间。⑤“唉，”德·盖尔芒特先生对我们说道，“可怜的丈夫，总要被人嘲笑，但他们还是有自己的优点。我不说，奥丽娅娜就要穿着黑鞋去吃饭。”⑥“这并不难看，”斯万说道，“我看到了黑鞋，丝毫也不觉得刺眼。”⑦“我没说难看，”公爵回答道，“但鞋跟裙子的颜色相同就更加优雅。另外，你们可以相信，她没到那里就会发现这事，到时候我只好回来

---

①③④⑤⑥⑦ 法国七星丛书版后面另起一行。

② 法国七星丛书版不用句号，而用省略号。

拿鞋。这样，我要到九点钟才能吃饭。再见了，亲爱的朋友们，”他轻轻地把我们推开时说，“在奥丽娅娜下来之前，你们先走吧。并不是她不喜欢看到你们俩。相反，她太喜欢看到你们了。她要是看到你们还在，就又要说话，她现在已经很累，到那里吃饭时就会筋疲力尽。另外，我要坦率地对你们承认，我现在饿得要命。我上午下火车后，午饭吃得很差。虽然有美味的鸡蛋黄油嫩葱头调味汁，但即使现在就坐下来吃饭，我也决不会不高兴。八点缺五分！啊！这些女人！她让我们俩的胃全都难受。她身体决不像别人以为的那样结实。”①公爵毫不拘束地对一个行将就木的人谈论他妻子和他自己身体不适，因为他对妻子身体不适更感兴趣，觉得更加重要。因此，他仅仅由于受过良好的教育和当时的愉快心情，在客气地把我们送到门口之后，就像对后台的人说话那样，用洪亮的声音对已经走到院子里的斯万叫道：②“另外，您别让那些医生的蠢话吓倒，都是鬼话！他们是蠢驴。您身体十分健壮。您会给我们大家送葬！”

①② 法国七星丛书版后面另起一行。

内容提要

一

巴黎　　　　　　　　　　　　　　　　　盖尔芒特府邸

弗朗索瓦丝对我们家搬到盖尔芒特公馆附属建筑中一个新套间里的反应(3)。盖尔芒特这个姓氏的诗意在跟现实接触时支离破碎(4)。在配餐室午餐的仪式(11)。弗朗索瓦丝跟院子里做背心的裁缝朱皮安的谈话(12)。朱皮安和他的侄女(14)。弗朗索瓦丝怀念贡布雷(18)。在我看来,盖尔芒特这个姓氏充满了圣日耳曼区的神秘魅力(23)。盖尔芒特府门厅的门毯,是圣日耳曼区的界线(25)。德·盖尔芒特先生和我父亲(27)。

在巴黎歌剧院

由我外婆出面,让我父亲把戏票给我,让我去看贝尔玛演出《淮德拉》的一幕(31)。我的态度跟我第一次和外婆一起去看戏时不同(31)。正厅前座的观众和包厢里的观众形成鲜明对照(33)。盖尔芒特王妃的楼下包厢(35)。贝尔玛的才华(39)。印象和欲望(43)。贝尔玛和埃尔斯蒂尔(46)。盖尔芒特王妃和盖尔芒特公爵夫人(48)。德·康布勒梅夫人(49)。盖尔芒特公爵夫人对我微笑(52)。

在街上

每天上午,我窥视盖尔芒特公爵夫人外出(53)。她那些连续的形象(54)。弗朗索瓦丝对我的行为进行无声的责备(57)。我听任自己在想象中驰骋,而不是去工作(61)。我决定到圣卢驻防的城市去看他,希望用这种办法来跟他舅妈接近(63)。

东锡埃尔

东锡埃尔和巴尔贝克(64)。圣卢在骑兵部队营房(64)。他的房间(67)。听觉的标记和噪音的消除(68)。第二天我在旅馆的房间(74)。睡眠的世界(77)。骑兵团演习(83)。我在营地参观(84)。其他军人对圣卢的赞赏(85)。夜晚东锡埃尔的街道(87)。在饭馆和圣卢及其战友共进晚餐(90)。我请他跟他舅妈谈起我,并对我用'你'来称呼(93)。他拒绝把德·盖尔芒特夫人的一张照片送给我(95)。他非要让他的朋友们"高度评价我的才智"(96)。迪罗克少校(100)。军人们对德雷福斯案件的看法(101)。美学和战略(105)。环境的影响(116)。圣卢的梦(120)。博罗季诺亲王(123)。电话小姐(131)。我几乎听不出是我外婆的声音(132)。圣卢的奇特举止,我来不及跟他道别(136)。

返回巴黎

我的外婆因年龄和疾病而产生的变化(138)。季节的变化(140)。我上午又开始出去散步,以便看到德·盖尔芒特夫人经过(141)。她的服饰(141)。我的梦(143)。圣卢的短暂来访(144)。我父亲建议我去德·诺布瓦先生的女友德·维尔帕里齐夫人家(146)。他同意我选择作家的职业,但我无法开始工作(146)。我父亲打算竞选法兰西研究院院士,并希望得到德·诺普瓦先生的支持(148)。德雷福斯派萨士拉夫人(149)。

维尔帕里齐接待日

春天的一个上午,我去找圣卢时遇到勒格朗丹,他责备我跟贵族来往,并答应把他的小说寄给我(151)。巴黎郊区的村庄,在那里住着圣卢的情妇(153)。对开花的梨树赞赏不已(153)。我认出那少妇就是“拉结主托”(156)。人的想象力(157)。乘火车返回(160)。

在饭馆

拉结和埃梅(164)。圣卢的嫉妒(165)。交易所的年轻职员(167)。在包房(169)。酒精的作用(170)。

在剧院

对演员的新看法(171)。拉结对一个初次登台的女演员残忍(172)。我悟出圣卢看到舞台上的拉结而产生错觉并成为这种错觉的牺牲品的原因(173)。他对我解释他为何在东锡埃尔对我行奇特的军礼(175)。舞蹈男演员(176)。圣卢威胁要跟拉结一刀两断(179)。他打一名记者耳光(180)。有同性恋癖好的过路人(181)。圣卢提出要我和他分开去德·维尔帕里齐夫人家(182)。

沙龙

德·维尔帕里齐夫人在社交界地位下降(182)。她的回忆录(184)。家具和肖像画(187)。我的老同学布洛克(188)。他的外貌类型(189)。研究投石党运动的历史学家(192)。“命运三女神”之一阿莉克丝驾到(196)。蒙莫朗西公爵夫人肖像画原件(199)。盖尔芒特公爵夫人进来(201)。勒格朗丹的故作风雅(205)。坐在客厅里的这个人,我看不出跟盖尔芒特这个姓氏有任何关系(207)。作家G(208)。梅里美、梅拉克和阿莱维的那种思想(209)。盖尔芒特圈子里的午餐(210)。德·盖尔芒特夫人认为贝戈特比德·布雷奥泰先生风趣(213)。我后悔曾在巴黎歌剧院避开贝戈特(213)。阿让古尔伯爵、盖尔芒特男爵和沙泰勒罗公爵到来(214)。他们嘲笑历史学家(215)。布洛克的不良举止(219)。德·诺普瓦先生喜剧性地进来(224)。德·维尔帕里齐夫人向他介绍布洛克,布洛克则想请他谈论德雷福斯案件(225)。他问我是否在写些什么(226)。盖尔芒特公爵进来(227)。德·诺普瓦先生拒绝支持我父亲竞选法兰西伦理学和政治学学院院士(229)。他拒绝的理由(229)。德·盖尔芒特夫人和《七位公主》(234)。德·盖尔芒特夫人对曾在她家演出的拉结显得严厉而又不公正(235)。公爵让他的妻子大显身手(237)。她批评奥黛特和德·康布勒梅夫人(238)。德·诺普瓦先生和德雷福斯案件(239)。想象和言语的规律(242)。奥丽娅娜的风趣话(247)。德·诺普瓦先生的看法(248)。布洛克和沙泰勒罗公爵(257)。布洛克告辞(258)。德·马桑特夫人(260)。罗贝尔·德·圣卢到来,他让我坐在他舅妈旁边(264)。他说话热情(265)。法芬海姆亲王和德·诺普瓦先生(266)。斯万夫人来了后,德·盖尔芒特夫人急忙离去(275)。夏吕斯男爵到来(275)。我想起几天前夏尔·莫雷尔来看我,他是我外叔公阿道夫以前的贴身男仆之子(276)。当初的粉裙女子变成了斯万夫人(278)。德·夏吕斯先生和斯万夫人(278)。德·夏吕斯先生和德·维尔帕里齐夫人因借钱还钱而产生的矛盾(279)。德·夏吕斯先生对我冷淡(281)。德·马桑特夫人的母爱和圣卢的自私(282)。我们对自己的看法和别人对我们的看法的差异(283)。那顶有公爵冠冕的帽子(289)。我发现德·夏吕斯先生是盖尔芒特公爵的弟弟(290)。罗贝尔因项链的事急忙离去(291)。他母亲的反应(292)。德·维尔帕里齐夫人劝我别跟德·夏吕斯先生一起走(296)。他在楼梯上追上我,并提出要指导我的生活(297)。他奇怪地问起布洛克的事(300)。德·阿让古尔先生的冷淡(305)。德·夏吕斯先生对德·维尔帕里齐夫人的家庭的看法(307)。他可以对我提供的帮助(308)。他选择一辆出租马车令人惊讶

(309)。我回到家里。配膳室里在谈论德雷福斯案件(310)。我看到外婆病情加重(311)。

我外婆的疾病:香榭丽舍大街的小屋

科塔尔大夫来我家出诊(312)。我外婆有热度(313)。杜·布尔邦大夫来出诊,他诊断结果是我外婆患"精神性蛋白尿"(316)。我和外婆去香榭丽舍大街散步(322)。那里围有绿色栅栏的古老小屋(323)。"侯爵夫人"和护林员(323)。我看出我外婆的病刚才有点发作(326)。

二

第一章　我外婆患病和去世

从香榭丽舍大街回来(327)。带我外婆到E教授家去看病(330)。我母亲和弗朗索瓦丝对我外婆患病的反应(332)。科塔尔大夫(336)。X专家(337)。我外婆的两个妹妹的态度和萨士拉夫人给我妈妈写的信(338)。贝戈特身患重病,却天天来看我们(339)。别出心裁的艺术家的名声(341)。科塔尔夫人和卢森堡公爵的关心(343)。弗朗索瓦丝和电工(344)。我外婆病情严重(345)。用水蛭治我外婆脑充血(347)。母亲在半夜三更把我叫醒(349)。盖尔芒特公爵来访(350)。我外婆的一个当教士的妹夫(353)。用氧气袋给我外婆输氧(353)。我们的一个表叔几天来一直在我外婆身边守夜(354)。迪约拉富瓦大夫来确认病危或死亡(356)。我外婆去世(358)。

第二章　阿尔贝蒂娜来访

秋天的一个周日(360)。回忆东锡埃尔的晨雾(361)。暖气设备响声难听,不时发出打嗝般的声音(361)。前一天,我收到罗贝尔·德·圣卢的一封信,他告诉我即将回法国休假,并说德·斯泰马里亚夫人已离婚(362)。圣卢跟拉结分手的后果(363)。我写信给德·斯泰马里亚夫人,约她共进晚餐(364)。阿尔贝蒂娜来访(365)。她说话的方式已经改变(369)。弗朗索瓦丝在阿尔贝蒂娜坐到我床上时走了进来(372)。接吻和阿尔贝蒂娜连续的形象(379)。她的社会观念极其荒谬(383)。我来到德·维尔帕里齐夫人家时,喜剧演出刚刚结束(385)。我在那里遇到德·盖尔芒特夫人,我经母亲劝告已不再爱她(386)。她请我去她家吃晚饭(390)。她请我吃饭的真正动机(392)。关于夏吕斯的奇特谈话(394)。几天后我跟布洛克闹翻(395)。我等待跟德·斯泰马里亚夫人共进晚餐的那几天(398)。我跟阿尔贝蒂娜一起去布洛涅林园的岛上点菜,以准备跟德·斯泰马里亚夫人共进晚餐(402)。在圣克卢散步(405)。德·斯泰马里亚夫人在最后一刻爽约(407)。我感到失望(408)。

圣卢来访(409)。对友谊的批评(411)。对贡布雷、东锡埃尔和里弗贝尔的回忆(413)。孤独的必要性(414)。圣卢对布洛克说的话(414)。咖啡馆里的两个餐厅(417)。富瓦亲王(418)。圣卢的年轻贵族朋友希望"娶富家女"(419)。咖啡馆老板(422)。犹太人(424)。对卢森堡公爵心怀叵测的议论(426)。红丝绒面料的软垫长椅,以及圣卢在椅背上跳跃奔跑以来到我跟前(427)。他向我转达德·夏吕斯先生的话,要我在盖尔芒特家晚宴后到夏吕斯家去(427)。圣卢的高雅情趣和艺术作品(429)。

盖尔芒特府的晚宴

公爵对我热情接待(432)。埃尔斯蒂尔画作收藏室(435)。客人中那些花妞(440)。我未能立刻认出帕尔马公主(441)。公主对我和蔼可亲的两个原因(444)。阿尼巴尔·德·布雷奥泰-孔萨尔维伯爵(447)。沙泰勒罗公爵(449)。盖尔芒特的圈子里有起绰号的嗜好(450)。阿格里让特亲王(450)。入席就餐,德·盖尔芒特夫人让我带她入席(452)。德·盖尔芒特先生的礼节(453)。帕尔马公主对我和蔼可亲的另一个原因(456)。盖尔芒特家族成员的外貌(457)。盖尔芒特家族的守护神(459)。库弗瓦西埃家族成员(461)。跟别人保持距离的办法(463)。库弗瓦西埃家族成员对奥丽娅娜·德·盖尔芒特反感的原因(466)。盖尔芒特公爵是坏丈夫,但在维护妻子的沙龙正常运行方面,却是"经得起任何考验的好伙伴"(473)。帕尔马公主的沙龙(474)。盖尔芒特夫妇的精神和沙龙(477)。奥丽娅娜的风趣话(481)。高傲的塔尔奎尼亚人(484)。盖尔芒特公爵夫人"随心所欲地追求新奇的病态需要"(491)。盖尔芒特夫妇的社交行为和政客们的精神(494)。盖尔芒特公爵的那些情妇(500)。德·格鲁希先生姗姗来迟(504)。德·盖尔芒特夫人对跟班普兰的冷酷(505)。她对表姐德·厄迪古尔的讽刺挖苦(505)。对博尼埃的历史剧《罗兰的女儿》的各种看法(509)。盖尔芒特公爵对音乐和文学的爱好(512)。阿帕雄伯爵夫人(514)。跟班给沙泰勒罗公爵上菜时笨手笨脚(515)。德·盖尔芒特夫人喜欢的作家和作品(517)。她对雨果和左拉的看法(520)。《一把芦笋》和埃尔斯蒂尔给奥丽娅娜画的肖像(523)。我未能在德·盖尔芒特夫人身上找到盖尔芒特这个姓氏的魅力(526)。爱幻想的年轻人和社交界女士(526)。"马德莱娜婶婶"(德·维尔帕里齐夫人)和布洛克(528)。盖尔芒特公爵和公爵夫人对德·夏吕斯先生哀悼妻子的不同看法(530)。帕尔马公主说,圣卢想请奥丽娅娜帮忙,因为他不想回摩洛哥工作(532)。公爵不想帮忙,也不希望他妻子插手(532)。冯亲王说出圣卢、拉结和夏吕斯男爵的事(533)。那不勒斯王后服丧和德·盖尔芒特夫人假装风趣(534)。德·蒙塞弗耶将军(535)。我从此不断受到盖尔芒特夫妇的邀请(536)。他们家一直只用橘子汁招待客人(537)。昆虫为花授粉(540)。德·盖尔芒特夫人和帝国时代式样的家具(541)。耶拿家收藏的家具(542)。居斯塔夫·莫罗的《青年和死神》(545)。德·盖尔芒特夫人借用我对别具一格的艺术家的看法(547)。马奈的《奥林匹亚》(547)。我提起我曾去荷兰旅游(549)。盖尔芒特公爵十分骄傲(549)。德·盖尔芒特夫人对弗朗斯·哈尔斯的绘画的愚蠢评论(549)。盖尔芒特夫妇已脱离他们的姓氏(550)。德·盖尔芒特夫人说,德·诺普瓦先生对我非常喜欢(555)。谈论家谱才使我在这一天晚上并未完全失望(559)。"她是奥丽娅娜的表姐妹"(561)。土耳其大使夫人的错误(562)。对卢森堡公爵进行恶意诽谤的故事(566)。圣日耳曼区的琐事(568)。我听到这些姓氏有一种美学上的愉悦感(571)。门毡不是姓氏的神奇世界门口,而是其终点(572)。我想要起身告辞,以便让圣日耳曼区恢复神秘的生活(574)。如果这种生活并不存在呢?(574)。盖尔芒特夫妇的高雅谈吐(575)。我的橡胶雪靴(576)。帕尔马公主的女官(577)。

我在前往德·夏吕斯先生家的马车上感到兴奋(578)。思考能从社交界人士那里学到什么(580)。

在盖尔芒特府的晚宴后去拜访夏吕斯男爵

我在他客厅里等了很长时间(583)。德·夏吕斯先生轻蔑的话(584)。他发怒(585)。我气得用脚踩他的大礼帽(589)。男爵的态度突然改变(590)。他决定先送我回家,然后去林园赏月(594)。他对耶拿王妃和盖尔芒特王妃府的看法(596),他有打开王妃府大门的秘诀(597)。我回家后看到我书桌上有一封忘了拿走的信,是弗朗索瓦丝的跟班写给他表兄的(598)。

大约两个月后,对盖尔芒特夫妇的拜访

我收到盖尔芒特王妃的请柬(600)。德·蒙莫朗西夫人和严酷的现实(603)。盖尔芒特王妃的沙龙的排他性(604)。我想问盖尔芒特夫妇,我收到请柬是否是有人想愚弄我,但他们在戛纳(605)。他们回巴黎的第二天,即盖尔芒特王妃府举办晚会的那天,我决定去拜访他们,但他们出去了(606)。我在楼梯上等待(607)。我发现一种道德景观,我要到片刻之后再来叙说(607)。公爵独自在书房里接待我(608)。他在等待斯万,斯万要把他研究马耳他骑士团钱币的论著校样拿给公爵夫人看(608)。公爵还说,他弟弟夏吕斯男爵是马耳他骑士团的一个显贵(609)。德·锡利斯特拉夫人来访(609)。关于盖尔芒特王妃是否确实邀请我参加晚会这件事,公爵劝我别去问他的妻子(611)。斯万到来,他变化很大(613)。公爵认为是菲利普·德·尚帕涅的作品的那幅画,斯万说"是不怀好意画的"(615)。他支持德雷福斯的后果(617)。公爵夫人进来,她竭力"炫弄盖尔芒特精神"(618)。她对跟班残忍(622)。公爵的表兄奥斯蒙侯爵病危,但对公爵来说,这个消息不如他要参加的化装舞会重要(623)。对贵族爵位的讨论(625)。莫莱伯爵夫人用信封折角充当名片(625)。斯万的疾病(631)。公爵夫人的红鞋(633)。盖尔芒特公爵的洒脱(634)。

人名索引[①]

① 索引中黑体的页码表示有注释的页码，人名打上方括号的，表示正文中未出现，但在注释中出现。

地名索引

文艺作品名索引

译后记

《在斯万家这边》于1913年出版时，普鲁斯特希望后面再出两卷，即《盖尔芒特那边》和《重现的时光》。这种三卷集的安排，无疑是出于商业上的考虑，但也符合普鲁斯特本人的想法，他从一开始就采用三拍节奏。因此，《盖尔芒特那边》是这三部曲的中心环节，对理解整部小说起着不可或缺的作用。

然而，疾病、战争以及内心的痛苦改变了这一计划。因此，在小说最终的结构中，《盖尔芒特那边》自然就不像1913年的计划中那样重要。另外，这一卷也一直没有得到读者应有的重视。读者欣赏《在斯万家这边》和《在花季少女倩影下》的诗意，《所多玛和蛾摩拉》中对道德的研究，《女囚》和《阿尔贝蒂娜失踪》的心理分析，《重现的时光》的哲理。那么，《盖尔芒特那边》又有什么值得称道？在贡布雷和香榭丽舍大街是室外的清新空气，巴尔贝克是海风吹拂，到了盖尔芒特那边，则是沙龙的封闭环境。叙述仿佛陷入轻浮和肤浅的谈话之中，使人认为普鲁斯特"故作风雅"，是"社交界的业余作者"①。

《盖尔芒特那边》是《追忆似水年华》中篇幅最长的一卷，却往往被认为"编写"得最差劲。这也许是因为作者在当时不得不将该卷分为上下两册，分别于1920年和1921年出版。1920年11月

① 均系纪德于1914年对普鲁斯特的评价。

4日，保罗·苏代在《时代报》上撰文，认为《盖尔芒特那边（一）》是“过渡的一卷”，五十年之后，莫里斯·巴尔代什仍把该卷称为“大杂烩”①。

必须承认，这一卷确实会使读者迷失方向，要走出这迷宫也并非易如反掌。不过，在一个个沙龙中迷失方向，不失为一种优雅的乐趣。但是，《盖尔芒特那边》描绘的不是社交界，而是对社交界的发现，它描绘的不是故作风雅，而是故作风雅的诗意。说它是“过渡的一卷”，是因为它描写主人公从青少年时代转入成年时代，他对事物的敏感转变为智慧。因此，这“过渡”二字就具有极其广泛的含义，说明随着时间的推移，主人公在现实中不断学习，并用现在了解的真实情况跟过去的幻觉进行对照。

《盖尔芒特那边》如何脱胎换骨

“盖尔芒特”这个名称，是地名也是姓氏，最早出现在1909年的练习簿上，而且是在“加尔芒特”（Garmantes）和“盖尔芒特”（Guermantes）之间犹豫之后作出的选择。在此之前，在1896年至1900年写的《让·桑特伊》中用“雷韦荣”，在1908的练习簿上则用“维尔邦那边”。当时，普鲁斯特在练习簿上撰写《驳圣伯夫》，其中有“盖尔芒特这个姓”、“喜歌剧院”、“驻守的城市”和“德·维尔帕里齐夫人的五点钟聚会”，可说是《盖尔芒特那边（一）》四个主要段落的初稿，后又添加“外婆患病”的段落。1909年底至1911年初，普鲁斯特在练习簿上撰写《盖尔芒特那边》的初稿，后请人誊清成打字稿，于1912年至1913年作了大量修改。这时，地名和人名确定了下来，这在1914年格拉塞出版社的长条校样上可

① 参见莫里斯·巴尔代什《小说家马塞尔·普鲁斯特》，巴黎，七彩出版社，1971年，第二卷第100页。

以看出,普鲁斯特在校样上也亲笔作了大量修改和补充。例如,"蒙福尔"(Montfort)这个姓被"诺普瓦"(Norpois)所取代,"弗勒吕斯"(Fleurus)和此前的"盖尔西"(Guercy)变成"夏吕斯"(Charlus),"博尼什"(Borniche)变成"朱皮安"(Jupien),"雅克或夏尔·德·蒙塔吉"(Jacques ou Charles de Montargis)则改称"圣卢"(Saint-Loup)。德·盖尔芒特夫人的名字在初稿中为"罗斯蒙德"(Rosemonde),这时定为"奥丽娅娜"(Oriane),而公爵的名字则由"阿斯托尔夫"(Astolphe)变为"巴赞"(Basin)。不过,圣卢驻防的城市名称,要到1919年伽里玛出版社的校样上才改成"东锡埃尔"。但从总体上说,这一卷的人名和地名是在1913—1914年间确定的。

因此,《盖尔芒特那边(一)》从1909年至1919年经历了初稿、手稿、打字稿(根据手稿打字誊清)、格拉塞出版社校样和伽里玛出版社校样这几个阶段,是多次修改和补充的结果,作者在1919年的校样上再次修改和补充后才写下"同意付印"四个字。1920年3月底,加斯东·伽里玛请雅克·里维埃尔给普鲁斯特施压,让他同意把《盖尔芒特那边》分上下两册出版。因商业原因,这一卷的上册在主人公的外婆在香榭丽舍大街发病后结束。《盖尔芒特那边(一)》于1920年10月25日出版发行。普鲁斯特希望能在同年12月出版《盖尔芒特那边(二)、所多玛和蛾摩拉(一)》,但由于更换印刷厂,普鲁斯特在校样上的修改和补充又多得出奇,因此下册拖到1921年5月2日才得以出版。

《盖尔芒特那边》原本应作为三卷本小说的第二卷于1914年在格拉塞出版社出版。这一卷出版推迟有众多原因,其中一个重要原因是普鲁斯特想更换出版社。1911年12月,《新法兰西评论》出版社即伽里玛出版社的审稿委员会拒绝出版普鲁斯特寄去的长达1 500页的书稿,委员会成员有雅克·科波、安德烈·纪德、亨利·盖翁和让·施伦贝格。但是,普鲁斯特在格拉塞出版社自费出版《在斯万家这边》之后，《新法兰西评论》很快就感到后悔，感到后悔的还有法斯凯尔出版社，该出版社因未能就小说的卷数跟作者达成一致意见而拒绝出版该书。从1912年11月起，普鲁斯特跟加斯东·伽里玛书信来往频繁。1914年初，纪德在给普鲁斯特的信中说，“《新法兰西评论》愿意承担[《追忆似水年华》其他两卷]出版的全部费用”，普鲁斯特则以真挚的热情作出答复：“我常常感到，有些巨大的乐趣都有一个先决条件，那就是我们首先要失去我们理应得到的一种次要的乐趣，但如果我们没有得到这种乐趣的欲望，我们就决不会得到另一种最美好的乐趣。如果没有拒绝，如果没有《新法兰西评论》的一再拒絕，我就不会收到您的来信[①]。”普鲁斯特在其后的信中说：“最近，法斯凯尔（我最初想在他那里出版）托人对我说（这确实是间接传话，我无法肯定他确实像传话人说的那样态度明确）想要出版第二卷和第三卷。对他的要求我一刻也没有考虑，因为我不想离开格拉塞。对于《新法兰西评论》，那就是另一回事了。这是我朝思暮想的荣誉，您知道，请您代我感谢您那些朋友给予我这一荣誉。但是，我想说同意的愿望，决不应该使我亏负格拉塞[②]。”

因此，在1914年，为出版《盖尔芒特那边》，格拉塞有了两个竞争对手。普鲁斯特经过反复考虑，最后决定把自己的意愿告诉格拉塞。1914年4月4日星期六，他写信给格拉塞，请对方同意他转投《新法兰斯评论》，并确切说明这一卷稿子的状况：“我感到这一卷很难在10月以前出版。目前，我有开头部分的校样，其他

① 参见普鲁斯特于1914年1月12日或13日写给纪德的信，载菲利普·科尔布编纂《普鲁斯特书信集》，普隆出版社，1985年，第十三卷第56页。

② 参见普鲁斯特于1914年3月21日写给纪德的信，载科尔布编纂《普鲁斯特书信集》，普隆出版社，1985年，第十三卷第115页。

部分仍是手稿,没有全部打字誊清,您也还没有读过[1]。”普鲁斯特所说的第二卷开头部分,是指第一卷《在斯万家这边》的最后150页校样,因第一卷篇幅大大超过预定的525页而被删除,后经过补充被用作《在花季少女倩影下》的开头部分。普鲁斯特还在这封信中抱怨说:“把书分为三卷,使我只能把第一卷过早结束,因此就给第二卷留下缺陷。我觉得这样就失去了平衡。我不想夸大我写的东西如何重要,但由于读者对第一卷持宽容态度,并希望第二卷早日问世,我给他们的东西就不应该选得过于随心所欲。”

不过,普鲁斯特想跟格拉塞毁约的真正原因,除了很想在《新法兰西评论》出版社出版之外,还因为他对格拉塞出于商业上的原因而把《在斯万家这边》的结尾部分删去怀恨在心。格拉塞直至1916年8月29日才作出让步:“我十分感动的是,您出于友情把这些伤心事都告诉了我,因此我不希望因我的行为而增加您的烦恼和痛苦。不管我要付出多少代价,我都会拒绝出版《追忆似水年华》第二卷[2]。”这时的《盖尔芒特那边》,已经跟1914年的稿子有很大区别。当时爆发第一次世界大战,出版计划全都中止,格拉塞被迫关闭出版社。但从1914年5月初起,普鲁斯特就对雅克·里维埃尔说,“[他]希望发表[他]作品片断的唯一出版物(报纸和杂志)是《新法兰西评论》[3]”。他甚至愿意在《新法兰西评论》上全文连载《盖尔芒特那边》。不过,他们之间的通信也显示出出版社和作家的分歧,这种分歧曾在普鲁斯特和格拉塞之间存在,那就是对一卷的篇幅长短的分歧。1914年的书信清楚地表明,普鲁斯特不愿作任何删节,只希望替换。他删节就意味着重

---

① 莱昂-皮埃尔·坎特在《普鲁斯特和文学战略》(巴黎,科雷亚出版社,1954年)一书中引述,第119页。

② 出处同上,第158页。

③ 参见《马塞尔·普鲁斯特和雅克·里维埃尔书信集》,由菲利普·科尔布评注,巴黎,普隆出版社,1955年,第3页。

写,对他来说修改就是补充。由于雅克·里维埃尔极其耐心,《新法兰西评论》才于1914年6月至7月(后来在1921年1月1日)的刊物上发表了《追忆似水年华》当时第二卷书稿的片断,并刊登了这一卷的提纲:《盖尔芒特那边》:在斯万夫人家——地方的名称:地方——首次对夏吕斯男爵和罗贝尔·德·圣卢作的肖像画——人的名字:盖尔芒特公爵夫人——德·维尔帕里齐夫人的沙龙。普鲁斯特给《新法兰西评论》发表的稿子,用他自己的话来说是"切成小块"的结果。他毫不隐瞒地对雅克·里维埃尔承认这一卷从整体上说缺乏连贯性:"我寄给您的稿子,是取自各处的段落[①]。"1914年5月,普鲁斯特决定把外婆之死作为《盖尔芒特那边》的结尾,他在给雅克·里维埃尔的信中说得一清二楚:"7月份这一期,我要给您的是关于德·盖尔芒特夫人以及我外婆之死这两段,把它们作为这些片断的结尾十分合适,另外,这一卷也以它们为结尾[②]。"而格拉塞出版社的校样,却在德·维尔帕里齐夫人家的下午聚会后结束,最后叙述者跟夏吕斯一起离开她家。这就说明,1914年8月3日德国对法国宣战后,这一卷校样的排版工作随之结束。普鲁斯特在1914年6月和7月的《新法兰西评论》上发表的《盖尔芒特那边》片断,是他原计划中的第二和第三部分,即"地方的名称:地方"和"首次对夏吕斯男爵和罗贝尔·德·圣卢作的肖像画"。他不想发表第一部分即"在斯万夫人家"的片断,是因为这部分实际上属于第一卷《在斯万家这边》。而1914年6月发表的片断经过修改和扩充,收入《追忆似水年华》真正的第二卷即《在花季少女倩影下》,并于1918年在伽里玛出版社出版,而《盖尔芒特那边》则成为第三卷的卷名,并于1920年在伽里

---

① 参见《马塞尔·普鲁斯特和雅克·里维埃尔书信集》,由菲利普·科尔布评注,巴黎,普隆出版社,1955年,第11页。

② 出处同上,第7页。

玛出版社出版上册。这时,它已不是一位无名作者的第一部小说的续集,而是刚获得龚古尔奖的小说家令人期待的小说的第三卷。

伽里玛出版社原来似乎准备把这卷印成一册。1918 年出版的《在花季少女倩影下》,印有书名的副扉页背面写有:《新法兰西评论》出版社。马塞尔·普鲁斯特的作品。《追忆似水年华》。共五卷。

《在斯万家这边》一

《在花季少女倩影下》二

正在印刷:

《盖尔芒特那边》三

人名:盖尔芒特公爵夫人——圣卢在东锡埃尔——德·维尔帕里齐夫人的沙龙——我外婆之死——阿尔贝蒂娜再次现身——盖尔芒特公爵夫人府的晚宴——盖尔芒特家族的精神——德·夏吕斯先生仍使我感到困惑——公爵夫人的红鞋。《所多玛和蛾摩拉》四——《所多玛和蛾摩拉》五。

这第三卷最终分两册出版。上册以主人公的外婆在香榭丽舍大街发病为结尾,下册则以"我们再次穿过加布里埃尔大街"开始,第一部分是外婆之死。这样的划分可说是随心所欲,只是因为印出的书篇幅过长,这种情况在《新法兰西评论》刊登《盖尔芒特那边》的片断时已经发生。在该刊 1914 年 7 月那期上,小说的片断以外婆疾病的变化为结尾,直至叙述者发现"她已认不出[他]"。读者要等到 1921 年 1 月 1 日的那期刊物,才能读到这一段的下文,即外婆病情严重和死亡,其中增添了一些场景,表明医学的无能和在死亡面前的无能为力。但这一段,普鲁斯特在 1914 年希望置于格拉塞出版社版本的《盖尔芒特那边》的末尾,在 1920 年则希望它成为《盖尔芒特那边(一)》的结尾。这一段之所以没有在 1914 年置于《盖尔芒特那边》的校样之中,原因十分简单,那就是阿戈斯蒂内利在那年 5 月 30 日驾机坠落海里淹死,普鲁斯特因此没有心思去看校样。同年6月19日，他给纪德的信中说："自从我可怜的朋友去世之后，格拉塞每天寄给我一包校样，但我连拆开一包校样的勇气也没有。这些用绳捆扎的校样，一包包叠放在那里，我不知道什么时候才会有勇气重新开始工作，也不知道是否会有这种勇气①。"

事实上，关于外婆在香榭丽舍大街发病、回到家里以及她病情变化的段落，1914年已在印刷厂出样。普鲁斯特在1916年8月14日给格拉塞的信中提到此事："确实，当时我想在《新法兰西评论》上发表小说片断，就请您多排出些校样。由于校样不在眼前，我无法对此发誓，但我觉得一直排到第18页。至于您对我说的修改，我在尚未从一个秘密中重新振作起来之前，无法对您说出修改的原因（我说的是最后那些校样的修改）②。"普鲁斯特所说的秘密，当然是指阿尔弗雷德·阿戈斯蒂内利的逃跑和失踪，在《追忆似水年华》中则是阿尔贝蒂娜，这一人物将在《盖尔芒特那边（二）》中以及《在花季少女倩影下》中于1914年6月之后撰写的那些部分里起到重要作用，但在原先以外婆去世为结尾的《盖尔芒特那边（一）》中却踪迹全无。阿尔贝蒂娜这个人物要到很晚才加到小说之中，而外婆这一人物在1908年构思时就已存在。阿尔贝蒂娜的出现使普鲁斯特必须重新构建小说的总体结构。在13号练习簿第55张纸上（经莫里斯·巴尔代什确定，写于1914年秋），普鲁斯特安排如下段落：

第二年在巴尔贝克——少女们。我通过画家跟她们认识。我迷上了~~玛莉娅~~阿尔贝蒂娜③。我是否能在巴黎见到您？很难。安

---

① 载菲利普·科尔布编纂《普鲁斯特书信集》，普隆出版社，1985年，第十三卷第254页。

② 莱昂-皮埃尔·坎特在《普鲁斯特和文学战略》（巴黎，科雷亚出版社，1954年）一书中引述，第154页。

③ "玛莉娅"三个字被划去，普鲁斯特在上方写了"阿尔贝蒂娜"。

德蕾的亲热。传环游戏。失望。床上的场景。最终失望。欲望转向安德蕾。(也许)利用她的亲热。为了对阿尔贝蒂娜有诱惑力。放弃安德蕾。巴黎:德·盖尔芒特夫人。**我外婆之死**(被划掉)。拜访德·维尔帕里齐夫人。先生不知道谁来了?阿尔贝蒂娜小姐。我外婆之死。德·西拉里亚夫人——阿尔贝蒂娜来访,等等。

莫里斯·巴尔代什在谈到《盖尔芒特那边》时写道:"我们的印象是普鲁斯特的思想飘忽不定,应该说这几乎是一种缺乏条理的表现:小说中变幻莫测的事件无一合乎情理①。"实际上,小说中插入阿尔贝蒂娜系列之后,这原先的第二卷支离破碎,是十分正常的事,而普鲁斯特则在考虑把死亡的题材插在何处最为合适。最后,《盖尔芒特那边(一)》以外婆发病为结尾,而《盖尔芒特那边(二)》则以宣布斯万即将去世为结尾。于是,这种对称结构最终取代了普鲁斯特自1908年起为《盖尔芒特那边》设想的外婆之死的结尾。《盖尔芒特那边(二)》以外婆之死开头,引起了某些人的批评,但这些人并未看出《盖尔芒特那边(一)》主要是叙述主人公幻想的破灭,也没有看出外婆之死在其中的作用。这是《追忆似水年华》中跟巴尔扎克的风格最为接近的一册,而巴尔扎克恰恰是书中人物盖尔芒特公爵最喜欢的作家。莫里斯·巴尔代什自以为可以肯定地说,"外婆之死是一幅美妙的图画,可以放在任何地方。"恰恰相反,外婆之死被置于《盖尔芒特那边》上下两册之间,表示叙述者对名称的魔力已幻想破灭(上册),并开始了"离心的阶段,在这个阶段,主人公发现社交界跟他和他的志向背道而驰②。"(下册)

另外,在小说的撰写过程中,人名都多次改变,唯有主人公的外婆不变。她名叫巴蒂尔德,社会上称她为阿梅代夫人,叙述者则

---

① 参见《小说家马塞尔·普鲁斯特》,巴黎,七彩出版社,1971年,第140页。

② 参见让·卢塞《形式和意义》,巴黎,科尔蒂出版社,1962年,第165页。

一直称她为“我的外婆”。在这个世上，叙述者逐渐发现，名称跟个人和城市都不相符，并得出结论，在《盖尔芒特那边(一)》中用下面的话来表达：“如果我们接近名称所指的真实的人，仙女就会消失，因为这名称开始将此人映照出来，这个人就失去仙女的任何特点。”(第5页)正因为如此，名称始终不变的外婆，就必然在这世上消失。

《盖尔芒特那边(二)》的发表

《盖尔芒特那边(二)》原定于1921年2月发表，即《盖尔芒特那边(一)》出版四个月之后，但被普鲁斯特推迟到5月1日，原因除了修改越来越多，并于1920年在这卷末尾增添了《所多玛和蛾摩拉(一)》之外，还有出版社调换印刷厂，作者的健康状况不佳，以及他对出版社的工作十分不满，认为印出的校样错误过多，又过于缓慢。普鲁斯特和雅克·里维埃尔在1920年11月至1921年5月这段时间里交换的信件，谈的都是《盖尔芒特那边(二)》校样的修改和印刷，以及提前在《新法兰西评论》上刊登这一册片段的事。最后，“外婆之死”发表在1921年1月1日那一期上，题为“弥留之际”，“阿尔贝蒂娜初次来访”则以“一次亲吻”为题刊登在1921年2月1日那一期上。另外，普鲁斯特还在1921年2月26日的《每周评论》上发表这一册的片断，刊登在弗朗索瓦·莫里亚克的文章《马塞尔·普鲁斯特》的后面，题为“浓雾弥漫的夜晚”，讲述主人公在德·斯泰马里亚夫人失约后跟圣卢到一家餐馆共进晚餐。

显然，普鲁斯特是想尽快把这一卷的工作结束，他在1921年1月给加斯东·伽里玛的信中说：“这一卷的结尾将宣布其后的部分，这一卷之后，我们将最终摆脱社交活动、节奏缓慢等问题(它们的用处事后自会明白)，接下来就是《所多玛(二)》、《所多玛

(三)》、《所多玛(四)》和《重现的时光》这长长的四卷,各卷间的间隔时间相当长(如果上帝赋予我生命),这四卷将会使您对也许可称为我的才能的东西有一种看法,有了这种看法,您把我作为您的一个作者召来,就不会感到后悔①。”

5月1日,雅克·里维埃尔给他写信:“明天,《盖尔芒特-所多玛》将出现在所有书店。您看,我们没有骗您②。”

《盖尔芒特那边(一)》:主人公生活中的一年

《盖尔芒特那边(一)》叙述的时间几乎是整整一年,即主人公度过的四个季节。叙事按时间先后顺序推进:主人公家里迁居盖尔芒特公馆的一个侧翼大致是在夏末,外婆去香榭丽舍大街散步则在第二年夏初。正如书中所说:“从未有如此晴朗、暖和的天气,正是外出散步的大好时机。”(第322页)巴黎歌剧院的夜场戏是在秋季的一天。接着是主人公“每天上午”、“每天”上街散步,以遇到在歌剧院对他微笑的盖尔芒特公爵夫人。他去东锡埃尔是在秋末,因为他提到即将来到的节日即圣诞节。在东锡埃尔待了半个月左右,然后因外婆而回到巴黎。他上午又开始在街上散步,以见到盖尔芒特公爵夫人,直至大斋期。德·维尔帕里齐夫人的接待日是在复活节前几天。过了几个星期之后,外婆在去香榭丽舍大街散步时发病。在德·维尔帕里齐夫人家,德·诺普瓦先生谈到当时正在审判左拉(第248页),说明故事发生在1898年。

现在发表的《盖尔芒特那边(一)》,跟普鲁斯特于1914年2月7日给雅克·里维埃尔写信时说的精神依然相符:“如果我不

① 参见《致<新法兰西评论>》,《马塞尔·普鲁斯特手册(六)》,巴黎,伽里玛出版社,1932年,第136—137页。

② 参见《马塞尔·普鲁斯特和雅克·里维埃尔书信集》,由菲利普·科尔布评注,巴黎,普隆出版社,1955年,第195页。

相信智力，如果我只想进行回忆，并用这些回忆来复述过去的时日，我现在病得这样，就不会花费力气去写作。但对一种思想的演变，我不想进行抽象的分析，而是想重新创造，想使它栩栩如生。因此我不得不描绘种种错误，但觉得没有必要说我把它们看成错误，而如果读者以为我把它们看成真理，那就算我倒霉。第二卷将会增加这种误解。我希望误解会在最后一卷中消除。”从某种程度上说，这第三卷也在增加这种误解，因为普鲁斯特把主人公置于一系列状况之中，让他审视他对自己和其他人的看法，而他有时还真假难辨。主人公发现，说出、听到或写出的话都有问题，包含着许多意思，跟他想象中名称的内涵大相径庭。

《盖尔芒特那边》的题材，并非像米歇尔·雷蒙所说的那样，是“一个十分聪明的青年的故事，这青年属于富裕的资产阶级，想要经常出入贵族上流社会，并在书的结尾如愿以偿[1]”，而是一位还不知道名称和个人无法重叠在一起的叙述者逐渐意识到，只有他将成为的作家的艺术才能使这两者融为一体。象征的两个部分即名称和个人的统一，使我们能进入被写作变为现实的本质的世界，并超越表象的种种矛盾，办法是通过艺术来重温波德莱尔“在尘世体验这种统一”的梦想。实际上，《追忆似水年华》始终是通过叙述者这个人在寻求作家的名称。

众所周知，普鲁斯特一直坚决捍卫他作品的结构“持续不变却又隐而不见的严谨”。他在书信中使用众多隐喻，反复强调每一部分“只是因为其他部分才有意义[2]”，甚至说他的“书是一部教

---

① 参见《关于<盖尔芒特那边>的结构的评述》，载《法国文学史评论》，1971年第5、第6期合刊，第855页。

② 参见吕西安·都德《关于马塞尔·普鲁斯特的六十封信》，巴黎，伽里玛出版社，1929年，第76页

理著作和一幢建筑物[1]”。因此，要谈《盖尔芒特那边(一)》的结构，必须跟小说的其他部分联系起来。

《盖尔芒特那边》最初由下列部分组成：对名称的遐想，巴黎歌剧院的夜场戏，去东锡埃尔旅行，以及应邀去德·维尔帕里齐夫人家做客。这些部分跟小说的其他部分构成了一个回响、对称和映照的体系，并成为小说其他部分的补充。例如，叙述者最终在德·维尔帕里齐夫人家遇到盖尔芒特公爵夫人时感到失望，跟他在巴尔贝克对这个城市感到失望的原因相同，那就是跟这个女人和这座城市突然接触时的印象，跟他长期以来用女人和城市的名称进行遐想所产生的形象截然不同。

帕尔马公主在巴黎歌剧院订包厢请客看夜场戏时，叙述者已不再像第一次观看贝尔玛演出《淮德拉》时那样，期待她把现实和想象融为一体，但他仍然把圣日耳曼区的那些名称跟他在剧场里远远看到的那些人融合在一起，并把他们想象成“水中仙女”和“蓄须的特里同”。这时，他把名称和个人可以融合的幻想，从女演员贝尔玛转到盖尔芒特公爵夫人身上，他于是在吉尔贝特之后和阿尔贝蒂娜之前，把公爵夫人看作他窥视和寻求的对象。

去东锡埃尔旅行，则是主人公对公爵夫人的包围战略的组成部分，与此对应的则是战争艺术的教益，这方面将由圣卢加以发挥。确实，主人公所进行的包围演习，可跟超群绝伦的大战役统帅媲美，目的是利用跟圣卢的友谊来接近盖尔芒特公爵夫人。然而，这次旅行在小说结构上之所以重要，不光是因为它揭示了使用这种手段的心理状态，而且主要是因为由此引出的两件事：一是在陌生的房间里半睡半醒，回想起贡布雷和巴尔贝克，并宣告将去威尼斯，二是打电话给外婆，使人想起《在花季少女倩影下》外婆拍照

---

① 参见《马塞尔·普鲁斯特和雅克·里维埃尔书信集》，由菲利普·科尔布评注，巴黎，普隆出版社，1955 年，第 1 页。

的事，为《所多玛和蛾摩拉》中“心灵的间歇”打下基础。

德·维尔帕里齐夫人家的下午聚会，是叙述者进入的第一个沙龙，但不是书中描绘的第一个沙龙。这个沙龙似乎介于斯万以前出入的维尔迪兰夫妇的沙龙和在《盖尔芒特那边（二）》中向叙述者开放的盖尔芒特府的沙龙之间。德·维尔帕里齐夫人家的下午聚会，在某种程度上是主人公真正进入社交界的开始，而《重现的时光》中盖尔芒特王妃的下午聚会，则表示他社交生活的结束。在《盖尔芒特那边》中，叙述者沉湎于社交生活之中，这是他实现艺术家的志向必不可少的条件，但到后来，在一个个沙龙里“穿越沙漠”之后，却理解了“一个真理，即任何社会活动都是一种诱饵，会使具有艺术家志向的人在精神上死亡；你越是献身于外部世界，就越是远离优美，而没有优美，就没有艺术家[①]”。

阿尔贝·弗耶拉认为，后来添加的部分使小说的结构臃肿，“这些增添会显得平庸[②]”。恰恰相反，这些添加的段落增强了《盖尔芒特那边》和小说其他部分的联系。例如，对弗朗索瓦丝和朱皮安的关系作了补充，并非是可有可无的离题话，其目的是使叙述者得出普遍的规律：“在社会关系中是否都是如此？如果在爱情上也是如此，那么，有一天我会因此而绝望到何种程度？”（第61页）回答将在《女囚》中作出。又如对圣卢如何看待拉结所作的一些补充，目的在于对爱情的幻觉进行阐述和概括，过去斯万在爱恋奥黛特时曾吃过这种幻觉的苦头，后来叙述者跟阿尔贝蒂娜恋爱时也将受害于这种幻觉。而对德·维尔帕里齐夫人的沙龙所作的种种修改，如对话的重新分配，阿莉克丝、斯万夫人等在初稿中并未出现的人物进来，往往都是为了指出叙述者看到他遇到的个人

---

① 参见让·卢塞《形式和意义》，巴黎，科尔蒂出版社，1962年，第165页。

② 参见阿尔贝·弗耶拉《马塞尔·普鲁斯特如何撰写他的小说》，纽黑文，耶鲁大学出版社，1934年，第70页。

的名字和品行之间存在着矛盾。

因此,《盖尔芒特那边(一)》为普鲁斯特撰写小说的方式提供了一个典型的例子:片断之间的联系是通过巧妙的对应网络,而不是通过机灵的过渡,对这些核心片断所增添的部分,能够丰富文本的复杂情节,使其具有生活丰富多彩的表象。例如外婆患病,其实在《在斯万家这边》中就已提到,当时她为外孙准备生日礼物,就到茹子爵市去选了乔治·桑的四本田园小说:"那天天气炎热,她回来时身体极不舒服,医生对我母亲说,不能再让她如此劳累"(第40页)。在《盖尔芒特那边(一)》的开头部分,叙述者的"新居是盖尔芒特府邸附属建筑中一套房间,我们搬到这里,是因为我外婆身体欠佳,需要呼吸新鲜空气,但搬家的这个原因,我们都不对她直说"(第4页)。而到《盖尔芒特那边(一)》的末尾,外婆在香榭丽舍大街发病,真相也就毕露:"她知道我已立即猜出,不必再对我隐瞒:她的病刚才有点发作。"(第326页)在伽里玛出版社的校样上,普鲁斯特删去了括号和破折号,并用解释性的冒号取而代之。这时,叙述者直接面对外婆将要去世的现实。她已不再能对他隐瞒她无法逃避死亡的真相,不再能使他保持幻想。这时,叙述者第一次透过表象看出对他隐瞒的事情,他天真无瑕的年月也随之结束。

到了这个阶段,叙述者就准备面对社交界谈话所掩盖的重大习俗,这种谈话在《盖尔芒特那边(二)》中有十分详细的描写。但《盖尔芒特那边(一)》展现的是五个学习阶段,将要发现叙述者后来所说的"真正的生活"即文学。在这个系列中,他开始认清名称、戏剧艺术、友谊和爱情、沙龙的世界以及死亡的真实面貌。他如跟德·盖尔芒特夫人这位贵妇在一起,只会产生"一部纯属艳遇的小说,枯燥无味,毫无真实感"(第61—62页)。从这个意义上说,《盖尔芒特那边(一)》只是一个开端,但也是跟《在斯万家这边》对称的一面,并居于"斯万、盖尔芒特和重现的时光"这幅三折画的中央。

然而,《盖尔芒特那边(一)》跟《追忆似水年华》的整体写作方法既有相同之处,又有不同之处,不同是因为它极其生气勃勃,用普鲁斯特的话来说,难以从中看出美文。1920 年 11 月,他在给加斯东·伽里玛的信中说:"我初看时感到,跟《盖尔芒特那边》相比,《斯万》和《少女》中更容易看出这种美文,因为《盖尔芒特那边》写得——请原谅我使用的词语——更像陀思妥耶夫斯基,虽然有人在说并且已经想要'背诵',这一卷的'美文'却没有前两卷那样多。如果《盖尔芒特那边》写得更好,并配得上这样的卷首题词,我就给它献上波德莱尔的诗句:

但那里有生命涌现,并在不断晃荡[1]。"

对陀思妥耶夫斯基风格的解释,可在《女囚》中找到,当时阿尔贝蒂娜问主人公,他几天前所说的"塞维尼夫人有陀思妥耶夫斯基的一面"是什么意思。他于是给她上了一堂文学课:"塞维尼夫人有时跟埃尔斯蒂尔和陀思妥耶夫斯基一样,描绘事物不是按逻辑顺序,即先说原因,而是首先对我们说出印象,说出使我们产生强烈印象的幻觉。陀思妥耶夫斯基就是这样来描绘他那些人物的。他们的行为使我们感到虚假,就像埃尔斯蒂尔的绘画产生的印象,画上的大海如同悬在空中。"在《重现的时光》中,他对埃尔斯蒂尔和陀思妥耶夫斯基再次进行比较,以解释他自己的小说的美学:"即使战争符合科学规律,从另一个方面来看,也还得像埃尔斯蒂尔描绘大海那样来描绘战争,并且从幻觉和信以为真的事实出发,逐渐加以纠正,就像陀思妥耶夫斯基叙述一个人的生活那样。"

---

① 参见《致 < 新法兰西评论 >》,《马塞尔·普鲁斯特手册(六)》,巴黎,伽里玛出版社,1932 年,第 132 页。

主人公家乔迁新居

如果把《盖尔芒特那边》看作《在斯万家这边》和动身去巴尔贝克之前的《在花季少女倩影下》这两卷升调的一种降调对位，我们就可以看出，某些地方在重新提起时变得平庸无奇，失去了它们以前在主人公想象中具有的光环，因为他以前离它们十分遥远。普鲁斯特在他的书信中解释说，他描写这种幻想破灭的过程，是因为他的写作借助于一种联想的对比："在把巴尔贝克这个地方的名称的诗意跟巴尔贝克这个地方的平庸进行对照之后，根据自然的逻辑，我也应该对盖尔芒特这个姓氏照此办理[①]。"正因为如此，在这一卷开头，盖尔芒特城堡"想象中的景象"被一座普通的公馆取而代之，盖尔芒特家"住在这座公馆，并不是因为具有古老的权利，而是因为在不久前签订了租约"（第22页）。主人公的家从巴黎一个街区搬到另一个街区，结果是跟姓盖尔芒特的那些人成了邻居，但实际上，他希望像斯万那样成为他们的朋友。因此，主人公采取循序渐进的策略，目的是受到盖尔芒特夫妇的邀请而成为他们的常客。然而，空间上的接近，却立刻使他对盖尔芒特家的生活环境感到失望，但这种失望立刻因主人公新的想象而消失，他用"圣日耳曼区的神秘魅力"（第25页）来替代盖尔芒特城堡消失的魔力。不过，普鲁斯特十分幽默，竟把盖尔芒特家的一块破旧门毯定为圣日耳曼区的界线（第26页）。

《盖尔芒特那边（一）》从弗朗索瓦丝的厨房开始，她在厨房里窥视盖尔芒特公馆的院子里发生的事，就像过去莱奥妮姑婆在窗口观看贡布雷的生活。这一册的结尾则是香榭丽舍大街的一个公

---

① 参见《马塞尔·普鲁斯特书信集》，巴黎，普隆出版社，1933年，第三卷，第305页。

共厕所,即"侯爵夫人"的小屋,使人想起第一卷中"散发鸢尾花香的小房间"(第158页),两者都是个人独处的地方,区别是在一处感到痛苦,在另一处则有快感,"还有一条像蜗牛爬过后留下的那种自然痕迹"。除此之外,还有巴黎歌剧院和街道,这两个地方在书中有一个共同之处,都能使主人公在远处看到那些他因姓氏而想结识的人,尤其是盖尔芒特公爵夫人,这时他并不知道她矫揉造作,而是被她那在远处看到的外表所迷惑。确实,书中的一切都取决于距离,而作家则在其中寻找他跟所描写的对象保持的理想距离,即不要太远,也不要太近。

东锡埃尔之旅

主人公在秋末感到,他追求女邻居的结果是"在原地踏步",就决定"前往一个地方,去这个地方能使我跟德·盖尔芒特夫人接近"(第62页)。他前往东锡埃尔,"这是一座小城,住着贵族和军人","那里是一片旷野,使人以为离巴尔贝克很远,其实并非如此"(第63页)。东锡埃尔之行是主人公离开巴黎的第二次旅行,不少亲身体验跟第一次去巴尔贝克旅行时相仿,如他乘火车旅行的思想变化,独自睡在陌生房间里的害怕,需要有亲友陪伴等等。亲身体验的地点也相同,都是在旅馆的房间和餐馆。主人公迷失方向,失去了自己的身份,独处时是在睡眠之中,在公共场所则在酒醉之时。他在前往巴尔贝克的火车上喝白兰地(第223页),在里弗贝尔的餐馆里喝波尔图甜葡萄酒(第389页),跟圣卢一起在东锡埃尔的餐馆里喝葡萄酒,跟圣卢和拉结一起在巴黎一家餐馆的包房里喝香槟酒(第169页),都处于一种"欣快"状态,跟睡眠引起的"精神错乱"状态相似。但是,睡眠是回忆时重现过去的一种方法,使我们"见到我们孩提时玩耍过的花园"(第84页),酒醉则是忘记自己时迷失方向的一种方法,甚至照着镜子也认不出是自己的形象(第170页)。因此,外婆作为主人公身份的守护者,就迫使他工作即进行写作,要求他保持自己的身份即跟他"深刻的自我"进行接触,看到他喝酒、旅游、出入社交界之类的消遣就感到担心。从这个意义上说,外婆跟代表消遣的德·盖尔芒特夫人恰恰相反,总是使他想起尚未实现的志向,即把人类的一个目标(爱情)替换成另一个更高尚的目标(艺术),而主人公恰恰具有艺术才能。

因此,主人公去东锡埃尔是为了跟德·盖尔芒特夫人接近(即远离他的志向),他回到巴黎后,就看到外婆已变成**外人**(第138页)。此前,他在东锡埃尔曾跟外婆通过电话。通电话的这个段落对整个作品都很重要,因为它说明跟他人交际困难,以及分离的苦恼。当时,旅馆和邮局弄错,把主人公当作是"姓氏跟[他]相差无几"的另一个年轻人(第135页)。东锡埃尔是产生幻觉的地方,行为和话语都包含着相互矛盾的含义。圣卢对战争策略的解释,也包含着爱情和美学策略的一系列理论。主人公的友好表示,则包含着纯粹的私利追求。通电话打断了这一连串诡计,使他回到外婆即将去世的现实,即跟东锡埃尔的虚假生活截然不同的现实:"我感到她已是亲爱的幽灵,我刚才让她迷失在那些幽灵中间,我独自在电话机前,仍然徒劳地反复叫着'外婆,外婆',如同俄尔甫斯独自一人时,仍在反复叫唤亡妻的名字。"(第133—134页)显然,真正的欧律狄克是外婆而不是德·盖尔芒特夫人,是外婆促使主人公去进行写作,而他要到写出这本书后,才能把外婆这个幽灵从那些幽灵中拉出来,她也将永远活在这本书中。

返回巴黎

主人公被外婆在电话里的声音叫回巴黎,他又跟去东锡埃尔以前那样,开始上午散步,以期博得德·盖尔芒特夫人的注视。这时季节已发生变化，但气温仍跟他走之前相同，“熙熙攘攘的街道常被雨水淋湿”（第 142 页）。他去东锡埃尔之前，是“每天”或“每天上午”在街上窥视德·盖尔芒特夫人，而现在书中出现的则是天气变化的词语，如“冬天即将结束”（第 140 页），“天气转暖”（第 141 页），“天气再次转冷”（第 145 页），德·盖尔芒特夫人的衣着也迅速发生变化，“她现在穿的连衣裙面料更加轻薄，或者至少是颜色更浅”（第 141 页）。在叙述的这个阶段，时间的流逝加快，从冬末转为“大斋期的一天上午”（第 142 页），在书中只是翻了两页，而主人公则从青年变为成年人。他的生活习惯开始被周围的人所接受，特别是被他父亲接受，他父亲认为他已有自己选择作家职业的权利：“别人会认为这是一种美好的职业，可我不是很喜欢你去做此事，但你很快就长大成人，我们不能总是待在你的身边，因此我们不应该阻止你从事你喜欢的职业。”（第 146 页）父亲突然妥协，把主人公置于他的责任和一张没有文字的白纸面前。在被普鲁斯特删除的一段中，主人公听到父亲的话后号啕大哭，扑到父亲的怀里，希望自己仍是父亲的“小男孩”。但时光无法倒流，他必将进入成年人的世界，其起点则是德·维尔帕里齐夫人的沙龙。父亲的推荐打开了这个沙龙的大门，使主人公通过诺普瓦侯爵得到夫人的邀请。在此之前的六个月，可归纳为：巴黎——东锡埃尔——巴黎，而在去德·维尔帕里齐夫人家那天，则是：巴黎——市郊村庄——巴黎。

市郊村庄

从“我一早就离开屋子”（第 151 页）到“我走到楼上，看到外婆病情加重”（第 311 页），只过了一天的时间，在这一天，主人公的幻想接连破灭，但也因此而发现一个“心理学规律”，可作为他未来作品的基础：“人的想象力以及作为爱情痛苦的根源的幻觉十分重要。”（第158页）这一发现使主人公十分激动，因为圣卢认为是无价之宝的情妇，其实却是“拉结主托”，是花二十法郎就能搞到的妓女。普鲁斯特把主人公认出拉结的场面定在复活节前几天，不仅是要把拉结和抹大拉的马利亚联系在一起，主要是为了强调主人公内心深处的自我的“复活”，作为他作品基础的“教义”全部揭示出来之后，他将写出自己的书。在鲜花盛开的梨树之前，主人公有了感悟，这种感悟，他在第一卷中花色浅红和白色的山楂树前曾依稀有过（第140—141页），在第二卷中则在见到于迪梅斯尼尔的三棵树时出现过（第291—293页）。这种愉悦的感觉，跟他小时候乘坐佩尔斯皮埃大夫的马车看到马丹维尔的两座钟楼因小路蜿蜒曲折而改变位置时的感觉相同（第179—181页）。他感到愉悦，是因为发现了一个真理，使他能完成自己的作品。如果说主人公在前六个月止步不前，总是把自己的“工作”推到以后，那么，他现在将要在一天内阔步前进，撰写他的作品，而作品的首要主题，则是像柏拉图那样寻求隐藏在表象后面或表象之中的本质。返回的火车把他带到“巴黎市内的一个陌生的巴黎”（第161页），那里将向他揭示圣卢对拉结的热烈爱情的内幕，以及拉结当演员的那个剧场的布景的内幕。

在餐馆与圣卢和拉结共进午餐

回到巴黎后，主人公跟圣卢和拉结一起在一家餐馆吃午饭。圣卢对拉结的爱情，置于斯万对奥黛特的爱情和主人公对阿尔贝蒂娜的爱情之间，谈的也是嫉妒的原因，即使人变为“神经病患者”的嫉妒。对餐馆里说的话和做的动作，都可以有两种或三种乃至错误的理解，都反映出恋人在心理上的混乱，也就是因爱情而感到痛苦。

主人公在一旁观察圣卢对拉结的爱情的悲剧，并卷入一场游戏之中，但他在跟他们一起喝香槟酒时，只是隐约看出游戏规则，他希望“这百无聊赖的几个小时，因此具有美学价值，也就过得值得，没有被白白浪费”（第169页）。

剧院排练

午饭后在剧院排练，主人公来到后台。他看到拉结及其朋友对一个初次登台的女演员起哄，不由想起贡布雷时的一个场景：“我的姑婆为了逗弄我外婆，就给我外公喝白兰地，想到恶意戏弄。”（第172页）他看出“世界只是一座更大的剧场”（第173页），就把剧场看成世界，并悟出“圣卢对拉结产生错觉的部分原因”（第173页），这样，他就比上午在梨树前的感悟进了一步。然而，他虽然透过表象看清圣卢和拉结的关系，却还无法看出圣卢这个“完美的演员”行为反常的原因，而只能如实报道圣卢打记者耳光和教训热情的散步者的奇特行为。同样，他也不知道圣卢为什么要对他提出分开前往德·维尔帕里齐夫人家。这要等到《阿尔贝蒂娜失踪》，才能揭开圣卢的“秘密”。

德·维尔帕里齐夫人的下午聚会

这一段的目的是展示主人公和盖尔芒特公爵夫人的初次交谈，并用人物自己的谈话使他们失去神秘感，因为跟他们姓氏相符的并非是他们的外貌和行为，而是他们的言语。在这些人物中，法芬海姆-蒙斯特堡-魏尼根亲王是个特例，他说话“口音跟阿尔萨斯的门房一模一样”（第275页），而在主人公看来，“亲王的姓氏，前几个音节说出来明快有力，宛如音乐中的起拍，如用断断续续的语气强调说出，则保存着日耳曼民族矫揉造作的冲动和朴实，以及粗疏的‘高雅’，如同把淡绿色枝叶置于深蓝色珐琅的 Heim 上，而

"海姆"则展现出莱茵河沿岸一扇神秘的彩画玻璃窗,窗前是德国十八世纪精心雕镂的平淡无奇的镀金饰物"(第267页)。这段话是普鲁斯特在打字稿上添加,说明姓氏的音节产生的诗意印象,也为了突出主人公在见到亲王后的失望,这种失望后来延伸到盖尔芒特这个姓氏。离开德·维尔帕里齐夫人家之后,主人公从德·夏吕斯先生那里得知,维尔帕里齐这个姓氏,是一个平民富翁借用巴黎附近一个小地方的名称。普鲁斯特于1914年在格拉塞出版社的校样上加上下面这句话:"德·维尔帕里齐夫人只是蒂里翁夫人,她因此在我思想中的地位最终一落千丈,而我看到她沙龙的客人鱼龙混杂,她的地位就开始在我心目中下降。"(第308页)

因此,这一段的目的并非只是"展示盖尔芒特那边一个爱好文学和艺术的贵族沙龙的图象",也并非"主要是陈列肖像而不是总体图象①"。德·维尔帕里齐夫人的沙龙是主人公进入社交界的第一个沙龙,标志着他对盖尔芒特这个姓氏关系密切和疏远的人们所抱的幻想开始破灭。在这一段开头,主人公谈到德·维尔帕里齐夫人"在社交界地位低下的原因"(第183页),而她地位低下的证明,是主人公首先遇到的人没有名字(历史学家和档案保管员),或者只是他的老同学布洛克,"他现在是青年剧作家"(第188页),以及姓氏中不带贵族介词"德"的勒格朗丹,德·盖尔芒特先生说这是"莱普格勒维埃的格朗丹",而德·维尔帕里齐夫人则把他戏称为"一无所有的格朗丹"(第237页)。主人公看到布洛克和仆人通报勒格朗丹来访时,有两位客人进来:一位是阿莉克丝,是普鲁斯特添加在1914年格拉塞出版社的校样上的,她是"三位谪居的女神"之一,"想要用她们组织演出的众多短剧,使自己产生拥有沙龙的幻觉"(第196页);另一位是盖尔芒特公爵夫人,

① 参见阿尔贝·弗耶拉《马塞尔·普鲁斯特如何撰写他的小说》,纽黑文,耶鲁大学出版社,1934年,第86页。

在44号练习簿上已经存在。主人公第一次听到她沙哑的声音，“刚听到时几乎以为是下人在说话”(第207页)，并听到她在嘲笑勒格朗丹的姐姐德·康布勒梅夫人，因为后者使用“笔杆子”这个词(第205页)。这个被称为德·盖尔芒特夫人的人所说的话立刻使他感到失望。这时他看出，他在很长一段时间里会把盖尔芒特家族的人从他们的姓氏中取出。

只要客厅里进来一个人，主人公就更加失望，但与此同时，他也有所收获，看清了一般规律，可作为圣卢对拉结的爱情规律的补充，并看出姓氏所赋予的社会地位。阿让古尔伯爵以及盖尔芒特男爵和沙泰勒罗公爵进来之后，把大礼帽放在自己脚边，历史学家不知道这是当时流行的习俗，就叫他们别把帽子放在地上。这时男爵问主人公：“那位先生如何称呼？”主人公则低声回答说：“皮埃尔先生。”(第215页)当时，主人公的处境特别尴尬，因为他不属于客厅里所在的两类人，即社交界人士和知识分子，他这个人可说是没有名称。

普鲁斯特尝试了种种组合，终于在这个场景里把客人全都聚集在正在作画的德·维尔帕里齐夫人周围。这个场景以布洛克不慎把插树枝的花瓶碰翻结束，而布洛克干的蠢事则因横蛮无礼而变得严重：“这没有关系，我身上没有弄湿。”(第219页)后面的一段文字都用来表示布洛克所受的教育不良，直至诺普瓦侯爵进来。侯爵问主人公：“您是否在写些什么？”这话似乎把主人公置于知识分子一边。但他接着说的话立刻消除了别人可能产生的误解：“您以前给我看的一个短篇，有点修饰过分，搞得过于繁琐。我曾坦率地对您提出自己的意见：您当时做的事，不配写在纸上。”(第226页)于是，主人公被归为毫无才能的年轻艺术家，而拉结也属于这类艺术家，德·维尔帕里齐夫人不要她来家里演出，奥丽娅娜·德·盖尔芒特则对她的演出严厉批评。然而，德·诺普瓦先生提出的另一个问题(“您是否准备写些什么给我们看？”)，不仅只是出于礼貌。这说明主人公在德·维尔帕里齐夫人的沙龙里，是在为另一件事**做准备**，说明客人的进进出出以及人物的相遇和谈话，从表面上看并未加以组织，其实有一种特殊的含义和作用，说明对盖尔芒特这个姓氏的幻想在逐渐破灭。在维尔帕里齐的沙龙里，盖尔芒特的神话第一次被现实破除，而幻想也抵挡不住社交界聚会俗不可耐的不断冲击。盖尔芒特公爵的到来使主人公看出，公爵虽说显得教养良好，其实却思想狭隘、自命不凡，这可以从他矫揉造作的话语中清楚地看出。另一方面，盖尔芒特夫妇的真实关系突然揭示出来，因为公爵“在家里一直对她态度粗暴”（第241页），不能容忍妻子在他谈论圣卢热情支持德雷福斯时打断他的话，就对她“怒目而视，使众人感到局促不安”（第242页）。主人公从公爵说的话里不仅悟出想象的规律，而且悟出言语的规律（第242页）。

德·诺普瓦先生跟直言不讳的盖尔芒特公爵不同，是含糊其词的大师，他对布洛克说了许多话，使对方时而认为他是德雷福斯派，时而又觉得他是反德雷福斯派。在德·维尔帕里齐夫人的沙龙里，任何话都像守护门户的两面神伊阿诺斯，一句话可以使人产生两种截然不同的印象。因此，德·盖尔芒特夫人一面自称十分欣赏贝戈特，一面又愚蠢地批评梅特林克的剧作《七位公主》，主人公因此得出结论：“多么愚蠢！”（第235页）

德雷福斯案件这一题材，在东锡埃尔时已经讨论过，这时主要引出两种不同的评论，并使普鲁斯特能把斯万夫人带到维尔帕里齐的沙龙，因为斯万夫人“得以加入几个刚刚成立的反犹主义妇女联盟”（第263页）。主人公跟认为德·诺普瓦先生“令人讨厌”的圣卢不同，觉得诺普瓦“讨人喜欢”，这时斯万夫人转述了诺普瓦的话，使他如梦初醒：“最近，夏吕斯在盖尔芒特王妃府吃晚饭；我不知道他们是怎么谈起您的。德·诺普瓦先生可能对他们说[……]说您拍马屁有点歇斯底里。”（第282—283页）主人公在大吃一惊之余,又悟出了另一条能帮助他完成作品的普遍规律:“我们的形象因由我们自己画出和别人画出而产生的这种差别,我也在其他人身上发现,这些人心满意足地生活在他们给自己拍摄的一组照片中间,而在他们周围则存在着鬼脸般令人讨厌的相片,这些相片他们自己一般无法看到,但要是有人偶然把相片拿出来给他们看,并说:‘这就是你们’,他们准会目瞪口呆。”(第284页)

因此,在维尔帕里齐的沙龙里,主人公得知应该把词语看作开门的钥匙。例如,法芬海姆亲王想当选为法兰西伦理学和政治学学院通讯院士,最终“找到了开锁的钥匙”,那就是请德·诺普瓦先生把他引见给德·维尔帕里齐夫人。而在此之前,主人公请德·诺普瓦先生支持他父亲竞选法兰西伦理学和政治学学院院士,却遭到失败。这是因为主人公还没有掌握“亲王[……]曾在外交生涯中使用的归纳法,即透过重叠的符号来解读的方法”(第271页),而法芬海姆亲王正是使用了这种方法才找到“开门的芝麻”。主人公这时还处于准备阶段,并犯了最后一个错误,在夏吕斯男爵面前说盖尔芒特公爵是“傻瓜”(第290页),他当时并不知道,这两个人虽说姓氏不同,却是亲兄弟。

主人公在德·维尔帕里齐夫人的接待日之前无法正确解读圣卢的言语和行为,同样,他对夏吕斯男爵在走出夫人家后跟他说的一番话毫不理解,对德·维尔帕里齐夫人得知他跟男爵一起离开时显得担忧也不理解。他跟夏吕斯男爵一起散步,直至男爵“找到一辆合适的出租马车为止”(第297页)。这段时间里的谈话犹如聋子对话,主人公对男爵提出的种种建议都不理解。男爵自以为掌握着“打开盖尔芒特公馆大门的‘芝麻’”(第306页),但在谈到盖尔芒特公爵夫人时却说,“跟她交往,目前只会对您产生不利影响,就像出入社交界那样”(第306页)。最后,男爵突然乘上喝得半醉的年轻车夫的出租马车走了,使主人公感到惊讶:他的行为跟言语一样无法理解。

在德·维尔帕里齐夫人的下午聚会上，主人公意外发现，“如果我们接近名称所指的真实的人，仙女就会消失”（第5页），因为真实的人总是跟其名称不符，最终给人的印象模糊不清。他天真无瑕的年代结束时，“不知道truqueur（面首）这个切口的意思”，并看出有些玩笑是“伤风败俗的证明，而不是天真无邪的证明”（第308—309页）。这时，他还经验不足，不能用“所多玛”这个词来解释圣卢和夏吕斯的言行。与此对应的是第一卷中主人公少年时在蒙茹万看到樊特伊小姐及其女友施虐淫的场面（第160—163页），但还不知道应该用“蛾摩拉”这个词来表示。由此可见，“盖尔芒特那边”和“斯万家这边”只是“所多玛这边”和“蛾摩拉那边”的别称，因此，把《所多玛和蛾摩拉》的三十几页文字附在《盖尔芒特那边（二）》后面，并非纯属偶然，而是必然的结果。

香榭丽舍大街上的小屋

回家之后，主人公听到“刚才布洛克跟德·诺普瓦先生谈话的翻版”（第310页），那是他家的膳食总管和盖尔芒特府的膳食总管关于德雷福斯案件的争论。普鲁斯特把这一段加在伽里玛出版社的校样上，作为德·维尔帕里齐夫人的下午聚会和外婆患病之间的过渡。科塔尔大夫来出诊，使用牛奶饮料疗法，但并无疗效，病情反而加重。后请贝戈特的朋友杜·布尔邦大夫来看病，这位大夫也诊断错误，说外婆因神经系统功能紊乱而患“精神性蛋白尿”（第317页）。普鲁斯特在47号练习簿的打字稿和伽里玛出版社的校样上作了补充，以说明科学家会轻易犯下重大错误，对观察到的征兆作出错误结论，即使事关病人的生死。另外，杜·布尔邦大夫建议外婆到香榭丽舍大街去，到她外孙喜欢的月桂树丛旁去，并用神话来作比喻，说“月桂树会对您健康有益。这树有净化作用。阿波罗杀死巨蛇皮松之后，手拿一根月桂树枝进入特尔斐。他想以此来预防毒蛇的致命病毒"(第317页)。主人公像兼管诗歌的阿波罗战胜死亡的象征巨蛇皮松那样,将用自己在文学上的成功来超越外婆的死亡。从这个角度来看,只有外婆去世之后,他才能写出作品并成为作家。

主人公因医生的话而消除了"几星期来压抑在心里的忧愁"(第321页),决定带外婆去香榭丽舍大街散步,然后跟朋友一起乘火车去维尔-达弗雷参加晚宴。但那天外婆行为奇特,先是在家里"独自一人没完没了地梳妆打扮"(第322页),后来在香榭丽舍大街的"小屋"里待了"整整半个小时"(第325页),而且事后没有解释和道歉。管公共厕所的"侯爵夫人"有一段插曲,说她有个顾客每天下午三点钟准时来,只有一天没来,是因为他妻子死了。外婆虽然想蒙骗主人公,并开玩笑般地说"'侯爵夫人'和护林员的谈话跟盖尔芒特和维尔迪兰小核心的腔调再像也没有了"(第325页),但主人公第一次没有上当受骗。最后一句话说明,外婆已把主人公当大人看待。

《盖尔芒特那边(二)》:1898年下半年

《盖尔芒特那边(二)》故事的地点都在巴黎,其中公共场所有跟外婆一起从香榭丽舍大街回家,跟阿尔贝蒂娜在布洛涅林园和圣克卢散步,私宅除主人公的套间之外还有三套。从第一章外婆的房间转到第二章主人公的房间,然后转到维尔帕里齐、盖尔芒特和夏吕斯男爵的客厅。这一册的结尾是在盖尔芒特公馆的院子里,而主人公则是在楼梯上有所发现。

《盖尔芒特那边(一)》的时间从1897年夏末到1898年夏季的一天,《盖尔芒特那边(二)》的开头则是这一天的延续。主人公和外婆从香榭丽舍大街乘出租马车回家前请E教授诊治。回家后母亲和弗朗索瓦丝对外婆百般照顾,但知道她的病已没法治了。

外婆病情恶化持续了几天，确切天数无法确定，期间有科塔尔大夫和X专家出诊以及贝戈特来访，有对病人的众多疗法，后用水蛭吸血来治脑充血。“几天之后”（第349页）则是外婆弥留期开始，这时盖尔芒特公爵来访，迪约拉富瓦教授来诊断，家里的亲戚前来看望，直至外婆去世。

因此，第一章的事发生在1898年夏天。第二章开始的时间，如根据普鲁斯特曾在手稿下写下后又删除的文字（“我外婆去世之后第二年秋天的一个下午”），应为1899年。但由于主人公认为他母亲“不会禁止我[……]但心里却并不赞成”到德·维尔帕里齐夫人家去看一出短剧（第361页），说明服丧期是在不久以前，又说东锡埃尔之旅是在“大约一年前”（第360页），因此时间应该是在1898年秋天。从外婆去世到秋天的这半个星期（从一个星期日到下一个星期四）之间，小说中有几个月的空缺。

秋天的这个星期日十分繁忙。先是主人公躺在床上回忆其他有雾的早晨。前一天他收到圣卢的来信，信中建议他跟已离婚的德·斯泰马里亚夫人约会。他立刻给德·斯泰马里亚夫人写信，约她在星期五以前见面，哪一天由她来定。这个星期日的下午，他没有收到夫人的回信，却看到阿尔贝蒂娜来访。这次阿尔贝蒂娜让他抱吻，他们“演的戏跟在巴尔贝克演的戏完全相反（可用物体转位来表示），这时是我躺着而她站着”（第380页）。由于阿尔贝蒂娜来访，主人公去德·维尔帕里齐夫人家看短剧时迟到，但等待他的却是惊喜：盖尔芒特公爵夫人请他下星期五去她家吃晚饭。

星期二，主人公安排第二天跟德·斯泰马里亚夫人在布洛涅林园的岛上共进晚餐的事，就把阿尔贝蒂娜一起带去，“她给晚饭点菜会比我在行得多”（第402）。为感谢阿尔贝蒂娜陪他去，他跟她一直走到圣克卢才回家。

星期三的事变化多端。先是德·斯泰马里亚夫人请车夫送来名片，说是因临时有事无法赴约，接着圣卢突然来访，请他去巴黎一家餐馆吃晚饭,并给他传递夏吕斯男爵的口信:“明天在奥丽娅娜家有个盛大晚宴。我没有被邀请。但我舅舅帕拉梅德希望你别去。你不能失约?不管怎样,你得在晚宴之后到我舅舅帕拉梅德家里去。我觉得他很想见到你。对,你可以在将近十一点时到那儿。”(第427页)

跟圣卢共进晚餐后的第二天,也就是星期四而不是星期五,主人公去盖尔芒特家吃晚饭,然后去看望夏吕斯男爵。回到家里,他看到弗朗索瓦丝的跟班给表哥写的信,信中以“葬礼那天很好”(第599页)为借口来炫耀他在诗歌方面的知识。

盖尔芒特公爵夫人家的晚宴后“过了两个月左右的时间”(第600页),主人公收到另一意外邀请:“盖尔芒特王妃,原为巴伐利亚女公爵,于某月某日在家恭候。”(第600—601页)他怕有人恶作剧,就想到盖尔芒特公爵夫人家里去核实,但她跟丈夫去了戛纳。“盖尔芒特王妃府举办晚会那天”(第605页),主人公得知盖尔芒特夫妇已在前一天回来,但一大早又出去了,就在楼梯上观察,等待他们回来,却看到“一种道德景观,十分重要,因此,此事还是等片刻之后再来叙说为好”(第607页)。《盖尔芒特那边(二)》的结尾是主人公拜访盖尔芒特夫妇,正巧斯万也来访,他看到公爵夫人临走前去换红鞋,那是在1899年春天。

第四卷《所多玛和蛾摩拉》的开头则回顾主人公刚才看到的“道德景观”。盖尔芒特府的晚宴上谈到玛丽·波拿巴的婚姻(第510页)和奥地利皇后即茜茜公主去世(第533页),后者于1898年9月10日被刺杀,说明晚宴举办的时间为1898年秋天。但是,弗朗索瓦丝谈到的日俄战争(第344页)爆发于1904年,而圣卢提到的阿加迪尔事件(第421页)则发生在1911年。这说明普鲁斯特使用的是“宽松的时间”,这一卷中描绘的不仅是一个世纪的结束,而且是一种精神世界的结束。

外婆去世

在手稿中,《盖尔芒特那边(一)》和《盖尔芒特那边(二)》是一个整体。这个结构整体在手稿中显而易见,但在这一卷分两册出版后却不大明显。首先是下册分成的两章十分奇特:第一章只有30多页,第二章却有250多页。长短的差别如此之大,会被认为是写作上的缺陷,因为有人可能并不知道,这第一章其实是《盖尔芒特那边(一)》推迟的结尾。但是,把外婆患病和去世人为地分开,也制造了一种连载小说中常用的悬念,普鲁斯特当然也未能免俗。

第一章是整个小说中命运的首次召唤,也是第一次死亡。《盖尔芒特那边(二)》以外婆去世开始,以宣布斯万即将去世结束。这是贡布雷、斯万家这边在一时间被时间吞噬,以让位于盖尔芒特那边,让位于所多玛以及被爱情和嫉妒束缚的灵魂的痛苦。

从《盖尔芒特那边(二)》起,宣告死亡的段落都带有激情,如斯万、贝戈特、圣卢之死,特别是阿尔贝蒂娜之死。但他们的死只是**消失**而已:一个人生活在我们身边,然后离去,我们不再见到此人。这些死亡大多是暴卒,因此无法预见,主人公也没有亲眼目睹。只有外婆的死亡是他亲身经历,描述得如同临床医生那样确切,只有她的死亡才慢慢留在主人公的思想之中,只有她的死亡才是**弥留**。这一段提前在《新法兰西评论》上发表时,标题就用"弥留之际",表明这主题十分重要,而描写得如此详细,在整部小说中也是独一无二。

文学史上描写弥留的场面众多,是作家进行文体练习的场所,他们都发挥自己的才能,以超越自己的前辈。普鲁斯特的父亲和弟弟都是医生,他叙述弥留时,只是描写病人的种种症状,而且像临床医生那样客观,但这种描写能激动人心。另外,他在描写主人公的外婆死亡时，主要借鉴他自己母亲的死亡。两人有许多相同之处，都是尿毒症发作，死时都变得年轻（第 359 页）。看到这死亡的景象之后，必然要默哀。而作者的默哀，则表现为白纸一张，以及新的一章开始。

六个月，是法国通常的服丧期。外婆去世六个月后，是主人公一个新的起点，普鲁斯特根据自己的习惯，把地点设在一个**房间**，时间是秋天的一天**早晨**，主人公则在醒来的一个时刻，而在回顾死亡之后，醒来的时刻无疑是一次重生（“我刚获得重生”，第 360 页）。

这是《盖尔芒特那边（二）》真正的开端，是一个十字路口，来自贡布雷、香榭丽舍大街和巴尔贝克的道路通到这里，并将通向公爵夫人公馆的门口。这下册是这部作品新的起点，在小说最初的结构即两个“边”的对立中引入了另一结构，一方面跟主人公在阿尔贝蒂娜回来之前的生活相连，另一方面又跟他因爱情生活、嫉妒以及这姑娘不辞而别所产生的种种想法联系在一起。因此，这一册处于作品的中央：阿尔贝蒂娜的来访在第二章开头打断了主人公的遐想，她已不再是他在巴尔贝克时想望的女友，但还不是在《女囚》中使他痛苦的女人。

因此，从一个房间出发所进行的探索，最初显得徒劳无益，如友谊、爱情的苦恼以及他曾朝思暮想的社交界生活。贡布雷这两个“边”的无限延伸，看起来毫无结果，他的想象却不时投影其上。《盖尔芒特那边（二）》正是用内心生活和外界生活的并存来达到统一。虽说灵感的源泉在沙龙的压抑气氛中枯竭，但智力却仍然发现独特的真理和富有诗意的新动机。

普鲁斯特让主人公的外婆去世之后，也让他的父母暂时离开巴黎，他们对主人公的监督或安慰的作用在以后越来越小，因此，读者有时难免会想，他们是否已在小说中消失。其实，他们对儿子的教育已经完成，他们只能偶然跟他作伴，陪他去巴尔贝克或威尼斯。普鲁斯特将在《所多玛和蛾摩拉》中指出主人公的母亲和外婆十分相像：两人衣着上像，都喜欢引述塞维尼夫人的话，那时他母亲取代了他外婆。主人公又成了“孤儿”：他失去的不光是外婆，而是母爱。但这种孤独也带来新的好处：他从此有了行动的自由，他首次接待的客人是阿尔贝蒂娜也就毫不奇怪。姑娘的吻将代替母亲的吻，而母亲在巴黎的存在只能是不合时宜、碍手碍脚，甚至会带来不必要的麻烦。

阿尔贝蒂娜在《盖尔芒特那边》中再次出现，而且一直延伸到《阿尔贝蒂娜失踪》，使普鲁斯特必须对原稿进行大量修改，同时也给小说在时间上的处理带来问题。在主人公一心想进入盖尔芒特的沙龙时，如何使这姑娘重新进入他的生活？小说的结构由德·维尔帕里齐夫人的下午聚会、盖尔芒特府的晚宴和盖尔芒特王妃府的晚会这三个社交界聚会构成，如何使阿尔贝蒂娜的出现融入这结构之中？

普鲁斯特借用了《让·桑特伊》中的一个场景：一个名叫瓦朗蒂娜的姑娘，住在主人公的套间里，主人公到她房间去看她时，她不让他抱吻。此前两人在房间里戏耍，姑娘按摩主人公的手腕，他因此产生希望，但不是想占有瓦朗蒂娜的肉体，而是想占有她在此刻向他展示的各种“自我”①。而在《追忆似水年华》中，这场景一分为二：在《花季少女倩影下》中，阿尔贝蒂娜不准主人公对她抱吻，而在《盖尔芒特那边（二）》中，在阿尔贝蒂娜首次来看望主人公时，他们的戏耍唤起了欲望。

1913 年出版的《在斯万家这边》中刊登了后面两卷的目录，阿尔贝蒂娜跟其他姑娘一起出现在第三卷《重现的时光》中，但名叫玛莉娅。1913—1914 年，在 13 号练习簿的一个备忘录上，普鲁斯特写下了修改提纲，这时阿尔贝蒂娜已取代玛莉娅，但他还犹豫不

---

① 参见《让·桑特伊》，法国七星丛书版，第 837—842 页。

决,不知该把外婆去世的段落置于何处。结构问题似乎已经解决:在三大社交界场景后面,都有阿尔贝蒂娜来访。但这样的安排显得不大真实,因此,1916 年在誊清《盖尔芒特那边(二)》的手稿之前,普鲁斯特作出别的安排。其中一种是:阿尔贝蒂娜在巴尔贝克度过夏天,但主人公因病留在巴黎。这样,姑娘的来访可安排在其后的整个冬季。不过,德·维尔帕里齐夫人的下午聚会跟盖尔芒特夫妇的晚宴相隔时间过长,跟社交界邀请的实际情况不符。阿尔贝蒂娜的第二次来访,即她陪主人公去布洛涅林园岛上的那次,被安排在那个季节的末尾。他一心想着当天要跟德·斯泰马里亚夫人共度良宵,对阿尔贝蒂娜并未十分在意。但夫人未来赴约,他对德·盖尔芒特夫人的爱情则被他母亲消除:"她如同催眠师,把你从你想象自己所在的遥远的地方叫回来,你于是就重新睁开眼睛,或者像医生那样,使你回想起义务和现实,治好你想象出来的疾病,我母亲突然使我从过于漫长的梦中醒来。"(第 386 页)剩下的就只有他将对这姑娘产生的爱情。

于是,叙述者回想起秋季的一天,即阿尔贝蒂娜走进他房间那天,并进行小结,这种小结在小说叙事的每个转折点都会出现,既是前面一段的概括和结论,又引出新的情节或某种戏剧性变化,说明重要的并非是事件本身,而是从中得出的教益,说明叙述从属于哲理的展现。这样,普鲁斯特就向读者展示他将在作品的后面部分加以发挥的两个主题:时间和爱情,即跟阿尔贝蒂娜这个人物相关的主题:"她如同魔术师,给了我一面能照出时间的镜子。"(第 365 页)但在这时,叙述者尚未竭尽全力去看"镜子后面"的东西。

与圣卢共度"友谊的夜晚"

主人公戴孝半年以及阿尔贝蒂娜首次来访之后,普鲁斯特就继续叙述他因此中断的社交经历。他从独处的生活过渡到沙龙的世界，是依靠圣卢的介绍，中间还有他跟圣卢共度的“友谊的夜晚”。从手稿看，这一段写于1910年和1911年。

这一段的主导主题是雾，其魔力般的诗意使人想起在东锡埃尔度过的时日，以及对盖尔芒特夫妇居住的仙境般世界的遐想。于是，对气象的描写使读者进入圣日耳曼区的神秘气氛之中，并暂时忘记阿尔贝蒂娜的脸庞，因为她的脸过于现实，对想象的吸引力十分短暂。

德·斯泰马里亚夫人未来赴约，主人公就在家里的餐厅里把脑袋伸进卷起来的地毯里哭泣。这时圣卢来了，他的痛苦随之消除。这里的友谊充当了爱情的代用品。

圣卢在红丝绒面料软垫长椅的椅背上奔跑，是为了把一件小羊驼毛大衣拿给主人公穿。这件事被周围的人看作高雅和友谊的明证。普鲁斯特通常对友谊十分怀疑，认为“友谊微不足道”（第410页），这时似乎同意大家的看法，而这种场景已在《让·桑特伊》中出现，贝特朗·德·雷韦荣跨过几张桌子，以来到让的身边。

1921年4月，普鲁斯特在给罗贝尔·德·蒙泰斯鸠的信中写道：“圣卢没有任何钥匙，但在书中尚未发表的一段中[……]我想起在一家咖啡馆里曾有人走在软垫长椅的椅背上，此人是我可怜的朋友贝特朗·德·费纳隆，他已于1914年阵亡[1]。”

这个行为并不显得十分勇敢，普鲁斯特如此重视，无疑是因为他跟贝特朗·德·费纳隆情谊深重。但他并未受骗上当：主人公之所以感动，主要不是因为这是友谊的证明，而是因为这友谊来自年轻的贵族，大衣则是富瓦亲王所有。主人公起初受到餐馆老板和侍者的冷遇，后来他们得知他是年轻贵族的朋友，才对他卑躬屈

① 载菲利普·科尔布编纂《普鲁斯特书信集》，普隆出版社，1985年，第一卷第281—282页。

膝。他被接纳进这个他过去幻想进入的世界,还受到热情接待。因此,这种友谊完美无缺:“在他眼里,如同在我眼里那样,这是友谊的夜晚。然而,我在此刻感受到的友谊(正因为如此,我仍然有几分后悔),就像我担心的那样,并非是他想使我感到的那种友谊。我看到他跑步前进,以优美的姿势跑到目的地,仍然充满愉悦的感觉,我感到产生这种愉悦,是因为圣卢在墙边的软垫长椅椅背上做出的每个动作的意义和原因,也许可以在他个人的性格中找到,但尤其可以在他因出身和所受的教育而从家族的遗传中得到的性格中找到。”(第428—429页)在此,普鲁斯特揭示了这件事的真正含义。叙述者感兴趣的是找到他朋友的贵族特点,是发现“这种乐趣完全不[……]是友谊的一种乐趣,而是一种精神上的无私乐趣,是一种艺术的乐趣”(第430页)。

盖尔芒特府的晚宴

这些乐趣一直伴随着主人公走进他最终被接纳的盖尔芒特公爵夫人的沙龙。公爵拥有埃尔斯蒂尔的多幅绘画作品,主人公观赏这些绘画,产生对艺术的重要看法,在某些方面跟《重现的时光》中提出的看法相同。一批绘画其实是一批连续的“自我”,这些绘画作品出自画家生活中的不同年代,同时展现在主人公眼前。它们出自同一画家的手笔,表明风格的演变,因此表示时间的流逝,而时间则由一系列时刻构成。其中一个时刻属于现实主义,另一时刻接近印象派,还有一个时刻是埃尔斯蒂尔最初使用的象征手法,是几幅神话题材的水彩画。然而,“墙上挂着他那些画的地方,相互间十分协调,如同放幻灯映射出的光亮图像”(第435页)。叙述者后来记住了这种感悟,这不仅对艺术家的作品有用,而且尤其对生活有教益作用。幻灯的这种美学能对各种形象进行解释并把它们联系在一起,其中有被想象成仙女的德·盖尔芒特夫人，有不可捉摸的阿尔贝蒂娜，还有后来在《重现的时光》中“头部化妆舞会”上一个个无法辨认的面孔。

在《追忆似水年华》的所有社交界聚会中，盖尔芒特府的晚宴也许写得并不生动，但却十分重要。虽然公爵说出的著名姓氏繁多，虽然描写了大量精神面貌，这一段仍然充满了讽刺、人物的滑稽描绘以及众多错误和蠢话，这些都是普鲁斯特小说中社交界场景的主要特点。叙述者并未详细描写客人、晚宴、菜肴，也没有大量转述对话，而是对“盖尔芒特家族的守护神”感到兴趣。这新的沙龙如珠宝盒般展现在我们眼前，只有公爵和公爵夫人才引人注目，而客人们只是陪衬而已。因此，晚宴本身被置于次要地位，以突出对盖尔芒特家族的看法，而为了更好地展示这一家族的特点，就将其跟库弗瓦西埃家族进行比较。

盖尔芒特家族的守护神确实存在，其最佳表现是奥丽娅娜的风趣。普鲁斯特在1921年6月17日给保罗·苏代的信中说：“我不厌其烦地写出盖尔芒特公爵夫人的许多接话，并使一贯如此的**盖尔芒特**家族的精神显得协调一致，是因为我感到失望：我看到圣西蒙总是对我们谈‘莫特马尔的精神’，谈德·蒙泰斯庞先生、德·蒂昂热先生、丰特弗罗女修院院长‘特有的说法’，却连一个词这样起码的标志也找不到，无法弄清什么才是莫特马尔家族成员特有的言语。我无法弄清过去的莫特马尔家族的精神，才冒险杜撰盖尔芒特家族的精神①。”

对盖尔芒特家族的详细描写，可与人类学著作媲美。盖尔芒特家族成员比其他贵族“更加高贵，也更加杰出”（第457页）。他们的外部特点一一列举，他们的“优点，并非只有皮肤、头发和清澈的目光，而且还有一种方式，即站立、走路、施礼、握手前观看和

① 载菲利普·科尔布编纂《普鲁斯特书信集》，普隆出版社，1985年，第三卷第95页。

握手的方式”(第458页)。他们的另一特点跟库弗瓦西埃家族成员相同,那就是跟别人保持距离的办法,但有时也显得和善而又自然。普鲁斯特又像生物学家那样,把盖尔芒特家族成员分成两个亚种:“有些人特别聪明,有些人道德特别高尚。”(第460页)最后,他研究公爵夫人这个特例,是因为她更加典型,也更能揭示家族的守护神,是因为她是盖尔芒特家族的双重成员:因她的出身和她的婚姻。她以风趣著称,并把风趣置于智力之上。

德·盖尔芒特夫人喜欢跟她这个时代和她这个圈子的习俗、嗜好和看法反其道而行之。她的故作风雅表现为不合常理的反常。书中举出好几个例子,说明公爵夫人妙语连珠,经常使听众感到意外,“公主听到她的话竟会呼吸困难”(第522页)。大家都想去参加希腊新大臣举办的化装舞会,德·盖尔芒特夫人却觉得“待在家里炉火边也十分快乐”(第497页)。大家看戏都是在最后一幕时才来到剧院的包厢,觉得这样潇洒,而她却在启幕时就已坐在正厅前座的椅子上,认为“值得看的戏,从头看起就更加清楚”(第499页)。社交界人士都觉得应该贬低瓦格纳和支持德雷福斯的左拉,德·盖尔芒特夫人却觉得瓦格纳有天才(第512页),认为左拉不是现实主义作家,而是诗人(第522页)。公爵夫人虽说别具一格,却跟她出身的家族的成员相同,因此,《盖尔芒特那边(二)》仿佛是在重复普鲁斯特对德·维尔帕里齐夫人的青年时代及其因过于聪明和风趣而在社交界地位下降的评论。在《重现的时光》中,德·盖尔芒特夫人将步曾对她教导的婶婶的后尘:“德·维尔帕里齐夫人因祖先遗传的对精神食粮的需要而社会地位下降,她也无疑因迎合这种需要而成为另一个德·维尔帕里齐夫人。”

盖尔芒特府的晚宴,要跟维尔帕里齐的下午聚会以及《所多玛和蛾摩拉》中盖尔芒特王妃府的晚宴联系起来,才能显示其全部含义。每个社交场景都在纠正主人公对在场的人和物的错误看法，使他在“重现的时光”的漫长道路上前进，并远离虚荣的社交价值，以接近真实的美学价值。主人公进入德·维尔帕里齐夫人的沙龙后感到失望，是因为“德·维尔帕里齐夫人只是蒂里翁夫人，她因此在我思想中的地位最终一落千丈，而我看到她沙龙的客人鱼龙混杂，她的地位就开始在我心目中下降”，而他在离开盖尔芒特的沙龙之前，则对自己提出了重要的问题：“这些夫人都精心打扮，并且不让资产阶级女士进入她们十分封闭的沙龙，是否真是因为这样的晚餐？是因为这次晚餐那样的晚餐？如果我不在也是这样？我一时间对此感到怀疑，但这种怀疑过于荒谬。我光靠常理就将其排除。另外，这怀疑我即使接受，自从贡布雷以来地位已如此低下的盖尔芒特这个姓氏，还会剩下些什么呢？”（第574页）

普鲁斯特设法在《盖尔芒特那边（二）》中表明，主人公越是在社交界取得成功，就越是对社交界感到失望。正如让-弗朗索瓦·勒维尔所说，“普鲁斯特小说中的故作风雅是一种圈套，人的奢望、欲望和激情都在空虚中急着钻进圈套，说明它们做得过分，而故作风雅也从未有坚实的基础①。”

《盖尔芒特那边》原可以在盖尔芒特府的晚宴后结束。《盖尔芒特那边（一）》开始时的美好想象都已被经验否定，叙述者也对此作出结论，把他迁居新居后的幻想跟他看到的实际情况进行对照。盖尔芒特公馆的门毡曾被他看作圣日耳曼区的界线，其实只是“姓氏的神奇世界[……]的终点”（第572页）。他这个年轻资产者在场，使秘密仪式无法举行，而他曾认为公爵夫人的沙龙是举行这种仪式的圣殿（第574页），那些客人则被他想象成圣徒小教堂里的使徒（第536页）。他虽然有种种失望，但他只是从外部来

① 让-弗朗索瓦·勒维尔《论普鲁斯特》，巴黎，朱利亚尔出版社，1960年，第99页。

描写盖尔芒特夫妇:他这时还只是观察者,他还须成为他们的常客。

《盖尔芒特那边》跟许多小说一样,是在叙述一种寻求,但跟其他小说不同的是,寻求的客体得到后却显得微不足道,不值得去寻求。这曾是斯万所犯的错误,他发现自己浪费了多年的时光,“却去爱一个我并不喜欢的女人,这女人不合我的口味”(第一卷第381页)。于是,必须形成并寻求新的梦想,因为无法得到的不是欲望的客体,而是欲望的始终存在。主人公准备追逐其他梦想,但也会出现其他噩梦,因此,盖尔芒特府的晚宴标志着主人公黄金时代的结束。这下册的结尾部分旨在宣告从《所多玛和蛾摩拉》起将刮起的风暴即夏吕斯男爵的同性恋,而公爵夫人的红鞋这一段则显示世界的残忍,以及猜疑重重的爱情、嫉妒和死亡。

上述分析,主要参考1987年弗拉马里翁版第三卷的引言,由伊莉娅娜·德宗-琼斯(Elyane Dezon-Jones)撰写。她曾以笔名艾斯黛尔·蒙布伦(Estelle Monbrun)发表小说《莱奥妮姑妈家的谋杀》(*Meurtre chez tante Léonie*)(中译本名为《拈花魅影》,朱晓累译,辽宁教育出版社,2005年11月)。据米伊先生说,由于小说中借用普鲁斯特小说的人物,读者看了不禁会发出会心的微笑。另外还参考1988年七星丛书版该卷的出版说明,由蒂埃里·拉热(Thierry Laget)和布里昂·罗歇(Brian Rogers)撰写。看了这三位法国学者的分析,觉得大大加深了我对这一卷的理解,分析中提出的种种线索,有些我在翻译时并未重视、未加注意,有些未能跟前面两卷联系起来,更无法看出跟后面几卷的关系。看了他们的分析,感觉如同书中的主人公,逐渐透过种种表象看到了事物的本质。

从这卷开始,上述两个版本在校勘上的区别开始明显,有好几个大段并不相同,有的段落是所在的位置不同,其中最长的有三十几行(指原文),虽然在书中已一一注出,在此仍需作一介绍。这两个版本都以《新法兰西评论》出版社1920年和1921年出版的初版本为基础。1987年弗拉马里翁版在标点符号和版式(如分段等)上完全按照这初版本,虽说跟普鲁斯特的手稿、打字稿以及他修改过的校样有不同之处。因此,弗拉马里翁版跟皮埃尔·克拉拉克和安德烈·费雷校勘的1954年七星丛书版有不少区别,这两个版本有区别也因为弗拉马里翁版的校勘者能查阅1954年七星丛书版的校勘者未能看到的普鲁斯特的手稿、打字稿和校样。但1988年七星丛书版的校勘者认为,这个初版本中的错误以及不合条理或不合逻辑之处仍然很多,并认为大部分问题可根据初版本以前的手稿、打字稿和校样来解决。由此可见,弗拉马里翁版完全按照普鲁斯特列次修改意见来校勘,1988年七星丛书版则并非完全如此,有时也采用1954年七星丛书版的做法,为了改正不合条理或不合逻辑之处,也使用普鲁斯特删除的文字。在版式方面,弗拉马里翁版更强调文本的连贯性即普鲁斯特的风格,因此并非每个对话都另起一行,这也是跟1954年和1988年七星丛书版比较突出的一个区别,在前两卷中就可以明显看出。

当然,从篇幅上看,七星丛书版更加详细,除了正文以外,还有初稿(Esquisses)、出版说明(Notice)以及注释和修改稿(Notes et variants)。据该版本说明,初稿是指《驳圣伯夫》以及《追忆似水年华》发表前撰写的其他手稿,涉及《盖尔芒特那边》的有32篇,共289页,而这一卷的正文为578页。出版说明则是为理解初稿、修改稿和发表稿(texte définitif)提供必要的资料,主要谈作品的生成和对作品的评论。修改稿是指对誊清手稿的打字稿和各个校样所作的修改。这一卷的"注释和修改稿"共有318页,其中大量篇幅用于引述各种修改稿。弗拉马里翁版的正文为662页,正文前的引言(Introduction)共96页,正文后的注释(Notes)共54页,其中也引述修改稿,特别是注出1954年七星丛书版在正文中采用而这一版本并未采用的文字。由此可见,七星丛书版中,初稿和修改稿占据很大的篇幅,而这部分的主要对象应该是研究者而不是普通读者。弗拉马里翁版则是通常所说的袖珍本(livre de poche),但对作品的生成和评论也作了十分详细的介绍,注释则是简明扼要。另外,1987 年弗拉马里翁版主要针对 1954 年七星丛书版旧版本中的问题,因为七星丛书版新版本要到 1988 年才出版。

不过,校勘方面孰优孰劣,恐怕不能一概而论。好在我们的译本从第一卷起就把两者的区别清楚地列出,我想读者会根据具体情况作出自己的判断。

本卷翻译中的理解问题,仍由让·米伊先生来解答。例如书中谈到家具时,盖尔芒特公爵夫人说:"… je vous assure que chez ces gens-là on en arrive à aimer tous ces N, toutes ces abeilles."老译本译成:"……我向您保证,在那些人家里,您会爱上这些不知其名的人,爱上这些蜜蜂。"(第 511 页)这里的 N 容易理解,指 Napoléon(拿破仑),即第一帝国时代式样的家具,但"蜜蜂"却令人费解。米伊先生回答说,蜜蜂是拿破仑三世和第二帝国的标志。于是我就照直译出,但加上注。(第 545 页)

另外,书中有些句子难以理解,看了法文版的注释才了解其出处和意义,因此在译文中必须加注,否则读者就无法理解。例如,L'ambassadrice était obligé d'avouer que son exemple était tiré d'animaux plus petits. 这句话在翻译时就觉得有点怪。老译本译成:大使夫人只好承认,她说的这个人属于地位更低的动物。(第 527 页)看了法文版注释才知道,这句话出自《拉封丹寓言诗》卷二第 11 则寓言"狮子和老鼠"和第 12 则寓言"鸽子和蚂蚁"之间的一句话。这两则寓言都说明一个道理:"我们要尽可能地为大家服务,/也往往需要比自己弱的人帮助。"又如,弗朗索瓦丝的年轻跟班约瑟夫·佩里戈在给朋友写信时炫耀他对法国诗歌的了解,信中有九首诗的引语(第598—600页),别说一般读者,我国法国文学专家恐怕也未必能一一看出,因此就得一一加注。

主人公去看望在东锡埃尔驻守的圣卢,自然会谈论军事问题和历史上的重大战役,如乌尔姆战役、坎尼战役、奥斯特利茨战役、滑铁卢战役等,以及参加这些战役的统帅,但书中对胜者为何取胜、败者为何失败只能点到为止,这就为感兴趣的读者留下悬念,在法文本中都用注释加以说明,我们中译本也照此办理。这一段的另一重要话题则是当时轰动法国的德雷福斯案件,书中说得十分详细,我们在注释中则补充一些细节。在书中还提到一个人物,由于去世过早,跟该案关系不大,因此论述德雷福斯案件的有些著作(如迈克尔·伯恩斯《法国与德雷福斯案件》,郑约宜译,江苏教育出版社,2006年)并未提及,但跟该案中重要人物于贝尔·约瑟夫·亨利中校却有密切关系。此人是马里-弗朗索瓦·约瑟夫将军,即米里贝尔男爵,曾任法军总参谋长。亨利在1870年普法战争中两次被俘但均脱逃,1872年晋升中尉,但被认为“除靠资历外不会有任何前途”。1875年他被德·米里贝尔将军看中,任命为将军的副官,从此才仕途得意。在德雷福斯案件中,他自然听命于总参谋部,结果身败名裂,自杀身亡。如果没有被德·米里贝尔将军这位“伯乐”相中,他也许能平平安安度过一生。由此,是否也可悟出些人生哲理?

小说中给外婆治脑充血,医生使用了 sangsue(第348页),旧译本中译成“蚂蝗”(第328页),但《新法汉词典》中在“蚂蟥”前另有“水蛭”这一释义,于是就查阅《简明生物学词典》,一查应为“水蛭”,确切地说是“欧洲医蛭”。其中“蚂蟥”条目是这样写的:“①蛭纲动物的通称。②指金线蛭。[……]在我国分布很普遍,水田、河湖中极常见,虽能刺伤皮肤,但不吸血。”(第949页)这里的关键是“通称”二字,就是说,我们平时说的“蚂蟥”,并非是生物学上的术语和学名,就像“乌鳢”通称为“黑鱼”那样,其实是包括水蛭在内的蛭纲动物,而作为生物学术语的“蚂蟥”,则是不吸血的金线蛭。既然这“蚂蟥”二字可表示吸血的水蛭和不吸血的金线蛭,为避免误解,应把 sangsue [sang(血) + sue(r)(吸)]译成“水蛭”。

拜读法国学者对作品的分析,有时也能发现翻译中的问题。书中谈到盖尔芒特公爵夫人看戏的习惯与众不同,其他人要到最后一幕才来,并坐在包厢里,而她却在演出开幕前就到了,而且坐在 au fauteuil。旧译本译成“坐在一张椅子上”,我起初译成“坐在一把扶手椅上”,心想应该是在包厢里吧。但七星丛书版的分析中点明是 à l' orchestre(第三卷第 1682 页),核对《新法汉词典》,才知道这里的 au fauteuil 应为 au fauteuil d' orchestre(在正厅前座)。这样,她的别出心裁就显得更加突出。但仔细一想,她坐在正厅前座也更加合理,因为这时包厢里还空无一人。

这一卷中作者提到《一千零一夜》中的人物 princesse de Deyabar(应为 Deryabar),该人物出现在 Histoire de Codadad 和 Histoire de la princesse de Deryabar 这两个故事中,为找到中译名,就查阅纳训的全译本,但未能查到这两个故事。后来看到该译本的序言中写有“第五卷七篇短小故事约七千余字,描写粗鄙,不堪入目,最后删去”,才知这“全译本”并非名副其实。要正确译出这人名,还得看看这两个故事。这时,拉罗谢尔的一位法国朋友为感谢我寄去的中国首日封,要赠书给我,问我要什么书,我就提出希望能给我《一千零一夜》三卷法译本。收到书后,看到这两篇都在第三卷里,故事虽说是英雄救美人的俗套,但并不“粗鄙”,也没有“不堪入目”之感。而译者删去了这篇故事,译本就成了节译本,实在可惜。看了两篇故事后得知,Deryabar 是城邦名,因此 princesse de Deyabar 译成德雅巴尔国公主(第 497 页)。

不过,最大的收获还是看了法译本的前言之后,明白了普鲁斯特为何要把自己的小说比作《一千零一夜》。这个译本的译者是安托万·加朗(Antoine Galland),根据十四世纪手抄的三个本子译出,于1704—1717年陆续出版,共十二卷。他的译本出版后大受欢迎,并先后被译成英语、德语、意大利语、荷兰语和俄语出版。据译者的日记记载,法国金石学学院院士、修道院院长比尼翁(Bignon)从凡尔赛回来时,点着蜡烛在四轮华丽马车里如饥似渴地阅读即将出版的第九卷手稿。由此可见,在十八世纪初,《一千零一夜》并非像现在这样只是儿童读物,而是深受法国上流社会喜爱的畅销书。

在这一卷翻译过程中,也得到国内同行的帮助。书中的比喻谈到博马舍的喜剧《塞维利亚理发师》中的一个情节:… comme celui [le silence] qui succède à la musique de Lindor tire Bartholo de son sommeil,老译本译成:……正如兰多尔演奏结束后出现的静穆把霸尔多洛从睡梦中唤醒(第415页),并分别对"兰多尔"和"霸尔多洛"这两个人物加注,说兰多尔"手拿吉它到一位美人的窗口演奏"。但据法国七星丛书版的注释,却是西班牙贵族阿尔马比巴伯爵来到塞维利亚,化装成名叫林多尔(按西班牙文音译)的音乐教师,来给巴尔托洛大夫监护的孤女罗茜娜教唱歌,因此就需要核实剧中的情况。不久后北京朋友李玉民先生来电,说他已译出该剧,就请他核实,结果如下:阿尔马比巴伯爵先化名兰多尔来到巴尔托洛大夫家中,以接近大夫监护的孤女罗茜娜,被巴尔托洛识破,后化名为阿隆索的音乐学院学生,代替老师来巴尔托洛家给罗茜娜教唱歌。书中涉及巴尔扎克作品之处,仍请北京大学教授王文融女士查阅。一是小说中的一句话:… Napoléon tenir une place bien moindre que Rastignac et la tenir seulement parce qu'il a parlé aux demoiselles de Cinq-Cygne. 老译本译成:……拿破仑的地位远没有拉斯蒂涅克重要,[……]他之所以占有一席之地,仅仅是因为他对五只天鹅修道院的贵族小姐讲过话(第530页)。从法文本的注释得知,这里说的是巴尔扎克的小说《一桩神秘案件》中的人物德·五天鹅小姐。据人民文学出版社的译本,拿破仑对这位小姐说:“这儿有三十万人,他们也是清白无辜的!可是明天,这三十万人就要死去,为他们的祖国而死……”但法文网上的内容提要却说“三万人就要死去”,从逻辑上说也更加合理,因为即使打败仗,三十万人也不可能全都死光。于是得查阅法文本,法文本一时借不到,复旦同事袁莉女士给我寄来网上下载的电子书,一查果然是“三万人”,就在注释中引用人文版译文时作了说明(第566页)。二是盖尔芒特公爵夫人玩弄文字游戏,把爱戏弄人的夏吕斯男爵称为 Taquin le Superbe,老译本中译成“杰出的塔干”(第456页)。据七星丛书版注释,这出自巴尔扎克的作品《卡特琳·德·美第奇》,中译本译者正好是王文融教授,Taquin le Superbe 是拉丁文 Tarquinius Superbus(高傲者塔奎尼乌斯)的法文名,古文应译为“高傲的塔尔奎尼亚人”(第484—485页)。对上面各位朋友的热情帮助,在此表示衷心的感谢。

翻译中除解决上述问题外,还补译了老译本的漏译之处,据统计在三十三页中有漏译,其中三页有两处漏译,有的原文中漏译多达八行(指老译本第169页第2行后面漏译,即新译本第175页最后三行和第176页第一行)。当然啰,有的“漏译”是因为新旧法文版不同,如在老译本第219页倒数第6行后面,弗拉马里翁版和1988年七星丛书版分别加了33行和31行。

第三卷译稿于今年4月上旬交稿,两星期后收到摩纳哥朋友安德烈·Z.拉巴雷尔先生的邮件,他说在4月28日晚上的八点新闻看到让-皮埃尔·昂格雷米先生在前一天去世的消息。这消息使我感到十分意外。去年11月初,北京朋友吴岳添先生(中国法国文学研究会会长)发来邮件,问我能否参加今年7月中旬在武汉举行的加缪讨论会,并告诉我他将作为铁凝带队的中国作协代表团成员参加月底在巴黎举行的“新视觉看中法文学—首届中法文学论坛”，同时寄来会议日程表以及法方代表名单，问其中是否有我的熟人。名单中让-皮埃尔·昂格雷米先生列在首位，他要在25日的开幕式上致词，我当然认识，另一位华裔作家山飒也知道，2003年我曾在《文汇读书周报》撰文介绍她的小说《女皇》，题为《法国两出版社争夺“武则天”》。另外，去年年底我跟往年一样，收到他寄来的由法兰西语文学院印制的贺卡。真想不到他这样快就离我们而去。过了一天，米伊先生也发来邮件，说昂格雷米先生的葬礼将于下星期二（5月4日）在先贤祠附近的圣司提反教堂（Église Saint-Étienne du Mont）举行。

让-皮埃尔·昂格雷米（Jean-Pierre Angremy, 1937—2010）笔名皮埃尔-让·雷米（Pierre-Jean Remy），中文名杨鹤鸣，是法国外交家、作家，曾在法国驻香港领馆（1961—1964）和驻北京使馆（1964—1966）工作，曾任法国驻教科文代表（1990—1994）、罗马法兰西学院院长（1994—1997）、法国国立图书馆馆长（1997—2002），以及中法友好年法方主席、法国普鲁斯特之友协会会长等职。共发表作品65部，其中《颐和园之劫》（*Le Sac du Palais d'été*）获1971年勒诺多奖，《永恒之城》（*Une ville immortelle*）获1986年法兰西语文学院小说大奖，《海伦的回归》（*Le Retour d'Hélène*）获1998年马克斯·雅各布奖。1988年当选为法兰西语文学院院士，是当时最年轻的院士之一，曾主持程抱一等三位院士的入院仪式。曾获法国三级荣誉勋位、法国二级功德勋章、法国三级文艺勋章等。

2002年下半年，译林出版社跟我签订合同，决定请我重译《追忆似水年华》。昂格雷米先生获悉后十分支持，并于2003年国庆期间打电话给我加以鼓励。他得知我需要用位于伊利埃-贡布雷的普鲁斯特博物馆的室内照片作为译本的插图，就请秘书长米蕾伊·纳蒂雷尔女士亲自拍了二十来张照片寄给我，后又同意使用博物馆出售的明信片上的图片。第一卷的译本于2005年出版后，他于2006年8月邀请我参加于该年11月19日举行的法国中央大区博物馆协会组织的“中央大区欢乐博物馆日”，并在普鲁斯特之友协会组织的题为“书籍的制作”的活动中的发言。我当时并不知道，那天上午的另一位发言者即叙利亚作家、翻译家和教授贾马尔·舍哈耶德先生(Jamal Chehayed)，已把小说七卷全部译成阿拉伯文出版，而我仅仅译了一卷。会前米伊先生对我描述昂格雷米先生的外貌和衣着特点：身穿大衣，围着围巾，而且永远是蓝色围巾，见面一看果然丝毫不差。他当时正在跟人说话，看到我后，立刻热情跟我打招呼，询问我的情况。会议先由他致词，我第一个发言。由于当时孙中山先生生日刚过，不由想起先生的话：“革命尚未成功，同志仍须努力”，就略加改动，作为发言的结尾：“普译尚未完成，吾仍须努力。”听众听到这话，不禁发出会心的笑声。那年有两位法兰西语文学院院士去世，他要回学院处理事务，但仍然听完我的发言后才走。第二年普鲁斯特之友协会问我要发言稿，准备刊登在那年的《普鲁斯特学刊》上。在去法国参加会议之前，该杂志社社长米伊先生曾对我说，会后会刊登我发言的摘要。但收到协会寄还的发表稿一看，只是删除了“会长先生”等的称呼语，其他一字未改，这也许是昂格雷米先生对我的鼓励吧。

在此，刊载昂格雷米先生于2009年初寄来的贺卡，以资纪念：

Cher Ami,

je vous remercie mille fois de vos vœux de bonne année, auxquels je m'empresse de répondre. Et je veux vous exprimer une fois de plus, pour votre travail proustien impeccable, toute mon admiration. Merci aussi pour ce superbe dictionnaire que vous m'avez envoyé.

Je pensais venir à Pékin début janvier, mais le sort – et mon éditeur chinois qui a retiré son invitation!!! – m'en ont empêché.

Puisse cette année 2009 être riche pour vous.

Croyez à toute mon amitié.

Pierre-Jean Remy

亲爱的朋友：

我对您的新年祝贺非常感谢，并急忙给您回信。我再次向您表示，您的普译白璧无瑕，我对此十分赞赏。我也感谢您给我寄来的这本出色的词典①。

我本想于一月初去北京，但命运—我的中国出版社取消了邀请—却使我无法如愿以偿。

愿您在2009年成果丰硕。

请相信我的友谊。

皮埃尔-让·雷米

普鲁斯特之友协会已于今年11月9日举行的会员大会上选出协会新的领导。新会长为克洛德·孔塔米纳（Claude Contamine, 1929— ），是法国高级官员，曾任法国电视三台（FR3, 1975—1981）和电视二台（Antenne 2, 1986—1989）台长。副会长为让-伊夫·塔迪埃。秘书长仍为米蕾伊·纳蒂雷尔，《普鲁斯特学刊》杂志社社长仍由让·米伊担任。我相信，在他们的领导下，协会的工作一定会日新月异。

徐和瑾

2010年12月8日于海上凉城

① 指《大辞海·外国文学卷》（上海辞书出版社，2006年）。其中收入我为他撰写的条目“永恒之城”（第369页）。

附昂格雷米先生给本书译者的贺卡影印件

ACADÉMIE FRANÇAISE

Cher Ami, je vous
remercie mille fois de
vos voeux de bonne année,
auxquels je m'empresse de
répondre. Et je veux vous
exprimer une fois de plus, pour
votre travail pratiquement impeccable,
parfois un [illegible].

Merci aussi pour ce
superbe dictionnaire que vous

Voeux de nouvel an

m'avez envoyé. Je pensais
venir à Pékin début janvier,
mais le sort – et un [illegible]
chinois qui a renversé [illegible]
[illegible] [illegible] !!! – m'en ont
empêché.

Puisse cette année 2009
être riche pour vous.
[illegible] et toute mon amitié

Pierre Jean Rémy

23, Quai de Conti - 75006 Paris